Jamie McGuire

AYAKLI BELA

Çeviren

Boran Evren

D1678475

Tatlı Belam Jeff için...

Prolog

Alnında biriken ter damlalarına ve güçlükle soluk alıp vermesine rağmen hasta gibi görünmüyordu. Teninde alışık olduğum o yumuşak parlaklık yoktu ve gözlerinin ışıltısı eskisi gibi değildi ama hâlâ güzeldi. Hayatımda göreceğim en güzel kadın...

Eli yatağın kenarından düştü ve bir parmağı titredi. Bakışlarım kırılgan, sararmaya başlamış tırnaklarından incelmiş koluna, oradan da kemikli omuzlarına geçip nihayet gözlerinde sabitlendiler. Ancak incecik birer şerit kadar, orada olduğumu bildiğini gösterecek kadar, açılmış göz kapaklarının arasından bana bakıyordu. Bu huyunu çok seviyordum; bana baktığı zaman, gerçekten de beni görüyordu, sadece beni görüyordu, ötemdeki bir şeyleri, mesela o gün yapması gereken düzinelerce işi düşünmüyor ya da aptal hikâyelerimi dinlermiş gibi yaparken bir yerlere dalıp gitmiyordu. O dinlerdi ve dinlemekten mutlu olurdu. Geri kalan herkes başını sallayıp dinler gibi yapıyordu; o hariç. O her zaman beni dinlerdi.

"Travis," dedi, boğuk bir sesle. Boğazını temizleyip dudaklarına belli belirsiz bir gülümseme oturttu. "Gel buraya bebeğim, sorun yok. Gel bak'yim yanıma."

Babam hemşireyi dinlerken parmaklarıyla beni ensemden itti. Babam ona Becky diyordu. Eve ilk defa birkaç gün önce gelmişti. Nazikçe konuşuyordu ve gözlerinde de iyilik var gibiydi ama Becky'yi sevmemiştim. Açıklayamıyordum ama onun burada olması korkutucuydu. Yardım etmek için gelmiş olabileceğini biliyordum ama babam onun varlığından bir sıkıntı duymasa bile burada olması iyi bir şey değildi.

Babam beni itince birkaç adım ilerleyip anneme neredeyse bana dokunabileceği kadar yaklaştım. "Her şey yolunda Travis," diye fısıldadı. "Annecik sana bir şeyler söylemek istiyor."

Parmağımı ağzıma sokup diş etlerime bastırarak oynadım. Başımı aşağı yukarı oynatınca annemin küçük gülümsemesi büyüyormuş gibi oluyordu, onun için yanına giderken büyük adımlar atmaya dikkat ettim.

Kalan gücünü kullanıp bana daha yakından baktı sonra da derin bir nefes aldı. "Senden isteyeceğim şey çok zor olacak oğlum. Yapabileceğini biliyorum çünkü artık koca adam oldun."

Başımı yeniden sallayıp öyle hissetmesem de gülümsemesine gülümsemeyle karşılık verdim. O kadar yorgun ve rahatsız görünürken gülümsemesi gerçekmiş gibi gelmiyordu ama cesaret onu mutlu ediyordu dolayısıyla ben de cesur davrandım.

"Travis, sana söyleyeceğim şeyleri dinlemeni ve daha da önemlisi hatırlamanı istiyorum. Bunu yapman çok zor olacak. Üç yaşımda yaşadıklarımı hatırlamaya çalışıyordum ve..." Sözünün devamını getiremedi, bir an için ağrısı artmıştı.

Becky, "Ağrı dayanılmaz mı oldu, Diane?" deyip anneme damardan bir iğne yaptı.

Birkaç saniye sonra annem rahatladı. Bir nefes daha alıp yeniden başladı.

"Bunu anneciğin hatırına yapabilir misin? Az sonra söyleyeceklerimi hatırlayabilir misin?" Bir kere daha başımı sallayınca elini yanağıma getirdi. Cildi çok sıcak sayılmazdı ve titremeye başlayıp yatağa düşmeden önce elini yanağımda sadece birkaç saniye için tutabildi. "Önce şu; üzgün olmak ve hissetmek kötü bir şey değildir. Bunu hatırla. İkincisi şu; olabildiğince uzun süre çocuk kal. Oyun oyna Travis, zevzek ol" –gözleri buğulandı– "sen ve kardeşlerin birbirinize bakabilirsiniz ve babanıza. Büyüyüp başka bir yere taşındığınızda bile eve dönmek önemlidir. Tamam mı?"

Başımı aşağı yukarı sallayıp çaresizce onu memnun etmeye çalıştım.

"Yakın bir zamanda âşık olacaksın oğlum. Öylesine bir kıza kapılma. Kolay lokma olmayan kızı seç, uğruna mücadele etmen gereken kızı ve sonra da asla mücadele etmeyi bırakma. Asla," –derin bir nefes aldı– "istediğin şey için mücadele etmeyi bırakma. Ve asla," –kaşlarını çattı– "anneciğinin seni sevdiğini unutma. Beni göremesen bile." Bir gözyaşı yanağından aşağıya süzüldü. "Ben seni daima, *daima* seveceğim."

Kesik kesik nefes alıp ardından öksürdü.

Becky, "Tamam," deyip komik görünüşlü bir şeyi kulaklarına soktu ve ardından annemin göğsüne dayadı. "Dinlenme vaktin geldi."

"Vakit yok," diye fısıldadı annem.

Becky babama baktı. "Fazla zamanı kalmadı, Bay Maddox. Diğer çocukları da veda etmeleri için getirseniz iyi olur."

Babamın dudakları sert bir çizgi halinde kasıldılar ve başını salladı. "Ben hazır değilim," dedi hıçkırıkların arasından.

"Karını kaybetmeye hiçbir zaman hazır olmayacaksın,

Jim. Ama oğullarına veda edemeden gitmesine de izin veremezsin, değil mi?"

Babam bir dakika düşündü, burnunu yenine sildi ve başıyla onayladı. Öfkeden delirmiş gibi ayaklarını yere vura vura odadan çıktı.

Annemi, nefes almak için uğraşmasını izledim; gözlerimi yanında duran kutunun üstündeki sayıları kontrol eden Becky'ye diktim. Annemin bileğine dokundum. Becky'nin benim bilmediğim bir şeyi biliyormuş gibi baktığını görünce midem bulanır gibi oldu.

Becky gözlerime bakabilmek için eğilerek, "Travis, bak," dedi, "anneciğe vereceğim ilaç onu uyutacak ama uyurken bile seni duyabilecek. Anneciğine hâlâ onu sevdiğini ve onu özleyeceğini söyleyebilirsin, söylediğin her şeyi duyacak."

Anneme bakıp hemen başımı iki yana salladım. "Onu özlemek istemiyorum."

Becky yumuşak, sıcak elini omzuma koydu, tıpkı canım sıkıldığında annemin yaptığı gibi. "Annen burada seninle beraber olmak istiyor. Bunu gerçekten çok istiyor. Ama İsa şimdi onu yanına çağırıyor."

Yüzümü buruşturdum. "Benim ona İsa'dan daha çok ihtiyacım var."

Becky gülümseyip saçlarımdan öptü.

Babam kapıyı tıklattıktan sonra açtı. Kardeşlerim çevresini sarmışlardı, Becky elimden tutup beni onların yanına götürdü.

Trenton'ın gözleri annemin yatağından ayrılmadılar, Taylor ve Tyler ise yatak dışında her yere bakıyorlardı. Hepsinin benim hissettiğim kadar korkuyor gibi görünmesi bir şekilde bana kendimi daha iyi hissettirdi. Thomas gelip yanımda, biraz önümde durdu, tıpkı beni ön bahçede oynarken Tyler'la kavga çıkarmaya çalışan komşu çocuklarından

10

koruduğu gibi. Thomas, "İyi görünmüyor," dedi.

Babam boğazını temizledi. "Anneniz uzun süredir çok hastaydı, çocuklar. Ve artık zamanı... zamanı..." sözünü bitiremedi.

Becky anlayışlı küçük bir gülümsemeyle sözü babamdan devraldı. "Anneniz son günlerde yemeden içmeden kesildi. Vücudu kendini bırakıyor. Bunun çok zor olduğunun farkındayım ama annenize onu sevdiğinizi ve onu özleyeceğinizi ve onun artık gözü arkada kalmadan gidebileceğini söylemeniz lazım. Gözünün arkada kalmasına gerek olmadığını bilmesi lazım."

Kardeşlerim aynı anda başlarını salladılar. Ben hariç hepsi. Ben onun gözünü üstümde hissetmek istiyordum. İsa'nın onu çağırıp çağırmaması umurumda değildi. O benim anneciğimdi. İsa yaşlı bir anneyi alsındı. Bakması gereken küçük çocukları olmayan bir anneyi. Bana söylediklerini hatırlamayı denedim. Kafamda birleştirmeye çalıştım: Oyna. Babanı ziyaret et. Sevdiğin şey için mücadele et. Son kısmı beni rahatsız etmişti. Annemi seviyordum ama onun için nasıl mücadele edeceğimi bilmiyordum.

Becky babamın kulağına eğildi. Babam başını salladı ve ardından kardeşlerime bakıp, "Evlatlarım. Şimdi annenize veda edeceğiz; Thomas, vedalaşma bitince kardeşlerini yataklarına yatır. Sonrasını görmelerine gerek yok."

Thomas, "Evet efendim," dedi. Cesur numarası yaptığını biliyordum. Bakışları en az benimkiler kadar hüzünlüydü.

Thomas bir süre annemle konuştu, sonra Taylor'la Tyler kulaklarına bir şeyler fısıldadılar. Trenton onu kucaklayıp uzun süre ağladı. Herkes ona huzur içinde bizi bırakıp gidebileceğini söylüyordu. Ben hariç herkes. Annem bu defa söylenenlere karşılık vermedi.

Thomas elimden çekip beni yatak odasından çıkarttı.

Koridora gelene dek geri geri yürüdüm. Annem sadece uykuya dalacakmış gibi düşünmeye çalıştım ama başım dönüyordu. Thomas beni kaldırıp merdivenlerden üst kata taşıdı. Duvarların ardından babamın feryatları gelmeye başlayınca hızlandı.

Thomas, "Sana ne dedi?" diye sordu, küvetin musluğunu açarken.

Yanıt vermedim. Onun sorusunu duydum ve annemin bana söylediklerini de hatırlıyordum ama gözlerim ağlamayı, ağzım da konuşmayı unutmuş gibiydi.

Thomas toprak lekeli tişörtümü, şortumu ve Thomas marka iç çamaşırlarımı çıkartıp yere attı.

"Küvete girme zamanı geldi ufaklık." Beni yerden kaldırıp sıcak suyun içine oturttu, kumaş parçasını ıslatıp başımın üstünde sıktı. Gözümü kırpmadım. Yüzüme su gelmesinden nefret etsem de silmek için kılımı bile kıpırdatmadım.

"Dün annem ikizlere ve babama bakmamı söyledi." Thomas ellerini küvetin kenarına koyup çenesini de ellerinin üstüne koydu. "Ben de öyle yapacağım Trav, tamam mı? Sana bakacağım. Onun için, endişelenme. Hepimiz annemi özleyeceğiz ama korkma. Sana söz veriyorum, her şeyin yolunda gitmesini sağlayacağım."

Başımı sallamayı istedim ya da ona sarılmayı, ama hiçbir uzva söz geçiremiyordum. Annem için mücadele etmem gerektiği halde üst katta su dolu bir küvette bir heykel kadar kıpırtısız oturmuş duruyordum. Daha şimdiden onu hayal kırıklığına uğratmıştım. Vücudum çalışmaya başlar başlamaz, bana söylediği bütün o şeyleri yapacağıma içimden söz verdim. Hüznüm kaybolduğunda durmadan oynayacak ve hep mücadele edecektim. Sonuna kadar.

Birinci Bölüm
Güvercin

Kahrolası akbabalar. Seni saatlerce bekleyebilirlerdi. Günler boyunca, geceler boyunca. Sana baktıklarında içini görürler, ilk hangi parçanı çekip koparacaklarına karar vermeye çalışırlardı, en leziz, en yumuşak parçana göz dikerler bazen de sadece en kolay nereye erişirim diye bakarlardı.

Bilmedikleri, beklemedikleri şey ise kurbanın rol yapmasıydı. İşte böyle bir durumda da kolay lokma olan akbabalardı. Tam yapmaları gereken tek şeyin sabırlı olup arkalarına yaslanmak ve göçüp gitmeni beklerken keyif yapmak olduğunu düşünürlerken, sen onlara saldırmalıydın. O anda gizli silahını çıkartmalıydın: statükoya hiç saygı duymamak; dünyanın düzenine teslim olmayı reddetmek.

O anda onları umursamazlığının şiddetiyle şoke ederdin.

Çember'deki bir rakip, hakaretleriyle zayıf noktalarını bulmaya çalışan hıyarın teki, seni kendine bağlamaya çalışan bir kadın; hepsinde işe yarıyor.

Çok küçük bir yaştan itibaren hayatımı bu şekilde yaşamak için bilhassa özen gösterdim. Şu ruhlarını kendilerine gülümseyen ilk hazine avcısı acuzeye veren yufka yürekli geri zekâlılar tamamen yanılıyorlardı. Ama bir nedenden ötürü sürünün tersine giden bendim. Kara koyun bendim. Bana soracak olursan zor olan onların yoluydu. Duyguları dışarıda bırakıp yerine hissizlik ya da öfkeyi –ki kontrol etmesi daha kolaydı– geçirmek kolaydı. Kendine bir şeyler hissetme izni vermek insanı incinebilir hâle getiriyordu. Bu hatayı kardeşlerime, kuzenlerime ya da arkadaşlarıma ne kadar açıklamaya çalışırsam çalışayım bana şüpheyle yaklaştılar. Onları zerre kadar umursamayan, becer-beni-topukluları giymiş salak bir şıllık için ağladıklarını ya da geceleri uykusuz kaldıklarını ne kadar sık görsem de bunu niye yaptıklarını anlayamıyordum. Kalbinin bu denli kırılmasına değecek kadınlar onlara âşık olmana hemen öyle kolay izin vermezlerdi. İlk geceden koltuğunun üstünde domalmazlar ya da onları yatak odasına çekmene razı gelmezlerdi; öyle kolay değillerdi.

Teorilerim umursanmadı çünkü dünyanın düzeni böyle değildi. Çekim, seks, aşk, sevgi ve ardından kalp kırıklığı. Mantıklı düzen buydu. Hep böyleydi.

Ama benim için değil. Hiç yolu yok hocam.

Uzun zaman önce yoluma bir kumru çıkana dek akbabalarla besleneceğime karar vermiştim. Bir güvercinin gelmesini bekleyecektim. Kimseye ayak bağı olmayan, sadece kendi işine bakıp ihtiyaçları ve bencilce alışkanlıklarıyla başkalarını aşağıya çekmeden hayatını sürdürmeye çalışan biri. Cesur. İyi iletişim kuran. Zeki. Güzel. Tatlı dilli. Hayat boyu eşin olabilecek bir canlı. Sana güvenmek için bir nedeni olana dek elde edilemeyen birisi.

Apartmanımın açık kapısının önünde durmuş sigaramın son küllerini silkerken, Çember'de gördüğüm pembe kaşmir yeleği içindeki kız geldi aklıma. Düşünmeden ona Güvercin demiştim. Onu o an olduğundan da huzursuz edecek aptal bir takma addı. Al al olmuş yüzü ve kocaman

açılmış gözleriyle dışarıdan bakıldığın
müştü, ama bunun sadece kıyafetinde
anlamıştım. Boş gözlerle oturma odasına
zorlayıp kızı düşünmeyi bıraktım.

Megan koltuğuma uzanmış televizyon izleyip pinekliyordu. Sıkılmış gibi görünüyordu ve ben de dairemde hâlâ ne aradığını merak ettim. Genelde onunla işim bittikten sonra ıvır zıvırını toplayıp giderdi.

Sokak kapısını itince gıcırdadı. Boğazımı temizleyip sırt çantamın saplarını tuttum. "Megan. Ben çıkıyorum."

Oturup gerindi, sonra da fazlasıyla büyük el çantasının zincirini tuttu. O çantayı dolduracak kadar eşyasının olduğunu sanmıyordum. Megan gümüş renkli zincirleri omzuna geçirdi ve ardından dolgu topuklu ayakkabılarını giyip acele etmeden kapıdan çıktı.

Bana bakmadan, "Canın sıkılırsa mesaj at," dedi. Devasa güneş gözlüklerini takıp kendisini yollamış olmamdan hiç etkilenmeden merdivenlerden indi. Megan'ın beni sıklıkla ziyaret eden az sayıdaki kadından biri olmasının temel nedeni bu umursamazlığıydı. Bir ilişkimiz olsun diye ağlanıp sızlanmaz, kapris yapmazdı. Aramızdakini olduğu gibi kabul eder ve işine bakardı.

Harley'yim sonbahar sabahının güneşinde parıldıyordu. Megan'ın apartmanımın otoparkından çıkmasını bekledim, sonra da merdivenlerden koşarak inerken ceketimin fermuarını çektim. Dr. Rueser'in beşeri bilimler dersi yarım saat içinde başlayacaktı ama geç kalmamı umursamıyordu. Eğer onun canını sıkmıyorsa, oraya gitmek için kendimi perişan etmenin bir anlamı da yoktu.

Arkamdan bir ses "Bekle!" dedi.

Shepley, üstü çıplak bir halde dairemizin kapısının önünde durmuş, tek ayağının üstünde dengede durup di-

ayağına çorap geçirmeye çalışıyordu. "Dün akşam sana soracaktım. Marek'e ne dedin? Kulağına eğilip bir şeyler söyledin. Küçük dilini yutmuş gibi görünüyordu."

"Ona birkaç hafta önce şehir dışına çıktığı için kendisine müteşekkir olduğumu, çünkü annesinin tam bir vahşi kedi olduğunu söyledim."

Shepley bana inanamayan gözlerle baktı. "Kanka. Yapmadın değil mi?"

"Hayır. Cami onun Jones County'de alkol kullanmaktan ceza aldığını söylemişti."

Başını sallayıp başıyla koltuğu işaret etti. "Bu arada, Megan'ın geceyi seninle geçirmesine izin verdin mi?"

"Hayır Shep. Bunu yapmayacağımı biliyorsun."

"O zaman sadece derslerden önce sabah sevişmesi için geldi öyle mi? Seni gün boyu sahiplenmek için ilginç bir yol."

"Bunun için mi geldiğini düşünüyorsun?"

"Diğer herkes onun bıraktıklarıyla idare etmek zorunda." Shepley omzunu silkti. "Megan'dan bahsediyoruz. Kim bilir. Baksana, America'yı kampüse geri götürmem lazım, seni de götürmemizi ister misin?"

"Sonra görüşürüz," deyip Oakley'lerimi geçirdim. "İstersen Mare'i götürebilirim."

Shepley'nin yüzü çarpıldı. "Aaaa. Yok, sağ ol."

Verdiği tepkiden eğlenerek Harley'nin üstüne çıktım ve motoru çalıştırdım. Her ne kadar kız arkadaşının arkadaşlarını baştan çıkarmak gibi kötü bir alışkanlığım olsa da aşmayacağım bir çizgi vardı. America onundu ve o bir kıza ilgi gösterdiği anda kız benim için listeden çıkardı. Shep bunu biliyordu. Sadece bana gıcıklık yapmak hoşuna gidiyordu.

Adam'la Sig Tau'nun arkasında buluştum. Çember'i o yönetiyordu. İlk gece ödememi aldıktan sonra bahislerden

16

gelen parayı onun toplamasını istemiş ve girdiği zahmet için de paranın bir kısmını ona vereceğimi söylemiştim. Giriş paraları onun, bahisten gelenler benimdi. İlişkimiz iş üzerine kuruluydu ve ikimiz de ilişkimizi basit tutmayı tercih ediyorduk. O bana para ödemeye devam ettiği sürece ben ona yüzümü göstermiyordum ve o da birileri dayak yemek istemediği sürece gözüme gözükmüyordu.

Kafeteryaya doğru yola çıktım. Tam kapısına gelmek üzereyken Lexi'yle Ashley yolumu kestiler.

Lexi mükemmel bir pozla önümde durup, "Hey, Trav," dedi. Teni kusursuz bir şekilde bronzlaşmıştı ve silikonlu göğüsleri pembe tişörtünden dışarıya taşıyorlardı. O karşı konulmaz, oynak tepeler ona çakmış olmamın temel nedenleriydiler ama bir defa yeterliydi. Sesi, bana yavaşça sönen bir balonu hatırlatıyordu ve benden sonraki gece Nathan Squalor ona çakmıştı.

"Selam Lex."

Hızla yanından geçip kapıdan içeri girmeden önce sigaramın ucunu kopartıp çöpe attım. Pörsük sebzeler, kurutulmuş et ve mayhoş meyve suyundan oluşan menüye can atmıyordum ama kızın sesi köpeklerin ulumasına neden oluyor, konuştuğunu duyan çocuklar hangi çizgi film karakterinin televizyon ekranından fırlayıp geldiğini görmek için başlarını kaldırıyorlardı.

Kendilerini umursamadığımı belli etmiş olmama karşın her ikisi de peşimden geldiler.

"Shep." Başımla selam verdim. America'yla oturmuşlar, çevrelerindekilerle gülüyorlardı. Dövüşte gördüğüm güvercin yanlarına oturmuş, elinde plastik çatalıyla yemeğini dürtüklüyordu. Sesim merakını uyandırmışa benziyordu. O koca gözleriyle, masanın sonuna kadar gidip tepsimi masanın üstüne atmamı izlediğini hissedebiliyordum.

Lexi'nin kıkırdaması kulağıma geldiğinde, içimde yükselen tiksintiyi bastırmak zorunda kaldım. Oturduğumda dizimi tabure niyetine kullandı.

Masamızda oturan futbol takımından bazı çocuklar huşu içinde bakıyorlardı; sanki düzgün bir cümle kurmaktan aciz iki kaşar tarafından takip edilmek onların asla erişemeyeceği büyük bir başarıymış gibi.

Lexi elini masanın altına kaydırıp parmaklarını baldırıma bastırdı ve elini yavaşça pantolonumun ağına doğru götürmeye başladı. Bacaklarımı açıp hedefe ulaşmasını bekledim.

Tam elleri doğru yere gelecekken masanın öbür tarafından America'nın yüksek sesle mırıldandığını duydum.

"Galiba az önce ağzımın içine azıcık kustum."

Lexi kaskatı kesilip döndü. "Söylediğini duydum şıllık."

Bir ekmek parçası Lexi'nin yüzünün yanından geçip yere düştü. Shepley'yle bir an bakıştıktan sonra dizimi açtım.

Lexi'nin kıçı karo zemine çarpıp zıpladı. Doğruya doğru; kalçasının karolara çarparken çıkardığı sesten azıcık da olsa tahrik oldum.

Yürüyüp gitmeden önce fazla sızlanmadı. Shepley davranışımı takdir etmişe benziyordu ve bu benim için yeterliydi. Lexi gibi kızlara ancak bir yere kadar tahammül edebiliyordum. Tek bir kuralım vardı: saygı. Bana, aileme ve bütün arkadaşlarıma. Tanrı aşkına, bazı düşmanlarım bile saygıyı hak ediyorlardı. Bu hayat dersini anlayamayan insanlarla gereğinden fazla zaman geçirmek için bir neden görmüyordum. Bu söylediklerim dairemin kapısından geçmiş kadınlara ikiyüzlüce gelebilir ama eğer onlar kendilerine saygı duymuş olsalardı, ben de saygımı onlardan esirgemezdim.

Memnun olmuş gibi görünen America'ya göz kırptım, Shepley'ye başımla selam verdim ve ardından tabağımda ne varsa yemeye devam ettim.

Chris Jenks masanın üstündeki kıtır ekmeklerden atıp, "Dün gece iyi iş çıkardın Kuduz İt," dedi.

Brazil her zamanki alçak sesiyle, "Kapa çeneni gerzek," dedi. "Eğer ulu orta konuştuğunu duyarsa Adam seni bir daha içeri almaz."

Chris, "Sıkıyorsa almasın," deyip omzunu silkti.

Tepsimi çöpe götürüp asık bir suratla sandalyeme döndüm. "Ve bir daha bana o şekilde hitap etme."

"Nasıl? Kuduz İt diye mi?

"Evet."

"Neden? Bunun senin Çember'de kullandığın ismin olduğunu sanıyordum, striptizcilerin takma adları gibi."

Gözlerimi Jenks'e doğrulttum. "Neden çeneni kapatıp suratındaki deliğe iyileşmesi için biraz destek olmuyorsun?"

O solucanı oldum olası sevmemiştim.

"Tabii ki Travis. İstemen yeter." Sinirli sinirli kıkırdayıp ıvır zıvırını topladı ve dışarıya yöneldi.

Kısa süre içinde kafeteryanın büyük kısmı boşalmıştı. Masanın öbür tarafına baktığımda, Shepley'yle America'nın hâlâ orada olduklarını ve bir arkadaşlarıyla konuştuklarını gördüm. Uzun, dalgalı saçları vardı ve teni hâlâ yaz tatilinin bronzluğunu taşıyordu. Gördüğüm en büyük göğüslü kız değildi, ama gözleri... tuhaf bir gri tonları vardı. Bir şekilde tanıdık geliyordu.

Onunla başka bir yerde tanışmış olmamızın imkânı yoktu ama yüzündeki bir şeyler bana ne olduğunu tam anlayamadığım bir şeyi anımsatıyorlardı.

Ayağa kalkıp ona doğru yürüdüm. Bir porno yıldızının saçlarına ve bir meleğin yüzüne sahipti. Badem gözlerinin eşsiz bir güzelliği vardı. O anda bir şey fark ettim: o güzelliğin ve sahte masumiyetin ardında başka bir şey vardı, mesafeli, ölçen biçen, kurnaz bir şey. Gülümsediğinde bile günahkârlığın hiçbir hırka tarafından kapatılamayacak kadar içine işlemiş olduğunu görebiliyordum. O gözler minicik burnunun ve yumuşak hatlarının üstünde âdeta havada asılı gibi duruyor ve başka herkes onun saf ve masum olduğunu düşünüyordu. Ama bu kız bir şeyler gizliyordu. Benim fark etmemi sağlayan tek şey, kendimi bildim bileli bende de aynı günahkârlığın olmasıydı. Tek fark onun bunu içinde, derinlerde tutuyor olması ve benim kendi günahkârlığımı düzenli aralıklarla kafesinden çıkarmamdı.

Kendisine baktığımı hissedene dek Shepley'yi izledim. Bana baktığında başımla güvercini işaret ettim.

Sadece dudaklarımla *Bu kim?* dedim.

Shepley'nin kafası karışmış ve canı sıkılmış gibi görünüyordu, bir şey söylemedi.

Şu kız, dedim yine sadece dudaklarımı kullanarak.

Shepley ne zaman beni gıcık edecek bir şey yapmak üzere olsa takındığı sinir bozucu sırıtmasıyla, "Ne var?" diye sordu gereğinden yüksek bir sesle.

Kızın kendisi hakkında konuştuğumuzu bildiği anlaşılıyordu çünkü başını eğik tutmuş bizi duymuyormuş numarası yapıyordu.

Abby Abernathy'nin yakınında altmış saniye bulunduktan sonra iki şeyi anladım: fazla konuşmuyordu ve konuştuğunda da tam bir şirretti. Ama bilemiyorum... Böyle olması hoşuma gitti gibi. Benim gibi hıyarları uzak tutmak için bir savunması vardı ve tabii bu sadece kararlılığımı artırmaya yaradı.

Bana bakarak üçüncü ya da dördüncü kez gözlerini devirdi. Onun canını sıkıyordum ve bu oldukça hoşuma gitmişti. Kendilerine kapıyı gösterdiğimde bile kızlar bana katışıksız bir öfkeyle davranmazlardı.

En iyi gülümsemelerim bile bir işe yaramayınca çıtayı bir tık yükselttim.

"Bir tikin mi var?"

"Bir neyim mi var?"

"Bir tik. Gözlerini sağa sola döndürüp duruyorsun." Eğer beni bakışlarıyla öldürebiliyor olsaydı, oracıkta can vermiş olacaktım. Gülmeme engel olamıyordum. Ukalaydı ve sözünü sakınmak gibi bir şeyden haberi yoktu. Her geçen saniye ondan daha çok hoşlanıyordum.

Eğilip yüzüne yaklaştım. "Yine de çok güzel olduklarını söylemek lazım. Bu renk ne ki? Gri mi?"

Ânında başını eğip saçını yüzünün önüne düşürdü. Gol. Onu rahatsız etmiştim ve bu da ilerleme kaydettiğim anlamına geliyordu.

America hemen atlayıp beni uyardı. Onu suçlayamazdım. Dairemden sayısız kızın geçtiğine tanık olmuştu. America'nın canını sıkmak istemiyordum ama kızgın görünmüyordu. Daha çok eğleniyor gibiydi.

America, "Sen onun tipi değilsin," dedi.

Oyununa devam edip sanki incinmiş gibi ağzımı açık bıraktım ve "Ben herkesin tipiyim!" dedim.

Güvercin bana bakıp sırıttı. Sıcak bir his –tahminen bu kızı koltuğuma atmak için delicesine bir dürtü– içimi kapladı. O farklıydı ve farklılığı bana hayat katmıştı.

"Aha! Bir gülümseme," dedim. Sanki hayatımda daha güzel bir şey görmüşüm gibi yüzündeki ifadeye 'gülümseme' deyip küçümsemek bana yanlışmış gibi geliyordu ama tam öne geçmeye başlamışken oyunumu yüzüme gözüme bulaştırmak niyetinde de değildim. "Demek ki rezil bir piç değilmişim. Seninle tanıştığıma çok memnun oldum Güvercin."

Ayağa kalkıp masanın etrafından dolaştım ve eğilip

America'nın kulağına fısıldadım. "Bana yardım et olur mu? Yemin ederim uslu olacağım."

Bir tane kızarmış patates uçarak yüzüme geldi.

"Dudaklarını hatunumun kulağından çek Trav!" dedi Shepley.

Becerebildiğim en masum ifadeyi takındım ve bunu desteklemek için de ellerimi havaya kaldırıp geriledim. "Bağlantı kuruyorum! Sadece bağlantı kuruyordum!" Kapıya gelene kadar birkaç adım geri geri yürüdüm ve kapının önünde küçük bir kız grubu olduğunu fark ettim. Kapıyı açınca bir bufalo sürüsü gibi dışarıya hücum ettiler ve ben de onların çıkmasını beklemek zorunda kaldım.

Bir kız bana meydan okuyalı uzun zaman olmuştu. İşin tuhaf yanı onu becermeyi hedeflememmedi. Evet, benim pisliğin teki olduğumu düşünme ihtimali beni rahatsız ediyordu, ama bunun umurumda olması huzurumu daha da çok bozuyordu. Her iki halde de, uzun zamandır ilk defa ne yapacağı belli olmayan biri vardı karşımda. Güvercin burada karşılaştığım kızların tam zıddıydı ve neden böyle olduğunu öğrenmeliydim.

Chaney'nin dersinde sınıf tamamen doluydu. Yerime geçerken basamakları ikişer ikişer çıktım ve ardından bir bataklığı geçer gibi masamın üstünde kalabalık yapan çıplak bacakların arasından kendime yol açtım.

Başımla selam verdim. "Bayanlar."

Aynı anda inleyip iç çektiler.

Akbabalar. Yarısına ilk yılımda çakmıştım, diğer yarısı da ilk dönem bitmeden koltuğumu ziyaret etmişlerdi. En sondaki kız hariç. Sophia çarpık bir gülümsemeyle bana baktı. Yüzü alev almış da söndüreni olmamış gibi görünüyordu. Birkaç cemiyet biraderimle yatmıştı. Biraderlerimin alışkanlıklarını ve kızın önlem almadaki kayıtsızlığını bildiğim için, ben her zaman dikkatli olsam da onu gereksiz bir risk olarak görmek en iyisiydi.

Benimle daha iyi bakışabilmek için dirseklerini masaya dayayıp öne eğildi. Tiksintiyle titrememek için kendimi zor tuttum. *Yok. Değmez.*

Önümdeki kumral bana dönüp gözlerini kırpıştırdı. "Hey Travis. Sig Tau'da bir çiftler partisi verileceğini duydum."

"Hayır," dedim bir an bile duraksamadan.

Alt dudağını sarkıttı. "Ama... partiden bana bahsettiğinde gitmek istediğini düşünmüştüm."

Bir kahkaha attım. "Partiye laf ediyordum; dediğimin anladığınla alakası bile yok."

Yanımdaki sarışın öne eğildi. "Travis Maddox'un çiftler partilerine gitmediğini herkes bilir. Yanlış avın peşinde koşuyorsun, Chrissy."

"Öyle mi? Sana soran olmadı zaten," dedi Chrissy yüzünü asarak.

Kadınlar tartışırken, Abby'nin koşarak sınıfa girdini gördüm. Zil çalmadan önce neredeyse uçarak ön sıraya oturdu.

Kendime neden öyle yaptığımı soracak vakit bırakmadan kâğıdımı elime alıp kalemimi de ağzıma tıktım ve basamaklardan aşağı koşup yanına geçtim.

Abby'nin yüzündeki ifade eğlenceli olmanın çok ötesindeydi ve bir nedenden ötürü vücudumun adrenalinle dolmasına neden oldu; dövüş başlamadan önce yaşadığıma benzeyen bir heyecandı.

"İyi. Benim için not alabilirsin."

Bariz bir şekilde midesi bulanmıştı, bu da beni daha da keyiflendirdi. Çoğu kız sıkıntıdan kafayı sıyıracakmış gibi hissetmeme neden oluyordu ama bu kız ilginçti. Hatta eğlenceli sayılırdı. Onun ayaklarını yerden kesmemiştim. En azından olumlu bir anlamda. Varlığımla dahi kusmak istemesine neden oluyordum ve tuhaf bir şekilde bu kendimi ona daha yakın hissetmeme neden oluyordu.

İçimi gerçekten de benden nefret mi ettiğini yoksa sadece çetin ceviz mi olduğunu öğrenme isteği kapladı. Eğilip ona yaklaştım. "Affedersin... istemeden de olsa seni rahatsız mı ettim?" Başını iki yana sallamadan önce bakışları yumuşamıştı. Benden nefret etmiyordu, sadece benden nefret etmek *istiyordu*. Ondan iki adım ilerideydim. Eğer oyun oynamak istiyorsa, nasıl oynanacağını iyi bilirdim.

"O zaman derdin nedir?"

Bir sonraki cümlesini kurmadan önce utanmış gibi göründü. "Seninle yatmayacağım. Artık vazgeçmen lazım."

Hadi be. Bu iş eğlenceli olacak gibi görünüyordu. "Senden benimle yatmanı istememiştim ki... istemiş miydim?" Sanki hatırlamaya çalışıyormuş gibi düşünceli düşünceli tavana baktım. "Niye bu gece America'yla beraber bize gelmiyorsunuz?"

Abby'nin üst dudağı sanki çürümüş bir şeyin kokusunu almış gibi yukarı kalktı.

"Yemin ederim seninle flört bile etmeyeceğim."

"Bunu düşüneceğim."

Çok fazla gülümseyip niyetimi belli etmemeye çalıştım. Yukarıdaki akbabalar gibi hemen bacaklarını açmayacaktı. Arkama döndüğümde, hepsinin fal taşı gibi açılmış gözlerle Abby'ye baktıklarını gördüm. Onlar da benim gibi biliyorlardı: Abby farklıydı ve ben de bu kızı elde etmek için çaba gösterecektim. Bir kez olsun bir kız için çabalayacaktım.

Üç tane dövme eskizi ve iki düzine üç boyutlu kutu çizdikten sonra ders nihayet bitti. Kimse beni durduramadan, kalabalığın arasından süzülerek geçtim koridorları. Epey iyi bir hız yapmıştım ama Abby bir şekilde aramızdaki mesafeyi açmış, dışarı çıkmayı başarmıştı.

Lanet olsun. Benden uzak durmaya çalışıyordu. Yanına gelene dek hızlı hızlı yürüdüm. "Düşündün mü?"

Bir kız saçıyla oynayarak, "Hey Travis!" dedi. Abby yürümeye devam ederek beni kızın kulak tırmalayan gevezeliğiyle baş başa bıraktı.

"Affedersin..."

"Heather."

"Affedersin Heather.. benim... gitmem lazım."

Kız bana sarıldı. Sırtını sıvazladım, silkinerek kollarından kurtuldum ve kim olduğunu hatırlamaya çalışarak yürümeye devam ettim.

Heather'ın kim olduğunu hatırlayamadan önce Abby'nin uzun, yanık tenli bacakları görüş alanıma girdi. Bir Marlboro yakıp koşarak yanına gittim. "Nerede kalmıştım? Ha, evet... sen düşünüyordun."

"Neden bahsediyorsun?"

"Bize gelmeyi düşündün mü?"

"Eğer evet dersem beni takip etmeyi kesecek misin?"

Düşünüyormuş numarası yapıp ardından başımı salladım. "Evet."

"O zaman geleceğim."

Deli saçması. O bu kadar kolay bir kız değildi. "Ne zaman?"

"Bu akşam. Bu akşam size geleceğim."

Adımımın ortasında donakaldım. Bir şeyler planlıyordu. Atak yapacağını tahmin etmemiştim. "Güzel," dedim şaşkınlığımı gizleyerek. "O zaman görüşmek üzere Güvercin."

Arkasına dönmeden yürüyüp gitti, konuşmamızdan bi-

25

raz olsun etkilenmemişti. Derslerine giden öğrencilerin arasında gözden kayboldu.

Shepley'nin beyaz beyzbol şapkasını gördüm. Bilgisayar dersimize gitmek için hiç de acele ediyormuş gibi görünmüyordu. Kaşlarımı çattım. O dersten nefret ediyordum. Bu zamanda lanet olası bir bilgisayarı çalıştırmayı bilmeyen mi kalmıştı?

Shepley ve America'yla birlikte ana koridorda akan öğrenci trafiğine katıldım. America parlayan gözlerle kıkırdayıp Shepley'nin bana zırvalamasını izledi. O bir akbaba değildi. Evet, seksi bir hatundu, ama her kelimenin ardından *yaani* demeden muhabbet edebiliyordu ve muhabbeti bazen epey eğlenceli olabiliyordu. Onun hakkında en çok hoşlandığım şey ise Shepley'yle ilk buluşmalarının üstünden birkaç hafta geçmeden dairemize gelmemiş olması ve o zaman bile birbirlerine sokulup film izledikten sonra yurt odasına dönmesiydi.

Ama Shepley'nin onu yatağa atmadan önceki deneme süresinin bitmek üzere olduğuna dair bir his vardı içimde.

"Selam Mare," dedim başımı sallayarak.

"Nasıl gidiyor Trav?" diye sordu. Bana sıcak bir gülümsemeyle karşılık vermişti ama bir an sonra gözleri hemen Shepley'nin üstüne dönmüştü.

Shepley şanslı bir çocuktu. Mare gibi kızlara pek sık rastlanmıyordu.

"Yerime yurduma geldik," dedi America, köşedeki yurduna işaret edip. Kollarını Shepley'nin boynuna dolayıp onu öptü. Shepley, kızın gitmesine izin vermeden önce gömleğinin iki yanından tutup kendine doğru çekti.

America son bir kez ikimize el salladıktan sonra ön kapının oradaki arkadaşı Finch'in yanına gitti.

"Ona kafayı taktın bakıyorum?" diye sordum, Shepley'nin koluna yumruk atarak.

Beni itti. "Sen kendi işine baksana mankafa."

"Kız kardeşi var mı?"

"Hayır, tek çocuk. Arkadaşlarından da uzak durman lazım Trav. Ciddiyim."

Shepley'nin son sözleri gereksizdi. Gözleri çoğunlukla duygularını ve düşüncelerini birer ilan panosu gibi apaçık yansıtırlardı ve belli ki son derece ciddiydi, hatta biraz çaresiz de denebilirdi. Ona kafayı takmakla kalmamıştı. Shepley America'ya âşık olmuştu.

"Abby'ye yaklaşma demek istiyorsun."

Alnını kırıştırdı. "Herhangi bir arkadaşına yaklaşma demek istiyorum. Finch'e bile. Uzak dur yeter."

"Kuzen!" dedim, onu kafa kola alarak. "Âşık mı oldun? Sayende gözlerim yaşardı!"

"Kapa çeneni," diye homurdandı Shepley. "Sadece arkadaşlarından uzak duracağına söz ver."

Sırıttım. "Hiçbir söz vermiyorum."

İkinci Bölüm
Geri Tepme

"Ne yapıyorsun?" diye sordu Shepley. Bir elinde bir çift spor ayakkabı, diğerinde kirli bir don odanın ortasında durmuştu.

"Eee, temizlik desem?" diye sordum şat bardaklarını bulaşık makinesine sokarken.

"Onu görebiliyorum. Ama... neden?"

Gülümsedim, sırtım Shepley'ye dönüktü. Canıma okuyacaktı. "Misafirim gelecek."

"Eee?"

"Güvercin."

"Ne?"

"Abby, Shep. Abby'yi davet ettim."

"Kanka yapma! Şu işin içine etme. N'olursun bak."

Arkama dönüp kollarımı göğsümün üstünde kavuşturdum. "Denedim Shep. Denedim. Ama... Bilemiyorum." Omzumu silktim. "Onda bir şeyler var. Kendimi tutamadım."

Shepley dişlerini sıktı, sonra da ayaklarını vura vura odasına gidip kapıyı çarptı.

Bulaşık makinesini doldurmayı bitirip etrafta görünür bir yerlerde prezervatif paketi kalmış mı diye kontrol etmek için koltuğun çevresinde dolaştım. Öyle durumlarda açıklama yapmak hiç eğlenceli olmuyordu.

Bu okuldaki güzel kızların iyi bir yüzdesini halletmiş olduğum sır değildi ama daireme geldiklerinde onlara bunu hatırlatmaya gerek de yoktu. Her şey nasıl gösterdiğinizle ilgiliydi.

Ama Güvercin'e gelince... Onu koltuğuma yatırabilmek için asparagas reklamdan çok daha fazlası gerekecekti. Bu noktada stratejim adımları tek tek atmaktı. Eğer sonuca odaklanırsam, bütün süreci bir anda berbat edebilirdim. Detayların farkına varıyordu. Ben bile ondan saf sayılırdım; çok daha saf. Bu operasyon son derece hassas dengeler üzerine kuruluydu.

Ön kapının açıldığını duyduğumda odamda kirli çamaşırlarımı ayıklıyordum. Shepley onu ön kapıda karşılayabilmek için genellikle America'nın arabasının gelip gelmediğini dinlerdi.

Hanım evladı.

Fısıldaşmalar, ardından da Shepley'nin kapısının kapanması beklediğim işaretti. Ön taraftaki odaya yürüdüm ve işte orada oturuyordu: Gözlük takmıştı, saçını olduğu gibi kafasının üstüne yığmış ve bir ihtimal pijama olan bir şeyler giymişti. Kirli çamaşır sepetinin dibinde küflenmekte olan bir şeyi alıp üstüne geçirmiş olsa şaşırmazdım.

Kahkahalarla gülmeye başlamamak o kadar zordu ki. Daha önce hiçbir kadın, bir kere bile, daireme bu şekilde giyinip gelmemişti. Dairemin kapısı neler görmüştü neler; kot etekler, elbiseler, hatta bir defasında ip bikininin üstüne geçirilmiş şeffaf bir elbise. Ve birkaç defa da elbise niyetine kullanılmış makyaj ve sim losyonu. Ama hiç pijama görmemişti.

Görünüşü daireme gelmeyi neden bu kadar kolay kabul

29

ettiğini ânında açıkladı. Beni kendisinden tiksindirerek başından savmaya çalışıyordu. Eğer o haliyle inanılmaz seksi olmasaydı işe yarayabilirdi de, ama cildi kusursuzdu ve makyajsız yüzü ve gözlüğünün çerçevesi göz rengini daha da açığa çıkarıyordu.

"Tam zamanında geldin," deyip kendimi koltuğa attım.

İlk başta bu parlak fikriyle gurur duymuş gibi görünüyordu ama ben hiç etkilenmeden muhabbete devam ettim ve planının işe yaramadığı belli oldu. Onun gülümsemesi azaldıkça ben de pişmiş kelle gibi sırıtmamak için daha çok çaba harcamak zorunda kalıyordum. O kadar eğlenceliydi ki kendimi tutamıyordum.

Shepley'yle America on dakika sonra bize katıldılar. Abby'nin canı sıkılmış ve kafası karışmıştı ve ben de neredeyse sarhoş olmuş gibiydim. Konuşmamız onun basit bir makale yazabileceğimden şüphe etmesinden dövüşmeye olan zaafıma geçmişti. Abby'yle normal konulardan konuşmak hoşuma gitmişti. Onu bir defa yatağa attıktan sonra gitmesini istemenin sıkıcılığına yeğlediğim bir durumdu. Beni anlamıyordu ve her ne kadar canını sıkıyormuşum gibi duruyorsa da beni anlamasını istiyor sayılırdım, dolayısıyla benim de canım sıkılmıştı.

"Nesin sen? Karate Kid mi? Dövüşmeyi nereden öğrendin?"

Shepley'yle America, Abby adına utanmış gibi görünüyorlardı. Neden bilmiyorum, ben rahatsız olmamıştım. Çocukluğumdan bahsetmemem çocukluğumdan utandığım anlamına gelmezdi.

"Alkol problemi olan sinirli bir babam ve doğuştan serseri dört ağabeyim vardı."

"Öyle mi," demekle yetindi. Yanakları kızardı ve o anda göğsümde bir sızı hissettim. Ne olduğundan emin değildim ama kafama takılmıştı. "Utanma Güvercin. Babam içmeyi bıraktı, ağabeylerim de büyüyüp adam oldular."

"Utanmadım." Beden diliyle söyledikleri birbirini tutmuyorlardı. Konuyu değiştirmek için söyleyecek bir şeyler bulmaya çalıştım ve ardından o seksi, hırpani görünüşü geldi aklıma. Utanç yerini ânında tahrik duygusuna bırakmıştı, bununla başa çıkmayı tercih ederdim.

America televizyon izlememizi önerdi. Abby'yle aynı odadayken son istediğim şey onunla konuşamamaktı. Ayağa kaktım. "Aç mısın Güvercin?"

"Ben yemek yemiştim."

America kaşlarını çattı. "Hayır, yemedin. Aa... yani... doğru diyorsun, pizza yediğini... unutmuştum. Çıkmadan önce."

Abby yeniden utanmıştı ama zaman geçmeden kızgınlığı utancını kapattı. Duygularının genelde takip ettiği sırayı öğrenmek fazla zaman almamıştı.

Kapıyı açtım, sesimin normal olmasına çabaladım. Daha önce hiç bir kızla yalnız kalmayı bu kadar çok istememiştim, özellikle onunla seks *yapmayacaksam*. "Haydi gel. Aç olmalısın."

Omuzları biraz olsun gevşedi. "Nereye gidiyorsun?"

"Nereye istersen. Bir pizzacıya gidebiliriz." Heyecandan kasıldım. Fazla hevesli görünmüş olabilirdim.

Eşofmanına baktı. "Doğru düzgün bir şey giymedim."

Ne kadar güzel olduğu hakkında en ufak bir fikri yoktu. "İyi görünüyorsun. Haydi, gidelim, açlıktan ölüyorum."

Harley'yimin arkasına geçtiğinde nihayet doğru düzgün düşünebilmeye başladım. Genelde motosikletimdeyken zihnim rahatlar, düşüncelerim berraklaşırdı. Abby'nin bacakları kalçalarımı bir sarmaşık gibi kavramıştı ama bu da tuhaf bir şekilde rahatlatıcıydı. Kendimi neredeyse üstümden bir yük kalkmış gibi hissediyordum.

Onun için hissettiğim bu tuhaf his dikkatimi dağıtıyordu. Hoşuma gitmemişti ama onun etrafta olmasının rahatsız edici olduğu kadar rahatlatıcı olduğunu da anımsamıştım. Kendime çekidüzen vermeye karar verdim. Abby bir güvercin olabilirdi ama yine de baş belası bir kızdı işte. Kafayı sıyırmanın lüzumu yoktu.

Ayrıca o iyi kız numarasının altında gizlenen bir şey vardı. Benden gördüğü anda nefret etmesinin nedeni daha önce bana benzeyen birinin canını yakmış olmasıydı. Ama motor olmasının imkânı yoktu. Tövbe etmiş bir motor olması bile mümkün değildi. Öylelerini bir kilometreden tanırdım. Maskem yavaşça düştü. Nihayet tanımaya değecek kadar ilginç bir kız bulmuştum ve benim başka bir versiyonum çoktan onun canını yakmıştı.

Her ne kadar daha yeni tanışmış olsak da hödüğün tekinin Güvercin'in canını yakması düşüncesi beni deli ediyordu. Abby'nin beni kendisine zarar verebilecek biriyle özdeşleştirmesi daha da kötüydü. Pizza Shack'in otoparkına girerken motora birden gaz verdim. Yol, darmadağınık kafamı toparlamak için yetmezdi ne de olsa.

Hangi hızda gittiğimi düşünmüyordum bile, dolayısıyla Abby motosikletten atlayıp bağırmaya başladığında elimde olmadan güldüm.

"Hız sınırına uydum."

"Evet, otobanda gidiyor olsaydık bu dediğin doğru olurdu!" Kafasının üstüne topladığı saçları hınçla çekip, uzun saçını parmaklarıyla taradı.

Saçını tekrar toplamasını izlemekten kendimi alıkoyamadım. Sabahları böyle göründüğünü hayal ettim ve sonra da sertleşmemek için *Er Ryan'ı Kurtarmak*'ın ilk on dakikasını gözümde canlandırmam gerekti. Kan. Çığlıklar. Karından sarkan bağırsaklar. El bombaları. Susmayan silahlar. Daha çok kan.

Kapıyı onun için açık tuttum. "Sana bir şey olmasına izin vermem Güvercin."

Centilmence hareketimi görmezden geldi ve kızgınlıkla yanımdan geçip restorana girdi. Yazık olmuştu; kendisi için kapıyı açık tutmak istediğim ilk kızdı. O ânı iple çekmiştim ve o farkına bile varmamıştı.

Peşinden içeriye girdikten sonra dolu olsun olmasın buraya geldiğimde hep oturduğum köşe masasına gittim. Futbol takımı restoranın ortasında bir araya getirilmiş birkaç masaya yayılmıştı. Bir kızla geldiğim için çoktan ulumaya başlamışlardı, ben de dişlerimi sıktım. Abby'nin duymasını istemiyordum.

Hayatımda ilk defa yaptıklarımdan utandım. Ama uzun sürmedi. Abby'nin gıcık olmuş, canı sıkkın bir şekilde karşıma oturduğunu gördüğümde moralim hemen yerine geldi.

İki bira ısmarladım. Abby'nin yüzündeki tiksinti ifadesi beni hazırlıksız yakaladı. Garson kız benimle utanmazca flört ediyordu ve bu Abby'nin hoşuna gitmemişti. Görünüşe göre canını sıkmak için hiç çaba harcamama gerek yoktu.

"Buraya sık gelir misin?" diye patladı, garson kıza bakarak.

Budur. Kıskanmıştı. Bir dakika. Belki de kadınların bana davranma şekilleri onun için iticiydi. Bu da beni şaşırtmazdı. Bu yavru başımı döndürüyordu.

Beni etkilediğini görmesine izin vermeyi reddederek dirseklerimi masaya yasladım. "Senin olayın nedir Güvercin? Genel olarak erkeklerden mi nefret ediyorsun yoksa sadece benden mi?"

"Sadece senden diye düşünüyorum."

Buna gülünürdü işte. "Seni çözemiyorum. Benimle sevişmeden benden tiksinen ilk kızsın. Benimle konuşurken ne diyeceğini şaşırmıyorsun ve dikkatimi çekmeye de çalışmıyorsun."

"Bu bir oyun değil. Senden hoşlanmıyorum o kadar."

Ah. "Eğer benden hoşlanmasaydın burada olmazdın."

Israrcılığım sonuç verdi. Yüzünün asıklığı azaldı ve gözlerinin çevresindeki kasları gevşedi.

"Kötü birisin demiyorum, sadece sırf vajinam var diye cepte olduğumu düşünmeni istemiyorum."

Bana ne haller olduysa artık kendimi hiç tutamıyordum. Bastırmaya çalıştığım gülümsemem kahkahalar halinde serbest kaldı. Demek hıyarın teki olduğumu düşünmüyordu; sadece yaklaşımımdan hoşlanmamıştı. Bunun çaresi kolaydı. Üstüme müthiş bir rahatlık geldi ve yıllardır gülmediğim gibi neşeyle güldüm. Belki de bütün hayatım boyunca böylesine neşeyle gülmemiştim.

"*Tanrım!* Beni öldüreceksin! Budur. Bizim arkadaş olmamız lazım, hayır diyemezsin."

"Arkadaş olmamız sorun değil ama bu her beş saniyede bir beni yatağa atmaya çalışmanı gerektirmez."

"Benimle yatmayacaksın. Anladım."

İş tamamdı. Gülümsedi ve o anda olasılıklarla dolu yepyeni bir dünyaya adım attım. Beynim sanki bir anda hepsi Güvercine adanmış yüzlerce porno kanalı çekmeye başlamıştı ve ardından bütün sistem çakıldı; filmler asalet ve daha yeni başladığımız bu tuhaf arkadaşlığı yüzüme gözüme bulaştırmayı istememe konulu bilgilendirici reklamlarla bölündü.

Ona bakıp gülümsedim. "Sana söz veriyorum. Sen istemediğin sürece seninle ilgili fantezi bile kurmayacağım."

Küçük dirseklerini masaya dayayıp ağırlığını onlara verdi. Tabii ki gözlerim doğrudan masanın kenarına bastırdığı göğüslerine kaydı.

"Ve ben de bunu istemeyeceğim, dolayısıyla arkadaş olabiliriz."

Meydan okuman kabul edilmiştir, diye düşündüm.

"Peki, *senin* hikâyen nedir?" diye sordu Abby. "Hep *Travis 'Kuduz İt' Maddox* muydun yoksa buraya geldikten sonra mı öyle oldun?" O kahrolası iğrenç lakabı söylerken iki elinin iki parmağıyla tırnak işareti yapmıştı.

Büzüldüm. "Yok. Lakabı ilk dövüşümden sonra Adam buldu." O isimden nefret ediyordum ama üstüme yapışmıştı bir kere. Herkesin de hoşuna gidiyormuş gibi gözüküyordu dolayısıyla Adam ismi kullanmaya devam etti.

Rahatsız edici bir sessizlikten sonra Abby nihayet konuştu. "Bu kadar mı? Bana kendinle ilgili hiçbir şey anlatmayacak mısın?"

Lakabımdan rahatsız olmuş gibi görünmüyordu ya da anlattığım hikâyeyi olduğu gibi kabul etmişti. Ne zaman bir şeyden rahatsız olup çıldıracağını, ne zaman mantıklı ve rahat davranacağını hiç bilemiyordum. Tanrım, bu hallerine bayılıyordum.

"Ne öğrenmek istiyorsun?"

Abby omzunu silkti. "Sıradan şeyler. Nereden geliyorsun, büyüdüğünde ne olmak istiyorsun... Bunun gibi şeyler."

Gerginliğimin belli olmaması için çaba harcamam gerekiyordu. Kendim hakkında konuşmak –özellikle de geçmişim hakkında– rahat yapabildiğim bir şey değildi. Birkaç tane muğlâk yanıt verip konuyu geçiştirdim ama sonra futbolculardan birinin saçma bir espri yaptığını duydum. Abby'nin ne hakkında güldüklerini anlayacağı ânı dehşet içinde bekliyor olmasaydım, bu kadar umurumda olmazdı. İtiraf ediyorum, bu söylediğim doğru değildi. Yaptıkları espri Abby orada olsa da olmasa da beni kızdırırdı.

Ailem ve ne okuduğum hakkında soru sormaya devam etti, ben de koltuktan fırlayıp masadakileri tek başıma ezip geçmemek için kendimi zor tutuyordum. Öfkem patlama noktasına yaklaştıkça konuşmamıza dikkat kesilmek gitgide daha zor hâle geliyordu.

"Neye gülüyorlar?" diye sordu nihayet, başıyla gürültünün geldiği masayı işaret ederek.

Başımı salladım.

"Söyle bana," diye ısrar etti.

Dudaklarımı ince bir çizgiye dönüşene dek birbirlerine bastırdım. Eğer kalkıp giderse büyük ihtimalle başka bir şansım olmayacaktı ve o hıyarların gülmek için daha fazla malzemesi olacaktı.

Beklentiyle bana baktı.

Lanet olsun. "Seni öncesinde yemeğe çıkarmak zorunda kalmama gülüyorlar. Genelde... benim olayım değildir."

"Öncesinde mi?"

Neyin kastedildiğini anladığında yüzü donup kaldı. Orada benimle beraber olmaktan ötürü dehşete düşmüştü.

İrkildim. Her an fırlayıp dışarı çıkmasını bekliyordum.

Omuzları düştü. "Kılık kıyafetim böyle olmasına rağmen seni benimle beraber görmelerine izin verdin, bir de benimle yatacağımı düşünüyorlar; dolayısıyla da sana gülüyorlar diye düşünüyordum."

Dur bir dakika. Ne? "Niye seninle görülmeyecekmişim?"

Abby'nin yanakları kızarıp pembeleşti, sonra da başını eğip masaya baktı.

"Neden bahsediyorduk?"

İçimi çektim. Benim için endişelenmişti. Kılık kıyafetine güldüklerini sanıyordu. Güvercin kasıntı bir tip değildi demek ki. Kafasına daha fazla takmasına fırsat vermeden bir soru daha sordum.

"Senden. Sen ne okuyorsun?"

"Şimdilik programımı seçmedim. Daha kesin kararımı

vermedim ama Muhasebe'ye meyilliyim."

"Buralardan değilsin. Nereden geldin?"

"America'yla aynı yerdeniz, Wichita."

"Nasıl oldu da ta Kansas'tan buralara kadar geldin?"

"Uzaklaşmamız gerekiyordu."

"Neden?"

"Evdekilerden."

Kaçıyordu. Tanıştığımız gece giydiği hırka ve incilerin göstermelik olduklarını hissetmeye başlamıştım. Ama neyi gizliyorlardı? Kişisel sorulardan oldukça çabuk rahatsız olmuştu, ama ben konuyu değiştiremeden futbol takımındaki Kyle ağzını kapalı tutmayı beceremedi.

Onu anladığımı göstermek için kafamı salladım. "Peki, neden burası?"

Abby bir şeyler söyledi ama kaçırdım. Futbol takımının kahkahaları ve ettikleri hıyarca laflar söylediklerini bastırdı.

"Hocam yanlış anlamışsın, köpek poşeti getirmen gerekiyordu, köpeği poşetlemen değil."

Artık kendimi tutamıyordum. Sadece bana değil, aynı zamanda Abby'ye de saygısızlık ediyorlardı. Ayağa kalkıp birkaç adım atınca birbirlerini itip kapıdan çıktılar, arada da bir düzine kişinin ayaklarına bastılar.

Abby'nin bakışlarını üzerimde hissedebiliyordum, o yoğunluk beni kendime getirdi, ben de gidip masaya oturdum. Bir kaşını kaldırıp ânında bütün sıkıntı ve öfkemi yok etti.

"Neden Eastern'ı seçtiğini anlatıyordun," dedim. Az önce yaşananlar olmamış gibi yapmak büyük ihtimalle muhabbeti devam ettirmenin en iyi yoluydu.

"Açıklaması zor," dedi omzunu silkerek. "Sadece doğru tercihmiş gibi geldi."

Eğer o anda nasıl hissettiğimi açıklayan bir cümle vardıysa, o da buydu. Ne halt ettiğimi ya da niye böyle davrandığımı bilemiyordum ama masada onun karşısında oturmak bana tuhaf bir dinginlik veriyordu. Bir öfke krizinin ortasında bile.

Gülümseyip menümü açtım. "Ne demek istediğini anlıyorum."

Üçüncü Bölüm
Beyaz Şövalye

Shepley tam bir aşk budalası gibi kapının önünde durmuş arabasını otoparktan çıkartan America'ya el sallıyordu. Kapıyı kapatıp yüzünde fena halde ahmak bir sırıtmayla kendini koltuğa attı.

"Sen aptalsın," dedim.

"Ben mi? Kendini görmeliydin. Abby buradan ayrılmak için daha fazla acele edemezdi herhalde."

Yüzümü buruşturdum. Bana Abby acele ediyormuş gibi gelmemişti. Ama şimdi Shepley söyleyince, daireye döndüğümüzde Abby'nin epey sessiz olduğunu hatırladım. "Öyle mi düşünüyorsun?"

Shepley güldü, arkasına yaslanıp koltuğun ayaklığını yukarı kaldırdı. "Senden nefret ediyor. Bırak peşini."

"Benden nefret etmiyor. Buluşmada-akşam yemeğinde hedefi on ikiden vurdum."

Shepley her iki kaşını da kaldırdı. "Buluşma mı? Trav. Ne yapıyorsun? Çünkü eğer oyun oynayacağım diye benim olayımı bozarsan seni uykunda öldürürüm."

Kendimi kanepeye atıp uzaktan kumandayı aldım. "Ne yaptığımı bilmiyorum, ama o dediğini yapmıyorum."

Shepley kafası karışmış gibi görünüyordu. Benim de en

az onun kadar şaşkın olduğumu görmesine izin vermeyecektim.

"Dalga geçmiyordum," dedi, gözlerini televizyon ekranından ayırmadan. "Seni yastığınla boğarım."

"Dediğini duydum," diye patladım. Şu alışık olmadığım sularda yüzme durumu canımı sıkıyordu ve şimdi de Pepé Le Pew kalkmış beni ölümle tehdit ediyordu. Shepley'nin kafayı takmış hali can sıkıcıydı. Shepley'nin âşık hali ise tahammül edilir gibi değildi.

"Anya'yı hatırladın mı?"

"Onun gibi değil," dedi Shepley, bıkmış bir halde. "Mare'le aramızda olan farklı bir şey. O benim evleneceğim kız."

"Bunu sadece birkaç aydan sonra mı anladın?" diye sordum, şüpheyle.

"Onu gördüğüm anda anlamıştım."

Başımı salladım. Shepley'nin böyle olmasından nefret ediyordum. Çiçek böcek ve havada uçuşan kalpler. İstisnasız her seferinde kalbi kırılıyordu ve sonraki altı ay boyunca kendini içkiye verip öldürmemesi için ona göz kulak olmam gerekiyordu. Ama bu hali America'nın hoşuna gidiyormuş gibi duruyordu.

Neyse. Hiçbir kadın, onu kaybettim diye içip içip salya sümük ağlamama neden olamaz. Eğer benimle kalmadılarsa zaten beraber olmaya değmezlermiş demektir.

Shepley ayağa kalkıp gerindi, sonra da ağır aksak odasının yolunu tuttu.

"Tamamen geyiksin, Shep."

"Sen nereden bileceksin ki?" diye sordu.

Haklıydı. Daha önce hiç âşık olmamıştım ama beni bu kadar değiştirebileceğine inanamıyordum.

Ben de yatmaya karar verdim. Soyunup oflayarak kendimi yatağa bıraktım. Başımı yastığa koyar koymaz Abby'yi düşündüm. Konuşmamız tek kelimesi atlamadan aklımda tekrar ediyordu.

Birkaç defa benimle ilgilendiğini gösterir gibi olmuştu. Benden tamamen nefret etmiyordu ve bu rahatlamama yardımcı oluyordu. İtibarım hakkında pek özür diler gibi davranmamıştım ama o da rol yapmamı beklememişti. Kadınlar yüzünden gerginleşmezdim. Abby'yle birlikteyken aynı anda hem kafam dağılıyor hem de dikkat kesiliyordum. Gergin ve rahat. Sıkkın ve kahkahasını zor tutacak kadar neşeli. Daha önce hiç kendimle bu kadar çok çeliştiğimi hissetmemiştim. Bu his bir nedenden ötürü daha çok onun yanında olmayı istememe neden oluyordu.

İki saat boyunca tavana bakıp ertesi gün onu nasıl görebileceğimi düşündükten sonra gidip mutfaktaki Jack Daniel's şişesini bulmaya karar verdim.

Şat bardakları yıkanmış, bulaşık makinesinde duruyorlardı, bir tanesini alıp sonuna kadar doldurdum. Diktikten sonra bir daha doldurdum. Onu da indirdikten sonra bardağı lavaboya koydum ve arkama döndüm. Shepley, yüzünde ukala bir gülümsemeyle eşikte duruyordu.

"Ve işte başladı."

"Aile ağacımızda belirdiğin gün o ağacı kesmek istemiştim."

Shepley bir defa gülüp kapısını kapadı.

Ayaklarımı sürüyerek yatak odama gittim, ona karşı çıkamadığım için gıcık olmuştum.

Sabahki dersim bitmek bilmedi ve sonra apar topar kafeteryaya koşturduğum için kendimden biraz tiksindim. Abby'nin orada olup olmayacağından bile emin değildim.

Ama oradaydı.

Brazil tam karşısına oturmuş, Shepley ile çene çalıyordu. Yüzümde bir zafer gülümsemesi belirir gibi oldu ardından da içimi çektim, hem rahatlamış hem de sıradanlığımı kabullenmiştim.

Kafeterya görevlisi tepsime ne olduğu hakkında hiçbir fikrim olmayan bir şeyler doldurdu, ardından masaya yürüyüp Abby'nin tam karşısına oturdum.

"Sandalyemde oturuyorsun, Brazil."

"Ha, kızlarından biri mi Travis?"

Abby başını salladı. "Kesinlikle hayır."

Bekledim, sonunda Brazil söz dinleyip tepsisini aldı ve upuzun masanın sonunda bir yere geçti.

"N'aber Güvercin?" diye sordum, bana zehir tükürmesini bekleyerek. Bir kızgınlık belirtisi göstermeyince aşırı derecede şaşırdım.

"Bu nedir?" Tepsime bakıyordu.

Tepsimde tütmekte olan bulamaca baktım. Havadan sudan konuşuyordu. İyi bir işaret daha. "Kafeteryadaki bayanlar beni korkutuyorlar. Onların aşçılık becerilerini eleştirmeye kalkışamam."

Abby, çatalımla bulamacı dürtüp yiyebileceğim bir şeyler ararken beni izledi ve ardından etrafımızdaki fısıltılardan rahatsız olmuş gibi göründü. Doğaldı, okulumun öğrencileri daha önce birisinin karşısında oturmak için sıkıntı yarattığımı görmemişlerdi. Hâlâ bunu neden yaptığımdan emin değildim.

"İhh... yemekten sonra şu Biyoloji testi var." America homurdandı.

"Çalıştın mı?" diye sordu Abby.

America burnunu kırıştırdı. "Tanrım hayır. Geceyi erkek arkadaşımı senin Travis'le yatmayacağına temin ederek geçirdim."

Shepley geçen gecenin muhabbetinden bahsedildiği anda suskunlaştı.

Masamızın ucunda oturan Amerikan Futbolu oyuncuları konuşmamızı duyabilmek için sessizleşti ve Abby sandalyede iyice kaykılıp America'ya öfkeli bir bakış attı. Utanmıştı. Bir nedenden ötürü herhangi bir şekilde dikkat çekmek onu ölesiye utandırıyordu.

America, Abby'yi umursamadı ve Shepley'yi dirseğiyle dürttü ama Shepley'nin somurtması geçmedi.

"Tanrım Shep, durumun o kadar kötü ha?" Keyfini yerine getirmek için ona bir paket ketçap attım. Bunun üstüne etrafımızdaki öğrenciler dedikodu malzemesi çıkar diye dikkatlerini Shepley'yle America'ya yönlendirdiler.

Shepley yanıt vermedi ama Abby'nin gri gözleri küçük bir gülümsemenin üstünden bana baktı. Bugün şansım çok yaver gidiyordu. İstese de benden nefret edemiyordu. Neden bu kadar endişeli olduğumu bilmiyorum. Onunla çıkmak istediğim falan yoktu. Sadece mükemmel bir platonik ilişki deneyi fırsatı sunuyormuş gibi görünüyordu. Biraz öfkeli olsa da aslında iyi bir kızdı ve beş yıllık kalkınma planını bozmamı hiç mi hiç istemezdi. Tabii eğer böyle bir planı varsa.

America Shepley'nin sırtını sıvazladı. "Atlatacak. Sadece Abby'nin, cazibesine dirençli olduğuna inanması biraz zaman alacak."

"Onu cezbetmeye çalışmadım," dedim. Tam öne geçmeye başlamışken America amiralimi batırıyordu. "O benim arkadaşım."

Abby Shepley'ye baktı. "Sana söylemiştim, endişelenmeni gerektirecek bir şey yok."

Shepley Abby'nin gözlerine baktı ve sonra da yüzündeki ifade yumuşadı. Kriz atlatılmış, Abby hepimizi kurtarmıştı.

Bir dakika bekleyip söyleyecek bir şeyler bulmaya çalıştım. Abby'ye daha sonra bize uğramasını söylemek istiyordum ama America'nın söylediklerinden sonra hiç şık olmazdı. Bir anda aklıma parlak bir fikir geldi ve tereddüt etmedim. *"Sen* çalıştın mı?"

Abby surat astı. "Ne kadar çalışırsam çalışayım biyolojiden anlamayacağım. Bir türlü kafam basmıyor."

Ayağa kalkıp başımla kapıyı işaret ettim. "Haydi gel."

"Ne?"

"Gidip notlarını alalım. Çalışmana yardımcı olacağım."

"Travis..."

"Kaldır kıçını Güvercin. O testten ful çekeceksin."

Bunu takip eden üç saniye hayatımın en uzun üç saniyesiydi. Abby nihayet ayağa kalktı. America'nın yanından geçerken saçını çekti. "Sınıfta görüşürüz Mare."

Gülümsedi. "Senin için yer tutarım. Her türlü yardıma ihtiyacım olacak."

Kafeteryadan çıkarken kapıyı onun için açık tuttum ama fark etmiş gibi görünmüyordu. Bir kez daha korkunç şekilde hayal kırıklığına uğradım.

Ellerimi cebime sokup Morgan Hall'a kadar olan kısa yol boyunca yanında yürüdüm ve sonra da kapısının anahtarıyla uğraşırken onu izledim.

Abby nihayet kapıyı açtı ve biyoloji kitabını yatağın üstüne attı. Oturup bağdaş kurdu, ben de kendimi yatağa attım ve ne kadar katı ve rahatsız olduğunu fark ettim. Bu okuldaki kızların bu kadar sinirli olmalarına şaşmamak gerekiyordu. Bu kahrolası yataklarda doğru dürüst dinlenmeleri mümkün değildi. Tanrım.

Abby ders kitabının ilgili sayfasını açtı, ben de çalışmaya başladım. Bölümün temel konularının üstünden geçtik. Ben konuşurken sakince beni izliyor gibiydi. Sanki aynı anda hem ağzımdan çıkan her kelimeyi ezberliyor hem de nasıl olup da okuyabildiğime şaşırıyordu. Birkaç defa ifadesinden anlamadığını görüp konuyu tekrar ettim, o zaman da gözleri parlıyordu. O noktadan sonra gözlerindeki o ışıl ışıl ifadeyi görebilmek için yoğun çaba göstermeye başladım.

Zamanın nasıl geçtiğini anlamadan derse gitme vakti gelmişti. İçimi çektim ve notlarıyla şakadan başına vurdum.

"Buradakileri anladın. Bu notları ezbere biliyorsun."

"Peki... göreceğiz."

"Seninle sınıfa yürüyeceğim. Yolda sana sorular sorarım." Beni kibarca reddetmesini bekledim ama sadece küçük bir gülümsemeyle bakıp başını sallamakla yetindi.

Hole girince içini çekti. "Bu testi becermezsem kızmazsın değil mi?"

Benim ona kızmamdan mı endişe ediyordu? Bununla ilgili ne düşünmem gerektiğini bilmiyordum, ama epey muhteşem bir duyguydu.

"Öyle bir şey olmayacak Güvercin. Ama bir sonraki test için daha erken çalışmaya başlamamız lazım," deyip onunla beraber bilim binasına yürüdüm. Ona art arda sorular soruyordum. Çoğunu ânında yanıtlıyordu, bazılarında ise tereddüt ediyordu ama hepsini doğru yanıtlıyordu.

Dersinin olduğu sınıfa geldiğimizde yüzündeki takdir ifadesini görebiliyordum. Ama bunu kabul etmek için çok gururluydu.

"Yık ortalığı," dedim, başka ne diyeceğimi bilememiştim.

Parker Hayes yanımızdan geçerken başıyla selam verdi. "Hey, Trav."

O ukala dümbeleğinden nefret ederdim. "Parker," dedim selamına karşılık vererek.

Parker peşimde dolanıp Beyaz Atlı Prens statüsünü kullanarak kızları yatağa atmayı seven adamlardandı. Bana hovarda demeyi severdi ama işin aslı kendisinin çok daha alengirli bir oyun oynadığıydı. Fethettiği kızlara dürüst davranmıyordu. Onları umursuyormuş gibi yapar sonra da kolayca terk ederdi.

İlk yılımızda bir gece Janet Littleton'ı Red Door'dan daireme götürmüştüm. Parker, Janet'ın arkadaşını yatağa atmaya uğraşıyordu. Kulüpten çıktıktan sonra kendi yollarımıza gitmiştik ve ben Janet'la işimi hallettikten sonra bir ilişki istiyormuşum gibi yapmayınca, o da son derece canı sıkılmış bir halde arkadaşını aramış ve gelip kendisini almasını istemişti. Arkadaşı hâlâ Parker'la beraberdi, dolayısıyla Parker gelip Janet'ı almak zorunda kalmıştı.

Bundan sonra Parker'ın fetihlerine ekleyeceği yeni bir öyküsü olmuştu. Hangi kızla yattıysam, genellikle Janet'ın imdadına yetiştiği günü anlatıp artıklarımı topluyordu.

Ona tahammül ediyordum ama ucu ucuna.

Parker'ın bakışları Güvercin'e sabitlendi ve o anda gözleri ışıldadı. "Merhaba, Abby."

Parker'ın neden benim götürdüğüm kızları götürüp götüremeyeceğini görmek konusunda bu kadar ısrarcı olduğunu anlayamıyordum ama Abby'yle birkaç haftadır aynı dersi alıyorlardı ve onunla daha şimdi ilgileniyordu. Bunun nedeninin benimle onu konuşurken görmesi olduğunu bilmek neredeyse öfkeden gözümün dönmesine neden olacaktı.

"Merhaba," dedi Abby hazırlıksız yakalanıp. Belli ki kendisiyle aniden konuşmaya başlayanın kim olduğunu bilmiyordu. Bu yüzünden okunuyordu. "O kim?" diye sordu bana.

Umursamazmış gibi omzumu silktim ama sınıfın öbür ucuna koşup Parker'ın o şımartılmış götünü tekmelemek istiyordum. "Parker Hayes," dedim, ismi ağzımda kötü bir tat bırakmıştı. "Benim Sig Tau biraderlerimden biri." Bu da kötü bir tat bırakmıştı. Kardeşlerim vardı hem cemiyetten hem de kan bağıyla. Parker her iki sınıftan da değilmiş gibi geliyordu. Daha çok ne yaptığını göreyim diye yakınımda tuttuğum baş düşmanımdı.

"Sen bir *cemiyete* mi üyesin?" diye sordu Abby, küçük burnunu kırıştırıp.

"Sigma Tau, Shep'in cemiyeti. Senin bildiğini sanıyordum."

"Yani... sende pek cemiyet üyesi tipi yok da ondan," dedi kollarımın ön tarafındaki dövmelere bakarak.

Abby'nin gözlerinin yeniden benim üstümde olduklarını bilmek ânında keyfimi yerine getirmişti. "Babam buradan mezun ve kardeşlerimin hepsi Sigma Tau. Aileden geliyor."

"Senin de cemiyete üye olup bağlılık yemini etmeni mi istediler?" diye sordu şüpheyle.

"Aslında hayır. Cemiyettekiler iyi çocuklar," dedim kâğıtlarına bir fiske atarak. Kâğıtlarını ona geri verdim. "En iyisi sen amfiye gir."

O kusursuz gülümseme. "Bana yardım ettiğin için teşekkürler." Beni dirseğiyle dürtünce elimde olmadan gülümsedim.

Amfiye girip America'nın yanına oturdu. Parker ona bakıyor, kızların konuşmasını izliyordu. Koridorda yürürken bir masa alıp kafasında kırmayı hayal ettim. Derslerim bitmiş olduğu için ortalıkta takılmamın bir anlamı yoktu. Harley'yle uzun bir yolculuk kafamı dağıtmama yardımcı olur ve Parker'ın sinsi sinsi kendini Abby'ye beğendirmesini düşünerek delirmemi engellerdi, dolayısıyla düşünecek daha çok zamanım olsun diye uzun yoldan gittim. Yolda koltuğa atmaya değecek birkaç tane kız öğrenci gördüm ama Abby'nin yüzü gözümün önüne gelip duruyordu; o kadar sık oluyordu ki kendime gıcık olmaya başlamıştım.

On beş yaşımdan beri özel ilişkiler kurduğum on altı yaşın üstündeki her kıza berbat davrandığım için adım çıkmıştı. Öykümüz tipik bir öykü olabilirdi: Kötü çocuk iyi kıza âşık olur, ama Abby bir prenses değildi. Bir şeyler gizliyordu. Belki de bizi birbirimize bağlayan özellik buydu: Geride bıraktığı şey.

Otoparka girip motorumdan indim. Harley'de daha iyi düşünebileceğime bu kadar güvenmemeliydim. Düşünmüştüm aslında ama ulaştığım sonuçların hiçbirinin bir anlamı yoktu. Sadece ona olan şu tuhaf takıntımı gerekçelendirmeye çalışıyordum.

Aniden keyfim feci kaçmıştı, kapıyı çarparak içeri girdim ve koltuğa oturup uzaktan kumandayı o an bulamayınca daha da sinirlendim.

Shepley kanepede oturmak için yanımdan geçerken yanıma siyah plastik bir şey düştü. Uzaktan kumandayı alıp televizyona doğrulttum ve açma düğmesine bastım.

"Uzaktan kumandayı niye yatak odanda bırakıyorsun ki? Buraya getirmek zorundasın, " diye patladım.

"Bilmiyorum kanka, alışkanlık işte. Senin sıkıntın ne?"

"Bilmiyorum," diye homurdandım, televizyonu açıp. Sessiz tuşuna bastım. "Abby Abernathy."

Shepley'nin kaşları kalktı. "Ne olmuş ona?"

"Beni etkiliyor. Onu yatağa atıp kurtulmam lazım diye düşünüyorum."

Shepley bir süre ne diyeceğinden emin olamadan beni süzdü. "Yeni geliştirdiğin kendini kontrol becerin sayesinde hayatımı dağıtmamanı takdir etmiyorum sanma, ama daha önce hiç benim iznime ihtiyacın olmamıştı... sakın... bana birini önemsemeye başladığını söyleme."

"Hıyarlık etme."

Shepley sırıtmasına engel olamadı. "Onu umursuyorsun. Demek tek gereken seninle yirmi dört saatten uzun bir süre boyunca yatmayı reddeden bir kızmış."

"Laura beni bir hafta bekletti."

"Ama Abby'nin sana zaman ve yer vereceği yok, değil mi?"

"Sadece arkadaş olmak istiyor. Bana cüzamlı muamelesi etmediği için şanslı sayılırım herhalde."

Rahatsız edici bir sessizlikten sonra Shepley başını salladı. "Korkuyorsun."

"Neden?" diye sordum kendini beğenmiş, şüpheci bir sırıtmayla.

"Reddedilmekten. Her şeye rağmen Kuduz *İt* bizim gibi biri çıktı."

Gözüm seyirdi. "O lakaptan ölesiye nefret ettiğimi biliyorsun, Shep."

Shepley gülümsedi. "Biliyorum. Neredeyse şu anda hissettiklerinden nefret ettiğin kadar."

"Ve sen de iyi hissetmeme hiç yardımcı olmuyorsun."

"Demek onu seviyorsun ve korkuyorsun. Ne olacak şimdi?"

"Hiçbir şey. Sadece nihayet beraber olmaya değecek bir kız bulmam ve onun benim için fazla iyi olması berbat bir durum o kadar."

Shepley kahkahasını durdurmaya çalıştı. Sıkıntılı durumumla bu kadar eğlenmesi beni gıcık ediyordu.

Gülümsemesini bastırıp, "Neden kendi kararını vermesine izin vermiyorsun?"

"Çünkü onu, tam da bu kararı onun yerine almayı isteyecek kadar umursuyorum."

Shepley gerinip ayağa kalktı, çıplak ayaklarını halıya sürüyerek yürüdü. "Bira ister misin?"

"Evet. Haydi, arkadaşlığa içelim."

"Demek onunla takılmaya devam edeceksin, öyle mi? Niye? Bu bana işkenceymiş gibi geliyor.

Söylediklerini düşündüm. Gerçekten de işkence gibi gözüküyordu ama onu uzaktan izlemekle yetinecek kadar kötü değildi. "Onun bana kalmasını istemiyorum... ya da başka bir hıyara."

"Senden başka herhangi biriyle de olmasın yani. Hocam bu delilik."

"Sen sussana biraz, bira getirecektin ya. Yürü hadi."

Shepley omzunu silkti. Chris Jenks'in aksine Shepley ne zaman susması gerektiğini biliyordu.

Dördüncü Bölüm
Dikkati Dağılmış

Çılgın bir karardı ama aynı zamanda özgürleştiriciydi de. Ertesi gün kafeteryaya yürüdüm ve bir an bile tereddüt etmeden Abby'nin karşısındaki boş sandalyeye oturdum. Onun çevresinde olmak doğal ve kolaydı; öğrencilerin çoğunluğunun ve hatta bazı profesörlerin meraklı bakışlarıyla başa çıkmayı gerektirse de benim etrafta olmamdan hoşlanıyormuş gibi görünüyordu.

"Bugün çalışıyor muyuz bakalım?"

"Çalışıyoruz," dedi istifini bozmadan.

Onunla arkadaş olarak takılmanın tek kötü yanı birlikte ne kadar zaman geçirirsek ondan o kadar hoşlanmamdı. Gözlerinin rengi ve şeklini, parfümünün teninde nasıl koktuğunu unutmak zorlaşıyordu. Aynı zamanda onunla ilgili daha çok şeyin farkına varıyordum; bacaklarının ne kadar uzun olduğunu ve en sık hangi renkleri giydiğini. Hatta hangi hafta onu gereğinden fazla gıcık etmemem gerektiğini bile gayet iyi kavradım ki, Shepley'nin şansına bu genelde America'nın rahatsız edilmemesi gereken haftayla aynı oluyordu. Bu şekilde savunmada olmamamız gereken haftaların sayısı ikiden üçe çıkıyordu ve ayrıca birbirimizi önceden uyarabiliyorduk.

En kötü halinde bile Abby çoğu kız gibi mızmız değildi. Onun sinirine dokunan tek şey ara sıra karşılaştığı, ilişkimiz hakkındaki sorular gibi görünüyordu ama bunları da ben hallettiğim sürece sıkıntısının üstesinden oldukça hızlı geliyordu.

Zaman geçtikçe insanlar da bizim hakkımızda daha az konuşmaya başladılar. Çoğu gün öğle yemeğimizi beraber yiyorduk ve ders çalıştığımız akşamlar da onu yemeğe çıkarıyordum. Bir akşam Shepley'yle America bizi film izlemeye davet ettiler. Hiç rahatsız edici bir ortam olmadı, bir kere bile ilişkimizin arkadaşlıktan fazlası olup olmadığı sorulmadı. Bunun hakkında neler hissettiğimden emin değildim çünkü onu malum amaçla takip etmeme yönündeki kararım kendisini koltuğumda inletme fantezileri kurmama engel olmuyordu, ta ki bir gece America'yla birbirlerini gıdıklayıp boğuşmalarını izlerken Abby'yi yatağımda hayal edene dek.

Kafamdan çıkıp gitmesi gerekiyordu.

Tek çare bir sonraki avımı indirene dek onu düşünmeyi bırakmamdı.

Birkaç gün sonra tanıdık bir yüz gözüme ilişti. Onu daha önce Janet Littleton'la beraber görmüştüm. Lucy oldukça seksi sayılırdı, dekoltesini sergilemek için hiçbir şansı kaçırmazdı ve her yerde yüksek sesle benden nefret ettiğini söyleyip duruyordu. Neyse ki onu eve getirmem için otuz dakika ve muğlâk bir şekilde Red'e davet etmem yetti. Daha kapıyı kapatamadan elbiselerimi çıkarmaya başlamıştı. Geçen yıldan beri bana duyduğu nefretin derinliği bu kadarmış demek ki. Yüzünde bir gülümseme ve gözlerinde hayal kırıklığı ile kapımdan çıktı.

Abby hâlâ aklımdaydı.

Orgazm sonrası bitkinliği bile buna deva olmayacaktı ve üstüne bir de yeni bir şey hissettim: suçluluk.

Ertesi gün koşa koşa tarih dersine ... lim ve ... 'nin yanındaki masaya geçtim. Çoktan dizüstü bilg... ...nı ve kitabını çıkarmıştı ve oturduğumda bana güç bela, gönülsüz bir selam verdi.

Sınıf her zamankinden daha karanlıktı; bulutlar normalde pencerelerden dolan doğal ışığı sınıftan esirgiyorlardı. Dirseğini dürtükledim ama her zamanki gibi tepki vermedi, dolayısıyla ben de kalemini elinden kapıp sayfanın kenarına bir şeyler karalamaya başladım. Çoğunlukla dövme eskizleri, ama ismini de göz alıcı harflerle yazdım. Bana memnuniyetini gösteren bir gülümsemeyle baktı.

Eğilip kulağına fısıldadım. "Bugün öğle yemeğini kampüs dışında yemek ister misin?"

Yapamam, dedi dudaklarıyla, ses çıkarmadan.

Kitabına karaladım.

Niye?

Çünkü yemek *kartımı kullanmam lazım.*

Saçmalama.

Cidden.

Tartışmak istedim ama sayfada yer kalmamıştı.

Tamam. Bir sürpriz yemek daha yiyeceğiz o halde. Sabırsızlıkla bekliyorum.

Kıkırdadı. Onu her gülümsettiğimde hissettiğim dünyanın tepesinde olma duygusunu yaşıyordum yine. Biraz daha karalama ve bir de geçer not alabilecek seviyede bir ejderha çiziminden sonra Chaney'nin dersi bitti.

Abby eşyalarının kalanını toplarken, ben de kalemini sırt çantasından içeri attım, toplandıktan sonra çıkıp kafeteryaya yürüdük. Bakışları eskiden olduğu kadar çok üstümüze çekmedik. Öğrenciler bizi düzenli olarak bir arada görmeye alışmışlardı. Yemeklerimizi almak için sırada beklerken Chaney'nin verdiği yeni ödev hakkında konuştuk. Abby yemek kartından ödemesini yapıp masadaki yerine geçti. Ânında tepsisindeki eksiği fark ettim: her gün aldığı portakal suyu kutusu.

Büfenin ardında duran yağız, külyutmaz hizmetlileri gözden geçirdim. Kasanın ardındaki ciddi görünüşlü kadını gördüğümde hedefimi bulduğumu anlamıştım.

"Merhaba, hanımefendi... aaa... Hanımefendi..."

Kasıklarını sızlatmak üzere olduğum çoğu kadının yaptığı gibi kafeterya görevlisi kadın da beni baştan aşağı süzüp bela açacağımı anlattı.

"Armstrong," dedi boğuk bir sesle.

Aklımın karanlık köşelerinde kasıklarının görüntüsü belirince, hissettiğim tiksintiyi bastırmaya çalıştım.

En cazibeli gülümsememi kuşandım. "Soyadın çok hoş. Merak ediyordum da, buranın patronu gibi göründüğün için... Bugün portakal suyu yok mu?"

"Arka tarafta biraz var. Ön tarafa getiremeyecek kadar meşguldüm."

Başımla onayladım. "Canın çıkana dek sürekli çalışıyorsun. Maaşına zam yapmaları lazım. Başka kimse senin kadar çok çalışmıyor. Hepimiz bunu fark ettik."

Çenesini kaldırıp boynundaki yağ katmanlarını en aza indirdi. "Teşekkür ederim. Birilerinin fark etmesinin zamanı gelmişti. Portakal suyuna mı ihtiyacın vardı?"

"Sadece tek bir kutu... tabii sıkıntı olmayacaksa."

Göz kırptı. "Hiç sorun değil. Hemen getiririm."

Kutuyu masaya getirip Abby'nin tepsisine bıraktım.

"Buna gerek yoktu, kendim alırdım." Ceketini çıkarıp kucağına serdi; omuzları açığa çıkmıştı. Hâlâ yazdan kalan bronzluklarını koruyorlardı ve biraz da parlaktılar; âdeta onlara dokunmam için yalvarıyorlardı.

Aklımdan bir düzine kirli şey geçti.

"Eh, artık almana gerek kalmadı," dedim. Ona en iyi gülümsemelerimden birini sundum ama bu defa samimiydi. Son zamanlarda iple çekmeye başladığım Mutlu Abby anlarından biriydi.

Brazil küçümseyerek burnundan soludu. "Bu kız seni bir komiye mi dönüştürdü, Travis? Sırada ne var? Speedo giyip palmiye yaprakları sallayarak onu serinletmeye mi başlayacaksın?"

Başımı masanın ucuna doğru çevirdiğimde, Brazil'in ukala ukala sırıttığını gördüm. Kötü bir niyeti yoktu ama o güzel ânımı berbat etmişti ve bu da canımı sıkmıştı. Büyük ihtimalle içeceğini taşırken gerçekten de hanım evladı gibi görünmüştüm.

Abby öne eğildi, "Sende bir Speedo'yu *dolduracak* vücut bile yok Brazil. Kapa çeneni."

"Sakin ol Abby! Şaka yapıyordum!" dedi Brazil ellerini kaldırarak.

"Sadece... onun hakkında böyle konuşma," dedi yüzünü asıp.

Bir an için bakakaldım, dikkatini bana çevirirken öfkesinin az da olsa yatışmasını izledim. Bu kesinlikle bir ilkti. "Bir yaşıma daha girdim, az önce bir kız beni savundu." Ona doğru hafifçe gülümsedim ve ayağa kalktım, tepsimi bırakmaya giderken son bir kez Brazil'e öfkeyle baktım. Zaten aç değildim.

Ağır metal kapılar itince kolayca açıldılar. Cebimden sigaramı çıkartıp bir tane yaktım, az önce olanı unutmaya çalışıyordum.

Az önce bir kız yüzünden kendimi aptal konumuna düşürmüştüm ve bu cemiyet biraderlerimi epey memnun ederdi çünkü son iki yıldır ne zaman bir kızı yatağa atmaktan daha ötesini düşünseler, onlarla bıktırana kadar dalga geçen ben olmuştum. Şimdi de benim sıram gelmişti ve bununla başa çıkmak için hiçbir şey yapmıyordum, çünkü yapamıyordum. Daha da kötüsü vardı: Bu konuda bir şey yapmak istemiyordum.

Çevremde sigara içen diğer öğrenciler güldüklerinde ben de aynısını yaptım, her ne kadar neden konuştukları hakkında en ufak bir fikrim olmasa da. İçten içe kendimi kızgın ve hakarete uğramış hissediyordum ya da hakarete uğradığım için kızmıştım. Artık hangisiyse. Kızlar kurtlar gibi çevremde dönmeye başladılar ve sırayla sohbet etmeyi denediler. Kibar olmak için başımı sallayıp gülümsedim ama esas istediğim oradan çıkıp bir şeyleri yumruklamaktı. Herkesin içinde atar yapmak zaaflık olacaktı, ben de böyle bir falso yapacak durumda değildim.

Abby yanımdan geçti, ben de onu yakalamak için kızlardan birini cümlesinin ortasında bırakıverdim. "Güvercin, bekle, seninle amfiye yürüyeceğim."

"Travis, her derse benimle birlikte yürümene gerek yok. Yolumu kendi başıma bulabiliyorum."

Kabul ediyorum, bu biraz batmıştı. Bunu söylerken yüzüme bile bakmamıştı, beni hiç kâle almadan konuşmuştu.

Tam o anda kısa etekli, gökdelen boyunda bacakları olan bir kız yanımızdan geçti. Yürürken parlak siyah saçları sırtında sağa sola salınıyorlardı. O anda kafama dank etti: Pes etmeliydim. Rastgele karşılaştığım seksi bir hatunu becermek en iyi yaptığım şeydi ve Abby benden arkadaşlıktan fazla bir şey istemiyordu. Doğru şeyi yapıp işleri platonik seviyede tutmayı planlamıştım ama eğer radikal bir şeyler yapmazsam, o plan içimde kaynayıp duran çelişkili duygu ve düşüncelerin arasında kaybolup gidecekti.

Nihayet bir çizgi çekmenin zamanı gelmişti. Zaten Abby'yi hak etmiyordum. Ne diye uğraşıyordum ki?

Sigaramı yere attım. "Seninle sonra görüşürüz, Güvercin."

Poker suratımı takındım ama fazla uğraşacakmışım gibi durmuyordu. Kız bilerek yanımdan geçmişti, kısa eteği ve abartılı topuklarıyla dikkatimi çekeceğini ummuştu. Önüne geçip arkama döndüm, ellerimi ceplerime sokmuştum.

"Acelen mi var?"

Gülümsedi. Onu elde etmiştim bile. "Derse gidiyorum."

"Hadi ya? Hangi ders?"

Durdu, yüzüne çarpık bir gülümseme yerleştirdi. "Travis Maddox, değil mi?"

"Doğru, şöhretim önümden gidiyor galiba?"

"Öyle."

"Suçumu itiraf ediyorum."

Başını salladı. "Derse gitmem lazım."

İçimi çekip, hayal kırıklığına uğramış numarası yaptım. "Ne yazık. Ben de tam senden bir konuda yardımını isteyecektim."

"Hangi konuda?" Sesinde şüphe vardı ama hâlâ gülümsüyordu. Ondan çabucak düzüşmek için peşimden eve gelmesini istesem de büyük ihtimalle gelirdi ama belli miktarda cazibe kullanmak sonrası için epey iyi oluyordu.

"Daireme gitmek konusunda yön duygum berbat."

"Öyle mi?" diye sordu, başını sallayıp. Yüzünü astı ve sonra gülümsedi.

Söylediklerimi iltifat olarak almamaya çalışıyordu.

Gömleğinin üst iki düğmesi açıktı, göğüslerinin alt kıvrımı ve sutyeninin birkaç santimi görülebiliyordu. Pantolonumda o tanıdık basıncı hissettim ve ağırlığımı diğer ayağıma geçirdim.

"Korkunç." Gülümsedim, bakışlarının yanağımdaki gamzeye kaymasını izledim. Bir nedenden ötürü gamzem olayı garantileyen mühür olarak işlev görüyordu.

Omzunu silkti, aldırmaz görünmeye çalışıyordu. "Yolu göster. Eğer yanlış bir yere girdiğini görürsem, korna çalarım."

"Bu taraftan," dedim, başımla park alanını işaret ederek. Daha merdivenler bitmeden dilini boğazıma sokmuştu ve ben anahtarı bulmaya çalışırken ceketimi çekiyordu. Beceriksizdik ama eğlenceliydi. Dudaklarım başka birinin dudaklarındayken daire kapımın kilidini açmak konusunda çok deneyimliydim. Kilit açılır açılmaz beni oturma odasına itti, ben de kalçalarını kavrayıp kapıyı kapatmak için onu kapıya yasladım. Bacaklarını belime dolayınca onu havaya kaldırıp kapıyla aramda sıkıştırdım.

Beni sanki açlıktan ölmek üzereymiş de ağzımda yiyecek varmış gibi öptü. Bilmiyorum, hoşuma gitti sayılır. Alt dudağımı ısırınca geriye doğru bir adım attım, dengemi kaybedip kanepenin yanındaki sehpanın üstüne düştüm. Birkaç eşya yere düştü.

"Upss," deyip kıkırdadı.

Gülümseyerek koltuğa yürümesini izledim, koltuğun arkasına tutunup öne uzanınca kalçalarının hatları ve çok incecik, beyaz dantelden bir şeridin belli belirsiz izi görünür hâle geldi.

Kemerimi çözüp bir adım attım. İşi kolaylaştıracaktı. Boynunu yay gibi gerip uzun saçlarını sırtına doğru savurdu. Hakkını teslim etmek lazım, inanılmaz seksiydi. Pantolonumun fermuarı, arkasındakini güç bela içeride tutabiliyordu.

Dönüp bana baktığında eğilip dudaklarımı dudaklarına yapıştırdım.

"Belki de sana ismimi söylememin zamanı gelmiştir?" dedi soluk soluğa.

"Niye?" diye soludum. "Böyle olması hoşuma gidiyor." Gülümsedi, başparmaklarını külotunun iki tarafına geçirip ayak bileklerine inene kadar aşağı çekti. Gözleri benimkilere kenetlendi. Gözlerindeki ahlaksız ifade değişik gelmiş, beni iyice azdırmıştı.

Bir anda gözümün önünde Abby'nin onaylamayan bakışları canlandı.

"Ne bekliyorsun?" diye sordu, heyecanlanmış ve sabırsızlanmıştı.

"Bir şey beklediğim yok," dedim başımı sallayarak. Tam karşımda duran çıplak sırtına odaklanmak istiyordum. Erekte kalmaya yoğunlaşmak zorunda olmam kesinlikle yeni ve farklı bir şeydi ve tamamen Abby'nin suçuydu.

Arkasına dönüp tişörtümü sertçe başımın üstünden çekip çıkardı. Kahretsin. Ya ben kaplumbağa hızıyla iş görmeye başlamıştım ya da bu kadın benim dişi versiyonumdu. Botlarımı tekmeleyerek ayağımdan attım ve kot pantolonumu çıkarıp kenara fırlattım.

Bir bacağını kaldırıp belime doladı. "Bunu uzun zamandır istiyordum," diye fısıldadı kulağıma. "Geçen sene seni oryantasyonda gördüğümden beri."

Elimi baldırından yukarı gezdirdim, daha önce onunla konuşup konuşmadığımı düşünmeye çalışıyordum. Parmaklarım yolun sonuna eriştiklerinde sırılsıklam oldular. Şaka yapmıyordu. Bir yıllık zihinsel ön sevişme işimi epey kolaylaştıracaktı.

Parmak uçlarım hassas cildine dokundukları anda kız da inledi. O kadar ıslaktı ki parmaklarım hiçbir dirençle karşılaşmıyorlardı ve taşaklarım acımaya başlamışlardı. İki haftada ancak iki kadın becermiştim. Bu piliç ve Janet'ın arkadaşı Lucy. Ha, dur ya, Megan'la üç oluyordu. Abby'yle tanışmamın ertesi sabahı. Abby. Bir anda suçluluğa boğuldum ve ereksiyonum da bu durumdan epey kötü etkilendi.

"Bir yere kımıldama," dedim, üstümde sadece boxer çamaşırımla yatak odama koşarken. Komodinimden kare bir paket çıkardım ve kumral afetin durduğu yere koşarak döndüm, tam olarak onu bıraktığım gibi duruyordu. Paketi elimden kapıp dizlerinin üstüne çöktü. Biraz yaratıcılık ve diliyle yaptığı epey şaşırtıcı bir iki numaradan sonra onu koltuğa yatırmak için yeşil ışık almıştım.

Ve öyle de yaptım. Yüz üstü, ellerimin ulaşmadığı bir yer kalmadan; her ânına bayıldı.

Beşinci Bölüm
Oda Arkadaşları

Seks-kolik banyoda giyinip süsleniyordu. İşimi bittikten sonra pek bir şey söylememişti ve ben de seks yapmak için ilişkiye girmeyi talep etmeyen ve tekrar yatağa atılmayı hak eden –Megan gibi– çok az sayıdaki kızın numaralarını kaydettiğim listeye telefon numarasını ekleyeceğimi düşünmeye başlamıştım.

Shepley'nin telefonu öttü, bir öpücük sesi çıkarmıştı, dolayısıyla mesaj America'dan gelmiş olmalıydı. America telefonunun ses ayarlarını bu şekilde değiştirmesini isteyince, Shepley de dileğini seve seve yerine getirmişti. Birbirleri için iyiydiler ama aynı zamanda midemi bulandırıyorlardı.

Koltuğa oturmuş kızı evden göndermek için banyodan çıkmasını beklerken televizyonda kanal değiştirip duruyordum; derken Shepley'nin etrafta dolaşıp bir şeyler yapmakta olduğunu fark ettim.

Kaşlarımı çattım. "Ne yapıyorsun?"

"Ivır zıvırlarını toplasan fena olmaz. Mare yanında Abby'yle buraya geliyor."

Bu dikkatimi çekmişti. "Abby mi?"

"Evet. Morgan'ın kazanı yine bozulmuş."

"Yani?"

"Yani birkaç günlüğüne burada kalacaklar."

Oturduğum yerde doğruldum. "Kalacaklar mı? Abby'nin burada kalacağından mı bahsediyorsun? Dairemizde?"

"Kanka mala bağlamayı bırak, Jenna Jameson'ın kıçını aklından çıkar ve dediklerimi dinle. On dakika içinde burada olacaklar, yanlarında taşınacak çantalar olacak."

"Yapma be."

Shepley aniden durup bana azarlarmış gibi baktı. "Kıçını kaldırıp bana yardım et ve çöpünü dışarı at," dedi banyoyu işaret edip.

"Kahretsin," deyip ayağa fırladım.

Shepley başıyla onayladı, gözleri kocaman açılmıştı. "Aynen."

Nihayet kafama dank etmişti. America Abby'yle geldiğinde dairede hâlâ geçen geceden kalan artığım olduğunu görüp kızarsa, bu Shepley'yi zor duruma sokacaktı. Eğer Abby bu yüzden kalmak istemezse, bu Shep'in sorunu olacaktı; ve benim.

Gözlerim banyo kapısına odaklandı. Musluk içeri girdiğinden beri açıktı. Sıçtığını mı yoksa duş mu aldığını bilmiyordum. Kızlar gelmeden onu daireden çıkarmamın bir yolu yoktu. Onu dışarı atmaya çalışırken yakalansam daha kötü olacaktı, dolayısıyla yatak çarşaflarımı değiştirip etrafı biraz toplamaya karar verdim.

"Abby nerede uyuyacak?" diye sordum, koltuğa bakarken. On dört aydır birikmekte olan vücut sıvılarının içine serilmesine izin verecek değildim.

"Bilmem. Kanepe nasıl?"

"Oğlum komik misin? Dünyanın sonu gelse o kanepede uyumasına izin vermem." Başımı kaşıdım. "Galiba benim yatağımda uyuyacak."

Shepley bildiğin uludu. Kahkahası en aşağı beş yüz metreden duyulmuştur. Eğilip dizlerini tuttu, yüzü kıpkırmızı olmuştu.

"Ne var?"

Ayağa kalkıp parmağını bana doğrulttu ve hem başını hem de parmağını salladı. Konuşamayacak kadar çok eğleniyordu, o nedenle yürüyüp gitti ve vücudu kahkahalarla titrerken etrafı temizlemeye devam etmeyi denedi.

On bir dakika sonra Shepley ön odadan kapıya doğru koşuyordu. Merdivenlerden aşağıya indi ve ardından hiçbir şey olmadı. Banyodaki musluk nihayet kapandı ve ardından etraf iyice sessizleşti.

Birkaç dakika daha geçtikten sonra kapının çarpılarak açıldığını ve Shepley'nin hırıldayarak şikâyet ettiğini duydum.

"Tanrı aşkına! Bebeğim, senin bavulun Abby'ninkinden en az on kilo daha ağır!"

Koridora yürüyüp son fethimin banyodan çıktığını gördüm. Antreye girince donakaldı, Abby'yle America'ya şöyle bir baktı ve ardından bluzunu iliklemeyi bitirdi. İçeride kendine çekidüzen vermemiş olduğu kesindi. Makyajı hâlâ yüzüne bulaşmış şekilde duruyordu.

Bu Ne Lan diye kıpırdanan dudakları dikkatimi bir dakika kadar bu rahatsız edici durumdan uzaklaştırdı. Galiba önceden düşündüğüm kadar rahat bir kız değildi ve bu durum Abby'yle America'nın davetsiz misafirliklerinin daha da hoşuma gitmesini sağlıyordu. Üstümde hâlâ sadece boxer çamaşırım olsa bile.

"Merhaba," dedi kızlara. Bavullarına bakınca şaşkınlığı tam bir kafa karışıklığına dönüştü.

America Shepley'ye öfkeyle baktı.

Shep ellerini havaya kaldırdı. "Kendisi Travis'le birlikte!"

Bu bana verilmiş bir işaretti. Köşeyi dönüp esnedim ve misafirimin kıçını pışpışladım. "Arkadaşlarım geldi. Gitsen iyi olur."

Biraz gevşermiş gibi görünüp gülümsedi. Bana sarılıp boynumu öptü. Dudakları bir saat önceki gibi değildi, yumuşak ve sıcaktılar. Abby'nin önündeyken, çevresine dikenli tel sarılmış şerbetli çöreğe benziyorlardı.

"Telefon numaramı tezgâhın üstüne bırakırım."

"Eee.. boşuna zahmet etme," dedim, bilerek ilgisiz davranıyordum.

"Ne?" dedi geriye çekilerek. Gözleri reddedilmenin acısıyla parlıyor, gözlerimde söylediklerimin ciddi olduğuna dair bir işaret bulmaya çalışıyordu. Bunun şimdi açığa çıkmasına seviniyordum. Aksi takdirde, ileride onu yeniden arayıp işleri iyice içinden çıkılmaz hâle getirebilirdim. Onu olası bir motor zannetmiş olmam sarsıcıydı. Genellikle kızlar hakkındaki tespitlerim pek şaşmazdı.

"Her seferinde!" dedi America. Kadına baktı. *"Nasıl oluyor da buna şaşırabiliyorsunuz? O, Kahrolası Travis Maddox! Bu haltı yemesiyle meşhur ve yine de her seferinde şaşırıyorlar!"* dedi Shepley'ye dönerek. O da America'yı koluyla sararak eliyle sakinleş anlamına gelen bir hareket yaptı.

Kadının gözleri kısıldı, öfke ve utançla alev alevdiler, ardından çantasını kapıp hınçla dışarı fırladı.

Kapı çarparak kapanınca Shepley'nin omuzları kasıldı. Böyle anlardan rahatsız oluyordu. Benim ise yola getirecek hırçın bir kızım vardı, dolayısıyla mutfağa devam edip hiçbir şey olmamış gibi buzdolabını açtım. Gözlerindeki cehennem alevleri öyle bir gazapla karşı karşıya olduğumu söylüyorlardı ki, bunu daha önce bir kere bile tatmadığım kesindi (kendi kıçımı bana altın bir tepside sunmak isteyen kadınlarla karşılaşmadığımdan değil, ama hiçbir zaman o öfke selini duyacak kadar yakınlarında kalmadığımdan tabii).

America başını sallayıp koridora doğru yürüdü. Shepley de arkasından sürüklediği bavulun ağırlığını taşıyabilmek için iki büklüm olmuş halde zar zor onu takip edip koridora girdi.

Tam Abby'nin saldırıya geçeceğini düşündüğüm anda kendini koltuğa bıraktı. *Hmm, evet epey kızmış. En iyisi şu işi bitirelim.*

Kollarımı göğsümün üstünde kavuşturdum ve aramızda güvenli bir mesafe kalması için mutfaktan çıkmadım. "Sorun nedir, Güvercin? Zor bir gün müydü?"

"Hayır. Sadece tiksindim."

Başlamak üzereydik.

"Benden mi?" dedim gülümseyerek.

"Evet, *senden*. Birini bu şekilde kullanıp sonra ona nasıl böyle davranabilirsin?"

Ve işte başlamıştık. "Ona nasıl davrandım ki? O bana telefon numarasını vermeyi teklif etti, ben de reddettim."

Ağzı açık kaldı. Gülmemeye çalıştım. Onun davranışlarımdan bu rahatsız olduğunu ve iğrendiğini görmek beni neden bu kadar eğlendiriyordu bilmiyorum ama eğlendiriyordu işte. "Onunla seks yapacaksın ama telefon numarasını almayacaksın, öyle mi?"

"Onu aramayacaksam neden telefon numarasını alayım ki?"

"Onu aramayacaksan neden onunla yatasın ki?"

"Kimseye hiçbir söz vermiyorum Güvercin. Koltuğuma yatıp bacaklarını açmadan önce bir ilişkiye başlamamızı şart koşmadı."

Tiksinerek oturduğu koltuğa baktı. "Onun da bir babası var, Travis. Ya ileride bir gün birisi *senin* kızına böyle davranırsa?"

Bu düşünce aklımdan geçmişti, hazırlıklıydım. "Şöyle demeye ne dersin: Benim kızım yeni tanıştığı hıyarın tekiyle yatağa atlamasa iyi olur."

Gerçek buydu. Kadınlar kendilerine orospu gibi davranılmasını hak ediyorlar mıydı? Hayır. Orospular kendilerine orospu gibi davranılmasını hak ediyorlar mıydı? Evet. Megan'a ilk çakmamdan sonra yatakta bana sarılmaya bile tenezzül etmeden kalkıp gittiğinde oturup ağlamış ve bir kilo dondurma yemiş miydim? Hayır. Biraderlerime ilk buluşmada malı meydana koyduğumu ve Megan'ın da bana davranışlarıma uygun bir muamele çektiğini söylemiştim. Her şey neyse odur; haysiyetini ayaklar altına atmak için yola çıktıysan, birileri onu çiğnediğinde mızmızlanmayacaksın.

Kızlar birbirlerini yargılamalarıyla meşhurdurlar ve buna ancak bir erkeği yargılamak için ara verirler. Daha benim aklımdan geçmeden sınıftaki kız arkadaşları gidip de bir kıza kaşar kulpunu takar. Ama ben o kaşarı eve götürsem, becersem ve ardından hiçbir sorumluluk yüklemeden gitmesine izin versem, bir anda kötü adam olurum. Saçmalık.

Abby kollarını kavuşturdu, diyecek bir şey bulamadığı için daha da öfkelenmişti. "Yani, kendinin hıyar olduğunu kabul etmenin yanı sıra seninle beraber olduğu için kızın da bir sokak kedisi gibi dışarı atılmayı hak ettiğini söylüyorsun, öyle mi?"

"Tek söylediğim ona karşı dürüst davranmış olduğum. O bir yetişkin, rızaya dayalı bir ilişkiydi... aslına bakarsan biraz fazla hevesliydi. Sanki bir suç işlemişim gibi davranıyorsun."

"Senin niyetin hakkında net bir fikri varmış gibi durmuyordu, Travis."

"Kadınlar davranışlarını haklı çıkarmak için bir sürü şey uydururlar. O bana bir ilişki istediğini söylemedi ben de ona ilişkisiz seks istediğimi söylemedim. Bu ikisinin arasındaki fark nedir?"

"Sen bir domuzsun."

Omzumu silktim. "Daha kötü şeyler duyduğum da olmuştu." Umursamaz görüntümün aksine, bunu söylemesi tırnağımın altına çivi çakmış gibi hissetmeme neden olmuştu. Her ne kadar söylediği doğru olsa da.

Koltuğa bakıp gözle görülür biçimde tiksindi. "Kanepede uyuyacağım."

"Neden?"

"O şeyin üstünde uyumayacağım! Üstünde neler olduğunu Tanrı bilir!"

Torba bavulunu yerden kaldırdım. "Koltukta ya da kanepede uyumayacaksın. Yatağımda uyuyacaksın."

"Koltuğun daha hijyenik olduğundan eminim."

"Benim yatağımda benden başka kimse yatmadı."

Gözlerini yuvarladı. "Hadi oradan!"

"Yüzde yüz ciddiyim. Onları koltukta hallediyorum. Odama girmelerine izin vermem."

"Peki, o zaman niye benim yatağına girmeye iznim var?"

Ona söylemek istedim. Tanrım, bu sözcüklerin ağzımdan çıkmasını daha önce hiç olmadığı kadar istedim ama bunu kendime bile zor itiraf ediyordum, nerede kaldı ona söylemek. Derinlerde bir yerde boktan bir herif olduğumu biliyordum ve onun benden iyisini hak ettiğinden de emindim. Bir yanım onu yatak odasına götürüp neden farklı olduğunu göstermek istiyordu, ama beni durduran da işte buydu. Güvercin benim tam zıddımdı: yüzeyde masum, derinlerde son derece yaralı. Onda ihtiyaç duyduğum bir şey vardı ve ne olduğundan emin olamasam da, kendimi eski alışkanlıklarıma kaptırıp her şeyi berbat etmek istemiyordum. Onun affedici olduğunu görebiliyordum ama hayatına aşmamamın iyi olacağı çizgiler çizmişti.

Aklıma daha iyi bir seçenek gelince ukala ukala sırıttım. "Bu gece benimle sevişmeyi mi planlıyorsun?"

"Hayır!"

"Tamam işte, nedeni bu. Şimdi, dırdır etmeyi bırak da sıcak duşunu al. Sonra da biraz biyoloji çalışırız."

Abby bana dik dik baktı ama sonunda dediğimi de yaptı. Yanımdan geçerken neredeyse bana omuz atıyordu, ardından da banyo kapısını çarparak kapattı. Suyu açmasıyla borular ânında inlemeye başladılar.

Yanında az eşya getirmişti: sadece mutlaka ihtiyaç duyacağı şeyleri. Birkaç tane şort, bir tişört ve mor çizgileri olan beyaz pamuklu bir külot buldum. Bunları önüme dizip bavulunu biraz daha karıştırdım. Her şey pamukluydu. Gerçekten de benimleyken çıplak kalmayı ya da beni kışkırtmayı düşünmemişti. Biraz hayal kırıklığına uğramıştım ama aynı zamanda bu ondan daha çok hoşlanmama neden olmuştu. Hiç tanga külotu var mıydı acaba?

Yoksa bakire miydi?

Güldüm. Bugünlerde üniversiteli bir bakire duyulmamış bir şeydi.

Yanına diş macunu, diş fırçası ve küçük bir tüp yüz kremi de almıştı, dolayısıyla banyoya doğru giderken onları da yanıma alıp koridordaki dolaptan bir de temiz havlu kaptım.

Kapıya bir defa vurdum ama yanıt vermedi, ben de içeri girdim. Ne de olsa duş perdesinin ardındaydı ve daha önce görmediğim bir şeyi de yoktu.

"Mare?"

"Hayır, benim," dedim, eşyalarını lavabonun yanındaki masaya koyarken.

"Burada ne yapıyorsun? Çık dışarı!" diye ciyakladı.

Bir kahkaha attım, nasıl da süttü. "Yanına havlu almayı unuttun; ayrıca elbiselerini, diş fırçanı ve bir de çantanda bulduğum tuhaf yüz kremini getirdim."

"Çantamı mı karıştırdın?" Sesi bir perde tizleşti.

Boğazımdan aniden yükselen kahkahayı yutmak zorunda kaldım. İyilik olsun diye İffetzilla'nın eşyalarını taşıyordum o ise psikopata bağlıyordu. Çantasında ilginç bir şey de yoktu zaten. Yaramazlık konusunda bir kilise öğretmeniyle yarışırdı anca.

Diş macununu diş fırçama sıkıp musluğu açtım.

Abby, perdenin ardından alnı ve gözleri belirene dek tuhaf şekilde sessizdi. Onu görmezden gelmeyi denedim, kafamın arkasında oyuklar açacak kadar alev alev gözlerle baktığını hissedebiliyordum.

Neye sinir olduğunu anlayamıyordum. Benim için bütün olup bitenler tuhaf bir şekilde rahatlatıcıydı. Bu düşünce aklımdan geçince duraksadım; sıradan ev hali hoşlanacağımı düşündüğüm bir şey değildi.

"Çık dışarı, Travis," diye homurdandı.

"Dişlerimi fırçalamadan yatağa giremem."

"Bu perdenin yarım metre yakınına gelirsen, uyuduğun sırada gözlerini oyacağım."

"Merak etme, seni dikizlemem Güvercin." Aslında üstüme eğildiğinin düşüncesi, bunu yaparken elinde bir bıçak olsa bile epey tahrik ediciydi. Elindeki bıçaktan çok eğilme kısmı tabii.

Dişlerimi fırçalamayı bitirip yüzümde bir gülümsemeyle yatak odasına gittim. Birkaç dakika içinde borulardan gelen ses kesildi ama Abby'nin dışarı çıkması âdeta bin yıl sürdü.

Sabırsızlanıp başımı banyonun kapısından içeri soktum. "Gel artık, Güvercin. Seni beklerken ihtiyarladım!" Görünüşü beni şaşırttı. Onu daha önce de makyajsız görmüştüm ama şimdi cildi pembe ve ışıltılıydı ve düzleşmiş olan uzun, ıslak saçlarını arkaya atmıştı. Kendimi ona bakmaktan alıkoyamadım.

Abby kolunu kaldırıp tarağını üstüme fırlattı. Eğilip taraktan kurtuldum, sonra da banyo kapısını kapatıp yol boyunca gülerek yatak odama gittim.

Koridordan yatak odama gelirken küçük ayaklarının çıkardığı tatlı sesi duyabiliyordum; kalbim güm güm atmaya başladı.

"İyi geceler Abby," diye seslendi America Shepley'nin odasından.

"İyi geceler, Mare."

Kendimi tutamayıp güldüm. Karabasan doğru tanımdı.* Shepley'nin kız arkadaşı beni şahsıma özgü bir tür uyuşturucuyla tanıştırmıştı. Ve bir türlü yetmiyordu ve bırakmak da istemiyordum. Her ne kadar buna kesinlikle bağımlılık demesem de, bir defa bile tadına bakmayı göze alamıyordum. Onu yakınımda tutmakla yetiniyordum, sadece etrafta olduğunu bilmek bile kendimi daha iyi hissettiriyordu. Benim için hiç umut yoktu.

Kapıya iki defa nazikçe vurulunca gerçekliğe döndüm.

"İçeri gel, Güvercin. Kapıyı çalmana gerek yok."

Abby içeri girdi, saçı koyulaşmıştı ve nemliydi, üstüne gri bir tişört geçirmiş, altına da ekoseli boxer şort giymişti.

Kocaman olmuş gözleriyle odaya bakındı ve duvarlarımın çıplaklığına dayanarak hakkımda çeşitli sonuçlara ulaştı. Buraya ilk defa bir kadın giriyordu. Böyle bir ânın üstüne daha önce düşünmemiştim ama Abby'nin odanın atmosferini değiştirmesi beklediğim bir şey değildi.

---

* İyi geceler, Mare anlamına gelen "Night, Mare"; karabasan anlamındaki bir sözcük olan "nightmare." -çn

Daha önce sadece uyuduğum bir yerdi. Çok fazla zaman geçirdiğim bir yer hiç sayılmazdı. Abby'nin varlığı beyaz, sade duvarlarımı daha da açığa çıkarıyordu, o kadar ki utanca yaklaşan bir şeyler hissettim. Abby'nin odada olması oranın bir ev gibi görünmesine neden olmuştu ve odanın bu boşluğu artık doğru gelmiyordu.

"Güzel pijama," dedim nihayet, yatağa oturup. "Gelsene. Korkma, ısırmam."

Çenesini aşağı indirip kaşlarını kaldırdı. "Senden korkmuyorum." Biyoloji kitabını *pat diye* yanıma attı ve ardından durdu. "Kalemin var mı?"

Başımla komodini işaret ettim. "En üst çekmece." Sözcükler ağzımdan çıktığı anda kanım dondu. Zulamı bulacaktı. Kendimi bu keşfi izleyecek ölüm kalım savaşına hazırladım.

Bir dizini yatağa koyup uzandı ve çekmeceyi açıp elini bir şey yakmış gibi aniden dışarı çekene kadar karıştırdı. Bir saniye sonra kalemi çekip aldı ve çekmeceyi çarparak kapattı.

"Ne var?" diye sordum, biyoloji kitabını gözden geçiriyormuş numarası yaparken.

"Reviri mi soydun?"

Bir güvercin nereden prezervatif alındığını nasıl bilir? "Hayır. Niye?"

Yüzü çarpıldı. "Hayat boyu yetecek büyüklükteki prezervatif zulan."

İşte geliyor. "Sonra sızlanıp üzülmektense önlem almak lazım, değil mi?" Buna diyecek bir şey bulması mümkün değildi.

Beklediğim gibi bağırıp çağırmak ve hakaret etmek yerine sadece gözlerini devirmekle yetindi. Biyoloji kitabının sayfalarını çevirdim, çok rahatlamış gibi görünmemeye çalışıyordum.

"Tamam, buradan başlayabiliriz. Tanrım... fotosentez mi? Bunu lisede öğrenmedin mi?"

"Öğrendim sayılır," dedi savunmaya geçerek. "Biyoloji 101'den bahsediyoruz, Travis. Dersin içeriğini ben seçmedim."

"Ve sen kalkülüs dersi alıyorsun. Anlamıyorum, matematikte bu kadar iyiyken fende nasıl bu kadar geride olabiliyorsun?"

"Ben geride değilim, dersin ilk yarısı hep eski konuların gözden geçirilmesinden oluşur."

Bir kaşımı kaldırdım. "Pek öyle değil aslında."

Ona fotosentezin özünü ve bitki hücrelerinin yapısını anlatırken beni dinledi. Ne kadar uzun konuştuğum ya da ne söylediğim fark etmiyordu, her kelimemi ezberliyordu. Derdi geçer not almak değilmiş de benimle zaman geçirmekmiş gibi düşünmek işime geliyordu.

"Lipid değil, lipit diye yazılıyor. Nerede olduklarını bir daha söyle."

Gözlüklerini çıkardı. "Tükendim. Bir makro molekülü daha ezberleyemeyeceğim."

On numara. Yatak vakti gelmişti. "Tamam."

Abby aniden tedirgin göründü ve bu da tuhaf bir şekilde beni sakinleştirdi.

Onu gerginliğiyle baş başa bırakıp duş almaya gittim. Aynı yerde biraz önce çıplak olarak durduğunu bilmek tahrik edici bazı düşüncelere kapılmama neden oldu, bu nedenle de çıkmadan önce beş dakika boyunca buz gibi suyun altında durmam gerekti. Rahat değildi ama en azından ereksiyonumdan kurtulmamı sağladı.

Yatak odasına döndüğümde, Abby yan yatıp gözlerini kapamıştı ve kendini o kadar kasmıştı ki kazık gibi olmuştu. Havlumu yere attım, boxer'ımı giydim ve ardından yatağa tırmanıp ışığı kapattım. Abby kımıldamadı ama uyumuyordu.

Vücudundaki kasların hepsi gerilmişti ama dönüp bana bakmadan önce daha da kasıldılar.

"Sen de mi burada uyuyacaksın?"

"Evet, tabii. Bu benim yatağım."

"Biliyorum, ama ben..." Lafının sonunu getirmedi, seçeneklerini tartıyordu.

"Bana güvenmiyor musun? Yemin ederim çok uslu olacağım," derken işaret, orta ve serçe parmaklarımı kaldırdım, biraderlerim tarafından sevgiyle "şok edici" olarak anılan hareketti bu. Abby anlamadı.

İyi olmak son derece sıkıcı olsa da, daha ilk gece aptalca bir şey yaparak onu kaçırmayacaktım.

Abby'de sertlik ve narinlik hassas bir dengedeydi. Onu fazla zorlamak köşeye sıkıştırılmış bir hayvanın vereceği tepkiyi uyandırıyordu. İhtiyaç duyduğu ip cambazlığını yapmak eğlenceliydi, saatte bin kilometre hızla geri giden bir motosikletle uçurumun üstüne gerili bir ipin üstünde gidiyormuş hissi veriyordu.

Abby öbür yana döndü, öyle gergindi ki kıvrımlarıyla vurduğu karate darbeleriyle battaniyeyi pataklıyor gibiydi. Yüzümde bir kez daha bir gülümseme oluştu, kulağına eğildim.

"İyi geceler, Güvercin."

Altıncı Bölüm
Şatlar

Gözlerimi açtığımda güneş yatak odamın duvarlarına daha yeni gölge düşürmeye başlamıştı. Abby'nin saçları karmakarışıktı ve yüzümü kaplıyorlardı. Burnumdan derin bir nefes aldım.

Hey, ahbap. N'apıyorsun... sapıklık yapmak dışında? diye düşündüm. Sırtüstü yatmak için döndüm ama kendimi durduramadım, bir nefes daha aldım. Hâlâ şampuan ve saç kremi kokuyordu.

Birkaç saniye sonra alarm sızlanmaya benzer bir sesle çaldı ve Abby uyanmaya başladı. Elini göğsümün üstünde gezdirip aniden geri çekti.

"Travis," dedi uykulu uykulu. "Alarmın çalıyor." Bir dakika bekleyip içini çekti, kendini zorlayıp saate kadar uzandı, ardından da alarm susana dek saatin plastiğini yumrukladı.

Kendini yastığına bırakıp pufladı. Dudaklarımdan bir kıkırtı kaçınca ani bir soluk aldı.

"Uyanık mıydın?"

"Uslu olacağıma söz verdim. Üstüme yatmana izin vermemekle ilgili bir şey söylemedim."

"Üstüne yatmadım. Saate uzanamadım. Bugüne kadar

duyduğum en sinir bozucu alarm olduğuna eminim. Can çekişen bir hayvan gibi ses çıkarıyor."

"Kahvaltı ister misin?" Ellerimi başımın arkasında birleştirdim.

"Aç değilim."

Bir şeylerden ötürü kızmış gibi görünüyordu ama ben aldırmadım. Büyük ihtimalle sabahları genelde ters kalkıyordu. Ama bu kafayla yaklaşırsak öğleden sonraları ya da geceleri de ters kalkmış olması gerekirdi. Bir düşününce epey huysuz, cadaloz bir kızdı... ve ben bundan *hoşlanmıştım.*

"Peki. Ama ben açım. Niye beraber arabaya atlayıp sokağın aşağısındaki kafeye gitmiyoruz?"

"Sabahın köründe araba kullanmadaki beceriksizliğini kaldırabileceğimi sanmıyorum." Kemikli küçük ayaklarını kıpır kıpır oynatıp terliklerinin içine soktu sonra da uyku sersemliğiyle sendeleyerek kapıya gitti.

"Nereye gidiyorsun?"

Ânında tepesi attı. "Giyinip derse gideceğim. Ben buradayken yapacaklarımın bir listesini mi istiyorsun?"

Demek sert oynamak istiyordu. Tamam, ben de sert oynayacaktım. Yanına gidip omuzlarını tuttum. Tanrım, tenine dokunmak ne kadar iyi geliyordu. "Her zaman bu kadar fevri misin yoksa seni yatağa atmak için karmaşık bir plan uygulamaya çalışmadığımı anlayınca geçecek mi?"

"Ben fevri *değilim.*"

Öne eğilip kulağına fısıldadım. "Seninle yatmak istemiyorum, Güvercin. Bunun için senden fazlasıyla hoşlanıyorum."

Bedeni gerildi, ben de başka bir şey söylemeden odadan çıktım. Zaferimi hoplayıp zıplayarak kutlamak biraz bariz olacaktı, dolayısıyla kapının arkasına geçene dek bekledim ve kutlama yapmak için birkaç kez havayı yumrukladım. Onu diken üstünde tutmak hiç kolay değildi ama işe yaradığında sanki şeye bir adım daha yaklaşmış gibi hissediyordum. Şeye...

Hakikaten neye? Tam emin değildim. Sadece bunu yapmak doğru şeymiş gibi geliyordu.

Mutfak alışverişi yapmayalı epey zaman olmuştu, dolayısıyla kahvaltı pek gurmelere layık sayılmazdı ama yine de yeterince iyiydi. Yumurtaları bir çanakta çırptım, soğan, yeşil ve kırmızıbiberden oluşan bir karışımı ekledim ve hepsini bir tavaya döktüm.

Abby gelip bir tabureye oturdu.

"Biraz istemediğine emin misin?"

"Eminim, teşekkürler."

Daha az önce yataktan kalkmıştı ve buna rağmen muhteşem görünüyordu. Bunun sıradan bir şey olmadığından emindim ama bunu bilebilecek bir deneyimim de yoktu. Sabahları sadece Shepley'nin getirdiği kızları görmüştüm ve onlara da bir fikir edinecek kadar yakından bakmamıştım.

Shepley birkaç tabak alıp bana uzattı. Yumurtaları bir spatulayla alıp çevirerek tabaklara koydum. Abby hafif bir ilgiyle yaptığımı izliyordu.

Shepley tabağını önüne koyduğunda America pufladı.

"Bana öyle bakma Shep, özür dilerim ama gitmek istemiyorum."

Shepley günlerdir America'nın çiftler partisine davetini reddetmesinden yakınıyordu. America'yı suçlamıyordum. Çiftler partileri işkence gibiydi. Gitmek istememesi etkileyici sayılırdı. Çoğu kız, bu partilere davet almak için yapmadığını bırakmazdı.

"Bebeğim," diye mızıldandı Shepley, "yurtta yılda iki defa parti veriliyor. Önümüzde daha bir ay var. Kıyafetini bulup bütün o kız hazırlıklarını yapmak için bol bol zamanın olacak."

America ikna olmuyordu. America'yı partiye gitmeye ikna edecek şeyin Abby'nin de gelmesi olduğunu fark edene dek onlara dikkat etmedim. Eğer Abby giderse, bu bir kavalyesinin olacağı anlamına geliyordu. America bana bakıp bir kaşını kaldırdı.

Shepley hiç tereddüt etmedi. "Trav çift partilerine gitmez. Bunlar kız arkadaşını götürdüğün türden partiler ve... Travis... biliyorsun."

America omzunu silkti. "Abby'ye birini ayarlayabiliriz."

Karşı çıkmaya başladım ama Abby belli ki durumdan memnun değildi. "Farkındasın değil mi, sizi duyabiliyorum," diye homurdandı.

America alt dudağını sarkıttı. Böyle yaptığında Shepley ona hayır diyemiyordu. "Lütfen Abby? Eğlenceli ve akıllı hoş bir çocuk buluruz. Seksi olacağını garanti ederim, bunu biliyorsun. İyi vakit geçireceğine söz veriyorum! Ve kim bilir? Belki de ikiniz iyi anlaşırsınız?"

Somurttum. America ona birisini bulacaktı öyle mi? Çiftler partisi için. Cemiyetteki biraderlerimden birini. Kahretsin, bunun imkânı yoktu. Onun *herhangi biriyle* takıldığını düşünmek ensemdeki tüylerin diken diken olmasına neden oluyordu.

Tavayı lavaboya attığımda sağlam bir gürültü çıkardı.

"Onu götürmem demedim."

Abby gözlerini yuvarladı. "Bana kıyak geçme, Travis."

Öne doğru bir adım attım. "Demek istediğim bu değildi, Güvercin. Çift partileri kız arkadaşı olan adamlar içindir ve benim kız arkadaş olayına girmediğimi de herkes bilir. Ama seninle gidersek sonrasında evlilik yüzüğü diye tutturmandan endişe etmeme gerek olmayacağını biliyorum."

America yeniden alt dudağını sarkıttı. "Lütfen ama lütfen, Abby?"

Abby ağrı çekiyor gibiydi. "Bana öyle bakma! Travis gitmek istemiyor, ben gitmek istemiyorum... çok eğlenceli bir çift olmayız."

Düşündükçe fikir daha çok aklıma yatmaya başlamıştı. Kollarımı kavuşturup lavaboya yaslandım. "Gitmek istemediğimi söylemedim. Eğer dördümüz gidersek eğlenceli olacağını düşünüyorum."

Bütün gözler üstüne döndüğünde Abby irkildi. "Niye burada takılmıyoruz?"

Bu bana uyardı.

America'nın omuzları çöktü ve Shepley öne eğildi.

"Çünkü ben gitmek zorundayım Abby," dedi Shepley. "Ben birinci sınıf öğrencisiyim. Her şeyin yolunda gitmesini, herkesin birasının elinde olmasını filan sağlamam lazım."

Abby fena halde utanmıştı. Gitmek istemediği apaçıktı ama beni korkutan şey America'ya hayır diyememesiydi ve Shepley de kız arkadaşı gelsin diye her şeyi söyleyebilecek durumdaydı. Abby o partiye benimle gitmezse, akşamı veya geceyi biraderlerimden biriyle geçirebilirdi. Kötü çocuklar değillerdi ama daha önce anlattıkları hikâyeleri dinlemiştim ve Abby'nin bu hikâyelere konu olması düşüncesi kaldırabileceğim bir şey değildi.

Bir adım daha atıp kollarımı Abby'nin omuzlarına doladım. "Hadi ama Güvercin. Benimle gelmek istemez misin?"

Abby America'ya baktı, ardından da Shepley'ye. Gözlerime bakması sadece birkaç saniye sürdü ama bana yıllar geçmiş gibi gelmişti.

Gözleri nihayet benimkilerle buluştuğunda duvarları yerle bir oldu.

"Evet." İçini çekti. Sesinde heyecandan eser yoktu ama bu bir şeyi değiştirmezdi. Benimle gelecekti ve bunu bilmek yeniden nefes almamı sağlıyordu.

America kızların hep yaptığı gibi çığlık attı ve ellerini çırptı, sonra da Abby'yi yakalayıp ona sarıldı.

Shepley, müteşekkir bir gülümsemeyle önce bana sonra da Güvercin'e baktı. "Teşekkür ederim, Abby," deyip elini sırtına koydu.

Daha önce benimle partiye geleceği için bu kadar mutsuz olan kimseyi görmemiştim, öte yandan mutsuzluğunun nedeni ben değildim.

Kızlar hazırlandılar ve saat sekizdeki derse yetişmek için erken çıktılar. Shepley bulaşıkları yıkamak için kaldı, nihayet istediği olduğu için mutluydu.

"Kanka sağ ol. America'nın geleceğini düşünmemiştim."

"Neler oluyor oğlum? Güvercin'e birilerini mi ayarlamaya çalışıyorsunuz?"

"Hayır. Yani America'nın böyle bir planı olabilir. Bilmiyorum. Ne fark eder?"

"Fark eder."

"Eder mi?"

"Sadece bunu ... bunu yapmayın olur mu? Onun karanlık bir köşede Parker Hayes'le yiyiştiğini görmek istemiyorum. "

Shepley başını salladı, tavadaki yumurtaları fırçalıyordu. "Ya da başka biriyle."

"Yani."

"Bunun daha ne kadar devam edeceğini düşünüyorsun?"

Suratımı astım. "Bilmiyorum. Gittiği yere kadar. Sadece bana çelme takmayın yeter."

"Travis, onu istiyor musun, istemiyor musun? Onunla

beraber değilken başka biriyle çıkmasını engellemeye çalışmak hıyarlıktan başka bir şey değil."

"Biz sadece arkadaşız."

Shepley şüpheci, çokbilmiş bir sırıtmayla bana doğru baktı. "Arkadaşlar hafta sonu yattıkları kişi hakkında birbirleriyle konuşurlar. Nedense, siz ikinizin böyle bir muhabbet yapacağınızı düşünmüyorum."

"Hayır, ama bu arkadaş olamayacağımız anlamına gelmiyor."

Shepley'nin kaşları şüpheyle yukarı kalktılar. "Aslında tam olarak o anlama geliyor, kanka."

Haksız değildi. Sadece kabul etmek istemiyordum. "Sadece şey var..." durdum, Shepley'nin yüz ifadesini görmek için bir bakış attım. Beni en az yargılayacak insan Shepley'dir ama aklımda olanları ve Abby'yi ne kadar sık düşündüğümü itiraf etmek bana bir tür zayıflık gibi geliyordu. Shepley halimden anlardı ama yine de bütün her şeyi açık açık söylesem de daha iyi hissetmeyecektim. "Onda ihtiyacım olan bir şey var. Hepsi bu. Onu aşırı havalı bulmam ve paylaşmak istememem tuhaf mı?"

"O senin değilse, onu paylaşamazsın."

"Ben ilişkiler hakkında ne bilirim ki, Shep? Seni . Seni ve çarpık, takıntılı, bağımlılıktan ibaret ilişkilerini. Eğer karşısına biri çıkar da onunla çıkmaya başlarsa, Güvercin'i kaybederim."

"O halde onunla çıksana."

Başımı salladım. "Henüz hazır değilim."

"Neden ki? Korkuyor musun?" diye sordu Shepley, bulaşık bezini suratıma fırlatarak. Yere düşünce almak için eğildim. Elimdeki bezin sağını solunu çekiştirmeye başladım.

"O farklı, Shep. O iyi."

"Ne bekliyorsun o zaman?"

Omzumu silktim. "Bir nedenim daha olmasını galiba."

Shepley, sözlerimi onaylamadığını göstermek için yüzünü buruşturdu ve bulaşık makinesini çalıştırmak için eğildi. Bulaşık makinesinin mekanik sesi ve akan suyun şırıltısı mutfağı doldurdu. Shepley odasına yöneldi. "Kızın doğum günü yaklaşıyor. Mare bir şeyler düzenlemek niyetinde."

"Abby'nin doğum günü mü?"

"Aynen. Bir haftadan biraz fazla kaldı."

"Evet, bir şeyler yapmamız lazım. Nelerden hoşlandığını biliyor musun? America'nın aklında bir şey var mı? En iyisi ona bir hediye almam herhalde. İyi de, ne halt alacağım ki ben şimdi?"

Shepley gülümseyip yatak odasının kapısını kapattı. "Bir şey bulursun. Ders saat beşte başlıyor. Charger'ı sen mi alacaksın?"

"Yok. Abby'yi bir kere daha motosikletime bindirebilecek miyim diye bakacağım. Kasıklarının arasına en fazla yaklaştığım zaman bu."

Shepley gülüp kapısını kapattı.

Yatak odama gidip kot pantolon ve tişört giydim. Cüzdan, telefon, anahtarlar. Bir kız olduğumu hayal edemiyordum. Sırf kapıdan çıkabilmek için yerine getirmek zorunda kaldıkları saçma, rutin işler hayatlarının yarısını tüketiyordu.

Ders bin yıl geçmiş gibi gelen bir süreden sonra bitti. Hemen kampüsün öbür tarafına, Morgan Hall'a koştum. Abby ön girişte herifin tekiyle beraber oturuyordu ve ikisini görünce ânında kan beynime sıçradı. Birkaç saniye sonra Finch'i tanıdım ve iç rahatlığıyla bir oh çektim. Abby, onun sigarasını bitirmesini bekliyor ve söylediği her şeye gülüyordu. Finch kollarını sağa sola sallıyordu, belli ki destan yazıyordu ve sadece sigarasından nefes almak için ara veriyordu.

Yaklaştığımda Finch Abby'ye göz kırptı. Bunu iyiye yordum. "Hey Travis," dedi ahenkle.

"Finch." Başımla selam verdim ve dikkatimi çabucak Abby'ye çevirdim. "Eve gidiyorum, Güvercin. Seni de bırakayım mı?"

"Tam içeri girecektim," dedi bana bakıp sırıtarak.

Kalbim sıkıştı ve düşünmeden konuştum. "Bu gece benimle kalmayacak mısın?"

"Hayır kalacağım. Sadece unuttuğum birkaç şeyi almam lazım."

"Ne gibi?"

"Mesela jiletim. Niye merak ediyorsun?"

Tanrım, ondan hoşlanıyordum. "Bacaklarını tıraş etme zamanın gelmişti zaten. Bütün gece benim bacaklarımı haşat ettiler."

Finch'in gözleri neredeyse yuvalarından fırlıyorlardı.

Abby yüzünü buruşturdu. "Dedikodular işte böyle başlıyor!" Finch'e baktı. "Onun yatağında uyuyorum... *sadece uyuyorum.*"

"Tabii," dedi Finch çokbilmiş bir gülümsemeyle.

Ben daha ne olduğunu anlayamadan içeri girmiş, ayaklarını vura vura merdivenleri çıkıyordu. Ona yetişmek için merdivenleri ikişer ikişer çıktım.

"Hemen delirme. Sadece şaka yapıyordum."

"Zaten herkes seks yaptığımızı düşünüyor. İşleri kötüleştiriyorsun."

Görünüşe göre benimle seks yapması kötü bir şeydi. Benden hoşlanıp hoşlanmadığına dair sorularım vardıysa bile az önce yanıtı vermişti: sadece 'hayır' değil, 'Tanrı korusun hayır'.

"Onların ne düşündükleri kimin umurunda?"

"Benim, Travis, benim umurumda!" Yurt odasının kapısını itip açtı ve odanın bir ucundan diğerine koşturup çekmeceleri açıp kapamaya ve aldığı eşyaları bir çantaya doldurmaya başladı. Aniden yoğun bir kaybolmuşluk duygusunun içinde boğulmaya başladım, hissettiğinde ya ağladığın ya da güldüğün cinsten bir duyguydu. Boğazımdan bir kıkırtı kaçtı.

Abby'nin gri gözleri kararıp bana yöneldi. "Komik değil. Bütün okulun senin orospularından biri olduğumu mu düşünmesini istiyorsun?"

Benim orospularım mı? Onlar bana ait değillerdi. Dolayısıyla orospuydular.

Çantayı elinden aldım. Durum iyi değildi. Onun için benimle birlikte anılmak bile itibarını sıfırlamak demekti, nerede kaldı benimle bir ilişkiye girmek. Eğer böyle hissediyorsa, neden hâlâ benimle arkadaş olmak istiyordu?

"Kimse böyle düşünmüyor. Ve eğer düşünüyorlarsa, kendi iyilikleri için bunun kulağıma gelmemesini dilerler."

Kapıyı açık tuttum, o da ayaklarını yere vura vura odasından çıktı. Tam kapıyı kapatıp peşinden gidecektim ki, aniden durdu ve ona çarpmamak için parmak uçlarımda dengemi bulmaya çalıştım. Kapı arkamdan kapanıp beni öne itti. "Oha!" deyip ona çarptım.

Arkasına döndü. "Aman Tanrım!" İlk anda çarpışmamızın onu incittiğini düşündüm. Yüzündeki dehşet ifadesini görüp bir saniye için endişelendim ama o konuşmaya devam etti, "İnsanlar büyük ihtimalle beraber olduğumuzu ve senin de utanmadan şeye... *alışkanlıklarına* devam ettiğini düşünüyorlar. Zavallının teki gibi görünüyorum kesin!" Durakladı, fark ettiği şeyin yarattığı dehşet duygusu içinde kaybolmuştu. "Artık seninle kalmamam lazım. Bir süre birbirimizi görmemeliyiz."

Çantasını elimden aldı, ben de çekip geri aldım. "Kimse beraber olduğumuzu düşünmüyor, Güvercin. Bir şeyleri kanıtlamak için benimle görüşmeyi kesmene gerek yok." Biraz çaresiz hissettim; can sıkıcı olmanın da ötesinde bir durumdu.

Çantasını çekiştirdi. Kararlıydım, asılıp çektim. Birkaç defa çekip almayı denedikten sonra engellenmenin öfkesiyle homurdandı.

"Daha önce hiçbir kız —bir arkadaş— sende kaldı mı? Daha önce kızları arabanla okula getirdin mi? Her gün bir kızla yemek yedin mi? Kimse hakkımızda nasıl düşüneceğini bilmiyor, onlara söylesek bile!"

Çantası elimde otoparka yöneldim, aklım çok meşguldü. "Bunu halledeceğim tamam mı? Kimsenin benim yüzümden hakkında kötü düşünmesini istemiyorum."

Abby hep bir sır olmuştu ama yüzündeki kederli ifade beni şaşırttı. O kadar rahatsız ediciydi ki, gülümsemesini yüzünden silmeyecek herhangi bir şey yapmak istedim. Huzursuzluktan yerinde duramıyordu ve çok mutsuz olduğu belliydi. Bundan ölesiye nefret ettim ve o güne dek yaptığım her yanlış işten pişmanlık duydum çünkü her birisi o âna giden yolda attığım bir adımdı.

İşte o anda dank etti: Bir çift olarak birlikte olmamız mümkün değildi. Ne yaparsak yapalım ya da ben kendimi ona hangi numaralarla sevdirirsem sevdireyim asla onun için yeterince iyi olmayacaktım. Onun benim gibi birine kalmasını istemiyordum. Artık onunla geçirebileceğim ne kadar zaman varsa, bununla yetinmem gerekecekti.

Bunu kabul etmek epey acı bir ilacı içmek gibiydi ama aynı zamanda zihnimin karanlık köşelerinden tanıdık bir ses istediğimi elde etmek için mücadele etmem gerektiğini fısıldadı. Mücadele etmek, diğer seçenekten daha kolaydı.

"İzin ver, durumu telafi edeyim," dedim. "Neden bu akşam Dutch'a gitmiyoruz?" Dutch küçücük, basık bir bardı ama Red'den çok daha az kalabalık oluyordu. Etrafta daha az akbaba oluyordu.

"Orası motosikletlilerin barı." Surat astı.

"Tamam, o zaman kulübe gidelim. Seni yemeğe çıkarırım ve sonra da Red Door'a gidebiliriz. Hesap benden."

"Beraber yemeğe çıkıp ardından da bir kulübe gitmemiz nasıl olacak da sorunu çözecek? İnsanların bizi bir arada görmesi sadece işleri daha da kötüleştirecek."

Çantasını motorumun arkasına bağlamayı bitirip koltuğa tırmandım. Çantasını almak için tartışmadı. Bu daima umut var demekti.

"Düşün. Sarhoş halimle bir oda dolusu yarı çıplak kadının olduğu bir mekândayız, ne olur sence? İnsanların çift olmadığımızı anlamaları uzun sürmez."

"Peki ya ben ne yapmalıyım? Mesajın altını çizmek için barda bulduğum bir adamı eve mi atmam gerekiyor?"

Yüzümü buruşturdum. Onun mekândan bir erkekle çıkması düşüncesi çenemi sıkmama neden oldu, sanki limon yemişim gibi. "Bunu demedim. Kendini kaptırmanın lüzumu yok."

Gözlerini yuvarlayıp koltuğa tırmandı ve kollarını belime sardı. "Barda bulduğun öylesine bir kız bizi takip edip eve gelecek, öyle mi? Durumu telafi etmek için yapacağın şey *bu* mu yani?"

"Kıskanmıyorsun değil mi, Güvercin?"

"Neyi kıskanacakmışım? Sabah kovacağın mikrop yuvası embesili mi?"

Kıkırdayıp motoru çalıştırdım. Keşke bu bahsettiğinin ne kadar imkânsız bir şey olduğunu bilebilseydi. O etraftayken diğer herkes ortadan kaybolmuş gibi oluyordu. Ondan bir adım önde olmak için bütün dikkatimi toplamam gerekiyordu.

Shepley'yle America'ya planımızdan bahsettik, sonra da kızlar rutin işlerine geçtiler. Duşa ilk ben girdim ama geç de olsa herkesten sonra girmem gerektiğini fark ettim çünkü kızların hazırlanmak için Shepley ve benden çok daha fazla zamana ihtiyaçları vardı.

Shepley ve America'yla dakikalarca Abby'nin banyodan çıkmasını bekledik ama sonunda çıktığında neredeyse dengemi kaybediyordum. Kısa, siyah elbisesi sütun gibi bacaklarını olduğundan çok daha uzun gösteriyordu. Memeleri saklambaç oynuyor, sadece belli bir yöne döndüğünde varlıklarını belli ediyorlar ve uzun bukleleri göğsünün iki yanından aşağıya dökülüyorlardı.

Bu kadar bronz tenli olduğunu fark etmemiştim ama cildi siyah elbisesinin içinde sağlıklı bir ışıltıyla parlıyordu.

"Güzel bacaklar," dedim.

Gülümsedi. "Jiletin büyülü olduğunu söylemiş miydim?"

Yemişim büyüsünü. Muhteşem bacakları vardı. "Jiletle alakalı olduğunu sanmıyorum."

Onu elinden tutup kapıdan çıkarttım ve Shepley'nin Charger'ına götürdüm. Elini çekmedi, ben de arabaya gidene dek elini tuttum. Bırakmak yanlış geldi. Suşi restoranına vardığımızda, içeri girerken parmaklarımı parmaklarına doladım.

Hepimize sake sipariş ettim, bitince birer kadeh daha söyledim. Garson kız, bira isteyene kadar kimliklerimizi bakmadı. America'nın sahte bir kimlik kartı olduğunu biliyordum ve Abby de hiç korkmadan kendi sahte kimlik kartını çıkarınca etkilendim.

Garson kız kimliklerimizi kontrol edip gittikten sonra

Abby'nin sahte kimliğini elinden kaptım. Köşede fotoğrafı vardı ve bildiğim kadarıyla her şeyiyle yasal bir kimlik gibi duruyordu. Daha önce hiç Kansas kimlik kartı görmemiştim ama bu kusursuzdu. İsim hanesinde Jessica James yazıyordu ve bir nedenden ötürü beni tahrik etti. Nasıl oturacağımı bilemeyeceğim kadar.

Abby, elime vurunca kartın fırlamasına neden oldu ama tam yere düşerken kartı havada yakaladı. Saniyeler içinde de cüzdanının içine sokup ortadan kaldırdı.

Gülümsedi, ben de gülümseyerek karşılık verdim. Dirseklerime yaslanarak, "Jessica James mi?" dedim.

Duruşumu taklit edercesine dirseklerini masaya dayadı ve benimle aynı bakışı takındı. Kendine güveni tamdı. İnanılmaz seksiydi.

"Evet. Ne olmuş?"

"İlginç seçim."

"California Roll* da öyle. Süt çocuğu."

Shepley kahkahalara boğuldu ama America birasını dikince aniden durdu. "Yavaş ol, bebeğim. Sake adamı geç vurur."

America ağzını silip sırıttı. "Sake içmişliğim var, Shep. Endişelenmeyi bırak."

İçtikçe daha çok gürültü yapmaya başladık. Garsonların umurunda değildi ama büyük ihtimalle saat geç olduğu ve bizim dışımızda restoranın öbür ucunda sadece birkaç tane daha müşteri olduğu içindi. Ve onlar da en az bizim kadar sarhoştular. Shepley hariç. Arabasını alkollü kullanmayacak kadar çok seviyordu ve America'yı arabasından da çok seviyordu. O da arabadaysa az içmekle kalmıyor, aynı zamanda bütün trafik kurallarını uyup sinyal lambalarını kullanıyordu.

---

* Bir tür suşi. -çn

Kılıbık.

Garson kız hesabı getirdi, ben de masaya biraz nakit atıp Abby'yi bölmemizden çıkana dek itekledim. O da beni neşeyle dirsekleyince, ben de hiç sıkılmadan kolumu omuzlarına attım ve arabaya ulaşana dek öyle yürüdük.

America ön koltuğa erkek arkadaşının yanına geçip onun kulağını yalamaya başladı. Abby bana baktı ve gözlerini devirdi, ön taraftaki erotik şovun zoraki izleyicisi olsa da eğleniyordu.

Shepley, Red'in otoparkına girdikten sonra araba sıralarının arasında iki üç defa dolaştı.

"Bu gece olsa fena olmaz," diye mırıldandı America.

"Hey, geniş bir yer bulmam lazım. Sarhoş bir geri zekâlının arabayı çizmesini istemiyorum."

Belki öyle. Ya da sadece America'nın iç kulağına yaptırdığı banyoyu uzatmak istiyordu. Pis sapık.

Shepley otoparkın en ucuna park etti; Abby'nin arabadan çıkmasına yardımcı oldum. Elbisesini tutup çekiştirdi ve kalçalarını salladı, sonra da elimi tuttu.

"Kimliklerinizi soracaktım," dedim. "Kusursuz olmuşlar. Buralardan almadınız herhalde." Bildiğim bir işti, zamanında çok sahte kimlik almıştım.

"Evet, epey bir zaman önce yaptırtmıştık. Wichita'da... gerekmişti." Tanrı aşkına, ne olmuştu da Abby'nin sahte kimlik alması gerekmişti ki?"

Yürürken ayaklarımızın altındaki çakıl taşları gıcırdıyordu. Abby topuklularıyla taşlı zeminde yürümeye çalışırken elimi sıktı.

America dengesini kaybetti. Refleks olarak Abby'nin elini bıraktım ama Shepley kız arkadaşını yere düşmeden yakalamıştı.

America kıkırdayarak, "İnsanın bağlantılarının olması iyi bir şey," dedi.

"Hadi ama kızım," dedi Shepley düşmesin diye onun kolunu tutarak. "Bu gecenin senin için bittiğini düşünüyorum."

Surat astım, bütün bu söylediklerinin ne anlama geldiğini merak ediyordum. "Neden bahsediyorsun, Mare? Hangi bağlantılar?"

"Abby'nin bazı arkadaşları var da, şey yapıyorlar—"

America daha lafını bitiremeden Abby atıldı. "Sahte kimliklerden bahsediyoruz, Trav. Doğru dürüst yapılsın istiyorsan, doğru insanları tanımalısın değil mi?"

America'ya baktım, bir şeylerin oturmadığını biliyordum ama o da benim dışımda her yere bakmakla meşguldü. Konunun üstüne gitmek pek akıllıca gözükmüyordu, özellikle Abby bana daha az önce Trav diye seslenmişken. Bu lakabı benimseyebilirdim, onun koyduğu bir isim olduğu için sorun yoktu.

Elimi uzattım. "Haklısın."

Elimi aldı, yüzünde bir hilecinin gülümsemesi vardı. Az önce beni kandırdığını düşünüyordu. Daha sonra bu işin aslını öğrenmem gerecekti.

"Bir içkiye daha ihtiyacım var!" dedi, beni kulübün büyük kırmızı kapısına çekerken.

"Şat isteriz!" diye bağırdı America.

Shepley içini çekti. "Evet kesinlikle. İhtiyacın olan tam da bu. Bir şat daha!"

Abby içeri girdiğinde odadaki herkes başını çevirip ona baktı, yanlarında kız arkadaşları olan birkaç adam bile utanmadan boyunlarını kıracakmış gibi dönerek ya da sandalyeleriyle arkaya yaslanarak daha uzun süre bakmaya çalışıyorlardı.

Kahretsin. Bu kötü bir gece olacak, diye düşündüm, elimi Abby'nin eline daha sıkı sararak.

Dans pistine en yakın olan bara yürüdük. Megan bilardo masalarının oradaki dumanlı gölgelerde duruyordu. Her zamanki av sahası. Megan, daha ben onu görmeden büyük, mavi gözlerini üstüme dikmişti bile. Beni uzun süre izlemedi.

Hâlâ Abby'yle el eleydik ve Megan'ın yüz ifadesi bunu gördüğü an değişti. Başımla ona selam verdim, o da aşağılayıcı bir gülümsemeyle karşılık verdi.

Her zamanki yerimde kimse yoktu ama barda başka boş bir yer de kalmamıştı. Cami ardıma Abby'yi katıp geldiğimi görünce şöyle bir güldü ve ardından çevredeki taburelerde oturanlara geldiğimi söyleyip, yerlerinden kaldırılacaklarının sinyalini verdi. Onlar da şikâyet etmeden yerlerinden kalktılar.

İstediğinizi söyleyin, psikopat bir hıyar olmanın epey bir avantası var.

Yedinci Bölüm
Gözlerini Kan Bürüdüğünde

Bara gelmeden önce, America en iyi arkadaşını dans pistine çekti. Abby'nin cırtlak pembe topukluları morötesi ışıkta parlıyorlardı ve o America'nın vahşi dans figürlerine güldüğünde ben de ona gülümsedim. Gözlerimi siyah elbisesinde gezdirip kalçalarında durdum. Hakkını vermek lazım, iyi kıvırıyordu. Gözlerimin önüne bir seks sahnesi gelince başımı çevirdim.

Red Door oldukça kalabalıktı. Birkaç yeni yüz olsa da çoğunlukla müdavimler vardı. İçeri giren her yeni yüz, hayal gücü hafta sonları bara gitmekle sınırlı olanlarımız için taze et gibiydi. Özellikle de Abby ve America'ya benzeyen kızlar.

Bir bira ısmarladım, yarısını dikip dikkatimi dans pistine verdim. İsteyerek bakmıyordum, özellikle de yüzümde büyük ihtimalle onları izleyen her sersemenkiyle aynı ifade olduğunu bildiğimden.

Şarkı bitince Abby America'yı çekip bara getirdi. Soluk soluğa kalmışlardı, gülümsüyorlardı ve tam seksi olacak kıvamda terlemişlerdi.

"Bu bütün gece devam edecek, Mare; onları görmezden gelmen lazım," dedi Shepley.

Arkamda bir yere bakan America'nın yüzü tiksintiyle buruştu. Orada kim olabileceği hakkında en ufak bir fikrim yoktu. Megan olamazdı. Kenarda fırsat bekleyen tiplerden değildi o.

"Sanki Vegas bir akbaba sürüsünün üstüne kusmuş gibi," diye aşağıladı America.

Omzumun üstünden baktığımda Lexi'nin yurt kardeşlerinden üçünün omuz omuza durduklarını gördüm. Başka bir tanesi hemen yanımda yüzünde kocaman bir gülümsemeyle duruyordu. Hepsi de göz teması kurduğumda sırıttılar ama hemen önüme dönüp biramın kalanını diktim. Bir nedenden ötürü benim çevremde bu şekilde davranan kızlar America'yı çok sinirlendiriyorlardı. Ama yaptığı akbaba karşılaştırmasına da diyecek bir şeyim yoktu.

Bir sigara yakıp iki bira daha istedim. Yanımdaki sarışın Brooke gülümseyip dudağını ısırdı. Durakladım. Ağlayacak mı yoksa bana sarılacak mı bilemedim. Cami şişeleri açıp da tezgâhın üstünden kaydırana dek Brooke'un yüzünde neden o gülünç ifadenin olduğunu anlayamadım. Birayı aldı ve tam yudumlamak üzereydi ki, elinden elinden kapıp Abby'ye verdim.

"Ee.. bu senin değil."

Brooke ayaklarını yere vura vura arkadaşlarının arasına gitti. Abby ise bütün bunlardan hiç etkilenmemiş gibi erkeklerin aldığı gibi büyük yudumlarla birasını içmeye devam ediyordu.

"Sanki barda tanıştığı kızlara bira alan bir adammışım gibi," dedim. Söylediğimin Abby'yi daha da keyiflendireceğini düşünmüştüm ama tam tersine yüzünde ekşi bir ifadeyle birasını içmeyi bıraktı.

"Sen farklısın," dedim yarım bir gülümsemeyle.

Şişesini benimkiyle tokuşturdu, bariz gıcık olmuştu.

"Standardı olmayan bir adamın yatmak istemediği tek kız olmanın şerefine." Birasından bir yudum aldı ama şişeyi ağzından çektim.

"Sen ciddi misin?" Yanıt vermeyince, daha etkili olsun diye ona doğru eğildim. "Her şeyden önce... standartlarım var. Hiç çirkin bir kadınla beraber olmadım. Hem de hiç. İkincisi, seninle yatmak istedim. Seni koltuğuma atmanın elli farklı yolunu düşündüm ama bir şey yapmadım çünkü artık sana o gözle bakmıyorum. Seni çekici bulmadığımdan değil, senin daha iyisini hak ettiğini düşündüğüm için."

Yüzünde ukala bir sırıtma belirdi. "Senin için fazla iyi olduğumu düşünüyorsun."

İnanılmaz bir durumdu, hâlâ anlayamamıştı. "Dünyada senin için yeterince iyi bir erkek olduğunu düşünmüyorum."

Yüzündeki ukalalık kayboldu, yerine etkilenmiş, takdir eden bir gülümseme geldi. "Teşekkürler, Trav," dedi, boş bira şişesini tezgâha bırakıp. İstediğinde bana mısın demeden içebiliyordu. Normalde buna sorumsuzluk derdim ama öyle kendine güvenli ve... bilmiyorum... yaptığı her şey inanılmaz seksiydi.

Ayağa kalkıp elini tuttum. "Hadi gel." Onu dans pistine çektim, o da peşimden geldi.

"Çok fazla içtim, yere kapaklanırım!"

Artık dans pistindeydik, kalçalarını kavrayıp vücudunu vücuduma aramızda hiç boşluk bırakmadan sımsıkı yasladım. "Çeneni kapa ve dans et."

Bütün kıkırdamaları ve gülümsemesi kaybolup gitti ve bana yasladığı vücudunu müziğin ritmine uyarak hareket ettirmeye başladı. Ellerimi ondan ayıramıyordum. Birbirimize ne kadar yakınlaşırsak ona yakın olma ihtiyacım o kadar artıyordu. Saçları yüzümdeydi ve her ne kadar geceye paydos diyecek kadar çok içmiş olsam da bütün duyularım uyarılmıştı. Kalçalarının bana dayandıkları zamanki hissi, müziğe uyarak yaptığı değişik hareketler, göğsüme yaslanıp başını omzuma dayaması. Onu karanlık bir köşeye çekip dudaklarının tadına bakmak istiyordum.

Abby kafasını kaldırıp hınzır bir gülümsemeyle bana baktı. Elleri omuzlarımdan başladı ve parmakları göğsümden karnıma dolaştı. Neredeyse deliriyordum, orada ve o anda benim olsun istedim. Bana sırtını döndü ve kalbim âdeta göğüs kafesimi tekmelemeye başladı. Bu şekilde bana daha da yakındı. Kalçalarını kavrayıp onu sıkı sıkı kendime çektim.

Kollarımı beline sardım ve yüzümü saçlarına gömdüm. Ter içindeydi, parfümü terine karışmıştı. Aklımdaki son mantıklı düşünceler de uçup gittiler. Şarkı bitiyordu ama o durmaya hiç niyeti yokmuş gibi görünüyordu.

Abby arkaya yaslanıp, başını omzuma dayadı. Saçlarının bir kısmı kenara düşüp boynunun parlayan tenini meydana çıkardılar. Bütün irademi kaybettim. Dudaklarımı kulağının hemen arkasındaki hassas noktaya değdirdim. Orada duramadım ve ağzımı açıp dilimin tenindeki tuzlu nemi yalamasına izin verdim.

Abby'nin vücudu kasıldı ve kendisini geri çekti. "Ne var Güvercin?" diye sordum, kendimi tutamayıp güldüm. Sanki bana vurmak istiyormuş gibi görünüyordu. İyi zaman geçirdiğimizi sanıyordum ama o ilk defa bu kadar kızgındı.

Kızgınlığının geçmesini beklemek yerine kalabalığın içinden kendine yol açarak bara geri gitti. Onu takip ettim, hatamın tam olarak ne olduğunu kısa zamanda öğreneceğimi biliyordum.

Yanındaki boş tabureye oturup Cami'den bir bira daha

istemesini izledim. Ben de kendime bir tane ısmarladım ve kendi birasının yarısını dikmesini izledim. Şişesini büyük bir tangırtıyla tezgâha vurdu.

"İnsanların hakkımızda düşündüklerini böyle değiştireceğimizi mi sanıyorsun?"

Bir kahkaha attım. Çüküme o kadar yaslanıp sürtündükten sonra aniden millete nasıl göründüğümüzü umursar mı olmuştu? "Bizim hakkımızda ne düşündükleri hiç umurumda değil."

Ban pis pis baktı ve sonra da önüne döndü.

"Güvercin," dedim koluna dokunarak.

İrkilerek kolunu çekti. "Yapma. *Asla* beni o koltuğa atmana izin verecek kadar sarhoş olamam."

Ânında öfkeden gözüm döndü. Ona hiç söylediği gibi davranmamıştım. Hiç. O beni yönlendirmişti ve ben de ensesine bir iki öpücük kondurunca mı manyağa bağlamıştı?

Tam karşılık verecekken Megan yanımda belirdi.

"Bak sen, bu Travis Maddox'ın ta kendisi değil mi?"

"Selam Megan."

Abby Megan'ı süzdü, belli ki hazırlıksız yakalanmıştı. Megan durumu kendi lehine çevirmek söz konusu olduğunda işin ustasıdır.

"Beni kız arkadaşınla tanıştırsana," dedi Megan gülümseyerek.

Abby'nin kız arkadaşım olmadığının gayet farkındaydı. Kevaşelik 101: Eğer nişan aldığınız erkek bir bayan arkadaşıyla dışarı çıkmışsa, onu ortada herhangi bir bağlılık olmadığına itiraf etmeye zorlayın. Güvensizlik yaratıp dengesini bozar.

Bunun nereye gittiğini biliyordum. Kahretsin, eğer Abby hapse tıkılmayı hak edecek seviyede hıyarlık ettiğimi düşünüyorsa, ben de onun olduğumu düşündüğü kişi gibi davranabilirdim. Biramı tezgâhtan kaydırdım, şişe tezgâhın ucundan aşağıdaki dolu çöp kutusuna düşüp şangırdadı.

"O benim kız arkadaşım değil."

Abby'nin tepkisini görmezden gelerek Megan'ı elinden tutup dans pistine çektim, o da mutlulukla peşimden geldi. Megan'la dans etmek hep eğlenceli olurdu. Utanması yoktu ve ona ne istersem yapmama izin verirdi, dans pistinde ve başka yerlerde. Her zamanki gibi pisttekilerin çoğu durup bizi izlemeye başladılar.

Genelde olay bir performans sergilerdik, ama o anda özellikle ahlaksız hissediyordum. Megan'ın siyah saçı birkaç kez yüzüme çarptı ama ben uyuşmuş gibiydim. Onu tutup kaldırınca, bacaklarını belime dolayıp arkaya eğildi. Bardaki herkesin gözü önünde kucağımda ileri geri gidip gelirken gülümsedi. Onu yere indirdiğimde arkasına dönüp eğildi ve ayak bileklerini tuttu.

Yüzüm ter içinde kalmıştı, Megan'ın teni o kadar ıslaktı ki ne zaman ona dokunmaya çalışsam elim kayıyordu. Tişörtü sırılsıklam olmuştu, benimki de öyle. Öpüşmek için eğildi, ağzını aralanmıştı ama ben geriye yaslanıp bara baktım.

Onu o anda gördüm. Ethan Coats. Abby ona doğru eğilmiş, bin kadının arasından bile hemen fark edebileceğim o çakırkeyif, flörtöz, hadi beni eve götürsene diyen ifadesiyle gülümsüyordu.

Megan'ı dans pistine bırakıp çevremize toplanan kitlenin arasından kendime yol açtım. Tam Abby'nin yanına gelirken, Ethan uzanıp Abby'nin dizine dokundu. Bir yıl önce yakayı sıyırmayı başardığı vukuatını anımsayıp yumruğumu sıktım ve sırtımı Ethan'a dönüp aralarında durdum.

"Hazır mısın Güvercin?"

Abby elini karnıma koyup beni yana itti ve Ethan görüş

alanına girer girmez gülümsedi. "Birisiyle konuşuyorum, Travis." Elini uzattı, ne kadar ıslak olduğuna baktı sonra da artistik bir hareketle eteğine sildi.

"Bu adamı tanıyor musun?"

Gülümsemesi daha da büyüdü. "Bu Ethan."

Ethan elini uzattı. "Tanıştığımıza sevindim."

Gözlerimi karşısında duran hasta, sapık bok parçasına bakan Abby'den ayıramıyordum. Ethan'ın elini havada bıraktım, Abby'nin orada durduğumu hatırlamasını bekliyordum.

Elini önemsemez havalarda benim tarafıma sallayıp, "Ethan, bu Travis," dedi. Sesi onu tanıştırırken olduğundan çok daha az heyecanlıydı. Daha bir sinir oldum.

Ethan'a öfkeyle baktım, ardından da eline. "Travis Maddox." Elimden geldiğince boğuk ve tehdit edici bir tonda konuşmuştum.

Ethan'ın gözleri koca koca açıldı ve tedirginlikle elini geri çekti. "Travis *Maddox* mu?"

Kolumu Abby'nin arkasından uzatıp tezgâhı tuttum. "Evet, ne vardı?"

"Hocam, geçen sene Shawn Smith'le dövüşmeni izledim, birinin ölümüne tanık olacağımı sanmıştım!"

Gözlerimi kısıp dişlerimi sıktım. "Tekrar görmek ister misin?"

Ethan bir defa güldü, gözleri ikimiz arasında gidip geliyordu. Şaka yapmadığımı anladığında beceriksizce Abby'ye gülümsedi, ardından da yürüyüp gitti.

"Şimdi hazır mısın?" diye patladım.

"Biliyor musun sen tam bir götsün."

"Bana daha kötü şeyler söyledikleri olmuştu." Uzattığım elimi tuttu ve tabureden inmesine yardım etmeme izin verdi. O kadar kızmamıştı demek.

Yüksek sesli bir ıslıkla Shepley'ye sinyal verdim, o da yüz ifademi gördüğü anda artık gitme vaktimizin geldiğini anladı. Kalabalık arasında omzumla yol açtım ve sinirimi atmak için utanmadan birkaç masum izleyiciyi de yere devirdim. Nihayet Shepley yanımıza geldi ve yol açma işini benden devraldı.

Dışarı çıkınca Abby'nin elini tuttum ama o elini çekip kurtardı.

Dönüp yüzüne bağırdım. "Seni öpüp bu işi bitirmem lazım! Saçmalıyorsun! Sadece ensenden öptüm, ne varmış bunda?"

Abby arkaya yaslandı ama istediği kadar yer açamayınca beni itti. Ne kadar kızgın olursam olayım, korku nedir bilmiyordu. Oldukça seksiydi.

"Ben senin koltuğundan geçmem, Travis."

Başımı salladım. Donakalmıştım. Onun böyle düşünmesini engelleyecek bir şey vardıysa bile ne olduğunu ben bilmiyordum. Onu ilk gördüğüm andan itibaren benim için özeldi ve elime geçen her fırsatta bunu kendisine söylemeye çalışmıştım. Başka nasıl anlatabilirdim? Ona diğer herkesten nasıl daha farklı davranabilirdim? "Böyle bir şeyi asla söylemedim! Yedi gün yirmi dört saat etrafımdasın, benimle aynı yatakta uyuyorsun ama bu sürenin yarısında benimle görülmek istemiyormuş gibi davranıyorsun!"

"Buraya seninle *geldim*!"

"Sana her zaman saygılı davrandım, Güvercin!"

"Hayır, bana sana aitmişim gibi davranıyorsun. Ethan'ı öyle kaçırmaya hakkın yoktu!"

"Ethan'ın kim olduğunu biliyor musun?" Başını sallayınca, öne eğildim. "Ben biliyorum. Geçen sene cinsel saldırıdan tutuklandı ama suçlamalar düştü."

Kollarını kavuşturdu. "Ha, demek ki ortak bir noktanız varmış öyle mi?"

Kızıl bir karanlık gözlerimi örttü. Bir saniyeden kısa bir süre için öfkeden kaynayan bir kazan gibiydim. Derin bir nefes alıp irademle kendimi sakinleştirdim. "Sen bana *tecavüzcü* mü diyorsun?"

Abby durakladı ve tereddüdü öfkemin eriyip gitmesine yetti. Benim üzerimde bu etkiye sahip olan tek kişi oydu. Öfkeli olduğum diğer zamanlarda ya birisine ya da bir şeye yumruk atmıştım. Daha önce hiçbir kadına vurmamıştım ama bana kalsa yanımızda park edilmiş kamyona çoktan bir yumruk sallamıştım.

Dudaklarını birbirine bastırarak, "Hayır, sadece sana kızgınım," diyebildi.

"İçkiliydim, tamam mı? Tenin yüzümün on santim ötesindeydi ve sen güzelsin ve terlediğinde harika kokuyorsun. Seni öptüm! Özür dilerim! Kendine gel artık!"

Cevabımı duyunca durakladı ve ağzının kenarları yukarıya kıvrıldı. "Güzel olduğumu mu düşünüyorsun?"

Yüzümü buruşturdum. Ne kadar aptalca bir soruydu. "Muhteşemsin ve bunu biliyorsun. Neye gülüyorsun?"

Gülümsemesini bastırmak için ne kadar çaba harcarsa o kadar çok gülümsüyordu. "Hiiiç. Hadi gidelim."

Bir kahkaha attım, sonra da başımı salladım. "Ne...? Sen...? Sen tam bir baş *belasısın!*"

Komplimanım ve beş dakikadan kısa bir süre içinde psikopatlıktan şaklabanlığa geçiş yapmam nedeniyle ağzı kulağında sırıtıyordu. Gülümsemesini durdurmayı denedi ama tek yapabildiği beni de gülümsetmek oldu.

Kolumu boynuna doladım, Tanrı'dan onu öpmüş *olmayı* diliyordum. "Beni deli ediyorsun. Bunun farkındasın, değil mi?"

Eve dönüş yolunda sessizdik ve sonunda daireye vardığımızda Abby doğrudan banyoya gidip duşu açtı. Kafam eşyalarının arasında aradığımı bulmak için fazla iyıydı, dolayısıyla bir boxer'ımı ve tişörtümü alıp banyonun önüne gittim ve kapıyı çaldım. Yanıt vermeyince içeri girip çamaşırları lavabonun üstüne bıraktım ve çıktım. Zaten ona ne diyeceğimi de bilemiyordum.

İçeri girdi, elbiselerimin içinde kaybolmuş halde kendini yatağa attı, yüzünde hâlâ küçük bir gülümseme kalmıştı.

Ona uzun uzun bakınca o da bakışlarıma karşılık verdi, belli ki ne düşündüğümü merak ediyordu. Sorun şu ki, ne düşündüğümü *ben* bile bilmiyordum. Gözleri yavaşça yüzümden dudaklarıma indi ve o anda artık biliyordum.

"İyi geceler, Güvercin," diye fısıldadım arkama dönerken, kendime hiç yapmadığım gibi sövüyordum. Ama inanılmaz derecede sarhoştu ve ben de bundan faydalanmayacaktım. Özellikle de Megan'la yaptığım gösteriden sonra beni affetmişken.

Abby sonunda bir nefes alıp "Trav?" demeden önce birkaç dakika boyunca kıpırdandı. Dirseğine dayanıp doğrulmuştu.

"Evet?" dedim, kımıldamadan. Eğer gözlerine bakacak olursam, mantıklı düşünme becerimi yitireceğimden korkuyordum.

"Sarhoş olduğumun farkındayım ve az önce bunun üstüne feci bir kavga ettik, ama..."

"Bu gece seninle seks yapmayacağım, onun için istemekten vazgeç."

"Ne? Hayır!"

Gülüp ona döndüm ve o tatlı, korkmuş ifadesine baktım. "Ne var, Güvercin?"

"Bu var," deyip başını göğsüme yasladı ve kollarını karnımın üstünden dolayarak bana sımsıkı sarıldı. Bunu beklemiyordum. Hem de hiç. Elimi kaldırdım ama öyle kaldı, ne yapacağım hakkında en ufak bir fikrim yoktu. "Sen sarhoşsun."

"Biliyorum," dedi utanmadan.

Sabaha ne kadar kızgın olacaksa olsun hayır diyemedim. Bir elimi gevşetip sırtına koydum ve diğerini de ıslak saçlarının arasına daldırdım, sonra da alnını öptüm. "Hayatımda tanıdığım en kafa karıştırıcı kadınsın."

"Bu gece bana yaklaşan tek adamı kaçırdıktan sonra en azından bunu yapabilirsin."

"Tecavüzcü Ethan'dan mı bahsediyorsun? Evet, onun yüzünden sana *borçlandım.*"

"Boşver," deyip uzaklaşmaya başladı.

Ânında tepki verdim. Kolunu karnımın orada tuttum. "Hayır, ciddiyim. Daha dikkatli olmalısın. Eğer ben orada olmasaydım... Düşünmek bile istemiyorum. Ve bir de kalkıp onu kovaladığım için özür dilememi mi istiyorsun?"

"Özür dilemeni istemiyorum, onunla ilgisi yok."

"Peki, neyle ilgisi var?" diye sordum. Hayatımda hiçbir şey için yalvarmamıştım ama şimdi beni istediğini söylemesi için sessizce yalvarıyordum. Umurunda olduğumu söylemesi için. Herhangi bir şey söylemesi için. O kadar yakındık ki. Dudaklarımızın birbirine dokunmasını engelleyen sadece üç-beş santimetre vardı aramızda ve o santimetreleri kapatmamak zihnimin kaynaklarını zorluyordu.

Suratını buruşturdu. "Sarhoşum Travis, sahip olduğum tek bahane bu."

"Sadece uyuyana dek sana sarılmamı mı istiyorsun?"

Yanıt vermedi.

Dönüp doğrudan gözlerinin içine baktım. "Haklı olduğumu göstermek için hayır demeliyim," dedim, kaşlarımı çatarken. "Ama eğer şimdi hayır desem ve sonra bir daha asla böyle bir şeyi istemezsen kendimden nefret ederim."

Yanağını memnuniyetle göğsüme yerleştirdi. Onu kollarımla sımsıkı sarmışken kendimi kaybetmemek zordu.

"Bir özre ihtiyacın yok Güvercin. İhtiyacın olan tek şey istemek."

Sekizinci Bölüm
Oz

Abby benden önce uyuyakaldı. **Soluk alıp vermeleri düzene girdi ve bana yasladığı bedeni gevşedi.** Sıcacıktı ve soluk alırken burnundan çok hafif, inanılmaz tatlı bir vızıltı geliyordu. Kollarımda tuttuğum bedeni kendimi çok iyi hissettiriyordu. Buna alışmak o kadar kolaydı ki. Bu gerçekten ne kadar korkarsam korkayım yerimden kımıldayamıyordum.

Abby'yi tanıdığım kadarıyla **uyanacak,** kendisinin huysuz cadalozun teki oluğunu **hatırlayacak ve** bana bunun olmasına izin verdiğim için **bağıracaktı ya da** daha beteri bir daha böyle bir şeyin olmamasına **ant içecekti.**

Umutlanacak kadar aptal ya da o anki hislerimi durduracak kadar güçlü değildim. **Tam bir aydınlanma ânıydı;** demek ki söz konusu Abby olunca o kadar da sert değilmişsin ha?

Soluklarım yavaşladı ve **bedenim yatağın** derinliklerine gömülmeye başladı ama **her nefesle beni** biraz daha eline geçiren bitkinliğe karşı **mücadele verdim.** Gözlerimi kapayıp Abby'nin bu kadar **yakınımda olmasının** verdiği hissin bir saniyesini bile **kaçırmak istemiyordum.**

Kıpırdanınca donup kaldım. **Parmaklarını** tenime bastırdı ve ardından bir kez daha bana sıkı sıkı sarılıp ardından

103

gevşedi. Saçını öptüm ve yanağımı alnına bastırdım. Gözlerimi bir an için kapattım ve bir nefes aldım. Gözlerimi açtığımda sabah olmuştu. Kahretsin. Gözlerimi kapatmamam gerektiğini biliyordum. Abby kıpırdanıyor, kendini altımdan kurtarmaya çalışıyordu. Bacaklarım bacaklarının üstündeydi ve onu hâlâ kolumla tutuyordum.

"Dur iki dakika Güvercin, uyumaya çalışıyorum," dedim onu daha da kendime doğru çekip.

Kol ve bacaklarını birer birer altımdan kurtardı ve sonra da oturup içini çekti.

Elimi yatağın üstünden kaydırıp küçük, narin parmaklarının uçlarına eriştim. Sırtı bana dönüktü ve yüzünü dönmedi.

"Sorun nedir Güvercin?"

"Bir bardak su alacağım, bir şey ister misin?"

Başımı sallayıp gözlerimi kapadım. Ya bir şey olmamış gibi davranacaktı ya da kızgındı. Her iki seçenek de iyi değildi.

Abby odadan çıktı, ben de bir süre daha yatıp ayağa kalkmak için kendimi ikna etmeye çalıştım. Akşamdan kalma olmak berbat bir şeydi ve başım zonkluyordu. Shepley'nin boğuk, bas sesini duyabiliyordum, ben de kıçımı yataktan kaldırmaya karar verdim.

Ağır aksak mutfağa giderken ayaklarım ahşap zeminde şap şap ses çıkarıyorlardı. Abby üzerindeki tişörtüm ve boxer'ımla ayakta duruyor, buharı tüten bir çanak dolusu yulaf ezmesine çikolata şurubu döküyordu.

"Bu iğrenç bir şey, Güvercin?" diye homurdandım, gözlerimi kırpıştırarak görüntüyü berraklaştırmaya çalışırken.

"Sana da günaydın."

"Doğum gününün yaklaştığını duydum. Ergenlik yıllarının son direnişi."

Surat yaptı, hazırlıksız yakalanmıştı. "Evet... doğum günlerini pek sevmem. Mare beni yemeğe falan götürecek sanırım." Gülümsedi. "İstersen sen de gelebilirsin."

"Tamamdır." Omzumu silktim, gülümsemesinin beni etkilediğini belli etmemeye çalıştım. "Gelecek pazar mı?"

"Evet. Senin doğum günün ne zaman?"

"Nisan'da. Nisanın biri," dedim mısır gevreğime süt dökerken.

"Atıyorsun."

Bir lokma aldım, şaşkınlığından eğlenmiştim. "Hayır, ciddiyim."

"Doğum günün *Bir Nisan* mı?"

Güldüm. Yüzünün ifadesi paha biçilmezdi. "Evet! Gecikeceksin. Giyineyim hemen."

"Mare'le gidiyorum."

Küçük bir şey için de olsa onun tarafından reddedilmek haddinden fazla canımı sıkmıştı. Kampüse hep benimle giderdi ve aniden America'yla mı gitmeye karar vermişti? Dün gece olanlar yüzünden mi diye merak ettim. Büyük ihtimalle yine kendisini benden uzaklaştırmaya çalışıyordu ve bu da tam bir hayal kırıklığıydı. "Nasıl istersen," deyip gözlerimdeki hayal kırıklığını göstermeden arkama döndüm.

Kızlar aceleyle sırt çantalarını kaptılar. America sanki az önce banka soymuşlar gibi otoparktan fırladı.

Shepley yatak odasından çıkıp üstüne bir tişört geçirdi. Kaşlarını çattı. "Şimdi mi gittiler?"

"Aynen," dedim dikkatimi vermeden, mısır gevreği çanağımı yıkadım ve Abby'nin yulaf ezmesi artıklarını lavaboya döktüm. İki lokma bile yememişti.

"Eee, ne oluyor böyle? Mare görüşürüz bile demedi."

"Derse gideceğini biliyorsun. Ne kadar sulu gözlüsün."

Shepley parmağıyla göğsünü işaret etti. "Ben miymişim sulu göz? Dün geceyi hatırlıyor musun?"

"Kapa çeneni."

"Ben de öyle düşünmüştüm." Koltuğa oturup spor ayakkabılarını ayağına geçirdi. "Abby'ye doğum gününü sordun mu?

"Pek bir şey söylemedi. Doğum günlerinden hoşlanmadığı haricinde."

"Peki, o halde ne yapıyorsun?"

"Onun için bir parti düzenleyeceğim." Shepley başıyla onayladı, açıklamamı bekliyordu. "Ona sürpriz yaparız diye düşünmüştüm. Bazı arkadaşlarımızı davet eder ve America'dan biz hazırlıkları bitirene kadar onu dışarı çıkarmasını isteriz."

Shepley beyaz beyzbol şapkasını taktı ve o kadar aşağı çekti ki gözlerini göremiyordum. "America bunu halledebilir. Başka bir şey var mı?"

"Bir köpek yavrusuna ne dersin?"

Shepley şöyle bir güldü. "Benim doğum günümden bahsetmiyoruz, kanka."

Kahvaltı tezgâhının etrafından dolaştım ve kalçamı tabureye dayadım. "Biliyorum ama Abby yurtta kalıyor. Evcil hayvan beslemesi yasak."

"Köpek bizde mi kalacak? Ciddi misin? Köpekle nasıl başa çıkacağız biz?"

"İnternette Cairn Terrier cinsi bir yavru buldum. Çok güzel."

"Ne buldum dedin?"

"Güvercin Kansas'tan. *Oz Büyücüsü*'nde Dorothy'nin köpeği de aynı cinstendi."

Shepley'nin yüzü ifadesizdi. "*Oz Büyücüsü*."

"Ne? Küçükken korkuluğu severdim. Kapa çeneni."

"Her tarafa pisleyecek, Travis. Sürekli havlayıp inleyecek ve... Bilemiyorum."

"America da aynı şeyleri yapıyor... pisleme meselesi hariç."

Shepley buna gülmemişti.

"Onu gezdiririm ve pisliklerini de temizlerim. Odamda tutacağım ayrıca. Burada olduğunu ruhun bile duymayacak."

"Havlamasını engelleyemezsin."

"Düşünsene. Abby'nin kalbini kazanacağını sen de göreceksin."

Shepley gülümsedi. "Bütün bunların nedeni bu mu? Abby'nin kalbini kazanmaya mı çalışıyorsun?"

Kaşlarımı çattım. "Devam etme."

Gülümsemesi daha da büyüdü. "Kahrolası köpeği almana izin veriyorum, ..."

Sırıttım. İşte! Zafer!

"... eğer Abby'ye karşı duyguların varsa."

Suratımı astım. *Kahrolsun! Yenildim!* "Yapma be hocam!"

"Kabul et," dedi Shepley, kollarını kavuşturarak. Tam bir geri zekâlıydı. Bana gerçekten de bunu söyletecekti.

Zemine ve Shepley'nin kendini beğenmiş gülümsemesinin dışında her yere baktım. Bir süre mücadele ettim, ama yavru köpek fikri dâhiyaneydi. Abby (bir kez olsun iyi bir şekilde) kendinden geçecekti ve ben de yavruya dairemde bakacaktım. Abby her gün buraya gelmek isteyecekti.

"Ondan hoşlanıyorum," dedim dişlerimin arasından.

Shepley elini kulağına kaldırdı. "Neee? Seni tam duyamadım da."

"Sen aşağılık herifin tekisin! Bunu duydun mu?"

Shepley kollarını kavuşturdu. "Bir daha söyle."

"Ondan hoşlanıyorum, tamam mı?"

107

"Yetmez."

"Ona karşı hislerim var. Ona değer veriyorum. Hem de çok. Etrafımda olmamasına dayanamıyorum. Mutlu musun?"

"Şimdilik," deyip yerde duran sırt çantasını aldı. Bir kayışı omzunun üstünden geçirdi ve cep telefonuyla anahtarlarını aldı. "Öğle yemeğinde görüşürüz, hanım evladı."

"Bok ye," diye homurdandım.

Aptalca işler yapan geri zekâlı âşığımız hep Shepley olmuştur. Asla bunu geçiştirmeme izin vermeyecekti.

Giyinmem sadece birkaç dakika sürmüştü ama bütün bu konuşmalar yüzünden geç kalacaktım. Deri ceketimi üstüme geçirdim ve beyzbol şapkamı ters taktım. O günkü tek dersim Kimya II olduğu için çantamı götürmeme gerek yoktu. Test yapılacak olursa, sınıfta birilerinden bir kalem ödünç alırdım.

Güneş gözlüğüm. Anahtarlar. Telefon. Cüzdan. Botlarımı giyip arkamdan kapıyı çarparak merdivenlerden seke seke indim. Arkamda Abby olmayınca Harley'ye binme fikri o kadar cazip gelmemişti. Kahrolsun, dokunduğu her şeyi yıkıp geçiyordu.

Kampüse gelince derse zamanında yetişebilmek için normalden biraz daha hızlı yürüdüm. Tam bir saniye kala masama geçmiştim. Dr. Weber gözlerini devirdi, zamanlamamdan etkilenmemişti ve büyük ihtimalle de yanımda ders malzemesi getirmememe biraz gıcık olmuştu. Göz kırpınca, dudaklarında çok hafifte olsa bir gülümseme belirdi. Başını sallayıp dikkatini masasındaki kâğıtlara verdi.

Kaleme gerek olmadı, ders bitince kafeteryaya yollandım.

Shepley yeşilliklerin ortasında kızları bekliyordu. Beyzbol şapkasını kapıp frizbi gibi çimenliğin öbür tarafına fırlattım.

"Aferin sana gıcık herif," dedi, şapkaya kadarki birkaç metrelik mesafeyi yürürken.

"Kuduz İt," diye seslendi biri arkamdan. Boğuk, kalın sesten kim olduğunu anladım.

Adam, Shepley'yle bana doğru yaklaştı, 'buraya iş yapmaya geldim' diyen bir ifade takınmıştı. "Bir dövüş ayarlamaya çalışıyorum. Benden her an telefon bekle."

"Biz her zaman hazırız," dedi Shepley. Benim menajerim sayılırdı. İnsanları dövüşten haberdar ediyor ve doğru zamanda doğru yerde olmamı sağlıyordu.

Adam başıyla onayladı ve ardından artık orası her neresiyse, bir sonraki istikametine yöneldi. Onunla hiç aynı dersi almamıştım. Burada okuduğundan bile emin değildim. Bana paramı verdiği sürece pek de umurumda değildi sanırım.

Shepley Adam'ın yürüyüp gitmesini izledi ve sonra da boğazını temizledi. "Duydun mu?"

"Neyi duydum mu?"

"Morgan'daki kazanı tamir etmişler."

"Yani?"

"America'yla Abby büyük ihtimalle bu akşam eşyalarını toplayacaklar. Bütün ıvır zıvırlarını yurt odalarına taşımakla meşgul olacağız."

Yüzüm düştü. Abby'nin eşyalarını toplayıp Morgan'a taşınmasına yardım etme düşüncesi suratımın ortasına inen bir yumruk gibiydi. Özellikle dün gece olanlardan sonra büyük ihtimalle gitmekten memnun olacaktı. Hatta bir daha asla benimle konuşmayabilirdi. Aklımdan milyon tane senaryo geçti ama onun kalmasını sağlayacak bir yol bulamadım.

Shepley, "Dostum iyi misin?" diye sordu.

Kızlar çıkageldiler. Kıkırdıyor ve gülümsüyorlardı. Ben

de gülümsemeyi denedim ama Abby America'nın anlattığı şeyden ötürü utanmakla meşgul olduğu için gülümsememi fark etmedi.

America, "Selam bebeğim," deyip Shepley'yi ağzının ortasından öptü.

"Bu kadar komik olan nedir?" diye sordu Shepley.

"Ha, sınıfta çocuğun biri ders boyunca Abby'ye baktı da. Çok şirindi."

Shepley, "Abby'ye baktığı sürece sıkıntı yok," deyip göz kırptı.

"Kimdi?" diye sordum düşünmeden.

Abby ağırlığını bir ayağından diğerine verdi, sırt çantasını omzuna yeniden oturttu. Çantanın içi kitaplarla doluydu, fermuar zar zor kapanmıştı. Ağır olmalıydı. Omzundan aşağıya kayıyordu.

"Mare hayal görüyor," dedi gözlerini devirerek.

"Abby, seni koca yalancı! Parker Hayes'ti ve açık açık sana bakıyordu. Adamın bir salyalarını akıtmadığı kaldı."

Suratım çarpıldı. "Parker *Hayes* mi?"

Shepley America'nın elinden çekti. "Yemeğe gidiyoruz. Bu öğleden sonra güzelim kafeterya mutfağının tadını çıkaracak mısınız?"

America yanıt olarak onu yeniden öptü ve Abby peşlerinden gidince ben de aynısını yaptım. Sessizlik içinde yürüdük. Abby kazanın tamir edildiğini öğrenecekti, Morgan'a geri döneceklerdi ve Parker ona çıkma teklif edecekti.

Parker Hayes sabun köpüğü gibi bir adamdı ama Abby'nin onunla ilgilendiğini görebiliyordum. Ebeveynleri saçmalık derecesinde zengindi ve kendisi de tıp fakültesine gidiyordu yani yüzeysel olarak bakıldığında iyi bir çocuktu. Abby onunla birlikte olacaktı. Hayatını onunla kuracak, ömrünü onunla geçirecekti; tüm bunlar birden gözlerimin önünden geçmeye başladı. Sakin kalmakta çok zorlanıyordum. Öfkeme çelme takıp bir kutunun içine tıktığımı hayal etmek yardımcı olmuştu.

Abby tepsisini America'yla Finch'in arasına yerleştirdi. Birkaç sandalye ilerdeki bir yere geçmek, karşısına oturup sanki az önce onu kaybetmemişim gibi konuşmaya çalışmaktan daha makul geldi. Bu epey can sıkıcı olacaktı ve ne yapacağımı bilmiyordum. Oyun oynamakla o kadar çok zaman yitip gitmişti ki. Abby'nin beni doğru dürüst tanıma şansı bile olmamıştı. Her şey yolunda gitmiş olsaydı bile büyük ihtimalle Parker gibi biriyle beraber olması onun için daha iyiydi.

"Trav, iyi misin?" diye sordu Abby.

"Ben mi? İyiyim, niye ki?" Yüzümdeki her kasa oturan o ağırlık hissinden kurtulmaya çalıştım.

"Çok sessizsin."

Futbol takımının birkaç üyesi masaya yaklaşıp oturdu, yüksek sesle gülüyorlardı. Sadece seslerini duymak bile içimde bir duvara yumruk atma isteği uyandırdı.

Chris Jenks tabağıma bir tane kızarmış patates fırlattı. "N'aber Trav? Tina Martin'i yatağa attığını duydum. Bugün hakkında demediğini bırakmadı."

"Kapa çeneni, Jenks," dedim, gözümü yemeğimden ayırmadan. Eğer kahrolası saçma suratına bakacak olursam, onu sandalyesinden devirebilirdim.

Abby öne eğildi, "Kes artık Chris."

Abby'ye baktım ve açıklayamadığım bir nedenden ötürü ânında öfkelendim. Beni ne diye savunuyordu ki? Yurt hakkındaki haberleri duyduğu anda çekip gidecekti. Bir daha asla benimle konuşmayacaktı. Her ne kadar çılgınca olsa da kendimi ihanete uğramış hissediyordum. "Başımın çaresine bakabilirim, Abby."

"Üzgünüm, ben..."

"Üzgün olmanı istemiyorum. Senin hiçbir şey olmanı istemiyorum," diye patladım. İfadesi bardağı taşıran son damla olmuştu. Tabii ki benimle takılmak istemiyordu. Ben ancak üç yaşındaki bir çocuğun duygusal kontrolüne sahip koca bir bebektim. Masadan kalktım, kapıyı itip çıktım ve motosikletime binene dek durmadım.

Gidondaki kauçuk kaplı tutacaklar ellerimi öne arkaya kıvırırken inlediler. Motor hırladı ve destek çubuğunu tekmeleyip cehennem kaçkını bir yarasa gibi caddeye fırladım.

Yaklaşık bir saat boyunca motorumla dolaştım ama kendimi eskisinden daha iyi hissetmedim. Caddeler hep aynı yere çıkıyorlardı ve pes edip oraya gitmem uzun zaman alsa da nihayet motorumu babamın evinin önüne çektim.

Babam ön kapıdan çıkıp verandada durdu ve eliyle kısa bir selam verdi.

Verandanın önündeki iki basamağı da tek bir hamleyle zıplayarak çıktım ve babamın tam önünde durdum. Beni hiç tereddüt etmeden yumuşak, yuvarlaklaşmış yan tarafına doğru çekip kolunun altına aldı ve birlikte içeriye girdik.

"Ben de tam bir ziyaretin zamanıdır diye düşünüyordum," dedi yorgun bir gülümsemeyle. Göz kapakları biraz kirpiklerinin üstüne sarkmışlardı ve gözlerinin altı şişmiş, yuvarlak yüzünün geri kalanıyla uyumlu hâle gelmişti.

Babam, annem öldükten sonra birkaç yıl kendine gelememişti. Thomas kendi yaşındaki bir çocuğun alması gerekenden fazla sorumluluk almıştı ve bir şekilde idare etmiştik. Nihayet babam da kendini kurtarmıştı. O dönem hakkında hiç konuşmazdı ama o zamanki hatalarını telafi etmek için de hiçbir fırsatı kaçırmazdı.

Her ne kadar kişiliğimi oluşturan yıllar boyunca üzgün ve öfkeli bir adam olmuşsa da ona kötü bir baba diyemezdim. Şimdi, nasıl hissettiğini anlıyordum. Babamın annem için hissettiklerinin belki de sadece küçücük bir parçasını Güvercin için hissetmeme rağmen onsuz olma düşüncesi beni hasta ediyordu.

Koltuğa oturup yıpranmış kanepeyi işaret etti.

"Evet? Şö'le bi' otur bakayım?"

Oturdum. Ne diyeceğimi bulmaya çalışırken kıpırdanıp duruyordum.

Derin bir nefes almadan önce bir süre beni izledi. "Yolunda gitmeyen bir şeyler mi var oğul?"

"Bir kız var baba."

Biraz gülümsedi. "Bir kız."

"Benden nefret ediyor sayılır ve ben de..."

"Onu seviyo' mu sayılırsın?"

"Bilmiyorum. Sanmıyorum. Demek istediğim... nereden anladın?

Gülümsemesi daha da genişledi. "Ne yapacağını bilemediğin için ihtiyar babanla o kız hakkında konuşmandan."

İçimi çektim. "Onunla daha yeni tanıştım. Yani bir ay oldu. Ona âşık olduğumu düşünmüyorum."

"Peki."

"Peki mi?"

"Sözüne inanacağım," dedi yargılamadan.

"Ben sadece... onun için yeterince iyi olmadığımı düşünüyorum."

Babam öne eğildi, ardından da iki parmağıyla dudaklarına dokundu.

Devam ettim. "Daha önce birisinin canını yaktığını düşünüyorum. Bana benzeyen birinin."

"Sana benzeyen birisi, öyle mi?"

"Aynen." Başımı sallayıp içimi çektim. Babama itiraf etmek istediğim son şey nasıl bir adam olduğumdu.

Ön kapı duvara çarptı. "Bak sen, kimler gelmiş," dedi Trenton kocaman bir gülümsemeyle. İki tane kahverengi kesekâğıdını kucağında taşıyordu.

"Selam Trent," dedim ayağa kalkarak. Peşinden mutfağa gidip babamın öteberilerini yerleştirmesine yardımcı oldum.

Sırayla birbirimizi dirsekleyip ittik. Trenton, aramızda bir anlaşmazlık olduğunda canıma okumak için her zaman en sert şekilde karşılık verirdi ama onunla diğer kardeşlerimle olduğumdan daha yakındım.

"Geçen gece Red'de seni göremedim. Cami selam söylüyor."

"Meşguldüm."

"Cami'nin seni geçen gece beraber gördüğü şu kızla mı?"

"Aynen," dedim. Buzdolabından boş bir ketçap şişesini ve küflenmekte olan birkaç meyveyi çıkarıp çöpe attım ve ön odaya döndüm.

Trenton kendini koltuğa attığında birkaç defa zıpladı bir yandan da eliyle dizlerine vuruyordu. "Neler yaptın bakalım, küçük ezik?"

"Hiç," dedim, babama bakarak.

Trenton önce babama ardından da bana baktı. "Konuşmanızı mı böldüm?"

"Hayır," dedim başımı sallayarak.

Babam elini sallayarak sorusunu geçiştirdi. "Hayır oğlum. İş nasıldı?"

"Berbattı. Bu sabah kira çekini şifonyerinin üstüne bırakmıştım, gördün mü?"

Babam küçük bir gülümsemeyle başını salladı.

Trenton da başını sallayarak cevap verdi. "Yemeğe kalıyor musun, Trav?"

"Yok ya," dedim. "Ben iyisi mi eve gideyim."

"Kalmanı isterdim oğlum."

Dudaklarım yana doğru kaydı. "Kalamam. Ama teşekkür ederim baba. Sağ olasın."

"Niye sağ olasın dedin ki?" diye sordu Trenton. Sanki tenis maçı izliyormuş gibi başını bir sağa bir sola döndürdü. "Neyi kaçırdım?"

Babama baktım. "O bir güvercin. Kesinlikle bir güvercin."

"Öyle mi?" dedi babam hafiften parıldayan gözlerle.

"Aynı kız mı?"

"Evet, ama önceden ona biraz hıyarlık etmiştim. Kendimi olduğumdan da çılgın hissetmeme neden oluyor."

Trenton'ın gülümsemesi dudaklarının kenarlarındaki küçük birer kıvrımla başlayıp yavaşça bütün yüzünü kapladı. "Küçük kardeş!"

"Abartma." Suratımı astım.

Babam Trenton'ın başının arkasına bir şaplak attı. "Ne?" diye bağırdı Trenton. "Ne dedim ki?"

Babam peşimden sokak kapısına geldi ve omzumu sıvazladı. "Ne yapman gerektiğini bulacaksın, bundan hiç şüphem yok. Ama epey sağlam olmalı bu kız. Seni daha önce hiç böyle görmemiştim."

"Teşekkürler baba." Öne eğilip yapabildiğim kadarıyla kollarını geniş bedenine doladım, sonra da Harley'ye binip uzaklaştım.

Eve dönüş yolu neredeyse bin yıl sürmüş gibi geldi. Yılın bu zamanı için alışılmadık ama hoş, sıcak, yazdan kalma bir hava vardı. Gece olmuş, üstüm karanlık bir gökyüzüyle örtülmüş ve hissettiğim dehşet daha da beter olmuştu. America'nın arabasının her zamanki yerine park edilmiş olduğunu görünce ânında gerildim. Her adımda darağacıma daha yaklaşıyormuş gibi hissediyordum.

Kapı ben önüne gelmeden hızla çekilip açıldı ve America yüzünde boş bir ifadeyle karşıma çıktı.

"Burada mı?"

"America başıyla onayladı. "Odanda uyuyor," dedi yavaşça.

Onun yanından geçip içeri girdim ve kanepeye oturdum. Shepley aşk koltuğundaydı, America yanıma çöktü.

"Bir sıkıntısı yok," dedi America. Sesi tatlı ve teskin ediciydi.

"Onunla o şekilde konuşmamalıydım," dedim. "Bir an sadece gıcıklık olsun diye onu elimden geldiğince uzağa itiyorum, ama sonra aklı başına gelir de beni hayatından çıkarır diye paniğe kapılıyorum."

"Ona biraz güven. Senin ne yaptığının tam anlamıyla farkında. Onun ilk rodeosu değilsin."

"Kesinlikle. Daha iyisini hak ettiğini biliyorum ama onu bırakıp gidemiyorum da. Neden bilmiyorum," dedim içimi çekerek, şakaklarımı ovuyordum. "Anlam veremiyorum. Bu işin hiçbir yerine anlam veremiyorum."

"Abby anlıyor, Trav. Kendini yiyip bitirme," dedi Shepley.

America dirseğiyle kolumu dürttü. "Bir kere, çiftler partisine gitmeyi kabul etmiştin zaten. Şimdi ondan seninle gitmesini istesen bunun kime ne zararı olur?"

"Onunla çıkmak istemiyorum; sadece onun yakınında olmak istiyorum. O... farklı." Yalandı. America da bunun farkındaydı, ben de farkındaydım. Gerçek şuydu ki, eğer onu hakikaten seviyor olsaydım çoktan onun hayatından çıkmış olurdum.

"Nasıl farklı?"diye sordu America sinirli bir ses tonuyla.

"Benim saçmalıklarıma karnı tok, canlandırıcı bir havası var. Mare, sen de söylemiştin; ben onun tipi değilim. Bizim olayımız... böyle işte." Böyle olmasa bile böyle *olmalıydı*.

America, "Ona düşündüğünden daha uygunsun," dedi. America'nın gözlerine baktım. Tamamen ciddiydi. America Abby için bir kız kardeş gibiydi ve bir anne ayı kadar da koruyucuydu. Birbirlerini asla kendilerine zarar verebilecek bir şey yapmaları için cesaretlendirmezlerdi. İlk defa bir umut pırıltısı gördüm.

Koridordaki parkeler gıcırdayınca hepimiz donup kaldık. Yatak odamın kapısı kapandı ve ardından koridordan Abby'nin ayak sesleri geldi.

"Selam Abby," dedi America sırıtarak. "Şekerlemen nasıldı?"

"Beş saat uyudum. Şekerlemeden çok komaya yakındı."

Rimeli gözlerinin altına akmıştı ve saçı da başına yapışmıştı. Baş döndürücüydü. Bana gülümsedi, ben de ayağa kalktım, elini tuttum ve onu doğru yatak odasına götürdüm. Abby şaşkın ve tedirgin görünüyordu; bu hali yaşananları telafi etme isteğimi çaresizce kamçılıyordu.

"Özür dilerim Güvercin. Bugün sana tam bir göt gibi davrandım."

Omuzları düştü. "Bana kızgın olduğu bilmiyordum."

"Sana kızgın değildim. Sadece sevdiğim insanlara patlamak gibi bir huyum var. Boktan bir bahane olduğunu biliyorum ama üzgünüm," deyip onu kollarımın arasına aldım.

"Neye kızmıştın?" diye sordu yanağını göğsüme yaslayarak. Tanrım, bu o kadar muhteşem bir histi ki. Hıyarın teki olmasaydım kazanın tamir edildiğini öğrendiğimi ve onun buradan ayrılıp Parker'la daha fazla zaman geçireceği düşüncesinin ödümü bokuma karıştırdığını söylerdim ama yapamadım. O ânı bozmak istemedim.

"Önemli değil. Beni tek endişelendiren sensin."

Başını kaldırıp bana baktı ve gülümsedi. "Senin triplerinle başa çıkabilirim."

Dudaklarımda küçük bir tebessüm belirmeden önce birkaç saniyeliğine yüzünü inceledim. "Bana niye tahammül ettiğini bilmiyorum ve tahammül etmesen ne yapardım onu da bilmiyorum."

Gözleri yavaşça gözlerimden dudaklarıma indiler ve soluğu kesildi. Derimdeki her tüy diken diken olmuştu ve soluk alıp almadığımdan emin değildim. Bir santimetreden az bir mesafe öne eğildim, karşı çıkıp çıkmayacağını görmek için bekledim ama sonra kahrolası telefonum çaldı. İkimiz de yerimizden sıçradık.

"Evet," dedim sabırsızlıkla.

"Kuduz İt. Brady doksan dakika içinde Jefferson'da olacak."

"Hoffman? Tanrım... tamam. Kolay bir binlik olacak. Jefferson?"

"Jefferson," dedi Adam. "Var mısın?"

Abby'ye bakıp göz kırptım. "Orada olacağız." Telefonu kapatıp cebime attım ve Abby'nin elini tuttum "Benimle gel."

Onu oturma odasına götürdüm. "Arayan Adam'dı," dedim Shepley'ye. "Brady Hoffman doksan dakika içinde Jefferson'da olacak."

118

Dokuzuncu Bölüm
Ezilmek

Shepley'nin ifadesi tamamen değişti. Adam arayıp dövüş saati verdiğinde tamamen işe odaklanıyordu. Parmaklarını telefona vuruyor, durmadan tuşlara basıp listesindeki insanlara mesaj atıyordu. Shepley kapısının ardında kaybolduğunda, America'nın gülümseyen yüzündeki gözleri kocaman oldu.

"İşte başladık! Hadi hazırlanalım!"

Ben bir şey diyemeden America Abby'yi koridora çekmeye başlamıştı. Bu telaşa gerek yoktu. Adamı eşek sudan gelinceye kadar dövecek, önümüzdeki birkaç ayın kirası ve masraflarını çıkaracaktım ve hayat normale dönecekti. Yani normal gibi bir şeye. Abby Morgan'a geri dönecekti ve ben de Parker'ı öldürmemek için kendimi bir yere hapsedecektim.

America üstünü değişmesi için Abby'ye bağırıyordu ve Shepley'nin telefon görüşmesi bitmiş, elinde Charger'ın anahtarlarıyla bekliyordu. Koridorun ilerisine bakmak için arkaya doğru eğildi ve ardından gözlerini devirdi.

"Haydi, gidelim!" diye bağırdı.

America koridordan koşarak geldi ama bize katılmak yerine Shepley'nin odasına daldı. Shepley yine gözlerini devirdi ama bu defa aynı zamanda gülümsüyordu da.

America birkaç saniye sonra Shepley'nin odasından üstünde kısa, yeşil bir elbiseyle fırladı ve Abby de dar bir kot pantolonla kolsuz, kısa sarı bir tişört giyinmiş olarak oturma odasına geldi. Ne zaman hareket etse memeleri sallanıyoru.

"Tanrım, hayır, olmaz. Beni öldürtmeye mi çalışıyorsun? Üstünü değişmen lazım Güvercin."

"Ne?" Pantolonuna baktı. Sorun pantolon değildi.

"Hoş duruyor Trav, onu rahat bırak!" diye patladı America.

Abby'yi yatak odama doğru götürdüm. "Üstüne bir tişört giy... ve spor ayakkabı. Rahat bir şeyler."

"Ne?" diye sordu, ne olup bittiğini anlayamadığı için yüzünü buruşturmuştu. "Niye?"

Kapımın önünde durup, "Çünkü Hoffman'dan çok kimin memelerine baktığından endişe ediyor olacağım," dedim. Cinsiyet ayrımı yapıyormuşum gibi gelebilir ama söylediğim doğruydu. Konsantre olamayacaktım ve Abby'nin göğüsleri yüzünden de bir dövüşü kaybetmeye niyetim yoktu.

"Kimin ne düşündüğünü umursamadığını söylediğini sanıyordum," dedi, sinirden âdeta ateşler saçarak.

Gerçekten de anlamamıştı. "Bu farklı bir senaryo Güvercin." Beyaz, dantelli bir sutyenin gururla kaldırdığı göğüslerine baktım. Dövüşü iptal etmek aniden iyi bir fikir gibi gözüktü, sadece bu ikizleri çıplak bir şekilde göğsüme bastırmanın yolunu bulmaya çalışmak için de olsa.

Kendimi topladım, onunla yeniden göz teması kurdum. "Bununla dövüşe gelemezsin, dolayısıyla lütfen... sadece... lütfen üstünü değiştir," deyip onu odaya ittim ve kapıyı kapatarak kendimi dışarıda bıraktım çünkü sonra boşver deyip onu öpecektim.

"Travis!" diye bağırdı kapının öteki tarafından. İçeriden koşuşturma sesleri geliyordu ve ardından da büyük ihtimalle odanın bir ucundan öbürüne fırlatılan bir çift ayakkabının sesi geldi. Nihayet kapı açıldı, bir tişört ve ayaklarına da Converse giymişti. Hâlâ seksiydi ama en azından artık kimin ona yazdığından şu kahrolası kavgayı kazanamayacak kadar endişelenmeyecektim.

"Daha iyi oldu mu?" Oflayarak yanaklarını şişirdi.

"Evet! Haydi gidelim!"

Shepley'yle America çoktan Charger'a binmişler, patinaj yaparak otoparktan çıkıyorlardı. Güneş gözlüklerimi taktım ve Abby güvenli bir şekilde yerleşene bekleyip ardından Harley'yi karanlık caddeye çıkardım.

Kampüse geldiğimizde ışıklarımı kapatıp kaldırımdan gittim ve yavaşça Jefferson binasının arkasına yanaştım. Abby'yi arka kapıdan geçirirken gözleri kocaman açıldı ve bir kahkaha attı.

"Şaka yapıyorsun."

"Bu VIP girişi. Diğer herkesin nasıl girdiğine inanamazsın." Açık pencereden bodrum katına atladım ve sonra karanlıkta bekledim.

"Travis!" dedi yarı bağırıp yarı fısıldayarak.

"Aşağıya gel, Güvercin. Önce bacaklarını sarkıt, seni yakalayacağım."

"Karanlığa atlayacağımı düşünüyorsan delirmiş olman lazım!"

"Seni yakalayacağım! Söz veriyorum! Şimdi, nazlanma da gel buraya!"

"Bu delilik!" diye tısladı.

Bacaklarını loş ışıkta sağa sola oynatarak küçük dikdörtgen pencereden geçirmesini izledim. Bütün o dikkatli manevralarına rağmen, atlamak yerine düşmeyi başardı. Beton

121

duvarlarda minnacık bir ciyaklama yankılandı ve ardından kollarımdaydı. Gelmiş geçmiş en kolay ağa düşürülen kızdı.

"Bir kız gibi düşüyorsun," dedim onu yere indirerek.

Bodrumdaki karanlık labirentten ilerleyerek dövüşün yapılacağı ana odaya bitişik olan odaya geldik. Adam megafonuyla kalabalığın gürültüsünün üstünden bağırıyor, kafalardan oluşan denizin içinden kollar yükselip paraları havada sallıyorlardı.

"Ne yapıyoruz?" diye sordu, küçük elleriyle pazımı sımsıkı kavramıştı.

"Bekliyorum. İçeri girmeden önce Adam'ın milleti gaza getirmesi lazım."

"Burada mı durayım yoksa içeri mi gireyim? Dövüş başladığında nerede olmalıyım? Shep'le Mare neredeler?"

Aşırı derecede rahatsız olmuş gibiydi. Onu burada yalnız bırakmaktan ötürü kendimi biraz kötü hissettim. "Onlar diğer taraftan girdiler. Beni takip et yeter, seni o karanlık çukura bensiz göndermeyeceğim. Adam'ın yanında dur; ezilmeni engeller. Aynı anda hem sana göz kulak olup hem de yumruk atamam."

"Ezilmek mi?"

"Bu gece daha fazla izleyici olacak. Brady Hoffman State'ten. Onların kendi Çember'leri var. Hem bizim hem de onların tayfa burada olacak, dolayısıyla odada işler çığırından çıkacak."

"Gergin misin?"

Ona gülümsedim. Benim için endişelendiğinde başka bir güzel oluyordu. "Hayır. Ama sen biraz gerilmiş gibisin."

"Belki de," dedi.

Eğilip onu öpmek istiyordum. Yüzündeki şu korkmuş kuzu ifadesini silecek bir şeyler yapabileyim diye. Tanıştığımız gece de benim için endişelenmiş miydi, merak ettim. Yoksa artık beni tanıdığı için mi endişeleniyordu –artık onun için önemli olduğumdan.

"Daha iyi hissetmene faydası olacaksa, onun bana dokunmasına izin vermem. Hayranları için bir yumruk isabet ettirmesine bile izin vermem."

"*Bunu* nasıl başaracaksın?"

Omzumu silktim. "Genellikle bir tane vurmalarına izin veririm – dövüşün adil gözükmesini sağlamak için."

"Sen... İnsanların sana vurmalarına *izin* mi veriyorsun?"

"Birinin bana vurmasına fırsat vermeden canına okusaydım bu ne kadar eğlenceli olurdu ki? İşler için iyi olmaz, kimse bana karşı bahse girmezdi."

Kollarını kavuşturup, "Çok saçma," dedi.

Bir kaşımı kaldırdım. "Seninle dalga geçtiğimi mi düşünüyorsun?"

"Sana sadece sen izin verdiğinde vurabildiklerine inanmakta zorlanıyorum."

"Bunun üstüne bahse girmek ister misiniz, Abby Abernathy?" Gülümsedim. Bu sözleri ilk söylediğim anda kendi çıkarıma kullanmayı düşünmemiştim ama sonra o da benimle aynı derecede çarpık bir gülümsemeyle bakınca, aklıma hayatımdan ilk defa bu kadar parlak bir fikir geldi.

Gülümsedi. "Kabul. Bence sana bir defa vuracak."

"Peki ya vuramazsa? Ne kazanıyorum?" diye sordum. Kalabalığın kükremesi çevremizi sararken omzunu silkti. Adam her zamanki hödükçe tarzıyla kuralların üstünden geçti.

Yüzümde salak bir sırıtma belirirken durdum. "Eğer sen kazanırsan bir ay boyunca seks yapmayacağım." Bir kaşını kaldırdı. "Ama eğer ben kazanırsam benimle bir ay yaşamak zorundasın."

123

"*Ne*? Zaten sende kalıyorum! Bu nasıl bir iddia böyle?" diye bağırdı gürültünün üstünden. Bilmiyordu. Kimse ona söylememişti. "Bugün Morgan'ın kazanını tamir ettiler," dedim gülümseyip göz kırparak.

Ağzının bir kenarı yukarı kıvrıldı. Onu etkilemişti. "Senin seks yapmamaya çalışmanı izlemek her şeye değer."

Sözleri damarlarıma sadece dövüşler sırasında yaşadığım bir adrenalin akıntısının dolmasına yol açtı. Yanağından öptüm, dudaklarımın teninde biraz daha fazla kalmasına izin verip odaya girdim. Kendimi bir kral gibi hissediyordum. Bu eziğin bana dokunması mümkün değildi.

Tam beklediğim gibi odada ancak ayakta durulacak kadar yer vardı ve bizim girmemizle beraber bağrışmalar, itiş kakış arttı. Adam'a başımla Abby'yi işaret ettim. Ne demek istediğini hemen anladı. Adam hırslı bir piçti ama bir zamanlar Çember'in yenilmez canavarıydı. Abby'ye göz kulak olduğu sürece hiçbir şeyden endişe etmeme gerek yoktu. Bunu dikkatim dağılmasın diye yapacaktı. Adam işin ucunda bir ton para oldukça her şeyi yapardı.

Çember'e doğru ilerlerken önümde bir yol açıldı ve ben geçince arkamdaki etten duvar yeniden kapandı. Brady benimle burun buruna duruyordu, sanki az önce litrelerce Red Bull ve Mountain Dew içmiş gibi soluk soluğaydı ve titriyordu.

Genelde bu olayı ciddiye almaz ve rakiplerimin psikolojisini bozmayı bir oyuna dönüştürürdüm ama bu gece önemliydi, dolayısıyla oyun suratımı takındım.

Adam düdüğü çaldı. Dengemi sağlayıp birkaç adım geriledim ve Brady'nin ilk hatasını yapmasını bekledim. İlk hamlesini eğilerek savuşturdum, bir sonrakini de. Adam arkada kıyametleri koparıyordu. Mutlu değildi, zaten bunu tahmin etmiştim. Adam dövüşlerin eğlenceli olmasını isterdi. Bodrum katlarına daha fazla adam getirmenin tek yolu buydu. Daha fazla adam da daha fazla para demekti.

Dirseğimi eğip yumruğumu Brady'nin burnuna gömdüm, sert ve hızlı. Normal bir dövüş olsa kendimi tutardım ama bunu bir an önce bitirmek ve gecenin kalanını Abby'yle kutlama yaparak geçirmek istiyordum.

Hoffman'a tekrar tekrar vurdum ve daha sonra birkaç hamlesinden daha eğilerek kurtuldum, bana vurmasına izin verecek kadar heyecanlanıp her şeyi berbat etmemeye dikkat ediyordum. Brady biraz kendine gelip yeniden saldırıya geçti ama bir türlü bana yetiştiremediği yumruklar atarak kendini tüketmesi uzun sürmedi. Trenton'ın bu kancığın atabildiğinden çok daha hızlı yumruklarından eğilerek kurtulmuşluğum vardı.

Sabrım tükenmişti, Hoffman'ı odanın ortasındaki beton sütuna çektim. Önünde durdum ve rakibimi ezici bir darbeyle yüzümü dağıtma fırsatı olduğuna inandıracak kadar tereddüt ettim. Bütün gücüyle son bir yumruk atarken yana çekilince yumruğu doğrudan beton sütuna çarptı. İki büklüm olmadan hemen önce Hoffman'ın gözlerinde bir şaşkınlık ifadesi belirdi.

Bu benim işaretimdi, hemen saldırdım. Boğuk bir çarpma sesi Hoffman'ın nihayet yere yığıldığının habercisiydi ve kısa bir sessizlikten sonra oda tezahüratla patladı. Adam Hoffman'ın yüzüne kırmızı bir bayrak attı ve çevremi insanlar sardı.

Çoğunlukla parasını bana yatıranların ilgisi ve tezahüratları hoşuma giderdi ama bu kez sadece yolumu kapıyorlardı. İnsan denizinin üstünden bakıp Abby'yi görmeye çalıştım, nihayet beni bekliyor olması gereken yeri gördüğümde kalbim sıkıştı. Gitmişti.

İnsanları itip kendime yol açmaya başlayınca gülümsemeler şaşkınlığa dönüştü. "Açın şu kahrolası yolu!" diye bağırdım, yavaşça paniğe kapılmaya başlarken insanları daha da sert itiyordum.

Nihayet fener odasına geldim. Karanlıkta çaresizce Abby'yi arıyordum. "Güvercin!"

"Buradayım!" Koşup bana çarptı, ben de onu kollarıma aldım. Bir an müthiş bir rahatlama, bir sonraki an asabiyet hissettim.

"Ödümü bokuma karıştırdın! Sana erişebilmek için neredeyse bir kavga daha başlatacaktım! Nihayet buraya ulaşıyorum ve sen yoksun!"

"Döndüğüne sevindim. Karanlıkta yolumu bulmaya çalışmaya pek heves etmiyordum."

Tatlı gülümsemesi diğer her şeyi unutturdu ve onun benim olduğunu hatırladım. En azından bir ay için. "Yanılmıyorsam bahsi kaybettin."

Adam paldır küldür içeri girdi, Abby'ye ve ardından öfkeyle bana baktı. "Konuşmamız lazım."

Abby'ye göz kırptım. "Bir yere gitme. Hemen dönerim." Adam'ın peşinden bitişik odaya gittim. "Ne diyeceğini biliyorum..."

"Hayır, bilmiyorsun," diye hırladı Adam. "Kızla ne yaptığını bilmiyorum ama benim paramla *oynayamazsın*."

Bir kahkaha attım. "Bu gece dünyaları kazandın zaten. Merak etme telafi ederim."

"Emin ol edeceksin! Bir daha olmasın!"

Adam parayı elime vurur gibi tutuşturdu, ardından da bana omuz atıp yanımdan geçip gitti.

Para tomarını cebime tıkıp Abby'ye gülümsedim.

"Yeni elbiselere ihtiyacın olacak."

"Beni gerçekten de bir ay boyunca seninle yaşamak zorunda bırakacak mısın?"

"Bana bir ay boyunca seksi yasaklamayacak mıydın?"

Güldü. "Morgan'a uğramamız lazım."

Aşırı memnuniyetimi saklamak yönündeki her girişimim destansı bir başarısızlıkla sonuçlandı.

"Bu ilginç olacak."

Adam yanımızdan geçerken Abby'ye biraz para verip seyrelmeye başlamış kalabalığın içinde kayboldu.

"Sen bahse mi girdin?" diye sordum şaşkınlıkla.

"Bu heyecanı kaçırmak istemedim," dedi omzunu silkerek.

Elinden tutup onu pencereye götürdüm, sonra da zıplayıp kendimi yukarı çektim, çimenlerin üstünde süründüm ve arkama dönüp Abby'yi çekmek için aşağıya eğildim.

Morgan'a yaptığımız yürüyüş mükemmeldi. Hava mevsimi olmasa da sıcacıktı ve yaz gecelerine yakışan kıpır kıpır bir enerji hissediliyordu.

Yol boyunca tam bir ahmak gibi sırıtmamak için ciddi bir çaba harcadım ama boşunaydı.

"Neden seninle kalmamı istiyorsun ki?" diye sordu.

Omzumu silktim. "Bilmiyorum. Sen etraftayken her şey daha iyi."

Shepley'yle America Charger'da oturmuş Abby'nin eşyalarını getirmemizi bekliyorlardı. Onlar yola çıktıktan sonra otoparka gidip motosiklete bindik. Kollarımı göğsüme sardı, ben de ellerimi ellerinin üstüne koydum.

Bir nefes aldım. "Bu gece burada olmana sevindim, Güvercin. Daha önce hiçbir dövüşte bu kadar eğlenmemiştim."

Yanıt vermesine kadar geçen süre bitmeyecekmiş gibi geldi.

Çenesini omzuma kondurdu. "Çünkü girdiğimiz bahsi kazanmaya çalışıyordun."

Başımı çevirip gözlerinin içine baktım. "Aynen öyle."

Kaşlarını kaldırdı. "Bu yüzden mi bugün bu kadar keyifsizdin? Kazanı tamir ettiklerini ve benim bu akşam gideceğimi bildiğin için mi?"

Bir an için gözlerinin içinde kayboldum ve sonra da çenemi kapama zamanının geldiğine karar verdim. Motoru çalıştırdım ve eve doğru yola çıktık. Yavaş gittim, daha önce hiç gitmediğim denli yavaş. Bir trafik ışığına yakalandığımızda elimi elinin üstüne ya da dizine koymaktan tuhaf bir keyif aldım. Rahatsız oluyormuş gibi görünmüyordu ve itiraf etmek gerekirse ben de kendimi cennetteymiş gibi hissediyordum.

Dairenin otoparkına girdik, Abby motordan eski tüfek bir motosikletçi gibi indi ve sonra da basamaklara yürüdü.

"Onlar eve daha önce gelmişse, böyle pat diye içeri girmekten nefret ediyorum. Sanki işlerini bölüyormuşuz gibi geliyor."

"Buna alışman lazım. Önümüzdeki dört hafta boyunca burası senin mekânın olacak," dedim sırtımı dönerek. "Hadi gel."

"Ne?"

"Gel, seni yukarı taşıyacağım."

Kıkırdayıp sırtıma atladı. Merdivenleri koşarak çıkarken baldırlarını tuttum. America biz yukarı gelmeden kapıyı açıp gülümsedi.

"Şunlara da bak hele. Eğer sizi tanımasam..."

"Abartma Mare," diye seslendi Shepley koltuktan.

Şahane, Shepley'nin tadı kaçmıştı yine.

America sanki fazla konuşmuş gibi gülümsedi ve kapıyı ikimizin içinden geçebileceği kadar açtı. Güvercin'i tuttum ve ardından kendimi kanepeye bıraktım. Oyun olsun diye arkaya yaslanıp ağırlığımı ona verince ciyakladı.

"Bu akşam aşırı keyiflisin Trav. Hayrola?" diye yem attı America.

"Mare, az önce bok gibi para kazandım. Düşündüğümün iki katı. Mutlu olmayacak ne var?"

America sırıttı. "Hayır, sende başka bir şey var," dedi Abby'nin bacağındaki elimi izlerken.

"Mare," diye uyardı Shepley.

"Tamam. Başka bir şey hakkında konuşurum o zaman. Abby, Parker seni bu hafta sonu Sig Tau partisine davet etmedi mi?"

Hissettiğim hafiflik duygusu ânında kayboldu ve Abby'ye döndüm.

"EE... evet, yani? Hepimiz gitmiyor muyuz?"

"Ben orada olacağım," dedi Shepley, televizyon izlediği için dikkatini tam vermiyordu.

"Bu benim de gideceğim anlamına geliyor," dedi America, beklentiyle yüzüme bakarak. Bana yem atıyor, kendi isteğimle öne çıkıp geleceğimi söylememi istiyordu ama kafam tamamen Parker'ın Abby'yi kahrolası bir partiye davet etmiş olmasıyla meşguldü.

"Seni o mu götürüyor?" diye sordum.

"Hayır, sadece partiden haberdar etti, o kadar."

America'nın yüzünde hınzır bir sırıtma belirdi, heyecandan yerinden duramayacak gibiydi. "Ama seninle orada görüşeceğini söyledi. Gerçekten de tatlı bir çocuk."

America'ya gıcık olduğumu belli eden bir bakış attım, ardından da Abby'ye baktım. "Sen gidiyor musun?"

"Ona gideceğimi söyledim." Omzunu silkti. "Sen gidiyor musun?"

"Evet," dedim tereddüt etmeden. Ne de olsa bir çiftler partisi değildi, sadece milletin takılıp içeceği bir geceydi. Gitmemde bir sakınca yoktu. Ve Parker'ın bütün geceyi Abby'yle geçirmesine izin vermenin de imkân ve ihtimali yoktu. Eve döndüğünde... off, düşünmesi bile korkunçtu.

Parker şu zengin çocuğu sırıtmasıyla ona yaklaşacaktı, olmadı parasıyla hava atmak için anne babasının restoranına götürecekti ya da bir şekilde Abby'nin külotunun içine girmek için türlü yavşaklıklar yapacaktı.

Shepley bana baktı. "Geçen hafta gitmeyeceğini söylemiştin."

"Fikrimi değiştirdim, Shep. Sorun nedir?"

"Hiç," deyip yatak odasına çekildi.

America surat astı "Sorunun ne olduğunu biliyorsun," dedi. "Niye onu deli etmeyi bırakıp şu işi bitirmiyorsun?" O da Shepley'nin odasına gitti ve kapalı kapının ardından sesleri ancak fısıltı gibi gelmeye başladı.

"Peki, herkesin öğrenmesine sevindim," dedi Abby.

Shepley'nin davranışlarından kafası karışan tek kişi Abby değildi. Shepley önce bana duygularımı itiraf ettirmek için uğraştı, şimdi de kız gibi mızmızlanıyordu. Arada ne olmuştu da manyağa bağlamıştı? Belki de artık diğer kızlarla bir olayımın kalmadığını ve sadece Abby'yi istediğimi öğrenince kendine gelirdi. Belki de onun benim için önemli olduğunu itiraf etmem Shepley'yi daha da rahatsız etmişti. Birinin erkek arkadaşı olabilecek bir yapım olduğu söylenemezdi. Aynen. Bu çok daha mantıklıydı.

Ayağa kalktım. "Hızlıca bir duş alacağım."

"Aralarında bir şeyler mi dönüyor?" diye sordu Abby.

"Hayır, sadece Shepley paranoya yapıyor."

"Bizim yüzümüzden," diye tahminde bulundu.

Tuhaf bir hisse kapıldım, uçuyor gibiydim. Abby biz demişti.

"Ne oldu?" diye sordu bana şüpheyle bakarak.

"Haklısın. Bizimle ilgili. Uyuyakalma olur mu? Seninle bir şey hakkında konuşmak istiyorum."

Yıkanmam beş dakikadan kısa sürdü ama suyun altında en az beş dakika daha durup Abby'ye ne söyleyeceğimi düşündüm. Zaman harcamak gibi bir lüksüm yoktu. Ay boyunca burada olacaktı ve bu ona düşündüğü gibi biri olmadığımı kanıtlamam için mükemmel bir fırsattı. En azından o söz konusu olduğunda farklıydım ve önümüzdeki dört haftayı var olması muhtemel şüphelerini gidermek için kullanabilirdik.

Duştan çıkıp kurulandım, yapacağımız sohbetin bizi nerelere götürebileceğini düşünerek hem heyecanlanıyor hem de geriliyordum. Tam kapıyı açacaktım ki koridordan bir itiş kakış sesi geldi.

America çaresizlik içinde bir şeyler söyledi. Kapıyı azıcık aralayıp dinledim.

"Söz vermiştin Abby. Travis'e anlayışlı davranmanı söylediğimde, ikinizin ilişkiye girmenizi kastetmemiştim! Sadece arkadaş olduğunuzu düşünmüştüm!"

"Öyleyiz," dedi Abby.

"Hayır değilsiniz!" dedi Shepley öfkeyle.

America konuştu. "Bebeğim, sana söyledim, her şey iyi olacak."

"Niye bu konuda bu kadar ısrarcısın, Mare? Sana neler olacağını söyledim!"

"Ve ben de sana öyle olmayacağını söyledim. Bana güvenmiyor musun?"

Shepley hışımla odasına döndü.

Birkaç saniye süren bir sessizliğin ardından America yeniden konuştu. "Travis'le aranızda ne olursa olsun, onunla ilişkimizin etkilenmeyeceğini bir türlü kafasına sokamıyorum. Ama benzer durumlardan canı çok yanmış. Bana inanmıyor."

Hay... Shepley. Pürüzsüz bir geçiş olmayacaktı. Kapıyı azıcık daha açtım, sadece Abby'nin yüzünü görebilmek için.

"Neden bahsediyorsun Mare? Travis'le ben beraber değiliz. Biz sadece *arkadaşız*. Daha önce neler dediğini duydun... Benimle o şekilde ilgilenmiyor."

Lanet olsun. Bu muhabbet her geçen saniye daha kötüye gidiyordu.

"Sen bunu duydun mu?" diye sordu America, sesinden şaşırdığı belliydi.

"Evet."

"Ve inandın mı?"

Abby omzunu silkti. "Fark etmez. Hiçbir zaman olmayacak. Zaten bana o gözle bakmadığını söyledi. Hem o tam bir ilişki-fobik, senin dışında yatmadığı bir kız arkadaşı olduğunu sanmıyorum ve ruhsal dalgalanmalarına ayak uyduramıyorum. Shep'in farklı düşünmesine inanamıyorum."

Sahip olduğum bütün umut, son kırıntısına dek sözleriyle beraber yitip gitti. Hayal kırıklığı varlığımı eziyordu. Birkaç saniye için hissettiğim acı katlanılır değildi, yerini öfke alana dek. Öfkeyi kontrol etmesi her zaman daha kolay olmuştu.

"Çünkü o Travis'i tanımakla kalmayıp aynı zamanda onunla konuştu da Abby."

"Ne demek istiyorsun?"

"Mare?" diye seslendi Shepley yatak odasından.

America içini çekti. "Sen benim en yakın arkadaşımsın. Bazen seni senden iyi tanıdığımı düşünüyorum. İkinizi bir arada gördüğümde, sizle Shep ve benim aramızdaki tek fark bizim sevişiyor olmamız. Bunun dışında? Hiçbir fark yok."

"Çok büyük, *devasa* bir fark var. Shep eve her gece başka bir kızla geliyor mu? Sen yarın sevgilin olabilecek bir adamla takılacak mısın? Mare, Travis'le aramda bir şey olamayacağını biliyorsun. Bunu neden tartıştığımızı bile bilmiyorum."

"Bir şeyleri uydurduğum yok Abby. Son bir ay neredeyse her ânı onunla beraber geçirdin. Kabul et ona karşı beslediğin duyguların var."

Bir kelimesini daha dinleyemeyecektim. "Boşver, Mare," dedim.

Sesimi duyunca iki kız da yerlerinde zıpladılar. Abby gözlerime baktı. Utanmış ya da üzülmüş gibi görünmemesi daha da canımı sıktı. Ben her türlü riski göze almıştım, o da bıçağı çekip boğazımı kesmişti.

Saçma sapan bir şey söylemeden odama çekildim. Oturmak iyi gelmedi. Ayakta durmak, ileri geri yürümek ya da şınav çekmek de. Her geçen saniye duvarlar biraz daha üstüme geliyorlardı. Hiddet patlamaya hazır bir kimyasal gibi içimde kaynıyordu.

Tek seçeneğim daireden çıkmak, kafamı rahatlatmak ve birkaç şat alıp gevşemekti. Red. Red'e gidebilirdim. Cami bugün bardaydı. Bana ne yapmam gerektiğini söyleyebilirdi. Beni nasıl sakinleştireceğini hep bilirdi. Trenton da onu aynı nedenden ötürü seviyordu. Üç oğlana ablalık yapmıştı ve öfke nöbetlerimizle karşı karşıya geldiğinde gözünü kırpmıyordu.

Üstüme bir tişört geçirdim, pantolonumu giydim ve ardından güneş gözlüklerimi, anahtarlarımı ve motosiklete binerken giydiğim ceketi aldım, botlarımı ayağıma geçirip koridordan kapıya yöneldim.

Köşeyi dönüp koridordan çıktığımı görünce Abby'nin gözleri kocaman açıldı. Tanrıya şükür güneş gözlükleri takmıştım. Gözlerimdeki acıyı görmesini istemiyordum.

"Gidiyor musun?" diye sordu dikilip oturarak. "Nereye gidiyorsun?"

Yalvaran ses tonunu duymayı reddettim. "Dışarı."

Onuncu Bölüm
Bitik

Cami'nin pek de arkadaş canlısı bir havada olmadığımı anlaması uzun sürmedi. Ben Red'de her zamanki taburemde otururken biraları vermeye devam etti. Yukarıdan gelen renkler barın içinde birbirlerini takip ediyorlardı ve müziğin sesi de neredeyse düşüncelerimi duymamı engelleyecek kadar yüksekti.

Kırmızı Marlboro paketim neredeyse bitmişti. Ama göğsümdeki ağırlığın nedeni bu değildi. Birkaç kız gelip sohbet etmeye çalışıp gitmişlerdi. Bakışlarımı iki parmağımın arasında tuttuğum yarı yanmış sigaradan başka bir yere çeviremiyordum. Kül o kadar uzundu ki bir noktada düşeceği kesindi, ben de kalan kısmının arada bir cızırdayıp yanmasını izleyerek aklımı müziğin unutturamadığı kederli duygulardan uzaklaştırmaya çalıştım.

Bardaki kalabalık azalıp da Cami artık saatte bin kilometreden yavaş hareket edebildiğinde önüme boş bir şat bardağı koydu ve sonuna kadar Jim Beam ile doldurdu. Kadehe uzandım ama ellerini uzatıp üstünde BEZ BEBEK diye dövme yapılmış parmaklarıyla siyah bilekliğimi tuttu.

"Eveet, Trav. Anlat bakalım."

"Neyi anlatayım?" diye sordum, elimi geri çekmek için zayıf bir hareket yaparak.

Başını salladı. "Kızı diyorum."

Kadeh dudaklarıma dokundu, başımı arkaya attım ve kadehteki sıvının boğazımdan aşağı inerken bıraktığı yakıcı hissin zevkini çıkardım." Hangi kız?"

Cami gözlerini yuvarladı. "Hangi kızmış. Sen benimle dalga mı geçiyorsun? Kimle konuştuğunu sanıyorsun?"

"Tamam, tamam. Olay Güvercin'le ilgili."

"*Güvercin mi? Şaka mı yapıyorsun?*"

Bir kahkaha attım. "Abby. O bir güvercin. Kafamı düzgün düşünemez hâle gelene kadar karıştıran, cehennem kaçkını bir güvercin. Artık hiçbir şeyin anlamı yok Cam. Bugüne kadar koyduğum her kural teker teker kırılıyor. Hanım evladı oluyorum. Hayır... daha beter. Shep'e dönüşüyorum."

Cami güldü. "Nazik ol."

"Haklısın. Shep iyi bir adam."

"Kendine de nazik davran," dedi, tezgâha bir bez atıp daireler çizerek üzerini sildi. "Birine âşık olmak günah değil, Travis. Tanrım."

Etrafa bakındım. "Kafam karıştı. Az önce benim Tanrın olduğumu mu iddia ettin?"

"Dalgayı bırak. Demek ona hissettiğin bir şeyler var. N'olmuş yani?"

"Benden nefret ediyor."

"Zannetmem."

"Evet, bu gece duydum. Kazara. Benim pisliğin teki olduğumu düşünüyor."

"Tam olarak böyle mi söyledi?"

"Aşağı yukarı."

"Yani... aslında öyle sayılırsın."

Suratımı astım. "Sağ olasın ya."

Dirseklerini tezgâha dayayıp ellerini uzattı. "Geçmişteki davranışlarına bakacak olursak, haksız mıyım? Demek

135

istediğim... Belki de o söz konusu olduğunda öyle olmayacaksın. Belki onun için daha iyi bir adam olabilirsin." Cami bir şat daha koydu ve bana engel olmasına fırsat vermeden bardağı bir dikişte devirdim.

"Haklısın. Tam bir pislik gibi davranıyordum. Değişebilir miyim? Hiçbir bok bilmiyorum. Büyük ihtimalle ona layık olacak kadar değişemem."

Cami omzunu silkti, şişeyi yerine geri koydu. "Bunun kararını vermeyi ona bırakman gerekiyor bence."

Bir sigara yakıp derin bir nefes aldım ve bir ciğer dolusu dumanı zaten duman altı olmuş bara boşalttım. "Bana bir bira daha göndersene."

"Trav, bu gecelik yeterince içtin."

"Cami, Tanrı aşkına, konuşma ve biramı ver."

Öğleden hemen sonra uyandığımda güneş perdelerin arasından içeriye giriyordu ama benim için beyaz kumdan bir çölün ortasındaki öğlen güneşinden farksızdı. Göz kapaklarım ışığı reddedip ânında kapandılar.

Ağız kokusu, kimyevi maddeler ve tiksinç bir tat karışımı ağzıma yapışıp kalmıştı. Çok içtiğim geceleri takip eden kaçınılmaz ağız kuruluğundan nefret ediyordum.

Otomatik olarak bir önceki geceyi hatırlamaya çalıştım ama aklıma hiçbir şey gelmiyordu. Parti gibi bir şeyler vardı ama nerede ve kiminle olduğu tam bir gizemdi.

Soluma baktığımda örtünün çekilmiş olduğunu gördüm. Abby kalkmıştı bile. Dengemi güç bela koruyarak koridorun parke zemininde ilerlerken çıplak ayaklarımda bir tuhaflık var gibi geliyordu; oturma odasına ulaştığımda Abby'nin kanepede uyumakta olduğunu gördüm. Kafam karışınca durakladım, ardından paniğe kapılmaya başladım. Düşüncelerim hâlâ bulanıktı, beynim alkol içinde yüzüyormuş gibi geliyordu. Neden yatakta uyumamıştı? Onun kanepede uyumayı istemesine neden olacak ne yapmıştım? Kalbim hızla çarpmaya başladı ve sonra onları gördüm: iki tane boş prezervatif ambalajı.

Siktir. Siktir! Anılar dalga dalga gelmeye başladılar: daha fazla içmem, o kızların gitmelerini istediğimde gitmemeleri ve nihayet ikisine de nasıl eğlenileceğini göstermeyi –aynı anda– teklif etmem ve teklifimi hevesle kabul etmeleri.

Ellerimle yüzümü kapadım. Onları buraya getirmiştim. Onlara burada çakmıştım. Abby büyük ihtimalle her şeyi duymuştu. Aman Tanrım. Daha beter batırmam mümkün değildi. Bu kötü ötesiydi. Uyanır uyanmaz eşyalarını toplayacak ve çekip gidecekti.

Koltuğa oturdum, ellerim hâlâ ağzımı ve burnumu örtüyordu, onu uyurken izledim. Bunu düzeltmem gerekiyordu. Bunu düzeltmek için ne yapabilirdim?

Aklımdan birbiri ardına bir sürü aptal fikir geçti. Zaman tükeniyordu. Elimden geldiğince ses çıkarmadan yatak odasına gidip kıyafetlerimi değiştirdim ve Shepley'nin odasına sıvıştım.

America kıpırdandı ve Shepley'nin kafası göründü. "Ne yapıyorsun Trav?" diye fısıldadı.

"Arabanı ödünç almam lazım. Sadece beş dakikalığına. Gidip birkaç şey almam lazım."

"Tamam..." dedi, kafası karışmıştı.

Komodininden alırken anahtarlar şıkırdadı. "Bana bir iyilik yap. Eğer ben gelmeden uyanırsa, onu oyala tamam mı?"

Shepley derin bir nefes aldı. "Deneyeceğim, Travis, ama kanka...dün gece..."

"Kötüydü değil mi?"

Shepley dudaklarını büktü. "Burada kalacağını sanmıyorum kuzen, üzgünüm."

Başımı onayladım. "Sadece dene."

Daireden çıkmadan önce Abby'nin uyuyan yüzüne son bir kez bakmak beni daha hızlı davranmaya itti. Charger gitmek istediğim hıza güç bela çıkabiliyordu. Tam markete gelmek üzereyken bir kırmızı ışığa yakalandım ve çığlık atıp direksiyona vurdum.

"Kahrolası! Yansana artık pislik!"

Birkaç saniye sonra ışık kırmızıdan yeşile geçti ve lastikler yolu tutmadan önce birkaç defa patinaj yaptılar.

Otoparktan markete koştum. Alışveriş arabasını çekip alırken delinin teki bir göründüğümün fazlasıyla farkındaydım. Bir koridordan diğerine geçerken hoşuna gidebileceğini düşündüğüm ya da yediğini ya da sadece hakkında konuştuğunu hatırladığım şeyleri aldım. Rafların birinde pembe süngerimsi bir şey duruyordu ve o da kendini sepetimde buldu.

Özür dilemek kalmasını sağlamazdı ama belki bir jest bunu başarabilirdi. Belki ne kadar üzgün olduğumu görürdü. Kasadan bir iki metre ötede durdum, kendimi umutsuz hissediyordum. Hiçbir şey işe yaramayacaktı.

"Beyefendi? Bir sorun mu var?"

Başımı salladım, çaresizdim. "Ben... bilemiyorum."

Kadın bir an için bana baktı, ellerini beyaz ve hardal renklerindeki çizgili önlüğünün ceplerine soktu. "Aradığınızı bulmak için yardım etmemi ister misin?"

Cevap vermeden arabamı onun kasasına ittim ve Abby'nin en sevdiği yiyeceklerin kasadan geçmesini izledim. Bu 6 milyar yıllık dünya tarihindeki en aptalca fikirdi ve şu yeryüzünde salladığım tek kadın da eşyalarını toplarken bana gülecekti.

"Seksen dört dolar elli sekiz sent tuttu."

Kartımla ödemeyi yapar yapmaz torbaları elime aldım.

Otoparka koşturdum ve birkaç saniye içinde Charger asfaltı yakarak dönüş yoluna koyulmuştu bile.

Basamakları ikişer ikişer çıktım ve kapıdan içeri uçarak girdim. America'yla Shepley'nin kafaları koltuğun üstünden görünüyordu. Televizyon açık ama sesi kısıktı. Tanrıya şükürler olsun. Abby hâlâ uyuyordu. Torbaları tezgâha biraz sert bırakınca epey bir ses çıkardılar, ben de aldıklarımı yerleştirirken dolap kapakları ve çekmecelerden fazla ses çıkmaması için elimden geleni yaptım.

"Güvercin uyandığında bana haber verin olur mu?" dedim alçak bir sesle. "Spagetti aldım ve krep ve çilek ve bir de şu bir boka benzemeyen çikolata parçalı yulaflı şeyden, bir de Fruity Pebbles gevreğini seviyordu, değil mi Mare?" diye sordum dönerek.

Abby uyanmıştı ve yattığı yerden bana bakıyordu. Maskarası gözlerinin altına bulaşmıştı. Benim kendimi hissettiğim kadar kötü görünüyordu. "Selam, Güvercin."

Birkaç saniye kadar boş bir ifadeyle bana baktı. Oturma odasına doğru birkaç adım attım. İlk dövüşümü yaptığım gece olduğumdan daha tedirgindim.

"Aç mısın Güvercin? İstersen krep yapabilirim. Ya da şey var, eee... biraz yulaf ezmesi var. Ve bir de sana kızların tıraş olurken kullandıkları pembe köpüklü halttan aldım ve bir de saç kurutma makinesi ve bir.... bir... bir saniye, içeride." Torbalardan birini alıp yatak odasına götürdüm ve yatağa boşalttım.

Seveceğini düşündüğüm pembe lifli şeyi ararken kapının kenarında ağzına kadar dolu, fermuarı çekilmiş bir halde duran valizi dikkatimi çekti. Midem bulandı ve ağzım Sahra kadar kurudu. Koridorda yürürken kendime hâkim olmaya çalıştım.

"Eşyaların toplanmış."

"Biliyorum," dedi.

Göğsüme bıçak saplanmış gibiydi. "Gidiyorsun."

Abby, bana oracıkta ölmemi istermiş gibi bakan America'ya döndü. "Gerçekten de onun kalacağını mı ummuştun?"

"Bebeğim," diye fısıldadı Shepley.

"Başlatma bebeğine Shep. Onu savunayım deme," dedi America, çok pis öfkelenmişti.

Yutkundum. "Çok özür dilerim Güvercin. Ne diyeceğimi bilemiyorum."

"Haydi Abby, gel," dedi America. Ayağa kalkıp kolundan çekti ama Abby yerinden kımıldamadı.

Bir adım attım ama America parmağını bana doğrulttu. "Bana bak Travis, eğer onu durdurmaya çalışırsan seni öldürürüm! Anladın mı gece uyumanı bekler, üstüne benzin döker çakmağı çakarım!"

"America," diye yalvardı Shepley. Durum son hızla her açıdan kötüleşiyordu.

"Ben *iyiyim*," dedi Abby şaşkın bir halde.

"Ne demek iyisin?" diye sordu Shepley.

Abby gözlerini devirip beni işaret etti. "Travis dün gece bardan iki kadınla geldi. Ne olmuş yani?"

Gözlerimi kapayıp acıyı dağıtmaya çalıştım. Her ne kadar gitmesini istemesem de yaptığımı sallamayacağı aklıma bile gelmemişti.

America suratını astı. "Eee-veet. Abby, Travis'in yaptığına gocun*madığını* mı söylemeye çalışıyorsun?"

Abby odaya bakındı. "Travis eve kimi isterse getirebilir. Burası *onun* dairesi."

Boğazımda şişmekte olan yumruyu yuttum.

"Eşyalarını toplamadın mı?"

Başını iki yana sallayıp saate baktı. "Hayır. Daha önceden çantada kalanları da boşaltmam gerekiyor şimdi. Ayrıca yemek yemem, duş almam ve giyinmem lazım," diyerek banyoya yürüdü.

America bana ölümcül bir bakış attı ama onu görmezden gelip banyo kapısına yürüdüm ve hafifçe tıkladım. "Güvercin?"

"Evet?" dedi, sesi zayıftı.

"Kalıyor musun?" gözlerimi kapayıp cezamı bekledim.

"Eğer gitmemi istersen giderim ama iddia iddiadır."

Kafam kapıya doğru düştü. "Gitmeni istemiyorum ama gidersen seni suçlamam."

"İddia borcumu siliyor musun yani?"

Bu sorunun cevabı kolaydı ama onun zorla kalmasını da istemiyordum. "Evet dersem gidecek misin?"

"Yani, evet. Burada yaşamıyorum ki şapşal şey," dedi. Kapının ahşabından küçük bir kahkaha geldi.

Üzgün mü olduğunu yoksa sadece bütün geceyi kanepede geçirmekten bitkin mi olduğunu anlayamıyordum. Ama eğer ilk seçenek doğruysa, onun gitmesine izin vermemin yolu yoktu. Eğer giderse onu bir daha asla göremezdim.

"O zaman olmaz, hâlâ borçlusun."

"Artık duş alabilir miyim?" diye sordu, yumuşacık bir sesle.

"Evet..."

America öfkeyle yürüyerek koridora girdi ve tam önümde durdu. "Sen bencil bir piçsin," diye hırladı ve Shepley'nin odasına girip kapıyı ardından çarptı.

Yatak odasına gittim, Abby'nin bornozunu ve terliklerini alıp banyo kapısına döndüm. Görünüşe göre zaten kalacaktı ama yağ çekmekten bir zarar gelmezdi.

"Güvercin? Bornozunla terliğini getirdim."

"Lavaboya koysana. Oradan alırım."

Kapıyı açıp eşyalarını lavabonun köşesine yerleştirdim, yere bakıyordum. "Deliye dönmüştüm. America'ya bütün arızalarımı tek tek saydığını duyunca canım sıkıldı. Sadece gidip birkaç içki içmek ve bazı şeyleri anlamak istiyordum. Ama daha ne oldu demeye kalmadan it gibi sarhoş olmuştum ve şu kızlar..." Durakladım. Ağlamaklı olmamak için kendimi tuttum. "Bu sabah uyandığımda yatakta yoktun; seni kanepede, yerde de paketleri görünce kusacak gibi oldum."

"Bana rüşvet vermek için markette o kadar para harcayacağına sadece gelip kalmamı isteyebilirdin."

"Para umurumda değil Güvercin. Gitmenden ve bir daha benimle hiç konuşmamandan korkmuştum."

"Duygularını incitmek istememiştim," dedi, samimiydi.

"İstemediğini biliyorum. Artık söylediklerimin önemi yok çünkü her şeyi çok fena batırdım... hep yaptığım gibi."

"Trav?"

"Efendim?"

"Bir daha içkiliyken motoruna binme olur mu?"

Daha fazlasını söylemeyi istedim, tekrar özür dilemeyi ve ona kendisi için deli olduğumu –ki gerçekten de beni yavaş yavaş delirtiyordu çünkü hissettiklerimle nasıl başa çıkabileceğim hakkında en ufak bir fikrim yoktu– ama kelimeler kaybolup gitmişlerdi sanki. Düşüncelerim, olan biten her şeyin ve az önce söylediklerimin ardından onun içkili motosiklet kullandığım için beni azarlamak dışında bir şey söylemediğine odaklanmıştı.

"Evet, tamam," dedim kapıyı kapatarak.

Abby banyoda ve yatak odasında parti için süslenirken saatlerce televizyona bakıyormuş numarası yaptım ve o yatak odasına geçmeden önce giyinmeye karar verdim.

Dolapta görece kırışıksız beyaz bir gömlek asılıydı, onu

ve bir kot pantolonumu aldım. Aynanın karşısında durmuş gömleğin bileğindeki düğmeyle uğraşırken kendimi aptal gibi hissettim. Nihayet vazgeçip gömleğin kolunu dirseklerime kadar sıyırdım. Zaten böylesi benim tarzıma daha uygundu.

Oturma odasına gidip kendimi yeniden koltuğa attım, banyo kapısının kapandığını ve Abby'nin çıplak ayaklarının yerde çıkardığı sesleri duydum.

Saatimdeki akreple yelkovan sanki grev yapıyorlardı ve tabii ki televizyonda doğal afetler sırasında yapılan kahramanlıklar ve Slap Chop hakkında bilgilendirici bir reklam dışında hiçbir şey yoktu. Gerilmiş ve sıkılmıştım. Bu ikisinin birleşmesi benim için hiç hayırlı olmuyordu.

Sabrım tükenince yatak odasının kapısını çaldım.

Abby kapının öbür yanından "Gelebilirsin," diye seslendi.

Odanın ortasında duruyordu, bir çift topuklu ayakkabı da hemen önünde yerdeydi. Abby her zaman güzeldi ama bu gece tek bir saç teli bile yanlış yerde değildi; marketlerin çıkışa yakın stantlarda sattıkları şu moda dergilerinden birinin kapağına çıkabilirmiş gibi duruyordu. Her yerine losyonlar sürmüştü, pürüzsüz, parlak bir mükemmelliğe erişmişti. Sadece görüntüsüyle neredeyse beni kıçımın üstüne oturtmuştu. Tek yapabildiğim orada sersemlemiş bir halde durmaktı, nihayet ağzımdan iki sözcük çıktı.

"Vay be."

Gülümseyip elbisesine baktı.

Tatlı gülümsemesi beni kendime getirdi. "Harika görünüyorsun," dedim, gözlerimi ondan alamadan.

Eğilip bir ayakkabısını giydi, sonra da diğerini. Daracık, siyah kumaş azıcık yukarı kayınca bacaklarının bir santimlik kısmı daha göründü.

Abby ayağa kalkıp beni çabucak şöyle bir süzdü. "Sen de hoş olmuşsun."

Ellerimi ceplerime soktum, *galiba şu anda sana feci şekilde âşık oluyorum* gibi aklıma art arda gelen başka aptalca şeyleri söylemeyi reddederek.

Ona kolumu uzattım, Abby de koluma girdi ve oturma odasına kadar ona kavalyelik etmeme izin verdi.

"Parker seni gördüğünde heyecandan altına yapacak," dedi America. America genelde çok iyi bir kızdı ama tersinin ne kadar pis olduğunu öğreniyordum. Shepley'nin Charger'ına yürürken ona çelme takmamak için kendimi zorladım ve Sig Tau'nun binasına gidene dek ağzımı açmadım.

Shepley arabanın kapısını açar açmaz binadan gelen yüksek, rahatsız edici müzik sesini duyduk. Çiftler öpüşüyor ve ortam yapıyorlardı; birinci sınıfa giden üye adayları etrafta koşuşturuyor, bahçeye çok zarar gelmesin diye uğraşıyorlardı; dernek üyesi kızlar ise el ele tutuşmuş, topuklularını yumuşak çimlere batırmamak için küçük adımlarla bahçede yürümeye çalışıyorlardı.

Shepley'yle önden gittik. America ve Abby hemen arkamızdan geliyorlardı. Kırmızı plastik bir bardağı bir tekmeyle yolumuzdan çekip kapıyı açık tuttum. Bir kez daha Abby jestimi fark etmedi.

Kırmızı bira bardakları mutfak tezgâhındaki bira fıçısının yanına üst üste dizilmişlerdi. İkisini doldurdum ve birini Abby'ye verdim. Kulağına eğildim. "Bunları benden ya da Shep'ten başka kimseden alma. Birilerinin içine bir şeyler atmasını istemiyorum."

Gözlerini devirdi. "Kimsenin içkime bir şeyler koyacağı yok, Travis."

Belli ki dernekten bazı biraderlerimle henüz tanışmamıştı. Duyduğum hikâyelerin hiçbirinde isim verilmiyordu. Bu da iyi bir şeydi çünkü böyle sapıklıklar yapan birini görsem tereddüt etmeden eşek sudan gelinceye kadar döverdim.

"Sadece benden gelmeyen bir şey içme tamam m? Artık Kansas'ta değilsin Güvercin."

"Bunu daha önce söyleyen olmamıştı," diye patladı. Birasının yarısını bir dikişte bitirdikten sonra plastik kupasını yüzünün önünden çekti. Hakkını vermek lazım, içmesini biliyordu.

Merdivenlerin yanındaki holde durup her şey yolundaymış numarası yapıyorduk. Merdivenden inen birkaç biraderim çene çalmak için durdular; birkaç tane de dernek kızı aynı şeyi denedi ama onları hemen yollarına gönderdim. Abby'nin fark etmesini umuyordum. Öyle olmadı.

"Dans etmek ister misin?" diye sordum elini çekiştirip.

"Hayır, teşekkürler," dedi.

Önceki geceden sonra onu suçlayamıyordum. Benimle konuştuğu için bile şanslı sayılırdım.

İnce, zarif parmakları omzuma dokundular. "Sadece yorgunum, Trav."

Elimi eline koydum. Yeniden özür dilemeye, yaptığım şeyden ötürü kendimden nefret ettiğimi söylemeye hazırdım ama gözleri gözlerimden arkadaki birilerine kaydı.

"Selam Abby! Gelebilmişsin!"

Ensemdeki tüyler diken diken oldu. Parker Hayes. Abby'nin gözleri parladı ve elini çevik bir hareketle elimin altından çekti. "Evet, geleli bir saat filan oldu."

"İnanılmaz görünüyorsun!" diye bağırdı.

Parker'a bakıp suratımı ekşittim ama Abby'yle o kadar meşguldü ki fark etmedi.

"Teşekkürler!" Gülümsedi.

Onu böyle gülümsetebilen tek kişinin ben olmadığımı

145

fark ettim ve bir anda sinirlerime hâkim olmaya çalışırken buldum kendimi.

Parker salonu işaret edip gülümsedi. "Dans etmek ister misin?"

"Yok, biraz yorgunum."

Azıcık da olsa rahatlamamla öfkem biraz yatıştı. Sorun ben değildim; gerçekten de dans edemeyecek kadar yorgundu. Ama öfkemin dönmesi uzun sürmedi. Yorgun olmasının nedeni eve getirdiğim kızların, artık kimse onlar, sesleri yüzünden gecenin bir yarısı boyunca uyuyamamış olması ve diğer yarısını da rahatsız bir kanepede uyuyarak geçirmiş olmasıydı. Şimdi de Parker her zaman yaptığı gibi parıldayan zırhı ve beyaz atıyla sislerin arasından çıkagelmişti. Farenin dölü.

Parker bana baktı, yüz ifademi tınlamamıştı. "Senin gelmeyeceğini sanıyordum."

"Fikrimi değiştirdim," dedim, onu yumruklayıp dört senelik ortodonti tedavisinin ürününü bir anda dağıtmamak için kendimi zor tutarak.

"Bunu görebiliyorum," dedi Parker Abby'ye bakarak. "Biraz hava almak ister misin?"

Abby başını sallayarak onaylayınca birileri karnımı yumruklamış gibi hissettim. Parker'ı takip edip merdivenlerden çıktı. İkinci kata çıkarlarken Parker'ın durup onun elini tutmasını izledim. Tepeye ulaştıklarında Parker balkonun kapılarını açtı.

Abby gözden kaybolunca gözlerimi kapatıp sıktım, kafamdaki çığlığı duymazdan gelmeye çalışıyordum. Her parçam gidip onu geri almam için bana yalvarıyordu. Tırabzanı tutup kendime hâkim oldum.

America kırmızı kupasını benimkine tokuşturup, "Canın sıkılmış gibi görünüyorsun," dedi.

Gözlerim bir anda açıldı. "Yoo. Neden ki?"

Yüzünü buruşturdu. "Bana yalan söyleme. Abby nerede?"

"Üst katta. Parker'la."

"Ah."

"Bu da ne demek şimdi?"

Omzunu silkti. Buraya geleli bir saat bile olmamıştı ve daha şimdiden gözlerine o tanıdık bakış yerleşmişti. "Kıskanıyorsun."

Ağırlığımı diğer bacağıma geçirdim, Shepley dışında birisinin benimle bu kadar açık açık konuşmasından rahatsız olmuştum. "Shep nerede?"

America gözlerini devirdi. "Birinci sınıf öğrencisi görevlerini yerine getiriyor."

"En azından partiden sonra kalıp etrafı temizlemesi gerekmeyecek."

Kupayı ağzına götürüp bir yudum aldı. Öyle az içip de nasıl böyle çakırkeyif olduğunu anlayamıyordum.

"Eee, öyle mi?"

"Ne öyle mi?"

"Kıskanıyor musun?"

Yüzümü buruşturdum. America genellikle bu kadar rahatsız edici olmazdı. "Hayır."

"İki numara."

"Ne?"

"Bu iki numaralı yalanın oldu."

Etrafa bakındım. Shepley kesin kısa zamanda beni kurtaracaktı.

"Dün gece cidden sıçtın batırdın," dedi, bakışları bir anda keskinleşmişti.

"Biliyorum."

Gözlerini kıstı, bana o kadar yoğun bir şekilde bakıyordu ki büzülmek istedim. America Mason ufacık sarışın bir şeydi ama istediğinde feci tehditkâr olabiliyordu. "Basıp gitmen lazım, Trav." Yukarıya baktı, merdivenlerin tepesine. "Abby onu istediğini düşünüyor."

Dişlerim kenetlendi. Bunun zaten farkındaydım ama America'dan duymak durumu daha kötü yapıyordu. Başta onun Abby'yle beraber olmamız fikrine belki de sıcak bakacağını ve bunun da Abby'nin peşinde koşturan katıksız bir hıyar olmadığım anlamına geleceğini düşünmüştüm. "Biliyorum."

Bir kaşını kaldırdı."Bildiğini sanmıyorum."

Yanıt vermedim, onunla göz teması kurmamaya çalışıyordum. Çenemi tuttu ve elini sıkıp yanaklarımı dişlerime bastırdı.

"Sence?"

Konuşmaya çalıştım ama parmakları dudaklarımı eziyorlardı. Geriye sıçrayıp elini kenara ittim. "Büyük ihtimalle yanılıyorum. Doğru şeyi yapmamla nam salmış biri sayılmam."

America birkaç saniye boyunca beni izledi ve ardından gülümsedi.

"Tamam, o zaman."

"Ne?"

Yanağıma bir şaplak atıp parmağıyla beni işaret etti. "Sen. Kuduz İt; Abby'ye yaklaşmasını engellemem gereken kişi tam olarak sensin. Ama ne var biliyor musun? Hepimiz şu ya da bu şekilde arızalıyız. Şu efsanevi sıçışına rağmen onun ihtiyacı olan şey sen olabilirsin. Bir şansın daha var," dedi işaret parmağını burnumun bir santim önünde tutarak. "Tek bir şans. Bunu da batırma... yani... her zamankinden fazla."

America sendeleyerek uzaklaştı ve sonra da holde gözden kayboldu.

O kadar tuhaftı ki.

Parti genelde tüm partilerde olduğu gibi gelişti: dramatik sahneler, bir iki tane kavga, kızların birbirlerine darılmaları, bir ya da iki çiftin tartışmaları sonucu kızın gözyaşları içinde ortamı terk etmesi ve partiden çoktan ayrılmış olması gereken birilerinin yanlış yerlerde sızmaları ve kusmaları.

Gözlerim merdivenlerin tepesine olması gerekenden fazla kere gittiler. Her ne kadar kızlar artık kendilerini eve götürmem için bana yalvarmaya başlamış olsalar da, nöbetime devam ettim ve Abby'yle Parker'ın yiyişmelerini ya da daha kötüsü Parker'ın onu güldürmesini gözümde canlandırmamaya çalıştım.

"Hey, Travis," diye seslendi ince, melodik sesi olan birisi arkamdan. Arkama dönmedim ama kızın dans eder gibi zarif hareketlerle görüş alanıma girmesi uzun sürmedi. Tırabzanın tahtalarına yaslandı. "Sıkılmış gibi duruyorsun. Sana arkadaşlık etsem iyi olur sanırım."

"Sıkılmadım. Gidebilirsin," dedim yeniden merdivenlerin tepesini kontrol ederken. Abby sahanlıkta duruyordu, sırtını merdivenlere vermişti.

Kız kıkırdadı. "O kadar komiksin ki."

Abby hızla yanımdan geçip America'nın durduğu hole doğru gitti. Peşinden gidip sarhoş kızı kendi kendine konuşurken bıraktım.

"Siz gidin," dedi Abby bastırdığı belli olan bir heyecanla. "Parker beni eve bırakmayı teklif etti."

"Ne?" dedi America, yorgun gözleri şenlik ateşi gibi parlamıştı.

"Ne?" dedim, canımın sıkıldığını gizleyememiştim.

America döndü. "Bir sorun mu var?"

Ona öfkeyle baktım. Sorunumun ne olduğunu gayet iyi biliyordu. Abby'yi dirseğinden tutup köşeye çektim.

"Adamı tanımıyorsun bile."

Abby kolunu çekti. "Bu seni ilgilendirmez Travis."

"Tabii ki ilgilendirir. Hiç tanımadığın biriyle eve dönmene izin veremem. Ya sana bir şey yapmaya kalkarsa?"

"İyi olur! Epey hoş çocuk!"

İnanamıyordum. Gerçekten de bu oyuna kanıyordu. *"Parker Hayes mi Güvercin? Hakikaten Parker Hayes mi hoş? Adamın ismi bile bir acayip."*

Kollarını kavuşturup çenesini kaldırdı. "Kes artık Travis, aptallık etme."

Öne doğru eğildim, öfkeden gözlerim kararmıştı. "Sana elini sürerse onu öldürürüm."

"Ondan hoşlanıyorum."

Güvercin'in kandırıldığını varsaymak bir şeydi, kendisinin bunu kabul ettiğini duymaksa başka bir şey. O benim için fazla iyiydi; Parker Hayes içinse iki kat daha fazla iyiydi. Nasıl oluyor da bu embesil onu böyle heyecanlanıyordu? Yüzüm damarlarımda akmakta olan öfkeye tepki verip kasıldı. "Tamam. Bu işin sonunda seni arabanın arka koltuğuna atıp üstüne çıkarsa, gelip seni kurtarmamı bekleme."

Ağzı açıldı, hakarete uğramış hissediyordu ve çok kızmıştı. "Merak etme, *beklemem*," dedi ve omuz atarak yanımdan geçip gitti.

Ne dediğimin farkına vardım ve kolunu tutup içimi çektim, tam olarak ona dönmemiştim. "Öyle demek istemedim, Güvercin. Eğer seni incitirse – sadece kendini rahatsız hissetmene neden olacak bir şey yapsa bile – bana haber ver."

Omuzları düştü. "Öyle demek istemediğini biliyorum ama bu aşırı korumacı ağbi tribinden vazgeçmen lazım."

Bir kahkaha atım. Gerekten de anlamıyordu. "Ağbi tribinde falan değilim Güvercin. Uzaktan yakından alakası yok."

Parker köşeyi dönüp geldi ve ellerini ceplerine soktu. "Hazır mıyız?"

"Evet, hadi gidelim," dedi Abby, Parker'ın koluna girerek.

Arkasından koşup dirseğimi Parker'ın kafasına geçirmeyi hayal ettim ama sonra Abby dönüp ona nasıl baktığımı gördü.

Dur artık, dedi dudaklarını kımıldatıp ve Parker'la yürüdü. O da önden gidip arabanın kapısını Abby için açtı. Abby'nin yüzünde minnet dolu büyük bir gülümseme belirdi.

Tabii o yaptığında hemen fark ediyordu.

On Birinci Bölüm
Duygusuz Kaltak

Eve Shepley'nin Charger'ının arka koltuğunda yalnız dönmek hiç hoş değildi. America topuklularını çıkarıp Shepley'nin yanağını ayak başparmağıyla dürterken kıkırdadı. Shepley ona delicesine âşık olmalıydı çünkü karşılık olarak sadece gülümsemekle yetindi. America'nın bulaşıcı gülümsemesi onu eğlendirmişti.

Telefonum çaldı. Arayan Adam'dı. "Bir saat içinde dövüşe çıkabilecek bir çaylak var. Hellerton'ın bodrumu."

"Eee, anladım... ben... gelemem."

"Ne?"

"Beni duydun. Gelemem dedim."

"Hasta mısın?" diye sordu Adam, sesi yükselmeye başlamıştı.

"Hayır. Güvercin'in eve sağ salim döndüğünden emin olmam lazım."

"Bu dövüşü ayarlamak için çok uğraştım, Maddox."

"Biliyorum, üzgünüm. Eve gitmem lazım."

Shepley arabayı evin önündeki park yerine çektiğinde, Parker'ın Porsche'sinin ortada olmadığını görüp içimi çektim.

"Geliyor musun kuzen?" diye sordu Shepley, arabanın koltuğunda arkasına dönerek.

"Evet," dedim, başımı eğip ellerime baktım. "Evet, geliyorum, herhalde."

Shepley çıkabilmem için koltuğunu öne çekti ve ben de America'nın tam önünde durdum.

"Endişelenmeni gerektirecek hiçbir şey yok, Trav. Güven bana."

Başımı bir defa salladım ve ardından onların peşinden merdivenleri çıktım. Doğrudan Shepley'nin yatak odasına gidip kapıyı kapattılar. Kendimi kanepeye atıp America'nın bitmek bilmez kıkırtısını dinledim ve Parker'ın elini Abby'nin dizine – ya da bacağına koymasını hayal etmemeye çalıştım.

On dakikadan kısa bir süre sonra bir arabanın otoparka girdiğini duydum, ben de kapıya gidip kulpu tuttum. Merdivenlerden yukarı çıkan iki çift ayak duyabiliyordum. Bunlardan biri topuklu giymişti. İnanılmaz bir rahatlama duygusu bütün benliğimi sardı. Abby eve gelmişti.

Kapıdan bir şeyler konuştuklarını duyabiliyor ancak ne olduğunu çıkaramıyordum. Sesler kesilip de kapının kulpu dönmeye başladığında hemen çevirip hızla kapıyı açtım.

Abby eşikten içeri düşünce kolundan tuttum. "Dikkat et, balkabağı."

Ânında Parker'ın yüzündeki ifadeyi görmek için arkasına döndü. Gergin bir ifadeydi, sanki ne düşüneceğini bilemiyormuş gibi ama kendini çabuk toparladı ve benim arkama, dairemize bakıyormuş numarası yaptı.

"Evlerine götürmemi istediğin, aşağılanmış, yalnız başına kalmış bir kız var mı?"

Ona öfkeyle baktım. Epey sağlam sinirleri vardı. "Başlatma kızından."

Parker gülümseyip Abby'ye göz kırptı. "Kızların kendi arabalarını sürebilecek durumda olmalarının işine geldiğini keşfettiğinden beri o kadar sık olmasa da, bu konuda yaptığım yardımları unutturmuyorum."

"Böyle olması işleri kolaylaştırıyordur," dedi Abby, yüzünde Parker'ın söylediğini komik bulduğunu gösteren bir gülümsemeyle bana dönerek.

"Komik değil Güvercin."

"*Güvercin mi?*" diye sordu Parker.

Abby tedirginlikle kıpırdandı. "Aaa... Travis'in bana taktığı lakap, nereden aklına geldiğini bilmiyorum."

"Öğrendiğin zaman bana da anlatman lazım. İyi bir hikâyesi varmış gibi duruyor." Parker gülümsedi. "İyi geceler, Abby."

"Günaydın demek istiyorsun değil mi?" diye sordu Abby.

"Evet, aynen," diye seslendi Parker bende kusma isteği uyandıran bir gülümsemeyle.

Abby kendinden geçmekle meşguldü, o nedenle kendisinin gerçek dünyaya dönmesini sağlamak için bir uyarıda bulunmadan kapıyı çarptım. Zıplayarak geriledi.

"*Ne var?*" diye patladı.

Ayaklarımı vura vura yatak odasına yürüdüm, Abby hemen arkamdaydı. Kapının hemen eşiğinde durdu, tek ayağı üstünde zıplıyor, diğer ayakkabısını çıkarmaya çalışıyordu. "O hoş biri, Trav."

Tek ayağı üstünde denge kurmaya çalışmasını izledim ve nihayet yere düşmeden önce yardım etmeye karar verdim. "Canını yakacaksın," dedim, bir kolumu beline doladım ve diğer elimle de ayakkabısını çıkardım. Gömleğimi çıkarıp bir köşeye attım.

Abby elini sırtına götürüp elbisesinin fermuarını açıp çıkararak beni şaşırttı ve sonra da üstüne bir tişört geçirdi. Bir tür sihirbazlık yaparak sutyeninin kopçasını açtı ve tişörtünün içinden çıkardı. Görünüşe göre her kadın bu manevradan haberdardı.

"Daha önce görmediğin bir şey olmadığından eminim," dedi gözlerini devirerek. Yatağa oturup bacaklarını yatak örtüsüyle çarşafların arasına soktu. Yastığa sırnaşmasını izledim ve sonra kot pantolonumu çıkarıp aynı köşeye attım. Kıvrılıp top gibi olmuş, yatağa gelmemi bekliyordu. Az önce Parker'ın arabasıyla eve gelip de sonra hiçbir anlamı yokmuş gibi önümde soyunmasına gıcık olmuştum ama bu içinde bulunduğumuz yandan yemiş platonik durumun ta kendisiydi ve böyle olması tamamen benim suçumdu.

İçimde o kadar çok şey birikiyordu ki. Hepsiyle nasıl başa çıkabileceğimi bilmiyordum. Bahse girdiğimizde Parker'la çıkacağını düşünmemiştim. Arıza çıkarmak onu doğrudan Parker'ın kollarına göndermeye yarayacaktı. Alttan alta yakınımda olması için her şeyi yapacağımı biliyordum. Kıskançlığımı kontrol altına almak Abby'yle daha fazla zaman geçirmem anlamına gelecekse, ben de tam olarak bunu yapacaktım.

Yatağa tırmanıp yanına yattım ve bir elimi kalçasına koydum.

"Bu akşam bir dövüş kaçırdım. Adam aradı ve ben gitmedim."

"Neden?" diye sordu dönerek.

"Senin eve döndüğünden emin olmak istedim."

Burnunu kırıştırdı. "Bana bakıcılık yapmana gerek yoktu."

Parmağımı boylu boyunca kolunda gezdirdim. O kadar sıcaktı ki. "Biliyorum. Galiba hâlâ geçen gece yüzünden vicdan azabı çekiyorum."

"Sana umursamadığımı söylemiştim."

"Umurunda olmadığı için mi kanepede uyudun? Bu yüzden mi?"

"Senin... *arkadaşların* gittikten sonra uyuyamadım."

"Kanepede gayet güzel uyumuştun. Niye benim yanımda uyuyamadın?"

"Üstüne daha birkaç dakika önce evlerine gönderdiği iki bar kuşunun kokuları sinmiş bir adamın yanında niye uyuyamadın diye mi soruyorsun? Bilmem! Ne kadar bencilce davranmışım!"

İrkildim. Görüntüyü gözümde canlandırmamaya çalıştım. "Üzgün olduğumu söylemiştim."

"Ve ben de umursamadığımı. İyi geceler," deyip arkasını döndü.

Yastığın üstünden uzanıp elimi elinin üstüne koydum ve parmaklarının içlerini okşadım. Eğilip saçlarını öptüm. "Beniml2 bir daha konuşmayacağından ne kadar korkmuş olsam da... galiba umurunda olmamak daha kötü."

"Benden ne istiyorsun, Travis? Yaptıklarından üzülmememi ama aynı zamanda seni umursamamı istiyorsun. America'ya benimle çıkmak istemediğini söylüyorsun ama ben aynı şeyi söylediğimde o kadar sinirleniyorsun ki dışarı fırlayıp kendini kaybedene dek içiyorsun. Ne yaptığını anlayamıyorum."

Söyledikleri beni şaşırtmıştı. "O şeyleri America'ya bu yüzden mi söyledin? Seninle çıkmayacağımı söylediğim için mi?"

Yüzünde şok ve öfke karışımı bir ifade vardı. "Hayır, söylediklerimde ciddiydim. Sadece seni aşağılamak gibi bir niyetim yoktu."

"Öyle konuştum çünkü işleri berbat etmek istemiyordum. Senin hak ettiğin adam olmak için çabalamaya nasıl başlayacağımı bile bilmiyordum. Sadece bir şeyleri kafamda çözmeye çalışıyordum."

Bunları söylemek kendimi hasta gibi hissetmeme neden oldu ama söylenmeleri gerekiyordu.

"Hiçbir şey anlamadım. Biraz uyumam lazım. Bu akşam bir randevum var."

"Parker'la mı?"

"Evet. Artık uyuyabilir miyim?"

"Tabii," deyip yataktan kalktım. Onu ardımda bırakıp giderken, Abby tek bir kelime etmedi. Kanepeye oturup televizyonu açtım. Kızgınlığımı kontrol etme projem buraya kadarmış. Kahretsin, ben ne yapayım; hep hassas noktalarımdan vuruyordu beni. Onunla konuşmak bir kara delikle sohbet etmek gibiydi. Ne söylediğimin önemi yoktu, duygularım hakkında net olduğum birkaç seferde bile. Seçici algısı beni çileden çıkartıyordu. Ona erişemiyordum ve doğrudan konuşmak da sadece öfkelenmesine neden oluyormuş gibi duruyordu.

Yarım saat sonra güneş doğdu. Kızgınlığım tamamen dinmemiş olsa da yavaşça uykuya dalabildim.

Çok geçmeden telefonum çaldı. Deliler gibi etrafta arandım, hâlâ uyukluyordum, sonunda telefonu bulup kulağıma tuttum. "Evet?"

"Selam, işe yaramaz herif!" dedi Trenton, kulağımın dibinde bağırıyor gibiydi.

"Saat kaç?" diye sordum televizyona bakıp. Cumartesi sabahı çizgi filmleri vardı.

"Onu bir şeyler geçiyor işte; babamın kamyoneti için yardımına ihtiyacım var. Sorunun bujilerde olduğunu düşünüyorum. Motoru çalıştıramıyorum bile."

"Trent," dedim esneyerek, "arabalara dair hiçbir halttan anlamam. Zaten bu yüzden motosikletim var."

"O zaman Shepley'ye sor. Bir saat içinde işe gitmem lazım ve babamızı da arabasız bırakmak istemiyorum."

Yeniden esnedim. "Siktir, Trent. Bütün gece hiç uyumadım. Tyler ne yapıyor?"

"Kıçını kaldırıp buraya gel!" diye bağırdı ve telefonu kapattı.

Cep telefonumu koltuğa atıp ayağa kalktım ve televizyondaki saate baktım. Trent zaman konusunda çok yanılmamıştı. Saat onu yirmi geçiyordu.

Shepley'nin kapısı kapalıydı, dolayısıyla kapıya iki defa vurup başımı içeri sokmadan önce bir dakika kadar içeriden bir ses gelecek mi diye dinledim. "Hey. Shep. Shepley!"

"Ne var?" dedi Shepley. Sesi sanki çakıl taşı yutup üstüne asit içmiş gibi çıkıyordu.

"Yardımına ihtiyacım var."

America nefes alıp mırıldandı ama uyanmadı.

"Hangi konuda?" diye sordu Shepley. Oturup yerden bir tişört aldı ve üstüne geçirdi.

"Babamın kamyoneti çalışmıyor. Trent bujilerde bir sorun olabileceğini düşünüyor."

Shepley giyinmeyi bitirdi ve America'nın üstüne eğildi. "Birkaç saatliğine Jim'in evine gidiyorum bebeğim."

"Hmmm?"

Shepley onun alnını öpüp, "Travis'e Jim'in kamyonetindeki sorunu çözmesi için yardım edeceğim. Çok geç kalmam," dedi.

"Tamam," dedi America ve Shepley odadan çıkmadan tekrar uykuya daldı. Shepley oturma odasındaki parmak arası terlikleri ayağına geçirdi ve anahtarlarını aldı.

"Gelmeyi düşünüyor musun?" diye sordu.

Sendeleyerek yatak odama geçtim, sadece dört saatlik uykuyla –hem de bölük pörçük– duran her adam gibi ağır hareket ediyordum. Kolsuz bir tişört ve kot pantolon giydim. Ses çıkarmadan yürümek için elimden geleni yaparak yavaşça kapı kulpunu çevirdim ama odadan çıkmadan önce durdum. Abby'nin arkası dönüktü, düzenli bir şekilde soluk alıp veriyordu ve çıplak bacakları iki yana açılmıştı. Yatağa girip yanında olmak için neredeyse kontrol edilemez bir istek duydum.

"Haydi, gidelim!" diye seslendi Shepley.

Kapıyı kapatıp peşinden Charger'a gittim. Babama gidene kadar sırayla esnedik, sohbet etmek için fazla yorgunduk.

Mıcır kaplı giriş yolu Charger'ın lastikleri altında gıcırdadı, arabadan inmeden önce babamla Trenton'a el salladım.

Babamın kamyoneti evin önüne park edilmişti. Havanın ayaz olduğunu görünce ellerimi kapüşonlu eşofmanımın ceplerine soktum. Çimenlerin üstünden geçerken dökülmüş yapraklar botlarımın altında ezilip çıtırdadılar.

Babam, "Vay vay, kimleri görüyoruz. Hoş geldin Shepley," dedi gülümseyerek.

"Selam, Jim Amca. Arabanın motorunda sorun varmış."

Babam bir elini koca göbeğine koydu. "Öyle olduğunu düşünüyoruz...evet, öyle düşünüyoruz." Başını sallayıp motora baktı.

"Neden böyle düşünüyorsunuz?"diye sordu Shepley kollarını sıvarken.

Trenton yangın yalıtımını işaret etti. "Aaa... erimiş. İlk ipucum buydu."

"İyi yakalamışsın," dedi Shepley. "Trav'la yedek parça dükkânına gidip yeni bir tane alacağız. Yenisini taktıktan sonra hiçbir sorun kalmayacak."

"Teoride," dedim, Shepley'ye bir tornavida verirken.

Distribütör modülünün cıvatalarını söküp modülü çekip çıkardı. Hepimiz erimiş kaplamaya baktık.

Shepley distribütör modülünün olduğu çıplak noktayı işaret etti. "Bu kabloları değiştirmemiz gerekecek. Yanıkları görüyor musunuz?" diye sordu distribütöre dokunarak. "Kabloların yalıtımı da erimiş."

"Teşekkürler Shep. Gidip duşa alacağım. İş için hazırlanmam lazım," dedi Trenton.

Shepley, elindeki tornavidayı kullanarak Trenton'a beceriksizce selam verdi sonra da tornavidayı alet kutusuna attı.

"İkiniz epey uzun bir gece geçirmiş gibi görünüyorsunuz," dedi babam.

Dudağımı büktüm. "Epey uzun."

"Genç hanımın nasıl? America?"

Shepley başını salladı, yüzünde kocaman bir sırıtma belirdi. "İyi, iyi. Hâlâ uyuyor."

Babam şöyle bir gülüp başıyla onayladı. "Peki ya senin genç hanımın?"

Omzumu silktim. "Bu gece Parker Hayes'le çıkacak. O tam olarak benim sayılmaz baba."

Babam göz kırptı. "Şimdilik."

Shepley'nin yüzü düştü. Suratını hepten düşürmemek için mücadele veriyordu.

"Bu surat ne, Shep? Travis'in güvercinini onaylamıyor musun?"

Babamın, ciddiyetine yakışmayan bir şekilde Abby'nin lakabını kullanması Shep'i hazırlıksız yakalamıştı, ağzı kıpırdadı, gülmemek için kendini zor tutuyordu. "Hayır, Abby iyi bir kız. Sadece America'yla kardeş gibiler. Bu da beni tedirgin ediyor."

Babam hemfikir olduğunu gösterecek şekilde başını salladı. "Anlayabiliyorum. Ama bu defa farklı diye düşünüyorum, sen aynı fikirde değil misin?"

Shepley omzunu silkti. "Olay da o zaten. Trav'in kalbini kıracak ilk kızın America'nın en iyi arkadaşı olmasını istemiyorum. Travis, alınma hocam."

Suratımı astım. "Bana hiç güvenmiyorsun değil mi?"

"Ondan değil. Yani, tam olarak öyle değil."

Babam Shepley'nin omzuna dokundu. "Bu Travis'in ilk ilişki denemesi olduğu için batırmasından korkuyorsun; sonuç bu olursa senin ilişkin de darmadağın olacak."

Shepley pis bir bez alıp elini sildi. "İtiraf etmek hoşuma gitmiyor ama evet, aynen. Yine de başarmanı istiyorum, kanka, hakikaten."

Trenton koşarak evden çıkarken tel kapıyı çarptı. Yumruğunu kaldırdığını bile göremeden beni kolumdan yumrukladı.

"Görüşürüz ezikler!" Trenton durup topuklarının üstünde döndü. "Sana demedim baba!"

Babam yarım bir gülümsemeyle başını salladı. "Dediğini düşünmemiştim, oğlum."

Trent gülümsedi ve ardından arabasına atladı; koyu kırmızı ahı gitmiş vahı kalmış bir Dodge Intrepid. Arabası biz lisedeyken bile havalı değildi ama o severdi. Ne de olsa bütün borçları ödenmişti.

Küçük siyah bir yavru köpek havlayıp dikkatimi eve çevirmeme neden oldu.

Babam gülümsedi ve eliyle hafifçe dizine vurarak, "Gel bakalım, ödlek şey seni," dedi.

"Arkadaşın keyfi yerinde mi?"

"Banyoya iki defa işedi."

Üzgün bir ifade takındım. "Özür dilerim."

Shepley güldü. "En azından yeri tutturmuş."

Babam başını salladı ve elini de Shepley'ye hak verdiğini gösterir şekilde oynattı.

"Sadece yarına kadar," dedim.

"Sorun yok oğlum. Bizi eğlendiriyor. Trent de onu seviyor."

"İyi." Gülümsedim.

"Ne diyorduk?" diye sordu babam.

Trent'in koluma vurduğu, ağrıyan yeri ovdum. "Shepley bana kızlar söz konusu olduğunda ne kadar başarısız olduğumu anlatıyordu."

Shepley bir kahkaha attı. "Pek çok özelliğin var, Trav. Başarısız olmak onlardan biri değil. Sadece daha kırk fırın ekmek yemen gerektiğini ve Abby'nin de senin de fevri olmanız yüzünden şansın senden yana olmadığını düşünüyorum."

Bedenim kasıldı ve dikleştim. "Abby fevri değil."

Babam elini sallayıp, "Sakinleş kerata. Abby'ye laf etmiyor," dedi.

"Fevri değil o."

"Tamam," dedi babam küçük bir gülümsemeyle. Ortam gerginleştiğinde biz oğlanları nasıl idare edeceğini hep bilmişti ve genelde işler ciddiye binmeden bizi sakinleştirmeye çalışırdı.

Shepley kirli bezi alet çantasının üstüne attı. "Hadi gidip şu parçayı alalım."

"Ne kadar borcum olduğunu söyleyeceksiniz."

Başımı salladım. "Sorun değil baba. Köpek için ödeşmiş oluruz."

Babam gülümseyip Trenton'ın dağıttığı alet kutusunu toparlamaya başladı. "Tamam, o zaman. Az sonra görüşürüz."

Shepley'yle Charger'a binip yola çıktık. Bir soğuk hava dalgası gelmişti. Ellerimi ısıtmak için kolumun yenini avcuma aldım.

"Bugün hava feci soğuk," dedi Shepley.

"Kış geliyor işte."

"Bence köpek yavrusundan hoşlanacak."

"Öyle umuyorum."

Birkaç blok konuşmadan gittikten sonra Shepley başını salladı.

"Abby'ye hakaret etmek istemedim, biliyorsun değil mi?"

"Biliyorum."

"Onun hakkındaki duygularını biliyorum ve hakikaten de bir ilişkiniz olsun istiyorum. Sadece tedirginim."

"Anladım."

Shepley O'Reilly's'in park alanına girdi ama kontağı kapatmadı. "Bu gece Parker Hayes'le çıkıyor, Travis. Gelip onu aldıktan sonra işler nasıl gelişecek sence? Hiç düşündün mü bunu?"

"Düşünmemeye çalışıyorum."

"Belki de düşünmelisin. Bu işin yürümesini gerçekten istiyorsan, her zamanki tepkilerinden vazgeçmeli ve işine yarayacak tepkiler vermelisin."

"Nasıl mesela?"

"Sence Abby hazırlanırken surat asmandan ve sonra da Parker'a öküzlük etmenden ne kadar memnuniyet olur? Yoksa bir arkadaşın yapacağı gibi ona ne kadar güzel göründüğünü söyleyip yolcu etmenden mi hoşlanır?

"Ben onun sadece arkadaşı olmak istemiyorum."

"Bunu biliyorum, sen de bunu biliyorsun ve tahminen Abby'de biliyor... ve Parker'ın bildiğinden de emin olabilirsin."

"Şu bok herifin ismini tekrar tekrar söylemek zorunda mısın acaba?"

Shepley kontağı kapattı. "Anla artık, Trav. İkimiz de biliyoruz ki, Parker seni deli eden bir şey yaptığını gördüğü sürece bu oyunu oynamaya devam eder. Ona bu memnuniyeti yaşama fırsatını verme ve oyunu ondan iyi oyna. Nasıl

bir göt olduğunu gösterecektir, Abby de kendi kendine on-
dan kurtulacaktır."

Söylediklerini düşünüp ona baktım. "Gerçekten de böy-
le mi düşünüyorsun?"

"Evet, haydi şu parçayı alıp Jim'e götürelim. America biz
eve dönmeden uyanırsa, sabah gitmeden ona ne söylediği-
mi hatırlamayacağı için telefonumu patlatır."

Gülüp Shepley'nin peşinden yedek parçacıya girdim.
"Ama onun bok herif olduğunda hem fikiriz."

Shepley'nin aradığı parçayı bulması uzun sürmedi,
değiştirmesi de pek fazla zaman almadı. Bir saatten biraz
uzun bir süre içinde Shepley distribütör modülünü değişti-
rip kamyoneti çalıştırmış ve babamla yeterli miktarda çene
çalmıştı. Evin önünden geri geri çıkan Charger'ın içinden
babama el sallarken öğleni ancak bir iki dakika geçiyordu.

Shepley'nin tahmin ettiği gibi America biz eve geldiği-
mizde çoktan uyanmıştı. Shepley niye evde olmadığımızı
açıklarken kızgınmış gibi yapmaya çalıştı ama onun eve
dönmesinden çok mutlu olduğu her halinden belliydi.

"O kadar sıkıldım ki. Abby hâlâ uyuyor."

"Hâlâ mı?" diye sordum botlarımı çıkarırken.

America başıyla onaylayıp surat yaptı. "Kız uyumayı se-
viyor. Bir önceki gece deli gibi sarhoş olmadıysa uyanmak
bilmiyor. Onu erken kalkan birine dönüştürmeyi denemi-
yorum artık."

Kapı yavaşça açarken biraz gıcırdadı. Abby karın üstü
yatıyordu, onu bıraktığım pozisyonla neredeyse aynıydı,
sadece yatağın öbür tarafına geçmişti. Saçının bir kısmı
yüzüne yapışmış, kalan kısmı da yumuşak, karamel renkli
dalgalar halinde yastığın üstüne saçılmıştı.

Tişörtü belinde toplanmış, açık mavi iç çamaşırını mey-
dana çıkarmıştı. Normal pamuklu bir külottu. Özellikle

seksi bir tarafı yoktu ama yine de pencereden içeri akan öğleden sonra güneşinde beyaz çarşafların üstüne öylesine serilmiş haliyle tarif edilemez bir güzelliği vardı.

"Güvercin? Bugün yataktan kalkacak mısın?"

Mırıldanıp başını çevirdi. Bir iki adım daha atıp odanın içine ilerledim.

"Güvercin."

"Hıp.. mırrf.. furrf...şşhh."

America haklıydı, öyle kolay uyanacağı yoktu. Kapıyı yavaşça arkamdan kapayıp oturma odasına Shepley'yle America'nın yanına gittim. America'nın yaptığı cipsleri atıştırıyorlar, televizyonda kızlar için yapılmış programlardan birini izliyorlardı.

"Kalktı mı?" diye sordu America.

Başımı sallayıp kanepeye oturdum. "Yok. Ama bir şeyler söylüyordu."

America gülümsedi, ağzındaki düşmesin diye dudaklarını birbirine bastırmıştı. "Öyle yapar o," dedi dolu bir ağızla. "Dün gece yatak odandan çıktığını duydum. Ne oldu ki?"

"Eşeklik yaptım işte."

America'nın kaşları kalktı. "Nasıl yani?"

"Kızgındım. Ona nasıl hissettiğimi anlattım ama bunlar bir kulağından girip öbüründen çıktı."

"Peki, nasıl *hissediyorsun*?" diye sordu.

"Şu anda yorgunum."

Bir cipsi yüzüme doğru uçtu ama yetişemeyip tişörtüme düştü. Ben de alıp ağzıma attım, fasulye, peynir ve ekşi kremayı çiğnedim. Hiç fena değildi.

"Ciddiyim. Ne söyledin?"

Omzumu silktim. "Hatırlamıyorum. Onun hak ettiği kişi olmakla ilgili bir şeyler."

165

"Ayy," dedi America içini çekip. Benden uzağa, Shepley'ye doğru eğildi, yüzünde alaycı bir gülümseme vardı. "Bu epey iyiymiş, senin bile kabul etmen lazım."

Shepley dudağını büktü, America'nın az önceki sözlerine gösterdiği tek tepki buydu.

America suratını asıp, "Çok huysuzsun," dedi.

Shepley ayağa kalktı. "Hayır bebeğim. Sadece kendimi iyi hissetmiyorum." Sehpanın üstünden *Car and Driver* dergisini alıp tuvalete gitti.

America anlayışlı gözlerle Shepley'nin arkasından baktı ve ardından bana döndü, şimdi yüzünde tiksinti belirten bir ifade vardı. "Galiba önümüzdeki birkaç saat boyunca senin tuvaletini kullanmam gerekecek."

"Koku yeteneğini yitirmek istemiyorsan buna mecbursun."

"O kokuyu aldıktan sonra isteyebilirim," dedi titreyerek.

America filmini yeniden başlattı ve beraberce kalanını izledik. Neler olduğunu pek anlayamadım. Bir kadın, ihtiyar inekler ve oda arkadaşının nasıl bir zampara olduğundan bahsediyordu. Filmin sonunda Shepley de aramıza döndü; filmin başkarakteri oda arkadaşına karşı bir şeyler hissettiğine karar vermişti, kendisi artık ihtiyar bir inek değildi ve kendine çekidüzen vermiş olan zampara son derece aptal bir yanlış anlamadan ötürü kızgındı. Başkarakter sokağın sonuna dek adamın peşinden koşup onu öpünce her şey düzelmişti. İzlediğim en kötü film değildi ama yine de bir kız filmiydi... ve dolayısıyla faydasızdı.

Günün ortasıydı, daire iyi güneş alıyordu ve televizyon sesi kısılmış da olsa açıktı. Her şey normal ama boş gözüküyordu. Çaldığımız tabelalar, üzerlerinde birbirinden farklı pozisyonlarda vücutlarını sergileyen kızların olduğu favori bira posterlerimizin yanında duvara asılı duruyorlardı.

America daireyi temizlemişti ve Shepley de koltuğa uzanmış kanalları geziyordu. Normal bir cumartesi günüydü. Ama bir şeyler yolunda değildi. Bir şeyler eksikti.

Abby.

Yan odada uyuyor olmasına rağmen, daire onun sesi, şakacı takılmaları ve hatta tırnaklarını yerken çıkardığı ses olmadan bir değişikti. Beraber geçirdiğimiz kısa zamanda bunların hepsine alışmışım.

Tam ikinci filmin jeneriği başlamışken yatak odasının kapısının açıldığını ve Abby'nin ayaklarını yere sürüyerek yürüdüğünü duydum. Banyo kapısı açılıp kapandı. Parker'la buluşmalarına hazırlanmaya başlayacaktı.

Ânında öfkelenmeye başladım.

Shepley, "Trav," diyerek beni uyardı.

Shepley'nin sabah söylediklerini aklımda tekrarladım. Parker oyuncuydu ve benim daha iyi oynamam gerekiyordu. Adrenalinim azaldı ve arkamdaki yastığına yaslanıp gevşedim. Oyun suratımı takınmamın zamanı gelmişti.

Banyo borularından gelen inleme sesi Abby'nin duş almaya niyetlendiğini gösteriyordu. America ayağa kalktı ve neredeyse dans ederek banyoya gitti. Konuştuklarını duyabiliyor ama ne dediklerini anlayamıyordum.

Sessizce banyoya gidip kulağımı kapıya dayadım.

Shepley yüksek sesle, "Kız arkadaşımın işemesini dinlemen pek de hoşuma gitmiyor doğrusu," diye fısıldadı.

Orta parmağımı dudaklarıma dayadım ve dikkatimi seslerine verdim.

"Ona açıkladım," dedi Abby.

Sifonun çekilme sesi geldi, musluk açıldı ve aniden Abby bir çığlık attı. Bir an bile düşünmeden kapıyı açıp içeri girdim

"Güvercin?"

America güldü. "Sadece sifonu çektim Travis, sakin ol."

"Ha. İyi misin Güvercin?"

"Harikayım. Çık dışarı." Kapıyı kapatıp içimi çektim. Bu aptalcaydı. Gergin geçen birkaç saniyenin ardından kızların ikisinin de az önce kapının ardında olduğumu anlamadıklarını fark ettim, dolayısıyla kulağımı bir kere daha kapıya dayadım.

"Kapılarda kilit olmasını istesem çok mu ileri gitmiş olurum?" diye sordu Abby. "Mare?"

"Siz ikinizin anlaşamaması çok yazık oldu. Dünyada senden başka bir kızın onu…" İçini çekti. "Neyse, boşver. Artık bir önemi kalmadı."

Su sesi kesildi. "Sen de onun kadar kötüsün," dedi Abby, sesi hayal kırıklığıyla boğuklaşmıştı. Bu bir hastalık. Burada herkes deli. Güya ona kızgındın… hatırladın mı?"

"Biliyorum," diye yanıtladı America.

Bunu duyunca oturma odasına gitme zamanının geldiğini anladım ama kalbim saatte bir milyon kilometre hızla çarpıyordu. Nedeni ne olursa olsun America onay veriyorsa, bana yeşil ışık yakılmış demekti; Abby'nin hayatının bir parçası olmayı istemekle tam bir hıyar gibi davranmıyorum demekti.

Koltuğa oturur oturmaz America banyodan çıktı.

"Ne var?" diye sordu, bir şeyler döndüğünü hissederek.

"Bir şey yok bebeğim. Gel otur," dedi Shepley, yanındaki boş yeri pışpışlayarak.

America memnuniyetle denileni yapıp Shepley'nin yanına geçti, sırtını onun göğsüne yaslayarak iyice yerleşti.

Banyodan saç kurutma makinesinin sesi geldi, ben de saate baktım. Abby'nin Parker'la akşam dışarı çıkacağını kabullenmekten kötü olan tek şey Parker'ın Abby'yi dairemde beklemek zorunda kalmasıydı. Abby çantasını alıp çıkarken birkaç dakika boyunca sakin kalmak bir şeydi, koltuğumda otururken gecenin sonunda Abby'nin külotunu indirmeyi planladığını bildiğim o çirkin embesilin götümden hallice yüzünü izlemek başka bir şey.

Abby banyodan çıktığında kaygılarımın küçük bir kısmı dindi. Kırmızı bir elbise giymişti ve dudakları da elbisesiyle kusursuz bir uyum içindeydi. Bukleli saçlarıyla bana 1950'lerin poster güzellerini hatırlattı. Ama Abby daha iyiydi. Çok... çook daha iyi.

Gülümsedim. Zoraki bir gülümseme değildi. "Çok... güzel olmuşsun."

"Teşekkür ederim," dedi, belli ki bu tepkiyi beklemiyordu.

Kapı zili çaldı ve ânında damarlarım adrenalinle doldu. Derin bir nefes aldım. Sükûnetimi korumaya kararlıydım.

Abby kapıyı açtı, Parker'ın konuşabilmesi birkaç saniye sürdü.

"Bugüne kadar gördüğüm en güzel varlık sensin," dedi cilveli bir sesle.

Evet, yumruk atamadan önce kesinlikle kusacaktım. Nasıl da ezikti.

America pişmiş kelle gibi sırıtıyordu. Shepley de gerçekten mutlu gibi görünüyordu. Kafamı kapıya çevirmeyi reddederek gözlerimi televizyondan ayırmadım. Parker'ın yüzündeki o kendini beğenmiş ifadeyi görseydim koltuktan kalkar, bir yumruk çakıp onu uçarak birinci kata gönderirdim.

Kapı kapandı, öne eğildim, dirseklerimi dizlerime dayadım, başımı ellerimin arasına aldım.

"İyi iş çıkardın Trav," dedi Shepley.

"Bir içkiye ihtiyacım var."

On İkinci Bölüm
Bakire

Bir haftadan kısa bir süre sonra, ikinci viski şişemi bitirmiştim. Abby'nin Parker'la gitgide daha fazla zaman geçirmesi ve gidebilmek için borcunu silmemi istemesi arasında ezilmiştim; dudaklarım şişenin ağzına sigaranın filtresine gittiklerinden daha sık gidiyorlardı.

Perşembe günü öğle yemeğinde, Parker yüzünden Abby'nin sürpriz doğum günü partisinin sürpriz bir tarafı kalmamıştı, dolayısıyla partiyi pazar yerine cuma gecesine almak için koşuşturmam gerekmişti. Bu koşuşturmaya beni oyaladığı için minnettardım ama yeterli olmamıştı.

Perşembe gecesi Abby'yle America banyoda gevezelik ediyorlardı. Abby'nin America'ya olan tavrı bana olan davranışlarının tamamen zıttı yönündeydi: O gün borcunu silmeyi reddettiğim için akşam benimle neredeyse hiç konuşmamıştı.

İşleri düzeltmek umuduyla başımı banyo kapısından içeri uzattım. "Akşam yemeğine gitmek ister misin?"

"Siz de gelmek isterseniz, Shep şehir merkezindeki yeni Meksika lokantasına bir uğramak istiyor," dedi America dalgın dalgın saçını tararken.

"Bu gece Güvercin'le baş başa gideriz diye düşünmüştüm."

Abby rujundaki son kusurları da yok etti. "Ben Parker'la buluşacağım."

"Yine mi?" dedim, suratımın asıldığını hissedebiliyordum.

"Yine," dedi neşeli bir sesle.

Zil çalınca Abby banyodan fırlayıp oturma odasını koşarak geçti ve kapıyı açtı.

Peşinden gidip arkasında durdum ve Parker'a elimden gelen en ölümcül bakışı attım.

Parker, "Hiç muhteşem görünmediğin oluyor mu?" diye sordu.

"Buraya ilk geldiğindeki hâline dayanarak evet diyeceğim," dedim ruhsuz bir ses tonuyla.

Abby bir parmağını kaldırıp Parker'a beklemesini işaret etti ve arkasına döndü. Beni pis bir şeyler söyleyerek bozmasını bekliyordum ama gülümsüyordu. Kolunu boynuma sarıp sıktı.

Önce kendimi kastım, bana vurmaya çalıştığını düşünmüştüm ama sarıldığını anlayınca rahatlayıp onu kendime çektim.

Geri çekilip gülümsedi. "Doğum günü partimi organize ettiğin için teşekkür ederim," dedi sesinde samimi bir minnettarlık vardı. "Senden başka bir akşam için yemek sözü alabilir miyim?"

Gözlerinde özlediğim o sıcaklık vardı ama esas bütün öğleden sonra ve akşam benimle konuşmadıktan sonra şimdi kollarımda olması beni şaşırtmıştı.

"Yarın olur mu?"

Bana bir kez daha sarıldı. "Tabii ki." Parker'ın elini tutup kapıyı arkasından kapatırken son kez el salladı.

Arkama dönüp ensemi sıvazladım. "Benim... benim şeye ihtiyacım var..."

"İçki?" diye sordu Shepley, sesinde hafif bir endişe vardı. Mutfağa baktı. "Sadece biramız var."

"O zaman içki dükkânına bir gitmem lazım."

America paltosunu almak için fırlarken, "Ben de seninle gideceğim," dedi.

Shepley, "Charger'la gitsenize, sen kullanırsın," deyip anahtarları America'ya fırlattı.

America elindeki metal yığına baktı. "Emin misin?"

Shepley içini çekti. "Travis arabayla gitmesin şimdi. Neresi olursa olsun... anlarsın ya."

America hevesle başını salladı. "Anladım." Elimi tuttu. "Haydi, gel Trav. Seni içkisiz bırakmayalım." Kapıya doğru onu izlemek için yürümeye başladım ama o aniden durup topuklarının üstünde döndü. "Bir dakika! Bana söz vermen lazım. Bu gece kavga etmek yok. Kederlerini boğmaya evet," dedi, çenemi tutup başımı aşağı yukarı sallamaya zorlayarak. "Zilzurna sarhoş olmaya hayır." Çenemi ileri geri salladı.

Elini itip geri çekildim.

"Söz mü?" Bir kaşını kaldırdı.

"Evet."

Gülümsedi. "O zaman yola çıkıyoruz."

Parmaklarım dudaklarımda, kolum kapıya yaslanmış, pencereden dünyanın kayıp gitmesini izledim. Soğuk hava dalgası beraberinde sert bir rüzgâr da getirmişti, öyle ki ağaçlar ve çalılar arasından ıslık çalarak esiyordu ve binalar arasındaki asılı tellerde duran sokak ışıklarının ileri geri sallanmasına neden oluyordu. Abby'nin elbisesinin eteği epey kısaydı. Yukarı kayacak olursa, Parker'ın gözleri yuvalarında kalsa iyi ederdi. Charger'ın arka koltuğunda yan yana otururken Abby'nin çıplak dizlerinin nasıl göründükleri geldi aklıma ve Parker'ın aynı benim gibi onun yumuşak, ışıltılı tenini fark edeceğini düşündüm ama güzelliğini daha az takdir edip daha fazla şehvet duyacağı kesindi.

Tam içimden bir öfke dalgası yükselmeye başlamıştı ki America el frenini çekti. "Geldik."

Ugly Fixer Liquor yazılı tabelanın yumuşak ışığı girişi aydınlatıyordu.

America üç numaralı koridorda ilerlerken gölgem gibiydi. Aradığımı bulmak sadece birkaç saniyemi aldı. Bunun gibi bir gecede işe yarayacak tek şişe: Jim Beam.

"Doğru yaptığına emin misin?" diye sordu America, sesinde uyarı tınısı vardı. "Yarın ayarlaman gereken bir sürpriz doğum günü partisi var."

"Eminim," dedim şişeyi kasaya götürürken.

Kıçım Charger'ın yolcu koltuğuna değdiği an şişenin kapağını açıp bir yudum aldım ve başımı koltuk başlığına yasladım.

America bir an için beni izledi ve ardından vitesi geri taktı. "Eğlenceli olacak gibi gözüküyor."

Daireye geldiğimizde şişenin boyun kısmındaki viskiyi bitirmiş ve tepesinden de biraz yol almıştım.

Shepley şişeyi gördüğünde, "Yok artık," dedi.

"Var," dedim bir yudum daha alarak. "Biraz ister misin?" diye sordum. Şişenin ağzını ona doğrulttum.

Shepley surat yaptı. "Tanrım, hayır. Gecenin ilerleyen saatlerinde Parker'a 'Jim Beam almış Travis' manevrasını uygulamaya çalıştığında ayık olmam lazım."

"Hayır, öyle bir şey yapmayacak," dedi America. "Söz verdi."

"Verdim," dedim gülümseyerek, kendimi şimdiden daha iyi hissetmeye başlamıştım. "Ona söz verdim."

Bunu takip eden bir saat boyunca America'yla Shepley dikkatimi olup bitenden uzaklaştırmak için ellerinden geleni yaptılar. Bay Beam beni hissizleştirmek için elinden geleni yaptı. İkinci saatin ortasında Shepley'nin sözcükleri daha yavaş gelmeye başlamıştı. America yüzümdeki aptal sırıtmaya bakıp kıkırdadı.

"Gördün mü bak? Mutlu bir sarhoş o."

Dudaklarımdan üflediğim hava puf diye bir ses çıkardı.

"Sarhoş değilim. Henüz değilim."

Shepley tükenmekte olan kehribar renkli sıvıyı işaret etti. "Kalanını da içersen, olacaksın."

Şişeyi kaldırdım, ardından saate baktım. "Üç saat. İyi geçiyor olmalı." Şişeyi Shepley'ye doğru kaldırdım, sonra da dudaklarıma götürüp tamamen havaya diktim. Kalan viski hissiz dudaklarım ve dişlerimin arasından geçti ve yolu üstüne çıkarı her şeyi yakarak mideme gitti.

"Tanrım, Travis," dedi Shepley suratını asarak. "Gidip sızmalısın. Abby eve döndüğünde ayakta olman senin için iyi olmaz."

Bir arabanın motor sesi apartmana yaklaştıkça arttı ve otoparka girince kesildi. O sesi iyi tanıyordum; Parker'ın Porsche'siydi.

Yarım yamalak bir gülümseme dudaklarıma yayıldı. "Neden ki? Burası bütün sihirlerin merkezi."

America tedirginlikle bana baktı. "Trav... söz vermiştin."

Başımla onayladım. "Verdim. Söz verdim. Sadece arabadan çıkmasına yardımcı olacağım." Bacaklarım her zamanki yerindeydi ama onları hissedemiyordum. Koltuğun sırtı, yürüme giriştiğimde denge bulmama epey yardımcı oldu.

Elim kapının kulpundaydı ama America nazikçe eliyle elimi kavradı. "Ben de seninle geliyorum. Sözünü tuttuğundan emin olmak için."

"İyi fikir," dedim. Kapıyı açtım ve ânında yükselen adrenalin içtiğim viskinin yarısının buhar olup uçmasına neden oldu. Porsche bir defa sallandı, camları da buğulanmıştı.

Bacaklarımın içinde bulunduğum durumda nasıl o kadar hızlı hareket ettiklerinden tam emin olamasam da bir anda merdivenleri inmiştim. America gömleğimi tutuyordu. Ufacık olmasına karşın şaşılacak derecede kuvvetliydi.

"Travis," diye fısıldadı yüksek sesle. "Abby fazla ileri gitmez. Önce sakinleşmeye çalış."

"Sadece iyi olduğundan emin olmak istiyorum," dedim, Parker'ın arabasına doğru birkaç adım atarak. Elimin kenarı yolcu penceresine o kadar sert çarptı ki kırılmamasına şaşırdım. Kapıyı açan olmayınca, onlar için ben açtım.

Abby elbisesiyle uğraşıyordu. Saçı darmadağınıktı ve dudaklarında parlatıcıdan eser kalmamıştı; ne yaptıkları çok belliydi.

Parker'ın yüzü gerildi. "Ne halt ettiğini sanıyorsun, Travis?"

Yumruklarımı sıktım ama America'nın elini omzumda hissedebiliyordum.

"Abby gelsene, seninle konuşmamız lazım," dedi America.

Abby gözlerini birkaç defa kırpıştırdı. "Ne hakkında?"

"Gel işte!" diye patladı America.

Abby Parker'a baktı. "Özür dilerim, gitmeliyim."

"Tamam, sorun yok. Sen git."

Porsche'den çıkarken Abby'nin elini tuttum ve sonra da bir tekmeyle kapıyı kapattım. Abby aniden arkasına dönüp arabayla arama geçti ve omzumu itti. "Senin *derdin* ne? Kes artık!"

Porsche ciyaklayarak otoparktan çıktı. Gömleğimin cebinden sigaralarımı çıkarıp bir tane yaktım. "Artık içeri girebilirsin, Mare."

"Haydi, gel Abby."

"*Sen* kalsana iki dakika, *Abs*," dedim. İnsan kendisi söylediğinde bile kulağa son derece saçma gelen bir sözcüktü. Parker'ın ciddiyetini bozmadan düzenli olarak bu sözcüğü sarf etmesi başlı başına bir başarıydı.

Abby başıyla America'ya gitmesini işaret etti ve America tereddütle de olsa Abby'ye uydu.

Bir an için onu izledim ve sigaramdan bir iki nefes aldım.

Abby kollarını kavuşturdu. "Bunu neden yaptın?"

"*Neden mi?* Çünkü seni benim evimin önünde yiyordu da ondan!"

"Senin yanında yaşıyor olabilirim ama bu *benim* işime burnunu sokabileceğin anlamına gelmez."

Sigaramı yere attım. "Bundan çok daha iyisini hak ediyorsun, Güvercin. Seni ucuz bir liseli kaltak gibi arabanın arka koltuğunda becermesine izin vermemelisin."

"Onunla seks yapmayacaktım!"

Elimi az önce Parker'ın arabasının durduğu boş alana doğru salladım. "Ne yapıyordunuz peki?"

"Hiç daha önce birisiyle oynaşmadın mı Travis? O kadar ileriye gitmeden bir şeyler yaptığın olmadı mı?"

Bu bugüne kadar duyduğum en aptalca şeydi. "İnsan niye böyle bir şey yapar ki?" Şişmiş testisler ve hayal kırıklığı. Hakikaten çok eğlenceli geliyordu kulağa.

"Böyle yapan çok kişi var... özellikle de birileriyle çıkan insanlar."

"Camların hepsi buğulanmıştı, araba sallanıyordu... başka ne düşünecektim ki?"

"Belki de beni gizlice gözetlemeyi bırakmalısın!"

Onu gözetlemek mi? Apartmanın otoparkına giren her arabayı duyabildiğimizi biliyordu ve kapımın hemen dışının asla tahammül edemediğim bir adamla yiyişmek için iyi bir yer olduğuna karar vermişti, öyle mi? Sıkıntı içinde yüzümü ovuşturdum, kendimi kaybetmemeye kararlıydım. "Buna dayanamıyorum Güvercin. Delirecekmiş gibi hissediyorum."

"Neye dayanamıyorsun?"

"Onunla yatarsan bunu duymak istemiyorum. Uzun süreliğine hapse girmemem için öğrenmemem lazım, onun... bana söylemesen yeter."

"Travis," dedi kızarak. "Bunu söylediğine *inanamıyorum*! Bu benim için büyük bir adım."

"Bütün kızlar öyle derler!"

"Senin orospularından bahsetmiyoruz burada! *Benden* bahsediyoruz!" deyip ellerini göğsüne yapıştırdı. "Ben daha hiç... *aaah*! Neyse boşver." Benden uzağa yürümeye başladı ama uzanıp kolundan tuttum ve kendime döndürdüm.

"Sen daha hiç ne yapmadın?" O halimle bile cevabı anlamıştım. "Sen *bakire* misin?"

"Ne olmuş?" dedi kızararak.

"Demek America bu yüzden fazla ileriye gitmeyeceğinden o kadar emindi."

"Lisede dört yıl boyunca aynı çocukla çıktım. Baptistti, gençlere vaaz veren bir rahip olmak istiyordu! Lafını bile etmedik!"

"Rahip ha? O kadar çabalayıp bekâretinizi koruduktan sonra ne oldu peki?"

"Evlenip Kansas'ta kalmak istiyordu. Ben istemiyordum."

Abby'nin söylediklerine inanamıyordum. Neredeyse on dokuz yaşındaydı ama hâlâ bakireydi ha? Bu son zamanlarda neredeyse duyulmadık bir şeydi. Liseye başladığımdan beri bir bakireyle karşılaştığımı hatırlamıyordum.

Yüzünü ellerime aldım. "Bir bakire. Red'de nasıl dans ettiğini gördükten sonra hiç tahmin etmezdim."

"Aman ne komik," dedi ayaklarını vurarak merdivenlerden çıkarken.

Peşinden gittim ama basamaklardan çıkarken kayıp kıçımı yere vurdum. Dirseğim beton basamağın kenarına küt diye çarptı ama hiç acı hissetmedim. Yuvarlanıp sırtüstü yattım ve histerik kahkahalar atmaya başladım.

"Ne yapıyorsun? Ayağa kalk!" dedi Abby ve beni ayağa kalkana kadar çekti.

Görüntü bulanıklaştı ve bir anda Chaney'nin dersine geçtik. Abby masasına oturmuş, lise mezuniyet balosunda giyilenlere benzeyen bir elbise giymişti, ben de boxer'ımla duruyordum. Oda boştu ve vakit de ya gün batımı ya da şafaktı.

"Bir yere mi gidiyorsun?" diye sordum, giyinik olmamaktan öyle çok bir rahatsızlık duymuyordum.

Abby gülümseyip yüzüme dokundu. "Hayır. Bir yere gitmiyorum. Seninle kalmak için buradayım."

"Söz mü?" diye sordum dizlerine dokunarak. Bacaklarını tam baldırlarının arasına sığışabileceğim kadar açtım.

"Bütün bunların sonunda seninim."

Tam olarak ne demek istediğinden emin değildim ama Abby üstümdeydi. Dudakları boynumdan aşağıya geziyordu, eksiksiz, mutlak bir coşku içinde gözlerimi kapadım. Uğruna çaba harcadığım her şey gerçek oluyordu. Parmakları göğsümden aşağıya gezindi, boxer'ımın altına geçip aletimin üstüne geldiklerinde yutkundum.

Az önce hissettiğim o muhteşem duygu şimdi hissettiğimin yanında sönük kalıyordu. Parmaklarımı saçlarına doladım, dudaklarımı dudaklarına bastırdım ve zaman kaybetmeden dilimle ağzının içini okşadım.

Topuklularından biri yere düşünce aşağıya baktım.

Abby, "Gitmem lazım," dedi hüzünlü bir sesle.

"Ne? Bir yere gitmeyeceğini söylediğini sanıyordum."

Abby gülümsedi. "Daha fazla çaba göster."

"Ne?"

"Daha fazla çaba göster," diye tekrarladı, yüzüme dokunarak.

"Bekle," dedim, bitmesini istemiyordum.

"Seni seviyorum Güvercin."

Gözlerimi yavaşça kırptım. Gözlerimi odaklayabildiğimde tavandaki pervaneyi tanıdım. Vücudumun her yeri ağrıyordu ve başım da her kalp atışımla zonkluyordu.

Koridorun ilerisinde bir yerden gelen America'nın heyecanlı, tiz sesi kulaklarımı doldurdu. Buna tezat oluşturan Shepley'nin bas sesi, America'yla Abby'nin seslerinin arasına yayıldı.

Gözlerimi kapadım ve derin bir çöküntüye girdim. Sadece bir rüyaydı. Bütün o mutluluk sahteydi. Yüzümü ovuşturup kıçımı yataktan kaldırmak için yeterli motivasyona ulaşmaya çalıştım.

Önceki gece bastığım parti umarım ertesi gün çöp tenekesinin dibindeki kıyma gibi hissetmeme değmiştir, diye düşündüm. Köşeye atılıp buruşmuş kot pantolonumu almak için ayaklarımı sürüyerek odanın öbür tarafına giderken ayaklarım kurşundan yapılmış gibiydiler. Pantolonu giydim ve ardından sendeleyerek mutfağa gittim, tiz sesleri kulağıma bıçak gibi saplanıyorlardı.

Pantolonumu iliklerken, "Deli gibi gürültücüsünüz," dedim.

"Affedersin," dedi Abby, neredeyse bana bakmadan. Dün gece onu utandıracak bir şey yaptığıma hiç şüphe yoktu.

"Dün akşam o kadar içmeme hangi hıyar izin verdi?"

America'nın yüzü tiksintiyle buruştu. "Sen izin verdin.

179

Abby, Parker'la çıktıktan sonra çıkıp beşinci şişeni aldın ve geri dönmeden önce tamamını içtin."

Sırası karışmış, bölük pörçük anılar geldi aklıma. Abby Parker'la gitmişti. Moralim bozulmuştu. America'yla içki dükkânına uğramıştık.

"Ah be," dedim, başımı sallayarak. "Eğlendiniz mi?" diye sordum Abby'ye.

Yanakları kızardı.

Tüh be. Düşündüğümden de kötü olmalıydı.

"Sen ciddi misin?" diye sordu.

"Ne var?" diye sordum ama sözcükler ağzımdan çıktığı anda pişman oldum.

America kıkırdadı, hafıza kaybıma hayran kaldığı belliydi. "Onu Parker'ın arabasından çekip çıkardın. Bizimkiler liseliler gibi oynaşırken sen başka bir şeyler döndüğünü sanıp kafayı yedin. Buharlanmış pencereleri falan görünce kırmızı görmüş boğaya döndün!"

Hafızamı zorlayıp akşama dair ne varsa hatırlamaya çalıştım. Yiyişme deyince aklıma bir şey gelmemişti ama kıskançlık bir şeyleri çağrıştırıyordu. Abby öfkeden patlayacakmış gibi görünüyordu, hiddet dolu bakışlarından kaçındım.

"Ne kadar kızgınsın?" diye sordum, tiz sesli bir patlamanın zaten zonklayan kafamı tamamen dağıtmasını bekliyordum.

Abby ayaklarını yere vura vura yatak odasına gitti, ben de peşinden gittim ve kapıyı yavaşça kapattım.

Abby bana döndü. İfadesi daha önce gördüklerime benzemiyordu. Ne anlama geldiğinden emin değildim. "Dün gece bana söylediğin herhangi bir şeyi hatırlıyor musun?" diye sordu.

"Hayır. Niye? Sana kötü mü davrandım?"

"Hayır, bana kötü davranmadın! Sen... ben..." Elleriyle gözlerini kapattı.

Elini yukarı kaldırdığında parıldayan bir mücevher bileğinden kolunun üst kısmına düştü. "Bu nereden geldi?" diye sordum, parmaklarımı bileğine dolarken.

"Benim," dedi bileğini çekerek.

"Daha önce hiç görmedim. Yeni gibi duruyor."

"Yeni zaten."

"Nereden buldun?"

"On beş dakika önce Parker verdi," dedi.

İçim öfke ile doldu. Bir şeyleri yumruklamadan kendimi iyi hissedemeyeceğim türden bir öfke. "O ukala dümbeleği *burada* ne halt ediyordu? Geceyi burada mı geçirdi?"

Kollarını kavuşturdu, istifini bozmadan devam etti. "Bu sabah doğum günü hediyemi almak için alışveriş yapmaya gitmiş ve sonra da buraya getirmiş."

"Daha doğum günün değil ki." Öfkem taşmaya başlamıştı ama benden hiç korkmaması kendimi kontrol etmeme yardımcı oldu.

"Bekleyememiş," dedi çenesini kaldırarak.

"Kıçını o arabadan çekip çıkarmama şaşmamak lazım, görünen o ki..." Lafımın sonunu getirmedim, gerisi ağzımdan çıkmasın diye dudaklarımı birbirlerine bastırdım. Geri alamayacağım sözcükleri kusmanın sırası değildi.

"Ne ki? Görünen *ne* ki?"

Dişlerimi gıcırdattım. "Hiç. Sadece canım sıkkın ve aslında düşünmediğim boktan bir şey söyleyecektim."

"Bu seni daha önce durdurmamıştı."

"Biliyorum. Üstünde çalışıyorum," deyip kapıya yürüdüm. "Sen giyinmene bak."

Kapının kulpuna uzandığımda dirseğime bir ağrı saplanıp koluma yayıldı. Dokunduğumda hassastı. Kaldırdığımda da şüphe ettiğim gibi morarmış olduğunu gördüm. Zihnim buna neyin yol açmış olabileceğini bulmak için son hızla çalışmaya başladı ve Abby'nin bana bakire olduğunu söylediğini hatırladım ve sonra düştüğümü ve güldüğümü ve sonra da Abby'nin soyunmama yardımcı olduğunu... ve sonra da ben... Ah, Tanrım.

"Dün gece merdivenlerden düştüm. Ve sonra sen yatağa gitmeme yardım ettin... Biz," dedim ona doğru bir adım atarak. Abby dolabın önünde yarı çıplak dururken üstüne düşüşüm bir anda gözlerimin önüne geldi.

Sarhoş kafayla az kalsın onun becerecekmişim, bekâretini bozacakmışım. Dün gece neler yaşanmış olabileceğini düşününce utandım... Hayatımda ilk defa.

"Hayır, yapmadık. Hiçbir şey olmadı," dedi, neler hissettiğimi biliyormuş gibi başını sallayarak.

Büzüldüm. "Parker'ın pencerelerini buğulandırıyorsun. Seni arabadan çekiyorum ve sonra da..." Başımı sallayıp o görüntüleri aklımdan silmeye çalıştım. Neyse ki sarhoş halimle bile durmuştum. Ama peki ya durmasaydım? Abby kiminle olursa olsun ilk sevişmesini böyle yaşamayı hak etmiyordu, hele benimle olması düpedüz ceza gibiydi. Vay be. Bir an için gerçekten de değiştiğimi düşünmüştüm. Dingil kafalı özüme dönmem için bir şişe viski ve *bakire* sözcüğünün sarf edilmesi yeterli olmuştu.

Kapıya dönüp kulpu tuttum. "Beni kahrolası bir psikopata dönüştürüyorsun Güvercin," diye homurdandım omzumun üstünden. "Senin yanındayken düzgün düşünemiyorum."

"Yani olanlar benim hatam, öyle mi?"

Döndüm. Bakışlarım yüzünden bornozuna, bacaklarına ve ardından ayaklarına kayıp gözlerine geri döndü. "Bilmiyorum. Hatırladıklarım net değil... ama hayır dediğini ¹ ·tırlamıyorum."

Bir adım ilerledi. Önce saldıracakmış gibi göründü ama sonra gözleri yumuşadı ve omuzları düştü. "Ne dememi istiyorsun Travis?"

Önce bileziğe ardından da ona baktım. "Hatırlamayacağımı mı umuyordun?"

"Hayır! Unuttuğun için sana kızgındım!"

Söylediklerinden bir bok anlayamıyordum. "Neden?"

"Çünkü eğer yapmış olsaydım... yapmış olsaydık... ve sen yapmadın... neden bilmiyorum! Sadece kızgındım işte!"

İtiraf etmek üzereydi. İtiraf etmek zorundaydı. Abby kızgındı çünkü bekaretini bana vermek istemişti ve ben de neler olduğunu hatırlamıyordum. İşte buydu. Bu benim ânımdı. Nihayet bu işe bir çekidüzen verecektik ama zaman ellerimizden kayıp gidiyordu. Parti için yaptığımız plan gereği Shepley her an içeri gelebilir ve Abby'ye America'yla gidip bazı işleri halletmesini söyleyebilirdi.

Ona doğru koşup birkaç santim ötesinde durdum. Ellerim yanaklarına dokundu. "Biz ne yapıyoruz Güvercin?"

Gözleri kemerimden başlayıp yavaşça yüzüme çıktı. "Sen söyle."

Yüzü ifadesizdi, sanki bana karşı duyguları olduğunu itiraf etmek bütün sisteminin çökmesine neden olacaktı.

Kapıya vurulunca öfkem kabardı ama dikkatimi dağıtmadım.

"Abby?" dedi Shepley. "Mare'in yapacak birkaç işi vardı, gitmen gerekirse diye sana haber vermemi istedi."

"Güvercin?" dedim gözlerine bakarak.

"Evet," diye seslendi Shepley'ye. "Halletmem gereken bazı işler var."

"Tamamdır, America bekliyor, sen hazır olunca çıkarsınız," dedi Shepley, ayak sesleri gitgide zayıflayarak duyulmaz oldu.

"Güvercin?" dedim, konunun dağılmaması için çaresizlikle.

Birkaç adım geri gitti, dolaptan birkaç şey çekip çıkardı ve yanımdan geçti. "Bunu daha sonra konuşabilir miyiz? Bugün yapacak çok işim var."

"Tabii," dedim, hüzünlü bir sesle.

On Üçüncü Bölüm
Porselen

Abby banyoda uzun süre kalmadı. Aslında daireden bir an önce çıkmak için can atıyor gibiydi. Bunun beni rahatsız etmesine izin vermemeye çalıştım. Abby genelde ciddi bir şey olduğunda arızaya bağlardı. Ön kapı kapandı ve America'nın arabası park yerinden çıktı. Bir kez daha daire aynı anda hem tıka basa dolu hem de bomboş geliyordu. O olmadan burada bulunmaktan nefret ediyordum ve o gelmeden önce nasıl idare ettiğimi merak ettim.

Birkaç gün önce eczaneden aldığım küçük bir plastik poşete yöneldim. Telefonumdan Abby'yle ikimizin birkaç resmini yüklemiş ve çıktısını sipariş etmiştim.

Beyaz duvarlara nihayet biraz renk geldi. Son resim de tam yerine oturmuştu ki Shepley kapıyı çaldı.

"Hey adamım."

"Evet?"

"Yapacak işlerimiz var."

"Biliyorum."

Charger'a atlayıp Brazil'in dairesine gittik, yol boyu çoğunlukla sessizdik. Geldiğimizde Brazil elinde en az iki düzine balonla kapıyı açtı. Uzun gümüş ipler rüzgârda yüzüne yapıştılar, o da eliyle ipleri çekti ve dudağına gelenleri tükürerek uzaklaştırdı.

185

"Ben de partiyi iptal edip etmediğinizi merak etmeye başlamıştım artık. Gruver pasta ve içki getiriyor."

Yanından geçip ön odaya gittik. Duvarlar benimkilerden çok da farklı durmuyorlardı ama onlar ya daireyi "eşyalı" kiralamışlardı ya da koltukları Kurtuluş Ordusu'ndan* gelmişti.

Brazil devam etti. "Birkaç tane çaylaktan yiyecek ve Mickey'nin şu süper hoparlörlerini getirmelerini istedim. Sigma Cappa kızlarının birinde ödünç alabileceğimiz ışıklar varmış. Endişelenmeyin, onları davet etmedim. Gelecek hafta sonu yapacağımız bir parti için olduğunu söyledim. Bir eksiğimiz kalmamıştır herhalde."

"İyi," dedi Shepley. "America gelip de bir grup cemiyet kızıyla beraber oturduğumuzu görseydi düşüp bayılırdı."

Brazil gülümsedi. "Buraya gelen tek kızlar Abby'nin sınıftan ve takımdan birkaç arkadaşı olacak. Abby'nin hoşuna gideceğini düşünüyorum."

Gülümsedim, Brazil'in balonları tavana dizmesini, iplerini aşağı sarkıtmasını izledim. "Ben de öyle düşünüyorum. Shep?"

"Evet?"

"Son ana kadar Parker'a haber verme. Bu şekilde onu davet etmiş olacağız ama kendini ayarlayabilse bile en azından bütün parti boyunca burada olmayacak."

"Tamamdır."

Brazil bir nefes aldı. "Mobilyaları taşımama yardım eder misin, Trav?"

"Tabii," deyip peşinden bitişikteki odaya gittim. Yemek odasıyla mutfak birleşikti ve duvarlara sandalyeler dizilmişti. Tezgâhta bir sıra temiz şat kadehi ve açılmamış bir şişe Patrón vardı.

---

* Salvation Army: Özellikle evsizlere maddi destek sağlayan Hıristiyan yardım kuruluşu. -çn

Shepley durdu, şişeye baktı. "Bu Abby için değil sanırım?"

Brazil, koyu renk zeytuni teniyle tezat oluşturan beyaz dişlerini göstererek güldü. "Aaa.... evet. Bu bir gelenek. Eğer futbol takımı bir parti veriyorsa, o da oyuncu muamelesi görecek."

"Ona bu kadar şat içiremezsin," dedi Shepley. "Travis, bir şey söyle."

Brazil elini kaldırdı. "Onu hiçbir şeye zorlamıyorum. İçtiği her şat için yirmi dolar alacak. Ona hediyemiz bu." Shepley'nin suratının ne kadar asık olduğunu görünce gülümsemesi kayboldu.

"Hediyeniz alkol zehirlemesi mi?"

Başımı bir kere salladım. "Doğum gününde yirmi dolara şat içmek isteyip istemediğini göreceğiz, Shep. Bunun bir zararı yok."

Yemek masasını kenara çektik ve sonra da çaylakların yiyecek ve hoparlörleri getirmelerine yardım ettik. Çocukların kız arkadaşlarından biri dairenin her yanına çam kokusu sıkmaya başladı.

"Nikki! Kes şu saçmalığı!"

Nikki, ellerini kalçalarına koydu. "Siz erkekler bu kadar kötü kokmasaydınız, bunu yapmama gerek kalmazdı. On terli adam bir aradaysa o dairede kokudan durulmaz! Kız buraya geldiğinde etrafın soyunma odası gibi kokmasını istemiyorsunuz, değil mi?"

"Haklı," dedim. "Konu açılmışken dönüp duş almam lazım. Yarım saate görüşürüz."

Shepley elinin tersiyle alnını silip başını salladı ve cep telefonunu bir cebinden, anahtarlarını da diğer cebinden çıkardı.

America'ya çabucak bir mesaj yolladı. Saniyeler içinde

telefonu öttü. Gülümsedi. "İşte budur! Tam plana uygun hareket ediyorlar."

"Bu iyiye işaret."

Koştura koştura dairemize gittik. On beş dakika içinde duş almış, tıraş olmuş ve giyinmiştim. Shepley'nin işi de çok daha uzun sürmedi ama ben saatime bakıp duruyordum.

"Sakin ol," dedi Shepley, yeşil ekoseli gömleğini iliklerken. "Hâlâ alışveriş yapıyorlar."

Kapının önünden gürültülü bir motor sesi geldi, bir arabanın kapısı kapatıldı ve sonra da kapımızın dışındaki demir merdivenden çıkan birinin ayak sesleri geldi.

Kapıyı açıp gülümsedim. "İyi zamanlama."

Trenton gülümsedi, elinde yan taraflarına delikler açılmış, kapaklı orta boy bir kutu vardı. "Mamasını yedi, suyunu içti, tuvalet ziyaretini de yaptı. Bir süre hiçbir şeye ihtiyacı olmayacak."

"Harikasın Trent, teşekkürler." Arkasına baktığımda, babamın kamyonetin direksiyonunda oturduğunu gördüm. Bana el salladı, ben de ona el salladım.

Trenton kapağı açıp sırıttı. "Uslu ol küçük adam. Bir daha görüşeceğimizden eminim."

Kapağı yerine oturtup kutuyu içeri taşırken yavrunun salladığı kuyruğu yüksek bir ses çıkartarak kutuya çarpıyordu.

"Ah be adamım. Neden benim odam?" diye sızlandı Shepley.

"Güvercin ben daha hazır olmadan odama dalarsa diye." Cebimi çıkartıp Abby'nin numarasını çevirdim. Bir defa çaldı, sonra bir daha.

"Alo?"

"Yemek zamanı geldi! Siz ikiniz nereye kayboldunuz böyle?"

"Biraz kendimizi şımarttık. Sen ve Shep biz yanınıza gelmeden önce de nasıl yemek yenileceğini biliyordunuz. İdare edeceğinizden eminim."

"Deme ya. Biz sizi merak ettik aslında."

"Gayet iyiyiz," dedi gülümsemesi sesine yansımıştı. America Abby'nin yakınında bir yerden konuştu. "Ona hemen döneceğimizi söyle. Brazil'e uğrayıp Shep için birkaç ders notu almam lazım, ondan sonra seni eve bırakacağım."

"Duydun mu?" diye sordu Abby.

"Evet. Tamam, o zaman. Görüşürüz Güvercin."

Telefonu kapatıp hızla Shep'in peşinden evden çıkıp Charger'a yöneldim. Neden olduğunu bilmiyordum ama gergindim.

"Ukala dümbeleğini aradın mı?"

Shepley başıyla onayladı ve vites değiştirdi. "Sen duştayken."

"Geliyor mu?"

"Geç gelecek. Son dakikada haber vermemize gıcık oldu ama kendisine ağzını kapalı tutmayı beceremediği için böyle yapmak zorunda olduğumuzu hatırlatınca bir şey diyemedi."

Gülümsedim, Parker hep benim sinirime dokunacak şeyler yapmıştı. Onu davet etmemek Abby'yi mutsuz ederdi, dolayısıyla aklıma yatmasa da Shepley'nin ona haber vermesine izin vermek zorundaydım.

"Sarhoş olup onu yumruklama," dedi Shepley.

"Söz veremem. Şuraya park etsene, arabayı görmesin," dedim yan taraftaki park yerini işaret ederek.

Köşeyi koşarak döndük, kapıyı çaldım. Sessizdi.

"Biziz! Kapıyı açın."

Kapı açıldı, Chris Jenks yüzünde aptal bir sırıtmayla antrede duruyordu. Öne arkaya sallanıyordu, sarhoş olmuştu bile. Parker'dan da az sevdiğim tek insandı. Kimse kanıtlayamazdı ama Jenks'in bir cemiyet partisinde kızlardan birinin içkisine bir şeyler attığı söyleniyordu. Çoğunluk, seks yapabilmesinin tek yolu bu olduğu için söylenenlere inanıyordu. Tanıklık yapacak kimse çıkmamıştı, haliyle gözümü üstünden hiç ayırmamam gerekiyordu.

Shepley'ye bir bakış attım, o da ellerini havaya kaldırdı. Belli ki o da Jenks'in burada olacağından haberdar değildi.

Tavandan sarkan gümüş rengi ipler yüzümüze değiyordu, karanlıkta bekledik; saatime baktım. Abby'yi beklemek için herkes oturma odasına doluştuğundan birbirimize o kadar yakın duruyorduk ki, bir kişi kımıldayacak olsa hepimiz yer değiştiriyorduk.

Kapıya vurulunca hepimiz donakaldık. America'nın içeri girmesini bekliyordum ama hiçbir şey olmadı. Bir grup fısıldaşırken diğer bir grup da onları susturmaya çalışıyordu.

Kapıya bir daha vurulduğunda Brazil harekete geçti ve hızla gidip kapıyı sonuna kadar açtı. Abby'yle America kapının önündeydiler.

"İYİ Kİ DOĞDUUUN!"diye bağırdık hep bir ağızdan.

Abby'nin gözleri kocaman oldu ve gülümseyip çabucak elleriyle ağzını kapadı. America onu içeri itekledi ve herkes çevresinde toplandı.

Ben Abby'ye doğru ilerlerken kalabalık iki yana çekilip yol açtı. İnanılmaz görünüyordu, gri bir elbise ve sarı topuklu ayakkabılar giymişti. Yüzünü ellerime aldım ve dudaklarımı alnına bastırdım.

"İyi ki doğdun Güvercin."

"Daha yarına kadar doğmuş sayılmam," dedi etrafımızdaki herkese gülümseyerek.

"Ne yapacağımızı öğrendiğin için sana sürpriz diye son dakikada birkaç değişiklik yapmamız gerekti. Şaşırdın mı?"

"Kesinlikle!"

Finch yanımıza koşup Abby'nin doğum gününü kutlarken, America da onu dirseğiyle dürttü. "İyi ki işlerimi halletmeye giderken seni yanıma almışım yoksa kendi partine geldiğinde sıçan gibi gözüküyor olacaktın!"

"Harika görünüyorsun," dedim, göstere göstere onu süzerek. *Harika* kullanabileceğim en şairane kelime değildi ama abartmak istemedim.

Brazil gelip koca kollarıyla ona sarıldı. "Umarım America'nın *Brazil Korkutucu* hikâyesinin seni buraya çekmek için yapılmış bir numara olduğunun farkındasındır."

America gülüp, "İşe yaradı, değil mi?" dedi.

Abby başını salladı, kocaman açılmış gözleriyle ve sırıtmasıyla şaşkınlığı üzerinden atamadığı belliydi. America'nın kulağına eğilip bir şeyler fısıldadı, America da fısıldayarak cevap verdi. Ne konuştuklarını ona daha sonra soracaktım.

Brazil müziğin sesini açınca herkes çığlık attı. "Buraya gel Abby!" dedi mutfağa yürürken. Bardan bir şişe tekila alıp tezgâhın üstüne dizilmiş olan şat bardaklarının arkasına geçti. "Futbol takımı sana iyi ki doğdun diyor bebek," deyip gülümserken şat bardaklarına Patrón doldurdu. "Bizde doğum günleri böyle kutlanır: On dokuz yaşına mı girdin? İşte on dokuz şat bardağı seni bekliyor. Onları içebilirsin ya da başkalarına verebilirsin ama ne kadar içersen, bunlardan o kadarı senin olur," deyip bir avuç dolusu yirmi dolarlık banknotu Abby'nin yüzüne tuttu.

"Aman Tanrım," diye ciyakladı Abby. O kadar yeşili bir arada görünce gözleri parlamıştı.

"Dik kafana Güvercin!" dedim.

Abby Brazil'e şüpheyle baktı. "İçtiğim her şat için yirmi dolar mı alacağım?"

"Aynen öyle tüy sıklet. Cüssene bakacak olursak gecenin sonunda altmış papelden olacakmışız gibi gözüküyor."

"Tekrar düşün Brazil," dedi Abby. İlk şat bardağını eline aldı, dudaklarına değdirip yavaşça ağzının ortasına getirdi, bir anda başını arkaya atıp kadehi boşalttı ve dudakların-dan ayırmadan ağzının öbür tarafına yuvarlayıp diğer eline bıraktı.

"Hadi ordan be!" diye bağırdım, aniden tahrik olmuş-tum.

"Bu gerçekten de israf, Brazil," dedi Abby, ağzının ke-narlarını silerken. "Şat yaparken Cuervo kullanırsın, Patrón değil."

Brazil'in yüzündeki ukala gülümseme kayboldu ve ba-şını sallayıp omuz silkti. "Tamam o zaman, on iki futbol oyuncusunun cüzdanı bende ve az önce on şatı bitiremezsin diye fısıldadılar."

Abby gözlerini kıstı, "On beş tane içmeme iki misli ya da hiç."

Gülümsememe engel olamadım ve aynı zamanda kara kara Abby kahrolası bir Vegas yosması gibi davranmaya devam ederse, kendime nasıl hâkim olacağımı düşündüm. İnanılmaz seksiydi.

Shepley "Oha!" diye bağırdı. "Doğum gününde kendini hastanelik etmene izin yok Abby!"

America Brazil'e bakıp, "Yapabilir," dedi.

Brazil emin değildi. "Bir şata kırk papel mi diyorsun?"

"Korktun mu?" diye sordu Abby.

"Hadi ordan, ne korkması! Sana şat başına yirmi verece-ğim ve on beşe gelirsen de alacağın toplam parayı iki katına çıkartacağım."

Abby, "Kansas'ta doğum günlerini böyle kutlarız," de-yip bir şat daha dikti.

Müziğin sesi yüksekti ve ben de Abby'yle kabul ettiği her şarkıda dans etme fırsatını kaçırmadım. Bütün daire bir ellerinde bira, diğer ellerinde şat kadehiyle gülen öğrencilerle doluydu. Abby, arada bir şat atmaya gidiyor sonra da benimle oturma odasındaki uyduruk dans pistimize dönüyordu.

Doğum günü tanrıları çabalarımdan memnun oldular sanırım çünkü tam Abby çakırkeyif olmaya başlamıştı ki, bir dans parçası başladı. Favorilerimden biri. Dudaklarımı kulaklarına yaklaştırıp ona şarkıyı söyledim, hissettiklerimi dile getirdiğini anlamasını istediğim önemli kısımlarda geriye eğiliyordum. Büyük ihtimalle ne yaptığımı fark etmedi ve niye yaptığımı anlamadı ama bu beni denemekten alıkoymadı.

Onu arkaya eğdim, kollarını geriye doğru bıraktı, parmakları neredeyse yere dokunuyorlardı. Yüksek sesle bir kahkaha attı ve doğrulduğumuzda yeniden öne arkaya sallandık. Kollarını boynuma doladı ve dudaklarını tenime dayayıp iç çekti. Kokusu o kadar güzeldi ki insan inanamıyordu.

"İçtiğim şatların sayısı çift haneli olduğunda bunu yapamazsın," diye kıkırdadı.

"Bu akşam ne kadar inanılmaz gözüktüğünü söylemiş miydim?"

Başını sallayıp bana sarıldı ve omzuma yaslandı. Onu kendime çekerek sardım ve yüzümü boynuna yasladım. Biz böyleyken, sessiz, mutlu ve arkadaştan fazlası olmamamız gerektiği gerçeğini umursamadığımızda, olmak istediğim tek yer onun yanı oluyordu.

Kapı açıldı ve Abby'nin kolları üzerimden çekildi. "Parker!" diye ciyaklayıp ona sarılmaya gitti.

Parker onu dudaklarından öpünce, kendimi bir kral gibi

değil de cinayet işlemenin eşiğindeki bir adam gibi hissetmeye başladım.

Parker Abby'nin bileğini kaldırıp gülümsedi, ona o aptal bilezik hakkında bir şeyler söylediğini görebiliyordum.

"Hey," dedi America bağıra bağıra kulağımın dibinde. Sesi normalden yüksek olsa da benden başka kimse duyamıyordu.

"Hey," diye yanıt verdim, gözlerimi Parker ve Abby'den ayırmadan.

"Sakin ol. Shepley, Parker'ın sadece kısa süreliğine uğradığını söyledi. Yarın sabah yapacak bir işi varmış, uzun kalamayacakmış."

"Cidden mi?"

"Aynen. Onun için kendine hâkim ol. Derin bir nefes al. Sen ne olduğunu anlamadan gitmiş olacak."

Abby Parker'ı tezgâha götürüp bir şat daha aldı, dikti sonra da önceki beş şata yaptığı gibi kadehi ters çevirip bütün gücüyle tezgâha indirdi. Brazil ona bir yirmilik daha verdi, o da dans ede ede oturma odasına geldi.

Tereddüt etmeden onu tuttum ve America ve Shepley'yle dans ettik.

Shepley Abby'nin kalçasına bir şaplak attı. "Bir!"

America ikinci şaplağı attı ve ardından partideki herkes sırasını saldı.

Sıra on dokuz numaraya geldiğinde ellerimi ovuşturup ona epey sağlam bir darbe vuracağım izlenimi yarattım. "Sıra bende!"

Kalçasını sıvazladı. "Nazik ol! Kıçım acıyor!"

Onu tedirgin etmenin çekiciliğine karşı koyamayıp elimi omzumun epey üstüne kaldırdım. Abby gözlerini kapadı ve bir saniye sonra azıcık açtığı göz kapaklarının arasından baktı. Elimi tam poposunun yanında durdurup nazikçe bir dokundum.

"On dokuz!" diye bağırdım.

Misafirler tezahürat yaptılar, America "Mutlu Yıllar Sana"nın sarhoş yorumunu söylemeye başladı. Sıra ismini söylemeye gelince, odadaki herkes hep bir ağızdan "Güvercin" diye bağırdı. Bundan biraz gurur duydum sayılır.

Başka bir dans şarkısı çalmaya başladı ama bu defa Parker onu odanın ortasına çekti. İki tane sol ayağı olan bir robot gibi duruyordu, kaskatı ve sakar.

İzlememeyi denedim ama daha şarkı bitmeden hole sıvıştıklarını gördüm. America'yla göz göze geldik. Gülümsedi, gözünü kırpıp başını sallayarak sessizce bana aptalca bir şey yapmamamı söyledi.

Haklıydı. Abby onunla beş dakikadan fazla zaman geçirmeden sokak kapısına gittiler.

Abby'nin yüzündeki rahatsız, utanmış ifade Parker'ın o beş dakikayı unutulmaz anlarla doldurmaya çalıştığını gösteriyordu.

Parker yanağını öptükten sonra Abby kapıyı kapattı.

"Babacık gitti!" diye bağırdım ve Abby'yi oturma odasının ortasına çektim. "Partiye başlamanın zamanı geldi!"

Oda tezahüratlarla doldu.

Abby, "Bir dakika... bir programım var," deyip mutfağa gitti. Bir şat daha içti.

Geriye kaç şatın kaldığına baktım ve sondan bir tane alıp içtim. Abby bir şat daha alınca ben de aynısını yaptım.

Brazil, "Yedi tane kaldı," deyip ona para verdi.

Sonraki bir saat boyunca dans ettik, güldük ve önemli tek bir konudan bile bahsetmedik. Abby'nin dudakları sürekli gülümseme halindeydiler ve ben de bütün gece kendimi ona bakmaktan alıkoyamadım.

Arada bir onu bana bakarken yakalıyormuşum gibi geliyordu ve bu bana daireye döndüğümüzde neler olacağını merak ettiriyordu.

Abby sonraki birkaç şatı içmek için acele etmedi ama onuncu şata geldiğinde kötü durumdaydı. America'yla koltuğun üstüne çıkmış zıplayıp kıkırdayarak dans ediyorlardı ve sonra dengesini kaybetti.

Düşmeden onu tuttum.

"Kendini kanıtladın," dedim. "Bugüne kadar gördüğüm her kızdan daha fazla içtin. Sana daha fazla içki yok."

"Canın cehenneme," dedi ağzı dolanarak. "O şat bardağının dibinde beni bekleyen altı yüz dolar var ve para için aşırı bir şey yapamayacağımı söyleyecek son insan sensin."

"Güvercin, paraya bu kadar çok ihtiyacın varsa..."

"Senin paranı istemiyorum," dedi küçümseyen bir tonla.

"Şu bileziği rehinciye vermeni önerecektim." Gülümsedim.

Tam America gece yarısına doğru geri sayıma başladığı anda koluma bir yumruk yedim. Saatin kollarının on ikide üst üste gelmesini hepimiz bağırıp çığlık atarak kutladık.

Hayatımda hiçbir kızı öpmeyi bu kadar çok istememiştim.

America'yla Shepley benden önce davranıp onu yanaklarından öptüler. Ben de onu yerden kaldırıp havada döndürdüm.

"İyi ki doğdun Güvercin," dedim, dudaklarımı dudaklarına bastırmamak için çok zorlanıyordum.

Partiye gelen herkes Parker'la hole gitmiş olduğunu biliyordu. Onu herkesin önünde zor durumda bırakırsam, epey boktan bir hareket yapmış olacaktım.

Büyük gri gözleriyle bana baktığında o bakışlarının içinde eriyip gittim.

"Şatlar!" dedi, sendeleyerek mutfağa doğru giderken.

Bağırmasıyla irkildim ve çevremizdeki bütün gürültü ve hareket yeniden gerçeklik algıma girdi.

Brazil, "Çok dağılmış gözüküyorsun Abby. Geceyi bitirmenin zamanı geldi," dedi, Abby tezgâha ulaştığında.

"Ben mızıkçı değilim," dedi. "Paramı görmek istiyorum."

Brazil son iki kadehin altına birer tane yirmilik yerleştirdiğinde ona katıldım. Takım arkadaşlarına bağırdı. "İçecek! On beş tane yirmilik lazım!"

Hepsi homurdanıp gözlerini devirdiler ve cüzdanlarını çıkartıp on beş tane yirmiliği son şat bardağının arkasına bir deste yaptılar.

Chris, "Bir kızla on beş şat içeceğine dair bahse girip de elli papel kaybedeceğimi rüyamda görsem inanmazdım," diye şikâyet etti.

"İnanmalısın Jenks," dedi her iki eline birer kadeh alıp. Kadehleri teker teker dikti ama sonra durakladı.

"Güvercin?" dedim endişeyle ve ona doğru bir adım attım.

Bir parmağını kaldırdı. Brazil gülümseyip, "Kendinden geçecek," dedi.

America başını sallayıp, "Hayır geçmeyecek," dedi. "Derin bir nefes al Abby."

Gözlerini kapatıp derin bir nefes çekti ve tezgâhtaki son şatı eline aldı.

"Aman Tanrım Abby! Alkol zehirlenmesinden öleceksin!" diye bağırdı Shepley.

America, "Olaya hâkim, merak etme," diye temin etti.

Başını arkaya devirip tekilanın boğazından aşağıya kaymasına izin verdi. Brazil para destesini uzatırken partideki herkes kendinden geçmişçesine bağırıp çığlık attı.

"Teşekkürler," dedi gururla, parayı sutyenine sokuşturrurken.

Hayatımda böyle bir şey görmemiştim. Salona giderken kulağına, "Şu anda inanılmaz seksisin," diye fısıldadım.

Kollarını bana dolayıp tekilanın etkisinin yatışmasını bekledi.

"İyiyim" demeye çalıştı ama ağzından karmakarışık sesler geldi.

"Onu kusturmalısın, Trav. Alkolün bir kısmını vücudundan atması gerekiyor."

"Tanrım, Shep. Onu rahat bırak. O iyi," dedi America, canı sıkkın bir halde.

Shepley kaşlarını çattı. "Sadece kötü bir şey olması diye uğraşıyorum."

"Abby? İyi misin?" diye sordu America.

Abby gülümsemeyi başardı, yarı uykudaymış gibi görünüyordu.

America Shepley'ye baktı. "Bırak vücudundan kendi kendine çıkarsın. İlk iddiası değil. Sakin ol."

"İnanılmaz," dedi Shepley. "Travis?"

Yanağımı Abby'nin alnına dayadım. "Güvercin, garanti olsun diye çıkarmak ister misin?"

"Hayır," dedi. "Dans etmek istiyorum." Bana daha sıkı sarıldı.

Shepley'ye bakıp omzumu silktim. "Ayakta olup hareket edebildiği sürece..."

Shepley mutsuz bir şekilde kalabalığın arasından geçip gözden kayboldu. America, cık cıklayıp gözlerini devirdikten sonra onun peşinden gitti.

Abby vücudunu vücuduma bastırdı. Şarkı her ne kadar hızlı olsa da odanın ortasında ellerini kollarını sallayan insanların arasında ağır ağır dans ediyorduk. Mavi, mor ve yeşil ışıklar da bizimle birlikte yerde ve duvarlarda dans ediyorlardı. Mavi ışıklar Abby'nin yüzünden yansıyordu ve ben de içkili halimle onu öpmemek için bütün iradem seferber ediyordum.

Birkaç saat sonra parti yavaş yavaş bitmeye başladığında, Abby'yle ben hâlâ dans pistindeydik. Ona kraker ve peynir yedirdiğimden, biraz ayılmış ve America'yla aptal bir pop şarkısında dans etmeye çalışmıştı ama bunun dışındaki zamanlarda bileklerini ensemin arkasına kilitleyip kendini kollarıma bırakmıştı. Partidekilerin çoğu ya gitmişler ya da dairenin bir yerlerinde sızmışlardı ve Shepley'yle America'nın didişmeleri de çekilmez bir hal almıştı.

"Benimle gelecekseniz, söyleyeyim ben gidiyorum," dedi Shepley hışımla kapıya doğru giderek.

Abby, "Gitmeye hazır değilim," diye mırıldandı, gözleri yarı kapalı.

"Gece artık bitti. Hadi gidelim." Kapıya doğu bir adım attım ama Abby yerinden kımıldamadı. Yere bakıyordu ve rengi hafiften yeşile çalıyor gibiydi.

"Kusacaksın değil mi?"

Bana yarı kapalı gözlerle baktı ve "Artık zamanı geldi," dedi.

Kollarını birkaç defa öne arkaya salladıktan sonra onu kollarıma aldım.

"Sen, Travis Maddox, aşağılık bir herif olmadığın zamanlarda seksi sayılırsın," dedi, ağzını farklı yönlere doğru büken gülünç bir sarhoş sırıtmasıyla.

"Aaa... teşekkürler," dedim, onu daha iyi tutabilmek için yerini değiştirerek.

Abby avcuyla yanağıma dokundu. "Ne var biliyor musun, Maddox Bey?"

"Ne var bebeğim?"

İfadesi ciddileşti. "Başka bir hayatta sizi sevebilirdim."

Bir an ona baktım, ifadesiz gözlerine baktım. Sarhoştu ama sadece bir an için söylediklerinde samimiymiş rolü yapmak yanlış gelmemişti.

"Ben seni bu hayatta sevebilirim."

Başını eğip dudaklarını ağzımın kenarına bastırdı. Beni öpmek istemiş ve ıskalamıştı. Geri çekildi ve kafasını omzuma yasladı.

Etrafa baktığımda hâlâ ayık olan herkes donakalmıştı, az önce tanık oldukları şeyin şokuyla bakıyorlardı.

Tek kelime etmeden onu daireden çıkardım ve America'nın kollarını kavuşturmuş halde önünde dikildiği Charger'a götürdüm.

Shepley Abby'yi işaret etti. "Şunun hâline bir bak! O senin arkadaşın ve sen onun ne kadar tehlikeli bir şey yapmasına izin verdin! Onu yüreklendirdin!"

America kendini işaret etti. "Onu tanıyorum, Shep! Onun para için bundan çok daha fazlasını yaptığını gördüm!"

Ona bir bakış attım.

"Şat içtiğini yani. Onun para için daha fazla şat içtiğini gördüm," diye açıkladı. "Ne demek istediğimi anladınız."

Shepley, "Ağzından çıkanları kulağın duyuyor mu?" diye bağırdı. "Abby'yi başı belaya girmesin diye ta Kansas'tan buraya kadar takip ettin. Ona bir bak! Vücudunda tehlikeli seviyede alkol var ve kendinde değil! Böyle davranışlar senin için sorun değil demek!"

America'nın gözleri kısıldı. "HA! Üniversitede ne yapılmaması gerektiğini anlatan kamu spotun için sağ ol. Mazisinde on bir milyar ciddi kız arkadaş olan cemiyet oğlanı!" *Ciddi* derken parmaklarıyla tırnak işareti yaptı.

Shepley'nin ağzı açık kaldı. "Şu lanet arabaya bin. Pis sarhoş seni."

America güldü. "Sen benim pis halimi daha görmedin, anasının kuzusu!"

"Sana onunla yakın olduğumuzu söylemiştim."

"Evet, ben ve göt deliğim de yakınız! Bu onu günde iki defa aramam gerektiği anlamına gelmiyor!"

"Tam bir kaşarsın!"

America'nın yüzü bembeyaz oldu. "Beni. Eve. Götür."

"Canıma minnet. Ama önce şu *lanet arabaya binmen lazım!*" Shepley son kısmı bağırarak söyledi. Yüzü kıpkırmızıydı ve ensesindeki damarlar kabarmıştı.

America kapıyı açıp arka koltuğa geçti ve kapıyı kapatmadı. Abby'yi yanına yerleştirmeme yardım etti, ardından ben de yolcu koltuğuna yığıldım.

Eve dönüş yolculuğumuz kısa sürdü ve tam bir sessizlik eşliğinde gerçekleşti. Shepley arabayı park edip vitesi P'ye getirince, ben de paldır küldür arabadan fırladım ve koltuğu öne çektim.

Abby'nin başı America'nın omzundaydı, saçı yüzünü örtmüştü. İçeri uzanıp Abby'yi çektim ve omzuma attım. America da çabucak peşimizden dışarı çıktı ve doğrudan kendi arabasına yürüdü, daha yolda anahtarları cebinden çıkardı.

Shepley, "Mare," dedi. Sesinin kırılmasından pişman olduğu belliydi.

America sürücü koltuğuna oturdu, kapıyı Shepley'nin suratına kapadı ve vitesi geri takıp gaza bastı.

Abby hâlâ omzumdaydı, aşağı sarkan kolları arkamda sallanıyordu.

"Abby için dönmek zorunda, değil mi?" diye sordu Shepley, yüzünden çaresizlik akıyordu.

Abby inledi ve ardından bütün vücudu sarsıldı. Kusmaya eşlik eden o berbat inleme/hırlama sesini yere dökülen ıslak bir şeylerin çıkardığı ses takip etti. Bacaklarımın arkasında bir ıslaklık hissettim.

"Bana yanıldığımı söyle," dedim, donakalmıştım.

Shepley bir saniye için arkaya eğildi sonra doğrulup, "Yanılmıyorsun," dedi.

Basamakları ikişer ikişer çıktım ve anahtarları bulmaya çalışan Shepley'ye daha çabuk olmasını söyleyip durdum. Shepley kapıyı açtı, ben de banyoya koştum.

Abby klozetin içine eğildi ve her öğürüşünde litrelerce boşaltmaya başladı. Saçı dışarıdaki olay sırasında zaten kusmuktan ıslanmıştı. Lavabodan o yuvarlak, siyah esnek şeylerden birini aldım ve uzun saçlarını atkuyruğu yaptım. Islak kısımlar birbirlerine yapışıp kalın topaklar oluşturdular ama aldırmadım ve hepsini elimle çekip şu siyah saç tutma şeysinde topladım. Sınıftaki kızların birçok kez saçlarını dolayıp topladıklarını görmüştüm, nasıl yapılacağını çözmem uzun sürmedi.

Abby'nin vücudu yeniden sarsıldı. Koridordaki dolaptan bir bez alıp alnına dayadım ve yanına oturdum. Küvete yaslanıp inledi.

Islak bezle yüzünü kibarca sildim ve ardından başını omzuma yasladığında harekete etmemeye çalıştım.

"Ayağa kalkabilecek misin?" diye sordum.

Yüzünü buruşturdu, ardından öğürdü, klozete yetişene kadar ağzını kapalı tutabilmişti. Bir kez daha kasıldı ve bol miktarda sıvı klozetin yolunu tuttu.

Abby o kadar ufaktı ki, vücudundan çıkan sıvı miktarı normal değilmiş gibi geliyordu. İçime bir kurt düştü.

Banyodan çıkıp kollarımda iki havlu, bir yedek çarşaf, üç battaniye ve dört yastıkla döndüm. Abby, başı klozetin üstünde inliyor, vücudu titriyordu. Elimdekileri küvetin yanına istifleyip bekledim, geceyi büyük ihtimalle banyonun o küçük köşesinde geçireceğimizi biliyordum.

Shepley kapının önünde belirdi. "Birilerini... aramam gerekiyor mu?"

"Henüz değil. Ona göz kulak olacağım."

Abby, "Ben iyiyim," dedi. "Bu benim alkol zehirlenmesinden yırtmakta olan halim."

Shepley suratını astı. "Hayır, bu *aptallık*tan başka bir şey değil."

"Hey, onun... eee... hani onun şeyi..."

"Hediyesi mi?" dedi bir kaşını kaldırıp.

"Aynen."

"Yanımda," dedi, mutsuzluğu son derece barizdi.

"Sağ olasın kanka."

Abby yeniden küvete doğru yığıldı, ben de hemen yüzünü sildim. Shepley yeni bir bez ıslatıp bana fırlattı.

"Teşekkürler."

"Bana ihtiyacın olursa bağır," dedi Shepley. "Yatağa uzanıp Mare'e kendimi affettirmenin bir yolunu bulmaya çalışacağım."

Küvete yaslanıp elimden geldiğince gevşedim ve Abby'yi kendime çektim. İçini çekip rahatladı. Kendini öyle bırakmıştı ki, vücudu eriyip benimkiyle bir olmuş gibiydi. Üstü başı kusmukla kaplı da olsa, onun yanı olmak istediğim tek yerdi. Partide söyledikleri tekrar tekrar aklımdan geçiyordu.

Başka bir hayatta seni sevebilirdim.

Abby hasta ve zayıf bir halde kollarımda yatıyordu, ona bakmam için bana sığınmıştı. O anda kendisine karşı olan duygularımın kabul ettiğimden çok daha güçlü olduğunu fark etim. Tanıştığımız an ile onu banyonun zemininde tuttuğum an arasında bir noktada ona âşık olmuştum.

Abby içini çekti ve başını kucağıma koydu. Kendime kestirme izni vermeden önce battaniyelerin her yerini örttüğünden emin oldum.

"Trav?" diye fısıldadı.

"Efendim?"

Cevap vermedi. Solukları sakinleşti ve başının bütün ağırlığını bacaklarıma bıraktı. Sırtımı verdiğim soğuk porselen ve kıçımın altındaki acımasız karo çok zalimdi ama kımıldamayı göze alamıyordum. Abby bu halde rahattı ve öyle kalacaktı. Yirmi dakika boyunca soluk alıp vermesini izledikten sonra, acıyan yerlerim uyuşmaya başladı ve gözlerim kapandı.

On Dördüncü Bölüm
Oz

Gün daha şimdiden kötü başlamıştı. Abby bir yerlerde America'yla konuşup onu Shepley'yi terk etmekten vazgeçirmeye çalışıyor, Shepley de oturma odasında tırnaklarını yiyerek Abby'nin bir mucize gerçekleştirmesini umuyordu.

Yavruyu bir defa dışarı çıkarmıştım, America'nın gelip sürprizi bozacağından paranoya derecesinde çekiniyordum. Yavru, ona yemek yedirmeme ve sırnaşacağı bir havlu vermiş olmama rağmen inliyordu.

Empati yeteneğimle tanınmasam da hayvancığın suçlanamayacağının farkındaydım. Minnacık bir kutunun içinde oturmak kimsenin hoşuna gitmezdi. Neyse ki onlar dönmeden birkaç saniye önce küçük köpekçik sakinleşip uyuyakalmıştı.

"Döndüler!" dedi Shepley, koltuktan atlayarak.

"Tamam," dedim, Shepley'nin kapısını ses çıkarmadan kapatırken. "Kendini ağır —"

Cümlemi tamamlayamadan Shepley yerinden fırlamış, kapıyı açıp merdivenleri koşarak inmeye başlamıştı. Kapı eşiği, Abby'nin Shepley'yle America'nın hevesli barışmalarına bakıp gülümsemesini izlemek için harika bir yerdi. Abby ellerini arka ceplerine sokup daireye yürüdü.

Sonbahar bulutları her şeyin üstüne gri bir gölge düşürüyodu ama Abby'nin gülümsemesi yaz güneşi gibiydi. Attığı her adım onu benim durduğum yere biraz daha yaklaştırıyor, kalbimin daha hızlı çarpmasına neden oluyordu.

"Ve sonsuza dek mutlu yaşadılar," dedim kapıyı arkasından kapatarak.

Beraberce koltuğa oturduk, bacaklarını kucağıma aldım.

"Bugün ne yapmak istersin Güvercin?"

"Uyumak. Ya da dinlenmek... ya da uyumak."

"Önce sana hediyeni verebilir miyim?"

Omzumu itti. "Kapa çeneni. Bana hediye mi aldın?"

"Elmas bir bilezik değil ama beğeneceğini düşündüm."

"Beğenirim, alman yeter."

Bacaklarını kucağımdan kaldırıp hediyesini almaya ittim. Yavru uyanıp da kutunun içinde ne olduğunu belli edecek bir ses çıkarmasın diye kutuyu sallamamaya çalıştım. "Şşşşşş, küçük adam. Havlamak yok, tamam mı? İyi bir çocuk ol."

Kutuyu ayaklarının dibine koyup arkasına geçtim. "Acele et, şaşırmanı istiyorum."

"Acele mi edeyim?" diye sorup kutunun kapağını açtı. Ağzı açık kaldı. "Yavru köpek!" diye bir çığlık atıp kutunun içine uzandı. Kıpırdanan, Abby'nin ağzına küçük öpücükler kondurmak için çaresizce boynunu uzatan yavruyu kaldırıp yüzüne yaklaştırdı.

"Ondan hoşlandın mı?"

"Erkek mi? Ona âşık oldum! Bana yavru bir köpek almışsın!"

"Kendisi terrier cinsi. Perşembe günü dersten sonra onu almak için üç saat araba sürdüm."

"Yani Shepley'yle arabasını tamirhaneye götürdüğünüzü söylediğinde..."

"Hediyeni almaya gitmiştik," diyerek başımla onayladım.

"Bu kıpırdanıyor!" güldü.

"Kansaslı her kızın bir Toto'ya ihtiyacı vardır," deyip kucağındaki minnacık tüy yumağını yerinde tutmasına yardım ettim.

"Gerçekten de Toto'ya benziyor! Ona bu adı vereceğim," deyip burnunu kırıştırıp yerinde duramayan yavruya baktı. Mutluydu ve mutlu olması beni de mutlu ediyordu.

"Burada kalabilir. Sen Morgan'a döndükten sonra ona bakarım ve ayrıca kendisi bir ayını doldurduktan sonra gelip beni ziyaret edeceğinin de güvencesi oluyor."

"Her halükarda geri gelirdim, Trav."

"Şu anda yüzünde olan gülümseme için her şeyi yapardım."

Sözcüklerim onu duraksattı ama dikkatini hızla yavruya yönlendirdi. "Bence senin de biraz kestirmen lazım, Toto. Evet, evet, senin de uyuman lazım."

Başımı salladım, Abby'yi kucağıma çektim ve ayağa kalkarken kendimle beraber kaldırdım. "Gel o zaman."

Onu yatak odasına götürdüm, yatak örtüsünü kaldırdım ve sonra da yavaşça yatağa bıraktım. Bunu yapmak beni tahrik ederdi ama çok yorgundum. Üzerinden emekleyip uzandım ve perdeleri kapattım; sonra da yastığımın üstüne düştüm.

"Dün gece yanımda kaldığın için teşekkür ederim," dedi, sesi biraz boğuk ve uykuluydu. "Banyo zemininde uyumana gerek yoktu."

"Dün gece hayatımın en iyi gecelerinden biriydi."

Başını çevirip bana kuşkuyla baktı. "Kusup duran bir salakla aynı yerde, klozet ve küvetin arasındaki sert, soğuk karo zeminde uyumak mı hayatının en iyi gecelerinden biriydi? Bu çok trajik, Trav."

"Hayır, sen hastayken senin yanında uyanık kalmak ve senin kucağımda uyuyakalman en iyi gecelerimden biriydi. Rahat değildi, bir gram uyuyamadım ama on dokuzuncu yaş günüme seninle beraber girdim ve aslında sarhoşken epey tatlısın."

"Bütün o öğürmeler ve çıkarmalarımın arasında son derece hoş olduğumdan eminim."

Onu kendime çekip koynuna kıvrılmış olan Toto'yu okşadım. "Kafası klozetteyken bile muhteşem görünen tanıdığım tek kadınsın. Ki bu da epey bir şey demek."

"Teşekkür ederim Trav. Seni bir daha bana bakıcılık yapmak zorunda bırakmayacağım."

Yastığıma dayandım. "Her neyse. Hiç kimse saçını benim gibi toplayamaz."

Kıkırdayıp gözlerini kapadı. Son derece yorgun olsam da onu izlemeyi bırakmak zordu. Yüzünde alt kirpiklerinin hemen ucundaki az miktarda rimel dışında hiç makyaj yoktu. Omuzları gevşemeden önce biraz sağa sola oynadı.

Birkaç defa göz kırptım, gözlerim her kapandığında göz kapaklarım biraz daha ağırlaştılar. Kapı zilini duyduğumda sanki daha yeni uyumuşum gibi hissettim.

Abby kımıldamadı bile.

Oturma odasından iki erkeğin mırıltıları geliyordu. İçerdekilerden biri Shepley'ydi. America'nın sesi ikisinin arasından tizliğiyle kendini belli ediyordu. Üçünün de sesi mutsuzdu. Gelen her kimse misafirliğe gelmemişti.

Koridordan ayak sesleri geldi, ardından kapı hızla itilerek açıldı. Gelen Parker'dı. Önce bana, ardından Abby'ye baktı, çenesini sıktı.

Ne düşündüğünü biliyordum ve aklımdan Abby'nin niye yatağımda olduğunu açıklamak geçti ama yapmadım. Bunun yerine elimi uzatıp kalçasına koydum.

"İşime burnunu sokmayı bitirdiğinde kapıyı kapat," dedim, başımı Abby'nin başının yanına koyarak.

Parker tek kelime etmeden yürüyüp gitti. Kapımı çarpmadı, onun yerine bütün gücünü sokak kapısını kapatmakta kullandı.

Shepley odama başını soktu. "Aman be kanka, bu hiç iyi olmadı."

Olan olmuştu, artık değiştiremezdim. Şu anda sonuçları dert etmiyordum ama Abby'nin yanında yatarken onun memnuniyet içindeki güzel yüzünü inceledim ve yavaşça paniğe kapılmaya başladım. Ne yaptığımı öğrendiğinde benden nefret edecekti.

Ertesi sabah kızlar bir koşturmaca içinde derse yetişmek için çıktılar. Güvercin'in gitmeden önce benimle konuşmak için neredeyse hiç zamanı olmadı, dolayısıyla önceki gün hakkındaki hislerini net olarak bilmekten çok uzaktım.

Dişlerimi fırçalayıp giyindim ve ardından Shepley'yi mutfakta buldum.

Kahvaltı tezgâhının önündeki bir taburede oturmuş kaşığından süt höpürdetiyordu. Kapüşonlu bir tişört ve America'nın 'seksi' bulup aldığı pembe boxer'ını giyiyordu.

Bulaşık makinesinden bir bardak alıp içine portakal suyu doldurdum. "İşleri yoluna koymuş gibi duruyorsunuz."

Shepley gülümsedi, neredeyse mutluluktan sarhoş olmuş gibi görünüyordu. "Evet, öyle. Sana daha önce hiç America'nın kavga ettikten sonra yatakta nasıl olduğunu söylemiş miydim?"

Yüzümde bir tiksinti ifadesi belirdi. "Hayır. Ve lütfen şimdi de söyleme."

"Onunla böyle kavga etmek feci korkutucu ama her seferinde böyle barışacaksak da çok cezbedici." Ben tepki vermeyince Shepley devam etti. "Ben o kadınla evleneceğim."

"İyi. Evet, kız gibi konuşmayı bitirdiğine göre artık yola çıkmamız lazım."

"Kapa çeneni, Travis. Senin neler yaşamakta olduğunu fark etmediğimi sanma."

Kollarımı kavuşturdum. "Neler yaşıyormuşum bakalım?"

"Abby'ye âşıksın."

"Offf. America'yı düşünmemek için kafandan bir şeyler uydurduğun o kadar belli ki."

"İnkâr mı ediyorsun?" Shepley gözlerini kırpmadan bakıyordu, onunla göz göze gelmemek için nereye bakacağımı şaşırdım.

Tam bir dakika geçtikten sonra gergin bir şekilde ağırlığımı öbür ayağıma verdim ama bir şey söylemedim.

"Şimdi kim kızmış bakalım?"

"Siktir git."

"Kabul et."

"Hayır."

"Hayır? Abby'ye âşık olduğunu inkâr etmiyorsun anlamında mı yoksa kabul etmiyorsun anlamında mı? Çünkü her iki halde de, pislik herif, ona âşıksın."

"...Yani?"

"BİLİYORDUM!" dedi Shepley. Tabureye bir tekme atıp parke zeminin oturma odasındaki halıyla buluştuğu yere kadar kaymasına neden oldu.

"Ben... sadece... kapa çeneni Shep," dedim. Dudaklarımı dümdüz bir çizgi oluşturacak kadar sıktım.

Shepley odasına yürürken parmağıyla beni işaret etti. "Az önce kabul ettin. Travis Maddox âşık. Şimdi dünyada beni şaşırtacak bir şey kalmadı işte."

"Doğru düzgün bir don giy de gidelim artık!"

Shepley yatak odasında kendi kendine güldü, ben de yere baktım. Duygularımı yüksek sesle –başka birine– söylemek durumu gerçek kılıyordu ve ben ne yapmam gerektiğini bilmiyordum.

Beş dakikadan kısa bir süre sonra Shepley'yle Charger'a binmiştik; Shepley arabayı sitemizin otoparkından çıkarırken ben de radyoyla oynuyordum.

Trafiğin içinden zikzak çizip ancak yayalara çarpmayacak kadar yavaşlıyorduk. Shepley'nin keyfi normalin çok üstündeydi. Nihayet uygun bir park yeri buldu ve beraber aldığımız tek ders olan İngilizce Kompoz. II'ye girmek için arabadan indik.

Genellikle masamı kuşatmaya alan çakılabilir kızlardan kurtulmak için birkaç haftadır Shepley'yle en üst sıraya yerleşiyorduk.

Dr. Park sınıfa daldı ve masasına evrak çantasını, kahvesini ve bir kesekâğıdını koydu. "Tanrım! Bu ne soğuk!" dedi ve paltosunu minnacık vücuduna daha sıkı sardı. "Herkes burada mı?" diye bağırınca eller havaya kalktı ve o da ellere dikkat bile etmeden başını salladı. "Harika. İyi haberlerim var: Sürpriz sınav yapacağım!"

Herkes homurdandı, o da gülümsedi. "Merak etmeyin bana olan sevginizde eksilme olmayacak. Kalem kâğıtlarınızı çıkarın arkadaşlar, bütün gün bekleyemem."

Herkes malzemelerini almaya girişince odada bir uğultu oldu. İsmimi kağıdın üstüne yazdım ve Shepley'nin panik halinde fısıldamasını duyunca gülümsedim.

"Neden? Komp. II dersinde habersiz sınav mı olur? Bu kadar kötü hocalık yapılmaz," diye tısladı.

Sınav genel olarak zararsızdı ve ders hafta sonuna kadar teslim edilecek yeni bir ödevin verilmesiyle bitti. Dersin son dakikalarında tam önümde oturan bir çocuk arkaya döndü. Onu bu dersten tanıyordum, adı Levi'ydi ama onu tanımamın tek nedeni Dr. Park'ın birkaç defa onu uyarmış olmasıydı. Yağlı koyu renk saçlarını her zaman kafasına yapıştırıp arkaya, çiçekbozuğu yüzünden uzağa yatırıyordu. Levi kafeteryaya hiç gelmezdi, hiçbir cemiyete üye değildi, üstüne üstlük futbol vb. oynadığı da yoktu ve hiçbir partiye katılmazdı. En azından benim gittiklerime.

Ona baktım, ardından dikkatimi en sevdiği şey erkek arkadaşının son ziyareti hakkında bir öykü anlatmakta olan Dr. Park'a çevirdim.

Bakışlarım yeniden aşağıya kaydı. Eleman bana bakmaya devam ediyordu.

"Bir şey mi lazım?"

"Az önce Brazil'in bu hafta sonu verdiği partiyi duydum. Esaslı bir parti olmuş."

"Ne?"

Sağ tarafındaki kız Elizabeth de açık kahverengi saçlarını zıplatarak döndü. Elizabeth biraderlerimden birinin kız arkadaşıydı. Gözleri parladı. "Aynen. O gösteriyi kaçırdığım için üzülüyorum."

Shepley öne eğildi. "Neyi? Mare'le olan kavgamızı mı?"

Eleman kendi kendine güldü. "Hayır, Abby'nin partisini."

"Doğum günü partisini mi?" diye sordum, neden bahsettiğini anlamaya çalışıyordum. Dedikodu makinesini harekete geçirecek birkaç şey olmuştu ama bunların hiçbiri sosyal hayatı sıfır olan öylesine bir eziğin duyacağı şeyler değillerdi.

Elizabeth Dr. Park'ın bize bakıp bakmadığını kontrol edip yeniden arkasına döndü. "Abby ile Parker."

Başka bir kız daha arkasına döndü. "Evet ya. Parker'ın sabah ikinizi bastığını duydum. Doğru mu?"

"Nereden duydun?" diye sordum, adrenalin çığlık çığlığa damarlarıma istila ediyordu.

Elizabeth omzunu silkti. "Her yerden. İnsanlar bu sabah girdiğim derste bunu konuşuyorlardı."

"Benim dersimde," dedi Levi.

Diğer kız sadece başını salladı.

Elizabeth biraz daha döndü ve bana doğru eğildi.

"Gerçekten de Brazil'in evinde Parker'la işi pişirip sonra da senin evine mi geldi?"

Shepley yüzünü buruşturdu. "O bizimle kalıyor."

"Hayır," dedi Elizabeth'in yanındaki kız. "Parker'la Brazil'in koltuğunda yiyişiyorlarmış, sonra da kalkıp Travis'le dans etmiş. Parker gıcık olup gitmiş ve o da Travis'in evine gitmiş... ama evde Shepley de varmış."

"Ben öyle duymadım," dedi Elizabeth, bariz bir şekilde heyecanını bastırmaya çalışıyordu. "Üçlü yapmışlar diye duydum. Travis... hangisi doğru söylesene."

Levi sohbetten keyif alıyormuş gibi görünüyordu. "Ben hep tam tersini duydum."

"Neymiş o?" diye sordum, ses tonuna çoktan kıl olmuştum.

"Parker *senin* artıklarını yemiş."

Gözlerimi kıstım. Bu herif her kimse benim hakkımda gerekenden çok daha fazlasını biliyordu. Öne eğildim. "Bu seni hiç ilgilendirmez hıyarağası."

"Yeter," dedi Shepley, elini masama koyarak.

Levi ânında önüne döndü ve Elizabeth kaşlarını kaldırdıktan sonra onu takip etti.

"Kahrolası pislik torbası," diye homurdandım. Shepley'ye baktım. "Dersten sonra öğle yemeği var, birileri ona bir şey söyleyecek. İkimizin de ona çaktığını söylüyorlar. Siktir. *Siktir.* Shepley, ben ne yapacağım?"

Shepley ânında eşyalarını çantasına doldurmaya başladı, ben de aynısını yaptım.

Dr. Park, "Çıkabilirsiniz," dedi. "Defolup gidin ve bugün ülkeniz için faydalı işler yapın."

Kampüste koşup zikzaklar çizerek kafeteryaya yetişmeye çalışırken çantam sırtımın altı kısmına çarpıyordu. America'yla Abby görüş alanıma girdiler, giriş kapısının sadece birkaç adım önündeydiler.

Shepley America'nın kolunu yakaladı. "Mare," dedi soluk soluğa.

Ellerimi kalçalarıma koyup soluklanmaya çalıştım.

Abby, "Öfkeli kadınlardan oluşan bir güruhtan mı kaçıyorsun?" diye takıldı.

Başımı salladım. Ellerim titrediği için sırt çantamın kayışlarını tuttum. "İçeri... girmeden önce... seni... yakalamaya çalışıyordum," dedim soluk soluğa.

America Shepley'ye "Neler oluyor?" diye sordu.

Shepley, "Bir söylenti çıkmış," diye başladı. "Herkes Travis'in Abby'yi eve götürdüğünü ve... ayrıntılar değişiyor ama hepsi epey kötü."

"Ne? *Ciddi misin?*" diye bağırdı Abby.

America gözlerini devirdi. "Kimin umurunda Abby? İnsanlar haftalardır sen ve Travis hakkında atıp tutuyorlar. İlk defa birileri sizi yatmakla suçluyor değil ki."

Shepley'ye baktım, beni kendimi düşürdüğüm durumdan kurtaracak bir yol bulduğunu umuyordum.

"Ne?" dedi Abby. "Başka bir şey var, değil mi?"

Shepley irkildi. "Senin Brazil'in evinde Parker'la yatıp sonra da Travis'in peşinden evine... gittiğini söylüyorlar; işte gerisini sen anladın."

Abby'nin ağzı açık kaldı. "Harika! Şimdi de okulun orospusu oldum, öyle mi?"

Bu haltı ben yemiştim ve tabii ki cezasını ödeyen Abby'ydi. "Bu benim hatam. Eğer başka birisi olsaydı, senin hakkında böyle konuşuyor olmazlardı." Ellerimi yumruk yapıp kafeteryaya yürüdüm.

Abby oturdu ben de ondan birkaç sandalye öteye oturdum. Daha önce de bazı kızlara çaktığım yönünde dedikodular çıkmış ve bu hikâyelerde bazen Parker'ın adı da geçmişti. Ama şu âna kadar hiçbirini umursamamıştım. Abby sırf arkadaşım olduğu için insanların kendisi hakkında böyle düşünmelerini hak etmiyordu. Abby önündeki boş yere vurarak, "Orada oturmana gerek yok Trav. Haydi gel, buraya otur," dedi.

"Doğum gününü epey sağlam kutlamışsın diye duydum, Abby," dedi Chris Jenks tabağıma bir parça yeşillik atarak.

"Ona bulaşma, Jenks," diye uyardım öfkeyle.

Chris pembe, yuvarlak yanaklarını şişirerek gülümsedi. "Parker'ın öfkeden delirdiğini duydum. Dün dairenize geldiğinde, Travis'le senin hâlâ yatakta olduğunuzu görmüş."

America küçümseyen bir sesle, "Kestiriyorlardı Chris," dedi.

Abby'nin bakışları bana döndü. "Parker mı geldi?"

Rahatsızlıkla sandalyemde kıpırdandım. "Sana söyleyecektim."

"Ne zaman?" diye patladı.

America kulağına eğilip tahminen ona kendisi dışında herkesin bildiklerini açıkladı.

Dirseklerini masaya dayayıp yüzünü elleriyle kapadı. "Harika. Her şey ne kadar da mükemmel."

Chris, "O halde siz gerçekten de bir şey yapmadınız ha?" diye sordu. "Vay be. Bu cidden boktan bir durummuş. Ben de tam Abby'nin sana uygun bir kız olduğunu düşünmeye başlamıştım, Trav."

Shepley, "Artık dursan iyi edersin Chris," diye uyardı.

Chris takım arkadaşlarına bakıp gülerek, "Onunla yatmadıysan, benim bir denememe de bozulmazsın herhalde?" dedi.

Düşünmeden sandalyemden fırladım ve masaya tırmanıp Chris'in üzerine atladım. Yüzündeki gülümseme ağır çekimde kocaman açılmış gözlere ve açık bir ağza dönüştü. Bir elimle Chris'in boğazını diğeriyle de tişörtünü yakaladım. Yüzüne indirdiğim yumrukları neredeyse hissetmiyordum bile. Öfkeden gözüm dönmüştü ve elime geçirdiğim her şeyi kullanıp adamı haşat etmeye çok yakındım. Chris elleriyle yüzünü kapadı ama yumruklarımı indirmeye devam ettim.

"Travis!" diye çığlık attı Abby masanın etrafından dolanarak.

Yumruğum hedefine varmak üzereyken dondu ve ardından Chris'in tişörtünü bıraktım, o da yere yığılıp dertop oldu. Abby'nin ifadesiydi duraklamama neden olan; gördüklerinden korkmuştu. Yutkunup bir adım geriledi. Korkusu öfkemi artırdı; ona öfkelenmemiştim, utandığım için kendime öfkelenmiştim.

Abby'nin önünden hızla yürüdüm ve yoluma çıkan herkesi iterek geçtim. İkide iki. Önce âşık olduğum kız hakkında dedikodu çıkmasına neden olmuştum, şimdi de onu ölesiye korkutmuştum.

Beni kabul edecek tek yer sadık yatak odammış gibi gözüküyordu. Babamdan bile tavsiye istemeye utanıyordum. Shepley peşimden geldi ve tek kelime etmeden benimle Charger'a yürüyüp arabayı çalıştırdı.

Yolda konuşmadık. Abby eve dönmeye hazır olduğunda yaşanacak olan kaçınılmaz sahneyi düşünmek istemiyordum.

Shepley arabasını her zamanki yere park etti, arabadan indim ve dairemize giden basamakları bir zombi gibi çıktım. Bu işin mutlu bir sonla bitmesi mümkün değildi. Ya Abby gördüklerinden korktuğu için gidecekti ya da daha kötüsü o istemese bile gidebilmesi için iddia borcunu ben silecektim.

Bir an Abby'yi rahat bırakmam gerektiğini bir sonraki an onun peşinden koşmanın yanlış olmadığını hissediyordum; hayranı olduğu gruptaki çocuklardan hangisinin hayatının aşkı olduğuna karar vermeye çalışan ergen bir kız kadar kararsızdım. Eve girince sırt çantamı duvara fırlattım ve odama girdikten sonra da kapıyı bilhassa çarparak kapadım. Kendimi daha iyi hissetmedim, aslında ortalıkta dolanıp üç yaşındaki bir çocuk gibi eşyaları sağa sola fırlatmam, peşinde koşarak Abby'nin ne kadar çok zamanını harcadığımı –eğer ona yaşattığım böyle adlandırılıyorsa– hatırlatmaktan başka bir işe yaramadı.

Dışarıdan America'nın Honda'sının tiz motor sesi geldi ve kısa süre sonra kesildi. America arabasını park etmişti ve Abby de onunla olmalıydı. Ya çığlık atarak gelecekti ya da tam tersini yapacaktı. Hangisinin bana kendimi daha kötü hissettireceğini bilmiyordum.

"Travis?" dedi Shepley odamın kapısını açarak.

Başımı 'hayır' anlamında sallayıp yatağın kenarına oturdum, yatak ağırlığım altında esnedi.

"Ne diyeceğini bilmiyorsun. Sadece nasıl olduğuna bakmak için gelmiş olabilir."

"Hayır dedim."

Shepley kapıyı kapadı. Dışarıdaki ağaçlar kahverengiydi ve kalan renkleri de dökülmeye başlamıştı. Yakında yapraksız kalacaklardı. Son yapraklar düştüğünde Abby gitmiş olacaktı. Tanrım, korkunç bir histi bu.

Birkaç dakika sonra birisi yeniden kapıma vurdu. "Travis? Benim, kapıyı aç."

İçimi çektim. "Git buradan, Güvercin."

Kapı yavaşça açılırken gıcırdadı. Arkama dönmedim, dönmeme gerek yoktu. Tonto arkamdaydı ve onu gördüğü için salladığı küçük kuyruğu sırtımı dövüyordu.

"Sana neler oluyor, Trav?" diye sordu.

Ona gerçeği nasıl söyleyeceğimi bilemedim ve bir parçam söylesem de beni beni duymayacağını biliyordu, dolayısıyla pencereden dışarı bakıp düşen yaprakları saydım. Dalından kopup yere düşen her bir yaprakla Abby'nin hayatımdan çıkacağı güne daha fazla yaklaşıyorduk. Benim doğal kum saatim.

Yanıma oturup kollarını kavuşturdu. Bağırmasını ya da kafeteryada olanlar için beni azarlamasını bekledim.

"Benimle bunun hakkında konuşmayacak mısın?"

Kapıya doğru yönelince içimi çektim. "Geçen gün Brazil bana laf ettiğinde hemen beni savunmaya geçtiğini hatırlıyor musun? Eh işte, bugün olan da aynısıydı. Sadece biraz kendimi kaptırdım."

"Chris bir şey söylemeden de kızgındın," dedi, dönüp yanıma oturarak. Toto ânında kucağına tırmanıp dikkat çekmek için yalvarmaya başladı. O duyguyu biliyordum. Bütün o saçmalıklar, o aptal gövde gösterileri; her şey bir şekilde dikkatini çekebilmek içindi ama o bütün bunlardan etkilenmemiş gibi görünüyordu. Deli halimden bile.

"Daha önce söylediğimde ciddiydim. Gitmen lazım Güvercin. Tanrı biliyor, ben senden uzak kalamıyorum."

Koluma dokundu. "Gitmemi istemiyorsun."

Aynı anda hem ne kadar haklı hem de haksız olduğuna dair en ufak bir fikri yoktu. Onunla ilgili çelişkili duygularım beni deli ediyordu. Ona âşıktım ve onsuz bir hayat düşünemiyordum ama aynı zamanda onun daha iyisine layık olduğunu biliyordum. Ve böyle düşünsem de Abby'nin başka biriyle beraber olduğu düşüncesine tahammül edemiyordum. Bu ilişkide ikimiz de kazanamayacaktık ama ben onu kaybetmeyi göze alamıyordum. Sürekli gelgit içinde olmak beni tüketiyordu. Abby'yi kendime çekip alnından öptüm. "Ne kadar çabaladığım fark etmeyecek. Eninde sonunda benden nefret edeceksin."

Kollarını bedenime sardı ve ellerini omzumun üstünde birleştirdi. "Bizim arkadaş olmamız lazım, hayır diyemezsin," dedi.

Pizza Shack'ta, ilk defa buluştuğumuzda kullandığım repliği çalmıştı. O günleri sanki farklı bir hayatta yaşamışım gibi hissediyordum. İşlerin hangi ara bu kadar sarpa sardığından emin değildim.

Onu kollarıma alıp, "Neredeyse her gece senin uyumanı seyrediyorum. Öyle huzurlu görünüyorsun ki. Bende öyle bir huzur yok. İçimde her zaman kaynayan bir kazan gibi öfke, hiddet var – senin uyumanı izlediğim zamanlar hariç."

"Parker geldiğinde yaptığım da buydu. Uyanıktım ve o içeri girip yüzünde bir şok ifadesiyle orada öylece durdu. Ne düşündüğünü biliyordum ama ona durumu açıklamadım. Açıklamadım çünkü aramızda bir şeyler olduğunu düşünmesini *istedim*. Şimdi de bütün okul o gece her ikimizle de beraber olduğunu düşünüyor. Özür dilerim."

Abby omzunu silkti. "Dedikodulara inanıyorsa bu onun sorunu."

"İkimizi yatakta beraber yatarken gördükten sonra başka bir şey düşünmesi zor olsa gerek."

"Sende kaldığımı biliyor. Hem Tanrı aşkına, baştan sona giyiniktim."

İçimi çektim. "Büyük ihtimalle bunu fark edemeyecek

kadar kızgındı. Ondan hoşlandığını biliyorum Güvercin. Ona açıklamalıydım. Sana bunu borçluyum."

"Bir önemi yok."

"Kızmadın mı?" diye sordum, şaşırmıştım.

"Bunun yüzünden mi canın bu kadar sıkkın? Bana gerçeği anlattığında sana öfkeleneceğimi mi düşündün?"

"Öfkelenmelisin. Birisi tutup da itibarımı sıfıra indirseydi, ben biraz kızgın olurdum."

"İtibar senin umurunda değildir ki. Başkalarının ne düşündüğünü zerre kadar umursamayan Travis'e ne oldu?" diye takılıp beni omzuyla dürttü.

"Bu, hakkında söylenenleri duyduğunda yüzünde oluşan ifadeyi görmemden önceydi. Benim yüzümden zarar görmeni istemiyorum."

"Asla bana zarar verecek bir şey yapmazdın."

"Kolumu kesmeyi tercih ederim," deyip içimi çektim.

Yanağımı saçlarına dayadım. Her zaman o kadar güzel kokuyordu, ona dokununca o kadar rahat ediyordum ki, yanında olmak sakinleştirici almak gibiydi. Bütün vücudum gevşedi ve bir anda kendimi kımıldayamayacak kadar yorgun hissettim. Birbirimizin kollarında yan yana oturduk, o başını boynuma yasladı ve hiç yapmadığı kadar uzun bir süre orada tuttu. O anın ötesinde garanti olan hiçbir şey yoktu, dolayısıyla ben de o anın içinde kaldım, Güvercin'le beraber.

Güneş batmaya başladığında kapının yavaşça tıklandığını işittim. "Abby?" America'nın sesi kapının öbür tarafından çok alçak geliyordu.

"İçeri gel Mare," dedim, bu kadar sessiz kalmamızdan muhtemelen endişelendiğini biliyordum.

America Shepley'yle beraber içeri geldi ve bizi birbirimizin kollarında görünce gülümsedi. "Bir şeyler yemeye gidecektik. Pei Wei'ye gitmeye ne dersiniz?"

"İğğ.. yine mi Çin yemeği Mare? Ciddi misiniz?" diye sordum.

"Evet, gayet ciddiyiz," dedi, biraz içi rahatlamış gibiydi.

"Geliyor musunuz, gelmiyor musunuz?"

"Açlıktan ölüyorum," dedi Abby.

Yüzümü buruşturup, "Tabii ölürsün, öğle yemeği yemedin ki," dedim. Ayağa kalkıp onu da beraberimde kaldırdım. "Haydi gel. Sana yiyecek bir şeyler alalım."

Henüz onu bırakmaya hazır değildim, dolayısıyla Pei Wei'ye gidene dek kolumla sarmaladım. Rahatsız olmuş gibi görünmüyordu, hatta arabadayken dört numaralı menüyü onunla beraber yemeyi kabul ettiğimde bana yaslandı bile.

Bir masa bulur bulmaz paltomu Abby'nin yanına koyup tuvalete gittim. Herkesin sanki daha birkaç saat önce birisini benzetmemişim, sanki hiçbir şey olmamış gibi davranması çok ilginçti. Ellerimi suyun altında birleştirdim, yüzüme su vurup aynaya baktım. Su burnumdan ve çenemden aşağı damlıyordu. Bir kez daha mutsuzluğumu bastırıp çevremdekilerin sahte neşesine uymam gerekecekti. Sanki Abby'nin, kuvvetli duyguların yaşanmadığı ve her şeyin son derece yavan olduğu o ufak cehalet baloncuğuyla gerçekliğe karışabilmesi hepimizin rol yapmasına bağlıydı.

"Ne yani, yemek hâlâ gelmedi mi?" diye sorup Abby'nin yanına oturdum. Telefonu masanın üstünde duruyordu, alıp kamerasını açtım ve komik bir surat yapıp fotoğrafımı çektim.

Abby kıkırdayarak, "Ne işler karıştırıyorsun orada?" dedi.

Rehberden ismimi bulup fotoğrafı iliştirdim. "Seni aradığımda yakışıklılığıma ne kadar hayran olduğunu hatırlayasın diye."

"Ya da ne kadar ahmak olduğunu hatırlasın diye," dedi America.

America'yla Shepley çoğunlukla dersler ve son dedikodular hakkında konuştular, o gün yaşanan itişme sırasında orada bulunan kimseden bahsetmemeye özen gösterdiler.

Abby çenesini yumruğuna yaslayıp konuşmalarını izledi. Gülümsüyordu ve çabalamaksızın kendisinden gelen bir güzelliği vardı. Parmakları minnacıktı ve kendimi yüzük parmağının ne kadar çıplak göründüğünü fark ederken yakaladım. Bana baktı ve eğilerek beni şakacıktan omzuyla itti. Sonra doğrulup America'nın gevezeliklerini dinlemeye devam etti.

Restoran kapanana dek gülüp eğlendik, sonra da Charger'a binip eve doğru yola çıktık. Kendimi çok bitkin hissediyordum ve her ne kadar gün inanılmaz uzun sürmüş gibi gelse de bitmesini istemiyordum.

Shepley, America'yı sırtına alıp merdivenlerden çıkardı ama ben geride kaldım ve Abby'yi de kolundan çekip yanımda tuttum. Kapının ardında kaybolana dek arkadaşlarımızı izledim ve sonra da ne yapacağımı bilemez bir şekilde Abby'nin ellerini ellerime alıp parmaklarıyla oynadım. "Bugün için senden özür dilemem lazım. Özür dilerim Güvercin."

"Zaten özür dilemiştin. Sorun değil."

"Hayır, Parker için özür dilemiştim. Etrafta dolaşıp saçma sapan şeyler yüzünden insanlara saldıran bir psikopat olduğumu sanmanı istemem," dedim, "ama senden özür dilem lazım çünkü seni doğru nedenden ötürü savunmadım."

"Ve bu neden de..." diye yokladı.

"Chris'e atlamamın nedeni seni denemek için sırada olduğunu söylemesiydi, sana takılması değil."

"Bir sıra olduğunun ima edilmesi beni savunman için yeterli bir neden, Trav."

"Demek istediğim de bu. Ona öfkelendim çünkü bu söylediğinin seninle yatmak istediği anlamına geldiğini düşündüm."

Abby bir an için düşündü, sonra da tişörtümü yanlarından tuttu. Alnını tişörtüme, göğsüme bastırdı. "Ne var biliyor musun? Umurumda değil," dedi, gülümseyip bana bakarak. "İnsanların ne söyledikleri ya da niye kendini kaybettiğin ya da niye Chris'in suratını dağıttığın. Son istediğim şey adımın çıkması ama herkese arkadaşlığımızı açıklamaktan sıkıldım. Canları cehenneme."

Ağzımın kenarları yukarı kıvrıldı. "Arkadaşlığımız mı? Bazen beni dinleyip dinlemediğini merak ediyorum."

"Ne demek istiyorsun?"

Kendini kuşattığı baloncuğa sızmak mümkün değildi, ben de olur da bir gün bunu başarırsam neler olacağını merak ettim.

"Haydi, içeri girelim. Yorgunum."

Başını salladı, birlikte merdivenleri çıkıp daireye girdik. America'yla Shepley çoktan yatak odalarına gitmişler, mutlu mesut mırıldanıyorlardı. Abby banyoya kaçtı. Su boruları öttüler ve ardından su duş zemindeki karolara çarpmaya başladı.

Abby'yi beklerken Toto bana arkadaşlık etti. Abby fazla oyalanmadı, gecelik rutinini bir saat içinde bitirmişti.

Yatağa uzandı, ıslak saçları kolumun üstündeydi. Uzun bir nefes verip gevşedi. "Sadece iki hafta kaldı. Ben Morgan'a dönünce drama ihtiyacını nasıl karşılayacaksın?"

"Bilmiyorum," dedim. Bunu düşünmek istemiyordum.

"Hey," koluma dokundu. "Şaka yapıyordum."

O anda hâlâ yanımda olduğunu anımsayıp yattığım yerde gevşemeye çalıştım. İşe yaramadı. Hiçbir şey işe yaramıyordu. Onu kollarıma almaya ihtiyacım vardı. Yeterince zaman harcanmıştı. "Bana güveniyor musun, Güvercin?" diye sordum, biraz endişeyle.

"Evet, niye ki?"

"Buraya gel," deyip onu kendime çektim. Karşı çıkmasını beklemiştim ama bedeninin benimkine karışmasına izin vermeden önce sadece birkaç saniye şaşkınlık yaşadı. Yanağını göğsüme dayadı.

Ânında göz kapaklarım kurşundan yapılmış gibi ağırlaştılar. Yarın düşünüp gidişini ertelemenin bir yolunu bulmaya çalışacaktım ama o anda yapmak istediğim tek şey o kollarımdayken uyumaktı.

On Beşinci Bölüm
Yarın

İki hafta; ya Abby'yle kalan zamanımızın tadını çıkaracağım süre ya da onu ihtiyaç duyduğu kişinin ben olduğuma ikna edeceğim süre.

Bütün cazibemi kullandım, bütün numaraları yaptım ve hiçbir masraftan kaçınmadım. Bovling oynamaya gittik, akşam yemeğe çıktık, öğlen yemeğe çıktık ve sinemaya gittik. Aynı zamanda dairede de mümkün olduğunca çok zaman geçirdik. Film kiraladık, yemek ısmarladık, onunla yalnız kalmak için ne gerekiyorsa artık. Tek bir defa bile kavga etmedik.

Adam birkaç defa aradı, her ne kadar iyi bir gösteri yapıyor olsam da dövüşlerin kısalığından şikâyetçiydi. Para paraydı ama zamanımı Güvercin'den uzakta geçirmek istemiyordum.

Güvercin onu daha önce hiç görmediğim kadar mutluydu ve hayatımda ilk defa kendimi kırılmış, öfkeli bir adamdan çok, normal, bütün bir insan gibi hissetim.

Geceleri yatıp yaşlı bir çift gibi birbirimize sokuluyorduk. Son gecesi yaklaştıkça, moralimi düzgün tutup hayatımızın olduğu gibi devam etmesi için çaresiz olduğumu gizlemek daha zor hâle geliyordu.

Sondan bir önceki gecesinde Abby akşam yemeği için Pizza Shack'a gitmeyi tercih etti. Rahatsız edici futbol takımı olmadan, kırmızı zemindeki kırıntılar ve havadaki yağ ve baharat kokusuyla mükemmeldi.

Mükemmel ancak hüzünlü. Beraber yemek yediğimiz ilk yerdi. Abby bol bol güldü ama duygularından hiç bahsetmedi. Beraber geçirdiğimiz zamandan hiç bahsetmedi. Hâlâ o baloncuğun içindeydi. Hâlâ neler olduğundan habersizdi. Çabalarımın görmezden geliniyor olması zaman zaman beni çileden çıkarsa da, başarılı olma şansını yakalamamın tek yolu sabırlı olup onu hoş tutmaktı.

O gece oldukça çabuk uykuya daldı. Sadece beş on santim ötemde uyurken onu izledim, görüntüsünü hafızama kazımaya çalıştım. Kirpiklerinin teninin üstündeki duruşu; ıslak saçının kolumun üstündeyken verdiği his; losyonlar sürdüğü bedeninden yayılan temiz, taze meyve kokusu; nefes verirken çıkardığı güçlükle duyulabilen sesi. Öylesine huzurluydu ki ve yatağımda uyumaya öylesine alışmıştı ki.

Çevremizdeki duvarlar, Abby'nin dairemizde geçirdiği günlerin fotoğraflarıyla kaplanmıştı. Oda karanlıktı ama her birini aklıma kazımıştım. Oda tam da bir ev sıcaklığı vermeye başladığında onun gitme vakti gelmişti.

Abby'nin son gününün sabahı kederim beni tek lokmada yutacakmış gibi hissediyordum; ertesi sabah Morgan Binası'na doğru yola çıkacağımızın bilincini bir an olsun aklımdan çıkaramıyordum. Güvercin'in benimle bağlantısı kesilmeyecekti, hatta belki de arada bir beni ziyarete bile gelecekti, büyük ihtimalle yanında America'yla; ama nihayetinde Parker'la beraber olacaktı. Onu kaybetmenin eşiğindeydim.

Shepley'nin odasının kapısı açılıp kapanırken inledi ve kuzenimin çıplak ayaklarının yere çarpma sesi geldi. Saçı yer yer havaya dikilmişti ve gözleri yumuk yumuktu. Aşk koltuğuna yürüdü ve kapüşonunun altından bir süre beni izledi.

Belki de oda soğuktu, fark etmedim.

"Trav, onu yine göreceksin."

"Biliyorum."

"Yüzün tam tersini söylüyor."

"Aynı şey olmayacak, Shep. Farklı hayatlar yaşıyor olacağız. Zaman geçtikçe aramız soğuyacak. O Parker'la olacak."

"Bunu bilemezsin. Parker nasıl bir pislik olduğunu gösterecek. O da akıllanacak."

"O zaman da Parker gibi başka biri çıkacak."

Shepley içini çekti ve bir ayağından tutarak yaklaştırdığı koltuğa bir bacağını koydu. "Senin için ne yapabilirim?"

"Annem öldüğünden beri böyle hissetmemiştim. Ne yapacağımı bilmiyorum." Nefesim tıkandı. "Onu kaybedeceğim.

Shepley'nin kaşları çatıldı. "Demek mücadeleden vazgeçtin ha?"

"Her şeyi denedim. Ona erişemiyorum. Belki de benim ona karşı hissettiklerimi o benim için hissetmiyordur."

"Ya da belki sadece hissetmemeye çalışıyordur. Bak şimdi, America'yla ben ortalıkta olmayacağız. Daha bu gecen var. Özel bir şeyler yap. Bir şişe şarap al. Ona makarna pişir. Çok iyi makarna yapıyorsun."

Ağzımın bir köşesi yukarı kıvrıldı. "Makarna fikrini değiştimez."

Shepley gülümsedi. "Hiç belli olmaz. Senin zır deli olduğunu unutup yanına taşınmamın tek nedeni aşçılığın."

Başımı salladım. "Bir denerim, her şeyi deneyecek durumdayım."

"Yeter ki unutulmaz bir gece olsun Trav," dedi Shepley omzunu silkerek. "Yola gelebilir."

Shepley'yle America, Abby'ye akşam yemeği hazırlayabilmem için malzeme almaya gönüllü oldular. Shepley, çekmecelerimizdeki hurdalar arasından uygun bir takım çıkarmakla uğraşmayalım diye yolda bir mağazada durup gümüş bir takım bile aldı.

Abby'yle son gecem için her şey hazırdı.

O gece peçeteleri yerleştirirken, Abby yırtık pırtık bir kot pantolon ve beyaz, bol bir gömlek içinde geldi.

"Ağzımın suyu aktı resmen. Ne pişirdiysen harika kokuyor."

Derin tabağına Alfredo soslu makarna, tepesine de kararmış Kajun tavuğu ezmesi koydum ve biraz da dilimlenmiş domates ile yeşil soğan serptim.

"Pişirdiğim buydu," dedim, tabağı Abby'nin sandalyesinin önüne yerleştirirken. Yerine oturdu, gözleri büyüdü ve sonra kendi tabağımı doldurmamı izledi.

Tabağına bir dilim sarımsaklı ekmek attım, gülümsedi. "Her şeyi düşünmüşsün."

"Düşündüm," dedim, şarap şişesinin mantarını çıkarırken. Koyu kırmızı sıvı kadehine dolarken biraz sıçradı, o da kıkırdadı.

"Bütün bunları yapmak zorunda değildin, biliyorsun değil mi?"

Dudaklarımı birbirine bastırdım. "Zorundaydım."

Abby bir lokma yedi ve ardından bir tane daha, neredeyse nefes almak için bile ara vermeyecekti. Dudaklarından küçük bir inilti çıktı. "Bu gerçekten harika olmuş, Trav. Yeteneklerini benden saklıyormuşsun," dedi.

"Sana daha önceden söylemiş olsaydım, her gece böyle yemekler isterdin." Bir şekilde yüzüme yerleştirdiğim zoraki gülümseme çabucak silinip gitti.

"Ben de seni özleyeceğim Trav," dedi, bir yandan makarnasını çiğnerken.

"Buraya gelmeye devam edeceksin, değil mi?"

"Geleceğimi biliyorsun. Ve sen de Morgan'a gelip tıpkı önceden yaptığın gibi çalışmama yardım edeceksin."

"Ama aynı şey olmayacak." İçimi çektim. "Sen Parker'la çıkıyor olacaksın, kendimizi başka işlere vereceğiz... yollarımız ayrılacak.

"O kadar da değişmeyecek."

Bir kahkaha attım. "İlk tanışmamızı gören kimse şu anda burada oturacağımızı tahmin edebilir miydi? Üç ay önce beni bir kıza veda ettiğim için bu kadar kederli olacağıma asla inandıramazdın."

Abby'nin yüzü düştü. "Kederli olmanı istemiyorum."

"O zaman gitme."

Abby yutkundu ve kaşları çok çok az kalktılar.

"Buraya taşınamam Travis. Bu delilik olur."

"Kim demiş? Hayatımın en iyi iki haftasını geçirdim."

"Ben de."

"O zaman neden seni bir daha hiç görmeyecekmişim gibi hissediyorum?"

Bir an bana baktı ama cevap vermedi. Bunu yerine kalkıp tezgâhın etrafından dolaştı ve kucağıma oturdu. Bütün varlığımla ona bakmak istiyordum ama ona bakacak olursam, onu öpmeye çalışacağımdan dolayısıyla da gecemizin berbat olacağından korkuyordum.

Boynuma sarılıp yumuşak yanağını yanağıma bastırdı. "Nasıl bir baş belası olduğumu anlayıp beni özlemenin nasıl bir şey olduğunu unutacaksın," diye fısıldadı kulağıma.

Elimi omuzlarının arasında daireler halinde gezdiriyor, hüznümü bastırmaya çalışıyordum. "Söz mü?"

Abby gözlerime baktı ve yanaklarıma elleriyle dokundu.

Başparmağıyla çenemi okşadı. Aklımdan kalması için yalvarmak geçti ama beni duyamazdı. Baloncuğun öbür tarafından olmazdı.

Abby gözlerini kapayıp eğildi. Ağzımın köşesini öpmek istediğini biliyordum ama döndüm ve dudaklarımız birleşti. Bu benim son şansımdı. Ona bir veda öpücüğü vermek zorundaydım.

Bir an için donakaldı ama sonra vücudu gevşedi ve dudaklarının bir süre dudaklarımda oyalanmasına izin verdi.

Abby nihayet geri çekilip bir gülümsemeyle ortamı yumuşattı. "Yarın çok işim olacak. Mutfağı temizleyip yatağa gideceğim."

"Sana yardım edeyim."

Sessizlik içinde bulaşıkları yıkarken, Toto da ayaklarımızın dibinde uyuyordu. Son bulaşığı da yıkayıp rafa yerleştirdim ve ardından onu elinden tutup koridordan yatak odasına doğru götürdüm. Her adım ayrı bir ıstıraptı.

Abby pantolonunu indirip gömleğini başının üstünden çıkardı. Dolaptan tişörtlerimden birini aldı ve yıpranmış gri pamukluyu giydi. Daha önce onunla aynı odadayken birçok kez yaptığım gibi, üstümde sadece boxer'ım kalana dek soyundum ama bu defa odada matem havası vardı.

Yatağa girdik, lambayı kapadım. Kollarımı ânında ona sardım ve içimi çektim, o da yüzünü boynuma gömdü.

Pencerenin dışındaki ağaçların gölgesi duvarlara düştü. Gölgelerin şekillerine ve dışarıdaki hafif esintiyle duvarların farklı bölgelerinde şekil değiştiren ağaç siluetlerine odaklanmaya çalıştım. Aklımı saatin ekranındaki rakamlardan ya da sabaha ne kadar yaklaştığımızdan uzaklaştıracak herhangi bir şey aradım.

Sabah. Sadece birkaç saat içinde hayatım çok daha kötü bir yöne sapacaktı. Tanrım. Kaldıramıyordum. Gözlerimi kapatıp iyice sıkarak o düşünce zincirini kırmaya çalıştım.

"Trav? İyi misin?"

Kelimeleri söyleyebilmem biraz zaman aldı. "Hayatımın en kötü günü."

Alnını boynuma bastırdı ve ben de onu biraz daha sıkı kavradım. "Bu çok saçma," dedi. "Birbirimizi her gün görmeye devam edeceğiz."

"Bunun doğru olmadığını biliyorsun."

Başını çok az yukarıya kaldırdı. Bana mı baktığını yoksa bir şeyler söylemeye mi hazırlandığını bilemiyordum. Karanlığın içinde, sessizliğin ortasında dünya her an başıma yıkılacakmış gibi bekledim.

Abby birdenbire dudaklarını uzatıp ensemi öptü. Tenimi tadarken ağzı açıldı ve dilinin sıcak ıslaklığı o noktada oyalandı.

Başımı eğip ona baktım, tamamen hazırlıksız yakalanmıştım. Gözlerinin ardında tanıdık bir kıvılcım parlıyordu. Nasıl olduğunu bilmeden nihayet ona erişebilmiştim. Abby en sonunda ona olan duygularımı anlamış ve bir anda her şey aydınlanmıştı.

Eğilip dudaklarımı dudaklarına bastırdım, uzun ve yumuşak bir öpüşmeydi. Dudaklarımız birbirine ne kadar uzun süre kenetli kalırsa, olanların gerçekliği karşısında o kadar kendimden geçiyordum.

Abby beni kendine daha da yakınlaştırdı. Yaptığı her hareket cevabını bir kez daha onaylıyordu. O da benimle aynı şeyleri hissediyordu. Onun için önemliydim. Beni istiyordu. Bloğun çevresinde bağırarak koşup bunu kutlamak istiyordum ve aynı zamanda ağzımı ağzından bir an bile ayırmak istemiyordum.

Ağzı açıldı ve dilimi ağzının içine sokup nazikçe tadına baktım ve dilini aradım.

"Seni istiyorum," dedi.

Sözleri kafamda yankılandı ve ne demek istediğini anladım. Bir yanım bizi ayıran her kumaş parçasını yırtıp atmak istiyordu, öte yandan diğer yanım zihnimdeki bütün alarm zillerini çalmaya başlamıştı. Nihayet aynı dalga boyuna gelmiştik. İşleri aceleye getirmenin bir anlamı yoktu.

Biraz geri çekildim ama Abby daha da kararlı hâle geldi. Dizlerimin üstünde dikilene kadar geri çekildim, Abby beni bırakmadı.

Onu durdurmak için omuzlarından tuttum. "Bir saniye bekle," diye fısıldadım soluk soluğa. "Bunu yapmak zorunda değilsin, Güvercin. Bu gece bununla ilgili değil."

Her ne kadar doğru şeyi yapmak istesem de, Abby'nin beklenmedik yoğunluğu ve benim rekor zamandır biriyle yatmamış olmam birleşince penisim gururla kalkmış, boxer'ımın sınırlarını zorlamaya başlamıştı.

Abby yeniden bana doğru eğildi ve bu defa dudaklarını dudaklarıma değdirebilecek kadar yakına gelmesine izin verdim. Bana baktı, ciddi ve kararlıydı. "Beni yalvartma," diye fısıldadı.

Ne kadar asil davranmayı istemiş olursam olayım, ağzından çıkan bu sözcükler beni duman etti. Başının arkasını kavrayıp dudaklarını dudaklarımla mühürledim.

Abby'nin parmakları sırtımdan aşağı inip boxer'ımın lastiğine dayandı ve bir sonraki hamleyi düşünüyormuş gibi durakladı. Altı haftadır biriken cinsel gerilim karşısında dayanamadım ve ikimizi de hızla yatay konuma geçirdim. Açılmış dizlerinin arasına girdim. Tam dudaklarımız yeniden birleşirken, elini boxer'ımın önüne kaydırdı. Yumuşak parmakları çıplak tenime dokunduklarında boğazımdan alçak bir inleme kurtuldu. Hayal edebildiğim en iyi histi.

Abby'nin üstündeki eski püskü gri tişört ilk uçan kıyafet oldu.

Neyse ki dolunay, sabırsızca kıyafetlerin geri kalanına yönelmeden önce çıplak göğüslerinin tadını çıkarabileceğim kadar odayı aydınlatıyordu. Elim külotunu kavradı ve ardından bacaklarından aşağı kaydırdı. Bacağının iç yüzeyini takip ederek kasıklarına ulaştım. Abby, parmaklarım yumuşak ıslak cildinin arasına girince uzun, kesik kesik bir nefes verdi. Daha ileri gitmeye kalmadan, yakın bir zamanda aramızda geçen bir konuşma geldi aklıma. Abby bakireydi. İstediği gerçekten de buysa nazik olmam gerekiyordu. En son istediğim şey onun canını yakmaktı.

Elimin her hareketiyle dizleri yay gibi kıvrıldı ve titredi. Bir karara varmasını beklerken boynunda farklı yerleri yalayıp emdim. Kalçaları sağa sola hareket etti ve ileri geri sallandı, Red'de bana yaslanıp dans ettiği günü hatırlattılar. Alt dudağını içeri çekti ve ısırırken aynı anda parmaklarını sırtıma geçirdi.

Üstüne çıktım. Boxer'ım hâlâ üstümdeydi ama çıplak teninin bana değdiğini hissedebiliyordum. O kadar sıcaktı ki, kendimi tutmak o güne kadar yaptığım en zor şeydi. Bir santim daha yakın olsaydım, boxer'ımı delip içine girmiştim.

"Güvercin," dedim soluk soluğa, "bu akşam olmak zorunda değil. Sen hazır olana dek beklerim."

Abby, komodinin üst çekmecesine uzanıp açtı. Plastik paketi parmaklarının arasına alıp ağzına götürdü ve ambalajı dişleriyle yırttı. Azıcık deneyimi olan birisi bile bu hareketle kendisine yeşil ışık yakıldığını anlayabilirdi. Elimi sırtından çektim ve boxer'ımı indirip şiddetle tekmeledim. Bütün sabrım tükenmişti. Düşünebildiğim tek şey bacaklarının arasında olmaktı. Prezervatifi taktım ve kalçamı bacaklarının arasına getirip tenlerimizin en duyarlı noktalarını birbirine temas ettirdim.

"Bana bak Güvercin," dedim soluk soluğa.

Büyük, yuvarlak, gri gözlerini kaldırıp bana baktı. Gerçeküstü bir durumdu. Gözlerini bana ilk devirişinden beri bunun hayalini kuruyordum ve en sonunda gerçekleşiyordu. Başımı yana eğdim, sonra da eğilip onu nazikçe öptüm. İleri hamle yapıp kendimi kastım, elimden geldiğince yumuşak bir şekilde içine girmeye çalıştım. Geri çekildiğimde Abby'nin gözlerine baktım. Dizleriyle kalçamı sarmaşık gibi sımsıkı tutmuştu; alt dudağını öncekinden daha sert ısırdı ama parmaklarını sırtıma bastırıp beni kendine çekmeye devam etti. Bir hamle daha yaptığımda gözlerini sımsıkı kapadı.

Onu öptüm, yavaşça, sabırla. "Bana bak," diye fısıldadım.

İnleyip çığlık attı. Çıkardığı her sesle hareketlerimi kontrol etmem daha da güçleşiyordu. Abby'nin vücudu nihayet gevşedi ve daha ritmik hareketlerle gidip gelmeye başladım. Ne kadar hızlanırsam kontrol de o kadar fazla kayıyordu elimden. Teninin her santimine dokundum ve boynunu, yanaklarını ve dudaklarını öpüp yaladım.

Beni tekrar tekrar içine çekti ve her defasında biraz daha derine gittim.

"Seni o kadar uzun zamandır istiyorum ki Abby. Tek istediğim şey sensin," dedim, dudaklarım dudaklarında, soluk soluğa.

Bir elimle uyluğunu tutup dirseğimle kendimi destekledim. Tenimizin üstünde ter damlacıkları belirirken, karınlarımız kolayca birbirlerinin üstünden kayıyorlardı. Onu karın üstü çevirmeyi ya da üstüme çekmeyi düşündüm ama gözlerine bakabilmek ve ona mümkün olduğunca yakın kalabilmek için yaratıcılıktan vazgeçmeyi tercih ettim.

Bunun tam bütün gece devam edebileceğimi düşünüyordum ki Abby inledi.

"Travis."

Soluk soluğa ismimi söylemesi bütün savunmalarımı dağıttı ve sınırı aşmama neden oldu. Vücudumdaki her kas kasılana dek daha hızlı, daha ileriye gitmeliydim. Nihayet yığılmadan önce inleyip birkaç defa titredim.

Başımı boynuna dayayıp burnumdan soludum. Ter, parfüm ve... ben gibi kokuyordu. Böyle fantastik bir şey yaşamamıştım.

"Amma da etkileyici bir ilk öpücüğün varmış," dedi, yorgun, hoşnut bir ifadeyle.

Yüzünü süzüp gülümsedim. "Senin son ilk öpücüğün."

Abby gözlerini kırpıştırdı ve ben de kendimi hemen yanına bırakıp kolumu çıplak karnının üstüne attım. Bir anda sabah iple çektiğim bir şeye dönüşmüştü. Beraber geçireceğimiz ilk gün olacaktı ve beceriksizce saklamaya çalıştığımız bir hüzünle eşya toplamak yerine geç vakte kadar uyuyup sabah yatakta uzun uzun keyif yapabilir ve bir çift olarak günün tadını çıkarabilirdik. Bunlar da kulağıma cennet tasviri gibi geliyordu.

Üç ay önce hiç kimse beni böyle bir şey hissedebileceğime inandıramazdı. Şimdiyse hayatta daha fazla istediğim başka hiçbir şey yoktu.

Derin, rahat bir nefesle göğsüm kalkıp indi ve ben hayatımda sevdiğim ikinci kadının yanında uyuyakaldım.

On Altıncı Bölüm
Uzay ve Zaman

Başlangıçta paniğe kapılmadım, uyku mahmurluğu içinde
kafam sakin olmama neden olacak kadar karışıktı. Başlan-
gıçta yatağın öbür yanına, Abby'ye ulaşmak için kolumu
uzatıp da orada olmadığını fark ettiğimde sadece küçük bir
hayal kırıklığı hissettim, sonra bunun yerini hemen bir me-
rak duygusu aldı.

Büyük ihtimalle banyodaydı ya da koltuğa oturmuş mı-
sır gevreği yiyordu. Az önce bekâretini bana vermişti, sade-
ce platonik olarak ilgilendiğini kanıtlamak için bol miktar-
da zaman ve çaba harcadığı birisine. Sindirmesi epey zor bir
deneyimdi.

"Güvercin?" diye seslendim. Şöyle bir başımı kaldırdım,
yatağa dönüp yanıma uzanacağını umuyordum. Ama beş-
on saniye geçtikten sonra pes edip yatağa oturdum.

Beni neyin beklediğini bilmiyordum, önceki gece üstüm-
den attığım boxer'ı giydim ve üstüme bir tişört geçirdim.

Banyo kapısına kadar ayaklarımı sürüyerek gittim ve ka-
pıyı çaldım. Kapı biraz açıldı. İçeriden hiç ses gelmiyordu
ama ben yine de seslendim. "Güvercin?"

Kapıyı tamamen açınca şaşırmadığım bir manzarayla
karşılaştım: karanlık ve boş. Sonra oturma odasına gittim,

onu mutfakta ya da kanepede görmeyi bekliyordum ama hiçbir yerde yoktu.

"Güvercin?" diye seslendim, bir yanıt bekleyerek.

Paniğe kapılmaya başladım ama neler olduğunu anlayana dek kendimi kaybetmemeye kararlıydım. Ayaklarımı vura vura Shepley'nin odasına gidip kapıyı çalmadan açtım.

America Shepley'nin kollarında uyuyordu, tam Abby'nin de benim kollarımda olmasını hayal ettiğim gibiydi.

"Abby'yi gördünüz mü? Onu hiçbir yerde göremedim."

Shepley dirseğinden destek alıp doğruldu, eliyle gözünü ovuşturup "Ha?" dedi.

"Abby," dedim, sabırsızlıkla ışığı açarak. İkisinin de gözleri kamaştı. "Onu gördünüz mü?"

Aklımdan her biri farklı derecede paçamı tutuşturan farklı senaryolar geçiyordu. Belki Toto'yu dışarı çıkarmıştı ve birileri onu kaçırmıştı ya da ona zarar vermişti ve eve dönemiyordu; belki de merdivenlerden düşmüştü. Ama koridorun sonundan Toto'nun zemini tırmaladığını duyabiliyordum, dolayısıyla bunların hiçbiri olamazdı. Belki de America'nın arabasından bir şey almak için dışarı çıkmıştı.

Sokak kapısına koşturup etrafa bakındım. Sonra da merdivenlerden indim, dairenin girişiyle America'nın arabası arasındaki mesafenin her santimini gözden geçirdim.

Hiç iz yoktu. Ortadan kaybolmuştu.

Shepley dairenin kapısında belirdi, gözlerini kısıyordu ve soğuktan korunmak için kendisini kucaklamıştı.

"Evet. Bizi erkenden kaldırdı. Eve gitmek istiyordu."

Merdivenlerden ikişer ikişer çıkıp Shepley'yi çıplak omuzlarından tuttuğum gibi odanın öbür ucuna kadar sürükleyip duvara yapıştırdım. Tişörtümü yakalamıştı, yüzünde yarı şaşkınlık yarı kızgınlıktan oluşan bir ifade vardı.

"Sen ne—" diye başladı.

"Onu eve mi götürdün? Morgan'a? Gecenin bir yarısında hem de. Neden?"

"Çünkü benden öyle yapmamı istedi!"

Onu bir kez daha duvara çarptım, öfkeden gözüm dönmüş, kendimi kaybetmeye başlamıştım.

America yatak odasından çıktı, saçı darmadağınıktı ve rimeli gözlerinin altına bulaşmıştı. Sabahlığını giymiş, kemerini sıkıyordu. "Neler oluyor burada?" diye sordu, halimi görünce adımının ortasında kalakaldı.

Shepley kolunu kurtarıp ona doğru uzattı. "Mare geri dur."

"Kızgın mıydı? Üzgün müydü? Niye gitmek istedi?" diye sordum sıktığım dişlerimin arasından.

America bir adım daha attı. "O veda etmekten nefret eder Travis! Sen uyanmadan gitmek istemesine hiç şaşırmadım!"

Shepley'yi duvarda tutup America'ya bakım. "O... o ağlıyor muydu?"

Abby'nin benim gibi bir hıyara, onun için değersiz birisine, bekâretini verdiği için tiksinti duymuş olabileceğinden şüphelendim ve belki istemeden de olsa onu incittiğimi düşündüm.

America'nın yüzü korkudan şaşkınlığa sonra da öfkeye büründü.

"Niye?" diye sordu. Sesi soru sormaktan çok suçlamada bulunur gibi çıkmıştı. "Neden ağlasın ya da üzgün olsun ki, ha Travis?"

Shepley "Mare," diye uyardı.

America bir adım daha attı. "Ne yaptın sen?"

Shepley'yi bıraktım ama kız arkadaşına dönünce tişörtümü tuttu.

"Ağlıyor muydu?" diye sordum.

America başını salladı. "İyiydi! Sadece eve gitmek istedi! Ne yaptın sen?" diye bağırdı.

Shepley, "Bir şey mi oldu?" diye sordu.

Düşünmeden dönüp bir yumruk savurdum ve az farkla Shepley'nin yüzünü ıskaladım.

America çığlık atıp elleriyle ağzını kapadı. "Travis dur!" dedi ellerinin arasından.

Shepley dirseklerimin hizasından kollarını bana sardı, yüzü yüzümün sadece birkaç santim uzağındaydı. "Telefon et!" diye bağırdı. "Artık sakinleş ve Abby'yi ara!"

Seri, hafif adımlar koridor boyunca gidip geldi. America yanıma gelip telefonumu bana uzatarak, "Onu ara," dedi.

Telefonu elinden kapıp Abby'nin numarasını çevirdim. Sesli mesaja düşene kadar çaldı. Kapatıp tekrar aradım. Sonra tekrar. Ve tekrar. Telefonu açmıyordu. Benden nefret ediyordu.

Telefonu yere bıraktım. Göğsüm hızla inip kalkıyordu. Gözyaşları gözümü yaktığında, elime geçen ilk şeyi odanın öbür tarafına fırlattım. Büyük parçalara ayrıldı.

Arkama döndüğümde karşılıklı yerleştirilmiş tabureleri gördüm; bana yemeğimizi anımsattılar. Birini bacağından yakalayıp kırılana kadar buzdolabına vurdum. Buzdolabının kapısı açılınca onu da tekmeledim. Tekmenin gücüyle çarpıp yeniden açıldı. Ben de bir daha tekmeledim ve sonra bir daha, ta ki Shepley koşup kapıyı kapatan dek.

Hışımla odama koştum. Yataktaki dağınık çarşaflar benimle alay ediyor gibiydiler. Bütün hıncımı onlardan çıkardım, çarşafları, örtüleri ve hatta battaniyeyi yerlerinden kopartarak aldım ve mutfağa götürüp çöpe attım. Sonra yastıklara da aynısını yaptım. Hâlâ öfkeden çıldırmış bir vaziyette odamda durup kendimi sakinleşmeye zorladım ama uğruna sakinleşeceğim bir şey yoktu. Her şeyi kaybetmiştim.

Odanın içinde dolanırken komodinin önünde durdum. Abby'nin çekmeceye uzanması geldi aklıma. Açarken çekmece gıcırdadı ve prezervatifle dolu cam kâse ortaya çıktı. Abby'yle tanıştıktan sonra neredeyse hiç dokunmamıştım onlara. Abby artık seçimini yapmıştı ve ben başka biriyle beraber olmayı hayal bile edemiyordum.

Kâseyi elime aldığımda kısa bir süreliğine camın soğukluğunu hissettim; kısa bir süre çünkü elime aldığım gibi odanın öbür ucuna fırlattım. Kapının yanındaki duvara çarpıp bin paçaya bölündü ve paketler etrafa saçıldı.

Şifonyerimin üstündeki aynadan yansımam bana baktı. Çenem aşağıdaydı, gözlerime baktım. Göğsüm hızla inip kalkıyordu, titriyordum ve o halimi kim görse bana deli derdi ama o noktada kendimi kontrol edebilmekten çok uzaktım. Gerileyip yumruğumu aynaya indirdim. Aynanın parçaları elime saplanınca yumruğum aynada kanlı bir çember bıraktı.

Shepley koridordan, "Travis, dur!" dedi. "Dur artık kahrolası!"

Üstüne üstüne koşup onu geri ittim, sonra da kapımı çarpıp kapadım. Bütün gücümü kullanarak ellerimle ahşaba bastırdım, sonra da bir adım gerileyip dibinde bir çentik oluşturana dek kapıyı tekmeledim. Menteşelerinden çıkana dek yanlardan asıldım ve sonra onu da odanın öbür tarafına attım.

Shepley'nin kolları bana yeniden sarıldı. "Sana dur dedim!" diye bağırdı. "America'yı korkutuyorsun!" Alnındaki damar kabarmıştı, sadece kendinden geçecek kadar öfkelendiğinde kabaran o damar.

Onu ittim, o da beni itti. Bir yumruk daha salladım ama eğilip atlattı.

America, "Gidip onunla konuşacağım!" diyerek beni sakinleştirmeye çalıştı. "İyi olup olmadığını öğreneceğim ve seni aramasını söyleyeceğim."

Kollarımı serbest bıraktım, sanki bana ait olmayan cansız uzantılarmış gibi iki yanımdan sallandılar. Açık sokak kapısından içeri giren soğuk havaya karşın şakaklarımdan ter damlıyordu. Göğsüm sanki maraton koşmuşum gibi inip kalkıyordu.

America Shepley'nin odasına koştu. Beş dakika içinde giyinmişti ve saçını topuz yapıyordu. Shepley paltosunu giymesine yardımcı oldu ve ona bir veda öpücüğü kondurup başını sallayarak teskin etti. America anahtarlarını aldı ve kapıyı çarparak çıktı.

Shepley kanepeyi göstererek, "Şu lanet kanepeye bir otur!" dedi.

Gözlerimi kapatıp bana söyleneni yaptım. Ellerim yüzümü örterken titriyorlardı.

"Şanslısın. Birkaç saniye daha devam etsen Jim'i arayacaktım ve tabii diğer kardeşlerini de."

Başımı salladım. "Babamı arama," dedim. "Onu arama." Tuzlu gözyaşları gözlerimi yaktılar.

"Konuş."

"Ona çaktım. Demek istediğim... ona çakmadım, biz..."

Shepley başını salladı. "Dün gece her ikiniz için de zor olmuş. Kimin fikriydi bu?"

"Onun." Gözlerimi kırpıştırdım. "Geri çekilmeye çalıştım. Beklemeyi önerdim ama bana neredeyse yalvardı."

Shepley'nin de en az benim kadar kafası karışmış görünüyordu.

Ellerimi havaya kaldırıp kucağıma indirdim. "Belki de canını yakmışımdır. Bilmiyorum."

"Sonrasında nasıl davrandı? Bir şey söyledi mi?"

Bir an düşündüm. "Çok etkileyici bir ilk öpücüğüm olduğunu söyledi."

"Ha?"

"Birkaç hafta önce ilk öpücüklerin kendisini gerdiğini ağzından kaçırmıştı, ben de onunla dalga geçmiştim."

Shepley kaşlarını çattı. "Onu üzen bir şey olmadı demek ki."

"Ona bunun son ilk öpücüğü olduğunu söyledim." Bir defa gülüp tişörtümün altıyla burnumdaki ıslaklığı sildim. "Her şeyin yolunda olduğunu düşünmüştüm, Shep. Nihayet ona ulaşmama izin verdiğini. O zaman neden benimle birlikte... sonra da neden terk edip gitti?"

Shepley yavaşça başını salladı, o da benim kadar karmakarışıktı. "Bilmiyorum kuzen. America öğrenecektir. Kısa zamanda bir şeyler öğreneceğiz."

Yere baktım, şimdi ne olabileceğini düşündüm. "Ben ne yapacağım?" diye sordum, başımı kaldırıp ona bakarak.

Shepley kolumu tuttu. "Onlardan haber çıkana kadar kendini meşgul etmek için, yaptığın pisliği temizleyeceksin."

Odama yürüdüm. Kapı yatağımın üstünde duruyordu, yerde de kırık ayna ve cam parçaları vardı. Sanki odamda bomba patlamış gibiydi. Shepley elinde bir tornavida, bir süpürge ve bir faraşla odanın kapısında belirdi. "Ben camları toplarım, sen de kapıyı hallet."

Başımı sallayıp büyük ahşap levhayı yataktan kaldırdım. Tam tornavidamı son kez döndürmüştüm ki, cep telefonum çaldı. Yerden zıplayıp komodinin üstündeki telefonu kaptığım gibi açtım.

Arayan America'ydı.

"Mare?" dedim, nefes nefese kalmıştım.

"Benim." Abby'nin sesi alçak ve tedirgindi.

Ona dönmesi için yalvarmak istiyordum, beni affetmesi için yalvarmak istiyordum ama neyi yanlış yaptığımı da bilmiyordum. Birden sinirlendim.

"Dün gece içine şeytan mı girdi? Sabah kalktım ve sen gitmiştin ve sen... sen bana veda bile etmeden gidiyorsun öyle mi? *Niye?*"

"Özür dilerim ben —"

"Özür mü dilersin? Burada kafayı sıyırdım! Telefonuna cevap vermiyorsun, dışarıya sıvışıyorsun ve—*ni—niye*? Nihayet her şeyi çözdüğümüzü sanmıştım!"

"Sadece düşünmek için biraz zamana ihtiyacım var."

"Neyi düşünmek için?" durdum, sormak üzere olduğum soruya vereceği yanıttan korkmuştum. "Seni... Seni incittim mi?"

"Hayır! Öyle bir şey değil! Çok ama çok özür dilerim. America'nın sana anlattığından eminim. Ben vedaları sevmiyorum."

"Seni görmem lazım," dedim, çaresizlikle.

Abby içini çekti. "Bugün yapmam gereken bir sürü şey var, Trav. Bavullarımı boşaltmam ve bir ton çamaşır yıkamam lazım."

"Pişman olmuşsun."

"Öyle... mesele o değil. Biz arkadaşız. Bu değişmeyecek."

"*Arkadaş mı?* Peki, dün akşam ne bok yaptık?"

Soluğunun kesildiğini duydum. "Ne istediğini biliyorum. Sadece... bunu şu anda yapamam."

"O halde biraz zamana ihtiyacın var, öyle mi? Bunu bana söyleyebilirdin. Benden böyle kaçmana gerek yoktu."

"En kolayı buymuş gibi geldi."

"Kimin için kolay?"

"Uyuyamadım. Sabah nasıl olacağını düşünüp durdum, eşyalarımı Mare'in arabasına yüklememizi ve... yapamadım, Trav."

"Artık burada kalmayacak oluşun yeterince kötü. Öylece hayatımdan çıkıp gidemezsin."

"Seninle yarın görüşürüz," dedi, sesinin normal bir konuşma yapıyormuşuz gibi çıkması için çaba sarf etti. "Aramızda bir soğukluk olmasını istemiyorum, tamam mı? Sadece bir şeyleri çözmem gerekiyor. O kadar."

"Tamam," dedim. "Bunu yapabilirim."

Telefon kapandı, Shepley beni izliyordu, tedirgindi. "Travis... Kapını daha az önce yerine geri astın. Daha fazla saçmalamak yok, tamam mı?"

Bütün yüzüm çöktü, başımla onayladım. Öfkelenmeyi denedim, öfkemi kontrol etmek göğsümdeki kuvvetli acıyla baş etmekten daha kolaydı ama bunu denediğimde tek hissedebildiğim dalga dalga gelen keder oldu. Karşı koymak için çok yorgundum.

"Ne söyledi?"

"Zamana ihtiyacı varmış."

"Tamam. Bu hiçbir şeyin sonu değil. Üstesinden gelebilirsin değil mi?"

Derin bir nefes aldım." Evet, bunun üstesinden gelebilirim."

Shepley şangırdayan cam parçalarıyla birlikte faraşı mutfağa götürdü. Yatak odasında Abby'yle çektirdiğimiz fotoğraflarla baş başa kalınca içimde yeniden bir şeyler kırma isteği uyanmıştı, ben de America'yı beklemek için salona gittim.

Neyse ki dönmesi uzun sürmedi. Büyük ihtimalle Shepley için endişe ettiğini düşündüm.

Kapıyı açıp eşikte durdum ve "Seninle mi?" diye sordum.

"Hayır değil."

"Başka bir şey söyledi mi?"

America yutkundu, cevap vermeye tereddüt ediyordu. "Sözünü tutacağını ve yarın bu saatte onu özlemiyor olacağını söyledi."

Bakışlarım yere kaydı. "Geri gelmeyecek," dedim kendimi koltuğa bırakırken.

America bir adım ilerledi. "Bu ne anlama geliyor, Travis?"

Ellerimi başımın üstüne koydum. "Dün gece yaşadıklarımızla beraber olmak istediğini söylemek istemiyormuş. Veda ediyormuş."

"Bunu bilemezsin."

"Onu tanıyorum."

"Abby için önemlisin."

"Beni sevmiyor."

America bir nefes aldı ve öfkeme dair bütün endişeleri yüzünde beliren anlayışlı gülümsemeyle silinip gitti. "Onu da bilemezsin. Dinle, ona sadece biraz alan tanıman lazım. Abby senin alışık olduğun kızlar gibi değildir, Trav. Kolay ürker. En son karşısına ciddi düşünen biri çıktığında, yaşadığı eyaleti değiştirdi. Senin durumun göründüğü kadar kötü değil."

Başımı kaldırıp America'ya baktım, küçücük de olsa bir umut ışığı vardı demek ki. "Öyle mi düşünüyorsun?"

"Travis, seni bırakıp gitti çünkü sana olan hislerinden korkuyor. Her şeyi bilseydin, açıklaması daha kolay olurdu ama sana anlatamam."

"Neden?"

"Çünkü Abby'ye söz verdim ve o benim en iyi arkadaşım."

"Bana güvenmiyor mu?"

"Kendisine güvenmiyor. Ama senin *bana* güvenmen gerekiyor."

America ellerimden tutup çekerek beni ayağa kaldırdı. "Şimdi git, uzun, sıcak bir duş al, sonra da dışarı yemeğe gideceğiz. Shepley bana babanın evinde poker gecesi olduğunu söyledi."

Başımı salladım. "Poker gecesine gidemem. Güvercin'i soracaklar. Gidip Güvercin'i görsek olmaz mı?"

America'nın rengi attı. "Evde olmayacak."

"Dışarı mı çıkacaksınız?"

"O çıkacak."

"Kimle?" Anlamam sadece birkaç saniye sürdü. "Parker."

America başıyla onayladı.

"Demek bu yüzden onu özlemeyeceğimi düşünüyor," dedim kırgın sesimle. Bana böyle yapmasına inanamıyordum. Çok zalimceydi.

America yeni bir öfke nöbetini önlemek için hamle yapmakta gecikmedi. "Biz de sinemaya gideriz, tabii ki bir komedi filmine sonra da şu go-kart pisti hâlâ açık mı bir bakarız, sen de beni yeniden pistten çıkarabilirsin."

America akıllıydı. Go-kart pistinin Abby'yle gitmediğimiz az sayıdaki yerden biri olduğunu biliyordu. "Seni pistten çıkarmadım ben. Sadece go-kart becerilerin beş para etmez."

"Göreceğiz," dedi America, beni banyoya iterken. "İyi gelecekse çekinme, ağla. Bağır. Tamamını içinden at, sonra da gidip eğlenelim. Seni hepten rahatlatmaz ama bu geceliğine meşgul eder."

Banyo kapısında arkama döndüm. "Teşekkürler, Mare."

"Bir şey değil, bir şey değil..." deyip Shepley'ye döndü.

Duşa girmeden önce suyu açıp buharın banyoyu ısıtmasını bekledim. Aynadaki yansımamdan ürktüm. Yorgun gözlerimin altında siyah halkalar vardı, bir zamanlar kendine güven dolu olan duruşum değişmiş, neredeyse kamburum çıkmıştı. Berbat görünüyordum.

Duşa girdikten sonra gözlerimi kapattım ve suyun yüzümden akıp gitmesine izin verdim. Göz kapaklarımın ardında Abby'nin narin hatları alev alevdi. Onu ilk defa gözüm kapalı görüyor değildim. Ama artık gitmişti ve gözümü her kapattığımda sanki bir kâbusa saplanıp kalıyordum. Birkaç dakikada bir boğazım düğümleniyor, ben de yutkunarak acıyı içime atıyordum. Onu özlüyordum. Tanrım, onu özlüyordum ve yaşadığımız her şey tekrar tekrar gözümde canlanıyordu.

Avuçlarımı duşun duvarına yapıştırıp gözlerimi sımsıkı kapadım. "Lütfen geri gel," dedim sessizce. Beni duyamazdı ama bu yokluğuyla açtığı yaranın korkunç acısından beni kurtarması için ona yalvarmama engel olmadı.

Suyun altında çaresizlik içinde kıvranmam bittikten sonra birkaç derin nefes alıp kendimi toparladım. Abby'nin gitmiş olması beni bu kadar şaşırtmamalıydı, önceki gece yaşadıklarımızdan sonra bile. America'nın söyledikleri mantıklıydı. Abby bu işte benim kadar yeniydi ve o da korkuyordu. İkimizin de duygularımızla başa çıkma yöntemimiz rezaletti ve ona âşık olduğumu anladığım an beni paramparça edeceğini hissetmiştim.

Sıcak su öfkemi ve korkumu yıkayıp götürdü ve bunların yerini yeni bir iyimserlik aldı. Bir kızı nasıl tavlayacağını bilemeyen müzmin bir ezik değildim. Abby'ye olan duygularımla meşgulken bir noktada bu gerçeği unutmuştum. Artık kendime yeniden inanmaya başlamanın ve Abby'nin sadece kalbimi kırabilecek bir kız değil, aynı zamanda en iyi arkadaşım olduğunu anlamanın zamanı gelmişti. Onu nasıl gülümseteceğimi, en çok neleri sevdiğini biliyordum. Bu mücadelede hâlâ bir iddiam vardı. Üstelik boncuk gözlü bir yavru köpek tarafından desteklenen bir iddiaydı bu.

Go-kart pistinden döndüğümüzde keyfimiz yerindeydi. America hâlâ Shepley'yi üst üste dört defa yendiği için kıkırdıyordu ve Shepley de surat asıyormuş numarası yapıyordu.

Shepley bir süre karanlıkta anahtarlarıyla uğraştı.

Cep telefonum elimde, Abby'yi on üçüncü kez aramamak için kendimi zor tutuyordum.

America "Neden hâlâ aramadın?" diye sordu.

"Büyük ihtimalle hâlâ dışarıdadır. Ben en iyisi... araya girmeyeyim," dedim, şu anda neler yaşanmakta olabileceğine ilişkin düşünceleri aklımdan uzaklaştırmaya çalışarak.

"Araya girmemeli misin?" diye sordu America, şaşkınlığı samimiydi. "Onu yarın bovling oynamaya çağırmak istediğini söyleyen sen değil miydin? Bir kıza buluşmak isteğini aynı gün haber vermek kesinlikle kabalıktır ."

Shepley nihayet anahtar deliğini bulup kapıyı açınca hep birlikte içeri girebildik.

Koltuğa oturup rehberde Abby'nin ismine baktım.

"Anasını satayım," deyip ismine dokundum.

Telefon çaldı, bir defa daha. Kalbim yerinden çıkacakmış gibi atıyordu, dövüşlerde olduğundan da çok.

Abby yanıt verdi.

"Buluşmanız nasıl gidiyor, Güvercin?"

"Ne istiyorsun Travis?" diye fısıldadı, en azından sesi soluk soluğaymış gibi gelmiyordu.

"Yarın bovling oynamaya gitmek istiyorum. Takım arkadaşıma ihtiyacım var."

"*Bovling mi?* Beni daha sonra arayamaz mıydın?" Sesinin sert çıkmasını istemişti ama tam tersi olmuştu. Onu aramamdan memnun olduğunu anlayabiliyordum.

Kendime olan güvenim tavan yaptı, Parker'ın yanında olmak istemiyordu.

"İşinin ne kadar süreceğini ben nereden bileyim? Ah. Lütfen yanlış anlama..." diye espri yaptım.

"Zamanım oluğunda seni arayacağım, tamam mı?"

"Hayır, tamam değil. Arkadaş olacağımızı söyledin ama birlikte takılamayacağız öyle mi?" Durakladı, ben de o bir içim su gri gözlerini devirdiğini hayal ettim. Parker'ın onları doğrudan görebilmesini kıskandım. "Bana gözlerini devirme. Gelecek misin gelmeyecek misin?"

"Gözlerimi devirdiğimi nereden bildin? Beni gözetliyor musun?"

"Sen hep gözlerini devirirsin. Evet? Hayır? Buluşmanızın değerli saniyelerini harcıyorsun."

"Evet!" dedi yüksek sesle fısıldayarak, sesinde bir gülümseme vardı. "Geleceğim."

"Seni saat yedide alırım."

Telefonu koltuğun öbür ucuna fırlattım, tok bir ses çıkararak düştü. Bakışlarımı America'ya çevirdim.

"Randevulaştınız mı?"

"Evet," deyip yastığa yaslandım.

America, bacaklarını Shepley'nin üstünden aldı. Shepley'ye son yarışları hakkında takılırken o da kanal değiştirip duruyordu. America'nın sıkılması uzun sürmedi. "Yurda dönüyorum."

Shepley yüzünü buruşturdu, onun gitmesinden hiç memnun olmazdı. "Bana mesaj at."

"Atacağım," dedi America. "Görüşürüz, Trav."

Gitmesini kıskanmıştım, yapacak bir şeylerinin olmasını. Yapmam gereken iki ödevi günler öncesinden bitirmiştim.

Gözüm televizyonun üstündeki saate takıldı. Dakikalar geçmek bilmiyordu ve kendime her ne kadar başka yere bakmamı söylesem de gözlerim o dijital kutudaki sayılara gidiyordu. Sonsuzluk gibi gelen bir sürenin ardından sadece yarım saat geçmişti. Ellerimle oynayıp duruyordum. O kadar huzursuzdum ve canım o kadar sıkılmıştı ki her saniye bitmek bilmeyen bir işkenceye dönüşmüştü. Abby'yle Parker hakkındaki düşünceleri kafamdan çıkarmak bitmek bilmeyen bir mücadeleye dönüşmüştü. Nihayet ayağa kalktım.

Shepley, yüzünde belli belirsiz bir gülümsemeyle "Gidiyor musun?" diye sordu.

"Burada oturup kalamam. Parker'ın onun için kudurduğunu biliyorsun. Bu da beni deli ediyor."

"Onların beraber ...Yok. Abby yapmaz. America onun... neyse. Çenem başımı belaya sokacak."

"Bakire mi?"

"Biliyor muydun?"

Omzumu silktim. "Abby bana söylemişti. Yaşadıklarımız yüzünden... yani sence o...?"

"Hayır."

Ensemi sıvazladım. "Haklısın. Yani haklı olduğunu düşünüyorum. Demek istediğim, öyle umuyorum. Beni uzaklaştırmak için epey çılgınca şeyler yapma ihtimali var."

"Peki, başarılı olur muydu? Yani seni uzaklaştırmak konusunda?"

Shepley'nin gözlerine baktım. "Onu seviyorum, Shep. Ama ondan faydalanacak olursa Parker'a ne yapacağımı çok iyi biliyorum."

Shepley başını salladı. "Bu onun seçimi, Trav. Kararı buysa, onun gitmesine izin vermen gerekecek."

Motosikletimin anahtarlarını alıp parmaklarımı çevrelerine kenetledim, avcuma batan anahtarın sert dişlerini hissettim.

Harley'ye binmeden önce Abby'yi aradım.

"Eve geldin mi?"

"Evet, beni beş dakika önce bıraktı."

"Beş dakika sonra orada olacağım."

Abby daha bir şey diyemeden telefonu kapattım. Motorla giderken yüzüme çarpan buz gibi hava Parker'ı düşününce kabaran öfkemi yatıştırmama yardımcı oldu ama kampüse yaklaştıkça kötü hissetmeye başladım.

Motorun sesi, Morgan binasına çarpıp döndüğü için yüksekmiş gibi geliyordu. Karanlık pencereler ve terk edilmiş otoparkla karşılaştırıldığında Harley'yim ve ben gecenin anormal derecede sessiz gözükmesine neden oluyorduk. Bayağı bir süre bekledim. Ve sonunda Abby kapıda göründü. Gülümseyecek mi yoksa paniğe mi kapılacak diye beklerken vücudumdaki her kas boğum boğum oldu.

Ama o ikisini de yapmadı. "Üşümüyor musun?" diye sordu, ceketine daha sıkı sarınarak.

"Güzel olmuşsun," dedim, üstünde bir elbise olmadığını fark ederek. Ona seksi görünmeye çalışmadığı barizdi ve bu da beni rahatlattı. "İyi vakit geçirdin mi?"

"Aaa... evet teşekkürler. Burada ne arıyorsun?"

Motoru çalıştırdım. "Kafamı temizlemek için biraz dolaşacaktım. Senin de benimle gelmeni istiyorum."

"Hava soğuk, Trav."

"Gidip Shep'in arabasını almamı ister misin?"

"Yarın beraber bovling oynamaya gideceğiz. O zamana kadar bekleyemez misin?"

"Her günün her saniyesi seninle beraberdim ve şimdi, o da şansım yaver giderse, seni günde on dakika görmeye çabalıyorum."

Gülümseyip başını salladı. "Sadece iki gün oldu, Trav."

"Seni özledim. Kıçını kaldır da gidelim."

Teklifimi düşündü, sonra da montunun fermuarını çekip arkama atladı.

İzin istemeden kollarını tutup göğsüme doladım. Kolları o kadar sıkıydılar ki, göğsümü tam nefes alacak kadar şi-

şirmekte zorlanıyordum ama bütün gece boyunca ilk defa göğsümün sıkışmadığını fark ettim.

On Yedinci Bölüm
Falso

Belli bir yere gitmiyorduk. Başlangıçta tek tük geçen arabalar ve polis devriyelerine dikkat etmek aklımı yeterince meşgul ediyordu ama bir süre sonra yolda bir tek biz kalmıştık. Nihayetinde gecenin biteceğini bildiğim için onu Morgan'a bıraktığımda son, umutsuz hamlemi yapmaya karar vermiştim. Platonik bovling gecesi olsun olmasın, Parker'le görüşmeye devam ettiği sürece o gecelerin de sonu gelecekti. Her şeyin sonu gelecekti.

Abby'ye baskı yapmak hiçbir zaman iyi bir fikir olmamıştı ama tüm kozlarımı oynamazsam, tanıştığım tek güvercini kaybetmem işten bile değildi. Aklımdan tekrar tekrar neyi nasıl söyleyeceğim geçiyordu. Doğrudan konuşmalıydım, Abby'nin görmezden gelemeyeceği bir şey olmalıydı, ya da duymamış veya anlamamış numarası yapamayacağı bir şey.

Birkaç kilometreden beri iğne benzin göstergesinin boş ucuna meyvlediyordu, ben de gidonu karşımıza çıkan ilk benzin istasyonuna kırdım.

"Bir şey ister misin?" diye sordum.

Abby başını sallayıp motordan indi. Parmaklarını karmakarışık olmuş uzun ışıltılı saçlarının arasından geçirdi ve süt dökmüş kedi gibi gülümsedi.

"Kes şunu. Kafa sıyırtıcı derecede güzelsin."

"Bana en yakın 80'ler rock video klibinin nerede olduğunu söyle yeter."

Güldüm, sonra da esnedim, benzin hortumunun ucunu Harley'nin deposunun ağzına soktum.

Abby saate bakmak için cep telefonunu çıkardı. "Aman Tanrım, Trav. Saat üç olmuş."

"Dönmek mi istiyorsun?" diye sordum, dizlerimin bağı çözülür gibi olmuştu.

"Dönsek fena olmaz."

"Bu gece bovling oynamaya gidiyor muyuz hâlâ?"

"Sana geleceğimi söyledim."

"Ve hâlâ iki hafta sonra benimle Sig Tau'ya geliyorsun, değil mi?"

"Sözlerimi tutmadığımı mı ima ediyorsun? Bunu biraz aşağılayıcı buluyorum."

Benzin hortumunun başını depodan çıkarıp yerine astım. "Artık ne yapacağını hiç kestiremiyorum."

Motora binip Abby'nin arkama geçmesine yardım ettim. Kollarını bu kez kendi kendine göğsüme doladı, ben de içimi çektim, motoru çalıştırmadan önce düşüncelerin arasında kaybolmuştum. Gidonu tuttum, bir nefes aldım ve tam ona içimi dökecektim ki, bir benzin istasyonunun âşık olduğum kadına ruhumu sunmak için doğru yer olmadığına karar verdim.

"Benim için önemli olduğunu biliyorsun, değil mi?" dedi Abby kollarını sıkarken.

"Seni anlamıyorum, Güvercin. Kadınları bildiğimi sanırdım ama sen o kadar kafa karıştırıcısın ki, bana sağımı solumu şaşırttın."

"Ben de seni anlamıyorum. Sözde Eastern'ın en beter çapkınısın. Broşürde tanıttıkları birinci sınıf öğrencisi deneyimini yaşayamıyorum," diye takıldı.

254

Söyledikleri doğru olsa da hakarete uğramış gibi hisset-memin önüne geçemedim. "Bu bir ilk. Daha önce yattığım hiçbir kız benden kendisini rahat bırakmamı istememişti."

"Olan bu değildi, Travis."

Motoru çalıştırdım ve tek bir kelime daha etmeden cad-deye çıktım. Morgan'a giden yol ıstırap doluydu. Kendimi Abby'yle konuşmaya ve hemen ardından bunun ne kadar aptalca bir fikir olduğuna ikna edip durdum. Her ne kadar parmaklarım soğuktan uyuşmuş olsalar da yavaş gidiyor-dum; Abby'nin her şeyi öğrenip sonra da beni bir kez daha, son kez reddedeceği ânın yaklaştığını düşününce dehşete kapılıyordum.

Morgan'ın girişinde park ettiğimizde sinirlerim sanki önce kesilmiş, ardından yakılmış ve üstüne de çiğ, dağılmış bir yığın halinde çöl güneşi altında bırakılmışlar gibi hisse-diyordum. Abby motordan indi ve yüzündeki hüzünlü ifa-deyi görünce güçlükle bastırdığım bir paniğe kapıldım. Ben daha tek kelime edemeden defolup gitmemi söyleyebilirdi.

Abby'yle beraber kapıya yürüdüm, o da anahtarlarını çı-karttı, başını eğik tutuyordu. Bir saniye daha bekleyemeyip çenesini nazikçe elime alıp kaldırdım, gözleri benimkilerle temas edene kadar bekledim.

"Seni öptü mü?" diye sordum başparmağımla yumuşak dudaklarına dokunarak.

Kendini geri çekti. "Mükemmel bir geceyi nasıl berbat edeceğini çok iyi biliyorsun, değil mi?"

"Mükemmel olduğunu düşünüyordun, ha? Bu iyi za-man geçirdiğin anlamına mı geliyor?"

"Seninleyken hep iyi zaman geçiriyorum."

Bakışlarım yere yöneldi, kaşlarımın çatıldığını hissettim. "Seni öptü mü?"

"Evet." İçini çekti, rahatsız olmuştu.

Gözlerimi sımsıkı kapadım, bir sonraki sorumun bir felakete neden olabileceğinin farkındaydım. "Hepsi bu mu?"

"Bu seni *ilgilendirmez!*" dedi ve kapıyı hızla çekip açtı.

Kapıyı kapayıp yolunu kestim. "Bilmem gerek."

"Hayır, gerekmez! Çekil Travis!" Dirseğini böğrüme geçirip odaya geçmeye çalıştı.

"Güvercin..."

"Artık bakire değilim diye isteyen herkesi becereceğimi mi sandın? *Sağ olasın!*" deyip beni omzumdan itti.

"Bunu demedim, kahretsin! Biraz huzur istemek çok mu fazla?"

"Parker'la yatıp yatmadığımı bilince *nasıl* huzur bulacaksın?"

"Bunu nasıl anlamazsın? Senin dışındaki herkes için gün gibi ortada!"

"Demek ki ben geri zekâlının tekiyim. Bu gece tam formundasın, Trav," deyip kapının koluna uzandı.

Ellerimi omuzlarına koydum. Yine aynı şeyi yapıyordu, artık alıştığım bilmezden gelmeleri. Kozumu oynamanın zamanı gelmişti. "Senin için hissettiklerim... çılgınca."

"Çılgınlık kısmını doğru bildin," diye patlayıp benden uzaklaştı.

"Motosikletteyken bunun pratiğini yaptım, onun için beni bir dinle."

"Travis-"

"Berbat bir halde olduğumuzu biliyorum tamam mı? Ben dürtüsel davranıyorum ve çok fevriyim ve senin için daha önce kimse için hissetmediğim şeyler hissediyorum. Sen bir an benden nefret ediyormuş gibi davranıyorsun, bir sonraki an beni istiyorsun. Ben hiçbir şeyi doğru yapamıyorum ve seni hak etmiyorum... ama seni köpek gibi seviyorum Abby. Seni daha önce hiç kimseyi ya da hiçbir şeyi sevmediğim gibi seviyorum. Sen yanımdayken içki ya da para ya da dövüş ya da tek gecelik ilişkilerin bir değeri kalmıyor... tek ihtiyacım olan sensin. Tek düşündüğüm sensin. Tek hayal ettiğim sensin. Tek istediğim sensin."

Birkaç saniye boyunca konuşmadı. Kaşlarını kaldırmıştı ve aklı söylediklerimi sindirmekle meşgulken gözlerinde boş bir ifade vardı. Birkaç defa gözlerini kırptı.

Yüzünü ellerime alıp gözlerine baktım. "Onunla yattın mı?"

Abby'nin gözleri buğulandı, ardından başını hayır anlamında salladı. Başka bir şey düşünmeden dudaklarımı dudaklarıyla birleştirdim ve dilimi dudaklarının arasından içeriye kaydırdım. Beni itmedi; aksine dili benimkine meydan okudu ve tişörtüme yapışıp beni daha yakınına çekti. Boğazımdan istem dışı bir inleme geldi, kollarımı ona doladım.

Yanıtımı aldığımdan emin olduğumda soluğum tükenmiş bir halde geri çekildim. "Parker'ı ara, ona onunla bir daha görüşmek istemediğini söyle. Ona benimle olduğunu söyle."

Gözlerini kapadı. "Seninle *olamam*, Travis."

"Niye!" diye sordum, artık dilimi tamamen serbest bırakmıştım.

Abby başını salladı. Daha önce milyon defa tahmin edilemez olduğunu kanıtlamıştı ama benimle öpüşme biçimi arkadaşlıktan fazlasını ifade ediyordu ve bana acıdığı için yaptığı bir şey olamayacak kadar duygu yüklüydü. Bundan çıkarabileceğim tek bir anlam vardı.

"İnanılmaz. İstediğim tek bir kız var ve o da beni istemiyor."

Konuşmadan önce tereddüt etti. "America'yla buraya geldiğimizde hayatımın belli bir yol izlemesi gerektiğine karar vermiştik. Yoksa hayatım o şekilde *gitmeyecekti.* Dövüş, kumar, içki... arkada bıraktıklarım bunlar. Ben seninleyken ... bunların hepsi dövmeli, karşı konulamaz bir paketin içinde önüme gelmiş oluyor. Hepsini yeni baştan yaşamak için yüzlerce kilometre uzağa gelmedim."

"Benden daha iyisini hak ettiğini biliyorum. Bunu bilmediğimi mi sanıyorsun? Ama eğer benim için mükemmel olan bir kadın varsa... o da sensin. Ne yapmam gerekiyorsa yaparım Güvercin. Beni duyuyor musun? Her şeyi yaparım."

Öbür yana döndü, ama pes etmeyecektim. Nihayet benimle konuşuyordu ve bu defa da yürüyüp giderse bunun için başka bir şansımız olmayabilirdi.

Kapıyı elimle tutup açmasını engelledim. "Mezun olur olmaz dövüşmeyi bırakacağım. Bir daha tek bir damla bile içmeyeceğim. Sana, sonsuza dek mutluluğu vereceğim Güvercin. Tek istediğim bana inanman, eğer bana inanırsan yapabilirim."

"Değişmeni istemiyorum."

"O zaman bana ne yapmam gerektiğini söyle. Söyle yapayım," diye yalvardım.

"Telefonunu ödünç alabilir miyim?" diye sordu.

Suratımı astım, ne yapacağından emin değildim. "Tabii," deyip telefonumu cebimden çıkarıp ona uzattım.

Bir an için elini düğmelerin üstünde gezdirdi, ardından bilmediğim bir numarayı çevirdi ve gözlerini kapatıp bekledi.

"Seni bu kadar geç bir saatte aradığım için özür dilerim," diye kekeledi, "ama bekleyebilecek bir şey değil. Ben... Çarşamba günü seninle yemeğe çıkamam."

Parker'ı aramıştı. Ellerim kaygıyla titriyordu, ondan gelip kendisini almasını –onu kurtarmasını– mı isteyecekti yoksa başka bir şey mi?

Devam etti. "Aslında seninle hiç görüşemem. Ben... Travis'e âşık olduğumdan oldukça eminim."

Zaman akmayı bıraktı. Söylediklerini kafamda tekrar etmeye çalıştım. Onu doğru mu duymuştum? Gerçekten de söylediğini sandığım şeyi mi söylemişti? Yoksa sadece hayal miydi?

Abby telefonu bana verip sonra da tereddütle gözlerimin içine baktı.

"Telefonu kapattı," deyip yüzünü buruşturdu.

"Beni seviyor musun?"

Omzunu silkerek, "Dövmeler yüzünden," dedi şakacı sesiyle, sanki az önce hayatımda duymayı en çok istediğim şeyi söylememiş gibi.

Güvercin beni seviyordu.

Yüzümde kocaman bir gülümseme belirdi. "Benimle eve gel," deyip onu kollarıma aldım.

Abby'nin kaşları kalktı. "Bütün bunları beni yatağa atmak için mi söyledin? Seni epey bir etkilemiş olmalıyım."

"Şu anda düşünebildiğim tek şey seni bütün gece kollarımda tutmak."

"Haydi gidelim."

Tereddüt etmedim. Abby motorumun arkasına güvenli bir şekilde yerleştikten sonra son hızla eve gittim; her kestirmeyi kullandım, her sarı ışıkta hızlandım ve sabahın o saatinde karşıma çıkan az sayıda aracın hepsini solladım.

Daireye geldiğimizde motoru kapatmamla Abby'i kollarıma almam bir oldu.

Ben kapının kilidiyle uğraşırken dudağı dudaklarımda kıkırdıyordu. Onu yere indirip kapıyı arkamızdan kapattığımda uzun, derin bir iç çektim.

"Burası sen gittiğinden beri ev gibi değildi," deyip onu bir kez daha öptüm.

Toto koridordan poposunu sallaya sallaya gelip saçaklı kuyruğunu sallayarak patilerini Abby'nin bacaklarına dayadı. Onu en az benim kadar özlemişti.

Shepley'nin yatağı gıcırdadı, sonra da ayaklarını vura vura kapıya geldiğini duyduk. Kapısını çarparak açtı ve aniden ışığı görünce gözlerini kıstı. "Siktir git, Trav. Bu haltı yemeyeceksin! Sen Abby'ye aş..." –gözleri ışığa alışınca yaptığı hatayı anladı– "...Selam, Abby?"

"Selam Shep," dedi Abby, eğlenen bir gülümsemeyle az önce kucağına aldığı Toto'yu yere bırakırken.

Shepley'nin soru sormasına fırsat vermeden Abby'yi çekip odama götürdüm. Birbirimize çarptık. Yatakta yanımda olması dışında bir şey planlamamıştım ama o gayet kötü niyetli bir şekilde tişörtümü kafamın üstünden çekip çıkardı. Ceketini çıkarmasına yardımcı oldum, sonra da süveterini ve tişörtünü çıkardı. Gözlerindeki o bakışı yanlış anlamamın imkânı yoktu, benim de ona karşı koymaya niyetim yoktu.

Kısa sürede ikimiz de tamamen çıplak kalmıştık; ânın tadını çıkarmamı ve işleri ağırdan almamı fısıldayan içimdeki o kısık ses, Abby'nin çaresiz öpücükleri ve neresine dokunursam dokunayım çıkardığı inleme sesleri karşısında bütün şansını kaybetmişti.

Onu yatağa indirir indirmez, eli komodine uzandı. O anda, Abby dönene dek bekar kalma kararı aldığım için paldır küldür kırdığım kâse geldi aklıma.

"Siktir," dedim soluk soluğa. "Onları atmıştım."

"Nasıl yani? Hepsini mi?"

"Senin istemediğini... eğer seninle olmayacaksa, onlara ihtiyacım olmayacaktı."

"Şaka mı yapıyorsun!" dedi ve hayal kırıklığıyla kafasını yatağın başına dayadı.

Soluk soluğa eğilip başımı göğsüne yasladım. "Seni cepte görmenin tam tersini yaptığımı düşün."

Sonraki bir iki dakika ne olduğunu anlayamadan geçti; Abby aklından tuhaf bir hesap yapıp o hafta hamile kalmayacağına karar verdi ve ben ne olup bittiğini anlamaya çalışırken kendimi onun içinde buldum; her noktasını her noktamla hissediyordum. Daha önce hiçbir kızla o lateks kılıfı takmadan beraber olmamıştım ama görünen o ki yok denecek kadar ince bile olsa o kılıf büyük bir fark yaratıyordu. Her ânımız bir diğeri kadar güçlü, birbiriyle çelişen duygularla doluydu: kaçınılmaz olanı ertelemek ya da inanılmaz güzel bir his olduğu için kendini bırakmak.

Abby kalçalarını benimkilere doğru kaldırdı. Kontrolsüz inlemeleri ve hırlamaları yükselerek tatminkâr, güçlü bir çığlığa dönüştüğünde kendimi tutamadım.

"Abby," diye fısıldadım çaresizce, "benim bir...benim şey yapmam lazım..."

"Durma," diye yalvardı, tırnaklarını sırtıma batırarak.

Son bir kez kendimi içine ittim. Çok ses çıkarmış olmalıyım çünkü Abby eliyle ağzımı kapattı. Gözlerimi kapadım, geri kalan her şeyi bıraktım ve bedenim titreyip kasılırken kaşlarımın çatıldığını hissettim. Soluk soluğa Abby'nin gözlerine baktım. Yüzünde sadece yorgun, tatmin olmuş bir gülümseme vardı, bana bir şeyler beklermişçesine bakıyordu. Onu tekrar tekrar öptüm ve sonra da yüzünü ellerime aldım ve bir kez daha, bu defa daha hassas bir şekilde, onu öptüm.

Abby'nin solukları yavaşladı ve içini çekti. Yanına uzanıp gevşedim ve onu kendime çektim. Yanağını göğsüme yasladı, kat kat saçları kollarımdan aşağı dökülüyordu. Alnını bir kez daha öptüm ve ellerimi kalçasının hemen üstünde birleştirdim.

"Bu defa beni bırakma tamam mı? Sabah aynı böyle uyanmak istiyorum."

Abby göğsümü öptü ama bana bakmadı. "Bir yere gitmeyeceğim."

O sabah sevdiğim kadının yanında yatarken aklıma bir düşünce düştü ve dile getirmeden verdiğim bir söze dönüştü: Abby için daha iyi bir adam olacaktım, hak ettiği biri. Artık kontrolden çıkmak yoktu. Atar yapmak, öfke nöbetleri geçirmek yoktu. Uyanmasını beklerken ne zaman dudaklarımı tenine dokundursam bu sözü içimden tekrarladım.

Evin dışındaki dünya ile başa çıkarken bu sözü tutmaya çalışmanın ne kadar zorlu bir çaba olduğu kısa zamanda ortaya çıktı. Hayatımda ilk defa birisini umursuyor ve çaresizce benimle kalmasını istiyordum. Aşırı korumacılık ve kıskançlık duyguları daha birkaç saat önce ettiğim yemini aşındırmaya başladılar.

Öğle yemeğinde Chris Jenks canımı sıkınca bir süre için eski kişiliğime döndüm. Neyse ki Abby sabırlı ve affediciydi, yirmi dakikadan kısa bir süre sonra Parker'ı tehdit ettiğimde bile.

Abby beni olduğum gibi kabul edebileceğini bir defadan fazla göstermişti. Ama ben herkesin alışık olduğu o şiddete eğilimli hıyar olmak istemiyordum. İlk defa tattığım kıskançlık duygularıyla karışan öfkemi kontrol etmek hayal edebileceğimden güç hâle gelmişti.

Beni öfkelendirebilecek durumlardan kaçınmaya çalıştım; kampüsteki bütün heriflerin asla durulmayacağı zannedilen tek adamın nasıl olup da ehlileştiğini merak ettiği gerçeğini ve Abby'nin çıldırtan cazibesini görmezden gelmeye çabaladım. Sanki hepsi de onu bir kez olsun deneyebilmek için benim işleri batırmamı bekliyorlarmış gibi geliyordu; bu da daha fazla hırçınlaşmama ve kavgacı olmama neden oluyordu.

Aklımı meşgul edebilmek için kız öğrencilere artık tedavülde olmadığımı göstermeye odaklandım, bu durum okulun dişi nüfusunun yarısını gıcık etmişti.

Cadılar Bayramı'nda Abby'yle Red'e gittiğimizde, yaklaşmakta olan kış havasına rağmen kevaşe gibi giyinmiş kadın sayısında bir azalma olmadığını fark ettim. Kız arkadaşıma sarılıp kendime çektim, Fahişe Barbie ya da futbolcu-travesti-orospu gibi giyinen o olmadığı için minnettardım ki, bu da göğüslerine bakanlara yönelik tehditlerimi ya da öne doğru eğildiğinde duyacağım endişeyi hayli azaltıyordu.

Kızlar izlerken Shepley'yle bilardo oynadık. Son iki oyundan üç yüz atmış doları cebe atmıştık ve şimdiki oyunu da kazanıyorduk.

Gözümün ucuyla Finch'in America'yla Abby'ye yaklaştığını gördüm. Bir süre kıkırdadılar, sonra Finch onları dans pistine çekti. Çevresindeki bol miktarda çıplak tene, yaramaz Pamuk Prenseslerin simli, cüretkar dekoltelerine ve izleyicilerin bayağı zevklerine rağmen Abby'nin güzelliği göz kamaştırıyordu.

Şarkı bitmeden America'yla Abby Finch'i dans pistinde bırakıp bara yöneldiler. Parmak uçlarımda yükselip kalabalık içinde kafalarını görmeye çalıştım.

Shepley, "Sıra sende," dedi.

"Kızlar gittiler."

"İçki almaya gitmişlerdir herhalde. Çuha sizi bekler âşık efendi."

Tereddüt ederek eğildim, topa odaklandım ve ıskaladım.

Shepley, "Travis! Bu kolay bir atıştı! N'apıyosun o'lum!" diye şikâyet etti.

Kızları göremiyordum. Önceki yıl iki cinsel saldırı vakasını yaşandığını biliyordum ve Abby'yle America'nın bir başlarına etrafta dolaşmaları beni tedirgin ediyordu. Hiçbir şeyden şüphe etmeyen bir kızın içkisine ilaç karıştırmak duyulmadık bir şey değildi, bizim küçük üniversite kasabamızda bile.

İstekamı masanın üstüne koyup ahşap dans pistinin öbür tarafına geçtim. Shepley'nin elini omzumda hissettim. "Nereye gidiyorsun?"

"Kızları bulmaya. Geçen yıl Heather diye bir kız vardı ya hani; başına gelenleri hatırlıyorsun, değil mi?"

"Ah, evet."

Nihayet Abby'yle America'yı bulduğumda iki herifin onlara içki aldığını gördüm. İkisi de kısaydı, birinin ciddi bir göbeği ve terli yüzünde bir haftalık sakal vardı. Ona bakarken hissetmem gereken son şey kıskançlıktı ama bariz şekilde kız arkadaşıma asılıyor olması bunu onun nasıl göründüğünden çok egomla ilgili bir durum hâline getirdi. Benimle olduğunu bilmese bile Abby'ye baktığında yalnız olamayacağını düşünmesi gerekirdi. Kıskançlığım ve öfkem birleşti. Abby'yi yabancı birinden içki kabul etmek gibi tehlikeli bir şey yapmaması için defalarca uyarmıştım; öfkem hızla kontrolü ele aldı.

Abby'ye bağırıp sesini duyurmaya çalışan herif eğildi. "Dans etmek ister misin?"

Abby başını salladı. "Hayır, teşekkürler. Buraya—"

"Erkek arkadaşıyla geldi," deyip sözünü kestim. Adamlara öfkeyle baktım. Toga giyen iki adamı ürkütmeye çalışmak neredeyse gülünç bir çabaydı ama yine de *Az Sonra Seni Öldüreceğim* ifademi takındım. Başımla mekânın öbür tarafını işaret ettim. "Hadi şimdi yollanın!"

Adamlar korkuyla büzüldüler ve Abby'yle America'ya bakıp kalabalığa karıştılar.

Shepley America'yı öptü. "Seni hiçbir yere götüremeyecek miyim?" America kıkırdadı, Abby de bana bakıp gülümsedi.

Gülümseyemeyecek kadar kızgındım.

"Ne var?" diye sordu, tavrımdan rahatsız olmuştu.

"Niye sana içki ısmarlamasına izin verdin?"

America Shepley'yi bıraktı. "İzin vermedik, Travis. Onlara almamalarını söyledim."

Şişeyi Abby'nin elinden aldım. "O zaman bu ne?"

"Sen ciddi misin?"

"Evet, güzelim çok ciddiyim," deyip birayı barın yanındaki çöp kutusuna attım. "Sana bin defa söyledim... tanımadığın adamlardan içki alamazsın. Ya içine bir şey koymuş olsaydı?"

America bardağını kaldırdı. "İçkileri hiç gözümüzden ayırmadık, Trav. Aşırı tepki veriyorsun."

"Seninle konuşmuyorum ben," dedim öfkeyle Abby'ye bakarak.

Abby'nin parlayan gözleri öfkemi yansıtıyordu. "Onunla böyle konuşamazsın."

"Travis," diye uyardı Shepley, "boş ver."

"Başka adamların sana içki almalarına izin vermenden hoşlanmıyorum," dedim.

Abby bir kaşını kaldırdı. "Kavga çıkarmaya mı çalışıyorsun?"

"Bara geldiğinde içkimi bir kızla paylaştığımı görsen rahatsız olmaz mıydın?"

"Tamam. Artık bütün kadınları görmezden geliyorsun. Anlıyorum. Benim de aynı çabayı göstermemi istiyorsun."

"İyi olurdu," dedim, sıktığım dişlerimin arasından.

"Kıskanç erkek arkadaş olayını biraz hafifletmen gerekecek, Travis. Ben yanlış bir şey yapmadım."

"Kalkıp buraya geldiğimde alakasız bir herifin sana içki aldığını görüyorum!"

"Ona bağırma!" diye bağırdı America.

Shepley elini Travis'in omzuna koydu. "Hepimiz çok içtik. Haydi, buradan gidelim."

Abby'nin öfkesi bir tık yükseldi. "Finch'e gideceğimizi söyleyeceğim," diye homurdanıp omzuyla beni iterek dans pistine yöneldi.

Onu bileğinden yakaladım. "Seninle geliyorum."

Kolunu kıvırıp elimden kurtardı. "Kendi başıma birkaç metre gidecek kabiliyete sahibim, Travis. Senin *sorunun* ne?"

Abby insanları iterek kalabalığın arasından kendine yol açtı ve kollarını sağa sola sallayıp ahşap zeminin ortasında zıplamakta olan Finch'in yanına geldi. Finch'in alnından ve şakaklarından ter boşanıyordu. İlk önce gülümsedi ama Abby veda edince gözlerini devirdi.

Abby'nin dudaklarından adım çıkmıştı. Bütün bunların suçunu bana atıyordu ki, bu beni daha da öfkelendiriyordu. Kendini incitebilecek bir şey yaparsa, ona kızacaktım elbette. Chris Jenks'in kafasını kırmamdan o kadar rahatsız olmuyordu ama tanımadığı erkeklerin aldığı içkileri kabul etmesine kızınca kendinde öfkelenecek cüreti buluyordu.

Tam öfkem tamamen kontrolden çıkmaya başlamışken korsan kostümü giymiş yavşağın teki Abby'yi çekip kendine yasladı. Görüntü bulanıklaştı ve ne olduğunu anlamadan yumruğumu herifin yüzüne yapıştırmıştım bile. Korsan yere düştü düşmesine ama Abby de onunla düşünce kendime geldim.

Abby'nin avuçları yerdeydi, şaşkınlıktan donup kalmış gibi duruyordu.

Onu kaldırmak için koşturdum. "Siktir! İyi misin Güvercin?"

Abby ayağa kalktığında hışımla kolunu elimden çekti.

"Sen *delirdin mi?*"

America Abby'nin bileğini yakaladı, onu kalabalığın içinden çekip götürdü ve ancak dışarıya çıktığımızda bıraktı. Onlara ayak uydurabilmek için neredeyse koşmak zorunda kaldım.

Shepley otoparkta bıraktığımız Charger'ın kapısını açınca, Abby arka koltuğa geçti.

Ona derdimi anlatmaya çalıştım. Öfkeden köpürüyordu.

"Özür dilerim Güvercin. Seni tuttuğunu bilmiyordum."

"Yumruğun yüzümün iki santim ötesinden geçti!" dedi, Shepley'nin ona attığı yağ lekeli havluyu yakalarken. Parmaklarını teker teker ovalayarak kanı ellerinden temizledi. Midesinin kalktığı çok belliydi.

İrkildim. "Sana vurma ihtimalimin olduğunu bilseydim o yumruğu sallamayacağımı biliyorsun, değil mi?"

"Kapa çeneni Travis, kapa çeneni," dedi Shepley'nin kafasının arkasına bakarken.

"Güvercin..."

Shepley avcuyla direksiyona vurdu. "Kapa çeneni Travis. Üzgün olduğunu söyledin, şimdi lanet olası çeneni kapa!"

Hiçbir şey söyleyemedim. Shepley haklıydı: Bütün geceyi mahvetmiştim ve Abby'nin kıçıma tekmeyi vurması güçlü bir ihtimaldi.

Dairemize geldiğimizde, America erkek arkadaşına iyi geceler öpücüğü verdi. "Yarın görüşürüz bebeğim."

Shepley, kaderine teslim olmuş bir halde başını salladı ve onu öptü. "Seni seviyorum."

Benim yüzümden gittiklerini biliyordum, ben bu haltı yemiş olmasam kızlar her hafta sonu yaptıkları gibi geceyi dairemizde geçireceklerdi.

Abby yanımdan tek kelime etmeden geçip America'nın Honda'sına gitti.

Yanına koşup beceriksiz bir gülümsemeyle gerilimi azaltmayı denedim. "Hadi ama. Kızgın gitme."

"Merak etme Travis, kızgın gitmiyorum. Öfkeden gözüm gönmüş bir halde gidiyorum."

America arabanın kilidini açarken, "Sakinleşmek için zamana ihtiyacı var, Travis," dedi.

Yolcu kapısının kilidi açıldığında paniğe kapılıp elimle kapıyı ittim. "Gitme Güvercin. Haddimi aştım. Özür dilerim."

Abby elini kaldırıp avcundaki kurumuş kanları gösterdi. "Büyüdüğünde beni ara."

Kalçamı kapıya dayadım. "Gidemezsin."

Abby bir kaşını kaldırdı ve Shepley arabanın etrafından koşup yanımıza geldi. "Travis sarhoşsun. Çok büyük bir hata yapmak üzeresin. Bırak evine gitsin, sakinleşsin... yarın ikiniz de ayıldıktan sonra konuşabilirsiniz."

"Gidemez," dedim çaresizlik içinde Abby'nin gözlerine bakarak.

"Yürümeyecek, Travis," deyip kapıya asıldı. "Çekil!"

"Ne demek yürümeyecek? Yürümeyen ne?" diye sordum kolunu kavrayarak. Abby'nin o kelimeleri dile getirip ilişkimizi oracıkta bitirmesinden duyduğum korku düşünmeden tepki vermeme neden oldu.

"Üzgün bir surat yapıp beni burada tutma çaban. Kandıramadın," deyip geri çekildi.

Kısa süreli bir rahatlama yaşadım. Bitirmeyecekti. En azından şimdilik.

"Abby," dedi Shepley. "Sana bahsettiğim an işte bu. Belki de sen—"

America, "Sen karışma Shep," diye patlayıp arabayı çalıştırdı.

"Saçmalayacağım. Hem de çok fazla saçmalayacağım Güvercin, ama beni affetmelisin."

"Sabaha kıçımda kocaman bir ezikle uyanacağım! O adama vurmanın nedeni bana kızgın olmandı! Bundan ne anlamalıyım? Çünkü şu anda her yerden alarm zilleri çalıyor."

"Daha önce hiçbir kıza vurmadım," dedim, ona ya da başka bir kadına el kaldırabileceğimi düşünmesine şaşırmıştım.

"Ve ben de ilk olmayacağım!" deyip kapıyı çekti. "Çekil kahrolası!"

Başımı sallayıp bir adım geriledim. İstediğim son şey gitmesiydi ama bana defolup gitmemi söyleyecek kadar kızmasından daha iyiydi.

America arabayı geri vitese taktı, ben de pencereden Abby'yi izledim.

"Beni yarın ararsın değil mi?" diye sordum, ön cama dokunurken.

"Yürü gidelim Mare," dedi dümdüz ileriye bakarak.

Sinyal lambaları görünmez hâle geldiklerinde daireye geri döndüm.

"Travis," diye uyardı Shepley. "Etrafı dağıtmak yok kanka, ciddiyim."

Başımı sallayıp ayaklarımı sürüyerek yenilmiş bir halde odama döndüm. Sanki ne zaman işleri yoluna sokmaya başlasam, o kahrolası öfke sorunum çirkin yüzünü göstermek zorundaymış gibi hissediyordum. Öfkemi kontrol altına almak zorundaydım yoksa bugüne dek başıma gelen en iyi şeyi kaybedecektim.

Zaman geçirmek için biraz domuz pirzolası pişirip patates püresi yaptım ama hepsini tabağıma koyup öylece bıraktım; iştahım kaçmıştı. Çamaşır yıkamak bir saat geçirmemi sağladı, sonra da Toto'yu yıkamaya karar verdim. Biraz oynadık ama sonra o bile pes edip yatağın üstüne kıvrıldı. Tavana bakıp tekrar tekrar ne kadar aptalca davrandığımı düşünme fikri hiç iç açıcı değildi, dolayısıyla makinedeki kirli bulaşıkları çıkarıp hepsini elde yıkamaya karar verdim.

Hayatımın en uzun gecesiydi.

Bulutların rengi değişmeye başladı, güneş doğmak üzereydi. Motosikletin anahtarlarını kapıp biraz gezmek için dışarı çıktım ve kendimi Morgan Binası'nın önünde buldum.

Harmony Handler sabah koşusu yapmak için dışarı çıkmak üzereydi. Bir an için elini kapıdan çekmeden beni izledi.

"Hey, Travis," dedi, o her zamanki küçük gülümsemesiyle. Ama gülümsemesi çabucak kayboldu. "Dur bakayım. Hasta filan mısın? Seni bir yere bırakmamı ister misin?" Berbat görünüyor olmalıydım. Harmony hep çok tatlı davranırdı. Ağbisi Sig Tau'dandı, dolayısıyla onu pekiyi tanımıyordum. Biraderlerin küçük kız kardeşleri kesinlikle yasaktı.

"Hey Harmony," dedim gülümsemeyi deneyerek. "Abby'yi kahvaltıya çıkarıp sürpriz yapmak istiyorum da. Beni içeri alabilir misin?

"Ah," sözüne devam edemedi, cam kapının ardına bakıyordu. "Nancy çok kızabilir. Sen iyi olduğundan emin misin?"

Nancy, Morgan Binası'nın yurt annesiydi. Onu duymuş ama kendisini hiç görmemiştim ve beni fark edeceğini hiç sanmıyordum. Kampüsteki dedikodular, yurt sakinlerinden de fazla içtiği ve nadiren odasının dışında görüldüğü yönündeydi.

"Sadece uzun bir gece geçirdim. Haydi, ama." Gülümsedim. "Umursamayacağını biliyorsun."

"Tamam ama seni içeri alan ben değilim."

Elimi kalbimin üstüne koydum. "Söz veriyorum, bana güvenebilirsin."

Merdivenlerden yukarı çıkıp yavaşça Abby'nin odasının kapısını tıklattım.

Kapının kulpu hızla dönse de kapı yavaşça açıldı ve odanın öbür tarafında duran America'yla Abby'yi gözler önüne serdi. Kara'nın eli kapının kulpundan kayarak yavaşça yatak örtüsünün altına çekildi.

"İçeri girebilir miyim?

Abby hemen doğrulup oturdu. "İyi misin?"

İçeri girip önünde dizlerimin üzerine çöktüm. "Çok üzgünüm Abby. Üzgünüm," deyip kollarımı beline doladım ve başımı kucağına gömdüm.

Abby başımı kollarına aldı.

"Ben... ben gideceğim," diye kekeledi America.

Abby'nin oda arkadaşı Kara aceleyle odanın içinde dolaştı ve duş malzemelerini topladı. "Sen etraftayken hep çok temiz oluyorum, Abby," deyip kapıyı vurarak çıktı.

Başımı kaldırıp Abby'ye baktım. "Sen söz konusu olduğunda delirdiğimin farkındayım; Tanrı biliyor ya, deniyorum Güvercin. Bu işi batırmak istemiyorum."

"O zaman batırma," dedi sadece.

"Bu benim için çok zor, biliyor musun? Sanki nasıl boktan bir herif olduğumu fark edip beni bırakacakmışsın gibi geliyor. Dün gece dans ederken bir düzine adamın seni izlediğini gördüm. Bara gittin ve o adama içki için teşekkür ettiğini gördüm. Sonra da dans pistindeki şu dümbelek seni tuttu."

"Bir kız seninle her konuştuğunda sağa sola yumruk atmıyorum, değil mi? Her zaman eve tıkılıp kalamam. Öfkeni kontrol etmenin bir yolunu bulman lazım."

"Bulacağım," dedim başımı sallayarak. "Daha önce hiç kız arkadaşım olsun istememiştim, Güvercin. Birisi hakkında... *herhangi bir insan* için böyle duygularımın olmasına alışık değilim. Eğer sabredebilirsen sana söz veriyorum bunu çözeceğim."

"Haydi, bazı şeyleri açıklığa kavuşturalım; sen boktan bir herif değilsin, sen harikasın. Bana kimin içki ısmarladığının ya da dansa kaldırmak istediğinin ya da kimin benimle flört ettiğinin önemi yok. Sonunda seninle eve dönüyorum. Benden sana güvenmemi istedin ama sen bana güvenmiyormuş gibi duruyorsun."

Suratımı astım. "Bu doğru değil."

"Eğer karşıma çıkan ilk adam için seni bırakacağımı düşünüyorsan bana güvenin kıt demektir."

Onu daha sıkı sardım. "Senin için yeterince iyi değilim, Güvercin. Bu sana güvenmediğim anlamına gelmiyor, sadece kendimi kaçınılmaz olana hazırlıyorum."

"Böyle söyleme. Baş başa olduğumuzda kusursuzsun. Kusursuzuz. Ama birden çevremizdekilerin bunu mahvetmesine izin veriyorsun. 180 derece dönüş yapmanı beklemiyorum ama ne zaman kavga edeceğini seçmeyi öğrenmelisin. Birisi bana her baktığında çıldırmış gibi saldırıya geçemezsin."

Başımla onayladım. "İstediğin her şeyi yapacağım. Yeter ki... bana beni sevdiğini söyle." Söylediklerimin kulağa ne kadar gülünç geldiğinin tam olarak farkındaydım ama artık hiç umurumda değildi.

"Bunu biliyorsun zaten."

"Duymaya ihtiyacım var."

"Seni seviyorum," dedi. Dudaklarını dudaklarıma dokundurdu ve beş-on santim geriye çekildi. "Haydi, artık bebek gibi davranmayı bırak."

Beni öptüğünde kalbim yavaşladı ve vücudumdaki bütün kaslar gevşedi. Ona böylesine ihtiyaç duymam beni dehşete düşürüyordu. Aşkın herkes için böyle olmasını tahayyül edemiyordum; yoksa erkekler kızları fark edecek yaşa geldikleri anda ortalıkta deli gibi dolaşmaya başlarlardı.

Belki de sadece ben böyleydim, belki de sadece onun ve benim için geçerli bir durumdu. Belki beraberken ya patlayacak ya da bütünleşecek enerji dolu bir varlığa dönüşüyorduk. Her iki durumda da görünüşe göre onunla tanıştığım an hayatım alt üst olmuştu. Ve ben de başka türlü olmasını istemiyordum.

On Sekizinci Bölüm
Şanslı On Üç

Bir yarım heyecan içinde, diğer yarım aşırı gergin, parmaklarım Abby'nin parmaklarına dolanmış bir şekilde babamın evine girdim. Babamın sigarı ve kardeşlerimin sigaralarından gelen duman oyun odasından dışarı çıkıp benden çok güngörmüş olan halının hafif, küflü kokusuyla karışıyordu.

Abby ailemle tanışacağını buluşmamıza pek az zaman kala öğrendiği için sinirlense de, benden daha rahatmış gibi görünüyordu. Eve kız arkadaş getirmek Maddox erkeklerinin alışkanlıkları arasında sayılmazdı ve nasıl tepki vereceklerine dair tahminler de en iyi ihtimalle güvenilmezdi.

Önce Trenton göründü. "Tanrı aşkına! Bu gelen göt kafa!"

Kardeşlerimin yabani değilmiş rolü yapmalarını umut etmek bile zaman kaybıydı. Onları bu halleriyle seviyordum ve kendisini tanıdığım kadarıyla Abby'nin de seveceğini biliyordum.

"Şşşş…. Genç bayanın yanında nasıl konuştuğunuza dikkat edin!" dedi babam başıyla Abby'ye selam vererek.

"Güvercin, bu benim babam, Jim Maddox. Baba, bu Güvercin."

"Güvercin mi?" diye sordu babam, yüzünde eğlenen bir ifadeyle.

Abby, "Abby," deyip babamın elini sıktı.

Elimle kardeşlerimi işaret ettim, hepsi isimlerini söylediğimde başlarını salladılar. "Trenton, Taylor, Tyler ve Thomas."

Tüm bunlar Abby'ye fazla gelmiş gibiydi. Onu suçlayamıyordum. Daha önce hiç ailemden bahsetmemiştim ve kim olsa beş oğlanla karşılaştığında aklı karışırdı. Aslında beş Maddox çoğu insan için düpedüz korkutucuydu.

Büyürken mahallemizdeki çocuklar içimizden birine bile bulaşmamayı çabuk öğrendiler ve hepimize aynı anda dalaşma hatası sadece bir defa yapıldı. Kalbimiz kırıktı ama gerekli olduğunda bir araya gelip yenilmez bir kale oluşturabiliyorduk. Bu ürkütmek istemediğimiz kişilerin bile anladığı bir durumdu.

"Abby'nin bir soyadı var mı?" diye sordu babam.

Abby kibarca başını sallayarak, "Abernathy," dedi.

"Seninle tanıştığımıza sevindik Abby," dedi Thomas gülümseyerek. Abby fark etmemişti ama Thomas'ın ifadesi esas yaptığını gizlemek için kullandığı bir maskeydi: Abby'nin yaptığı her hareketi ve söylediği her şeyi inceliyordu. Thomas, zaten sallantılı olan gemimizin dengesini bozma potansiyeli olanlardan gözünü hiçbir zaman ayırmazdı. Dalga istenmiyordu ve Thomas olası fırtınaları yatıştırmayı meslek edinmişti.

Babam bunu kaldıramaz, derdi. Hiçbirimiz buna karşı çıkamazdık. İçimizden bir ya da birkaç kişinin başı belaya girdiğinde Thomas'a giderdik ve o da babam öğrenmeden sorunu hallederdi. Yıllar boyu arsız, şiddete eğilimli oğlanlara bakmak Thomas'ı kimsenin bekleyemeyeceği kadar erken bir yaşta bir erkeğe dönüştürmüştü. Hepimiz, babam dâhil, ona bu nedenden ötürü saygı duyuyorduk ama yıllar boyu bize kol kanat germesi onun bazen biraz aşırı korumacı davranmasına neden oluyordu. Ama Abby ayağa kalktı, artık bir hedef olduğu ve ailenin koruyucusu tarafından incelendiği gerçeğinden tamamen habersiz gülümsüyordu.

"Gerçekten de sevindik," dedi Trenton, bakışları başka herhangi birinin öldürülmesine neden olacak yerlerde gezinirken.

Babam kafasının arkasına bir şaplak atınca çığlığı bastı.

"Ben ne dedim ki?" deyip başının arkasını sıvazladı.

Tyler, "Bir sandalye çek, Abby. Trav'in parasını almamızı izle," dedi.

Abby'ye sandalye çektim, o da oturdu. Trenton'a sert sert baktım o da göz kırparak karşılık verdi. Eşek.

Abby tozlu bir fotoğrafı işaret edip, "Stu Ungar'ı tanır mıydın?" diye sordu.

Kulaklarıma inanamıyordum.

Babamın gözleri parladı. "Stu Ungar'ın kim olduğunu biliyor musun?"

Abby başını salladı. "Benim babam da onun hayranıdır."

Babam ayağa kalkıp hemen yanındaki tozlu fotoğrafı işaret etti. "Ve bu da Doyle Brunson, işte burada."

Abby gülümsedi. "Babam onu bir defa oynarken görmüş. İnanılmazmış."

"Trav'in büyükbabası profesyoneldi... biz pokeri çok ciddiye alırız." Babam gülümsedi.

Abby poker hakkında bir şeyler bildiğini belirtmekle kalmamış, aynı zamanda ilk defa babasından bahsetmişti.

Trenton kâğıtları karıp dağıtırken az önce neler olduğunu unutmaya çalıştım. Uzun bacakları, ince ama mükemmel oranlara sahip kıvrımlı vücudu ve kocaman gözleriyle Abby baş döndürücü güzellikteydi ama Stu Unger'ı ismiyle bilmek onu daha şimdiden ailem nezdinde popüler kılmıştı. Sandalyemde biraz daha dik oturuyordum. Kardeşlerimin eve *bunun* ötesine geçecek birisini getirmelerine imkân yoktu.

Trenton bir kaşını kaldırdı. "Oynamak ister misin, Abby?"

Başını iki yana salladı. "Oynamasam daha iyi sanırım."

"Nasıl oynanacağını bilmiyor musun?" diye sordu babam.

Alnını öpmek için eğildim. "Oyna... sana öğretirim."

"Paranla vedalaşsan iyi olur, Abby." Thomas güldü.

Abby dudaklarını birbirine bastırıp elini çantasına soktu ve iki tane ellilik çıkardı. Paraları babama uzatıp sabırla kendisine fiş vermesini bekledi. Trenton gülümsedi, onun kendine olan güveninden faydalanmak için sabırsızlanıyordu.

"Travis'in öğretmenlik becerilerine inancım tam," dedi Abby.

Taylor ellerini çırptı. "İşte budur! Bu gece zengin olacağım!"

Babam beş dolarlık bir fiş atıp, "Bu gece ufaktan başlayalım," dedi.

Trenton kartları dağıttı, ben de Abby'nin elini düzenledim. "Daha önce hiç oynadın mı?"

Başını sallayarak, "Oynamayalı epey oldu," dedi.

Trenton, "Pişti sayılmaz Pollyanna," deyip kartlarına baktı.

"Kapa çeneni Trent," diye homurdanıp ona çabucak tehditkâr bir bakış fırlattım ve Abby'nin kartlarına döndüm. "Yüksek sayılı kartları, birbirini takip eden kartları ve şansın yaver giderse de aynı takımdan kartları toplamaya çalışıyorsun."

İlk birkaç eli kaybettik ama sonra Abby ona yardım etmemi reddetti. Bundan sonra epey çabuk toparladı. Üç elin sonunda bir damla ter dökmeden hepsini dağıtmıştı.

Trenton sızlanarak, "Kahretsin!" dedi. "Acemi şansından nefret ediyorum!"

Babam, "Seninki epey hızlı öğreniyor, Trav," deyip ağzını sigarının çevresinde oynattı.

Biramdan bir yudum aldım, kendimi dünyanın kralı gibi hissediyordum.

"Beni gururlandırıyorsun Güvercin!"

"Teşekkürler."

"Yapamayanlar, öğretir," dedi Thomas küçümseyen bir sırıtmayla.

"Aman ne komik, pis herif," diye mırıldandım.

Babam, "Kıza bir bira getirin," dedi gülümsemesiyle zaten şiş olan yanaklarını daha da şişirerek.

Memnuniyetle ayağa fırladım ve buzdolabından bir şişe alıp kapağını zaten çatlak olan tezgâhın kenarıyla açtım. Abby birayı önüne koyunca gülümsedi ve o meşhur erkek boyu yudumlarından birini aldı.

Elinin tersiyle dudaklarını sildi ve sonra da babamın fişlerini masaya atmasını bekledi.

Dört el sonra üçüncü birasının da son yudumunu almıştı ve dikkatle Taylor'ı izliyordu. "Sıra sende Taylor. Bebeklik yapıp kaçacak mısın yoksa adam gibi oynayacak mısın?"

Malum yerlerimin de heyecana kapılmasını engellemek gitgide daha zor hâle geliyordu. Abby'nin kardeşlerimi –ve babam gibi emektar bir poker oyuncusunu– art arda ellerde duman etmesini izlemek beni tahrik ediyordu. Hayatımda hiç bu kadar seksi bir kadın görmemiştim ve şu işe bak ki kendisi benim kız arkadaşım oluyordu.

Taylor, "Siktir," deyip elindeki son fişleri masaya attı.

Sırıtarak, "Elinde ne var Güvercin?" diye sordum. Kendimi Noel'de bir çocuk gibi hissediyordum.

"Taylor?" diye sordu Abby, yüzü tamamen ifadesizdi.

Taylor'ın yüzünde kocaman bir sırıtma belirdi. "Floş!" Gülümseyip kartlarını açtı. Hepimiz Abby'ye baktık. Gözleri masanın etrafında oturan adamları taradı ve sonra kartlarını masaya vurarak açtı. "Okuyup ağlayın çocuklar! Aslar ve sekizler!"

Trenton, "Ful, öyle mi? Ne biçim bir iş lan bu?" diye bağırdı.

"Affedersin hep bunu söylemek istemiştim," dedi Abby, fişleri kendine çekerken kıkırdıyordu.

Thomas gözlerini kıstı. "Bu sadece acemi şansı değil. Kız oynamayı biliyor."

Bir an için Thomas'ı izledim. Gözlerini Abby'den ayırmıyordu.

Ben de ona baktım. "Daha önce oynamış mıydın, Güvercin?"

Dudaklarını birbirine bastırıp omzunu silkti, dudaklarının kenarlarının tatlı bir gülümsemeyle yukarı kıvrılmasına izin verdi. Başımı arkaya atıp kahkahalara boğuldum. Ne kadar gurur duyduğumu söyleyecektim ama kelimeler bütün vücudumu sarsan kahkahaların arasından kendilerine yol açamadılar. Kendime hâkim olmaya çalışırken birkaç defa yumruğumla masaya vurdum.

Taylor eliyle beni işaret edip, "Kız arkadaşın az önce bizi söğüşledi!" dedi.

Trenton, "HADİ ORDAN!" diye bağırıp ayağa kalktı.

"İyi plan Travis; poker gecesine bir poker ustasını getirmek," dedi babam, Abby'ye göz kırparken.

Başımı sallayarak, "Bilmiyordum!" dedim.

"Yalan," dedi Thomas. Gözleri hâlâ kız arkadaşımı kesip biçiyordu.

"Gerçekten de," dedim.

"Bunu söylemekten nefret ediyorum kardeş ama az önce kız arkadaşına âşık oldum galiba," dedi Tyler.

Kahkahalarım bir anda kesildi ve suratımı astım. "Hop hop."

Trenton, "Buraya kadar. Sana avans vermiştim Abby ama artık paramı geri kazanmanın zamanı geldi," diye uyardı.

Son birkaç ele katılmayıp bizim oğlanların paralarını geri almaya çalışmalarını izledim. Abby art arda onları ezip geçiyordu. Onlara müsamaha gösteriyormuş numarası bile yapmadı.

Kardeşlerim bütün paralarını kaybettikten sonra babam geceyi bitirdi ve Abby de teklifini kabul etmeyen babam hariç hepsine yüz dolarlarını geri verdi.

Kapıya giderken Abby'nin elini tuttum. Kız arkadaşımın kardeşlerimi yolmasını izlemek eğlenceliydi ama yine de paralarının bir kısmını geri verdiği için biraz hayal kırıklığına uğramıştım.

Elimi sıktı. "Sorun nedir?"

"Az önce dört yüz dolar dağıttın Güvercin!"

"Eğer bu Sig Tau'daki poker gecesi olsaydı hepsi bende kalırdı. Onlarla ilk tanıştığım gün kardeşlerini soyamam."

"Onlar olsa paranı geri vermezlerdi!"

Taylor, "Ve hiç de suçluluk duymazdım," dedi.

Gözümün ucuyla Thomas'ın oturma odasının köşesindeki kanepeden Abby'ye baktığını gördüm. Normalden de sessizdi.

"Niye kız arkadaşıma bakıp duruyorsun, Tommy?"

"Soyadın ne demiştin?" diye sordu Thomas.

Abby tedirgin bir şekilde kıpırdandı ama cevap vermedi.

Kolumu beline doladım ve kardeşime döndüm, ne yapmaya çalıştığını anlamamıştım. Bir şeyler bildiğini düşünüyor ve hamlesini yapmaya hazırlanıyordu.

"Soyadı Abernathy. Ne olmuş?

"Niye durumu bu geceden önce anlayamadığını görebiliyorum Trav ama artık bir bahanen kalmadı," dedi Thomas kendinden gayet memnun bir şekilde.

"Sen ne halttan bahsediyorsun?" diye sordum.

"Mick Abernathy ile akraba olma ihtimalin var mı acaba?" diye sordu Thomas.

Bütün kafalar cevabını duymak için Abby'ye çevrildiler.

Parmaklarıyla saçlarını geriye attı, tedirgin olduğu belliydi. "Mick'i nereden tanıyorsun?"

Boynumu biraz daha ona döndürdüm. "Gelmiş geçmiş en iyi poker oyuncularından biri. Onu tanıyor musun?"

"O benim babam," dedi. Sanki soruyu yanıtlamak canını acıtmış gibiydi.

Odadaki herkes kendinden geçti.

"HADİ ORDAN!"

"BİLİYORDUM!"

"AZ ÖNCE MICK ABERNATHY'NİN KIZIYLA POKER OYNADIK!"

"MICK ABERNATHY Mİ? OHHAA!"

Sözleri kulaklarımda çınlasa da ne anlama geldiklerini idrak etmem birkaç saniyemi aldı. Kardeşlerimin üçü de zıplayıp bağırıyorlardı ama benim için bütün oda donmuş ve dünya sessizleşmişti.

Aynı zamanda en iyi arkadaşım da olan sevgilim bir poker efsanesinin kızıydı; kardeşlerimin, babamın ve hatta dedemin idol yerine koyduğu birinin kızı.

Abby'nin sesi beni kendime getirdi. "Size oynamasam iyi olur demiştim."

Thomas, "Mick Abernathy'nin kızı olduğunu söylemiş olsaydın seni daha ciddiye alırdık diye düşünüyorum," dedi.

Abby bir tepki vermemi bekleyerek kirpiklerinin arasından bana baktı.

"Sen Şanslı On Üç müsün?" diye sordum, aptallaşmış bir vaziyette.

Trenton ayağa kalkıp eliyle işaret etti. "Şanslı On Üç bizim evimizde! İnanılmaz! İnanamıyorum!"

"Bu gazetelerin bana taktığı isimdi. Ve hikâyeyi tam doğru aktarmamışlardı," dedi Abby durduğu yerde kıpırdanarak.

Kardeşlerimin bağrış çağırışları arasında bile tek düşünebildiğim şey, âşık olduğum kızın neredeyse bir ünlü olması ve bunun kulağa ne denli seksi geldiğiydi. Daha da iyisi, inanılmaz delikanlı bir şey yüzünden meşhurdu.

"Abby'yi eve götürmem lazım çocuklar," dedim.

Babam gözlüklerinin üstünden Abby'ye baktı. "Neresi doğru değildi?"

"Ben babamın şansını almadım. Yani, çok gülünç değil mi?" diye kıkırdayıp saçını gergin hareketlerle parmağına doladı.

Thomas başını salladı. "Hayır, o röportaj Mick'le yapılmıştı. Senin on üçüncü yaş gününde gece yarısı şansının tükendiğini söylemişti."

"Ve seninkinin döndüğünü," diye ekledim.

Trent heyecanla gülerek, "Seni gangsterler yetiştirmişti," dedi.

"Eeee... hayır." Abby bir kez güldü. "Beni yetiştirmediler. Sadece... etraftaydılar."

"Bu çok utanç vericiydi, Mick'in bütün gazetelerde sana çamur atması. Sen daha çocuktun," dedi babam, başını sallayarak.

"Yaşananlar acemi şansından başka bir şey değildi," dedi Abby.

Üzerine yönelen bütün bu dikkatten fena halde bunalmak üzere olduğunu yüzüne bakınca anladım.

"Seni Mick Abernathy yetiştirmiş," dedi babam başını huşu içinde sallayarak. "Tanrı aşkına sen daha on üç yaşında profesyonellerle oynayıp kazanıyordun." Bana bakıp gülümsedi. "Onunla bahse girme oğlum. O kaybetmez." Aniden aklıma Abby'nin o dövüşten önce, kaybedeceğini ve kaybettiğinde de bir ay yanımda yaşamak zorunda kalacağını bile bile benimle iddiaya girdiği geldi. Bütün bu zaman boyunca umurunda olmadığını düşünmüştüm ve şu anda bunun doğru olmadığını anlıyordum.

"Aaa... bizim gitmemiz lazım baba. Görüşürüz millet."

Yolda gazı kökleyip karşıma çıkan arabaların sağından solundan dolaştım. Hız göstergesindeki iğne son hıza yaklaştıkça, Abby bacaklarıyla beni sımsıkı sarıyor ve daireye daha çabuk gitmek istememe neden oluyordu.

Harley'yi park edip onu elinden tuttum. Yukarı çıkarken Abby bir şey söylemedi. Ve ben ceketini çıkarmasına yardım ederken de hâlâ konuşmuyordu.

Saçını açtığında orada öylece durup hayranlıkla izledim. Sanki farklı bir insana dönüşmüştü, ona dokunmak için sabırsızlanıyordum.

"Kızgın olduğunu biliyorum," dedi, gözlerini yerden kaldırmadan. "Sana söylemediğim için özür dilerim ama hakkında konuştuğum bir şey değil."

Söyledikleri beni şaşkınlığa uğrattı "Sana kızmak mı? Şu anda o kadar tahrik olmuş durumdayım ki, önümü göremiyorum. Az önce kılını kıpırdatmadan hıyar kardeşlerimi parasız bıraktın, babamın gözünde efsane statüsüne kavuştun ve dövüşümden önce girdiğimiz bahsi bilerek kaybettiğinden de adım gibi eminim."

"Ben olsam öyle demezdim..."

"Kazanacağını düşünmüş müydün?

"Yani... tam olarak değil," dedi topuklularını çekip çıkarırken.

Yüzüme yayılan gülümsemeyi durdurmakta zorlanıyordum. "O zaman burada benimle olmak istemiştin. Sana yeniden âşık oldum sanırım."

Abby topuklularını ayağıyla dolaba fırlattı. "Nasıl olur da bana kızgın olmazsın?"

Belki de kızgın olmalıydım. Ama... kızmamıştım işte.

"Bu epey önemli, Güvercin. Bana anlatmış olmalıydın. Ama niye anlatmadığını anlıyorum. Buraya bütün onlardan kaçmak için geldin. Sanki güneş bulutların arasından çıkmış gibi. Şimdi her şeyi anlıyorum."

"Eh, bu içimi rahatlattı."

"Şanslı On Üç," deyip gömleğinin eteğini yakaladım ve başının üstünden çekip çıkardım.

"Bana öyle deme Travis, iyi bir şey değil bu."

"Sen bildiğin meşhursun Güvercin!" Pantolonunun düğmelerini açtım ve ayak bileklerine kadar indirip içinden çıkmasına yardım ettim.

"Babam o olaydan sonra benden nefret etti. Hâlâ bütün sorunları için beni suçluyor."

Gömleğimi çıkarıp ona sarılarak kendime bastırdım, tenini tenimde hissetmek için sabırsızlanıyordum. "Mick Abernathy'nin kızının karşımda durduğuna ve seninle beraber olduğum bütün bu süre boyunca bundan hiç haberimin olmamasına inanamıyorum."

Beni itti. "Ben *Mick Abernathy'nin kızı* değilim, Travis! Arkamda bıraktığım buydu. Ben Abby'yim. Sadece Abby," deyip dolaba yürüdü. Bir tişörtü askısından çekip aldı ve üstüne geçirdi.

"Özür dilerim. Şöhret biraz çarptı da."

"Sadece benim!" Avcunu göğsüne yasladı, sesi çaresizlikten sertleşmişti.

"Evet, ama..."

"Aması maması *yok*. Şu anda bana bakışın var ya? İşte tam da bu yüzden sana anlatmadım." Gözlerini kapadı. "Artık bu şekilde yaşayamam, Trav. Senin için bile olmaz." "Sakinleş Güvercin. Kendimizi kaptırmayalım." Onu kollarıma aldım, konuşmamızın aniden aldığı şekilden endişelenmiştim. "Senin ne olmuş olduğun ya da artık ne olmadığın umurumda değil. Ben sadece seni istiyorum." "O zaman ortak bir noktamız daha var demek ki."

Onu kibarca yatağa çektim, sonra da yanına gidip sırnaşınca şampuanla karışık sigar kokusu aldım. "Bütün dünyaya karşı sadece sen ve ben varız Güvercin."

Yanıma kıvrıldı, söylediklerim içini rahatlatmış gibiydi. Kendini göğsüme bırakınca içini çekti.

"Sorun nedir?" diye sordum.

"Kimsenin bilmesini istemiyorum, Trav. *Senin de* bilmeni istememiştim."

"Seni seviyorum Abby. Bir daha bundan bahsetmeyeceğim, tamam mı? Sırrın bende güvende," dedim dudaklarımı yavaşça alnına dokundurarak.

Yanağını tenime sürttü, ben de ona sımsıkı sarıldım. Gece yaşananlar bir rüyaymış gibi geliyordu. Hayatımda ilk defa eve bir kız getiriyordum ve o da meşhur bir poker oyuncusunun kızı olmakla kalmıyor, aynı zamanda hepimizi tek bir elde ter dökmeden iflas ettirecek kadar yetenekli bir poker oyuncusu çıkıyordu. Ailenin hayırsız oğlanı olarak nihayet ağabeylerimin az da olsa saygısını kazandığımı hissetmiştim. Ve hepsi de Abby sayesindeydi.

Yatakta uyanık yattım, aklımı uykuya dalabilecek kadar uzun süre boş bırakamıyordum. Abby yarım saat önce uykuya dalmıştı.

Cep telefonumun ışığı yandı ve bir defa titreyerek mesaj geldiğini haber verdi.

Mesajı açar açmaz suratım asıldı. Göndericinin ismi mesajın üstünden kayarak geçiyordu: Jason Brazil.

Hocam. Parker ileri geri konuşmaya başladı.

Yazarken iki elimi de kullanabilmek için çok dikkat ederek kolumu Abby'nin başının altından çektim ve cevap yazdım.

Kim demiş?

Ben, hemen dibimde oturuyo.

Hadii? Ne diyo?

Güvercin hakkında. Bilmek istiyo msn cidden?

Hıyarlık etme.

Güvercin hâlâ onu arıyomus.

Yalan.

Daha once isi senin batırmanı bkldğni, şimdi Abby'nin seni sokağa atmk için uygun zmn kolladığını söyledi.

Hakkat mi?

Gçn gün ona çok mtszum dmş guya. Snden korkuyomuş, deliymişsin çnkü ne zmn sni bırakacğını bilemiyomus.

Su anda ynmda yatıyo olmasa oraya gelip götünü tekmelerdim.

Değmez. Herkes salladığını biliyo.

Yine de beni kızdırıyo.

Duydum. Takma o pisliği kafana. Hatunun hemen yanında yatıyo.

Abby yanımda yatıyor olmasaydı, motosikletime atladığım gibi Sig Tau'nun binasına gitmiş ve yumruğumu Parker'ın beş bin dolarlık gülümsemesinin ortasına gömmüştüm. Bir ihtimal Porsche'sini de beyzbol sopasıyla biraz dağıtmıştım.

Sinirden titrememin geçmesi yarım saat sürdü. Abby kımıldamamıştı. Uyurken burnundan çıkan o işitmesi zor tatlı ses nabzımın yavaşlamasına yardımcı oldu ve çok zaman geçmeden onu kollarıma alıp gevşeyebilecek duruma geldim.

Abby Parker'ı aramıyordu. Eğer mutsuz olsa bana söylemiş olurdu. Derin bir nefes alıp dışarıdaki ağacın gölgesinin duvarda dans etmesini izledim.

Shepley adımının orta yerinde durup, "Hadi canım," dedi.

Kızlar çiftler partisine hazırlanmak için alışverişe gitmiş ve bizi dairede yalnız bırakmışlardı, ben de Shepley'yi yakınlardaki mobilya mağazasına gitmeye ikna ettim.

"Kesin." Telefonumun ekranını Shepley'ye çevirdim. "Geçen gece Brazil bana mesaj atıp ipliğini pazara çıkardı."

Shepley içini çekip başını salladı. "Bunun senin kulağına geleceğini biliyor olmalıydı. Yani... nasıl gelmesin ki? O adamlar kızlardan beter dedikodu yapıyorlar."

Durdum, gözüme kestirdiğim bir koltuk gördüm. "Bu yüzden yaptığına bahse girerim. Kulağıma gelmesini umuyordu."

Shepley başını salladı. "Doğruya doğru. Eski sen olsaydın, kıskançlık krizine girmiş ve Abby'yi korkutup doğrudan Parker'ın kucağına göndermiştin."

"Piç," dedim bir satış temsilcisi yaklaşırken.

"Günaydın beyefendi. Özellikle aradığınız bir şey var mıydı?"

Shepley kendini koltuğa fırlattı sonra da birkaç defa zıplayıp, "Onaylıyorum," dedi.

"Tamadır. Bunu alıyoruz," dedim.

"Alıyor musunuz?" dedi satış temsilcisi biraz şaşırarak.

"Aynen," dedim, ben de tepkisine biraz şaşırmıştım. "Evlere teslimatınız var mı?"

"Evet, beyefendi tabii. Fiyatını öğrenmek ister misiniz?"

"Burada yazılı olan değil mi?"

"Evet o."

"O halde alıyorum. Ödemeyi nereden yapıyoruz?"

"Buradan lütfen."

Satış temsilcisi koltuğa uyan birkaç eşya daha almam için beni ikna etmeye çalıştı ama başarısız oldu, o gün alacaklarım daha bitmemişti.

Shepley adresimizi verdi ve satış temsilcisi yılın en kolay satışını yaptığını söyleyerek bize teşekkür etti.

"Şimdi nereye gidiyoruz?" diye sordu Shepley. Charger'a giderken bana yetişmeye çalışıyordu.

"Calvin'in yeri."

"Yeni dövme mi yaptıracaksın?"

"Aynen."

Shepley beni tedirginlikle süzdü. "Ne yapıyorsun, Trav?"

"Doğru kızı bulursam hep yapacağımı söylediğim şeyi."

Shepley yolcu kapısının önüne geçti. "Bunun iyi bir fikir olduğundan emin değilim. Önce Abby'yle konuşman gerektiğini düşünmüyor musun... yani, şaşkınlıktan küçük dilini yutmasın diye?"

Yüzümü buruşturdum. "Hayır diyebilir."

"Hayır demesi, senin o dövmeyi yaptırmandan ve onun da bu yüzden kaçıp gitmesinden daha iyidir. Siz ikiniz epey iyi gidiyorsunuz. Neden bir süre işleri kendi hâline bırakmıyorsun?"

Ellerimi Shepley'nin omuzlarına koydum. "Bu kulağıma hiç de benim yapacağım bir şeymiş gibi gelmiyor," deyip onu kenara çektim.

Shepley Charger'ın önünden dolaştı ve şoför koltuğuna geçti. "Resmi görüşüm bunun hâlâ kötü bir fikir olduğu yönünde."

"Kayda geçmiştir."

"O zaman nereye gidiyoruz?"

"Steiner's'a"

"Mücevherciye mi?"

"Aynen."

"Neden oraya Travis?" **dedi Shepley, sesi öncekinden** sertti.

"Göreceksin?"

Başını salladı. "Onu kaçırmaya mı çalışıyorsun?"

"Eninde sonunda olacak Shep. Sadece şimdiden almak istiyorum. Doğru zaman geldiğinde yanımda olsun diye."

"Doğru zaman bu yakınlarda değil. America'ya öylesine âşığım ki bazen çıldırıyorum ama biz bu halt için yeterince büyük değiliz, Travis. Ve... ya hayır derse?"

Söylediği karşısında dişlerimi sıktım. "Hazır olduğunu bilene dek ona teklif etmeyeceğim."

Shepley dudak büktü. "Tam daha fazla deliremeyeceğini düşünüyorum ama sen zırdeliliğin de ötesinde bir şey yapıyorsun."

"Sen hele alacağım taşı bir gör de."

Shepley başını yavaşça bana doğru çevirdi. "Çoktan oraya gidip alacağını aldın, değil mi?"

Gülümsedim.

On Dokuzuncu Bölüm
Baba Eve Geldi

Cuma. Çiftler partisinin yapılacağı gün, Abby'nin yeni koltuğa bakıp gülümsemesi ve dakikalar sonra dövmelerim yüzünden kendini viskiye vermesinin üç gün sonrası.

Kızlar dışarı çıkmış, çiftler partisi verilen günlerde hemcinslerinin yaptıkları şeyleri yapıyorlardı; ben de dairenin ön basamaklarına oturmuş, Toto'nun kaka yapmasını bekliyordum.

Nedenini tam bilmesem de sinirlerim acayip bozuktu. Kendimi sakinleştirmek için bir iki yudum viski almıştım bile ama hiçbir işe yaramamıştı.

Bileğime baktım, içimdeki o kaygı verici duygunun yanlış alarm olmasını diledim. Soğuk hava bir taraflarımı dondurduğu için Toto'ya acele etmesini söyleyecektim ki, o kamburunu çıkarıp işini gördü.

"Tam zamanında küçük adam!" deyip pisliğini topladım ve içeriye girdim.

"Az önce çiçekçiyi aradım. Yani, çiçekçileri. Birincisinde istediğimiz kadar yoktu," dedi Shepley.

Gülümsedim. "Kızlar deliye dönecekler. Onlar eve dönmeden teslimatı yapacaklar, değil mi?"

"Evet."

"Ya eve erken dönerlerse?"

"Gelmelerine daha çok var."

Başımı salladım.

"Hey," dedi Shepley yarım bir gülümsemeyle. "Bu gece seni tedirgin mi ediyor?"

"Hayır," dedim suratımı asarak.

"Hem de nasıl ediyor, seni gidi hanım evladı seni! Çiftler partisi seni epey germiş!"

"Hıyarlık etme," deyip odama çekildim.

Siyah gömleğim çoktan ütülenmişti ve askısında beni bekliyordu. Bir özelliği yoktu, sahip olduğum iki düğmeli gömlekten biriydi.

Evet, bu çiftler partisi benim için bir ilk olacaktı ama karnımdaki düğümün nedeni bu değildi. Tam olarak adlandıramadığım bir şey hissediyordum. Sanki az sonra gerçekleşmek üzere pusuya yatmış korkunç bir olay vardı. Aşırı gergindim; mutfağa gidip bir şat viski daha doldurdum. Kapının zili çaldı, arkasından baktığımda Shepley'nin belinde bir havlu, yatak odasından çıkıp oturma odasına koştuğunu gördüm.

"Kapıya ben bakabilirdim."

"Evet, ama o zaman Jim Beam'ini içerken ağlayamazdın," diye homurdanıp kapıyı açtı. Kendisinden büyük iki adet devasa buketi taşıyan kısa boylu bir adam kapının önünde duruyordu.

"Aa, evet... bu taraftan hocam," dedi Shepley, kapıyı daha çok açarken.

On dakika sonra daire tam hayal ettiğim gibi gözükmeye başlamıştı. Çiftler partisinden önce Abby'ye çiçek alma fikri aklıma gelmiş ama bir buket yeterli olmamıştı.

Tam ilk kargo elemanı giderken başka bir eleman geldi, ardından bir tane daha. Shepley ve ben, dairenin her karışı kırmızı, pembe, sarı ve beyaz güllerden oluşan en az üç devasa bukete gururla ev sahipliği yapmaya başladığında anca tatmin olduk.

Hızla duş aldım, tıraş oldum ve Honda'nın motoru otoparkta yüksek sesle hırladığında pantolonumu giymek üzereydim. Arabanın motoru sustuktan on-on beş saniye sonra önce America, peşinden de Abby sokak kapısından içeri girdiler. Çiçeklere ânında tepki verdiler ve onlar keyif içinde ciyaklarken Shepley'yle ben de aptallar gibi sırıttık.

Shepley gururla, dimdik durup bakışlarını odanın etrafında gezdirdi. "Size iki çiçek almak için çıktık ama ikimiz de tek bir buketin yeterli olmayacağını düşündük."

Abby kollarını boynuma doladı. "Siz ikiniz... siz harikasınız. Teşekkür ederim." Kalçasına bir şaplak atıp avcumu bir iki saniye sırtının hemen bitimindeki hafif eğimde tuttum. "Partiye otuz dakika kaldı Güvercin."

Kızlar Shepley'nin odasında giyinirken biz de bekledik. Gömleğimi ilikleyip bir kemer bulmam ve çoraplarımı ayaklarıma geçirip üstüne ayakkabılarımı giymem tamı tamına beş dakika sürdü. Gelin görün ki, kızların işi sonsuza dek sürecekmiş gibi duruyordu.

Sabırsızlanan Shepley kapıya vurdu. Parti on beş dakika önce başlamıştı.

"Gitme zamanı geldi hanımlar," dedi Shepley.

America tenine yapışıkmış gibi duran bir elbiseyle çıktı odadan ve Shepley ıslık çalarak ânında gülümsedi.

"Güvercin nerede?" diye sordum.

"Abby'nin ayakkabıları biraz sorun çıkardı. Bir dakikaya kalmaz burada olur," diye açıkladı America.

"Heyecandan öleceğim Güvercin," diye seslendim.

Kapı gıcırdadı ve Abby kısa, beyaz elbisesini çekiştirerek dışarı çıktı. Saçını bir tarafa atmıştı ve her ne kadar göğüsleri dikkatle gizlenmiş olsalar da elbisenin dar kesimiyle öne çıkıyorlardı.

America beni dirseğiyle dürtünce gözlerimi kırpıştırdım. "Hadi be!"

America, "Paniğe kapılmış gibi duruyorsun?" diye sordu.

"Paniğe kapılmadım, olağanüstü görünüyor."

Abby gözlerinde yaramazlık ifadesiyle gülümsedi ve sonra da yavaşça dönerek elbisesinin arkasındaki derin dekolteyi gözler önüne serdi.

"Tamam, şimdi paniğe kapıldım," deyip yanına yürüdüm ve onu Shepley'nin gözlerinden uzağa çevirdim.

"Beğenmedin mi?" diye sordu.

"Bir cekete ihtiyacın var." Askılığa koşup aceleyle Abby'nin ceketini aldım ve omuzlarının üstüne attım.

America kıkırdayarak, "Bütün gece üstünde bununla dolaşamaz Trav," dedi.

Shepley davranışım için özür dilemeye çalışarak, "Güzel görünüyorsun Abby," dedi.

"Öylesin," dedim, kavga çıkmadan duyulmak ve anlaşılmak için debeleniyordum. "İnanılmaz görünüyorsun... ama bunu giyemezsin. Eteğin... vay be, bacakların... eteğin aşırı kısa ve bu elbise yarım! Sırt kısmı bile yok!"

"Tasarımı böyle Travis." Abby gülümsedi. En azından bana kızmamıştı.

Shepley surat asıp, "Siz ikiniz birbirinize işkence etmek için mi yaratıldınız?" diye sordu.

"Daha uzun bir elbisen var mı?" diye sordum.

Abby bakışlarını aşağı çevirdi. "Aslında ön tarafı oldukça edepli sayılır. Sadece arka tarafı çok açık."

"Güvercin," deyip irkildim. "Kızmanı istemiyorum ama seni bu kıyafetle cemiyet evine götüremem. Beş dakika içinde kavga çıkarırım."

Parmaklarının ucunda uzanıp dudaklarımı öptü. "Sana güvenim tam."

"Bu gece berbat geçecek," diye homurdandım.

"Bu gece inanılmaz geçecek," dedi America, söylediğimi üstüne alınmıştı.

"Sadece daha sonra üstümden çıkarmanın ne kadar kolay olacağını düşün," dedi Abby. Parmak ucunda yükselerek boynumu öptü.

Tavana baktım, dudak parlatıcısıyla yapış yapış olmuş dudaklarının beni yumuşatmasına izin vermemeye çalışıyordum. "Sorun da burada ya, oradaki her erkek aynısını düşünüyor olacak."

Cilveli bir sesle, "Ama bunu bir tek sen yapabileceksin," dedi. Ben tepki vermeyince de geriye yaslanıp gözlerime baktı. "Gerçekten de üstümü değiştirmemi istiyor musun?"

Yüzünden başlayıp her yanını süzdüm, sonra da iç çektim. "Ne giyersen giy muhteşemsin. Artık buna alışmam gerekiyor, değil mi?" Abby omzunu silkti ve ben de başımı iki yana salladım. "Tamamdır, çoktan geç kaldık. Haydi gidelim."

Çimenlerin üstünden Sigma Tau binasına yürürken kollarımı Abby'ye sarmıştım. Abby titriyordu, dolayısıyla kollarımda Abby'yi tutarak topuklu ayakkabılarının elverdiği kadar hızla ve epey rahatsız bir pozisyonda yürüdüm. Kalın çifte kapılardan geçtiğimiz anda bir sigara yakıp cemiyet partilerinden hiç eksik olmayan duman altı ortama katkıda bulundum. Alt kattan gelen bas sesi ayaklarımızın altındaki zemini kalp atışı gibi titretiyordu.

Shepley'yle kızların paltolarını aldıktan sonra Abby'yi mutfağa götürdüm; Shepley'yle America hemen arkamızdan geliyorlardı. Orada elimizde biralarla durup Jay Gruber ve Brad Pierce'ın son dövüşümü tartışmalarını dinledik. Lexie eliyle Brad'ın gömleğini çekiştirip duruyordu, o muhabbetten sıkıldığı çok belliydi.

Brad, "Kanka, kız arkadaşının ismini bileğine yazdırdın ha? Hangi şeytan dürttü de böyle bir şey yaptın?" dedi.

Elimi çevirip Abby'nin lakabını gösterdim. "Onun için deli oluyorum," dedim Abby'ye bakarken.

Lexie aşağı gören bir tavırla, "Onu doğru dürüst tanımıyorsun bile," dedi.

"Onu tanıyorum."

Gözümün ucuyla Shepley'nin America'yı merdivenlere doğru götürdüğünü görünce, ben de Abby'nin elini tutup peşlerinden gittim. Aksi gibi Lexie ve Brad de peşimizden geldiler. Sıra halinde basamaklardan inip bodruma girdik, her adımımızla müziğin sesi daha da yükselmişti.

Ayağımı son basamağa bastığım anda DJ yavaş bir şarkıya başladı. Tereddüt etmeden Abby'yi, etrafında parti için kenara çekilmiş mobilyalar olan beton dans pistine çektim.

Abby'nin başı, boynumun çukuruna mükemmel uyuyordu. "Daha önce bu şeylerden birine hiç gitmediğim için mutluyum," dedim kulağına. "Sadece seni getirmiş olmam çok doğru."

Abby yanağını göğsüme dayadı ve parmaklarını omuzlarıma bastırdı.

"Bu elbiseyi giydiğin için herkes sana bakıyor," dedim. "Epey havalıymış... herkesin istediği kızla beraber olmak."

Abby geri çekilip göstere göstere gözlerini devirdi. "Beni istemiyorlar. Neden beni *istediğini* merak ediyorlar. Ve ne fark eder? Herhangi bir şansı olduğunu düşünen herkes için üzgünüm. Ben bütün benliğimle ve umutsuzca sana âşığım."

Nasıl bilmezdi ki? "Seni neden istediğimi biliyor musun? Sen beni bulana kadar kayıp olduğumun farkında değildim. Yatağımda sensiz geçirdiğim ilk geceye kadar yalnızlığın ne olduğunu bilmiyordum. Hayatımda doğru olan tek şey seninle olmak. Benim beklediğim senden başkası değil, Güvercin."

Abby yüzümü ellerinin arasına almak için uzandı ve o ben de kollarımı çevresine dolayıp onu yerden kaldırdım. Dudaklarımız nazikçe birbirlerine dokundular ve dudakları dudaklarımı okşarken ben de onu ne kadar sevdiğimi o öpücükle anlatmaya çalıştım çünkü sadece kelimeleri kullanarak bunu asla doğru ifade edemiyordum.

Birkaç şarkı ve Lexie'yle America arasındaki düşmanca ama eğlenceli bir andan sonra üst kata çıkmak için iyi bir zaman olduğuna karar verdim. "Haydi, gel Güvercin. Bir sigara içmem lazım."

Abby peşimden merdiveni tırmandı. Balkona devam etmeden önce ceketini almayı ihmal etmedim. Dışarıya adımımızı attığımız anda donakaldım, Abby de öyle ve Parker da ve az önce parmaklamakta olduğu makyajı dağılmış kız da.

İlk hamle Parker'dan geldi; elini kızın eteğinin altından çekti.

"Abby," dedi, şaşkınlıkla ve soluk soluğa.

"Selam Parker," diye karşılık verdi Abby kahkahasını bastırarak.

"Nas... Nasılsın?"

Kibarca gülümsedi. "Harikayım. Ya sen?"

"Eee," kıza baktı, "Abby, bu Amber. Amber... Abby."

"O Abby mi?" diye sordu kız.

Parker başını kısaca, rahatsız bir şekilde salladı. Amber yüzünde tiksinti dolu bir ifadeyle Abby'nin elini sıktı ve ardından az önce düşmanıyla karşılaşmış gibi beni süzdü.

"Tanıştığımıza sevindim... yani herhalde."

Parker, "Amber," diyerek uyardı.

Bir kahkaha atıp geçmeleri için balkonun kapılarını açtım. Parker Amber'ın elinden tutup onu içeri götürdü.

Abby "Bu çok... tuhaftı," dedi, kollarını kavuşturup başını sallarken. Balkonun kenarından kış rüzgârına meydan okuyan az sayıdaki çifte baktı.

"En azından seni geri almak için didinmekten vazgeçmiş," dedim gülümseyerek.

"Beni geri almaktan çok senden uzak tutmaya çalıştığını düşünüyorum."

"Benim için *bir* defa *bir* kızı evine götürdü. Şimdi de kalmış yatağa attığım her birinci sınıf öğrencisini göklerden inip kurtarmış gibi davranıyor."

Abby göz ucuyla bana alaycı bir bakış attı. "Sana o kelimeden ne kadar *nefret* ettiğimi hiç söylemiş miydim?"

"Özür dilerim," deyip onu yanıma çektim. Bir sigara yakıp derin bir nefes çektim ve elimi çevirdim. İncelikle işlenmiş ama kalın çizgiler bir araya gelip *Güvercin* sözcüğünü oluşturuyorlardı. "Bunun en sevdiğim dövme olması bir yana, sadece bileğimde durduğu için verdiği huzur ne kadar da tuhaf değil mi?"

"Epey tuhaf," dedi Abby. Ona bir bakış atınca o da güldü. "Şaka yapıyorum. Anladığımı söyleyemem ama tatlı... Travis Maddox tarzı bir tatlılığı var."

"Bunun kolumda olması bu kadar muhteşem hissettiriyorsa, parmağında bir yüzüğün olmasının vereceği duyguyu hayal bile edemiyorum."

"Travis..."

"Dört, belki de beş yıl sonra," dedim, içten içe fazla ileri gitmiş olmaktan korkarak.

Abby bir nefes aldı. "Yavaşlamamız lazım. Çok, çok yavaşlamamız lazım."

"Başlama yine, Güvercin."

"Eğer bu hızda devam edersek mezun olmadan önce baldırı çıplak, hamile bir kız olacağım. Senin yanına taşınmaya hazır değilim, bir yüzük takmaya hazır değilim ve durulmaya da kesinlikle hazır değilim."

Nazikçe ellerimi omuzlarına koydum. "Bu 'Başka insanlarla da görüşmek istiyorum,' konuşması değil, değil mi? Çünkü seni paylaşmayacağım. İmkânı yok."

"Başka birisini istediğim falan yok," dedi, bıkkınlıkla.

Gevşeyip omuzlarını bıraktım ve dönüp tırabzanlara tutundum. "O halde ne anlatmaya çalışıyorsun?" dedim, cevabını korku içinde beklerken.

"Diyorum ki biraz yavaşlamamız lazım. Söylediğim *tek* şey bu."

Başımla onayladım, mutsuzdum.

Abby koluma uzandı. "Kızma."

"Bir adım ileri iki adım geri gidiyormuşuz gibi geliyor, Güvercin. Ne zaman aynı dalga boyunda olduğumuzu düşünsem aramıza bir duvar dikiyorsun. Anlamıyorum... bir dünya dolusu kız ilişkilerini ciddileştirmek, duyguları hakkında konuşmak, bir sonraki adımı atmak için erkek arkadaşlarının canını çıkarıyor..."

"Benim dünyada bir *benzerimin olmadığı* konusunda anlaştığımızı sanıyordum."

Başımı öne eğdim, boşuna didiniyordum sanki. "Tahmin etmekten yoruldum. İlişkimizin nereye gittiğini düşünüyorsun, Abby?"

Dudaklarını gömleğime yasladı. "Geleceği düşündüğümde seni görüyorum."

Onu yanıma çektim, söyledikleriyle vücudumdaki bütün kaslar bir anda gevşemişti. Birlikte bulutların yıldızsız, siyah gökyüzünde kayıp gitmelerini izledik. Aşağıdan gelen kahkahaların ve konuşmaların uğultusu, Abby'nin yüzünü bir gülümsemeyle parıldattı. Onun izlediği davetlileri izliyordum, birbirlerine sarınmış, caddeden cemiyet evine koşturuyorlardı.

O gün içinde ilk defa, başımın üstünde kılıç gibi sallanan o kötü his zayıflar gibi oldu.

"Abby! Neredesin! Her yerde seni aradım!" dedi America, kapıdan içeri dalarak. Cep telefonunu ileri doğru tutuyordu. "Az önce babamla konuştum. Dün gece Mick onları aramış."

Abby'nin burnu kırıştı. "Mick mi? Ne diye onları aramış ki?"

America kaşlarını kaldırdı. "Annen telefonu suratına kapatıp durmuş."

"Ne istiyormuş?"

America dudaklarını birbirine bastırdı. "Nerede olduğunu öğrenmeyi."

"Ona anlatmamışlar, değil mi?"

America'nın yüzü düştü. "O senin baban, Abby. Babam bilmeye hakkı olduğunu düşünmüş."

"Buraya gelecek," dedi Abby sesi panikle boğuklaşmıştı. "Buraya gelecek, Mare!"

America arkadaşını teselli etmeye çalışıp, "Biliyorum! Üzgünüm!" dedi. Abby ondan uzaklaşıp yüzünü elleriyle kapadı.

Neler olduğunu anlamıyordum ama Abby'nin omuzlarına dokundum. "Sana zarar vermeyecek Güvercin," dedim. "Ona izin vermem."

America, "Bir yolunu bulur," dedi, kaygılı gözlerle Abby'yi izlerken. "Her zaman bir yolunu bulur."

"Buradan çıkmam lazım." Abby paltosuna sımsıkı sarındı ve balkon kapılarının kollarına asıldı. Sinirleri o kadar bozulmuştu ki, açılması için kapı koluna bastırmadan kapıyı çekmeye çalışıyordu. Gözyaşları yanaklarından aşağı süzülmeye başladığında, ellerimi ellerinin üstüne koydum. Kapıları açmasına yardım ettikten sonra Abby bana baktı. Yanaklarının utandığı için mi yoksa soğuktan mı kızardığından emin değildim, tek istediğim onu rahatlatmaktı.

Kolumu Abby'nin omzuna attım ve ikimiz beraber merdivenlerden inip kalabalığın arasından geçerek evin öbür tarafındaki sokak kapısından çıktık. Abby evimizin güvenliğine kavuşmak için çaresizce hızlı hızlı yürüyordu. Mick Abernathy hakkında tek duyduğum, babamın pokerdeki ustalığına dizdiği övgülerdi. Abby'nin korkmuş küçük bir kız gibi kaçışını izlemek ailemin ona hayran olmakla harcadığı her saniyeye lanet okumama neden oldu.

Abby tam adımını atmak üzereydi ki, America'nın eli uzanıp onu paltosundan yakaladı. "Abby!" diye fısıldayıp biraz ileride toplaşmış küçük bir grubu işaret etti.

Yaşlıca, üstü başı dağınık, tıraşsız ve koktuğu izlenimini verecek kadar kirli bir adamın çevresine üşüşmüşlerdi. Adam evi işaret ediyordu, elinde küçük bir resim tutuyordu. Çiftler başlarını sallıyor, kendi aralarında resmi tartışıyorlardı.

Abby hışımla adamın yanına gitti ve fotoğrafı elinden çekip aldı. "Burada *ne* arıyorsun *sen*?"

Elindeki fotoğrafa baktım; en fazla on beş yaşındaydı, sıskaydı, açık kahverengi, sıradan saçları vardı ve gözlerinin altı çökmüştü. Berbat günler geçirdiğine şüphe yoktu. Oradan kaçmak istemesine şaşırmamak gerekirdi.

Adamın etrafındaki üç çift geri çekildi. Şaşkınlıkla dolu yüzlerine 'ne var?' dermiş gibi baktım ve adamın konuşmasını bekledim. Adam meşhur Mick Abernathy'nin ta kendisiydi. O pis yüze sonradan eklenmiş gibi duran efsanevi, keskin gözlerinden tanıdım.

Shepley'yle America, Abby'nin iki yanında duruyorlardı. Ben de arkadan omuzlarını tutuyordum.

Mick, Abby'nin elbisesine baktı ve kıyafet seçimini onaylamadığını belirtircesine cık cıkladı. "Vay, vay, vay, bak şu hâline Kurabiye. Eeee, ne demişler: 'Bir kızı Vegas'tan çıkarabilirsin...'"

"Kapa çeneni. Kapa çeneni, Mick. Sadece arkanı dön," eliyle arkasını işaret etti, "ve geldiğin yere git. Seni burada istemiyorum."

"Gidemem Kurabiyem. Yardımına ihtiyacım var."

"Cidden mi?" dedi America aşağılayan bir tonla.

Mick gözlerini kısıp America'ya baktı, ardından dikkatini kızına yöneltti. "Çok güzel görünüyorsun. Büyümüşsün. Yolda görsem seni tanımazdım."

Abby içini çekti. "Ne istiyorsun?"

Ellerini kaldırıp omuz silkti. "Kendimi zor bir duruma soktum diyebiliriz ufaklık. İhtiyar babacığının biraz paraya ihtiyacı var."

Abby'nin bütün vücudu kasıldı. "Ne kadar?"

"İyi gidiyordum, gerçekten de. Sadece devam edebilmek için biraz borç almam gerekti ve... bilirsin ya."

"Tabii bilirim," diye patladı. "Ne kadara ihtiyacın var?"

"İki buçuk."

"Hadi ya Mick, iki bin beş yüz dolar mı? Eğer buradan defolup gideceksen... Sana şu anda verebilirim," deyip cüzdanımı çıkardım.

"Yirmi beş bin demek istiyor," dedi Abby soğuk bir sesle.

Mick gözlerini bana kaydırdı, baştan aşağıya süzdü. "Bu soytarı da kim?"

Cüzdanımda olan gözlerim aniden ona odaklandı ve içgüdüsel olarak avımın üstüne atladım. Beni durduran tek şey, Abby'nin aramıza giren küçük bedenini hissetmem ve bu meymenetsiz küçük adamın onun babası olduğunu bilmemdi. "Şimdi senin gibi akıllı bir adamın nasıl olup da ergen kızından para isteyecek hâle düştüğünü anlayabiliyorum."

Mick konuşamadan Abby cep telefonunu çıkardı. "Bu defa kime borçlusun, Mick?"

Mick beyazlaşmış, yağlı saçlarının arasından başını kaşıdı. "Yani, aslında komik bir hikâye Kurabiye—"

"*Kim?*" diye bağırdı Abby.

"Benny."

Abby bana yaslandı. "Benny mi? Benny'ye mi borcun var? Kafandan neler..." Durakladı. "O kadar param yok, Mick."

Gülümsedi. "İçimden bir ses olduğunu söylüyor."

"Ama yok! Bu sefer gerçekten de becerdin, değil mi? Kendini öldürtene kadar durmayacağını biliyordum."

Mick ağırlığını öbür ayağına verdi, yüzündeki ukala gülümseme kaybolmuştu. "Ne kadarın var?"

"On bir bin. Araba almak için biriktiriyordum."

America hızla dönüp Abby'ye baktı. "On bir bin doları nereden buldun, Abby?"

"Travis'in dövüşleri."

Bana bakana dek omuzlarını çektim. "Benim dövüşlerimden *on bir bin* dolar mı kazandın? Ne zaman bahse giriyordun ki?"

"Adam'la aramızda bir anlaşma vardı," dedi havadan sudan konuşurmuş gibi.

Mick'in gözleri aniden canlandı. "Bunu bir haftada iki katına çıkarabilirsin, Kurabiye. Yirmi beş bini bana pazar günü verebilirsin, Benny de adamlarını peşimden yollamaz."

"Beş parasız kalırım Mick, okul ücretini ödemem lazım," dedi Abby, sesinde bir hüzün tınısı vardı.

"Merak etme canım, senin o parayı kazanman hiç zamanını almaz." Mick sanki o parayı kazanmak hiç de ciddi bir olay değilmiş gibi elini sallayarak konuşmuştu.

"Ne zamana kadar vaktin var?" diye sordu Abby.

"Pazartesi sabahı. Gece yarısı," dedi, yüzünde bir utanma belirtisi yoktu.

"Bu serseriye beş kuruş vermek zorunda değilsin Güvercin," dedim.

Mick Abby'nin bileğini yakaladı. "En azından bunu yapabilirsin! Sen olmasan bu halde olmazdım!"

America, Mick'in eline vurarak Abby'yi kurtardı, ardından da onu itti. "Yeniden başlamaya cüret etme Mick! Kimse seni Benny'den borç almaya zorlamadı!"

Mick öfkeyle Abby'ye baktı. Gözlerinde öyle bir nefret vardı ki, Abby'nin kızı olduğu gerçeğinden kaynaklanan bütün bağlar silinip gitti. "O olmasaydı şimdi kendi param olacaktı. Her şeyimi aldın Abby! Hiçbir şeyim kalmadı!"

Abby çığlığını yuttu. "Paranı pazar günü Benny'ye vereceğim. Ama bunu yaptıktan sonra artık bana bulaşmayacaksın. Bunu bir daha yapmam Mick. Bundan sonra kendi başınasın, anladın mı? Benden... uzak... dur."

Dudaklarını birbirine bastırıp başını salladı. "Nasıl istiyorsan öyle olsun Kurabiye."

Abby dönüp arabaya yöneldi.

America içini çekti. "Valizlerinizi toplayın çocuklar, Vegas'a gidiyoruz." Charger'a doğru yürüdü, Shepley'yle ben olduğumuz yerde donup kalmıştık.

"Dur bir ya. Ne dedin?" Bana baktı. "Las Vegas'ın Vegas'ı mı? Las Vegas yani? Hani şu Nevada'daki?"

"Öyle gibi gözüküyor," dedim ellerimi ceplerime sokarak.

Shepley hâlâ olanları hazmetmeye çalışıyordu. "Şimdi gidip Vegas'a uçak bileti alacağız, öyle mi?"

"Aynen."

Shepley yürüyüp America'yla Abby için arabanın kapısını açtı, kızlar yolcu koltuklarına geçince de kapıyı çarpıp kapadı, yüzü ifadesizdi. "Daha önce hiç Vegas'a gitmemiştim."

Ağzımın bir kenarı hınzır bir sırıtmayla yukarı doğru çekildi. "Görünüşe göre milli olmanın zamanı geldi."

Yirminci Bölüm
Bazen Kazanır
Bazen Kaybedersin

Eşyalarımızı toplarken Abby neredeyse hiç konuşmadı, havaalanına giderken daha da az konuştu. İçimizden biri ona soru sormadıkça boşluğa bakmaktan başka bir şey yapmadı. Çaresizlik içinde boğuluyor muydu yoksa önümüzdeki mücadeleye mi odaklanıyordu, emin olamıyordum.

Otele yerleşirken bütün konuşma işini, sahte kimliğini göstererek America halletti; sanki aynı şeyi bin defa yapmış gibi kusursuz bir performans sergiledi.

Büyük ihtimalle de bunu daha önce defalarca *yapmış olduğu* o an kafama dank etti. O kusursuz kimlik kartlarını aldıkları yer Vegas'tı ve America'nın Abby'nin nelerle başa çıkabileceği hakkında hiç endişe etmemesinin nedeni de daha önce orada atlatmış oldukları şeylerdi. Bunların hepsini daha önce görmüşlerdi, günah şehrinin derinliklerinde hem de.

Shepley kendini fazlasıyla belli eden bir turistti, başını arkaya atmış aval aval ihtişamlı tavana bakıyordu. Bagajımızı asansöre aldık, ben de Abby'yi kenara çektim.

"İyi misin?" diye sordum, dudaklarımla alnına dokunarak.

"Burada olmak istemiyorum," dedi, bastırdığı hıçkırıklarının arasından.

Kapılar açılınca koridora serili olan halının karmaşık deseni göründü. America'yla Shepley bir tarafa gitti, Abby ve ben öbür tarafa. Odamız koridorun sonundaydı.

Abby, kartını yuvasına sokup kapıyı iterek açtı. Oda epey büyüktü, ortasındaki büyük boy yatağı bile küçücük gösteriyordu.

Bavulu duvara dayadım, kalın perdeler açılıp Las Vegas Strip'in yoğun trafiğini ve göz kamaştırıcı ışıklarını gözler önüne serene kadar bütün düğmelere bastım. Başka bir düğmeye basınca tavandan zemine uzanan diğer perdeler açıldı. Abby pencereye dikkat etmiyordu. Şöyle bir başını kaldırıp bakmamıştı bile. Bütün o şaşaa ve zenginlik onun için yıllar önce anlamını yitirmişti.

El çantalarımızı yere koydum ve odayı kolaçan ettim. "Güzel odaymış ha!" Abby bana sert bir bakış attı. "Ne?"

Tek bir hareketle bavulunu açtı ve başını salladı.

"Bu bir tatil değil. Burada olmamalısın, Travis."

İki adımda arkasındayım ve kollarımı beline dolamıştım. O buradayken farklı olabilirdi ama ben değildim. Hâlâ güvenebileceği, onu geçmişinin hayaletlerinden koruyan biri olabilirdim.

"Sen nereye, ben oraya," dedim kulağına.

Başını arkaya, göğsüme yaslayıp içini çekti. "Gazinoya inmem lazım. Burada kalabilir ya da Strip'i gezebilirsin. Seninle sonra görüşürüz, oldu mu?"

"Seninle geliyorum."

Yüzüme bakmak için döndü. "Orada olmanı istemiyorum, Trav."

Bunu söylemesini beklemiyordum, özellikle de o soğuk ses tonuyla.

Abby koluma dokundu. "Bu hafta sonu on dört bin dolar kazanacaksam, konsantre olmam lazım. O masalardayken olduğum kişiyi sevmiyorum ve senin de o kişiyi görmeni istemiyorum, tamam mı?"

Saçını gözlerinin önünden çektim ve yanağını öptüm. "Tamam Güvercin." Ne demek istediğini anlıyormuş numarası yapamazdım ama en azından saygı gösterebilirdim.

America kapıya vurdu ve çiftler partisine giderken giydiği, kendini yarı çıplak bırakan elbiseyle salına salına odanın içine girdi. Topukluları gökdelen gibiydi ve ekstradan iki kat makyaj yapmıştı. On yaş daha büyük görünüyordu.

America'ya el sallayıp masanın üstünde duran diğer oda kartını kaptım. America Abby'yi geceye hazırlamaya başlamıştı bile, bu haliyle büyük bir maçtan önce boksörüne motivasyon konuşması yapan bir antrenörü anımsatıyordu.

Shepley koridorda durmuş, karşı taraftaki odada kalanların bıraktığı üç tepsi dolusu yarısı yenmiş yemeğe bakıyordu.

"İlk ne yapmak istersin?" diye sordum.

"Seninle evlenmeyeceğim kesin."

"Amma da komiksin. Yürü de aşağı inelim."

Asansörün kapısı açıldı ve otel canlandı. Koridorlar damarları; insanlar da kanı gibiydi. Porno yıldızları gibi giyinmiş, grup halinde dolaşan kadınlar, aileler, yabancı ülkelerden gelenler, tek tük karşımıza çıkan bekârlığa veda partileri ve otel çalışanları birbirlerini düzenli bir kargaşa içinde takip ediyorlardı.

Çıkışların iki yanındaki dükkânları geçip bulvara ulaşmamız biraz zaman aldı ama nihayet sokağa çıktığımızda gazinolardan birinin önünde toplanmış bir kalabalığı görene dek yürüdük. Fıskiyeler açılmış, yurtsever bir şarkı eşliğinde bir gösteri yapıyorlardı. Shepley büyülenmişti, suyun dans edip fışkırmasını izlerken aynı anda yürüyemiyordu sanki.

Gösterinin son iki dakikasına yetişmiş olmalıyız çünkü kısa süre sonra ışıklar loşlaştı, su azaldı ve hemen dağıldı.

"Bu da neydi?" diye sordum.

Shepley şimdi sakinleşmiş olan havuza bakmaya devam ediyordu. "Bilmiyorum ama etkileyiciydi."

Sokakların iki yanına Elvis, Michael Jackson, şov kızları ve çizgi film karakterleri dizilmişti; hepsi de bir ücret karşılığı, isteyenle fotoğraf çektirmeye hazırdı. Bir ara kanat çırpmaya benzeyen bir ses duymaya başladım sonra tam olarak nereden geldiğini buldum. Kaldırımdaki birkaç adam ellerindeki deste deste kartları karıp duruyorlardı. Shepley'ye bir kart verdiler. Baştan çıkarıcı bir poz vermiş, gülünç derecede büyük göğüslü bir kadının fotoğrafıydı. Fahişelerin ve striptiz kulüplerinin reklamını yapıyorlardı. Shepley kartı yere attı. Kaldırım o kartlarla kaplıydı.

Bir kız sarhoş gülümsemesiyle beni süzerek yanımızdan geçti. Topuklularını elinde taşıyordu. Sallana sallana geçerken ayaklarının altının simsiyah olduğunu fark ettim. Yer pislik içindeydi –yukarılardaki şaşaa ve ihtişamın temeli.

"Kurtulduk," dedi Shepley, Red Bull ve insanın aklına gelebilecek her türlü içkiyi satan bir sokak satıcısına doğru yürüyerek. İki Red Bull votka aldı ve ilk yudumunda gülümsedi. "Buradan asla ayrılmak istemeyebilirim."

Cep telefonumdan saate baktım. "Bir saat oldu, haydi geri gidelim."

"Nerede olduğumuzu hatırlıyor musun? Ben hatırlamıyorum da."

"Evet. Bu taraftan."

Geldiğimiz yoldan döndük. Bir şekilde otelin yolunu bulduğumuza memnun oldum çünkü aslında ben de nasıl döneceğimizden tam emin değildim. Strip'te nereye gittiğini anlamak zor değildi ama yol üstünde insanın dikkatini dağıtacak çok şey vardı ve Shepley de kesinlikle tatil havasına girmişti.

Poker masalarında Abby'yi aradım, onu orada bulacağımı biliyordum. Karamel renkli saçları gözüme ilişti; yaşlı adamlarla dolu bir masada kendine güvenerek, dimdik oturuyordu, yanında da America vardı; kızlar poker bölümüne konuşlanmış diğer herkesle ciddi bir tezat oluşturuyorlardı.

Shepley, yirmibir oynanan masayı gösterdi ve vakit geçirmek için bir süre orada takıldık.

Yarım saat sonra Shepley kolumu dürttü. Abby ayağa kalkmıştı, yanık tenli, siyah saçlı ve üzerinde takım elbise ile kravat olan bir adamla konuşuyordu. Adamın, onun kolunu tuttuğunu görünce ânında ayağa fırladım.

Shepley gömleğimi tuttu. "Dur Travis. Adam burada çalışıyor. Bir dakika sabret. Kendine hâkim olmazsan, hepimizin buradan atılmasına neden olabilirsin."

Onları izledim. Adam gülümsüyordu ama Abby'nin tavrı iş kadını gibiydi. Sonra adam America'ya selam verdi.

"Onu tanıyorlar," dedim, uzaktan neler söylediklerini duyamadığım için dudaklarını okumayı denedim. Tek anlayabildiğim, takım elbiseli kendini beğenmiş hıyarın *benimle akşam yemeği yemeyi...* demesi ve Abby'nin de *buraya biriyle* geldim diye yanıt vermesi oldu.

Shepley bu defa beni tutamadı ama takım elbiselinin Abby'yi yanağından öptüğünü görünce bir iki metre ötelerinde kendim durdum.

"Seni yeniden görmek güzeldi. Yarın görüşürüz... saat beşte olur mu? Sekizde gazinodayım," dedi.

Midem bulanmaya başladı, yüzüm alev almış gibiydi. America varlığımı fark edip Abby'nin kolunu çekti.

"Bu da kimdi?" diye sordum.

Abby başıyla takım elbiseliyi işaret etti. "O Jesse Viveros. Kendisini uzun zamandır tanıyorum."

"Ne kadar uzun zamandır?"

Poker masasında boş duran sandalyesine baktı. "Travis buna zamanım yok."

"Gençlere vaaz vermek isteyen rahip numarasını çaktı galiba," dedi America, Jesse'nin tarafına flörtöz bir gülümseme ile bakarak.

"Bu senin eski erkek arkadaşın mı?" diye sordum, ânında öfkelenmiştim. "Kansaslı olduğunu söyledin diye hatırlıyorum."

Abby America'ya sabrının tükenmekte olduğunu belli eden bir bakış atıp elleriyle çenemi tuttu. "Yaşımın burası için yeterince büyük olmadığımı biliyor, Trav. Bana gece yarısına kadar zaman verdi. Her şeyi daha sonra açıklayacağım ama şu anda oyuna dönmem lazım, tamam mı?"

Dişlerimi sıkıp gözlerimi kapadım. Kız arkadaşım az önce eski erkek arkadaşıyla yemeğe çıkmayı kabul etmişti. Bütün benliğimle tipik Maddox atarını yapmayı istiyordum ama Abby'nin şu anda olgun bir erkek gibi davranmama ihtiyacı vardı. İçgüdülerime aykırı davranarak sorun çıkarmamaya karar verdim ve onu öpmek için eğildim. "Tamam. Seninle gece yarısı görüşürüz. Bol şans."

Arkama dönüp kalabalığın arasından kendime yol açarak ilerlerken, Abby'nin sesinin en az iki perde inceldiğini duydum. "Beyefendiler!"

Bu ses, bana dikkatimi çekmek istediklerinde masummuş izlenimi uyandırmayı umarak küçük çocuklar gibi konuşan o kızları hatırlattı.

"Şu Jesse denen herifle neden anlaşma yapmak zorunda olduğunu anlayamıyorum," diye homurdandım.

"Gazinoda kalabilmek için olmasın?" diye sordu Shepley yeniden tavana bakarken.

"Başka gazinolar var. Onlardan birine gidebiliriz."

"Travis, Abby burada tanınıyor. Bu gazinoya gelmesinin büyük ihtimalle tek nedeni var: Yakalanırsa, onu polise ihbar etmezler. Sahte kimliği olsa da güvenliğin onu tespit etmesi uzun sürmez. Bu gazinolar dolandırıcıların tespit edilmesi için para dökmüyorlar mı?"

"Öyledir herhalde," dedim suratımı asarak.

Abby ve America'yla masada buluştuk. America'nın Abby'nin kazandıklarını toplamasını izledik.

Abby saatine baktı. "Daha fazla zamana ihtiyacım var."

"Yirmibir masalarını denemek ister misin?"

"Para kaybetmeyi göze alamam, Trav."

Gülümsedim. "Sen kaybedemezsin, Güvercin."

America başını salladı. "Yirmibir onun oyunu değil."

"Ben biraz kazandım," dedim ellerimi ceplerime sokarak. "Altı yüz kadar. Alabilirsin."

Shepley kendi fişlerini Abby'ye verdi. "Ben sadece üç tane kazandım. Hepsi senin."

Abby içini çekti. "Teşekkürler arkadaşlar, ama hâlâ beş bin eksiğim var." Tekrar saatine baktı ve başını kaldırdığında Jesse'nin yaklaşmakta olduğunu gördü.

"Nasıl gitti?" diye sordu Jesse gülümseyerek.

"Beş bin eksiğim var, Jess. Daha fazla zamana ihtiyacım var."

"Yapabileceğim her şeyi yaptım, Abby."

"Kalmama izin verdiğin için teşekkürler."

Jesse'nin suratında tedirgin bir gülümseme belirdi. Bu insanlardan en az Abby kadar korktuğu belliydi. "Belki de babamı senin için Benny'yle konuşturabilirim."

"Bu Mick'in sorunu. Benny'den ek süre isteyeceğim."

Jesse başını salladı. "Sonucun ne olacağını biliyorsun Kurabiye; ne kadar para verirsen ver, eğer borcunu kapatmıyorsa Benny peşine birini takacaktır. Ondan mümkün olduğunca uzağa git."

"Denemek zorundayım," dedi Abby, sesi çaresizlikle çatlamıştı.

Jesse bir adım attı, söyledikleri duyulmasın diye öne eğildi. "Bir uçağa bin ve git Abby, anladın mı?"

"Anladım," diye patladı.

Jesse içini çekti, gözlerinde anlayışla karışık hüzün okunuyordu. Kollarını Abby'ye sardı ve saçını öptü. "Özür dilerim. Eğer söz konusu olan işimi kaybetmek olmasaydı, bir şeyler ayarlayacağımı biliyorsun."

Ensemdeki tüyler diken diken oldu, sadece tehdit edildiğimi hissedip bütün hışmımla birine saldırmak üzereyken gerçekleşen bir durumdu bu.

Ben Jesse'nin üzerine atlamadan önce Abby geri çekildi.

"Biliyorum," dedi. "Yapabileceğini yaptın."

Jesse, Abby'nin çenesini parmağıyla kaldırdı. "Seninle yarın saat beşte görüşürüz." Eğilip ağzının kenarını öptü ve ardından yürüyüp gitti.

O sırada bedenimin öne eğilmiş olduğunu ve Shepley'nin sıkmaktan bembeyaz olmuş parmaklarla gömleğimi tuttuğunu fark ettim.

Abby gözlerini yere kilitlemişti.

"Saat beşte ne var?" dedim, sesim bastırdığım öfkem yüzünden bıçak gibi keskindi.

"Jesse kalmasına izin verirse, onunla yemeğe çıkacağına söz verdi. Başka bir seçeneği yoktu, Trav," dedi America.

Abby bana özür dileyen büyük gözleriyle baktı.

"Bir seçeneğin vardı," dedim.

"Daha önce hiç mafyayla işin oldu mu, Travis? Duyguların incindiyse üzgünüm ama eski bir arkadaşla bedavaya yemek yemek Mick'in hayatını kurtarmak için pek de ağır bir bedel sayılmaz."

Çenemi sımsıkı kapadım, daha sonra pişman olacağım sözler söylememek için ağzımı açmayı reddediyordum.

"Hadi gelin çocuklar, Benny'yi bulmamız lazım," dedi America, Abby'yi kolundan çekerek.

Shepley, Strip'te kızların peşinden Benny'nin binasına doğru giderken yanımda yürüyordu. Bu bina parlak ışıkların sadece bir blok uzağındaydı ama bütün o şaşaanın hiç dokunmadığı —ve dokunması da istenmeyen— bir yerdeydi. Abby durakladı ve büyük, yeşil bir kapıya doğru birkaç adım attı. Kapıyı çaldı ve ben de titremesin diye elini tutum.

Kapı açıldığında binanın korumasıyla karşılaştık. Uzun olduğu kadar geniş gövdesiyle de tehditkâr, devasa bir siyahî olan korumanın yanında Vegas'ın klişeleşmiş gangster tiplerinden biri duruyordu. Altın zincirleri, şüpheyle bakan gözleri ve annesinin yemeklerini fazla yemekten şişmiş bir göbeği vardı.

"Benny," dedi Abby güçlükle soluyarak.

"Vay, vay... artık Şanslı On Üç değilsin, di mi? Mick bana büyüyünce nasıl bir afet olduğunu söylememişti. Seni bekliyordum Kurabiye. Bana yapacağın bir ödemen olduğunu duydum."

Abby başıyla onaylayınca, Benny eliyle bizi işaret etti. "Onlar benimle geldiler," dedi Abby, sesi şaşırtıcı derecede güçlüydü.

"Korkarım, yol arkadaşların dışarıda beklemek zorunda kalacaklar," dedi kapıdaki koruma, anormal derecede kalın, bas bir sesle.

Abby'nin kolunu tutup omzumu koruyucu bir duruşla öne çıkardım. "İçeriye yalnız girmeyecek, ben de onunla geliyorum."

Benny bir an için beni süzdü, ardından da korumasına bakıp gülümsedi. "Tamamdır. Mick, yanında bu kadar iyi bir arkadaşının olduğunu öğrenince mutlu olacak."

Peşinden içeriye girdik. Abby'nin kolunu sımsıkı tutmaya devam ediyor, onunla en büyük tehdidin –korumanın– arasında durmaya dikkat ediyordum. Benny'nin arkasından yürüyüp peşinden bir asansöre bindik ve dört kat yukarı çıktık.

Kapılar açıldığında büyük, maun ağacından bir masa gözüktü. Benny aksayarak konforlu koltuğuna gidip oturdu ve bize masasının karşısındaki boş sandalyelere geçmemizi işaret etti. Oturdum ama damarlarımda dolanmakta olan adrenalin yüzünden yerimde duramaz haldeydim. Benny'nin masasının arkasındaki gölgelerde duran iki fedai dâhil odadaki her şeyi görüp duyabiliyordum.

Abby uzanıp elimi tuttu, ben de güven vermek için elini sıktım.

"Mick'in bana yirmi beş bin borcu var. Umarım bu meblağın tamamını getirmişsinizdir," dedi Benny bir not defterine bir şeyler karalarken.

"Aslında," Abby duraklayıp boğazını temizledi, "beş bin eksiğim var, Benny. Ama tamamlamak için daha bir günüm var. Ve beş bin de pek sorun olmaz, değil mi? Bu işlerde iyi olduğumu biliyorsun."

"Abigail," dedi Benny yüzünü buruşturarak, "beni hayal kırıklığına uğratıyorsun. Kurallarımı daha iyi bildiğini sanırdım."

"Lü-lütfen Benny. Senden 19.900'ü almanı rica ediyorum, geri kalanını yarın getireceğim."

Benny'nin boncuk gibi gözleri Abby'den bana ve sonra yine Abby'ye yöneldi. Fedailer karanlık köşelerinden çıktılar, ensemdeki tüyler yeniden diken diken oldu.

"Paranın tamamı dışında bir şey kabul etmediğimi biliyorsun. Senin daha düşük bir miktar vermeye çalışman bana bir şeyler anlatıyor. Ne olduğunu bilmek ister misin? Paranın tamamını bulup bulamayacağından emin değilsin."

Fedailer bir adım daha yaklaştılar. Ceplerini ve giysilerinin altını silah olduğunu belli eden şekiller görebilmek için taradım. İkisinde de bıçak vardı ama silah görmedim. Bu, botlarında saklı bir tabancanın olmadığı anlamına gelmiyordu ama her ikisinin de benim kadar hızlı olmadığından neredeyse emindim. İhtiyacım olduğu takdirde, silahı ellerinden alıp kendimizi buradan kurtarabilirdim.

"Sana paranı getirebilirim, Benny." Abby sinirden güldü. "Altı saatte sekiz bin dokuz yüz kazandım."

"Yani bana altı saat içinde sekiz bin dokuz yüz dolar daha mı getireceksin?" Benny'nin yüzünde şeytani sırıtması belirdi.

"Yarın gece yarısına kadar zamanı var," dedim, arkamıza bakıp yaklaşan gölge adamları gözetlerken.

"Ne... ne yapıyorsun Benny?" diye sordu Abby, kasılmıştı.

"Bu gece Mick aradı. Borcunu senin ödeyeceğini söyledi."

"Ona bir iyilik yapıyorum. Sana bir borcum yok," dedi sertçe.

Benny şişman, kısa dirseklerinin ikisini de masanın üstüne dayadı. "Mick'e bir ders vermeyi düşünüyorum ve tam olarak ne kadar şanslı olduğunu da merak ediyorum ufaklık."

İçgüdüsel olarak Abby'yi de peşimden çekerek sandalyemden fırladım ve onu arkama aldım.

"Josiah kapının hemen ardında bekliyor, genç adam. Tam olarak nereye kaçabileceğini düşünüyorsun?"

"Travis," diye atıldı Abby.

Uzlaşma şansı bitmişti. Karşımdaki sersemlerden birinin geçmesine izin versem, Abby'yi inciteceklerdi. Onu iyice arkama sakladım.

"Benny, umarım adamlarını indirirken sana saygısızlık etmek istemediğimi biliyorsundur. Ama bu kıza âşığım ve ona zarar vermene göz yumamam."

Benny yüksek sesle gıdaklanır gibi gülmeye başladı.

"Hakkını teslim etmem lazım, oğlum. Şu kapılardan geçen hemen herkesten daha taşaklı çıktın. Karşılaşacaklarınla ilgili uyarıda bulunacağım. Sağ tarafındaki oldukça iri arkadaşın adı David ve eğer seni yumruklarıyla deviremezse belindeki bıçağı kullanacak. Solundaki adam ise Dane ve benim en iyi dövüşçüm. Aslında yarın bir dövüşü var ve bugüne kadar hiç kaybetmedi. Dikkat et de ellerine bir zarar gelmesin, Dane. Sana epey para yatırdım."

Dane vahşi, eğlenen gözlerle bana bakıp gülümsedi. "Evet, efendim."

"Benny dur! Paranı getirebilirim!" diye bağırdı Abby.

Benny kıkırdadı. "Of hayır... bu iş gittikçe daha da ilginç bir hâle geliyor," deyip koltuğuna yerleşti.

David üstüme atladı. Sakar ve yavaştı; daha bıçağına uzanmasına fırsat tanımadan yüzünü doğrudan dizime iterek onu dövüşemez hâle getirdim. Sonra o sıçan gibi yüzüne iki yumruk indirdim. Bunun bodrum katında yapılan bir dövüş olmadığını ve Abby'yle canımızı kurtarmak için dövüştüğümü bildiğimden her yumruğu bütün gücümle savuruyordum. İyi bir duyguydu, nihayet içimde birikmiş öfkenin tamamı kendine bir çıkış yolu bulmuştu. İki tane daha yumruk ve bir dirseğin ardından David yerde kanlı bir yığın halinde yatıyordu.

Benny, başını arkaya savurup histerik kahkahalar atıyor

ve cumartesi sabahı çizgi filmlerini izleyen bir çocuğun neşesiyle avcunu masasına vuruyordu. "Hadi ama Dane, seni korkutmadı değil mi?"

Dane bana daha dikkatli yaklaştı, profesyonel bir dövüşçü gibi yoğunlaşıp hedefe kitlendi. Yumruğu yüzüme doğru uçtu ama yana eğilip omzumu bütün gücümle Dane'e geçirdim. İkimiz birlikte arkaya sendeleyerek Benny'nin masasının üzerine kapaklandık.

Dane beni kollarıyla kavrayıp yere devirdi. Beklediğimden hızlıydı ama yine de yeteri kadar değil. Onu sıkıca yakalamak için fırsat kollarken kısa bir süre yerde boğuştuk ama sonra Dane üste çıktı ve ben altında kısılmışken birkaç yumruk atabileceği bir pozisyona geçti.

Dane'in husyelerini tutup kıvırdım. Şoka uğradı ve bağırdı, benim üste geçmemi sağlayacak kadar durakladı. Üstüne eğilip uzun saçını yakaladım ve yumruklarımı üst üste başının kenarına indirdim. Her darbeyle Dane'in başı Benny'nin masasına çarpıyordu, sonunda ayağa kalkabildiğinde dengede duramıyordu ve başı kanıyordu.

Onu bir an için izleyip ardından yeniden saldırdım, her darbemle öfkemin akmasına izin veriyordum. Dane yumruklarımdan bir defa kaçabildi ve yumruğunu çeneme indirdi.

Dane bir dövüşçü olabilirdi ama Thomas'ın yumrukları onunkinden çok daha sertti. Bu iş cepte keklikti.

Gülümseyip işaret parmağımı kaldırdım. "Bu senin tek hakkındı."

Ben fedaisinin işini bitirirken, Benny'nin kontrol edilemez kahkahaları odayı dolduruyordu. Dirseğimi Dane'in yüzünün ortasına geçirip ayaklarını yerden kestim; yere düşmeden kendinden geçmişti.

"İnanılmaz, genç adam! Tek kelimeyle inanılmaz!" dedi Benny, keyifle alkışlayarak.

Josiah devasa cüssesiyle kapıyı doldurduğunda hemen Abby'yi tutup arkama çektim.

"Bunu halledeyim mi efendim?" diye sordu Josiah, sesi kalın ama masumdu, sanki iyi olduğu tek işi yapıyormuş da ikimize de zarar vermek istemiyormuş gibiydi.

"Hayır! Hayır, hayır..." dedi Benny, doğaçlama performansımın etkisinden hâlâ çıkamamıştı. "Senin adın ne?"

"Travis Maddox," dedim soluk soluğa. Dane'le David'in kanlarının bulaştığı elimi pantolonuma sildim.

"Travis Maddox, küçük kız arkadaşına yardımcı olabileceğine inanıyorum."

"Nasıl yani?" dedim hızla nefes alıp verirken.

"Dane'in yarın akşam dövüşü vardı. Onun kazanacağına bahse girip çok para yatırdım ama görünüşe göre Dane daha uzun süre dövüş kazanamayacak. Onun yerini alıp benim için dövüşmeni istiyorum, eğer kabul edersen Mick'in kalan beş bin yüz dolarlık borcunu sileceğim."

Abby'ye döndüm. "Güvercin?"

"İyi misin?" diye sordu, yüzümdeki kanları silerek. Alt dudağını ısırdı, yüzü çöktü. Gözleri yaşlarla doldu. "Ağlama bebeğim, benim kanım değil."

Benny ayağa kalktı. "Ben meşgul bir adamım, oğlum. Tamam mı, devam mı?"

"Yapacağım," dedim. "Bana yeri ve zamanını söyle yeter, orada olacağım."

"Brock McMann'la dövüşüyor olacaksın. Kolay lokma değildir. Geçen sene UFC*'den atıldı."

Bu ismi duymuştum. "Bana nerde olmam gerektiğini söyle yeter."

Benny bana yanıt verirken köpek balığı sırıtması yüzüne

---

* Dünyanın en büyük Karma Dövüş Sanatları organizasyonu. -çn

yayıldı. "Seni sevdim, Travis. İyi arkadaş olacağımızı düşünüyorum."

"Bundan şüphem var," dedim. Kapıyı Abby için açtım ve binadan çıkana dek yanında, onu koruyabilecek bir pozisyonda yürüdüm.

America kıyafetimi kaplayan kan lekelerini görünce, "Aman Tanrım!" diye bağırdı. "İyi misiniz?" Abby'yi omuzlarından tutup yüzünü süzdü.

"Ben iyiyim. Sadece sıradan bir gün işte. İkimiz için de," dedi Abby gözlerini silerken.

El ele otele koştuk, America'yla Shepley de hemen arkamızdan geliyorlardı.

Kan içindeki elbiselerimi fark eden tek kişi asansördeki çocuk oldu.

Hepimiz Abby'yle ikimizin kaldığı odaya geldik, üstümdekileri çıkarıp kavganın kirini akıtmak için duşa girdim.

Nihayet Shepley "Tanrı aşkına, içeride neler oldu?" diye sordu. Suyun altında durmuş, geçen bir saat içinde olanları hatırlarken içeridekilerin mırıltılarını duyabiliyordum. Abby'nin bu şekilde gerçek bir tehlike altında olması her ne kadar korkutucu olsa da kendimi Benny'nin fedaileri David ve Dane'in karşısında tamamen serbest bırakmak inanılmaz bir histi. Sanki var olan en iyi uyuşturucu gibiydi.

Ayılıp ayılmadıklarını merak ettim, yoksa Benny onları doğrudan sokağa mı attırmıştı?

Üzerime tuhaf bir sükûnet çöktü. Benny'nin adamlarını benzetmek yıllardır birikmiş olan bütün öfke ve tükenmişliği bünyemden atmamı sağlamıştı ve şimdi kendimi neredeyse normal hissediyordum.

America, "Onu gebertceğim! O kahrolası orospu çocuğunu gebertceğim!" diye bağırdı. Suyu kapatıp belime bir havlu sardım.

Shepley'ye, "İndirdiğim adamlardan birinin yarın akşam bir dövüşü varmış," dedim. "Onun yerine dövüşe ben çıkacağım ve bunun karşılığında da Benny Mick'in borcundan kalan beş bini silecek."

America ayağa fırladı. "Çok gülünç! Abby, ne diye Mick'e yardım ediyoruz? Seni kurtların önüne attı o! Onu öldüreceğim!"

Öfkeyle, "Eğer ben elimi daha çabuk tutmazsam," dedim.

"Sıraya geçin," dedi Abby.

Shepley tedirginlikle kıpırdandı. "O zaman yarın dövüşüyorsun?"

Başımı bir defa salladım. "Zero's diye bir yerde. Saat altıda. Brock McMann'la dövüşüyorum, Shep."

Shepley başını salladı. "Olmaz, dünyada olmaz. Herif manyağın teki, Trav!"

"Evet," dedim, "ama kadını için savaşmıyor, değil mi?" Abby'yi kollarıma alıp başının tepesini öptüm. Hâlâ titriyordu. "Sen iyi misin Güvercin?"

"Bu çok yanlış. Bu o kadar farklı nedenlerden ötürü yanlış ki... Hangisinden başlasam bilemiyorum."

"Beni bu gece görmedin mi? Bana bir şey olmayacak. Brock'un nasıl dövüştüğü görmüştüm. Sağlam, ama yenilmez değil."

"Bunu yapmanı istemiyorum, Trav."

"Yani, ben de senin yarın akşam eski erkek arkadaşınla yemeğe çıkmanı istemiyorum. Sanırım ikimizin de işe yaramaz babanı kurtarmamız için yapması gereken nahoş şeyler var."

Yirmi Birinci Bölüm
Yavaş Ölüm

Shepley küçük ama iyi aydınlatılmış bir odada, yanımda bir bankın üstünde oturuyordu. İlk defa bir dövüşe bodrum katında çıkmayacaktım. İzleyiciler Vegas'ın gölge kişiliklerinden oluşacaktı: yerliler, çete üyeleri, uyuşturucu satıcıları ve bunların eskort kadınları. Dışarıdaki güruh karanlık bir orduydu, kat be kat daha gürültücüydü ve feci halde kana susamıştı. Çevremde insanlar yerine bir kafes olacaktı.

America odanın öbür tarafından, "Hâlâ bunu yapman gerektiğini düşünmüyorum," dedi.

"Şimdi zamanı değil bebeğim," dedi Shepley. Ellerimin çevresini bandajlamama yardımcı oluyordu.

Kendinden beklenmeyecek kadar alçak bir sesle, "Gergin misin?" diye sordu.

"Hayır. Ama Güvercin burada olsaydı daha iyi olurdum. Ondan haber aldın mı?"

"Ona mesaj atarım. Buraya gelir mutlaka."

"Onu sevmiş miydi?" diye sordum, akşam yemeğinde nelerden muhabbet ettiklerini merak ederek. Jesse'nin artık bir vaiz olmadığı belliydi ve yaptığı iyiliğin karşılığında tam olarak ne beklediğinden emin değildim.

"Hayır," dedi America. "En azından ağzından hiç öyle

bir şey çıkmadı. Beraber büyüdüler, Travis. Uzun bir süre boyunca güvenebileceği tek insan oydu."

Bunu duyunca kendimi daha mı iyi hissetsem, daha mı kötü bilemedim. "Mesajına cevap verdi mi?"

"Hey," dedi Shepley, yanağıma vurarak. "Hocam! Brock McMann seni bekliyor. Kafanı yüzde yüz bu işe vermen lazım. Hanım evladı gibi davranmayı bırakıp odaklan!"

Başımı salladım, Brock'un izlediğim birkaç dövüşünü hatırlamaya çalıştım. UFC'den kural dışı hamleler ve UFC Başkanı'na sarkıntılık ettiği dedikodusu nedeniyle atılmıştı. Aradan biraz zaman geçmişti ama hâlâ çok pis dövüşmesi ve hakemin görüş alanının dışına çıktığı anda yasadışı hamleler yapmasıyla anılıyordu. Esas olan o konuma düşmemekti. Bacaklarını etrafıma dolama fırsatını yakalarsa, kaybetmem işten bile olmazdı.

"Bu sefer güvenli oynayacaksın, Trav. Bırak ilk o saldırsın. Abby'yle girdiğin iddiayı kazanmak için dövüştüğün geceyi düşün. Gösteri güreşçisi eskisinin tekiyle dövüşmüyorsun. Burası Çember değil, kalabalığı eğlendirecek bir gösteri yapmaya çalışmıyorsun."

"Bunu yapmazsam, yüzüme tükür."

"Kazanman lazım, Travis. Abby için dövüşüyorsun. Bunu sakın unutma."

Başımı salladım. Shepley haklıydı. Kaybedersem Benny parasını alamazdı ve Abby de tehlikede olurdu.

Uzun boylu, iri, yağlı saçlı bir adam takım elbisesi içinde yanımıza geldi. "Sıra sende. Antrenörün seninle gelebilir ama kafesin dışında durmak zorunda. Bu arada kızlar için de... diğer kız nerede?"

Kaşlarımı çattım. "O da geliyor."

"...senin köşende ikinci sıranın sonunda yer ayrıldı."

Shepley arkasına dönüp America'ya baktı. "Oraya kadar

seninle geleceğim." Takım elbiseliye baktı. "Ona dokunan olursa öldürürüm."

Takım elbiselinin yüzünde çok silik bir gülümseme belirir gibi oldu. "Benny çoktan dikkat dağıtacak bir şey yapılmasını yasakladı. Gözümüzü üstünden ayırmayacağız." Shepley başıyla onayladı, ardından da elini America'ya uzattı. America elini tuttu ve sessizce kapıdan çıktılar.

Devasa odanın iki ucuna yerleştirilmiş olan çok büyük iki hoparlörden sunucunun sesi yükseldi. Küçük bir konser salonu gibi duruyordu burası, bin kişinin rahat rahat oturabileceği kadar yer vardı ama seyircilerin hepsi ayaktaydı, ben kafese doğru ilerlerken ya tezahürat yapıyorlar ya da şüpheyle bana bakıyorlardı.

Kafesin kapısı açıldı, ben de içeriye adım attım.

Shepley takım elbiselinin America'yı yerine yerleştirmesini izledi, onun iyi olduğundan emin olunca bana döndü. "Unutma: Akıllı ol. Bırak önce o saldırsın, hedef Abby için kazanmak."

Başımla onayladım.

Birkaç saniye içinde hoparlörlerden müzik sesi gelmeye başladı. Meğer kalabalık önceden enerjisini saklıyormuş, müzik sesini duyunca daha da hareketlenip müthiş bir tezahüratla patladılar. Brock McMann bir koridordan giriş yaparken çatı kirişlerinden doğrultulan bir spot ışığı yüzündeki sert ifadeyi aydınlattı. Isınmak için yukarı aşağı zıplarken hayranları uzak tutan bir ekibi vardı. Bu dövüş için aylardır olmasa bile büyük ihtimalle haftalardır hazırlandığı belli oluyordu.

Bu hiç sorun değildi. Hayatım boyunca ağbilerimden dayak yiyip durmuştum. Yeterince hazırlığım vardı.

America ne halde diye bakmak için döndüm. Omzunu silkti, ben de suratımı astım. Hayatımın en önemli dövüşünün başlamasına sadece bir iki dakika kalmıştı ve Abby ortada yoktu. Tam Brock'un kafese girmesini izlemek için dönmüştüm ki, Shepley'nin sesini duydum.

"Travis! Travis! Geldi, Abby geldi!"

Arkama döndüm, gözlerim çaresizce Abby'yi ararken koşar adım basamaklardan inip bana doğru geldiğini gördüm. Kendini durdurmak için ellerini zincirlere vurup kafesin tam önünde durdu.

"Buradayım! Buradayım," dedi soluk soluğa.

Kafes tellerinin arasından öpüştük, içeri sokabildiği birkaç parmağıyla yüzümü ellerine aldı. "Seni seviyorum." Başını salladı. "Bunu yapmak zorunda olmadığını biliyorsun, değil mi?"

Gülümsedim "Evet, biliyorum."

Brock öbür taraftan. "Haydi, şu işi bitirelim Romeo, bütün gece bekleyecek zamanım yok," dedi.

Arkama dönmedim ama Abby omzumun üstünden baktı. Brock'u gördüğünde yanakları öfkeyle kızardı ve ifadesi soğuklaştı. Bir saniyeden kısa sürede gözleri bana dönüp yeniden sıcacık oldular. Yüzünde yaramaz bir sırıtma belirdi.

"Şu dangalağa biraz terbiye ver."

Gözümü kırpıp gülümsedim. "Senin için her şeyi yaparım bebeğim."

Brock'la ringin ortasında karşı karşıya geldik, burun buruna.

Shepley, "Akıllı ol," diye bağırdı.

Eğilip Brock'un kulağına fısıldadım. "Her ne kadar yavşağın teki sayılsan ve her tarafın hile dolu olsa da büyük bir hayranın olduğumu bilmeni isterim. Dolayısıyla bu gece seni darmaduman ettiğimde bunu kişisel alma, anlaştık mı?"

Brock dişlerini gıcırdatırken kare çenesi de kasılıp kasılıp gevşedi ve gözleri parladı; öfkeyle değil, ani bir şaşkınlıkla. Shepley yeniden, *"Akıllı ol, Travis!"* diye bağırdı, gözlerimdeki bakışı görünce.

Başla zili çalar çalmaz saldırdım. Gücümün her bir damlasını kullanarak Benny'nin fedailerinin üstüne saldığım hiddeti onun üstüne de saldım.

Brock sendeleyip geriledi, kendini savunabileceği ya da tekme atabileceği bir pozisyona geçmeye çalışıyordu ama ona fırsat vermedim, her iki yumruğumu da kullanıp onu yere yatırdım.

Kendimi tutmak zorunda olmamak mükemmel bir serbestlik hissi veriyordu. Damarlarımdaki saf adrenalinin tadını çıkarırken kendimi unuttum ve Brock hamlemi savuşturup sağ bir kancayla karşılık verdi. Vuruşları okulda karşılaştığım amatörlerinkinden çok daha etkiliydiler ve bu muhteşemdi. Brock'la dövüşürken kardeşlerimle yaşadığım görece ciddi anlaşmazlıklar geldi aklıma; atışmaların yeterli gelmediği, birbirimizi patakladığımız tartışmalar.

Brock'la yumruklaşırken kendimi evde gibi rahat hissediyordum; o anda öfkemin bir amacı ve bir yeri vardı.

Brock'un isabet ettirmeyi başardığı her yumruk sadece adrenalinimi artırıyordu ve zaten güçlü olan darbelerimin gitgide daha da yıkıcı hâle geldiklerini hissedebiliyordum.

Bana çelme takıp yere indirmeyi denedi ama ayaklarımı çömelme benzeri bir konuma kilitleyip dengemi bozmak için giriştiği çaresiz çabalarına karşı kendimi korudum. Enerjisini etkisiz hamlelerle harcarken yumruklarımı defalarca kafasına, kulaklarına ve alnına indirdim.

Parmaklarımın etrafındaki beyaz bant artık kızıla boyanmıştı ama acı hissetmiyordum, sadece beni bu kadar uzun süredir aşağı çeken bütün olumsuz duyguları serbest bırakmanın hazzını yaşıyordum. Benny'nin adamlarını eşek sudan gelinceye kadar dövmenin ne kadar rahatlatıcı olduğunu hatırladım. Kazanayım ya da kaybedeyim, bu dövüşten sonra olacağım kişiye kavuşmak için sabırsızlanıyordum.

Hakem, Shepley ve Brock'un antrenörü çevremi sarıp beni hasmımın üstünden çektiler.

"Zil çaldı Travis! Dur!" dedi Shepley.

Shepley beni bir köşeye çekti ve Brock'u da diğer köşeye çektiler. Abby'ye bakmak için döndüm. Ellerini ovuşturuyordu ama gülümsemesinden iyi olduğunu anladım. Ona göz kırptım ve o da bana bir öpücük yolladı. Abby'nin jesti enerjimi tazeledi ve kafesin ortasına daha kararlı olarak döndüm.

Zil çaldığında yeniden saldırdım, bu defa yumruk attığım kadar bana savrulan yumruklardan sakınmaya da dikkat ediyordum. Brock bir ya da iki defa bana sarıldı, nefes nefeseydi ve beni ısırmayı ya da hayalarıma dizlerini geçirmeyi denedi. Onu itip daha da sert vurdum.

Üçüncü rauntta Brock sendeledi, yumruk ya da tekme sallayıp ıskalıyordu. Enerjisi hızla tükeniyordu. Ben de zorlandığımı hissediyor ve yumruklarım arasında daha fazla dinleniyordum. Başta bedenimi dolduran adrenalin tükenmiş gibiydi ve başım da zonklamaya başlamıştı.

Brock bir yumruk indirdi, ardından bir tane daha. Üçüncü darbesini engelledim ve bu dövüşü burada bitirmeye hazırlanarak Brock'a karşı son hamlemi yaptım. Kalan gücümle, Brock'un diziyle yaptığı hamleyi savuşturup dirseğimi doğrudan burnuna geçirdim. Başı arkaya doğru savrulunca dimdik yukarıya bakmaya başlamıştı, birkaç adım attı ve ardından yere düştü.

Kalabalığın tezahüratı sağır ediciydi ama ben sadece tek bir sesi duyabiliyordum.

"Aman Tanrım! Evet! Yaşasın bebeğim!" diye çığlık attı Abby.

Hakem Brock'u kontrol etti, ardından yanıma gelip elimi kaldırdı. Shepley, America ve Abby kafese girmelerine izin verilince çevremi sardılar. Abby'yi kucaklayıp havaya kaldırdım ve dudaklarına bir öpücük kondurdum.

"Başardın," dedi yüzümü ellerine alarak.

Benny'le taze korumaları kafese girince kutlama kısa kesildi. Abby'yi yere bıraktım ve önüne geçip koruyucu bir pozisyon aldım.

Benny'nin yüzünde güller açmış gibiydi. "İyi iş çıkardın, Maddox. Günü kurtardın. Bir dakikanı ayırabilirsen seninle konuşmak istiyorum."

Dönüp elimi kavrayan Abby'ye baktım. "Sorun yok, seninle kapıda buluşuruz," deyip en yakındaki kapıyı işaret ettim. "On dakika sonra."

"On mu?" diye sordu endişeli bakışlarla.

"On," dedim alnını öperek. Shepley'ye baktım. "Kızlara göz kulak ol."

"Belki de seninle gelsem iyi olur."

Shepley'nin kulağına eğildim. "Shepley, şayet bizi öldürmek istiyorlarsa buna karşı yapabileceğimiz bir şey yok. Benny'nin aklında başka bir şey olduğunu düşünüyorum." Arkaya eğilip koluna bir şaplak attım. "On dakikaya görüşürüz."

Shepley, "On bir değil, on beş değil, tam on dakika," deyip kapıya gitmekte tereddüt eden Abby'yi de alarak uzaklaştı.

Benny'nin peşinden dövüşten önce içinde beklediğim odaya gittim. Beni şaşırtarak adamlarına dışarıda beklemelerini söyledi.

Ellerini açıp odayı işaret etti. "Böyle daha iyi olacağını

düşündüm. Her zaman söyledikleri gibi şu... kötü adam olmadığımı kendi gözlerinle göresin diye."

Beden dili ve ses tonu sakin olduğunu gösteriyordu ama bir sürprizle karşılaşmamak için gözlerimi dört açıp beklenmedik sesleri duyabilmek için kulak kesildim.

Benny gülümsedi. "Sana bir teklifim var, oğlum."

"Ben senin oğlun değilim."

"Doğru," diye kabul etti. "Ama sana her dövüş için yüz elli bin dolar önerdikten sonra öyle olmak isteyebileceğini düşünüyorum."

"Ne dövüşünden bahsediyorsun?" diye sordum. Abby'nin hâlâ ona borçlu olduğunu söylemek için beni yanına çağırdığını düşünmüştüm. Bana iş teklif edeceği hiç aklıma gelmemişti.

"Belli ki çok yaman, çok yetenekli bir gençsin. O kafese aitsin. Bunun gerçekleşmesini sağlayabilirim... ve aynı zamanda seni çok zengin de edebilirim."

"Dinliyorum."

Benny pişmiş kelle gibi sırıtmaya başladı. "Ayda bir dövüş ayarlayacağım."

"Hâlâ üniversiteye gidiyorum."

Omzunu silkti. "Programına uyarız. Sana ve istersen Abby'ye uçak bileti ayarlarım, birinci sınıf, hafta sonları, eğer istediğin buysa. Ama bir defa bu kadar para kazanmaya başlayınca üniversite eğitimine ara vermek isteyebilirsin."

"Bir dövüş için yüz bin dolardan da fazla, ha?" Hesabımı yaptım, sonra da şaşkınlığımı belli etmemeye çalıştım. "Dövüşmenin dışında ne yapmamı istiyorsun?"

"Sadece bu genç. Sadece dövüşmeni. Bana para kazandırmanı."

"Sadece dövüşmek... ve istediğim zaman da bırakabilirim."

Gülümsedi. "Evet, tabii, ama bunun yakın zamanda gerçekleşeceğini sanmıyorum. O kafeste yaptıklarından sarhoş olmuş gibiydin."

Bir an orada durdum, teklifini değerlendirdim. "Düşüneceğim. Abby'yle de konuşmam lazım."

"Nasıl istersen."

Bavullarımızı yatağın üstüne koyup yanı başlarına yığıldım. Abby'ye Benny'nin teklifinden bahsetmiştim ama hiç sıcak bakmamıştı. Uçak yolculuğu da gergin geçtiği için konuyu konuşmayı eve gelene kadar ertelemiştim.

Abby az önce yıkadığı Toto'yu kuruluyordu. Giderken Brazil'e bırakmıştık ve geri aldığımızdaki kokusu Abby'nin midesini bulandırmıştı.

"Ah, şimdi çok daha iyi kokuyorsun işte!" Toto tüylerini sallayıp da yerleri ve Abby'nin üstünü başını sırılsıklam yapınca, Abby kıkırdamadan duramadı. Toto arka ayaklarının üstünde dikilip Abby'yi yavru köpek öpücüklerine boğdu. "Ben de seni özledim küçük adam."

Gergin bir şekilde parmaklarımı birbirlerine geçirip, "Güvercin, bir bakar mısın?" diye sordum.

"Evet?" dedi Toto'yu kabarık, sarı bir havluyla kurularken.

"Bunu yapmak istiyorum. Vegas'ta dövüşmek istiyorum."

"Hayır," dedi, Toto'nun mutlu yüzüne gülümseyerek.

"Dinlemiyorsun. Bu işi yapacağım. Birkaç ay içinde doğru karar olduğunu anlayacaksın."

Başını kaldırıp bana baktı. "Benny için çalışacaksın."

Gergin bir şekilde başımı salladım ve ardından gülümsedim. "Sadece sana bakabilmek istiyorum, Güvercin."

Gözleri doldu. "O parayla alacağın hiçbir şeyi istemiyorum, Travis. Benny ya da Vegas ya da onlarla ilişkili herhangi bir şeyi istemiyorum."

"Benim buradaki dövüşlerimden kazandığın parayla bir araba almakta hiçbir sıkıntı yoktu."

"Aynı şey değil ve sen de bunu biliyorsun."

Suratım asıldı. "Sorun olmayacak, Güvercin. Göreceksin."

Beni bir an için izledi, sonra da yanakları kızardı.

"Bana neden sordun ki, Travis? Ben ne dersem diyeyim Benny için çalışacakmışsın."

"Bu işte senin desteğini istiyorum ama ortada reddedilemeyecek bir teklif var. Bu kadar paraya hayır demek için deli olmam lazım."

Uzun bir süre durakladı omuzları düştü ve sonra da başını salladı. "Tamam, o zaman. Sen kararını vermişsin."

Ağzım kocaman bir gülümsemeyle genişledi. "Göreceksin Güvercin. Muhteşem olacak." Yataktan kalktım ve yanına gidip parmaklarını öptüm. "Açlıktan ölüyorum. Sen de aç mısın?"

Başını salladı.

Mutfağa gitmeden önce alnından öptüm. Rastgele bir şarkının neşeli melodisini mırıldanırken iki dilim ekmek ve biraz da salamla peynir aldım. *Tanrım, neler kaçırdığını bilmiyor* diye düşündüm, ekmek dilimlerinin üstüne baharatlı hardal sıkarken.

Yaklaşık üç ısırıkta sandviçimi bitirmiştim, sonra da üstüne bira içip başka ne yiyecek var diye merak ettim. Eve dönene dek bedenimin ne kadar zayıf düştüğünü fark etmemiştim. Dövüşün yanı sıra büyük ihtimalle stresin de etkisi vardı bunda. Artık kararlar verildiğine ve Abby de bunları bildiğine göre, sinirlerim iştahımın dönmesine izin verecek kadar yatışabilirdi.

Koridordan Abby'nin çıplak ayak sesleri geldi, sonra elinde bavuluyla köşeyi döndü. Oturma odasından kapıya geçerken bana bakmadı.

"Güvercin?" diye seslendim.

Hâlâ açık olan kapıya doğru yürüdüm ve onun America'nın Honda'sına yaklaştığını gördüm.

Cevap vermeyince basamaklardan aşağı koştum, çimenleri geçip Shepley, America ve Abby'nin durduğu yere geldim.

"Ne yapıyorsun?" dedim elimle bavulunu işaret ederek.

Abby'nin suratında rahatsız bir gülümseme belirdi. Bir şeylerin yolunda gitmediği hemen belli oldu.

"Güvercin?"

"Eşyalarımı Morgan'a götürüyorum. Orada bir sürü çamaşır ve kurutma makinesi var ve benim de yıkamam gereken gülünç miktarda kirli çamaşırım var."

Suratımı astım. "Bana söylemeden mi gidecektin?"

"Geri gelecekti Travis, sen de amma paranoyaksın ha!" dedi America.

"Ha," dedim, hâlâ emin değildim. "Bu gece burada kalacaksın mısın?"

"Bilmiyorum. Çamaşırlarımın ne zaman biteceğine bağlı."

Büyük ihtimalle hâlâ Benny hakkındaki kararımdan rahatsızdı ama bunu sorun etmemeye karar verdim, gülümsedim ve onu kendime çektim. "Üç hafta içinde çamaşırlarını yıkaması için birini tutmuş olacağım. Ya da istersen kıyafetlerin kirlendiğinde atıp yenisini alabilirsin."

America büyük bir şaşkınlık içinde, "Benny için yeniden dövüşecek misin?" diye sordu.

"Bana reddedemeyeceğim bir teklif yaptı."

Shepley, "Travis," diye başladı.

331

"Siz de üstüme gelmeyin. Güvercin için fikrimi değiştirmediysem, sizin için kesinlikle değiştirmeyeceğim."

America'yla Abby bakıştılar. "Eh, artık seni götürsek iyi olur, Abby. Şu çamaşır yığınını halletmen yıllar sürecek."

Eğilip Abby'nin dudaklarını öptüm. Beni kendine çekip tutkuyla öpünce onunla ilgili huzursuzluğum biraz yatıştı. "Görüşürüz," dedim, öne otururken. "Seni seviyorum."

Shepley valizi Honda'nın bagajına yerleştirdi ve America da direksiyonun başına geçip emniyet kemerini bağladı.

Abby'nin kapısını kapatıp kollarımı göğsümün üstünde kavuşturdum.

Shepley yanıma geldi. "Gerçekten Benny için dövüşmeyeceksin, değil mi?"

"Çok para var, Shepley. Dövüş başına yüz binden fazla."

"Yüz binden fazla mı?"

"Sen hayır diyebilir miydin?"

"America'nın beni bırakmasına neden olacağını düşünseydim, hayır derdim."

Bir defa güldüm. "Abby beni bunun yüzünden *bırakmayacak*."

America arabasını geri vitese alıp otoparktan çıkarken, Abby'nin yanaklarından gözyaşları süzüldüğünü gördüm.

Arabanın yanına koşup cama vurdum. "Sorun nedir, Güvercin?"

Gözyaşlarını silerken dudaklarından, "Gidelim Mare," dediğini anladım.

Arabanın yanında koşturdum, avcumla cama vuruyordum bir yandan da. Abby bana bakmıyordu ve mutlak bir dehşetin kemiklerime dek içime işlediğini hissettim. "Güvercin? America! Şu lanet arabayı durdurun! Abby, bunu yapma!"

America ana yola çıkıp gaza bastı.

Arkalarından hızla koştum ama Honda neredeyse görüş alanımdan çıkmışken geri dönüp bu sefer Harley'yimi almak için koştum. Anahtarlarımı çıkarmak için elimi cebime soktum ve motosikletin koltuğuna zıpladım.

"Travis, yapma," diye uyardı Shepley.

"Beni terk ediyor Shep!" diye bağırdım, motoru çalıştırmamla gazı kökleyip saatte 240 kilometreyi bulmam neredeyse bir oldu.

Morgan'ın otoparkına geldiğimde America arabanın kapısını daha yeni kapatmıştı. Aniden durunca motosikletin ayağını ilk denememde çıkaramadım ve neredeyse devriliyordum. Honda'ya koşup yolcu kapısını açtım. America dişlerini sıkmış, yapacağım her şeye hazır bekliyordu.

Morgan'ın tuğla duvarlarına baktım, Abby içeride bir yerlerdeydi. "İçeri girmeme izin vermelisin, Mare," diye yalvardım.

"Üzgünüm," dedi. Arabayı geri vitese alıp otoparktan çıktı.

Tam basamakları ikişer ikişer çıkarken tanımadığım bir kız kapıda göründü. Kapıyı tuttum ama kız yolumu kesti.

"Yanında bir refakatçi olmadan içeri giremezsin."

Motosikletimin anahtarlarını çıkarıp yüzünün önünde salladım. "Kız arkadaşım Abby Abernathy arabasının anahtarlarını dairemde unuttu. Sadece onları bırakacağım."

Kız tereddüt ederek başını öne arkaya salladı ve yolumdan çekildi.

Merdivenleri her seferinde birkaç basamağı zıplayarak çıktım ve sonunda Abby'nin katına ulaşıp odasının kapısına dayandım. Birkaç derin nefes aldım. "Güvercin?" dedim fazla ses çıkarmamaya çalışarak. "Beni içeri almalısın bebeğim. Konuşmamız lazım."

Cevap vermedi.

"Güvercin lütfen. Haklısın, seni dinlemedim. Oturup biraz daha konuşabiliriz, tamam mı? Ben sadece... lütfen kapıyı aç. Beni ölesiye korkutuyorsun."

Kara, kapının öbür tarafından, "Git buradan Travis," dedi.

Kapıyı her iki elimle yumrukladım. "Güvercin? Aç şu kahrolası kapıyı! Benimle konuşana kadar bir yere gitmiyorum! Güvercin!"

"Ne var?" diye homurdandı Kara, kapıyı açarak. Gözlüklerini yukarı itip burnunu çekti. Böyle ufak bir kız için fazla ciddi bir ifadesi vardı.

İçimi çektim, en azından Abby'yi görebileceğim için rahatlamıştım. Kara'nın omzunun üstünden baktığımda, Abby'yi göremedim.

"Kara," dedim sakin kalmaya çalışarak. "Abby'ye onu görmem gerektiğini söyle. Lütfen."

"Burada değil."

"Burada," dedim, sabrım çabucak tükenmişti.

Kara kıpırdandı. "Onu bu gece görmedim. Aslında onu birkaç gündür görmedim."

"İçeride olduğunu biliyorum!" diye bağırdım. "Güvercin?"

"Burada değil... Hey!" dedi Kara, ona omuz atıp içeri geçerken çığlık attı.

Kapı duvara çarpıp çatırdadı. Kulpundan çekip arkasına baktım, ardından da dolaplara, yatağın altına bile baktım. "Güvercin! Nerede o?"

"Onu görmedim!" diye bağırdı Kara.

Koridora yürüyüp her iki tarafa da baktım. Kara arkamdan kapıyı çarparak kapadı, ardından da sürgüyü çektiğini duydum.

Sırtımda duvarın soğuğunu hissedince montumu giymemiş olduğumu fark ettim. Beton duvara dayanıp yavaşça aşağı kayıp kıçımın üstüne oturdum ve ellerimle yüzümü kapadım. Şu anda benden nefret ediyor olabilirdi ama nasılsa eve dönmek zorundaydı.

Yirmi dakika geçtikten sonra telefonumu çıkarıp ona bir mesaj attım.

Güvercin lütfen, kızgınsın biliyorum ama konuşabiliriz

Sonra bir tane daha

Lütfen eve gel.

Ve bir tane daha

Lütfen. Seni seviyorum.

Yanıtlamadı. Yarım saat bekleyip ona daha fazla mesaj yazdım.

Morgandayım. Ltfn hic degilse bu gece eve gelip gelmeyeceğini söyler msn?

Güvercin, köpek gibi perisanım. Ltfn eve gel görüselim.

Mantıksız davranan ben degilim biliyosun. Hic degilse bana yazabilirsin.

Bunu hic hak etmiyorum, bütün sorunlarımızı parayla cözeriz diyip mallık ettim ama hic degilse her sorunda kacmadım

Özür dilerim, bunu demek istemedim

Ne yapmamı istiyorsun? Ne istersen yaparım, tamam?

Ltfn benimle konus yeter.

Bu deli saçması

sana âşığım. Öylece yürüyüp gidebilmeni anlamıyorum

Gün doğarken, tam kendimi ayan beyan rezil ettiğimden ve büyük ihtimalle Abby'yi de deli olduğuma inandırdıktan şüphem kalmamışken yerden kalktım. Güvenliğin beni dışarı çıkarmak için binaya gelmemiş olması kendi başına bir mucizeydi zaten, ama kızlar derse gitmek için koridora çıkmaya başladıklarında hâlâ orada oturuyor olursam bu şansım büyük ihtimalle tersine dönecekti.

Yenilgiye uğramış bir şekilde, sallanarak merdivenlerden indim, motosikletime bindim ve tenimi buz gibi kış havasından koruyan tek şeyin bir tişört olmasına karşın soğuğu umursamadım. Abby'yi tarih dersinde görmek umuduyla doğrudan eve gidip donmuş tenimi sıcak bir duşla ısıtmaya karar verim.

Ben giyinirken Shepley yatak odamın girişinde duruyordu.

"Ne istiyorsun, Shep?"

"Onunla konuştun mu?"

"Hayır."

"Hiç mi? Mesaj falan da mı yok?"

"Hayır dedim," diye patladım.

"Trav." Shepley içini çekti. "Büyük ihtimalle bugün derse gelmeyecek. America'yla benim bunun ortasında kalmamızı istemiyorum ama America öyle söyledi."

"Belki gelir," dedim, kemerimi bağlarken. Abby'nin en sevdiği parfümü sürdüm ve sırt çantamı almadan önce ceketimi giydim.

"Bekle, seni arabamla bırakırım."

"İstemiyorum, motosikleti alacağım."

"Neden?"

"Benimle daireye dönmeyi kabul ederse, yolda konuşabilelim diye."

"Travis, bence artık onun belki de hiç—"

"O aptal çeneni kapa Shep," dedim, ona bakarak. "Sadece bu seferliğine mantıklı olma. Beni kurtarmaya çalışma. Sadece arkadaşım ol, olur mu?"

336

Shepley başını bir defa salladı. "Tamamdır."

America Shepley'nin odasından çıktı, hâlâ pijamaları üstündeydi. "Travis, onu serbest bırakmanın zamanı geldi. Benny için çalıştığını söylediğin saniyede kararını vermişti."

Yanıt vermeyince devam etti. "Travis..."

"Yapma. Mare, yanlış anlama ama şu anda sana bakabilecek durumda bile değilim."

Bir yanıt beklemeden kapıyı çarparak kapadım. Dramatik hareketler, Abby'yi görmekle ilgili endişelerimi azıcık da olsa giderdiği için, neden oldukları sıkıntıya değiyorlardı. Sınıfın ortasında ellerim ve dizlerimin üstünde geri dönsün diye ona yalvarmaktan iyiydi. Tabii bunun fikrini değiştireceğini bilseydim, yapmayacağım şey de değildi.

Sınıfa yavaşça yürümem, hatta merdivenleri kullanmam derse yarım saat öncesinden gelmemi engellemedi. Abby'nin erken geleceğini ve dersten önce konuşmaya zamanımız olacağını umuyordum ama bir önceki ders dağıldığı halde o hâlâ ortalarda yoktu.

Boş sandalyesinin hemen yanına oturdum ve diğer öğrenciler yavaş yavaş dersliklere dökülüp yerlerini alırken deri bilekliğimle oynadım. Onlar için herhangi bir gündü. Dünyalarının aynı şekilde devam ettiğini, öte yandan benimkinin bittiğini görmek rahatsız ediciydi.

Bay Chaney'nin arkasından ses çıkarmadan içeri giren birkaç kişi dışında herkes çoktan gelmişti; Abby hariç herkes. Bay Chaney kitabını açtı, sınıfa selam verdi ve dersine başladı. Kalbim her nefesimle daha da hızlı atarken, derste söylenenler birbirine karıştı. Abby'nin başka bir yerde, benden uzakta olduğu için rahat ettiği düşüncesi öfkemi kat be kat güçlendirirken, dişlerim kilitlendi ve gözlerim sulandı.

Ayağa kalkıp Abby'nin boş masasına baktım.

Bay Chaney, "Ee... Bay Maddox, iyi misiniz?" diye sordu.

Önce Abby'nin masasını sonra da kendi masamı tekmeleyip devirdim, beni izleyen öğrencilerin bağrışlarını neredeyse algılamadım.

"KAHRETSİN!" diye bağırdım masamı yeniden tekmeleyerek.

Bay Chaney tuhaf gelecek kadar sakin bir sesle, "Bay Maddox," dedi. "Çıkıp biraz temiz hava almanızın size iyi geleceğini düşünüyorum."

Nefes nefese, devrilmiş masaların önünde durdum.

Chaney bu defa daha sert bir sesle, "Sınıfımdan dışarı çıkın, Travis. Hemen," dedi.

Sırt çantamı yerden alıp kapıyı itip açtım, dışarı çıkarken kapının duvara çarptığını duydum.

"Travis!"

Bu sese dair algıladığım tek ayrıntı bir kadından geliyor olmasıydı. Hemen arkama döndüm, yarım saniye için konuşanın Abby olduğunu ummuştum.

Megan avare avare koridorda yürüyordu, yanıma gelip durdu. "Dersin olduğunu sanıyordum." Gülümsedi. "Bu hafta sonu heyecan verici bir şey yapıyor musun?"

"Ne istiyorsun?"

Bir kaşını kaldırdı, gözleri fark ettiği şeyin ışıltısıyla parladı. "Seni tanıyorum. Canın sıkılmış. Rahibeyle işler yürümedi mi?"

Cevap vermedim.

"Sorsan sana böyle olacağını söylerdim." Omzunu silkti ve bir adım daha yaklaştı, kulağıma o kadar yakın bir mesafeden fısıldadı ki, dolgun dudaklarını hissedebiliyordum. "Biz aynıyız Travis: Bizden kimseye hayır gelmez."

Gözlerim gözlerine odaklandı, oradan dudaklarına indi

ve tekrar yukarı çıktı. O meşhur küçük, seksi gülümsemesiyle öne eğildi.

"Siktir git, Megan."

Gülümsemesi kayboldu, ben de yürüyüp gittim.

Yirmi İkinci Bölüm
Kimseye Hayrı Yok

Sonraki hafta bitmek bilmedi. America ve ben, onun bir süre Morgan'da kalmasının iyi olacağına karar verdik. Shepley tereddütle de olsa kararımıza katıldı. Abby tarih dersi olan üç günde de ortada görünmedi ve öğle yemeğini yemek için kafeterya dışında bir yer buldu. Onu birkaç dersinin çıkışında yakalamaya çalıştım ama ya hiçbirine gitmiyordu ya da erken çıkıyordu. Telefonunu da açmıyordu.

Shepley onun iyi olduğunu, başına hiçbir şey gelmediğini söyleyerek beni rahatlatmaya çalıştı. Abby'den uzak olduğumu bilmek ne kadar ıstırap verici olursa olsun, onunla aramdaki tüm bağların kesilmesi ve ölse haberim olmayacak durumda kalmam daha kötüydü. Her ne kadar benimle hiçbir ilişkisinin olmasını istemiyormuş gibi görünse de bir noktada beni affedeceğini ya da beni benim onu özlediğim kadar özlemeye başlayıp dairemize geleceğini ummaktan vazgeçemiyordum. Onu bir daha asla göremeyeceğimi düşünmek çok acı vericiydi, dolayısıyla beklemeye karar verdim.

Cuma günü Shepley kapımı çaldı.

"İçeri gel," dedim yataktan, tavanı seyrediyordum.

"Bu gece dışarı çıkıyor musun, kanka?"

"Hayır."

"Belki Trent'i arasan iyi olur. Gidip bir iki tek atarsınız, biraz kafanı dağıtmış olursun."

"Hayır."

Shepley içini çekti. "Bak, America kalmaya gelecek ve... ben... sana bunu yapmaktan nefret ediyorum ama onu Abby hakkında sıkboğaz edemezsin. Bize gelmeye güç bela ikna edebildim. Sadece odamda kalmak istiyor. Tamam mı?"

"Tamam."

"Trent'i ara. Bir de yemek yiyip duş alman lazım. Bok gibi görünüyorsun."

Shepley bunu söyleyip kapıyı kapattı. Tekmelediğim günden beri düzgün kapanmıyordu. Ne zaman birisi kapımı kapatacak olsa, Abby gittiği için evi dağıtmam ve aradan fazla zaman geçmeden bana dönmesiyle ilk ilişkimize başlamamız aklıma geliyordu.

Gözlerimi kapadım ama haftanın diğer gecelerinde de olduğu gibi yine uyuyamadım. Shepley gibi insanların bu işkenceyi her kızla yeni baştan yaşamalarını aklım almıyordu. Abby'nin ardından başka bir kızla tanışacak olsam ve o kız bir şekilde Abby'yle karşılaştırılabilecek gibi de olsa kalbimi yeniden ortaya koymamın imkânı yoktu. Bütün bunları yeniden hissedeyim diye öyle bir şey yapacak değildim. Tıpkı yavaş bir ölüm gibi. Görünüşe göre en baştan beri haklıymışım.

Yirmi dakika sonra oturma odasından America'nın sesi geldi. Benden saklanmak için Shepley'nin odasına girdikten sonra alçak sesle konuşurken çıkardıkları sesler bütün dairede yankılanıyordu.

America'nın sesi bile kaldırabileceğimden fazlaydı. Büyük ihtimalle daha az önce Abby'yle konuşmuş olduğunu bilmek azap vericiydi.

Kendimi yataktan kalkıp banyoya giderek hafta boyunca ihmal ettiğim duş almak gibi temel hijyen ritüellerini yerine getirmeye zorladım. Su sesi America'yı duymamı engelliyordu ama musluğu kapattığım an onu duyabiliyordum.

Giyindim, motosikletimin anahtarlarını aldım, uzun uzun motosiklete binmeye kararlıydım. Büyük ihtimalle sonunda babama gidip ayrılık haberini verecektim.

Tam Shepley'nin yatak odasının önünden geçerken America'nın telefonu çaldı. Abby için ayarladığı zil tonuydu. Dizlerimin bağı çözüldü.

"Gelip seni alabilir ve bir yerlerde akşam yemeği yemeye götürebilirim," dedi.

Abby acıkmıştı. Kafeteryaya gitme ihtimali vardı.

Koşarak Harley'ye bindim, otoparktan çıkarken hız yapmaya başlamıştım bile ve kampüse gidene dek o şekilde devam ettim, kırmızı ışıkları ve 'DUR' işaretlerini de umursamadım.

Kafeteryaya gittiğimde Abby orada değildi. Birkaç dakika daha bekledim ama gelmedi. Omuzlarım düştü ve karanlıkta ayaklarımı sürüye sürüye otoparka doğru yürüdüm. Sessiz bir geceydi. Soğuktu. İddiayı kazandıktan sonra Abby'yle Morgan'a yürüdüğüm geceye hiç benzemiyordu, bana o yanımda yokken içimde nasıl bir boşluk duygusu olduğunu hatırlattı.

Birkaç metre ötemde, kafeteryaya doğru tek başına yürüyen küçük bir figür belirdi. Abby.

Saçını topuz yapmıştı ve yaklaştığında hiç makyaj yapmamış olduğunu gördüm. Kollarını göğsünün önünde kavuşturmuştu, paltosunu giymemişti, üzerinde sadece soğuktan korunmak için kalın, gri bir hırka vardı.

"Güvercin?" dedim gölgelerin arasından ışığa çıkarak.

Abby irkilip durdu, beni tanıyınca biraz gevşedi.

"Tanrım Travis! Ödümü kopardın!"

"Seni aradığımda telefonunu açsaydın, karanlık köşelerde saklanmak zorunda kalmazdım."

"Cehennemden çıkmış gibi görünüyorsun," dedi.

"Bu hafta oraya bir iki defa uğradım."

Kollarıyla kendini daha sıkı sardı, onu ısıtmak için sarılmak istedim ama kendimi engelledim.

Abby içini çekti. "Bir şeyler yemeye gidiyordum. Seni sonra ararım olur mu?"

"Hayır. Konuşmamız lazım."

"Trav—"

"Benny'ye hayır dedim. Çarşamba günü onu arayıp ona hayır dedim."

Gülümseyeceğini ya da en azından yaptığımı onayladığını belli eden bir işaret vereceğini umuyordum.

"Ne dememi istiyorsun bilmiyorum, Travis."

"Beni affettiğini söyle. Beni hayatına geri alacağını söyle."

"Yapamam."

Yüzüm çöktü.

Abby çevremden dolaşıp yoluna devam etmek istedi. İçgüdüsel olarak önüne çıktım. Eğer bu defa gidecek olursa onu kaybedecektim.

"Uyuyamıyorum, yiyemiyorum… Hiçbir şeye dikkatimi veremiyorum. Beni sevdiğini biliyorum. Geri dönersen, her şey eskisi gibi olur."

Gözlerini kapadı. "Bizim yolunda gitmeyen bir ilişkimiz var, Travis. Senin her şeyden çok bana sahip olma fikrine saplanıp kaldığını düşünüyorum."

"Bu doğru değil. Seni kendimden çok seviyorum, Güvercin."

"Demek istediğim tam da bu. Delice konuşmalar bunlar."

"Delice değil. Ben gerçekleri söylüyorum."

"Tamam... peki, senin sıralaman tam olarak nasıl şimdi? Para, ben , hayatın mı... yoksa paradan önce gelen bir şey daha var mı?"

"Ne yaptığımın farkındayım, tamam mı? Neden böyle düşündüğünü anlıyorum ama beni bırakacağını bilseydim asla... ben sadece sana rahat bir hayat sunabilmeyi istedim."

"Bunu zaten söylemiştin."

"Lütfen böyle yapma. Kendimi şey gibi hissetmeme... bu ... bu beni öldürüyor," dedim, paniğe kapılmak üzereydim. Abby'nin sadece arkadaş olduğumuz sıralarda etrafına örmüş olduğu duvar öncesinden de sağlam geri gelmişti. Beni dinlemiyordu, ona erişemiyordum.

"Benim için bitti, Travis."

İrkildim. "Böyle deme."

"*Bitti.* Evine git."

Kaşlarımı çattım. "Benim evim *sensin*."

Abby durakladı ve bir an için gerçekten de ona erişebildiğimi düşündüm ama gözleri hemen başka yere kaydı, duvar yeniden yükselmişti.

"Sen seçimini yaptın, Trav. Ben de kendi seçimimi yaptım."

"Vegas'tan ölümüne uzak duracağım ve Benny'den de... Okulu bitireceğim. Ama sana ihtiyacım var. Sana *ihtiyacım var*. Sen benim en iyi arkadaşımsın."

Küçük bir çocuk olduğum günlerden beri ilk defa gözlerimde sıcak gözyaşları vardı ve yanağımdan aşağı damlıyorlardı. Kendimi tutamadım ve Abby'ye uzandım, küçük bedenini kollarıma aldım ve dudaklarımı dudaklarına yasladım. Ağzı soğuk ve katıydı, ben de yüzünü ellerime aldım ve onu daha sert öpmeye başladım, bir tepki göstermesine çaresizce ihtiyaç duyuyordum.

"Öp beni," diye yalvardım.

Abby'nin ağzı gergindi ama vücudu ölü gibiydi. Onu bırakmış olsam yere düşecekti. "Öp beni!" diye bir daha yalvardım. "Lütfen Güvercin! Ona hayır dedim!"

Abby beni iterek kendinden uzaklaştırdı. "Beni rahat bırak, Travis."

Yanımdan geçip gitmeye çalıştı ama bileğini yakaladım. Kolunu kurtarmaya çabalamadı, sadece yürüdü. Kolu arkaya doğru dimdik uzanmış duruyordu, arkasına dönmedi.

"Sana yalvarıyorum." Dizlerimin üstüne düştüm, eli hâlâ elimdeydi. Konuşurken nefesim beyaz bir buhara dönüşüyor, bana soğuğu hatırlatıyordu. "Sana yalvarıyorum, Abby. Bunu yapma."

Abby arkasına baktı, sonra da bakışları kolunu takip edip benimkine geçti ve bileğimdeki dövmeyi gördü. İsminin yazılı olduğu dövmeyi.

Kafeteryaya doğru başka taraflara baktı. "Bırak gideyim, Travis."

Birileri ciğerlerimdeki havayı söküp aldı, bütün umudum sönüp bitince elimi gevşettim ve Abby'nin parmaklarımın arasından kayıp gitmesine izin verdim.

Benden uzaklaşırken geriye dönüp bakmadı, yere kapaklanmamak için avuçlarımı kaldırıma dayamam gerekti. Geri dönmüyordu. Artık beni istemiyordu ve yapabileceğim ya da söyleyebileceğim hiçbir şey bunu değiştirmeyecekti.

Ayağa kalkacak gücü toplamam birkaç dakika sürdü. Ayaklarım hareket etmek istemiyorlardı ama bir şekilde Harley'yime gidene dek işbirliği yaptık. Kaybetme hissi hayatımda daha önce sadece bir defa yaşamış olduğum bir şeydi ama bu seferki daha gerçek geliyordu. Abby'yi kaybetmek çocukluğumun ilk yıllarından hatırladığım bir şey değildi. Şu anda yaşıyordum bunu ve bir hastalık gibi beni güçten düşürüyor, duyularımı kullanmamı engelliyor ve fiziksel, dayanılmaz bir acıyla kıvranmama neden oluyordu.

Annemin sözleri kulaklarımda yankılandı. Abby, uğruna mücadele etmem gereken kızdı ve ben de devrilene dek, tükenene dek mücadele etmiştim. Bunların hiçbiri, hiçbir zaman yeterli olmayacaktı.

Kırmızı bir Dodge Intrepid motosikletimin yanına yanaştı. Kim olduğunu anlamak için başımı kaldırmama gerek yoktu.

Trenton kontağı kapatıp, dirseğini arabanın camına dayadı. "Selam."

"Selam," dedim, ellerimi ceketimin yeniyle silerken.

"Zor bir gece, ha?"

"Evet." Harley'nin yakıt tankına bakarken başımı sallayıp onayladım.

"Az önce işten çıktım. Bir iki tek atmaya ihtiyacım var. Benimle Dutch'a gelsene."

Tereddüt dolu, uzun bir nefes aldım. Trenton, tıpkı babam ve diğer kardeşlerim gibi beni nasıl idare edeceğini hep bilmişti. İkimiz de ben bu haldeyken motosiklete binmemem gerektiğini biliyorduk.

"Olur."

"Olur mu?" dedi Trenton, şaşkınlığını belli eden küçük bir gülümsemeyle.

Bacağımı arkaya atıp Harley'den indim ve sonra da Trenton'ın arabasının yolcu koltuğuna geçtim. Havalandırmadan gelen sıcak hava cildimi yakınca, o geceki havanın insanı ısıran soğuğunu ilk defa hissettim ve üstümde o havaya uygun kıyafetlerin olmadığını fark ettim.

"Seni Shepley mi aradı?"

"Evet." Geri geri çıkıp yavaşça otoparkın çıkışına doğru

ilerledi, cadde çıkışına geldiğimizde kaplumbağa hızında ilerliyorduk. Bana baktı. "French adında bir adam kız arkadaşını aramış, Abby'yle kafeteryanın önünde tartıştığınızı görmüşler."

"Tartışmıyorduk. Ben sadece... onu geri almaya çalışıyordum."

Trenton bir defa başını sallayıp caddeye çıktı. "Ben de öyle tahmin etmiştim."

Bar taburelerinde yerimizi alana dek bir daha konuşmadık. Belalı bir müşteri kitlesi vardı. Ama barın sahibi ve barmeni Bill, babamı çocukluğumuzdan beri tanırdı ve barın müdavimlerinin çoğu da büyüyüp adam olmamıza tanık olmuş kişilerdi. "Sizi görmek güzel çocuklar. Görüşmeyeli uzun zaman oldu," dedi Bill, tezgâhı silip ikimizin de önüne bir bira ve bir şat koymadan önce.

"Selam Bill," dedi Trenton, şatı ânında dikip.

Bill, "İyi misin Travis?" diye sordu.

Trenton benim yerime yanıt verdi. "Birkaç kadehten sonra kendisini iyi hissedecek."

Ona minnettardım. O anda ağzımı açmış olsam yıkılıp kalmam işten bile değildi.

Trenton, ağzımın içi hissizleşip bayılacak hâle gelene dek bana içki almaya devam etti. Barla dairem arasında bir yerde tam da bunu yapmış olmalıyım çünkü ertesi sabah koltukta giyinik olarak uyandım ve oraya nasıl geldiğim hakkında en ufak bir fikrim yoktu.

Shepley kapıyı kapattı ve America'nın Honda'sının çalışıp otoparktan çıkmasının tanıdık sesini duydum.

Oturup bir gözümü kapadım. "Gece eğlendiniz mi?"

"Evet. Sen?"

"Öyle sanırım. Geldiğimi duydun mu?"

"Evet, Trent kıçını merdivenlerden taşıyıp koltuğa attı.

347

Gülüyordun dolayısıyla başarılı bir gece olduğunu düşünü-
yorum."

"Trent bir hıyar olabilir ama iyi bir kardeş."

"Aynen öyle. Aç mısın?"

"Yok be," diye inledim.

"Peki o zaman. Kendime biraz mısır gevreği hazırlaya-
cağım."

Koltuğa oturup bir önceki gece yaşadıklarımın üstünden
geçtim. Son saatleri net hatırlayamıyordum ama Abby'yi
kampüste gördüğüm ana dönünce irkildim.

"Mare'e bugün yapacak işlerimiz olduğunu söyledim.
Keresteciye gidip şu gıcırdayan kapını değiştiririz diye dü-
şünmüştüm."

"Bana bakıcılık yapmana gerek yok, Shep."

"Yapmıyorum zaten. Yarım saat içinde çıkıyoruz. Önce
bir yıkan da üstündeki şu leş kokusundan kurtul," dedi,
elinde Mini Wheats dolu bir kâseyle kanepeye oturarak.
"Sonra da eve gelip ders çalışacağız. Finaller için."

"Siktir," dedim içimi çekerek.

"Öğle yemeği için pizza ısmarlayacağım, akşama da ka-
lanları yiyebiliriz."

"Şükran Günü'nün geldiğini unuttun mu? İki gün bo-
yunca günde üç öğün pizza yiyeceğim zaten."

"Tamam. Çin yemeğine ne dersin?"

"İdareyi iyice ele aldın," dedim.

"Biliyorum. Güven bana, iyi gelecek."

Yavaşça başımı salladım, haklı olduğunu umarak.

Günler yavaşça geçiyordu. Ama Shepley ve bazen de
America'yla gece geç saate kadar ayakta kalıp ders ça-
lışmak uykusuz gecelerin kısalmasına yardım ediyordu.
Trenton, babama ya da Maddox biraderlerin kalanlarına

Şükran Günü'nden sonrasına dek Abby'den bahsetmemeye söz verdi ama ben onlara Abby'nin Şükran Günü'nde geleceğini söylemiş olduğum için o günü büyük bir kaygıyla bekliyordum. Bana nerede olduğunu soracaklardı ve yalan söylediğimde de hepsi aslında gerçeği anlayacaktı.

Cuma günkü son dersimden sonra Shepley'yi aradım. "Selam. Bunu sormamın yasak olduğunu biliyorum ama Abby'nin tatilde nereye gittiğini öğrenmen gerek."

"Bunda bir şey yok, kolay iş. Bizimle birlikte olacak. Tatilleri America'ların evinde geçiriyor."

"Gerçekten mi?"

"Evet. Bir şey mi var?"

"Yok," dedim, ânında telefonu kapatarak.

Hafif hafif yağan yağmurun altında kampüste yürüyüp Abby'nin dersinin bitmesini bekledim. Hoover Binası'nın dışında, Abby'nin kalkülüs dersinden birkaç kişinin toplaşmış olduğunu gördüm. Arkadan Parker'ın kafası göründü, sonra da Abby.

Kışlık paltosuna sarınmıştı; Parker dünya umurunda değilmiş gibi gevezelik ediyordu, Abby ise durumdan rahatsızmış gibi görünüyordu.

Kırmızı beyzbol şapkamı aşağı çektim ve onlara doğru koşmaya başladım. Abby'nin gözleri benimkilere doğru kaydı; beni tanıdığında kaşları neredeyse fark edilemeyecek kadar az yukarı kalktılar.

Aklımda aynı cümleyi bir mantra gibi tekrarlayıp duruyordum. *Parker nasıl ukalaca bir laf ederse etsin sükunetini yitirme. Bu işi batırma. Bu İŞİ batırma.*

Parker beni şaşırtıp tek kelime etmeden gitti.

Ellerimi kapüşonlumun ceplerine soktum. "Shepley yarın America'yı da alıp Wichita'ya gideceğinizi söyledi."

"Evet?"

"Bütün tatili America'larda mı geçireceksin?"

Omzunu silkti, varlığımdan etkilenmemek için fazla çaba harcıyordu. "Onun anne babasıyla çok yakınız."

"Ya senin kendi annen?"

"O bir ayyaş, Travis. Şükran Günü'nün geldiğinin bile farkında değildir."

Kalbim tekledi, bir sonraki soruma vereceği yanıtın son şansım olacağını biliyordum. Gök gürleyince başımı kaldırıp yukarı baktım ve büyük damlalar yüzüme düşmeye başlayınca gözlerimi kıstım.

"Senden bir iyilik istemem lazım," dedim, sağanak yağmurun altında eğilerek. "Buraya gel," deyip aniden hızlanan yağmurun altında sırılsıklam olmasın diye onu en yakındaki saçağın altına çektim.

"Ne gibi bir iyilik?" diye sordu, şüphelenmişti. Yağmurun sesi yüzünden söylediklerini duymak zordu.

"Benim ee..." Ağırlığımı diğer ayağıma verdim, kaygılarım beni alt etmeye çalışıyordu. Kafamın içinde bir ses *vazgeç!* diye bağırıyordu ama en azından denemeye kararlıydım. "Babamla kardeşlerim hâlâ Perşembe günü bize gelmeni bekliyorlar."

"Travis!" diye inledi Abby.

Ayaklarıma baktım. "Geleceğini söylemiştin."

"Biliyorum ama... şimdi gelmem pek yakışık almaz, sence de öyle değil mi?"

"Geleceğini söylemiştin," dedim bir daha, sesimin titremesini engellemeye çalışarak.

"Babanın evine gitmeyi kabul ettiğim sırada hâlâ beraberdik. Ayrıldıktan sonra gelmeyeceğimi *biliyor* olman lazım."

"*Bilmiyordum* ve zaten artık çok geç. Thomas gelecek ve Tyler da işten izin aldı. Herkes seni görmeyi iple çekiyor."

Abby büzüldü, ıslak saçının bir tutamını parmağının ucuna sarıyordu. "Her hâlükârda geleceklerdi, değil mi?"

"Herkes değil. Yıllardır Şükran Günü'nde hepimiz bir arada olmamıştık. Onlara gerçek bir sofra kuracağımız sözünü verdim ve hepsi de gelmek için görülmemiş bir çaba harcadı. Annem öldüğünden beri mutfağa kadın eli değmedi ve..."

"Ve bu tavır hiç seksist değil doğrusu."

"Böyle demek istemediğimi biliyorsun Güvercin, haydi ama. Hepimiz orada olmanı istiyoruz. Tek dediğim bu."

"Daha onlara ayrıldığımızı söylemedin, değil mi?"

"Babam niye ayrıldığımızı sorardı ve onunla bu konuda konuşmaya hazır değilim, Güvercin. Dur durak bilmeden bana ne kadar aptal olduğumu söyleyip dururlar. Lütfen gel, Güvercin."

"Hindiyi sabah altıda fırına vermiş olmam gerekir. Buradan saat beşte çıkmamız..."

"Ya da orada kalabiliriz."

Kaşlarını kaldırdı. "Dünyada olmaz! Ailene yalan söyleyip hâlâ berabermişiz numarası yapacak olmam yeterince kötü zaten."

Tepkisi her ne kadar beklendik olsa da egomu azıcık da olsa zedelemişti. "Senden kendini ateşe vermemi istemişim gibi konuşuyorsun."

"Onlara söylemiş olman gerekiyordu!"

"Söyleyeceğim. Şükran Günü'nden sonra... onlara söyleyeceğim."

İçini çekip uzaklara baktı. Cevabını beklemek tırnaklarımın teker teker söküldüğünü hissetmek gibiydi. "Bunun yeniden bir araya gelmemiz için bir tezgâh olmadığına söz verirsen, geleceğim."

Başımı salladım. "Söz veriyorum."

Dudakları sert bir çizgi oluşturmuşlardı, ama gözlerine gülümsemeyi andırır bir ifade gelmişti. "Seninle saat beşte görüşürüz."

Eğilip yanağını öptüm. Sadece hafifçe dokunmak istemiştim ama dudaklarım tenini özlemişti ve kendimi çekmek zordu.

"Teşekkürler Güvercin."

Shepley ve America, Honda'yla Wichita'ya doğru yola çıktıktan sonra daireyi temizledim, temiz çamaşırları katlayıp kaldırdım, yarım paket sigara içtim, iki gecelik idare edecek kadar eşyayı bir çantaya doldurdum, sonra da bu kadar yavaş olduğu için saate çemkirdim. Saat nihayet dört buçuk olduğunda Shepley'nin Charger'ına koşturdum ve Morgan'a kadar hız yapmamak için kendimi zor tuttum.

Abby'nin kapısına vardığımda yüzündeki şaşkın ifade beni şaşırttı.

"Travis," dedi şaşkınlıkla bir nefes alarak.

"Hazır mısın?"

Abby bir kaşını kaldırdı. "Neye hazır mıyım?"

"Seni saat beşte almamı söylemiştin."

Kollarını göğsünün üstünde kavuşturdu. "Saat *sabaha karşı* beş demek istemiştim!"

"Ah. Galiba babamı arayıp yatıya kalamayacağımızı söylemem gerekecek."

"Travis!" diye bağırdı.

"Bagaj sıkıntı olmasın diye Shep'in arabasını getirdim. Uyuyabileceğin boş bir yatak odası var. Bir film izleyebiliriz ya da –"

"Babanın evinde kalmayacağım!"

Yüzüm düştü. "Tamam. Ben , eee... Sabaha görüşürüz."

Geriye doğru bir adım attım ve Abby kapıyı kapattı. Yine de geliyordu ama ailem daha önce onlara söylediğim gibi

Abby'yi bu akşam getirmezsem **bir sıkıntı** olduğunu anlayacaktı. Yavaşça koridorda **yürürken babamın numarasını** çevirdim. Bana nedenini **soracaktı ve ben de** ona yalan söylemek istemiyordum.

"Travis, bekle."

Ani bir hareketle arkama **döndüğümde** Abby'nin koridorda olduğunu gördüm.

"Yanıma birkaç şey almam **için bana bir dakika izin ver.**"

Gülümsedim, müthiş **rahatlamıştım.** İkimiz beraber odasına yürüdük, ben de o çantasına **bir şeyler** doldururken kapıda bekledim. Sahne iddiayı **kazandığım** geceyi anımsattı ve birlikte geçirdiğimiz bir **saniyeyi bile** hiçbir şeye değişmeyeceğimi anladım.

"Seni hâlâ seviyorum Güvercin."

Başını kaldırmadı. "Lütfen, Travis. Bunu senin için yapmıyorum."

Acı tüm göğsüme yayılırken **derin bir nefes** aldım. "Biliyorum."

Yirmi Üçüncü Bölüm
Kabul Konuşması

Zorlamasız, eski sohbetlerimizi şimdi nasıl başlatacağımı bilemiyordum. Aklıma gelen hiçbir şey içime sinmiyordu ve daha babamlara gitmeden onu kızdırmaktan çekiniyordum.

Kız arkadaşım rolü yapmasını, beni özlemeye başlamasını ve sonra da onu geri kazanmak için belki yeni bir şans yakalamayı planlıyordum. Başarı şansım çok düşüktü ama elimdeki tek fırsat da buydu.

Islak mıcırlı otoparka girip çantalarımızı verandaya taşıdım.

Babam kapıyı yüzünde bir gülümsemeyle açtı.

"Seni gördüğüme sevindim oğlum." Yanımda duran ıslak ama güzel kıza baktığında gülümsemesi daha da büyüdü. "Abby Abernathy. Yarınki akşam yemeğini iple çekiyoruz. Çok uzun zamandır bu evde.... Yani, çok uzun zaman geçti üstünden."

Evin içine girince babam ellerini şiş göbeğinin üstüne koyup sırıttı. "Siz ikinize misafir odasını ayarladım, Trav. Senin odandaki ikiz yatakla boğuşmak istemeyeceğinizi düşündüm."

"Abby aaa... o aslında ee... o misafir odasında kalacak, ben de kendi odamda."

Trenton tiksintiyle yüzünü buruşturdu. "Neden? Senin dairende kalmıyor muydu?"

"Son zamanlarda değil," dedim, kendimi ona girişmemek için zor tutarak. Nedenini tam olarak biliyordu.

Babamla Trenton bakıştılar.

"Thomas'ın odasını yıllardır depo olarak kullanıyorum, dolayısıyla ona senin odanı verecektim. Neyse, herhalde koltukta uyuyabilir," dedi babam, koltuğun ahı gitmiş vahı kalmış yastıklarına bakarak.

"Hiç endişelenme Jim, sadece saygılı davranmak istemiştik," dedi Abby, koluma dokunarak.

Babamın kahkahası bütün evi doldurdu. "Oğullarımla tanıştın Abby. Bana saygısızlık etmenin neredeyse imkânsız olduğunu anlamış olmalısın."

Başımla merdiveni işaret ettim, Abby beni takip etti. Kapıyı ayağımla yavaşça ittim ve çantalarımızı yere koydum, yatağa baktım ve Abby'ye döndüm. Odayı inceleyen gri gözleri büyümüşlerdi, annemle babamın duvarda asılı olan bir fotoğrafına takılıp kaldılar.

"Özür dilerim Güvercin. Ben yerde uyurum."

"Tabii ki öyle yapacaksın," deyip saçını atkuyruğu yaptı. "Beni buna ikna ettiğine inanamıyorum."

Yatağa oturdum, durumun onu ne kadar mutsuz ettiğini anlamıştım. Galiba bir parçam onun da yeniden bir arada olduğumuz için benim kadar mutlu olacağını ummuştu. "Her şey bin beter olacak. Aklımdan ne geçiyordu bilmiyorum."

"Aklından tam olarak ne geçtiğini biliyorum. Ben aptal değilim, Travis."

Başımı kaldırıp ona yorgun bir gülümsemeyle baktım. "Ama yine de geldin."

"Yarın için her şeyi hazır etmem lazım," deyip kapıyı açtı.

Ayağa kalktım. "Sana yardım edeyim."

Abby patatesi, turtaları ve hindiyi hazırlarken, ben de ihtiyacı olan şeyleri bulup ona getirmek ve bana verdiği küçük görevleri yapmakla meşgul oldum. İlk bir saat biraz huzursuzduk, ancak ikizler geldikten sonra herkes mutfakta toplanınca Abby gevşeyebildi. Babam Abby'ye bizim hakkımızda hikâyeler anlattı ve pizza ısmarlamak dışında bir şey yapmaya çalıştığımız, hepsi de felaketle biten eski Şükran Günleri'nin öykülerine güldük.

Babam, "Diane muhteşem bir aşçıydı," diye anımsadı. "Trav hatırlamıyor ama o gittikten sonra bir şeyler yapmayı denemenin bir anlamı yoktu."

Trenton, "Kendini baskı altında falan hissetme Abby," dedi. Gülüp buzdolabından bir bira aldı. "Haydi, kartları çıkaralım. Abby'nin aldığı paranın bir kısmını geri kazanmak istiyorum."

Babam parmağını salladı. "Bu hafta sonu poker yok, Trent. Domino taşlarını getirdim; git onları hazırla. Bahse girmek yok, anladın mı? Ciddiyim."

Trenton başını salladı. "Tamam yaşlı adam, tamam." Kardeşlerim kıvrıla büküle bir yol bulup mutfaktan çıktılar ve Trenton da onları takip etti, sonra durup Travis'e baktı ve "Haydi gel Trav," dedi.

"Güvercin'e yardım ediyorum."

"Yapılacak fazla bir şey kalmadı, bebeğim," dedi Abby. "Haydi git."

Rol icabı böyle söylemişti ama bu içimde uyanan duygulara engel olamadı. Kalçasına uzandım. "Emin misin?"

Başını salladı, ben de eğilip yanağını öptüm ve kalçasını sıkıp Trenton'ın peşinden oyun odasına geçtim.

Hepimiz oturup arkadaşça bir domino oyunu için yerleştik.

Trenton kutuyu çıkardı, tırnağının altını kestiği için kartona küfrettikten sonra taşları dağıtmaya başladı.

Taylor küçümseyerek burnundan nefes verdi. "Tam bir bebesin ha Trent, sızlanmayı bırak da taşları dağıt."

"Sanki dağıtsam sayabileceksin de, dümbelek. Nedir bu acele?"

Trenton'ın verdiği karşılığa gülünce dikkatini üstüme çektim.

"Abby'yle iyi geçiniyorsunuz," dedi. "Nasıl oldu bu?"

Ne demek istediğini biliyordum ve ikizlerin yanında konuyu açtığı için ona sert bir bakış attım. "İkna etmek için epey uğraşmam gerekti."

Babam gelip oturdu. "O iyi bir kız, Travis. Senin için mutluyum oğlum."

"Öyle," dedim, hüznümün yüzüme yansımaması için uğraşarak.

Abby mutfağı temizlemekle meşguldü, sanki her ânımı yanına gitme dürtümle mücadele ederek geçiriyormuşum gibi geliyordu. Bu bir aile tatili olabilirdi ama her boş ânımı onunla geçirmek istiyordum.

Yarım saat sonra gelen gıcırtı seslerinden bulaşık makinesinin çalıştırıldığını anladım. Abby yanımızdan geçerken hızla el sallayıp merdivenlere yöneldi. Zıplayıp elini tuttum.

"Daha erken Güvercin. Yatmaya gitmiyorsun değil mi?"

"Uzun bir gün oldu. Yorgunum."

"Film izleyecektik. Neden sen de gelip takılmıyorsun?"

Önce merdivenlere ardından da aşağıya, bana baktı. "Olur."

Onu elinden tutup koltuğa götürdüm ve film başlarken el ele tutuşup oturduk.

Babam, "Şu ışığı kapat Taylor," diye buyurdu.

Abby'nin arkasına uzanıp elimi koltuğun sırtına koydum. Her iki kolumla ona sarılmamak için kendimle mücadele ettim. Vereceği tepkiden endişe ediyordum ve bana iyilik yapmaya gelmişken durumdan faydalanmak istemiyordum.

Filmin yarısında ön kapı aniden açıldı ve Thomas elinde valiziyle içeri daldı.

"Şükran Gününüz kutlu olsun!" dedi valizini yere koyarak.

Babam ayağa kalkıp onu kucakladı ve benim dışımda herkes kalkıp onun yanına gitti.

"Thomas'a merhaba demeyecek misin?" diye fısıldadı Abby.

Babamla kardeşlerimin sarılıp gülüşmelerini izledim. "Seninle bir gecem var. Tek saniyesini bile harcayamam."

"Selam Abby. Seni tekrar görmek güzel." Thomas gülümsedi.

Abby'nin dizine dokundum. Önce elime sonra da bana baktı. Yüzündeki ifadeyi görünce elimi bacağından çektim ve ellerimi kucağıma koyup parmaklarımı birbirine geçirdim.

"Eyvah eyvah, genç âşıklarımızın arası mı bozuldu?" diye sordu Thomas.

"Kapa çeneni Tommy," diye homurdandım.

Odanın atmosferi tersine döndü ve açıklama bekleyen gözler Abby'ye kilitlendi. Abby sıkıntılı bir gülümsemeyle elimi ellerinin arasına aldı.

"Sadece yorgunuz. Bütün akşam yemekle uğraştık," dedi, başını omzuma yaslayarak.

Ellerimize bakıp elini sıktım, yaptığını ne kadar takdir ettiğimi göstermenin bir yolu olsaydı keşke diye düşündüm.

"Yorgun demişken, aslında tükendim." Abby bir soluk verdi. "Artık yatağa gideceğim, bebeğim." Diğerlerine baktı. "İyi geceler millet."

Babam, "İyi geceler kızım," dedi.

Kardeşlerim iyi geceler dileyip merdivenlerden çıkmasını izlediler.

"Ben de yatacağım," dedim.

"Bahse girerim yatacaksın," dedi Trenton.

"Şanslı piç," diye homurdandı Tyler.

"Hey. Yengeniz hakkında böyle konuşmayacaksınız," diye uyardı babam.

Kardeşlerimi duymazdan gelerek basamaklardan yukarıya koştum ve tam kapanmadan önce yatak odasının kapısını yakaladım. Abby'nin üstünü değiştirmek isteyebileceğini ama bunu benim önümde yaparken rahat edemeyeceğini düşününce donup kaldım. "Yatmadan önce kıyafetlerini değiştirirken dışarıda beklememi ister misin?"

"Hemen bir duş alacağım. Banyoda giyinirim."

Ensemi sıvazladım. "Tamamdır. Bir yer yatağı hazırlayayım."

Başıyla onaylarken o büyük gözleri saf çelikten yapılmış gibiydiler, duvarında tek bir çatlak bile yoktu. Çantasından birkaç şey aldıktan sonra banyoya gitti.

Dolabın içinde birkaç tane çarşaf ve battaniye bulup yere yatağın yanına serdim, en azından konuşacak biraz zamanımız olacağı için minnettardım. Abby banyodan çıktı, ben de yer yatağının baş kısmına bir yastık koydum ve duş almaya girdim.

Hiç zaman harcamadım, çabucak vücudumun her yanını sabunla ovaladım ve köpüklerin üstümde kalmasına izin vermeden hemen durulandım. On dakika içinde kurulanıp giyinmiş, yatak odasına yürüyordum.

Döndüğümde Abby yatakta oturuyordu, yorganı çekebildiği kadar yukarı çekmişti. Yer yatağı hiç de Abby'nin içinde kıvrılmış olduğu bir yatak kadar çekici değildi.

Onunla olan son gecemi uyumadan, sadece birkaç santimetre ötemde uyurken ona dokunamadan, soluk alıp vermesini dinleyerek geçireceğimi anladım.

Işığı kapatıp yer yatağına yerleştim. "Bu birlikte geçireceğimiz son gecemiz, değil mi?"

"Tartışmak istemiyorum, Trav. Haydi, uyu artık."

Ona bakmak için döndüm ve başımı elimle destekledim. Abby de bana doğru dönünce göz göze geldik.

"Seni seviyorum."

Bir an için beni izledi. "Söz verdin."

"Bunun seninle yeniden bir araya gelmek için bir oyun olmadığına söz verdim. Zaten değil de." Uzanıp eline dokundum. "Ama seninle yeniden beraber olmamı sağlayacağını bilseydim, bir oyun oynamayı düşünmezdim diyemem."

"Seni önemsiyorum, acı çekmeni istemiyorum ama en baştan içgüdülerimle hareket etmeliydim; ilişkimiz asla yürümeyecekti."

"Ama beni sevdin değil mi?"

Dudaklarını birbirine bastırdı. "Hâlâ seviyorum."

Bütün duygularım dalga dalga benliğimin her köşesine yayıldı, o kadar çoktular ki birbirlerinden ayırt edemiyordum. "Senden bir iyilik isteyebilir miyim?"

"Aslında son istediğin iyiliği yapmakla meşgul sayılırım," dedi, alaycı bir gülümsemeyle.

"Eğer bu gerçekten de... eğer gerçekten de benimle işin bittiyse... bu gece sana sarılmama izin verir misin?"

"Bunun iyi bir fikir olduğunu sanmıyorum, Trav."

Elini sımsıkı tuttum. "Lütfen. Senin yirmi santim ötemde olduğunu ve bir daha asla böyle bir şansım olmayacağını bilerek uyuyamam."

Abby birkaç saniye bana baktı ve sonra suratını astı. "Seninle seks yapmayacağım."

"İstediğim bu değil."

Abby ne cevap vereceğini düşünürken bir süre yere baktı. Nihayet gözlerini sımsıkı kapatıp yatağın kenarından uzaklaştı ve çarşafları açtı.

Yanına tırmanıp onu aceleyle kollarıma aldım. O kadar inanılmaz bir histi ki, odadaki gerilimle de birleşince kendimi kaybedip ağlamamak için çok uğraştım.

"Bunu özleyeceğim," dedim.

Onu öpüp daha yakınıma çektim ve yüzümü boynuna gömdüm. Elini sırtıma koydu, ben de bir nefes daha aldım, soluklarımla onu içime çekmeye çalışıyordum, o ânı sonsuza dek beynime kazımaya çalıştım.

"Ben... ben bunu yapamayacağım Travis," deyip kıvranarak kendisini kollarımdan kurtarmaya çalıştı.

Onu iradesine karşı orada tutmak istemiyordum; ama onu bırakmamak günler boyu hissettiğim, içimi yakıp dağlayan o acıdan kurtulmam anlamına gelecekse, ısrarcı olmak son derece mantıklıydı.

Tekrar, "Ben bunu yapamayacağım," dedi.

Ne demek istediğini biliyordum. Bu şekilde bir arada olmak kalp kırıcıydı ama bitmesini istemiyordum.

"O zaman yapma," dedim dudaklarım teninde. "Bana bir şans daha ver."

Bir kez daha kendini kurtarmaya çalıştıktan sonra yüzünü elleriyle kapayıp kollarımda ağladı. Gözyaşlarım gözlerimi yakarken durup ona baktım.

Yavaşça bir elini çektim ve avcunu öptüm. Abby hıçkırıklarıyla kesilen uzun bir nefes alırken, dudaklarına baktım ve ardından gözlerine. "Kimseyi seni sevdiğim gibi sevmeyeceğim, Güvercin."

Burnunu çekip yüzüme dokundu, yüzünde özür dileyen bir ifade vardı. "Yapamam."

"Biliyorum," dedim, sesim titreyerek. "Senin için yeterince iyi olduğuma hiçbir zaman inanmadım."

Abby'nin yüzü buruştu ve başını salladı. "Sadece sen değil, Trav. Biz birbirimiz için yeterince iyi değiliz."

Başımı salladım, karşı çıkmak istiyordum ama söyledikleri yarı yarıya doğruydu. Daha iyisini hak ediyordu, en baştan beri istediği şey buydu. Ben kim oluyordum da ondan bunu esirgiyordum?

Bunu kavrayınca derin bir nefes aldım ve başımı göğsüne yasladım.

Alt kattan gelen seslerle uyandım.

Abby, mutfaktan "Ay!" diye bağırdı.

Merdivenlerden aşağıya koştururken üstüme bir tişört geçirdim.

"İyi misin Güvercin?" Yer o kadar soğuktu ki, ayaklarımdan başlayan bir şok dalgası bütün vücuduma yayıldı. "Kahretsin! Yer bok gibi soğuk!" Önce bir ayağımın, ardından da diğerinin üstünde zıplayınca Abby kahkahasını bastırmak zorunda kaldı.

Saat hâlâ çok erkendi –tahminen beş ya da altı– ve evdeki herkes uyuyordu. Abby hindiyi fırına itmek için eğilince, sabahları şortuma sığmama eğilimimin hayata geçmesi için bir neden daha oldu.

"Artık yatağa dönebilirsin. Sadece hindiyi fırına vermem gerekiyordu," dedi.

"Sen geliyor musun?"

"Evet."

Elimi merdivenlere doğru sallayıp, "Önden git," dedim.

İkimiz de bacaklarımızı yatak örtüsünün altına sokup battaniyeleri boynumuza dek çekerken tişörtümü çekip çıkardım. Titremeye başlamıştı, ben de çevresine sardığım kollarımı sıktım ve vücut sıcaklığımızın tenlerimizle yatak örtüleri arasındaki küçük boşluğu ısıtmasını bekledim.

Pencereden dışarı baktığımda gri gökyüzünden büyük kar tanelerinin düştüğünü gördüm. Abby'nin saçını öptüğümde, bana sanki içimde erimek istermiş gibi sarıldı. O sarıldıkça, ben de aramızda değişen hiçbir şey olmamış hissine kapılıyordum.

"Güvercin, bak. Kar yağıyor."

Pencereye bakmak için döndü. "Noel gibi," dedi, yanağını hafifçe tenime bastırırken. İçimi çekince başını çevirip bana baktı. "Ne var?"

"Noel'de burada olmayacaksın."

"Şu anda buradayım."

Söylediğine yarım yamalak bir gülümsemeyle karşılık verip dudaklarını öpmek için eğildim. Abby geri çekilip başını salladı.

"Trav..."

Onu sımsıkı tutmaya devam edip çenemi aşağı eğdim. "Seninle geçireceğim yirmi dört saatten az bir zaman var, Güvercin. Seni öpeceğim. Bugün seni bol bol öpeceğim. Bütün gün. Elime geçen her fırsatta. Eğer durmamı istiyorsan, söylemen yeterli ama sen söyleyene dek seninle olan son günümün her saniyesini değerlendireceğim."

"Travis—" diye başladı Abby, ama birkaç saniye düşündükten sonra bakışlarını gözlerimden dudaklarıma indirdi.

Tereddüt etmek istemediğim için hemen eğilip onu öptüm. Öpücüğüme karşılık verdi; kısa ve tatlı bir öpücük olmasını istemiştim ama dudaklarım ayrılınca bedeninin tepki vermesine neden oldum. Dili dilime dokununca bir anda bütün kanım kaynadı ve tutkuyla kavrulan bedenim son sürat devam etmem için haykırdı. Onu kendime çekmemle, Abby bir bacağını yana açtı ve uyluklarının arasına tam tamına yerleşen kalçalarımı karşıladı.

Birkaç saniye içinde tamamen çıplak kalmıştı ve ben de iki hızlı hareketle kendi kıyafetlerimden kurtuldum. Dudaklarımı sertçe dudaklarına bastırdım ve yatak başlığındaki ferforje sarmaşıkları iki elimle kavrayıp çevik bir hareketle Abby'nin içine girdim. Vücudum ânında ısındı; hareket etmeye, ileri geri gitmeye devam ettim, kontrolümü tamamen kaybetmiştim. Kalçasını kaldırmak için yay gibi gerildiğinde, dudaklarımı dudaklarına bastırıp inledim.

Bir elim sarmaşıklarda diğeri de Abby'nin ensesinde, tekrar tekrar içinde gidip geldim ve bunu yaparken yaşadığımız her şeyi, hissettiğim her acıyı unuttum. Pencereden içeri güneş ışığı dolarken, tenimizde beliren ter damlalarıyla daha kolay hareket ediyorduk.

Abby'nin bacakları titremeye başlayıp tırnakları sırtıma battığında, bitirmek üzereydim. Nefesimi tutup son bir kez hamle yaptım ve bütün vücudum kasılmalarla sarsılırken inledim.

Abby yattığı yerde gevşedi, saçları nemliydi, kolunu kıpırdatacak hali kalmamış gibi görünüyordu.

Sanki bir maraton bitirmiş gibi soluk soluğaydım, kulağımın üstündeki saçlardan akan ter şakaklarımdan aşağı iniyordu.

Alt kattan gelen konuşma seslerini duyunca Abby'nin gözleri parladı. Yan dönüp hayranlıkla yüzünü izledim.

"Sadece öpeceğini söylemiştin." Bana eskiden baktığı gibi bakıyor, işleri kolaylaştırıyordu.

"Neden bütün günü yatakta geçirmiyoruz?"

"Buraya yemek pişirmeye geldim, unuttun mu?"

"Hayır, buraya *benim* yemek pişirmeme yardımcı olmak için geldin ve daha sekiz saat göreve çağrılmayacağım."

Yüzüme dokundu, ifadesi beni söylemek üzere olduğu şeye hazırlıyordu. "Travis bence biz..."

"Söyleme, olur mu? Mecbur kalmadıkça bunu düşünmek istemiyorum." Ayağa kalkıp boxer'ımı giydim ve Abby'nin valizine doğru yürüdüm. Elbiselerini yatağın üstüne atıp tişörtümü üzerime geçirdim. "Bugünü güzel bir gün olarak hatırlamak istiyorum."

Öğle yemeği vakti geldiğinde uyanmamızın üstünden fazla zaman geçmemiş gibi geldi. Gün beni huzursuz edercesine büyük bir hızla geçip gidiyordu. Her dakikanın geçişini dehşetle izliyor, kararmakta olan havayla aman vermeden ilerleyen saate lanet okuyordum.

İtiraf etmek gerekirse, ellerimi Abby'den çekmedim. Rol yapıyor olması fark etmiyordu, yanımdayken gerçeği aklıma getirmiyordum.

Yemeğe oturduğumuzda babam hindiyi kesmem için ısrar etti ve ayağa kalkıp görevimi yerine getirirken Abby gülümsedi.

Maddox ailesi, Abby'nin emeklerini tek bir parçası kalmayana dek silip süpürdü ve ardından onu övgülere boğdu.

"Hepinize yetti mi?" diye güldü.

Babam gülümsedi, çatalını dudaklarının arasından geçirip tatlı için temizledi. "Bol bol yapmışsın, Abby. Sadece bizi gelecek seneye çıkaracak kadar yemek istedik... tabii bunu Noel'de tekrarlayacaksan o başka. Sen artık bir Maddox'sun. Her tatilde seni buraya bekliyorum ve sadece yemek pişirmeye de değil."

Babamın söylediklerini duyduktan sonra, gerçek ufak ufak dışarı sızmaya başladı ve gülümsemem solup gitti.

"Teşekkürler, Jim."

Trenton, "Böyle söyleme baba," dedi. "Yemek pişirmesi

şart. Beş yaşımdan beri böyle yemek yemedim!" Yarım dilim pikan cevizli turtayı bir ısırışta ağzına attı ve memnuniyetini belli eden sesler eşliğinde yedi.

Kardeşlerim masayı temizleyip bulaşıkları yıkarken, Abby'nin yanına koltuğa oturdum ve onu fazla sıkı tutmamaya çalıştım.

Midesi dolunca ayakta kalamayacak kadar mayışan babam çoktan yatmıştı.

Abby'nin bacaklarını kucağıma çekip ayakkabılarını çıkardım ve ayak tabanlarına başparmaklarımla masaj yaptım. Bundan hoşlandığını biliyordum. Ona sezdirmeden, beraberken ne kadar iyi bir çift olduğumuzu hatırlatmaya çalışıyor olabilirdim ama içten içe artık beni terk edip hayatına devam etmesinin zamanının geldiğini de biliyordum.

Abby bana âşıktı; daha da fazlası, beni hayatından çıkarmak zorunda kaldığı zaman bunu yapabilecek kadar değer veriyordu. Daha önce ondan ayrılamayacağımı söylemiş olsam da, şimdi onu yanında kalıp hayatını mahvedemeyecek ya da birbirimizden nefret etmeye başlayana dek ilişkimizi devam ettirmeye zorlamayacak kadar çok sevdiğimi anlıyordum.

"Annem öldüğünden beri geçirdiğimiz en iyi Şükran Günü buydu," dedim.

"Burada olup görebildiğime sevindim."

Derin bir nefes aldım. "Ben farklıyım," dedim, az sonra söyleyeceklerim hakkında çelişkili duygular içindeydim. "Vegas'ta bana ne olduğunu bilmiyorum. O ben değildim. O parayla alabileceğimiz şeyleri düşünüyordum ve aklımdan geçen *tek şey* oydu. Vegas'a geri gitmek istememin seni ne kadar incittiğini göremedim ama derinde bir yerlerde bunu bildiğimi düşünüyorum. Beni terk etmeni hak ettim. Geceler boyu uyuyamamayı ve çektiğim onca acıyı hak ettim. Sana ne kadar ihtiyaç duyduğumu ve hayatımda kalman için ne gerekiyorsa yapacağımı anlamadan önce bunları yaşamam gerekiyormuş."

"Benimle işinin bittiğini söyledin ve bunu kabul ediyorum. Artık seninle tanıştığım zaman olduğum kişi değilim. Değiştim... daha iyi yönde. Ama ne kadar çabalarsam çabalayayım, sana doğru davranamıyormuşum gibi gözüküyor. İlk başta arkadaştık ve seni kaybedemem, Güvercin. Seni sonsuza dek seveceğim ama mutlu edemeyeceksem, seni kazanmaya çalışmamın da pek bir anlamı yok. Başka biriyle beraber olmayı hayal bile edemiyorum ama arkadaş kaldığımız sürece mutlu olacağım."

"Arkadaş olmak mı istiyorsun?"

"Senin mutlu olmanı istiyorum. Artık bu ne gerektirirse."

Gülümseyerek kalbimin az önce söylediğim her şeyi geri almak isteyen parçasını kırdı. Bir parçam, bana aptal aptal konuşmayı bırakmamı çünkü birbirimize ait olduğumuzu söylemesini istiyordu.

"Gelecekteki karınla tanıştığında bütün bunlar için bana teşekkür edeceğine elli papeline bahse girer misin?"

"Bu fazla kolay bir iddia," dedim. Onsuz bir hayatı gözümde canlandıramıyordum ve daha şimdiden birbirimizden ayrı geçireceğimiz yaşamlarımız hakkında konuşmaya başlamıştı. "Evlenmek isteyebileceğim tek kadın az önce kalbimi kırdı."

Abby gözlerini silip ayağa kalktı. "Beni eve götürmenin zamanı geldi bence."

"Hadi ama Güvercin. Özür dilerim, haklısın komik değildi."

"Ondan değil, Trav. Sadece yorgunum ve eve gitmeye hazırım."

Nefes aldım ve ayağa kalkarken peki anlamında başımı salladım. Abby kardeşlerime sarılarak veda etti ve Trenton'dan babama onun için veda etmesini istedi. Elimde çantalarla kapıda durup, Noel'de görüşmek için sözleşmelerini izledim.

Morgan Binası'nın önünde dururken, ufacık bir parçam cesaretlendi ama yine de kalbimin paramparça olmasını engelleyemedim.

Yanağını öpmek için eğildim ve ardından kapıyı açık tutup içeriye girmesini izledim. "Bugün için teşekkür ederim. Ailemi ne kadar mutlu ettiğini bilemezsin."

Abby merdivenin başında durup bana doğru döndü. "Onlara yarın söyleyeceksin, değil mi?"

Charger'a bakıp gözyaşlarımı tutmaya çalıştım. "Zaten bildiklerinden neredeyse eminim. Blöfte usta olan bir tek sen değilsin, Güvercin."

Onu basamakların başında yalnız bıraktım ve arkama bakmayı reddettim. Bu andan itibaren hayatımın aşkı sadece bir tanıdığım olacaktı. Yüzümde nasıl bir ifade olduğunu bilmiyordum ama onun görmesini istemiyordum.

Yasal sınırın çok ötesinde bir hızla babamın evine geri dönerken, Charger inliyordu. Sendeleyerek oturma odasına girdim, Thomas bana bir şişe viski uzattı. Hepsinin elinde bir kadeh vardı.

Titreyen bir sesle, "Onlara söyledin mi?" diye sordum Trenton'a.

Trenton başıyla onayladı.

Dizlerimin üstün çöktüm, kardeşlerim etrafımı sardılar ve destek olmak için ellerini omuzlarıma koydular.

Yirmi Dördüncü Bölüm
Unut

"Trent yeniden arıyor! Aç şu lanet telefonunu!" diye bağırdı Shepley oturma odasından.

Cep telefonumu televizyonun üstüne koyuyordum. Dairede yatak odamdan en uzak olan nokta orasıydı.

Abby'siz geçen, işkence gibi ilk birkaç gün telefonumu Charger'ın torpido gözüne koymuştum. Shepley, babam ararsa diye telefonu daireye geri getirmişti. Buna karşı söyleyecek bir şeyim yoktu, dolayısıyla televizyonun üstünde kalması koşuluyla kabul ettim.

"Travis! Telefon!"

Beyaz tavana baktım, beni anladıkları için diğer kardeşlerime minnettardım, öte yandan bu anlayıştan nasiplenmeyen Trenton'a gıcıktım. Geceleri beni ya meşgul edecek bir şey buluyor ya da sarhoş ediyordu, bu yetmezmiş gibi iş yerindeki her boş zamanında bana telefon açması gerektiği fikrine kapılmıştı. Maddox usulü intihar gözetimine alınmış gibi hissediyordum.

Sömestr tatilinin iki buçuk haftası geçtiğinde, Abby'yi arama dürtüsü ihtiyaca dönüşmüştü. Telefonuma herhangi bir şekilde erişebiliyor olmam kötü bir fikirmiş gibi geliyordu.

Shepley kapıyı itip açtı ve küçük, siyah plastik dikdörtgeni bana doğru fırlattı. Telefon göğsüme düştü. "Tanrım Shep, sana söylemiştim..."

"Ne dediğini biliyorum. On sekiz cevapsız araman var."

"Hepsi Trent'ten mi?"

"Biri Anonim Kadın İç Çamaşırı Giymeyi Sevenler Derneği'nden."

Telefonu karnımın üzerinden aldım, kolumu uzattım ve elimi açıp benim için sert bir plastik parçasından farksız bu şeyi yere bıraktım. "İçkiye ihtiyacım var."

"Bir duşa ihtiyacın var. Bok gibi kokuyorsun. Aynı zamanda dişlerini fırçalaman, tıraş olman ve deodorant sıkman gerekiyor."

Doğrulup oturdum. "Çok şey biliyormuş gibi konuşuyorsun Shep, ama Anya'dan sonra tam üç ay boyunca çamaşırlarını yıkayıp sana çorba yaptığımı hatırlar gibiyim."

Shepley küçümsemeyle burnundan soludu. "Ben en azından dişlerimi fırçalıyordum."

"Yeni bir dövüş ayarlaman gerekiyor," dedim kendimi yatağa bırakarak.

"Daha iki gece önce bir dövüşün vardı, ondan bir hafta önce bir tane daha yaptın. Tatil de olduğumuz için izleyici sayısı azaldı. Adam dersler başlamadan önce yeni bir dövüş ayarlamaz."

"O zaman kasabada yaşayanlara haber versin."

"Çok riskli."

"Adam'ı ara, Shepley."

Shepley yatağıma yürüyüp telefonu yerden aldı, birkaç tuşa bastıktan sonra karnımın üstüne attı. "Kendin ara."

Telefonu kulağıma tuttum.

"Hey sersem tavuk! Neler yapıyorsun? Telefonunu neden açmadın? Bu gece dışarı çıkmak istiyorum!" dedi Trenton.

Kuzenime bakarak gözlerimi kıstım ama o arkasına bakmadan odadan çıktı.

"Canım istemiyor, Trent. Cami'yi arasana."

"Yılbaşı arifesinde bir barmeni aramak mı? Neyse, yine de gidip onu görebiliriz! Tabii başka bir planın yoksa."

"Hayır. Başka planım yok."

"Orada yatıp ölmek mi istiyorsun?"

"Hemen hemen." İçimi çektim.

"Travis seni seviyorum küçük kardeşim, ama tam bir hanım evladı gibi davranıyorsun. O senin hayatının aşkıydı. Anlıyorum. Boktan bir durum. Biliyorum. Ama istesen de istemesen de hayat devam ediyor."

"Eksik olma, Bay Rogers*."

"Yaşın onun kim olduğunu bilmeye yetmez."

"Thomas bize tekrarlarını izletirdi, unuttun mu?"

"Hayır. Dinle beni. Saat dokuzda çıkıyorum. Seni onda alırım. Eğer giyinik ve hazır değilsen yani *duş yapıp tıraş olmadıysan*, bir grup hıyarı arayıp evinde altı fıçı bedava bira ve lejyonerler eşliğinde parti verdiğini söyleyeceğim."

"Öfff, saçmalama Trenton."

"Yapacağımı biliyorsun. Son uyarı. Saat onda hazır ol, yoksa saat on birde misafirlerin olacak. Çirkin misafirlerin."

Homurdandım. "Senden nefret ediyorum."

"Hayır etmiyorsun. Doksan dakikaya görüşürüz."

Kapanmadan önce telefondan bir gıcırdama sesi geldi. Trenton'u tanıdığım kadarıyla aramayı büyük ihtimalle patronunun ofis telefonundan, ayaklarını masanın üstüne koyup yapmıştı.

Doğrulup oturdum, odada etrafıma bakındım. Duvar-

---

* Amerikalı eğitimci, yazar ve televizyon programı sunucusu. Düşünceli ve seyirciyle doğrudan konuşan bir karakteri canlandırdığı *Mister Rogers' Neighbourhood* programı ile ünlenmiştir. -yhn

lar boştu, bir zamanlar beyaz boyanın üstünü kaplayan Abby'nin fotoğraflarından yoksun kalmışlardı. Meksika şapkası bir kez daha yatağımın üstüne asılıydı, Abby'yle benim siyah beyaz çerçeveli fotoğrafımız tarafından sürülmenin utancını yaşadıktan sonra gururla eski yerini almıştı.

Trenton gerçekten de bana bunu yaptıracaktı. Barda oturduğumu hayal ettim, dünya benim sefil bir halde –ve Shepley'yle Trenton'a göre hanım evladı– olduğumu umursamadan yeni yılı kutluyor olacaktı.

Geçen sene Megan'la dans edip Kassie Beck'i eve getirmiştim; koridordaki dolabın içine kusmuş olmasa listeye iyi bir ek olacaktı.

Abby'nin yılbaşı gecesi planlarını düşündüm ama aklımın kimle görüşüyor olabileceğini fazla kurcalamasına izin vermedim. Shepley America'nın planlarından bahsetmemişti. Bunun bana bilerek mi söylenmediğinden emin değildim, öğrenmekte ısrarcı olmak benim için bile mazoşist bir tavır gibi duruyordu.

Komodinin çekmecesini gıcırdatarak açtım. Parmaklarımı çekmecenin tabanında gezdirip küçük bir kutunun kenarlarını hissedince durdum. Dikkatle çıkarıp göğsüme bastırdım. Göğsüm içimi çekmemle kalkıp indi, ardından kutuyu açıp içindeki ışıltılı pırlanta yüzüğü görünce irkildim. O beyaz altından çemberin içine ait olan tek bir parmak vardı ve her geçen gün o rüya daha da imkânsız bir hâle geliyormuş gibiydi.

Yüzüğü aldığımda Abby'ye verene dek yıllar geçeceğini biliyordum ama o mükemmel an geldiğinde, yüzüğü yanımda bulundurmanın mantıklı olacağını düşünmüştüm. Onun çekmecede olduğunu bilmek şu anda bile geleceğe dair bir hedef koyuyordu önüme. Elimde kalan son umut kırıntısı da o kutunun içindeydi.

Pırlantayı kaldırıp, kendi kendime içimden uzun bir motivasyon konuşması yaptıktan sonra nihayet ayaklarımı sürüyerek banyoya gittim, gözlerimi aynadaki yansımamdan uzak tutmaya gayret ettim. Duş alıp tıraş olmak keyfimi hiç yerine getirmedi ve (daha sonra bunu Shepley'ye söyleyecektim) dişlerimi fırçalamamın da bir faydası olmadı. Düğmeleri iliklenmiş siyah bir gömlek ve kot pantolon giyip ayaklarıma da siyah botlarımı geçirdim.

Shepley kapıyı çalıp içeri girdi, o da giyinmiş, dışarı çıkmaya hazırdı.

"Sen de geliyor musun?" diye sordum, kemerimi takarken. Neden şaşırdığımı bilmiyordum. America olmadığında bizden başka kimseyle plan yapmazdı.

"Bir sorun olmaz değil mi?"

"Yok. Yok. Ben sadece... Trent'le bunu önceden konuşmuşsunuzdur zaten."

"Yani. Evet," dedi, bunu daha yeni anlamam ona pek inandırıcı gelmemiş, hatta biraz eğlendirmişti.

Dışarıdan Intrepid'in korna sesi gelince, Shepley başparmağıyla arkasındaki koridoru işaret etti. "Hadi gidelim."

Başımı bir defa salladım ve peşinden dışarıya çıktım. Trenton'ın arabası sigara ve parfüm kokuyordu. Dudaklarıma bir Marlboro aldım ve arka cebimdeki çakmağı çıkarmak için kıçımı kaldırdım.

"Red tıklım tıklımmış ama Cami kapıdaki elemana bizi içeri almasını tembihlemiş. Galiba canlı müzik var ve bayağı bir insan da evine gitmiş. Güzel bir gece olacak."

"Ölü bir üniversite kasabasında sarhoş, ezik lise arkadaşlarıyla takılmak. On numara," diye homurdandım.

Trenton gülümsedi. "Bir arkadaşım gelecek. Görürsün."

Kaşlarımı çattım. "Bana yapmadığını söyle."

Birkaç kişi kapının önünde toplaşmışlar, içeri girebilmek

çin birilerinin çıkmasını bekliyorlardı. Yanlarından geçtik, öne geçmemize kızıp ettikleri lafları umursamadan giriş parasını verip içeri girdik.

Girişte, gecenin başında Yeni Yıl partisi şapkaları, gözlükler, fosforlu çubuklar ve kazoo'larla dolu olduğu anlaşılan bir masa vardı. Eşantiyonların çoğu alınmıştı ama bu Trenton'ın yeni yılın rakamlarıyla şekillendirilmiş gülünç bir gözlük bulmasını engelleyemedi. Yerler simle kaplanmıştı ve müzik grubu "Hungry Like the Wolf"u çalıyordu.

Trenton'a sert bir bakış attım, o da bakışlarımı fark etmemiş gibi yaptı. Shepley'yle ağbimi takip ederek Cami'nin şişeleri son hızla açıp içki karıştırdığı bara gittim; Cami sadece kasaya rakam girmek ya da birisinin hesabını yazmak için kısa süreyle duruyordu. Bahşiş kavanozları dolup taşmıştı ve para koymak isteyenler kavanozların içindekileri bastırmak zorunda kalıyordu.

Cami'nin Trenton'ı gördüğünde gözleri parladı. "Geldin!" Cami üç şişe bira alıp kapaklarını açtı ve tezgâha, Trenton'ın önüne koydu.

"Geleceğimi söylemiştim." Gülümsedi ve tezgâhın üstünden eğilip dudaklarına minik bir öpücük kondurdu.

Böylece konuşmaları bitmişti, Cami tezgâhın üstünden bir bira şişesi kaydırıp sipariş vermeye çalışan müşterisinin söylediklerine odaklandı.

Shepley onu izlerken, "Epey iyi," dedi.

Trenton gülümsedi. "Kesinlikle öyle."

"Yoksa sen...?" diye başladım.

"Hayır," dedi Trent başını sallayarak. "Henüz değil. Ama uğraşıyorum. Kaliforniya'da üniversiteli bir hıyar var. Cami'yi bir kez daha kızdırdığında, nasıl nohut kafalı bir tip olduğu ortaya çıkacak."

"Bol şans," dedi Shepley, birasından bir yudum alarak.

Trenton'la beraber, küçük bir grubu masalarından kaldıracak kadar tedirgin ettik ve soğukkanlılıkla masaya el koyarak 'içip içip milleti izleme' gecemize başladık.

Cami garson bir kızla masamıza düzenli aralıklarla tekila şatları ve bira göndererek Trenton'la uzaktan ilgilendi, ikinci 80'ler grubu çalmaya başladığında ben de dördüncü Cuervo şatımı indirmiş olmaktan gayet memnundum.

Sesimi duyurmak için bağırarak, "Bu grup berbat Trent," dedim.

"Hard rock gruplarının mirasını hiç takdir etmiyorsun," diye bağırarak yanıt verdi. "Şuraya da bak sen hele," deyip dans pistini işaret etti.

Kızıl saçlı bir kadın kalabalığın içinden salına salına geliyordu, beyaz yüzünde parlayan ışıltılı bir gülümsemesi vardı.

Trenton onu kucaklamak için kalkınca gülümsemesi daha da büyüdü.

"Selam T! Nerelerdeydin? Nasılsın?"

"İyi! İyi! Çalışıyorum. Ya sen?"

"Harika! Artık Dallas'ta yaşıyorum. Bir halkla ilişkiler firmasında çalışıyorum." Masamızı gözden geçirirken, önce Shepley'ye ardından bana baktı. "Aman Tanrım! Bu senin küçük kardeşin değil mi? Çocukken sana bakıcılık yapardım!"

Kaşlarımı çattım; Büyük göğüsleri ve 1940'ların poster kızlarını andıran kıvrımları vardı. Büyüdüğüm yıllarda onunla azıcık da olsa zaman geçirmiş olsaydım, bunu hatırlayacağımdan emindim.

Trent gülümsedi. "Travis, Carissa'yı hatırlıyorsun değil mi? Tyler ve Taylor'la aynı sene mezun oldu."

Carissa elini uzattı, ben de bekletmeden sıktım. Sigaramı dişlerimle tutup çakmağı çaktım. "Sanmıyorum," deyip neredeyse boşalmış sigara paketimi gömleğimin cebine koydum.

"Çok büyük sayılmazdın." Gülümsedi.

Trenton eliyle Carissa'yı işaret etti. "Geçenlerde Seth Jacons'dan kötü bir şekilde boşandı. Seth'i hatırlıyor musun?"

Başımı salladım, Trenton'ın oynadığı oyundan şimdiden sıkılmıştım.

Carissa, önümde duran ağzına kadar dolu şat bardağı alıp dikti ve yanıma gelene kadar yan yan yürüdü. "Senin de zor bir zamandan geçtiğini duydum. Belki bu gece birbirimize eşlik edebiliriz."

Gözlerindeki bakıştan sarhoş olduğunu görebiliyordum... ve yalnız. "Bakıcı aramıyorum," dedim, sigaramdan bir nefes alıp.

"Peki, sadece arkadaşlık etsek olur mu? Uzun bir geceydi. Buraya tek başıma geldim çünkü bütün kız arkadaşlarım evli. Bilirsin işte."

Sinirli bir şekilde kıkırdadı.

"Hayır, aslında bilmiyorum."

Carissa başını aşağı eğdi, ben de az da olsa bir suçluluk duygusu hissettim. Hıyarlık ediyordum; Carissa kendisine böyle davranmamı hak edecek bir şey yapmamıştı.

"Hey, özür dilerim," dedim. "Aslında burada olmak istemiyorum da."

Carissa omzunu silkti. "Ben de istemiyorum ama yalnız olmak da istemiyorum."

Grup çalmayı bırakmış, solist ondan geriye saymaya başlamıştı. Carissa önce etrafına bakındı sonra da bana döndü. Bakışları dudaklarıma kaydı ve kalabalık hep bir ağızdan "MUTLU YILLAR!" diye bağırdı.

Grup "Auld Lang Syne"in kaba bir versiyonunu çalıyordu ki, bir anda Carissa'nın dudakları dudaklarıma çarptılar. Bir an için ona karşılık verdim ama dudakları yabancıydı, alıştığımdan çok farklıydı ve Abby'nin anısını, gitmiş olmasının verdiği acıyı daha canlı hâle getirmekten başka bir etki yaratmadılar.

Kendimi geri çekip dudaklarımı kolumun yenine sildim.

"Çok özür dilerim," dedi Carissa, masadan kalkmamı izlerken.

Kalabalığın içinden yol açıp erkekler tuvaletine gittim ve kendimi bir bölmeye kilitledim. Telefonumu çıkarıp elimde tuttum, net göremiyordum ve tekilanın mide bulandırıcı tadı genzime yapışmıştı.

Büyük ihtimalle Abby de sarhoştur diye düşündüm. *Aramamdan rahatsız olmaz. Bugün yılbaşı. Aramamı bekliyor bile olabilir.*

Telefon rehberindeki isimleri aşağı kaydırıp Güvercin'de durdum. Bileğimi çevirdiğimde aynı ismi tenimde gördüm. Abby benimle konuşmak istiyor olsaydı, arardı. Fırsatı bir kere kaçırmıştım ve babamda kaldığımız gece hayatına devam etmesine izin vereceğimi söylemiştim. Sarhoş olayım ya da olmayayım onu aramak bencilceydi.

Birisi kapıya vurdu. "Trav?" diye sordu Shepley. "İyi misin?"

Kapının kilidini açtım ve telefonum elimde dışarı çıktım.

"Onu aradın mı?" Başımı salladım, sonra da tuvaletin öbür tarafındaki karolarla kaplı duvara baktım. Kolumu geriye attım ve hız alıp telefonumu duvara fırlattım ve bin parçaya bölünmesini izledim. Pisuarda işini gören zavallı bir piç olduğu yerde zıpladı.

"Hayır," dedim. "Ve aramayacağım da."

Shepley tek kelime etmeden peşimden masaya geldi. Carissa gitmişti ve bizi bekleyen üç yeni şat kadehi vardı.

"Kafanı dağıtmana yardımcı olacağını düşünmüştüm Trav, özür dilerim. Senin şu anki durumundayken, seksi bir hatuna çakmak bana hep iyi gelir," dedi Trenton.

"O zaman hiç benim durumumda olmamışsın," dedim, tekilayı boğazımdan aşağı göndermeden önce. Çabucak ayağa kalktım ve dengemi korumak için masanın kenarını tuttum. "Eve gidip sızma zamanı gelmiştir millet."

Trenton, "Emin misin?" diye sordu, biraz hayal kırıklığına uğramış gibi görünüyordu.

Trenton veda edecek kadar uzun süre Cami'nin dikkatini çekmeyi başardıktan sonra Intrepid'e gittik. Arabayı çalıştırmadan önce bana baktı.

"Bir gün yeniden birlikte olmak isteyeceğini düşünüyor musun?"

"Hayır."

"O zaman belki de bunu kabul etmenin vakti gelmiştir. Şayet onu hayatından tamamen çıkarmak istemiyorsan."

"Deniyorum."

"Dersler başladığında demek istedim. Sanki onu hiç çıplak görmemişsin gibi davran."

"Kapa çeneni, Trent."

Trenton arabayı geri vitese taktı. "Sadece," dedi direksiyonu çevirip birinci vitese geçerken, "siz ikiniz arkadaşken de mutluydunuz. Belki o zamanlara dönebilirsiniz. Belki de dönemeyeceğinizi düşündüğün için bu kadar berbat bir haldesindir."

"Belki," dedim, pencereden dışarı bakarken.

Bahar döneminin ilk günü nihayet geldi. Bütün gece uyuyamamış, sağa sola dönüp durmuştum. Abby'yi yeniden göreceğimi düşündükçe hem sabırsızlanıyor hem de dehşete kapılıyordum. Uykusuz geçen geceye rağmen güler yüzlülüğü elden bırakmamaya ve ne kadar acı çektiğimi hiç belli etmemeye karar vermiştim; ne Abby'ye ne de bir başkasına.

Öğle yemeğinde onu gördüğümde kalbim neredeyse patlayacaktı. Farklı görünüyordu ama aynıydı da. Farklıydı çünkü karşımda yabancı biri var gibi hissetmiştim. Artık eskisi gibi yanına gidip onu öpemez ya da ona dokunamazdım. Abby o büyük gözlerini beni görünce şaşırmış gibi bir defa kırptı, ben de gülümseyip tek gözümü kırptım ve her zamanki masamızın en ucuna oturdum. Okul takımı, devlet üniversitesiyle yapılan maçı kaybettiğinden dolayı sızlanıp duruyordu ve ben de onlara tatildeki renkli deneyimlerimden bir kısmını anlatarak kaygılarını yatıştırmayı denedim; Trenton'ın Cami'nin karşısında ağzının sularını akıtmasını izlemek ya da Intrepid'i bozulduğu gece sokakta sarhoş sarhoş dolanmaktan neredeyse tutuklanmak gibi.

Gözümün ucuyla Finch'in Abby'ye sarılıp onu yanına çektiğini gördüm ve bir an için Abby oradan gitmemi mi ister yoksa buna üzülür mü diye merak ettim.

Her iki durumda da bilmemekten nefret ediyordum.

Yağda kızartılmış iğrenç bir şeyin son lokmasını ağzıma atıktan sonra tepsimi rafa koyup Abby'nin arkasından gittim ve ellerimi omuzlarına koydum.

"Derslerin nasıl Shep?" diye sordum, sesimin heyecanımı belli etmemesi için büyük çaba göstererek.

Shepley yüzünü buruşturdu. "İlk gün işte, berbat. Saatlerce ders programı ve kurallar anlatılıyor. İlk hafta derslere neden geldiğimi bilmiyorum. Senden n'aber?"

"Eeee... hepsi de oyunun bir parçası. Senden n'aber Güvercin?" Omuzlarımdaki gerginliğin ellerimi etkilememesi için uğraştım.

"Aynı." Alçak sesle konuşmuştu, sanki aklı başka yerde gibiydi.

"Tatilin iyi geçti mi?" diye sordum, neşeli tavırlarla onu sağa sola sallayarak.

"Oldukça iyiydi."

"Güzel. Dersim var, gitmem lazım. Sonra görüşürüz." Hızla kafeteryadan çıktım, daha metal kapılara gelmeden elim cebimdeki Marlboro paketine gitmişti bile.

Sonraki iki ders işkence gibi geçti. Sığınabileceğim güvenli bir liman olarak sadece yatak odam kalmıştı; kampüsten uzak, bana yalnız olduğumu hatırlatacak her şeyden uzak, beni ve çektiğim onca acıyı neredeyse elle tutulur bir umursamazlıkla iplemeden yoluna devam eden dünyadan uzak. Shepley'ye göre bir süre sonra bu kadar kötü olmayacaktım ama acım hafifleyecekmiş gibi de durmuyordu.

Kuzenimle Morgan Binası'nın önündeki park yerinde buluştum, girişe bakmamak için büyük çaba gösteriyordum. Shepley gerilmişti ve daireye gidene dek pek konuşmadı.

Arabayı park alanına çektiğinde, iç geçirdi. Amerika'yla sorunları olup olmadığını sorsam mı diye çok düşündüm ama sonra kendi meselemle *ve* onunkiyle aynı anda başa çıkamayacağımı anladım.

Sırt çantamı arka koltuktan aldım, kapıyı itip açtım ve sadece kapıyı yeniden kilitlemek için kısacık bir süre orada dikildim.

"Hey," dedi Shepley, içeri girip kapıyı kapattıktan sonra. "İyi misin?"

"Evet," dedim koridordan, arkama dönmeden.

"Kafeteryadaki durum biraz tuhaf kaçtı."

"Öyle oldu herhalde," dedim bir adım daha atarken.

"Yani, aa... kulak misafiri olduğum bir şeyi sana söylemem lazım galiba. Demek istediğim... kahretsin, Trav, anlatsam mı anlatmasam mı emin değilim. Senin için iyi mi olur yoksa kötü mü bilemeyeceğim."

Arkama döndüm. "Kimlerin konuşmasına kulak misafiri oldun?"

"Mare ve Abby'nin. Abby'nin... bütün tatil boyunca berbat bir halde olduğunun lafı geçti."

Ses çıkarmadan durdum, soluklarımın hızlanmaması için çabalıyordum.

"Ne dediğimi duydun mu?" diye sordu Shepley, kaşlarını çatarak.

"Bu ne anlamaya geliyor?" diye sordum, ellerimi havaya kaldırıp. "Bensiz olduğu için mi kötüymüş? Artık arkadaş olmadığımız için mi? Hangisi?"

Shepley başıyla onayladı. "Kesinlikle kötü bir fikirdi."

"Söylesene!" diye bağırdım, sarsıldığımı hissederek. "Ben.. ben böyle hissetmeye devam edemem!" Anahtarlarımı koridora fırlattım, duvara çarptıkları yerden bir çatırtı geldi. "Bugün beni neredeyse görmezden geldi ve şimdi kalkmış beni geri istediğini mi söylüyorsun? Arkadaş olarak mı? Vegas'tan önce olduğu gibi mi? Yoksa tamamen alakasız nedenlerden dolayı mı berbat halde?"

"Bilmiyorum."

Çantamı yere bırakıp bir tekmeyle Shepley'nin tarafına gönderdim. "Ağbi ne... neden bana bunu yapıyorsun? Çektiğim acılar yetmedi mi sence? Çünkü sana yemin ederim çok acı çektim, hâlâ çekiyorum."

Kapıyı çarparak kapattım ve yatağa oturup başımı ellerimin arasına aldım.

Shepley kapıyı azıcık araladı. "Amacım senin daha kötü hissetmen değil, eğer gerçekten böyle düşünüyorsan. Sadece sonradan öğrenecek olursan, sana söylemedim diye canıma okuyacağını düşündüm. Tek derdim bu."

Başımı bir defa salladım. "Tamam."

"Onunla... onunlayken yaşadığın bütün o kötü şeylere odaklansan işlerin kolaylaşır mı sence?"

İçimi çektim. "Denedim. Dönüp dolaşıp aynı düşünceye geliyorum."

"Neymiş o?"

"Artık bitti ya, bütün o kötü şeyleri de geri istiyorum... sadece iyileri yeniden yaşayabilmek için."

Shepley gözlerini hızla etrafta gezdirdi, beni teselli etmek için söyleyecek başka bir şey arıyordu ama tavsiyeleri tükenmişti. Cep telefonu öttü.

"Trent'ten," dedi mesajı okurken. Gözleri parladı. "Red'de bir şeyler içmek ister misin? Bugün beşte işten çıkacakmış. Arabası bozulmuş ve senin onu Cami'ye götürmeni istiyor. Gitmen lazım kanka. Arabamı al."

"Tamam. Ona geleceğimi söyle." Ayağa kalkmadan önce burnumu sildim.

Dairemden çıkmamla, arabayı Trenton'ın çalıştığı dövmecinin önündeki çakıl kaplı otoparka sokmam arasında geçen zamanda Shepley Trenton'a günümün ne kadar boktan geçtiğini haber vermişti. Trenton, üstünü değiştirmek için eve uğramak yerine Charger'ın yolcu koltuğuna oturur oturmaz doğrudan Red Door'a gitmek istediğini söyleyerek yaptıkları konuşmayı ele vermiş oldu.

Geldiğimizde Cami, mekânın sahibi ve barın stoklarını yenileyen bir adam dışında kimse yoktu; ama haftanın ortasındaydık yani üniversite barlarının en meşgul olduğu zamana ve indirimli bira gecesine denk gelmiştik. Mekânın tıklım tıklım dolması uzun sürmedi.

Lexi'yle arkadaşları şöyle bir uğradıklarında çakırkeyif olmuş haldeydim ama Megan gelene dek başımı kaldırmaya bile zahmet etmedim.

"Epey formdan düşmüş gibi görünüyorsun, Maddox."

"Alakası yok," dedim, uyuşmuş ağzım dolanmadan konuşmaya çalışıyordum.

"Hadi dans edelim," dedi şımarık bir ses tonuyla, kolumu çekerek.

"Yapabileceğimi sanmıyorum," dedim sallanarak.

"Zaten yapmamalısın bence," dedi Trenton, halim onu eğlendirmişti.

Megan bana bira alıp yanıma bir tabure çekti. On dakika içinde gömleğimi çekiştirmeye ve açık açık kollarıma sonra da ellerime dokunmaya başlamıştı. Tam barın kapanmasından önce yanımda durmak –daha doğrusu bacağıma sürtünmek için– taburesini birilerine vermişti.

"Motosikletini dışarıda göremedim. Trenton'ın arabasıyla mı geldiniz?"

"Yok. Shepley'nin arabasını getirdim."

"O arabayı seviyorum," dedi cilveyle. "Bırak ben kullanayım, seni evine götürürüm."

"Charger'ı kullanmak mı istiyorsun?" dedim dilim dolanarak.

Kahkahasını bastırmaya çalışan Trenton'a baktım. "Büyük ihtimalle hiç de fena fikir değil, küçük kardeş. Güvenliği elden bırakma... her anlamda."

Megan beni taburemden çekti, sonra da bardan çıkarıp otoparka götürdü. Pırıltılı pullarla kaplı kolsuz, yakasız bir tişört, altına da kot bir etek ve bot giymişti ama soğuktan etkileniyormuş gibi bir hali yoktu; tabii hava soğuktuysa. O kadar sarhoştum ki bunu bile anlayamıyordum.

Yürürken dengemi bulmak için kolumu omzuna atınca kıkırdadı. Shepley'nin arabasının yolcu kapısına gelince kıkırdamayı bıraktı.

"Bazı şeyler hiç değişmiyor, ha Travis?"

"Öyle galiba," dedim dudaklarına bakarken.

Megan kollarını boynuma doladı ve beni içeri çekti, dilini ağzıma sokarken bir an bile tereddüt etmedi. Islak, yumuşak ve belli belirsiz tanıdıktı.

Birkaç dakika boyunca oramızı buramızı sıkıştırıp, tükürük değiş tokuşu yaptıktan sonra bacağını havaya kaldırıp arkama doladı. Bacağının üst kısmını tuttum ve kasığımı kasığına bindirdim. Poposu arabanın kapısına çarptı ve dudakları dudaklarımda inledi.

Megan sertliği severdi.

Dilini boynumdan aşağıya gezdirdiğinde soğuğu hissettim, ağzının ardında kalan sıcaklık kış havasında hızla soğuyordu.

Megan elini aramıza soktu ve kamışımı yakaladı, tam olmamı istediği yerde olduğum için gülümsedi. "Mmmmm, Travis," diye mırıldandı dudağımı ısırarak.

"Güvercin." Ağzımı onunkine çarparken konuşunca, ne dediğim tam anlaşılmadı. Gecenin o vaktinde rol yapmak yeterince kolaydı.

Megan kıkırdadı. "Ne?" Ben tepki vermeyince tam da kendinden beklendiği gibi bir açıklama istemedi. "Hadi daireme gidelim," dedi, anahtarları elimden alarak. "Oda arkadaşım hasta."

"Öyle mi?" diye sordum, kapı kolunu çekerken. "Gerçekten de Charger'ı kullanmak istiyor musun?"

"Senin kullanmandan iyidir," dedi, sürücü koltuğuna geçmek için yanımdan ayrılmadan önce beni son kez öptü.

Megan arabayı kullanırken, bir yandan da gülerek tatilde yaptıklarından bahsetti ve kot pantolonumu açıp elini içeri soktu. Sarhoş olmam isabetti çünkü Şükran Günü'nden beri kimseyle yatmamıştım ve kafam güzel olmasaydı, Megan daireme geldiğimizde bir taksi çağırıp evine dönmek zorunda kalırdı.

Yolun yarısında aklıma kâseyi kırdığım geldi. "Bir saniye, bir saniye," dedim sokağın aşağısını işaret edip. "Swift Mart'ta dur. Birkaç tane..."

Megan elini çantasının içine sokup küçük bir prezervatif kutusu çıkardı. "Güvendeyiz merak etme."

Arkama yaslanıp gülümsedim. Gerçekten de tam bana göre bir kızdı.

Megan arabayı Shepley'nin her zamanki yerine park etti, apartmana neresi olduğunu bilecek kadar çok gelmişti. Topuklularıyla küçük ama acele adımlar atarak arabanın öbür tarafına koştu.

Merdivenlerden çıkabilmek için ona yaslandım ve kapının açık olduğunu anlayınca iterek içeri girdik. Ağzını ağzıma dayayıp güldü.

Öpüşmemizin ortasında donakaldım. Abby, kollarında Toto'yla oturma odasında bekliyordu.

"Güvercin," dedim şaşkınlık içinde.

America Shepley'nin odasından koşarak gelip, "Buldum!" dedi.

"Burada ne yapıyorsun?" diye sordum.

Abby'nin ifadesi şaşkınlıktan öfkeye dönüştü. "Senin eski hâline döndüğünü görmek ne güzel, Trav."

"Biz de tam gidiyorduk," diye hırladı America. Megan'la benim yanımızdan geçerken Abby'nin elini kavradı.

Tepki vermem bir iki saniyemi aldı. Basamaklardan aşağı inerken, eve geldiğimden beri ilk defa America'nın Honda'sının orada olduğunu fark ettim. Aklımdan bir dizi küfür geçti.

Düşünmeden Abby'nin paltosunu yakaladım. "Nereye gidiyorsun?"

"Eve," diye patlayıp, hıncını alırcasına hırçın hareketlerle paltosunu düzeltti.

"Burada ne yapıyorsun?"

America, Abby'nin arkasından yürürken ayaklarının altındaki kar gıcırdıyordu. Shepley bir anda yanımda beliriverdi, tedirgin gözlerini kız arkadaşına odaklamıştı.

Abby çenesini kaldırdı. "Affedersin. Burada olacağını bilseydim gelmezdim."

Ellerimi paltomun ceplerine soktum. "Buraya istediğin zaman gelebilirsin, Güvercin. Senin uzak durmanı hiç istemedim."

"*Araya girmek* istemem." Tabii ki Megan'ın gösteriyi izlemek için durduğu merdiven tepesine baktı. "Akşamının tadını çıkar," dedi arkasına dönerek.

Kolunu tuttum. "Bekle. *Kızdın* mı?"

Paltosunu hınçla çekip kurtardı. "Ne var biliyor musun?" Güldü. "Neden şaşırdığımı bile bilmiyorum."

Gülmüş olabilirdi ama gözlerinde nefret vardı. Ne yapmış olursam olayım –ister hayatıma onsuz devam edeyim ister yatağıma yatıp onun yokluğu yüzünden azap çekeyim–, benden nefret edecekti. "Seni anlayamıyorum. Seni anlayamıyorum! Benimle işinin bittiğini söylüyorsun... Burada üzüntüden geberiyorum! Seni lanet ettiğimin her gününün her dakikası aramamak için telefonumu tuzla buz etmem gerekti. Mutlu olabilmen için okulda her şey yolundaymış numarası yapmam gerekti... ve yine de bana kızgınsın, öyle mi? Sen benim *kalbimi* kırdın be!" diye bağırdım.

Shepley, "Travis, sarhoşsun. Bırak da Abby evine gitsin," dedi.

Abby'nin omuzlarını tuttum, gözlerine bakarak daha yakınıma çektim. "Beni istiyor musun, istemiyor musun? Bunu bana yapmaya devam edemezsin Güvercin!"

"Buraya seni görmeye gelmedim."

Dudaklarına bakıp, "İstediğim o değil," dedim. "Güvercin, o kadar mutsuzum ki." Onu öpmek için eğildim ama beni çenemden yakalayıp durdurdu.

"Ağzında onun ruju var, Travis," dedi tiksintiyle.

Bir adım gerileyip gömleğimle ağzımı sildim. Gömleğimde kalan kırmızı izler öpüştüğümüzü inkâr etmeyi imkânsız hâle getirdi. "Sadece unutmak istedim. Tek bir lanet olası gece için."

Yanağına akan gözyaşı damlasını hemen sildi. "O zaman sana engel olmayayım."

Yürüyüp gitmek için döndü ama yeniden kolunu yakaladım.

Aniden, çok hızlı hareket eden sarışın bir tip üstüme çullandı. Küçük ama can yakan yumrukları ve tırnaklarıyla bana saldırıyordu.

"Ondan uzak dur, seni piç!"

Shepley America'yı tuttu ve America da onu itip bana döndü ve suratıma bir tokat patlattı. Elinin yanağıma çarparken çıkardığı ses çok yüksekti ve irkilmeme neden oldu. Herkes bir an için donup kaldı, America'nın ani öfkesi yüzünden şok olmuştuk.

Shepley, America'yı yeniden bileklerinden tutup direnmesine aldırmadan Honda'ya götürdü. America Shepley'ye vahşice direndi, kaçmayı denerken sarı saçları her yöne saçılıyordu.

"Nasıl *yapabildin*? Böyle bir davranışı hak etmedi o, Travis!"

Shepley daha önce onda hiç duymadığım kadar kadar yüksek bir sesle, "America DUR!" diye bağırdı.

America'nın kolları yanlarına düştü ve tiksintiyle Shepley'ye baktı. "Sen onun tarafında mısın?"

Müthiş korksa da Shepley duruşundan taviz vermedi. "*Ondan* ayrılan Abby'ydi. Travis sadece hayatına devam etmeye çalışıyor."

America gözlerini kıstı ve kolunu Shepley'nin elinden kurtardı. "Tamam o zaman, niye gidip Red'den rastgele bir OROSPU" –Megan'a baktı – "bulup eve getirip becermiyorsun? Sonra da bana beni unutmana yardımcı olup olmadığını söylersin."

"Mare." Shepley onu yakalamaya çalıştı ama America izin vermedi ve direksiyonun başına geçip kapıyı çarparak kapadı. Abby diğer taraftan yanına geçti.

Shepley pencereye eğilip, "Bebeğim, ne olur gitme," diye yalvardı.

America arabayı çalıştırdı. "Burada bir doğru taraf var bir de yanlış taraf, Shep. Ve *sen yanlış* taraftasın."

"Ben senin tarafındayım." Gözlerinde çaresizlik vardı.

America arabayı park yerinden çıkarırken, "Hayır, artık değilsin," dedi.

Honda uzaklaşınca Shepley soluk soluğa arkasına döndü.

"Shepley, ben—"

Shepley, tek kelime etmeme fırsat vermeden hızla yumruğunu çeneme oturttu.

Darbeyi sineye çektim, yüzüme dokunup başımı salladım. Hak etmiştim.

"Travis?" diye seslendi Megan merdivenden.

"Onu evine bırakırım," dedi Shepley.

Abby'yi götüren Honda uzaklaştıkça, stop lambalarının küçülmesini izledim; boğazım düğümlendi. "Teşekkürler."

Yirmi Beşinci Bölüm
Sana Aidim

Orada olacak.

Gitmek bir hata olabilir.

Tuhaf kaçabilir.

Orada olacak.

Ya birisi ona dans etmeyi teklif ederse?

Ya evleneceği adamla tanışmasına tanık olursam?

Beni görmek istemiyor.

Sarhoş olup onu kızdıracak bir şey yapabilirim.

O sarhoş olup beni kızdıracak bir şey yapabilir.

Gitmemeliyim.

Gitmek zorundaydım. Orada olacaktı.

Sevgililer Günü partisine gitmenin lehinde ve aleyhinde olan noktaları aklımdan bir bir geçirdim ama hep aynı sonuca varıp duruyordum: Abby'yi görmek zorundaydım ve o da orada olacaktı.

Shepley odasında hazırlanıyordu, America'yla yeniden bir araya geldiklerinden beri benimle neredeyse hiç konuşmamıştı. Biraz da, kaybettikleri zamanı telafi etmek için nadiren odalarından çıkmalarından kaynaklanıyordu bu ve tabii ayrı geçirdikleri beş hafta için hâlâ beni suçluyordu.

America benden körü körüne nefret ettiğini belirtmek

için hiçbir fırsatı kaçırmıyordu, özellikle de Abby'nin kalbini kırdığım o son olaydan beri. Abby'yi, Parker'la buluşmalarını bırakıp benimle bir dövüşe gelmeye ikna etmiştim. Onun orada olmasını tabii ki istiyordum ama ondan gelmesini istememin esas nedeni, Parker'la giriştiğimiz sidik yarışını kazanmaktı ve ben bunu itiraf etme hatasında bulunmuştum. Parker onun üstünde herhangi bir gücü olmadığını anlasın istiyordum. Abby bana olan duygularından faydalandığımı düşünmüştü ve haklıydı.

Bütün bunlar suçluluk duymak için yeterliydi ama Abby'nin onu götürdüğüm bir yerde saldırıya uğramış olması yüzüne bakmamı iyice zorlaştırıyordu. Bütün bunların üstüne bir de neredeyse başımızın kanunla derde girmesi eklenince, benim devasa bir huyar olduğum gerçeğiyle baş başa kalıyorduk.

Durmaksızın özür dilememe karşın America dairedeki günlerini bana pis pis bakıp, hak etmediğim yerlerde saçma sapan şekillerde laf sokarak geçiriyordu. Yine de Shepley'yle barışmalarına memnundum. America dönmeseydi, Shepley beni asla affetmeyebilirdi.

"Ben gidiyorum," dedi Shepley. Üstümde boxer'ımla oturmuş, ne yapacağıma karar vermeye çalışırken odama girdi. "Mare'i yurttan alacağım."

Başımı bir defa salladım. "Abby hâlâ gidiyor mu?"

"Evet. Finch ile."

Yarım bir gülümsemeyle tepki vermeyi başardım. "Bunun bana kendimi daha iyi hissettirmesi mi gerekiyor?"

Shepley omzunu silkti. "Bana hissettirirdi." Duvarlarıma bakıp başını salladı. "Resimleri geri asmışsın."

Etrafa bakınıp başımla onayladım. "Bilemiyorum. Onları en alt çekmeceye koyup unutmak doğru değilmiş gibi geldi."

"Sonra görüşürüz o halde."

"Shepley?"

"Evet," dedi arkasına dönmeden.

"Gerçekten de çok üzgünüm kuzen."

Shepley içini çekti. "Biliyorum."

Daireden çıktığı anda mutfağa gidip viskinin kalanını kadehe doldurdum. Viski kadehte sıvı amber gibi duruyor, huzur vermeyi bekliyordu.

Viskiyi dikip gözlerimi kapadım, içki dükkânına gitmeyi düşündüm. Ama dünyadaki bütün viskiler bir araya gelse, karar vermeme yardım edemezdi.

"Lanet olsun," deyip motosikletimin anahtarlarını kaptım.

Ugly Fixer Liquor'a uğradıktan sonra, yola devam ettim ve Harley'yimi cemiyet evinin bahçesine park edip yanımda getirdiğim küçük viskiyi açtım.

Şişenin dibini görünce cesaret bulup Sig Tau'nun binasına girdim. Bütün ev pembe ve kırmızıyla süslenmişti, ucuz dekorasyonlar tavandan sarkıyordu ve yerler simle kaplıydı. Alt kattaki hoparlörlerden gelen bas sesi evin her yerinde uğulduyor, kahkahalardan ve sonu gelmeyen sohbetlerden kaynaklanan gürültüyü örtüyordu.

Sadece ayakta duracak kadar yer vardı, çiftlerin arasından geçebileceğim bir yol ararken Shepley, America, Finch ya da Abby'yi görebilmek için gözümü dört açmalıydım. En çok Abby için. Mutfakta değildi, diğer odalarda da yoktu. Balkonda da değildi, dolayısıyla alt kata indim. Onu gördüğümde nefesim kesildi.

Müziğin ritmi yavaşladı; bodrumun loş ışığında bile melek gülümsemesi belli oluyordu. Kollarını Finch'in boynuna dolamıştı, o da müziğe uyarak Abby'yle beceriksizce dans ediyordu.

Ayaklarım beni ilerletti ve ne yaptığımı bilmeden ya da sonuçlarını düşünmeden kendimi onlardan birkaç santim uzakta dururken buldum.

"Araya girsem sorun olur mu, Finch?"

Abby donup kaldı, gözleri beni tanıyınca parlamıştı.

Finch'in bakışları benimle Abby arasında gidip geldi. "Yok, buyur."

Abby arkasından, "Finch," diye tısladı.

Onu kendime çekip bir adım attım.

Abby dans etmeye devam etti ama aramızda mümkün olduğunca mesafe bıraktı. "Gelmeyeceğini sanmıştım."

"Gelmeyecektim ama burada olacağını biliyordum. Gelmek zorundaydım."

Her geçen dakika yürüyüp gitmesini bekliyordum ve kollarımda olduğu her dakika bana bir mucizeymiş gibi geliyordu. "Güzel görünüyorsun Güvercin."

"Yapma."

"Ne yapmayayım? Sana güzel olduğunu söylemeyeyim mi?"

"Sadece... yapma."

"Ciddi değildim."

"Teşekkürler," diye patladı.

"Hayır... güzel görünüyorsun. Bunda ciddiydim. Odamda söylediğim şeyden bahsediyorum. Yalan söylemeyeceğim. Parker'la çıkarken yaptığınız planları bozmak..."

"Parker'la çıkmıyoruz, Travis. Sadece yemek yiyorduk. Sayende artık benimle konuşmuyor."

"Duydum. Üzgünüm."

"Hayır değilsin."

"Ha... haklısın," dedim, kızmaya başladığını fark edince kekelemiştim. "Ama ben... seni dövüşe götürmemin tek nedeni bu değildi. Senin orada, yanımda olmanı istedim, Güvercin. Sen benim iyi şans tılsımımsın."

"Ben senin hiçbir şeyin değilim." Öfkeyle bana baktı.

Kaşlarımı çattım ve adımımın ortasında durdum. "Sen benim *her şeyimsin.*"

Abby'nin dudakları sert bir çizgi oluşturdu ama gözleri yumuşadı.

"Benden gerçekten nefret etmiyorsun... değil mi?" diye sordum.

Abby diğer tarafa dönüp aramıza biraz daha mesafe koydu. "Bazen etmeyi diliyorum. Bu her şeyi son derece kolaylaştırırdı."

Dikkatli, küçük bir gülümseme dudaklarıma yayıldı. "Peki, seni en çok kızdıran nedir? Benden nefret etmeni dileyecek kadar ne yaptım sana? Ya da nefret edemediğini fark ettirecek kadar?"

Bir anda Abby'nin gözü döndü. Beni itip yanımdan geçti. Dans pistinin ortasında ne yapacağımı bilemez halde kaldım. Hem şaşkındım hem de bana olan nefretini yeniden ateşlediğim için kendimden tiksiniyordum. Onunla konuşmaya çalışmak bile şu anda son derece boş bir çaba gibi görünüyordu. Aramızdaki her etkileşim, yüzümüze gözümüze bulaştırdığımız fırsatlar listesinin biraz daha uzamasına neden oluyordu.

Merdivenlerden çıkıp koşturarak bira fıçısına yöneldim, hırsıma ve çimenlerin üstünde yatmakta olan boş viski şişesine lanet okudum.

Bir saat boyunca bira içip cemiyet biraderlerim ve kız arkadaşlarıyla tekdüze sarhoş muhabbetleri yaptıktan sonra, göz göze gelmek umuduyla Abby'ye baktım. O da o sırada bana bakıyordu ama bakışlarını başka yöne çevirdi. America onu neşelendirmek için giriştiği bir çabanın ortasında gibi görünüyordu, sonra da Finch koluna dokundu ve gitmeye hazırlandığını belli etti.

Abby kalan birasını tek bir yudumda içti ve Finch'in elini tuttu. İki adım attı, alt kattan doğum günü partisinde dans etiğimiz şarkının melodisi gelince donup kaldı.

Uzanıp Finch'in şişesini aldı ve bir yudum daha içti.

Viskinin etkisinden mi böyle düşünmüştüm bilmiyorum ama gözleri, şarkının tetiklediği anıların ona da bana olduğu kadar acı verdiğini söylüyordu.

Onun için hâlâ bir şeyler ifade ediyordum. Etmek zorundaydım.

Biraderlerimden biri Abby'nin yanındaki masaya yaslanıp gülümsedi. "Dans etmek ister misin?"

Soruyu soran Brad'di; büyük ihtimalle Abby'nin yüzündeki hüzünlü ifadeyi görüp onu sadece neşelendirmek istemişti ama ensemdeki tüyler yine de diken diken oldu. Abby tam başını sallayıp hayır derken, yanına geldim ve aptal ağzım beynim ona durmasını söyleyemeden konuşmaya başladı.

"Dans et benimle."

America, Shepley ve Finch; hepsi Abby'ye bakıyor, cevabını benim kadar endişeyle bekliyorlardı.

"Beni rahat bırak, Travis," dedi kollarını kavuşturarak.

"Bu bizim şarkımız, Güvercin."

"Bizim bir şarkımız yok."

"Güvercin."

"*Hayır.*"

Brad'e bakıp kendini zorlayarak gülümsedi. "Dans etmeyi çok isterim, Brad."

Gülümserken Brad'in çilleri yanaklarına yayıldı ve eliyle Abby'ye önden gitmesini işaret etti.

Arkaya doğru sendeledim. Az önce karnıma bir yumruk yemiş gibi hissediyordum. Damarlarımda öfke, kıskançlık ve hüznün bir karışımı dolaşıyordu.

"Şerefinize!" diye bağırdım bir sandalyeye tırmanarak. Bu sırada birinin birasını kaptım ve önüme doğru uzattım. "Hıyarlara!" dedim, elimle Brad'i işaret edip. "Ve kalbinizi kıran kızlara." Abby'ye doğru eğilerek selam verdim. Boğazım düğümlenir gibi oldu. "Ve tam bir salak gibi en yakın kız arkadaşına âşık olup onu kaybetmenin mutlak dehşetine."

Birayı dikip kalanını bitirdim ve yere attım. Odada bodrumdan gelen müzik sesi dışında çıt çıkmıyordu ve herkes topluca bir kafa karışıklığı içinde bana bakıyordu.

Abby Brad'in elini tutmak için hamle yapınca, dikkatimi üstüne çekti; onu alt kattaki dans pistine götürüyordu. Sandalyeden atlayarak bodruma yöneldim ama Shepley yumruğunu göğsüme dayayıp bana doğru eğildi. "Durman lazım," diye fısıldadı. "Bu işin sonu kötü olacak."

"Kimin umurunda?" Shepley'yi kenara itip, Abby'nin Brad'la dans ettiği yere doğru yürüdüm. Olay kontrolden çıkmıştı, ben de gelişine göre vurmaya karar verdim. Hodri meydan demekte utanılacak bir şey yoktu. Madem tekrar arkadaş olamayacaktık, o halde birimizin diğerinden nefret etmesinin bir sakıncası yoktu.

Dans pistindeki çiftlerin arasından kendime yol açıp Abby'yle Brad'in yanında durdum. "Araya giriyorum."

"Hayır girmiyorsun. Tanrım!" dedi Abby, utanç içinde başını eğerken.

Brad'e öldürecekmiş gibi baktım. "Kadınımın yanından çekilmezsen, senin o işe yaramaz gırtlağını koparırım. Tam burada, dans pistinde."

Brad ne yapacağını bilemezmiş gibiydi, bakışları dans partneriyle benim aramda gidip geldi. "Affedersin Abby," deyip yavaşça kollarını çekti. Merdivene döndü.

"Travis, şu anda senin için hissettiklerim var ya.. nefrete epey benziyorlar."

"Benimle dans et," dedim, dengemi koruyabilmek için ağırlığımı diğer ayağıma vererek.

Şarkı biti ve Abby içini çekti. "Git bir şişe daha viski iç, Trav." Arkasına dönüp dans pistindeki tek yalnız adamla dans etmeye gitti.

Daha hızlı bir şarkıydı ve Abby ritme uyarak yavaş yavaş yeni dans partnerine daha da yakınlaşıyordu. David, en az sevdiğim Sig Tau biraderim, onun kalçalarını kavramış halde arkasında dans ediyordu. İkisi de ellerini Abby'nin bedenine koyarken gülümsediler. David kasıklarını onun kalçalarına dayadı. Herkes bakıyordu. Suçluluk duygum, hissettiğim kıskançlığa ağır basıyordu. Onu bu hâle getiren bendim.

İki adımda yanına gelip eğildim ve kolumu bacaklarına sarıp onu omzumun üstüne attım ve David'i de bu kadar fırsatçı bir pislik olduğu için yere ittim.

"Beni yer indir!" dedi Abby, yumruklarını sırtıma geçirirken.

"Benim yüzümden kendini utandırmana izin vermeyeceğim," diye homurdandım basamakları ikişer ikişer çıkarken.

Omzumda Abby'yle odanın içinden geçerken, herkes gözlerini üstümüze çevirdi. Bir yandan mücadele ederken, "Bunun utandırıcı olduğunu düşünmüyor musun? Travis!" dedi.

"Shepley! Donnie dışarıda mı?" diye bağırdım, üzerime gelen kol ve bacaklardan kurtulmak için eğilirken.

"Evet, dışarıda. Ne oldu ki?" dedi.

"Onu yere bırak!" dedi America bize doğru bir adım atarak.

"America," dedi Abby kıvranarak, "orada dikilip durma! Bana *yardım et*."

America'nın dudakları yukarı kıvrıldı ve bir kahkaha attı. "Siz ikiniz çok gülünç gözüküyorsunuz."

"Çok teşekkürler *dostum!*" dedi duyduklarına inanamıyormuş gibi. Dışarı çıktığımızda Abby daha sert mücadele etmeye başladı. "İndir beni aşağıya kahrolası!"

Donnie'nin acil durumlar için hazırda bekleyen arabasına gidip arka kapısını açtım ve Abby'yi içeri fırlattım. "Donnie, bu geceki şoförümüz sen misin?"

Donnie şoför koltuğundan endişeyle arkasındaki kargaşayı izledi. "Evet."

"Bizi benim daireme götürmeni rica ediyorum," dedim, Abby'nin yanına geçerken.

"Travis... bunun doğru olduğundan..."

"Dediğimi yap Donnie, yoksa Tanrı şahidim olsun yumruğumu kafanın önünden sokup arkasından çıkaracağım."

Donnie ânında arabayı birinci vitese aldı ve bordürden uzaklaştı. Abby kapı koluna hamle yaptı. "Dairene gitmiyorum!"

Önce bir bileğini ardından da öbürünü tuttum. Eğilip kolumu ısırdı. İnanılmaz acıdı ama sadece gözlerimi kapadım. Isırığın etimi yarıp kolumdan yukarı ateş gibi bir acı yaydığını hissettiğimde, acıyı hafifletmek için inledim.

"Elinden geleni ardına koyma Güvercin, artık saçmalamandan bıktım."

Isırdığı yeri bıraktı, yeniden kıvranıp kurtulmaya ve bana vurmaya çalıştı; kaçmaktan ziyade hakarete uğradığını hissettiği için bunun intikamını almaya çalışıyordu. "*Saçmalamam* mı? Beni bu kahrolası arabadan indireceksin!"

Bileklerini yüzüme yaklaştırdım. "Seni seviyorum işte, lanet olsun! Sen ayılıp da biz bu mevzuu çözene kadar bir yere gitmek yok!"

"Olayı anlamayan bir tek sen varsın, Travis!"

Bileklerini bıraktım ve o da kollarını kavuşturup dairemize giden yol boyunca dudağını sarkıttı.

Araba yavaşlayıp durduğunda Abby öne eğildi. "Beni eve götürebilir misin, Donnie?"

Kapıyı açıp Abby'yi kolundan tuttum ve arabadan çıkarıp omuzladım. "İyi geceler, Donnie," dedikten sonra Abby'yi merdivenlerden yukarıya taşımaya başladım.

"Babanı arayacağım!" diye bağırdı Abby.

Kahkahama engel olamadım. "Ve o da büyük ihtimalle omzumu sıvazlayıp zamanının çoktan gelmiş olduğunu söyler."

Anahtarlarımı cebimden çıkarırken, Abby kıvranıyordu. "Kes artık Güvercin, yoksa merdivenlerden düşeceğiz!"

Kapı nihayet açıldı ve ben de doğrudan Shepley'nin odasına girdim.

Abby, "Beni. Aşağıya. İndir!" diye çığlık attı.

"Tamam," dedim, Abby'yi Shepley'nin yatağına atarken. "Şimdi uyuyup kendini toparla. Sabah konuşacağız."

Kim bilir ne kadar kızmıştır diye düşündüm; sırtım Abby'nin yumruklarından sızlıyor olsa da onun yeniden dairemde olması huzur vericiydi.

"Artık bana ne yapacağımı söyleyemezsin, Travis! Sana ait değilim!"

Sözcükleri içimde derin bir öfke uyandırdı. Ayaklarımı vurarak yatağın kenarına geldim, ellerimi uyluklarının iki yanından yatağa dayadım ve yüzüne doğru eğildim.

"PEKİ. AMA BEN SANA AİDİM!" diye bağırdım. Bunu o kadar kuvvetli söylemiştim ki, bütün kanımın yüzüme hücum ettiğini hissettim. Abby, öfkeli bakışlarıma gözünü bile kırpmadan karşılık verdi. Dudaklarına baktım, soluk soluğaydı. "Ben sana aidim," diye fısıldadım, arzu benliğimi ele geçirirken öfkem kaybolup gitti.

Abby elini uzattı ama tokat atmak yerine yüzümü ellerine aldı ve dudaklarını dudaklarıma yapıştırdı. Bir an bile tereddüt etmeden onu kollarıma aldım ve yatağıma taşıdım.

Abby elbiselerime saldırdı, onları çıkarmak için yanıp tutuşuyordu. Kesintisiz tek bir hareketle elbisesinin fermuarını açtım ve elbisesini hızla başının üstünden çıkarıp yere atmasını izledim. Gözlerimiz buluştu ve onu öptüm; bana karşılık verince, dudaklarım dudaklarında inledim.

Düşünmeye fırsat bulamadan ikimiz de çıplak kalmıştık. Abby kalçalarımı kavradı, beni içine çekmek için sabırsızlanıyordu ama direndim; adrenalin, viski ve biranın etkisini ortadan kaldırıyordu. Birden kendime geldim ve yapmak üzere olduğumuz şeyin kalıcı sonuçlarını düşündüm. Eşeklik etmiştim, onu kendimden uzaklaştırmıştım ama asla Abby'nin aklında bu ânın yoğunluğunu kullanıp ondan faydalandığıma dair bir şüphe kalmasını istememiştim.

"İkimiz de sarhoşuz," dedim soluk soluğa.

"Lütfen." Bacaklarıyla kalçalarımı sıktı, yumuşak teninin altındaki kasların beklentiyle titrediğini hissedebiliyordum.

"Bu doğru değil." Onunla geçireceğim önümüzdeki birkaç saatin, sonradan gelecek her şeye değeceğini söyleyen alkole karşı mücadele ediyordum.

Alnımı alnına bastırdım. Onu ne kadar istiyor olursam olayım, Abby'yi sabah utanç ve pişmanlık içinde eve dönmek zorunda bırakmak düşüncesi hormonlarımın bana yapmamı söyledikleri şeyden daha güçlüydü. Eğer gerçekten de devam etmek istiyorsa somut delile ihtiyacım vardı.

"Seni istiyorum," diye fısıldadı ağzı ağzımda.

"Duymak istiyorum."

"Ne duymak istiyorsan söylerim."

"O zaman bana ait olduğunu söyle. Hayatıma geri geleceğini söyle. Beraber olmadığımız sürece bunu yapmam."

"Ama gerçek anlamda hiç ayrı olmamıştık aslında, değil mi?"

Başımı salladım, dudaklarım dudaklarına teğet geçti. Yetmezdi. "Söylediğini duymam lazım. Benim olduğunu bilmem lazım."

"Seninle tanıştığımız saniyeden beri seninim."

Birkaç saniye gözlerine baktım ve sonra ağzımın kenarının yarım bir gülümsemeyle yukarı kıvrıldığını hissettim; söylediklerinin gerçek olduğunu, anın heyecanıyla ağzından çıkmadıklarını umdum. Eğilip onu nazikçe öptüm ve yavaşça içine girdim. Sanki bütün vücudum eriyip içinde kaybolacakmış gibi hissettim.

"Bir kez daha söyle." Bir yanım bütün bunların gerçek olduğuna inanamıyordu.

"Ben seninim." Soluk aldı. "Artık senden hiç ayrı kalmak istemiyorum."

"Bana söz ver," dedim, kendimi bir kez daha içine iterken inleyerek.

"Seni seviyorum. Seni sonsuza dek seveceğim." Bunları söylerken gözlerimin içine bakmıştı ve nihayet ağzından çıkanların boş sözler olmadığını kavradım.

Dudaklarımı dudaklarına yapıştırdım, hareketlerimizin ritmi hızlandı. Başka hiçbir söze gerek yoktu ve aylardır ilk defa dünyam tersine dönmüş halde değildi. Abby'nin sırtı yay gibi kıvrıldı ve bacaklarını belime sarıp bileklerini kıvırdı. Sanki onun için açlık çekiyormuşum gibi teninin erişebildiğim her yerini tattım. Bir yanım ona kesinlikle açtı. Bir saat geçti, sonra bir saat daha. Tükendikten sonra bile devam ettim, durduğumuzda uyanıp bütün bunların bir rüya olduğunu görmekten korktum.

Odaya dolan güneş ışığına karşı gözlerimi kısarak uyandım. Güneş doğduğunda her şeyin sonlanacağını bildiğim için bütün gece uyuyamamıştım. Abby kıpırdanınca dişlerim kenetlendi. Beraber geçirdiğimiz az sayıda saat yetmemişti. Hazır değildim.

Abby yanağını göğsüme sürttü. Önce saçını öptüm, sonra alnını, yanaklarını, omuzlarını ve sonra da elini dudaklarıma getirip bileğini, avcunun içini ve teker teker parmaklarını. Onu sıkmak istedim ama kendime engel oldum. Daireye geldiğimizden beri gözlerim üçüncü kez sıcak yaşlarla doldu. Uyandığında ölesiye utanmış ve öfkeli olacak, sonra da beni sonsuza dek bırakacaktı.

Daha önce gözlerinde grinin farklı tonlarını görmekten hiç bu kadar korkmamıştım.

Abby gözlerini açmadan gülümsedi, ben de dudaklarımı yeniden dudaklarına dayayıp dehşet içinde durumu anlamasını bekledim.

"Günaydın," dedi dudakları dudaklarımda.

Yarı yarıya üstüne çıkıp dudaklarımla teninin farklı yerlerine dokunmaya devam ettim. Kollarımı altına, yatakla sırtının arasına sokup onu sarmaladım ve sonra da yüzümü boynuna gömdüm; koşarak kapıdan çıkmasından önce ciğerlerimi kokusuyla doldurmak istiyordum.

"Bu sabah konuşmuyorsun," dedi, ellerini sırtımın çıplak teninde gezdirirken. Avuçlarını kalçamın üstünden kaydırdı ve sonra da tek bacağını bedenime doladı.

Başımı salladım. "Sadece böyle olmak istiyorum."

"Bir şeyi mi kaçırdım?"

"Seni uyandırmak istememiştim. Niye uykuna dönmüyorsun?"

Abby yastığa yaslandı, çenemi yukarı çekip yüzümü inceledi.

"Ne oldu, niye ağladın?" diye sordu, vücudu bir anda kasılmıştı.

"Sadece uyu Güvercin. Lütfen?"

"Bir şey mi oldu? America'ya bir şey mi oldu?" Son soruyla beraber doğrulup oturdu.

Ben de onunla birlikte doğrulup gözlerimi sildim.

"Hayır... America iyi. Sabaha karşı dört gibi eve geldiler. Hâlâ yataktalar. Saat daha erken. Hadi gel uyumaya devam edelim."

Önceki geceyi hatırlarken bakışları odanın farklı noktaları arasında gitti geldi. Olay yaratarak onu partiden sürükleyip çıkardığımı hatırlamasının an meselesi olduğunu bildiğim için yüzünü ellerime alarak onu son defa öptüm.

"Uyudun mu?" diye sordu kollarını belime dolarken.

"Ben... uyuyamadım. Şey, istemedim..." Gerisini getiremedim.

Alnımı öptü. "Sorun her neyse üstesinden geliriz, tamam mı? Neden biraz uyumuyorsun? Uyandığında çözeriz."

Beklediğim tepki bu değildi. Başımı kaldırıp yüzünü inceledim. "Ne demek istiyorsun? Üstesinden geliriz derken?"

Kaşlarını çattı. "Neler olup bittiğini bilmiyorum ama ben şu an buradayım."

"Burada mısın? Kalacak mısın yani? Benimle?"

Yüzünde ne hissedeceğine karar verememiş gibi karmakarışık bir ifade belirdi. "Evet. Bunu dün akşam konuştuk diye düşünüyordum."

"Evet, konuştuk." Tahminen tam bir aptal gibi görünüyordum ama başımı hevesle salladım.

Abby gözlerini kıstı. "Uyandığımda sana kızgın olacağımı düşündün, değil mi? Gideceğimi düşündün, değil mi?"

"*Bu konuda* oldukça meşhursun."

"Bunun yüzünden mi moralin çok bozuk. Bütün gece, sabah uyandığımda ne olacağını düşündüğün için mi uyuyamadın?"

Yatakta biraz kımıldandım. "Dün gecenin öyle olmasını planlamamıştım. Biraz sarhoştum ve partide zavallı bir sapık gibi peşinde dolaştım, sonra seni isteğinin dışında oradan çekip çıkardım... ve sonra biz...." Kendimden tiksinip başımı salladım.

"Hayatımın en iyi sevişmesini yaşadık desem olur mu?" dedi Abby, gülümseyip elimi sıkarak.

Bir kahkaha attım, konuşmamızın bu kadar iyi gitmesine hayret ediyordum. "O halde iyiyiz, değil mi?"

Abby yüzümü ellerine alıp beni nazikçe öptü. "Evet, şapşal. Sana söz vermedim mi? Sana duymak istediğin her şeyi söyledim, yeniden beraberiz ve hâlâ mutlu değil misin?"

Bir an soluk alamadım, yutkunarak gözyaşlarımı durdurdum. Hâlâ gerçekmiş gibi gelmiyordu.

"Travis, tamam artık. Seni seviyorum," diyerek, ince parmaklarıyla gözümün çevresindeki çizgileri yok etti. "Bu anlamsız inatlaşma Şükran Günü'nde bitmiş olabilirdi ama..."

"Bekle... ne dedin?" diyerek araya girdim ve arkama yaslandım.

"Şükran Günü'nde yeniden bir araya gelmeye tamamen hazırdım ama beni mutlu etmeye çalışmaktan bıktığını söyledin ve ben de seni geri istediğimi söyleyemeyecek kadar gururluydum."

"Sen benimle kafa mı buluyorsun? Sadece hayatını kolaylaştırmaya çalışıyordum! Ne *kadar acı çektiğimi* biliyor musun?"

Yüzünü buruşturdu. "Ayrılmamızdan sonra gayet iyi gibiydin."

"Her şey senin içindi! Arkadaş olmakla ilgili bir sıkıntım yokmuş gibi davranmazsam, seni kaybedeceğimden korkmuştum. Bütün o süre boyunca seninle beraber olabilir miydik yani? Bu *nasıl bir iş* Güvercin?"

"Ben... özür dilerim."

"Özür mü dilersin? Neredeyse kendimi içerek öldürecektim, yataktan zar zor kalkabiliyordum. Yılbaşı arifesinde seni aramamak için telefonumu tuzla buz ettim... ve sen özür mü diliyorsun?"

Abby alt dudağını ısırıp başını salladı, utanmıştı. "Çok, çok... üzgünüm."

"Affedildin," dedim, bir an bile tereddüt etmeden. "Sakın bir daha yapayım deme."

"Demem. Söz veriyorum."

Geri zekâlı gibi sırıtıp başımı salladım. "Seni feci hâlde seviyorum."

Yirmi Altıncı Bölüm
Panik

Hayat normale dönmüştü; belki Abby için benim için olduğundan daha da fazla. Görünürde mutluyduk ama temkinli olmak için çevreme bir duvar ördüğümü hissedebiliyordum. Abby'yle geçireceğim bir saniyeyi bile garanti görmüyordum. Ona bakıp da dokunmak istersem kendimi tutmuyordum. Dairede olmadığında onu özlersem Morgan'a gidiyordum. Dairedeysek kollarımda oluyordu.

Okula sonbahardan sonra ilk defa çift olarak dönmemiz tam da beklediğimiz gibi bir etki yarattı. Etrafta el ele tutuşup beraber gülerek arada öpüşerek –itiraf etmek gerekirse 'arada' biraz yanıltıcı oldu, öpüşme sıklığımıza daha çok 'sürekli' denebilir– yürürken, dedikodular her zamankinden de fazlalaştı. Bu okulda, hep olduğu gibi, kampüs bir sonraki skandalla yerinden oynayana dek fısıltılar ve magazin öyküleri konuşulmaya devam ediyordu.

Abby'yle olan ilişkimiz için hissettiğim huzursuzluk yetmezmiş gibi, Shepley de yılın son dövüşünü gitgide daha fazla kafasına takıyordu. Çok zaman kalmamıştı. İkimiz de yazın ve sonbaharın bir kısmındaki harcamalarımız için o dövüşten gelecek paraya muhtaçtık. Yılın son dövüşünün aynı zamanda kariyerimin son dövüşü olmasına karar verdiğim için o paraya ihtiyacımız olacaktı.

Bahar tatili ağır ağır yaklaşıyordu ama daha Adam'dan bir haber çıkmamıştı. Shepley, nihayet farklı kaynaklardan Adam'ın son sövüşün ardından yapılan tutuklamalardan sonra fazla göze çarpmamaya çalıştığını öğrenmişti.

Tatilden önceki Cuma, geceleyin bütün eyaleti kaplayan kara rağmen kampüsün atmosferi biraz daha rahatlamıştı. Öğle yemeğinde kafeteryaya giderken Abby'yle bir kartopu savaşından kıl payı kurtulduk, America ise o kadar şanslı değildi.

Sohbet edip güldük ve elimizde tepsilerle bir halta benzemeyen yemeklerden almak için sıraya girdik, sonra da her zamanki yerlerimize geçtik. Shepley America'yı rahatlatırken, ben de Abby'nin poker gecesinde kardeşlerimi nasıl söğüşlediğini anlatarak Brazil'i eğlendirdim. Telefonum çaldı ama Abby söyleyene kadar farkına varmadım.

"Trav?" dedi.

Döndüm, adımı söylediği anda geri kalan her şeyle bağımı koparmıştım.

"Buna bakman iyi olabilir."

Başımı eğip cep telefonuma baktım ve içimi çektim. "Ya da olmayabilir." Bir yanım o son dövüşe ihtiyaç duyuyordu ama diğer yanım da bunun bir süre de olsa Abby'den uzak kalacağım anlamına geldiğinin bilincindeydi. Son dövüşte saldırıya uğradıktan sonra bu sefer korumasız gelirse, dikkatimi toplamamın imkânı yoktu ama yanımda olmazsa da dikkatimi toplayamazdım. Yılın son dövüşü her zaman en büyük dövüş oluyordu ve kafamın başka yere takılmasını göze alamazdım.

"Önemli olabilir," dedi Abby.

Telefonu kulağıma götürdüm. "Ne var ne yok Adam?"

"Kuduz İt! İyi haberlerim var, dövüş ayarlandı. Meşhur

John Savage buraya geliyor! Önümüzdeki yıl profesyonel lige çıkmayı planlıyor! Hayatta bir kez karşına çıkacak bir şans bu dostum! Beş haneli bir sayıdan bahsediyoruz. Uzun süre paraya ihtiyacın olmayacak."

"Bu benim son dövüşüm Adam."

Hattın diğer ucu sessizdi. Adam'ın sinirle dişlerini sıktığını gözümde canlandırabiliyordum. Abby'yi daha önce de parasını tehlikeye atmakla suçlamıştı ve kararımdan ötürü yine onu suçlayacağından emindim.

"Onu da getiriyor musun?"

"Henüz emin değilim."

"Büyük ihtimalle onu evde bırakman lazım, Travis. Bu gerçekten de son dövüşünse, kendini tam olarak versen iyi olur."

"Onsuz gelmem ve Shep de şehir dışına çıkıyor."

"Bu defa saçmalamak yok. Ciddiyim."

"Biliyorum. Seni duydum."

Adam içini çekti. "Onu evde bırakmayı düşünmüyorsan, belki de Trent'i aramalısın. Bu büyük ihtimalle kafanı rahatlatır, sen de dikkatini verebilirsin."

"Hmmm... aslında bu kötü bir fikir değil," dedim.

"Sen bir düşün. Beni haberdar et," dedi Adam ve telefonu kapattı.

Abby beklentiyle bana baktı. "Önümüzdeki sekiz ayın kirasını ödemeye yeter. Adam, John Savage'ı getirtmiş. Profesyonel olmaya çalışıyor."

Shepley öne eğilip, "Onu dövüşürken görmedim, sen gördün mü?" diye sordu.

"Sadece bir defa, Springfield'de. İyi dövüşçü."

"Yeterince iyi değil," dedi Abby. Eğilip alnını öptüm. "Evde kalabilirim, Trav."

"Hayır," dedim başımı sallayarak.

"Geçen seferki gibi benim için endişelenirken, darbe almanı istemiyorum."

"Olmaz Güvercin."

"Senin için orada bekleyeceğim." Gülümsedi ama zorlama olduğu çok belliydi; kararlılığım daha da arttı.

"Trent'ten gelmesini isteyeceğim. Ben dövüşe odaklanırken, seni emanet edebilecek kadar güvendiğim bir tek o var."

Shepley, "Biz de eşekbaşıyız zaten," diye homurdandı.

"Ama sen şansını kullandın," dedim, yarı şaka yarı ciddi.

Shepley dudağını büktü. İsterse bütün gün suratını asabilirdi, ama o gün Hellerton'da Abby'nin kendinden uzaklaşmasına izin vererek cidden çuvallamıştı. Gözünü ondan ayırmasaydı, hiç öyle şeyler yaşanmayacaktı. Hepimiz de bunu biliyorduk.

America'yla Abby binde bir görülen bir kaza olduğuna yemin ediyorlardı ama ben Shepley'ye böyle olmadığını söylemekte tereddüt etmiyordum. Gözleri Abby yerine dövüşteydi ve Ethan başladığı işi bitirmiş olsaydı, şu anda cinayetten içeride olacaktım. Shepley haftalar boyu Abby'den özür diledi; bir gün onu kenara çekip buna bir son vermesini söyledim. Suçluluk duygusu kabardığında, o olayı yeniden yaşamak hiçbirimizin hoşuna gitmiyordu.

"Shepley, senin hatan değildi. Sen onu üstümden çektin, unuttun mu?" dedi Abby, America'nın arkasından uzanıp kolunu sıvazlayarak. Bana döndü, "Dövüş ne zaman?"

"Gelecek haftaya bir gün. Senin orada olmanı istiyorum, senin orada olmana ihtiyacım var."

Tam bir eşek kafa olmasaydım, evde kalması için ısrar ederdim ama pek çok defa görüldüğü üzere öyleydim. Abby Abernathy'nin yakınında olma ihtiyacım her türlü mantıktan daha güçlüydü. Her zaman böyle olmuştu ve her zaman böyle olacağını düşünüyordum.

Abby gülümseyip çenesini omzuma dayamıştı. "O halde orada olacağım."

Abby'yi son dersinin yapılacağı sınıfa bırakıp ona bir veda öpücüğü verdim ve Morgan'a Shepley ve America'yla buluşmaya gittim. Kampüs hızla boşalıyordu; sonunda her üç dakikada bir bavullarını ya da kirli çamaşırlarını taşıyan bir kızla karşılaşmamak için köşenin arkasında sigara içmekten medet ummak zorunda kaldım.

Cep telefonumu çıkarıp Trenton'ın numarasını çevirdim, telefonun her çalışında sabırsızlığım biraz daha artıyordu. Nihayet sesli mesaja düştü. "Trent, benim. Çok büyük bir iyiliğe ihtiyacım var. Zaman önemli, onun için beni olabildiğince çabuk ara. Görüşürüz."

Telefonu kapadım ve America'yla Shepley'nin, America'nın iki çantasını taşıyarak yurdun cam kapılarını ittiklerini gördüm.

"Yola çıkmaya hazır gibisiniz."

Shepley gülümsedi; America gülümsemedi.

"Gerçekten de o kadar kötü değiller," dedim, America'yı dirseğimle dürterek. Suratı hâlâ beş karış asıktı.

"Bir oraya gidelim, kendisini daha iyi hissedecektir," dedi Shepley, beni ikna etmekten çok kız arkadaşını cesaretlendirmek için.

Çantalarını Charger'ın bagajına yerleştirmelerine yardım ettim, sonra da Abby'nin vizesini bitirip otoparkta bizi bulmasını bekledik.

Balıkçı beremi başıma geçirip bir sigara yaktım ve beklemeye devam ettim. Trenton telefonuma hâlâ dönmemişti ve ben de gelemeyeceğinden endişe etmeye başlamıştım. İkizler, Sig Tau biraderlerin bir kısmıyla Colorado yolunu yarılamışlardı ve başka kimseye de Abby'yi güvende tutması için güvenmiyordum.

Birkaç nefes çektim ve Trenton'ın olmadığı durumda gerçekleşebilecek birkaç senaryoyu gözden geçirdim. Abby'den tehlikede olacağını bildiğim bir yerde bulunmasını isteyerek ne kadar aptalca ve bencilce davrandığımı düşündüm. Dövüşü kazanmak için tam dikkat kesilmek gerekiyordu ve bu da iki şeye bağlıydı: Abby'nin varlığı ve Abby'nin güvenliği. Trenton'ın çalışması gerekiyorsa ya da telefonuma dönmezse, dövüşü iptal ettirmek zorunda kalacaktım. Tek seçenek buydu.

Paketteki son sigaradan son bir nefes aldım. O kadar kaygılıydım ki, ne kadar çok içtiğimi fark etmemiştim. Saatime baktım, Abby dersten çıkmış olmalıydı.

Tam o sırada bana seslendi.

"Selam Güvercin."

"Her şey yolunda mı?"

"Artık yolunda," deyip onu kendime çektim.

"Pekâlâ. Neler oluyor?"

"Sadece aklımda çok şey var," deyip içimi çektim. Cevabımın yeterli gelmediğini belirtince, devam ettim. "Bu hafta, dövüş, senin orada olman..."

"Sana evde kalabileceğimi söyledim."

"Orada olmana ihtiyacım var Güvercin," deyip sigaramı yere attım. Kardaki ayak izlerinden birinin içinde kaybolmasını izledim ve sonra da Abby'nin elini tutum.

"Trent'le konuştun mu?" diye sordu.

"Aramasını bekliyorum."

America penceresini indirip başını Shepley'nin Charger'ından dışarı çıkardı. "Acele edin! Hava buz gibi!"

Gülümseyip Abby için kapıyı açtım. Ben pencereden dışarı bakarken, Shepley ve America da America'nın Shepley'nin anne babasıyla tanışacağını öğrendiğinden beri tekrarladıkları konuşmayı yaptılar. Tam dairemizin otoparkına girerken telefonum çaldı.

"Neredesin Trent?" diye sordum, ismini telefonun ekranında görmüştüm. "Seni kaç saat önce aradım. İşte bir şey yaptığın da yok."

"Daha *o kadar* olmadı ve erken dönemediğim için özür dilerim. Cami'deydim."

"Her neyse. Dinle bir iyiliğe ihtiyacım var. Gelecek hafta dövüşüm var. Senin de gelmen gerekiyor. Ne zaman olduğunu bilmiyorum ama seni aradığımda bir saat içinde orada olmalısın. Benim için bunu yapar mısın?"

"Bilmem. Benim çıkarım ne olacak?" diye takıldı.

"Yapar mısın yapmaz mısın hıyarağası? Çünkü Güvercin'e göz kulak olman lazım. Geçen sefer aşağılık herifin teki ona ellerini sürmeye cüret etti ve... "

"Ne diyorsun Trav? Sen ciddi misin?"

"Evet."

"Kim yaptı?" diye sordu Trenton, sesi ânında ciddileşmişti.

"Hallettim. Dolayısıyla seni aradığımda...?"

"Aynen. Demek istediğim, tabii ki küçük kardeş. Orada olacağım."

"Teşekkürler, Trent." Telefonu kapatıp başımı koltuğun arkasına yasladım.

Shepley, "Rahatladın mı?" diye sordu, dikiz aynasından kaygımın dağılıp gitmesini izlerken.

"Evet. Orada onsuz nasıl yapacaktım emin değildim."

Abby, "Sana evde--" diye başladı ama onu durdurdum.

"Güvercin daha kaç defa söylemem lazım?"

Sesimden sabırsızlığımı anlayıp başını iki yana salladı. "Ama anlamıyorum. Önceden bana'ihtiyacın yoktu."

Ona döndüm, parmağım yanağına dokunuyordu. Belli ki duygularımın ne kadar derine gittiği hakkında hiçbir fikri yoktu. "Önceden seni tanımıyordum. Sen orada değilken

411

dikkatimi veremiyorum. Nerede olduğunu, ne yaptığını... merak ediyorum; eğer oradaysan ve seni görebiliyorsam, odaklanabiliyorum. Delice olduğunu biliyorum ama durum bu."

"İstediğim de bu işte; delice olması," deyip dudaklarımı öpmek için uzandı.

America ağzının içinden, "Orası belli," diye mırıldandı.

America'yla Shepley, akşam güneşi ufka çok yaklaşmadan önce Charger ile güneye doğru yola çıktılar.

Abby Honda'nın anahtarlarını sallayıp gülümsedi. "En azından Harley'nin tepesinde donmak zorunda kalmayacağız."

Gülümsedim.

Abby omzunu silkti. "Belki de, ne bileyim, kendi arabamızı almayı düşünmeliyiz, ne dersin?"

"Dövüşten sonra araba bakmaya gideriz. Buna ne dersin?"

Zıplayıp kollarıyla bacaklarını vücuduma doladı ve yanaklarımı, ağzımı, boynumu öpücüklere boğdu.

Dairemize giden merdivenleri çıkıp doğrudan yatak odasına gittim.

Sonraki dört gün boyunca Abby'yle ya yatakta birbirimize sırnaştık ya da Toto'yu da alıp koltuğa serildik ve eski filmleri izledik. Bu şekilde Adam'ın telefonunu beklemek daha katlanılabilir bir şey oluyordu.

Nihayet Salı gecesi *Boy Meets World* dizisinin tekrar yayınlanan bölümlerini izlerken, telefonumun ekranında Adam'ın numarası belirdi. Abby'yle göz göze geldik.

"Evet?"

"Kuduz İt. Bir saate ringdesin. Keaton Binası. İş ciddi haberin olsun, adam Hulk Hogan'ın steroit almış hali."

"Görüşürüz." Ayağa kalktım, Abby'yi de kendimle beraber çektim. "Sıcak tutacak bir şeyler giy, bebeğim. Keaton eski bir bina ve büyük ihtimalle tatil olduğu için ısıtıcıları kapatmışlardır."

Abby koridordan yatak odasına koşmadan önce kısa bir mutluluk dansı yaptı. Dudaklarımın uçları yukarı kıvrıldı. Başka hangi kadın erkek arkadaşının yumruklaşmaya gitmesine böyle sevinirdi ki? Ona âşık olmama şaşmamak lazımdı.

Kapüşonlu bir tişört ve botlarımı giyip Abby'yi sokak kapısının önünde bekledim.

"Geliyorum," diye bağırıp köşeyi döndü. Ellerini kapı çerçevesinin iki yanına dayayıp kalçasını yana kaydırdı.

"Ne düşünüyorsun?"diye sordu, dudaklarını bir model... ya da bir ördek gibi uzatarak. Hangisi olduğunu bilemedim.

Gözlerim, açık gri uzun hırkasından beyaz tişörtüne ve siyah çizmelerinin içine sıkıştırılmış kot pantolonuna kaydı. Şaka olsun diye böyle giyinmişti, demode olduğunu düşünüyordu ama onu görünce nefesim kesildi.

Bedeni gevşedi ve kollarını serbest bırakınca elleri bacaklarına çarptı. "O kadar mı kötü?"

"Hayır," dedim doğru sözcükleri bulmaya çalışarak. "Hiç kötü değil."

Bir elimle kapıyı açıp diğerini uzattım. Abby yaylana yaylana yürüyüp oturma odasını geçti ve parmaklarını parmaklarıma doladı.

Honda biraz yavaş gidiyordu ama Keaton'a vardığımızda daha epey zamanımız vardı. Yolda Trenton'ı aradım ve içimden sözünü tutmasını diledim. Abby, Keaton'ın kuzeye bakan görmüş geçirmiş, uzun duvarının yanında Trenton'ı beklerken yanımda dikiliyordu. Doğu ve batı duvarları çelik iskelelerle korunuyordu. Üniversite en eski binasını yenilemeye hazırlanıyordu.

413

Bir sigara yakıp burnumdan ağır, hacimli bir duman üfledim.

Abby elimi sıktı. "Merak etme gelecek."

İnsanlar farklı yönlerden damlamaya başlamışlardı bile; arabalarını bloklarca öteye farklı park yerlerine bırakıyorlardı. Dövüş zamanı yaklaştıkça, daha çok insanın güneydeki yangın merdivenine tırmandığı görülebiliyordu. Yüzümü buruşturdum. Bina doğru dürüst düşünülmeden seçilmişti. Yılın son dövüşü her zaman ciddi bahisçileri kendine çekerdi ve onlar da maçı iyi bir noktadan izleyip bahis oynayabilmek için erken gelirlerdi. Ödülün büyüklüğü aynı zamanda daha az deneyimi olan izleyicileri de çekerdi, onlar da geç gelir ve kalabalık tarafından duvara yapıştırılırlardı. Bu yıl izleyici kitlesi görülmemiş derecede kalabalıktı. Keaton, dövüş mekanları söz konusu olduğunda hep tercih edildiği gibi kampüs merkezinden çok uzaktaydı, öte yandan bodrumu çok küçüktü.

"Bu, Adam'ın bugüne kadarki en kötü fikirlerinden biri," diye homurdandım.

"Değiştirmek için artık çok geç," dedi Abby, bakışları beton bloklara yönelirken.

Cep telefonumu çıkarıp Trenton'a altıncı defa mesaj attım ve telefonu hınçla kapattım.

"Bu gece daha gergin görünüyorsun," diye fısıldadı Abby.

"Trent işe yaramaz kıçını kaldırıp buraya geldiğinde daha iyi hissedeceğim."

"İşte buradayım seni mızmız küçük kız," dedi Trenton alçak bir sesle.

Rahatlayarak içimi çektim.

"Nasılsın yenge?" diye sordu Trenton Abby'ye, bir koluyla onu kucaklarken diğer koluyla da beni şakadan itti.

"İyiyim Trent," dedi Abby, eğleniyordu.

Abby'yi elinden tutup binanın arka tarafına götürdüm, yürürken arkamızda kalan Trenton'a dönüp baktım. "Polisler gelir de birbirimizden ayrı düşersek, Morgan'da buluşuyoruz tamam mı?"

Trenton, tam yere yakın küçük bir pencerenin önünde durduğumda başıyla onayladı.

"Benimle kafa buluyorsun," dedi Trenton pencereye bakarken. "Abby bile buradan zor sığar."

İçerideki karanlığa doğru sürünürken, "Sen de sığarsın," diye temin ettim onu.

Gizlice içeri girmeye alışmış olan Abby, donmuş zeminde sürünüp pencereden aşağıya santim santim gerilemekte tereddüt etmedi ve kollarıma düştü.

Birkaç saniye bekledik ve sonra Trenton pervazdan kendini itip yere indi, ayakları beton zemine çarptığında neredeyse dengesini kaybediyordu.

"Dua et ki Abby'yi seviyorum. Bu haltı öyle herkes için yapmazdım," diye homurdandı, tişörtünü silkelerken.

Yukarı zıplayıp çevik bir hareketle pencereyi çekip kapattım. "Bu taraftan," deyip Abby ve kardeşime karanlığın içinde kılavuzluk yaptım.

İleride titreşen küçük bir ışık görülene dek binanın içlerine doğru ilerledik. Ayaklarımız kırık beton zeminde gıcırtılar çıkararak ilerlerken, ışıkla aynı noktadan gelen bir uğultuyu duyabiliyorduk.

Üçüncü köşeyi döndüğümüzde Trenton içini çekti. "Buradan çıkış yolunu asla bulamayacağız."

"Beni takip etmeniz yeter," dedim.

Ne kadar yakında olduğumuzu kestirmek ana odadaki kalabalığın artan gürültüsü sayesinde kolaydı. Hoparlörden Adam'ın sesi geldi, bağırarak isim ve numaraları söylüyordu.

Bir sonraki odaya girdim, üstleri beyaz örtülerle kaplı masa ve sandalyelere baktım. İçime kötü bir his doğdu. Mekân seçimi bir hataydı. Neredeyse Abby'yi bu kadar tehlikeli bir yere getirmek kadar büyük bir hata. Kavga çıkarsa, Trenton Abby'yi koruyacaktı ama her zamanki kaçış yolu mobilyalarla kaplıydı.

Trenton, "Pekâlâ, nasıl oynayacaksın?" diye sordu.

"Böl ve yönet."

"Neyi böleceksin?"

"Kafasıyla bedenini."

Trenton hızla başını salladı. "İyi plan."

"Güvercin, senin bu girişin önünde durmanı istiyorum tamam mı?" Abby ana odaya baktı, içerideki kargaşayı algılayınca gözleri büyüdü. "Güvercin, beni duydun mu?" diye sordum koluna dokunarak.

"Ne?" diye sordu gözlerini kırpıştırarak.

"Senin bu girişin önünde durmanı istiyorum, tamam mı? Ne olursa olsun, Trent'in kolunu sakın bırakma."

"Yerimden kımıldamayacağıma söz veriyorum," dedi.

O tatlı, şaşırmış ifadesine gülümsedim. "Şimdi de sen gergin görünüyorsun."

Girişe bakıp bana döndü. "İçimde kötü bir his var, Trav. Dövüşle ilgili değil, ama... sanki bir şeyler... Bu mekân beni fena halde ürkütüyor."

Onunla aynı fikirdeydim. "Uzun kalmayacağız."

Hoparlörden Adam'ın sesi duyuldu, açılış konuşmasına başlıyordu.

Abby'nin yüzüne her iki taraftan dokundum ve gözlerine baktım. "Seni seviyorum." Dudaklarında silik bir gülümseme belirir gibi oldu, onu kollarımla kavrayıp kendime çektim ve içime sokmak istermiş gibi sımsıkı sarıldım.

"...yani, dalganızı sistemi sömürmek için kullanmayın

çocuklar!" dedi Adam, hoparlörün güçlendirdiği sesiyle.

Abby'nin kolunu Trenton'ın koluna doladım. "Gözlerini ondan ayırma. Bir an için bile. Dövüş başladığında burası zıvanadan çıkacak."

"... ve bu gecenin yarışmacısı JOHN SAVAGE'a hoş geldin diyoruz!"

"Onu hayatım pahasına savunacağım küçük kardeş," dedi Trenton ve söylediklerini vurgulamak için hafifçe Abby'nin kolunu çekti. "Şimdi git ve şu herifi eşek sudan gelene kadar döv de bir an önce buradan gidelim."

"Erkekler, üç buçuk atmaya hazır olun; kızlar, siz de kendinizden geçeceksiniz! Sizlere TRAVIS 'KUDUZ İT' MADDOX'U takdim ederim!"

Adam'ın tanıtımından sonra odaya girdim. İnsanlar kollarını sallıyorlar ve çoğunluk hep bir ağızdan tezahürat yapıyordu. Önümdeki insan denizi yarıldı ve yavaşça Çember'deki yerimi aldım.

Odadaki tek ışık tavana asılmış gazyağı lambalarından geliyordu. Yakın bir zamanda yakalanmaktan kıl payı kurtulduğu için hâlâ göze çarpmamaya çalışan Adam, parlak ışıklar birilerinin dikkatini çeksin istemiyordu.

Loş ışıkta bile John Savage'ın yüzünde nasıl sert bir ifade olduğunu görebiliyordum. Benden çok daha uzundu ve gözlerinde vahşi ve hevesli bir ifade vardı. Olduğu yerde koşuyormuş gibi ayaklarının üstünde zıpladı ve sonra durup bakışlarını aşağıya çevirdi ve öldürmek istiyormuş gibi bana baktı.

Savage amatör değildi ama kazanmanın üç yolu vardı: nakavt, teslim olma ve hakem kararı. Dövüşlerde avantajın hep bende olmasının nedeni hepsi farklı tarzlarda dövüşen dört erkek kardeşimin olmasıydı.

John Savage, Trenton gibi dövüşüyorsa hep hücumda

olacak ve sürpriz hamleler yapacaktı, hayatım boyunca buna karşı hazırlanmıştım.

İkizler gibi yani yumruk ve tekmelerini birlikte kullanarak ya da darbelerin isabet etmesi için taktik değiştirerek dövüşüyorsa, hayatım boyunca buna karşı hazırlanmıştım.

En ölümcül olanı Thomas'tı. Eğer Savage aklını kullanarak dövüşüyorsa ki, beni inceleme şekline bakılacak olursa büyük ihtimalle öyleydi, güç, hız ve stratejinin mükemmel dengesini kullanacak demekti. En büyük ağbimle sadece birkaç defa yumruklaşmıştım ama on altı yaşıma geldiğimde, beni diğer kardeşlerimin yardımı olmadan yenemiyordu.

John Savage antrenmanlı olabilirdi ya da bir şekilde avantajlı olduğunu düşünebilirdi ama onunla daha önce dövüşmüştüm. Biraz olsun dövüşebilen herkesle daha önce dövüşmüştüm... ve kazanmıştım.

Adam düdüğü çalınca, Savage geriye doğru kısa bir adım atıp yumruk savurdu.

Eğildim. Kesinlikle Thomas gibi dövüşecekti.

Fazla yakınıma geldiğinde, tekme atıp onu kalabalığa gönderdim. Savage'ı dövüş alanına geri attılar, o da daha büyük bir kararlılıkla üstüme gelmeye başladı.

Arka arkaya iki yumruk indirdi, ben de onu tutup yüzünü dizime ittim. John geriye doğru sendeledi, kendine geldi ve yeniden saldırdı.

Bir yumruk savurup ıskaladım, ardından kollarını belime dolmaya çalıştı. Ter içinde olduğumuz için kollarının arasından kayıp kurtulmak kolaydı. Arkama dönmemle dirseğini çeneme geçirdi ve bir saniyeden kısa bir süre dünya benim için durdu ama kendimi toparlayıp arka arkaya hedefini bulan bir sol bir de sağ kroşe ile yanıt verdim.

Savage'ın alt dudağı yarılınca etrafa kan sıçradı. İlk kanın akması odadaki ses seviyesini sağır edici bir seviyeye yükseltti. Geriye kaldırdığım dirseğimden aldığı hızla Savage'ın burnuna uçan yumruğum orada kısa bir bakım molası verdi. Dönüp Abby'ye bakabilecek zamanım olsun diye onu bilerek sersemletmiştim. Hâlâ durmasını istediğim yerdeydi ve Trenton'ın koluna sarılmıştı.

İyi durumda olduğunu görüp içim rahatlayınca, yeniden dövüşe odaklandım ve Savage'ın hedefi iyi ayarlamadan attığı yumruğu eğilerek ekarte ettim, ardından kollarını hemen vücuduma dolayıp ikimizi de aşağı çektim.

John altıma düştü ve tereddüt etmeksizin dirseğimi yüzüne gömdüm. Bacaklarıyla bedenimi kıskaca aldıktan sonra ayak bileklerinden kilitledi.

"Seni bitireceğim, kahrolası yavşak!" diye homurdandı.

Gülümseyip yerden güç alarak ikimizi de havaya kaldırdım.

Savage dengemi bozmak için mücadele etti ama Abby'yi eve götürmenin zamanı gelmişti.

Trenton'ın sesi odadaki gürültünün arasından patladı. "Kıçını yere vur Travis!"

Öne ve biraz da yana düşüp John'un sırtını ve kafasını yıkıcı bir darbeyle yere çarptım. Rakibim artık kendinden geçmek üzereydi, dirseğimi geriye çekip hızlandırdığım yumruklarımı tekrar tekrar yüzüne ve başının kenarlarına indirdim, ta ki bir çift kol kollarımın altına sarılıp beni çekene dek.

Adam, Savage'ın göğsüne kırmızı kareli bir bez attı ve bileğimi tutup kolumu havaya kaldırınca odadakiler coştu. Abby'ye baktım, kalabalığın birkaç baş üstünde yukarı aşağı inip duruyordu, kardeşim onu tutup havaya kaldırmıştı.

Trenton, yüzünde devasa bir gülümsemeyle bağırarak bir şeyler söylüyordu.

Tam kalabalık dağılmaya başlamışken, Abby'nin yüzünde dehşet verici bir ifade yakaladım ve saniyeler sonra kalabalıktan yükselen topluca bir çığlık paniğe neden oldu. Ana odanın köşesinde asılı olan bir gazyağı lambası düşüp örtünün alev almasına neden olmuştu. Alevler hızla yan taraftaki örtünün üstüne sıçrayıp zincirleme bir şekilde yayılmaya başladılar. Çığlıklar içindeki kalabalık, duman hızla odayı doldururken merdivenlere doğru hücum etti. Alevler, erkek-kadın bütün korkmuş yüzleri aydınlatıyordu.

"Abby!" diye bağırdığımda ne kadar uzakta olduğunu ve aramızda ne kadar çok insan olduğunu fark ettim. Ona ulaşamazsam, karanlık koridorlardan oluşan o labirentte pencereye giden yolu kendi başlarına bulmaları gerekecekti. Bütün varlığımı bir dehşet duygusu kapladı.

Oda karardı ve odanın diğer yanından yüksek bir patlama sesi geldi. Diğer lambalar, alev alıp küçük yangın bombaları gibi patlayarak alevlerin daha da hızlı yayılmasına neden oluyordu. Bir an için Trenton'ı gördüm, Abby'nin kolunu tutup arkasına geçirmiş, kalabalıkta kendisine yol açmaya çalışıyordu.

Abby başını sallayıp geri çekildi.

Trenton etrafına bakındı, kargaşanın tam ortasında dururlarken bir kaçış planı yapmaya çalıştı. Eğer yangın çıkışından kaçmaya çalışırlarsa, dışarı en son onlar çıkacaktı. Yangın hızla büyüyordu. Kalabalığın arasından zamanında çıkışa ulaşmaları mümkün değildi.

Aramızdaki kalabalık yoğunlaşarak beni gerilere ittiği için onlara ulaşma çabalarım sonuç vermedi. Odayı dolduran heyecan dolu tezahüratların yerini, herkesin çıkışlara ulaşmaya çalışırken attığı dehşet ve çaresizlikle dolu çığlıklar almıştı.

Trenton, Abby'yi kapıya doğru çekti ama o arkasına bakmaya çabalıyordu. "Travis!" diye bağırdı bana doğru uzanarak.

Bağırarak karşılık vermek için nefes aldım ama ciğerlerim dumanla doldu. Öksürdüm, elimi sallayarak dumanı uzaklaştırdım.

"Bu tarafa, Trav!" diye bağırdı Trenton.

"Buradan çıkıp gidin, Trent! Güvercini buradan çıkar!" Abby'nin gözleri büyüdü ve başını salladı. "Travis!"

"Gidin!" dedim. "Ben size dışarıda yetişirim."

Abby dudaklarını sımsıkı birbirine bastırmadan önce şöyle bir durdu. Bir anda rahatladım. Abby Abernathy'nin hayatta kalma dürtüleri güçlüydü ve az önce devreye girmişlerdi. Trenton'ın yakasını tutup onu karanlığa, yangından uzağa çekti.

Arkama dönüp kendim için bir çıkış aramaya koyuldum. Düzinelerce izleyici merdivenlere giden dar aralığa erişebilmek için duvarları tırmalıyorlar, çıkışa ulaşabilmek için birbirlerine bağırıp dövüşüyorlardı.

Oda dumandan neredeyse simsiyah olmuştu ve ciğerlerimin hava alabilmek için zorlandığını hissettim. Dizlerimin üstüne çöküp ana odanın kapılarını hatırlamaya çalıştım. Merdivene döndüm. O yöne, yangından uzağa gitmek istiyordum ama paniğe kapılmayı reddettim. Yangın çıkışına giden ikinci bir yol vardı, sadece az sayıda insanın akıl edeceği bir yoldu. İyice çömeldim ve hatırladığım şekliyle bu yola doğru koşmaya başladım ama birden durdum.

Aklımdan Abby'yle Trenton'ın kaybolacağına dair düşünceler geçince çıkışın uzağına yöneldim.

Adımı duyunca gözlerimi kısıp sesin geldiği yöne baktım.

"Travis! Travis! Bu taraftan!" Adam kapıda durmuş eliyle beni çağırıyordu.

Başımı salladım. "Güvercin'i alacağım."

Trenton'la Abby'nin kaçtıkları küçük odaya giden yol üstünde neredeyse kimse yoktu, dolayısıyla odanın içinden hızla koşarak geçmeyi denedim ve doğrudan biriyle çarpıştım. Bir kızdı, görünüşünden birinci sınıf öğrencisi olduğunu çıkardım, yüzünde isten oluşan siyah, kalın çizgiler vardı. Dehşete kapılmıştı ve hemen ayağa fırladı.

"Ya... yardım et bana! Ben... çıkış nerede bilmiyorum!" dedi öksürerek.

"Adam!" diye bağırdım. Onu çıkışa doğru ittim. "Çıkmasına yardım et."

Kız Adam'a doğru koştu ve o da kızın elini tutup duman görüş alanımı tamamen kapatmadan çıkışa çekti ve gözden kayboldular.

Yerden kalkıp Abby'ye doğru koştum. Karanlık labirentte koşturan başkaları da vardı, yollarını bulmaya çalışırken nefes nefese çığlıklar atıyorlardı.

"Abby!" diye bağırdım karanlığın içinde. Yanlış yere dönmelerinden çok korkuyordum.

Koridorun sonunda birkaç tane kız durmuş ağlıyorlardı. "Buradan geçen bir adamla bir kız gördünüz mü? Trenton yaklaşık şu boyda, bana benziyor," dedim, elimi alnıma götürerek.

Başlarını salladılar.

Başımdan aşağı kaynar sular döküldü. Abby'yle Trenton yanlış yoldan gitmişlerdi.

Korkmuş kızlara ilerisini işaret ettim. "Sonuna gelene dek şu koridoru takip edin. Yukarısında kapısı olan bir merdiven göreceksiniz. Merdivene çıkın sonra da sola dönün. İçinden çıkabileceğiniz bir pencere var."

Kızlardan biri başıyla onayladı, gözlerini sildi ve arkadaşlarına bağırıp peşinden gelmelerini istedi.

Geldiğimiz yolu takip etmektense, sola dönüp karanlığın içinden koştum. Şansımın yaver gideceğini ve birileriyle karşılaşmayı umuyordum.

İlerlerken ana odadan gelen çığlık seslerini duyabiliyordum, Abby'yle Trenton'ının çıkışı bulmalarını sağlamalıydım. Duman kokusu olduğum yere kadar gelmişti; tadilat işleri için yapılmış düzenlemeler, binanın eskiliği, mobilyalar ve üstlerini kaplayan örtüler birleşince bütün bodrumun alevler içinde kalmasının sadece dakikalar süreceğini biliyordum.

"Abby!" diye bağırdım bir kez daha. "Trent!"

Yanıt yok.

Yirmi Yedinci Bölüm
Ateş ve Buz

Dumandan kaçmak imkânsız hâle gelmişti. Hangi odaya girersem gireyim, her aldığım nefes sığ ve sıcak oluyor, ciğerlerimi yakıyordu.

Eğilip dizlerimden güç aldım, soluk soluğaydım. Karanlık ve çok geç olmadan kız arkadaşımı ve erkek kardeşimi bulamama ihtimali yön duygumu zayıflatmıştı. *Kendi* çıkış yolumu bulabileceğimden bile emin değildim.

Öksürük nöbetlerim arasında yan odanın duvarına vurulduğunu duydum.

"Yardım edin! N'olur birileri yardım etsin!"

Bağıran Abby'ydi. Kararlılığım tazelendi ve ellerimle etrafımı yoklayarak aceleyle sesine doğru ilerledim. Ellerim duvara dokundu ve bir kapı hissedince durdum. Kilitliydi. "Güvercin?" diye bağırdım, kapıya asılarak.

Abby'nin sesi daha da tizleşince hemen bir adım geriledim ve açılana kadar kapıyı tekmeledim.

Abby tam pencerenin altındaki bir masanın üstüne çıkmıştı ve çaresizlik içinde ellerini cama vurmaya öyle bir kaptırmıştı ki, içeri girdiğimi fark etmedi bile.

"Güvercin?" dedim öksürerek.

"Travis!" diye bağırdı, hızla masanın üstünden inip kollarıma koştu.

Yüzünü ellerime aldım. "Trent nerede?"

"Onları takip etti!" diye haykırdı, gözyaşları yanağından aşağıya akıyordu. "Benimle gelmesi için ikna etmeye çalıştım ama bir türlü gelmedi!"

Koridora baktım. Duvar kenarlarına dizilmiş olan üstü örtülü mobilyalarla beslenen alevler hızla üstümüze geliyorlardı.

Alevleri görünce Abby önce hızla nefes aldı ardından da öksürdü. Kaşlarımı çattım, Trent'in hangi cehennemde olduğunu merak ediyordum. Koridorun sonuna gittiyse, kurtulmuş olamazdı. Boğazım düğümlenir gibi oldu ama Abby'nin bakışlarındaki dehşet beni içinde bulunduğumuz duruma dikkat kesilmeye zorladı.

"Bizi buradan çıkaracağım, Güvercin." Çabuk, sağlam bir hareketle dudaklarımı dudaklarına bastırdım ve derme çatma merdivene tırmandım.

Pencereyi ittim, kollarımdaki kaslar kalan bütün gücümü kullandığım için titriyorlardı.

"Geri çekil Abby, camı kıracağım!"

Abby bir adım uzaklaştı, bütün vücudu titriyordu. Dirseğimi geriye doğru kırıp bütün gücümle camı yumruklarken bir hırıltı çıkardım. Cam kırıldı ve ben de elimi dışarı uzattım.

"Hadi gel!" diye bağırdım.

Yangının sıcaklığı odayı doldurdu. Korkunun verdiği güçle, Abby'yi tek kolumla yerden kaldırıp dışarı ittim.

Ben dışarıya çıkarken dizlerinin üstünde bekledi ve sonra da ayağa kalkmama yardımcı oldu. Binanın öbür tarafından siren sesleri geliyor, itfaiye ve polis arabalarının kırmızı-mavi ışıkları yakındaki binaların tuğla duvarlarında dans ediyordu.

Abby'yi kendimle beraber çektim ve binanın önünde

kalabalığın toplandığı yere doğru koştum. Bir taraftan ismini haykırırken bir taraftan isle kaplı suratlara bakarak Trenton'ı arıyorduk. Her haykırışımda sesim biraz daha ümitsiz çıkıyordu. Orada değildi. Aramış olmasını umarak telefonuma baktım. Aramadığını görünce hınçla kapattım.

Umudumu tamamen kaybetmek üzereydim, elimle ağzımı kapadım, bir sonraki adımımın ne olacağından emin değildim. Erkek kardeşim yanan binada kaybolmuştu. Dışarıda değildi, dolayısıyla başka bir ihtimal yoktu.

"TRENT!" diye çığlık attım, boynumu uzatıp kalabalık içinde onu ararken.

Kaçmayı başaranlar acil müdahale araçlarının arkasında birbirlerine sarılıp ağlıyor, inliyor ve dehşet içinde itfaiye araçlarının pencerelerden içeriye su sıkmasını izliyorlardı. İtfaiyeciler arkalarından hortumları sürükleyerek içeriye koşuyorlardı.

"Dışarı çıkmamış," diye fısıldadım. "Dışarıda değil, Güvercin." Gözyaşları yanaklarımdan aşağıya süzüldü ve ben de dizlerimin üstüne düştüm.

Abby peşimden yere çömeldi ve beni kollarına aldı.

"Trent akıllı bir adam, Trav. Çıkmıştır. Sadece farklı bir yol bulmak zorunda kaldı."

Kendimi Abby'nin kucağına bırakırken ellerimle tişörtünü kavradım.

Bir saat geçti. Hayatta kalanların ve neler olduğunu görmeye gelenlerin bağrış çığırışları bitmiş, yerine tekinsiz bir sessizlik gelmişti. İtfaiyeciler sadece iki kişiyi sağ çıkardıktan sonra elleri boş dönmeye başlamışlardı. Ne zaman birisi binadan çıksa nefesimi tutuyordum, bir yanım onun Trent olmasını istiyor, diğer bir yanımsa Trent olmasından korkuyordu.

Yarım saat sonra dışarı çıkardıkları insanlar cansızdı. Suni teneffüs uygulamak yerine onları diğer kurbanların yanına yatırıp vücutlarını örtmekle yetindiler. Yere dizdikleri ölüler, biz kurtulanlardan çok daha fazlaydılar.

"Travis?"

Adam yanımızda duruyordu. Abby'yi de beraberimde çekerek ayağa kalktım.

"Kurtulduğunuza sevindim," dedi Adam, şaşkın ve sersemlemiş görünüyordu. "Trent nerede?"

Yanıt vermedim.

Gözlerimizi Keaton Hall'un kararmış yıkıntılarına çevirdik, pencerelerden dışarıya hâlâ buram buram simsiyah dumanlar çıkıyordu. Abby yüzünü göğsüme gömüp tişörtümü küçük yumruklarıyla kavradı.

Kâbus gibi bir sahneydi ve tek yapabildiğim bakmaktı.

"Benim... benim babamı aramam lazım," dedim alnımı kırıştırarak.

"Belki de beklemeliyiz, Travis. Daha bir şey bilmiyoruz," dedi Abby.

Ciğerlerim yanıyordu, tıpkı gözlerim gibi. Gözyaşlarım gözlerimden taşıp yanaklarımdan aşağıya akmaya başlayınca sayılar bulanıklaşıp birbirlerine girdiler. "Bu doğru değil. Buraya hiç gelmemiş olmalıydı."

"Bu bir kazaydı, Travis. Böyle bir şeyin olacağını önceden bilemezdin," dedi Abby yanağıma dokunarak.

Yüzümü buruşturup gözlerimi sımsıkı kapadım. Babamı arayıp Trenton'ın uzun zamandır yanmakta olan bir binada kaldığını ve bunun benim yüzümden olduğunu söyleyecektim. Ailemin bir kaybı daha kaldırabileceğinden emin değildim. Trenton işlerini çekidüzene sokmaya çalışırken babamla beraber yaşamıştı ve ikisi birbirlerine biz diğerlerine göre daha yakındılar.

Numarayı çevirirken babamın tepkisini hayal ettim ve nefesim kesildi. Telefon çok soğuk geliyordu, dolayısıyla

Abby'yi kendime çektim. Kendisi henüz farkında olmasa bile donuyor olmalıydı.

Rakamlar bir isme dönüştüler ve gözlerim büyüdü. Birisi beni arıyordu.

"Trent?"

Trent kulağıma, "İyi misiniz?" diye bağırdı, sesi panikten boğuklaşmıştı.

Abby'ye bakarken şaşkınlıkla dolu bir kahkaha attım. "Arayan Trent!"

Abby'nin nefesi kesildi ve kolumu sıktı.

"Neredesin?" diye sordum, çaresizce onu bulmayı istiyordum.

"Morgan'dayım seni salak! Beklememi söylediğin yerde! Neden burada değilsin?"

"Ne demek Morgan'dayım? Bir saniyeye orada oluyorum, sakın kımıldayayım deme!"

Hızla koşmaya başlayıp Abby'yi de peşimden sürükledim. Morgan'a geldiğimizde ikimiz de öksürüyorduk ve nefes nefese kalmıştık. Trenton merdivenlerden aşağı koşup ikimize de çarptı.

"Tanrı aşkına! Sizin kızartma olduğunuzu sandım!" dedi Trenton ve bize sımsıkı sarıldı.

"Seni hıyarağası!" diye bağırıp onu ittim. "Öldüğünü sandım! İtfaiyecilerin Keaton'dan kömür olmuş cesedini çıkarmalarını bekliyordum!"

Bir an için Trenton'a bakıp surat astım, sonra da onu çekip yeniden kucakladım. Kolumu uzatıp Abby'nin süveterini hissedene dek sağa sola gezdirdim ve onu da çekip kucaklaşmaya dâhil ettim. Birkaç saniye sonra Trenton'ı bıraktım.

Trenton Abby'ye af dileyen, asık bir yüzle baktı. "Özür dilerim, Abby. Paniğe kapıldım."

Abby başını salladı. "İyi olduğun için çok mutluyum."

"*Ben mi?* Travis binadan yanımda sen olmadan çıktığımı görseydi, ölmekten beter olurdum. Sen kaçtıktan sonra seni bulmaya çalıştım ama sonra kayboldum ve başka bir yol bulmam gerekti. Binanın etrafında dolaşıp o pencereyi aradım ama birkaç polise rastladım ve onlar da beni binadan uzaklaştırdılar. Burada kafayı yiyordum!" deyip elini başının üstünden geçirdi.

Başparmaklarımla Abby'nin yanaklarını sildim ve sonra tişörtümü çıkarıp yüzümdeki isi silmek için kullandım. "Hadi gidelim. Yakında burası polisle kaynayacak."

Kardeşimle bir kez daha kucaklaştıktan sonra o kendi arabasına gitti, biz de America'nın Honda'sına yürüdük. Abby'nin emniyet kemerini bağlamasını izledim, öksürdüğünde yüzümü buruşturdum.

"Belki de seni hastaneye götürsek iyi olur. Bir kontrolden geçirsek."

"Ben iyiyim," dedi parmaklarını parmaklarıma dolayarak. Kafasını eğince elimdeki derin kesikleri gördü. "Bu dövüşten mi yoksa pencereden mi?"

"Pencere," diye yanıtladım kan içindeki tırnaklarını görünce.

Bakışları yumuşadı. "Hayatımı kurtardığını biliyorsun, değil mi?"

Kaşlarımı çattım. "Sensiz hiçbir yere gitmeyecektim."

"Geleceğini biliyordum."

Daireye varana dek Abby'nin elini bırakmadım. Eve gittiğimizde o uzun bir duş aldı, ben de titreyen ellerimle ikimize birer kadeh Bourbon doldurdum.

Koridordan gelip sersem bir halde yatağa yığıldı.

"Şunu al," dedim, kehribar renkli içkiyle dolu olan kadehi ona uzatarak. "Gevşemene yardımcı olur."

"Yorgun değilim."

Kadehi yeniden uzattım. Vegas'ta gangsterlerin arasında büyümüş olabilirdi ama az önce ölüme tanık olmuştuk –çok fazla ölüme– ve kendimiz de ölümden kıl payı kurtulmuştuk. "Sadece biraz dinlenmeye çalış, Güvercin."

"Gözlerimi kapamaya neredeyse korkuyorum," dedi, kadehi alıp viskinin tamamını tek dikişte içerek.

Boş kadehi alıp komodinin üstüne koydum, sonra da yatakta onun yanına oturdum. Konuşmadan oturup son birkaç saatte olanları düşündük. Gerçek değilmiş gibi geliyordu.

"Bu gece çok fazla kişi öldü," dedim.

"Biliyorum."

"Yarına kadar kaç kişinin öldüğünü öğrenemeyeceğiz."

"Trent'le çıkmaya çalışırken bir grup çocuğun önünden geçmiştik. Başarabildiler mi merak ediyorum. O kadar korkmuş gözüküyorlardı ki…"

Abby'nin elleri titremeye başlayınca onu bildiğim tek yolla teselli ettim. Sarıldım.

Kendini göğsüme bırakıp içini çekti. Solukları düzene girdi ve yanağını tenime dayayıp iyice göğsüme sokuldu. Tekrar beraber olmaya başladığımızdan beri ilk defa yanında kendimi tamamen rahat hissediyordum, sanki Vegas'ın öncesine dönmüş gibiydik.

"Travis?"

Çenemi eğip dudaklarımı saçlarına dayayarak fısıldadım. "Ne oldu bebeğim?"

Telefonlarımız aynı anda çaldı ve benimkini verirken aynı anda kendi telefonunu açtı.

"Alo?"

"Travis, iyi misin kanka?"

"İyiyim hocam, ikimiz de iyiyiz."

"Ben iyiyim, Mare. Hepimiz iyiyiz," dedi Abby, diğer hatta America'yı rahatlatırken.

"Annemle babam kafayı yediler. Şu anda haberlerden izliyoruz. Onlara orada olacağınızı söylemedim. Ne?" Shepley annesiyle babasına yanıt vermek için telefonu yüzünden uzaklaştırdı. "Hayır anne. Evet, onunla konuşuyorum! Bir şeyi yok! Dairedeler! Evet," diye devam etti. "Ne oldu, Tanrı aşkına?"

"Kahrolası gazlambaları. Adam parlak ışıkların dikkat çekip yakalanmamıza neden olmasını istememiş. Lambaların bir tanesi her yerin alev almasına neden oldu... durum epey kötü Shep. Çok ölü var."

Shepley derin bir nefes aldı. "Tanıdığımız birileri var mı?"

"Henüz bilmiyorum."

"Senin iyi olmana sevindim kardeşim. Ben... Tanrım, senin iyi olmana sevindim."

Abby, karanlıkta el yordamıyla ilerleyip çıkış yolunu bulmaya çalıştığı o korkunç anları tarif ediyordu.

Pencereyi açmaya çalışırken tırnaklarını pencerenin kenarlarına nasıl gömdüğünü anlatırken irkildim.

"Mare erken gelmeyin, biz iyiyiz," dedi Abby. Tekrar "Biz iyiyiz," dedi bu sefer vurgulayarak. "Beni Cuma günü kucaklayabilirsin. Ben de seni seviyorum. İyi eğlenceler."

Cep telefonumu kulağıma sıkı sıkı bastırdım. "Kadınına sarılsan iyi edersin, Shep. Kulağa canı sıkkınmış gibi geliyor."

Shepley içini çekti. "Ben sadece..." Yeniden içini çekti. "Biliyorum hocam."

"Seni seviyorum. Seni kardeşten farksız görüyorum."

"Ben de. Yakında görüşürüz."

Abby'yle telefonlarımızı kapattıktan sonra sessizce oturduk, aklımız hâlâ bu gece olanlarla meşguldü. Yastığa yaslandım ve Abby'yi göğsüme çektim.

"America iyi mi?"

"Canı sıkkın. İyi olacak."

"Orada olmadıkları için mutluyum."

Abby'nin çenesinin kasılıp gevşediğini tenimde hissedebiliyordum ve olanlar yetmiyormuş gibi aklına başka korkunç düşünceler soktuğum için kendime küfrettim.

"Ben de," dedi titreyerek.

"Özür dilerim. Bu gece çok şey yaşadın. Bunlara yeni şeyler eklememe gerek yok."

"Sen de oradaydın, Trav."

Olayları aklıma getirdim; karanlıkta Abby'yi aramak, onu bulup bulamayacağımı bilememek ve sonunda o kapıyı tekmeleyerek açıp yüzünü görmek.

"Ben pek sık korkmam," dedim. "İlk sabahımızda kalkıp seni bulamayınca korkmuştum. Vegas'tan sonra beni bıraktığında korkmuştum. Babama Trent'in o binada öldüğünü söylemek zorunda kalacağımı düşündüğüm zaman korkmuştum. Ama seni bodrumda alevlerin arasından gördüğümde... Dehşete düştüm. Kapıya ulaştım, çıkış yarım metre ötemdeydi ve çıkamadım."

"Ne demek istiyorsun? Sen *delirdin mi?*" dedi başımı sertçe kaldırıp gözlerime bakarken.

"Daha önce hayatımda hiçbir şey hakkında bu kadar net olmamıştım. Dönüp senin olduğun odaya gittim ve işte oradaydın! Başka hiçbir şeyin önemi yoktu. Kurtulup kurtulamayacağımızı bile bilmiyordum sadece senin yanında olmak istiyordum, bu ne anlama geliyorsa. Korktuğum tek şey sensiz bir hayat, Güvercin."

Abby uzanıp şefkatle dudaklarımı öptü. Ağızlarımız birbirinden ayrıldığında gülümsedi. "O zaman korkacak hiçbir şeyin yok demektir. Biz sonsuza dek beraber olacağız."

İçimi çektim. "Hepsini yeni baştan yapardım. Eğer burada bu anda olacağımız anlamına gelecekse, bir saniyesini bile değişmezdim."

Abby derin bir nefes aldı, ben de şefkatle alnını öptüm.

"İşte bu," diye fısıldadım.

"Ne?"

"O an. Seni, yüzündeki huzurla uyurken izlediğim o an. İşte bu o. Annem öldüğünden beri yaşamamıştım ama artık yeniden hissedebiliyorum." Derin bir nefes alıp onu daha yakınıma çektim. "Seninle tanıştığım ilk andan itibaren ihtiyacım olan bir şeyin sende olduğunu anlamıştım. Şu işe bak ki, sende olan bir şey değilmiş. Senmişsin."

Yüzünü göğsüme gömerken yorgun yorgun gülümsedi. "Önemli olan biziz, Trav. Beraber olmadığımız sürece hiçbir şeyin anlamı yok. Bunu fark ettin mi?"

"Fark etmek mi? Bir yıldır sana bunu anlatmaya çalışıyorum!" diye takıldım. "Artık resmiyet kazandı. Kaşarlar, kavgalar, ayrılıklar, Parker, Vegas... ve hatta yangınlar... ilişkimiz her şeyin üstesinden gelebilir."

Başını kaldırdı, gözleri gözlerime odaklanmıştı. Kafasında bir planın şekil aldığını görebiliyordum. İlk defa bir sonraki adımın ne olduğundan endişe etmiyordum çünkü artık hangi yolu seçerse seçsin o yolda beraber yürüyeceğimizden emindim.

"Vegas'a ne dersin?" diye sordu.

Kaşlarımı çattım. "Yani?"

"Geri dönmeyi düşündün mü hiç?"

Söylediğine inanamayıp kaşlarımı kaldırdım. "Bunun benim için iyi bir fikir olmadığını düşünüyorum."

"Ya tek geceliğine gidecek olsaydık?"

Kafam karışmış bir halde karanlıkta sağa sola bakındım.

"Bir geceliğine mi?"

"Benimle evlen," deyiverdi. Sözcükleri işitmiştim ama algılamam bir saniyemi aldı.

Pişmiş kelle gibi sırıttım. Saçmalıyordu ama az önce yaşadıklarımızı atlatmasına yardımcı olacaksa oyununa katılmakta hiçbir sakınca görmüyordum.

"Ne zaman?"

Omzunu silkti. "Yarına bilet alabiliriz. Bahar tatilindeyiz. Yarın yapmam gereken bir şey yok. Senin var mı?"

"Blöfünü görüyorum," deyip telefonuma uzandım. Abby çenesini kaldırarak inatçı tavrını takındı. "American Airlines," deyip hatta bağlanırken tepkisini dikkatle izledim. "Vegas'a iki bilet alabilir miyim lütfen. Yarın."

Kadın uçuş saatlerine bakıp ne kadar kalacağımızı sordu.

"Hmmmm..." Abby'ye baktım, fikrini değiştirmesini bekledim, ama kararlıydı. "İki gün gidiş dönüş. Elinizde ne varsa."

Yüzünde kocaman bir gülümsemeyle çenesini göğsüme dayayıp konuşmamın bitmesini bekledi.

Kadın ödeme bilgilerimi isteyince Abby'ye cüzdanımı vermesini işaret ettim. Bu noktada gülüp telefonu kapatmamı söylemesini bekliyordum ama mutlulukla kredi kartımı cüzdanımdan çıkarıp bana verdi.

Kredi kartı numaramı satış temsilcisine verirken her dört haneden sonra dönüp Abby'ye bakıyordum. Sadece dinliyordu, eğlenirmiş gibi bir hali vardı. Son kullanım tarihini söyledim ve az sonra hiç kullanmayacağımız iki uçak bileti satın alacağımı düşündüm. Ne de olsa Abby'nin blöfçülüğü inanılmaz iyiydi. "Ee, evet hanımefendi. Kontuardan alacağız. Teşekkürler."

Telefonu Abby'ye uzattım, o da komodinin üstüne koydu.

"Az önce bana evlenme teklif ettin," dedim, hâlâ **ciddi** olmadığını itiraf etmesini bekliyordum.

"Farkındayım."

"Az önceki konuşma gerçekti biliyorsun, değil mi? Az önce, yarın öğlene gitmek üzere Vegas'a iki bilet satın aldım. Bu da yarın gece evleneceğimiz anlamına geliyor."

"Teşekkürler."

Gözlerimi kıstım. "Pazartesi günü sınıfa Bayan **Maddox** olarak gideceksin."

"Ah," dedi etrafa bakınarak.

Bir kaşımı kaldırdım. "Bir tereddüdün mü var?"

"Gelecek hafta bir sürü evrakta değişiklik yapmam gerekecek."

Yavaşça başımı aşağı yukarı salladım. Temkinli bir iyimserliğim vardı.

"Yarın benimle evleniyorsun yani?"

Sırıttı. "Aynen."

"Sen ciddi misin?"

"Evet."

"Sana âşığım!"

Yüzünü ellerime alıp dudaklarımı dudaklarına yapıştırdım. "Seni o kadar çok seviyorum ki Güvercin," dedim onu tekrar tekrar öperken. Dudakları öpücüklerime yetişmekte güçlük çekiyordu.

"Sadece bundan elli yıl sonra hâlâ pokerde canına okuyor olacağımı unutma yeter." Kıkırdadı.

"Bu seninle altmış ya da yetmiş yıl geçirmek anlamına gelecekse bebeğim, elinden geleni ardına koyma."

Bir kaşını kaldırdı, "Buna pişman olacaksın."

"Olmayacağıma bahse girerim."

Tatlı gülümsemesi, Vegas'taki bir poker masasını söğüşlerken tanık olduğum kendine güvenen Abby Abernathy gülümsemesine dönüştü. "Dışarıdaki gıcır gıcır motosiklet üstüne bahse girecek kadar emin misin?"

"Sahip olduğum her şey üstüne bahse girebilirim. Seninle geçirdiğim tek bir saniyeden pişman değilim Güvercin ve asla da olmayacağım."

Elini uzatınca tereddüt etmeden aldım, bir defa sıktım ve ağzıma götürüp dudaklarımı nazikçe parmaklarının boğumlarına bastırdım.

"Abby Maddox..." dedim, gülmemi durduramıyordum.

Bana sarıldı, sıkarken omuzları gerildi. "Travis ve Abby Maddox, kulağa hoş geliyor."

"Peki ya yüzük?" dedim yüzümü buruşturup.

"Yüzüklerle daha sonra ilgileniriz. Bu belayı başına ben açtım sayılır."

"Ah..." Lafımın devamını getirmedim. Çekmecedeki kutuyu hatırlamıştım. Onu şimdi Abby'ye vermenin iyi bir fikir olup olmadığını merak ettim. Birkaç hafta önce, hatta belki de birkaç gün önce, Abby'nin paniğe kapılmasına neden olabilirdi. Ama artık o noktayı geçmiştik. En azından öyle umuyordum.

"Ne var?"

"Paniğe kapılma," dedim. "Ben zaten... o işi çoktan hallettim gibi bir şey."

"Hangi işi?"

Tavana bakıp içimi çektim, hatamın farkına çok geç varmıştım. "Paniğe kapılacaksın."

"Travis..."

Komodin çekmecesine uzanıp bir an elimle içeriyi yokladım.

Abby suratını asıp ıslak saçlarını üfleyerek gözlerinin üzerinden uzaklaştırdı. "Ne? Prezervatif mi aldın?"

Bir kahkaha attım. "Hayır, Güvercin," dedim elimi çekmecenin daha da içine iterek. Elim nihayet o tanıdık kenarlara dokundu ve küçük kutuyu sakladığım yerden çıkarırken Abby'nin yüzündeki ifadeyi izledim.

Küçük kadife kareyi göğsümün üstüne yerleştirirken, Abby bakakaldı; başımı yaslamak için bir kolumu arkaya attım.

"Bu nedir?" diye sordu.

"Neye benziyor?"

"Tamam. Soruyu başka bir şekilde sorayım: Bunu ne zaman aldın?"

Nefes aldım. "Bir süre önce."

"Trav..."

"Sadece bir gün geçerken gördüm ve ait olduğu tek bir yer var diye düşündüm... senin o küçük mükemmel parmağın."

"O bir gün ne zamandı?"

"Ne fark eder?"

"Görebilir miyim?" Gülümsedi, gri irisleri parlıyordu.

Beklenmedik tepkisi benim yüzümde de kocaman bir gülümsemenin belirmesine neden oldu. "Açsana."

Abby bir parmağıyla kutuya hafifçe dokundu ve sonra da iki eliyle altın mührü kavrayıp kapağı yavaşça kaldırdı. Gözleri büyüdü ve kapağı hızla kapattı.

"Travis!" diye bağırdı.

"Paniğe kapılacağını biliyordum!" deyip ellerimi ellerinin üstüne koydum.

"Sen *deli misin?*"

"Biliyorum. Ne düşündüğünü biliyorum ama yapmak zorundaydım. Bu 'O'ydu. Ve haklıydım da! O günden beri bunun kadar mükemmelini görmedim!" Belli etmesem de tedirgindim, az önce ne kadar sık yüzük baktığımı itiraf etmiştim ve bunu fark etmeyeceğini umuyordum.

Gözleri kocaman açıldı ve ellerini yavaşça kutudan uzaklaştırdı. İkinci kez kapağı açtı ve ardından yüzüğü yerinden çıkardı.

"Bu... Tanrım, muhteşem," diye fısıldadı elini elime alırken.

"Parmağına takabilir miyim?" diye sordum, ona bakarak. Başıyla onayladığında dudaklarımı birbirine bastırdım ve gümüş yüzüğü parmağının sonuna kadar kaydırdım ve bırakmadan önce bir an tuttum. "İşte şimdi muhteşem oldu."

İkimiz de bir an eline baktık. Nihayet ait olduğu yerdeydi.

"Bununla kendi arabanın peşinatını ödeyebilirdin," dedi sessizce, sanki yüzüğün huzurunda fısıldaması gerekiyormuş gibi.

Yüzük parmağını dudaklarıma dokundurdum ve yüzüğün hemen altındaki yeri öptüm. "Bunun elinde nasıl duracağını bir milyon defa hayal ettim. Şimdi yerinde ve..."

"Ne?" Gülümsedi, sözümü bitirmemi bekledi.

"Böyle hissedebilmek için beş yıl ter dökmem gerekeceğini düşünmüştüm."

"Bunu ben de senin kadar istiyordum. Sadece senden çok daha iyi bir blöfçüyüm," diyerek dudaklarını dudaklarıma bastırdı.

Her ne kadar geride sadece yüzüğüm kalana dek üstündekileri çıkarmak istiyor olsam da, başımı yastığa koyup vücudunu vücuduma yaslamasına izin verdim. O gecenin dehşetinden başka bir şeye odaklanmanın bir yolunu bulmayı başarmıştık.

Yirmi Sekizinci Bölüm
Karı Koca

Abby kaldırımın kenarında durmuş, eliyle serbest kalmış iki parmağımı tutuyordu. Diğer parmaklarımla bavullarımızı taşıyor ya da America'ya nerede olduğumuzu işaret etmeye çalışıyordum.

İki gün önce Honda'yla havaalanına gitmiştik, dolayısıyla Shepley'nin America'yı arabasına kadar bırakması gerekmişti. America bizi almakta ısrarcıydı ve herkes nedenini biliyordu. Kaldırımın yanına yanaştığında dümdüz ileri bakıyordu. Bavullarımızı yerleştirmek için bile yerinden kalkmadı.

Abby topallayarak yolcu koltuğunun yanına geldi ve yeni soyadının dövmesini yaptırdığı tarafı koruyarak içeri girdi.

Bavullarımızı bagaja attım ve arka kapının kolunu çektim. "Eee....," dedim bir kez daha çekerek. "Kapıyı aç, Mare."

"Açacağımı sanmıyorum," dedi, bana öfkeyle bakmak için kafasını aniden çevirerek.

Arabayı biraz öne alınca Abby gerildi. "Mare dur."

America bütün gücüyle frene bastı ve bir kaşını kaldırdı.

"O aptal dövüşlerinin birinde az kalsın en iyi arkadaşımın ölmesine neden oluyordun, sonra onu Vegas'a götürüp ben şehir dışındayken onunla evleniyorsun ve ben de bırak nedime olmayı, düğüne şahit bile olamıyorum ha?"

Kapı kolunu bir kere daha çektim. "Yapma Mare. Üzgün olduğumu söyleyebilmeyi isterdim ama hayatımın aşkıyla evlendim."

"Senin hayatının aşkı bir Harley!" dedi America öfkeyle. Arabayı biraz daha ileri aldı.

"Artık değil!" diye yalvardım.

Abby, "America Mason..." diye başladı. Tehditkâr bir tonda konuşmaya çalıştı ama America ona öyle sert bir bakış attı ki, Abby ürkerek kapıya kadar gerilemek zorunda kaldı.

Arkamızdaki arabalar korna çaldılar ama America onları fark edemeyecek kadar öfkelenmişti.

"Tamam!" dedim, bir elimi havaya kaldırıp. "Tamam. Bu yaz... eee... bu yaz başka bir düğün yapmamıza ne dersin? Gelinlik, davetler, çiçekler, her şey. Abby'nin planlamasına yardım edersin. Yanında durursun, onun için bir bekârlığa veda partisi düzenlersin, artık ne istersen."

"Aynı şey değil!" diye homurdandı America ama yüzündeki gerilim biraz olsun azalmıştı. "Yine de başlangıç olarak kabul edilebilir." Arkasına uzanıp kilidi açtı.

Kapı koluna asıldım ve kapıyı açıp koltuğa geçtim. Daireye gelene kadar ağzımı açmamaya özen gösterdim.

Otoparka girerken Shepley Charger'ını siliyordu. "Hey!" Gülümsedi, önce beni sonra da Abby'yi kucakladı. "İkinize de tebrikler."

Abby, "Teşekkürler," dedi, America'nın atarından ötürü kendini hâlâ tedirgin hissediyordu.

"America'yla kendi yerimize taşınmayı düşünmemiz isabet olmuş herhalde."

"Taşınmayı mı düşünüyordunuz?" dedi Abby, başını yana eğip arkadaşına bakarak.

"Görünüşe göre kendi başına karar alan bir tek biz değilmişiz."

"Sizinle de konuşacaktık," dedi America savunmaya geçerek.

"Acelesi yok," dedim. "Ama bugün Abby'nin eşyalarını taşımak için biraz yardıma ihtiyacım olacak."

"Evet, tabii. Brazil yeni döndü. Ona kamyonetine ihtiyacımız olduğunu söylerim."

Abby bakışlarını üçümüzün arasında dolaştırdı. "Ona söyleyecek miyiz?"

America ukala gülümsemesini saklayamadı. "Parmağında şu koca taş varken inkâr etmek biraz zor olur."

Yüzümü astım. "Bilinmesini istemiyor musun?"

"Yani hayır, o yüzden değil. Ama kimseye haber vermedik, bebeğim. İnsanlar şok olacaklar."

"Sen artık Bayan Travis Maddox'sun. Salla gitsin onları," dedim tereddüt etmeden.

Abby bana bakıp gülümsedi, sonra da yüzüğüne baktı. "Aynen öyleyim. En iyisi aileyi uygun bir şekilde temsil etmem herhalde."

"Of kahretsin," dedim. "Babama söylememiz lazım."

Abby'nin yüzü bembeyaz oldu. "Öyle mi?"

America güldü. "Ondan daha şimdiden çok şey bekliyorsun. Adım adım ilerlemelisin Trav, Tanrı aşkına."

Ona bakıp alaycı bir ifadeyle burnumdan soludum, havaalanında beni arabaya almamasına hâlâ gıcıktım.

Abby yanıt bekledi.

Omzumu silktim. "Bugün yapmak zorunda değiliz ama epey yakın bir zamanda söylemeliyiz, olur mu? Onun başka birisinden duymasını istemiyorum."

Başıyla onayladı. "Anlıyorum. Sadece bu hafta sonunu kendimize ayıralım ve ilk birkaç günümüzü başka kimseyi evliliğimize davet etmeden yeni evlenmiş bir çift olarak geçirelim."

Gülümseyip bavullarımızı Honda'nın bagajından çıkardım. "Anlaştık. Bir şey hariç."

"Nedir o?"

"İlk birkaç günümüzü araba arayarak geçirebilir miyiz? Sana bir araba alacağımıza söz verdiğimden eminim."

"Gerçekten mi?" Gülümsedi.

"Sadece bir renk beğen bebeğim."

Abby yeniden üstüme zıpladı ve kollarıyla bacaklarını bana dolayıp yüzümü öpücüklere boğdu.

America, "Off, kesin şunu artık," dedi.

Abby yere ininince, America onu bileğinden tutup çekti.

"Hadi içeri gidelim, dövmeni görmek istiyorum."

Kızlar koşarak merdivenlerden çıktılar ve Shepley'yle beni bavullarla baş başa bıraktılar. Ona America'nın bir sürü ağır bavulunu taşımasında ona yardım ederken, bir yandan da Abby'yle benimkilere el attım.

Bavulları güç bela merdivenden yukarı taşıdık ve kapının açık bırakılmasına şükrettik.

Abby koltukta yatıyordu, kot pantolonunu çıkarmış, katlayıp kenara koymuştu; America onun vücudundaki ince, siyah kıvrımlı çizgileri inceliyordu, sonra yüzü kıpkırmızı olmuş, ter içindeki Shepley'ye baktı. "Bebeğim, deli olmadığımız için o kadar mutluyum ki."

"Ben de," dedi Shepley. "Bunları buraya getirmemi istemiştin, değil mi? Arabaya geri götürmeye hiç niyetim yok."

"Çok iyi yapmışsın bebeğim, eline sağlık." America, tatlı tatlı gülümseyerek Abby'nin dövmesine döndü.

Shepley, oflayarak yatak odasına gitti ve ellerinde birer şişe şarapla geri geldi.

"Bu nedir?" diye sordu Abby.

"Kokteyliniz," dedi Shepley, pişmiş kelle gibi sırıtarak.

Abby, arabayı yavaşça boş park yerine sokarken dikkatle arabanın yanlarını kontrol etti. Önceki gün gümüş renginde yepyeni bir Toyota Camry beğenmişti ve onu direksiyona geçmeye ikna edebildiğim birkaç defada da arabayı birinin Lamborghini'sini ödünç almış gibi kullanmıştı.

Arabayı iki defa stop ettirdikten sonra nihayet vitesi park konumuna aldı ve kontağı kapattı.

Yan tarafta ne kadar yer bıraktığını bir kez daha kontrol ettikten sonra, "Bir park üyeliği almamız gerekecek," dedi. "Tamam Güvercin, ben hallederim," dedim dördüncü defa.

Yeni bir arabanın stresini eklemeden önce bir hafta filan beklese miydik acaba, diye düşündüm. İkimiz de okulun dedikodu makinesinin eninde sonunda evliliğimizle ilgilenmeye başlayacağını ve arada bir iki tane de skandal uyduracağını biliyorduk. Abby hamile olup olmadığıyla ilgili gelecek soruları engellemek için dar kot pantolon ve süveterler giyiyordu. Kimseye haber vermeden hemen evlenmiş olabilirdik ama çocuklar yepyeni bir seviyeydi ve ikimiz de beklemekten memnunduk.

Kampüsün çeşitli yerlerindeki derslerimize olan uzun yolculuğumuza başlarken, gri gökyüzünden bir bahar yağmurunun ilk damlaları düştü. Kırmızı beyzbol şapkamı alnımın önüne doğru çektim, Abby de şemsiyesini açtı. İkimiz de yanından geçerken Keaton Binası'na baktık, binayı çevreleyen sarı bandı ve pencerelerin üstündeki kararmış tuğlaları fark ettik. Abby ceketime asıldı ve ben de olanları hatırlamamaya çalışarak onu tuttum.

Shepley Adam'ın tutuklandığını duymuştu. Abby'ye bir şey söylememiştim, sırada benim olmamdan korkup gereksiz yere endişelenmesine gerek yoktu.

Yangınla ilgili haberler dikkatleri Abby'nin yüzük parmağından uzaklaştırır diye umuyordum, ama insanların sınıf arkadaşlarını korkunç bir şekilde kaybettikleri bu olayı akıllarından çıkarabilmeleri için evliliğimizin mükemmel bir fırsat olduğu da açıktı.

Tam beklediğim gibi, kafeteryaya geldiğimizde biraderlerim evliliğimizi ve Abby'nin karnındaki oğlumuzu kutluyorlardı.

Abby başını sallayarak, "Ben hamile değilim," dedi.

"Ama... siz evlenmediniz mi?" dedi Lexi şüpheyle.

"Evet," dedi Abby sadece.

Lexi bir kaşını kaldırdı. "Gerçeği yakında öğreneceğimizden şüphem yok."

Başımla sertçe yan tarafı işaret ettim. "Yoluna devam, Lexi."

Beni duymazdan geldi. "Yangından haberiniz var, değil mi?"

"Ayrıntıları bilmiyoruz," dedi Abby. Rahatsız olduğu çok belliydi.

"Öğrencilerin aşağıda bir parti verdiklerini duydum. Yıl boyunca gizlice bodrum katlarına giriyorlarmış."

"Öyle miymiş?" diye sordum. Gözümün ucuyla Abby'nin bana baktığını görebiliyordum ama çok rahatlamış görünmemeye çalıştım. Söylentiler bu şekildeyse, belki de yırtabilirdim.

Ertesi gün insanlar ya gözlerini dikip bana baktılar ya da yanıma gelip kutladılar. İlk defa ders aralarında, hafta sonu ne yapacağımı öğrenmek isteyen kızlar beni durdurmadı. Sadece yanlarından geçerken beni izliyorlardı, başka birinin kocasına yaklaşmaya tereddüt ediyorlardı. Aslında oldukça hoştu.

Günüm epey iyi geçiyordu ve aynı şey Abby için de geçerli miydi merak ettim. Psikoloji hocam bile söylentinin doğru olup olmadığı sorulduğunda verdiğim yanıtlara kulak misafiri olunca, bana küçük bir gülümsemeyle bakıp başıyla selam verdi.

Son dersimizden sonra Abby'yle Camry'de buluştuk ve çantalarımızı arka koltuğa attım. "Beklediğin kadar kötü müydü?"

"Evet." Bir nefes aldı.

"O halde bugün babama haber vermek için iyi bir gün sayılmaz, ha?"

"Hayır. Ama yine de gidip söylesek iyi olur. Sen haklısın, haberi başka birinden almasını istemiyorum."

Yanıtı beni şaşırtmıştı ama sorgulamadım. Abby sürücü koltuğuna benim oturmamda ısrar etti ama direksiyon başında olmaya alışması gerektiğini söyleyerek reddettim.

Kampüsten babamın evi uzun sürmedi ama ben kullanıyor olsaydım daha kısa sürerdi. Abby bütün trafik kurallarına uydu; çoğunlukla da, polis çevirirse kazara sahte kimliğini vermekten tedirgin olduğu için bu kadar dikkatliydi.

Arabayla içinden geçerken küçük kasabamız farklı geldi ya da belki ben değişmiştim. Artık evli bir adam olduğum için mi kendimi daha rahat –neredeyse tasasız– hissediyordum, yoksa nihayet kendimle barışmış mıydım, kestirmek zor. Artık kendimi kanıtlamama gerek olmayan bir durumdaydım çünkü beni bütün olarak kabul eden tek insan, en iyi arkadaşım, artık hayatımın kalıcı bir parçasıydı.

Sanki bir görevi tamamlamış, bir engeli aşmış gibi hissediyordum kendimi. Annemi düşündüm ve bana bir ömür önce söylediklerini. O anda kafama dank etti: Bana azına razı olmamamı, sevdiğim insan için mücadele etmemi söylemişti ve hayatımda ilk defa benden istediğini gerçekleştirmiştim. Nihayet beklentilerini karşılayan bir adam olmuştum.

İçimi arındıran, derin bir nefes aldım ve uzanıp elimi Abby'nin dizine koydum.

"Ne oldu?" diye sordu.

"Ne oldu derken?"

"Yüzündeki ifade."

Bakışları benimle yol arasında gidip geldi, fazlasıyla meraklanmıştı. Yüzümde yeni bir ifade olduğunu düşünüyordum ama neye benzediğini tarif edemezdim.

"Sadece mutluyum bebeğim."

Abby şöyle bir güldü ve 'hımm' dedi. "Ben de."

Babama, olaylı Vegas yolculuğumu anlatmak konusunda biraz tedirgin olduğumu itiraf etmem lazım; kızacağından değil, tam nedenini söyleyemiyordum ama karnımda kelebekler uçuşuyormuş gibi hissediyordum; babama olan mesafe azaldıkça hızlanıp kanatlarını daha güçlü çarpan kelebekler.

Abby mıcırla kaplı, yağmurdan dolayı biraz çamurlaşmış yola girip evin yanına park etti.

"Sence ne diyecek?" diye sordu.

"Bilmem. Mutlu olacak, onu biliyorum."

"Böyle mi düşünüyorsun?" diye sordu Abby, elime uzanırken.

Parmaklarını parmaklarımın arasına alıp sıktım. "Öyle olduğunu biliyorum."

Biz kapıya gelmeden babam verandaya çıktı.

"Selam çocuklar," dedi gülümseyerek. Yanakları gözlerinin altındaki torbaları yukarı iterken, gözleri kısıldı.

"Bir an gelenin siz olduğunu anlayamadım. Yeni bir araba mı aldın Abby? Güzelmiş."

"Selam Jim." Abby gülümsedi." Travis aldı."

"İkimizin arabası," dedim, beyzbol şapkamı çıkarırken. "Sana bir uğrayalım demiştik."

"İyi yapmışsınız... iyi yapmışsınız çocuklar. Biraz yağmur yağacak herhalde."

"Herhalde," dedim, gerginliğim havadan sudan konuşma becerimi boğarak ortadan kaldırmıştı. Gerginlik sandığım şey aslında evlendiğimizi babama söylemek için duyduğum heyecandı.

Babam bir şeyler döndüğünün farkındaydı. "Bahar tatiliniz güzel geçti mi?"

"Epey... ilginçti," dedi Abby, bana yaslanarak.

"Öyle mi?"

"Bir geziye çıktık baba. Birkaç günlüğüne Vegas'a kaçtık. Biz ee... biz evlenmeye karar verdik."

Babam birkaç saniye durakladı, sonra da bakışları hızla Abby'nin eline yöneldi. Aradığı kanıtı bulunca önce Abby'ye sonra da bana baktı.

"Baba?" dedim, yüzündeki boş ifade beni şaşırtmıştı.

Babamın gözleri biraz nemlendi, sonra da ağzının kenarları yavaşça yukarı döndü. Kollarını açıp Abby'yi ve beni aynı anda kucakladı.

Abby gülümseyerek bana baktı. Ben de ona göz kırptım.

"Annem burada olsa ne derdi acaba?" dedim.

Babam geri çekildi, gözleri mutluluk gözyaşlarıyla ıslanmıştı. "İyi yaptığını söylerdi, oğlum." Abby'ye baktı. "Kendisi gittiğinde oğlunun kaybettiği o şeyi geri verdiğin için sana teşekkür ederdi."

"Bundan emin değilim," dedi Abby, gözlerini silerken. Babamın duyguları onu çok etkilemişti.

Babam bizi yeniden, sımsıkı kucaklarken bir yandan da gülüyordu. "Bahse var mısın?"

EPİLOG

Duvarlar, yüksekteki sokaklardan gelen yağmur sularıyla sırılsıklamdı. Damlalar cup diye düşüp, gittikçe derinleşen bir su birikintisine dönüşüyor ve sanki bodrumun orta yerinde kendi kanı içinde yüzen o zavallı piç için ağlıyorlardı.

Başımı eğip soluk soluğa ona baktım ama uzun bir süre için değil. Glock'larımı tam ters yönlere doğrultmuştum ve takımımın kalanı gelene kadar Benny'nin adamlarını oldukları yerde tutuyordum.

Kulağımın içine yerleştirilmiş olan telsiz hoparlör cızırdadı. "Tahmini on saniye kadar sonra oradalar, Maddox. İyi iş çıkardın." Takım liderim Henry Givens'ın sesi düşmüştü, o da benim gibi Benny'nin ölmesiyle bütün operasyonun sona erdiğinin farkındaydı.

Tepeden tırnağa siyah giyinmiş bir düzine adam ellerinde otomatik silahlarla odaya daldılar, ben de silahlarımı indirdim. "Fedaiden fazlası değiller, çıkarın şunları buradan."

Tabancalarımı kılıflarına koyduktan sonra, bileklerimde kalan bantları söktüm ve bodrumun merdivenlerinden güç bela yukarı çıktım. Thomas yukarıda beni bekliyordu, haki paltosu ve saçı fırtınada sırılsıklam olmuştu.

"Yapman gerekeni yaptın," dedi, peşimden arabaya gelerek. "İyi misin?" Kaşımdaki kesiğe uzandı.

Benny beni sorgularken, o sandalyede iki saat boyunca oturup dayak yemiştim. Kim olduğumu o sabah anlamışlardı; tabii hepsi planın bir parçasıydı ama operasyon Benny'nin tutuklanmasıyla sonuçlanacaktı, ölmesiyle değil.

Bütün gücümle dişlerimi gıcırdatıyordum. Kendimi kaybedip öfkemi uyandıran herkesi eşek sudan gelinceye kadar dövdüğüm günler çok geride kalmıştı. Ama sadece birkaç saniye içinde aldığım bütün eğitim sıfırlanmıştı; Benny Abby'nin adını ağzına alınca delirmiştim.

"Tommy, eve gitmem lazım. Haftalardır uzaktayım ve bugün yıldönümümüz... yani artık olduğu kadar."

Kapıyı çekip açtım ama Thomas bileğimi yakaladı. "Önce, ulaştığın bilgileri vermen gerekiyor. Bu vaka üstüne yıllarca çalıştın."

"Boşa harcadım. Yıllarımı boşa harcadım."

Thomas içini çekti. "Eve bu ruh haliyle gitmek istemiyorsun, değil mi?"

İçimi çektim. "Hayır, ama gitmem lazım. Ona söz verdim."

"Ben onu arayıp açıklarım."

"Yalan söyleyeceksin"

"İşimiz bu."

Gerçek her zaman çirkindi. Thomas haklıydı. Beni o yetiştirmiş sayılırdı ama FBI tarafından göreve çağrılana dek onu gerçekten tanımıyordum. Thomas üniversiteye gitmek için kasabamızdan ayrıldığında, reklamcılık okumaya gittiğini sanmıştım; sonra da bize Kaliforniya'da bir reklam ajansında yönetici olduğunu söylemişti. O kadar uzaktaydı ki, yalanını devam ettirmesi kolay oluyordu.

Şimdi geriye bakınca anlamak kolaydı; Thomas'ın, Abby'yle tanıştığı o gece özel bir durum olmadığı halde neden eve gelmeye karar verdiğini biliyordum. O sıralarda, Benny'yi ve bol miktardaki yasadışı faaliyetini incelemeye henüz başlamışken, küçük kardeşinin Benny'den borç alan birinin kızıyla karşılaşıp ona âşık olması tamamen tesadüftü. Benny'nin faaliyetlerine bulaşmış olmamız daha da iyiydi.

Adli hukuktan mezun olduğumda FBI'ın benimle temasa geçmesi çok mantıklıydı. Bunun aslında ne kadar gurur verici bir şey olduğunu anlamamıştım bile. Her yıl binlerce başvuru yapıldığını ve nadiren eleman aldıkları hiç aklıma gelmemişti. Ama hâlihazırda Benny'yle bağlantılarım olduğu için mükemmel bir köstebektim.

Yıllar boyu süren eğitimin ve evden uzakta geçirdiğim onca zamanın sonunda, Benny şu anda ölü gözlerini bodrum tavanına dikmiş, yerde yatıyordu. Glock'umun şarjöründeki bütün kurşunlar göğsüne gömülmüştü.

Bir sigara yaktım. "Ofisteki Sarah'yı ara. Ona bir sonraki uçuşa bilet almasını söyle. Gece yarısından önce evde olmak istiyorum."

"Aileni tehdit etti, Travis. Hepimiz Benny'nin neler yapabileceğini biliyoruz. Kimse seni suçlamıyor."

"Yakalandığını biliyordu, Tommy. Kaçacak yeri kalmadığını biliyordu. Bana yem attı. Bana yem attı ve ben de yemi yuttum."

"Belki. Ama tanıdığı en ölümcül adamın karısına nasıl işkence edeceğini ve öldüreceğini ayrıntılarıyla anlatması da pek profesyonelce değildi. Seni tehdit edemeyeceğini bilmesi gerekirdi."

"Aynen," dedim, sıktığım dişlerimin arasından Benny'nin Abby'yi kaçırıp yavaş yavaş derisini yüzeceğini ne kadar canlı biçimde tasvir ettiğini hatırladım. "Bahse girerim, bu kadar usta bir öykü anlatıcı olduğu için pişmandır."

"Tabii bir de Mick var. Listede bir sonraki kişi o."

"Sana söyledim Tommy. O vakada sadece danışmanlık yapabilirim. Sahaya çıkmam iyi olmaz."

Thomas gülümsemekle yetindi, bu tartışmayı başka bir zaman yapmaya hazırdı.

Beni havaalanına götürmek için bekleyen arabanın arka koltuğuna geçtim. Kapı kapanıp da yola çıkınca, Abby'nin numarasını çevirdim.

"Selam bebeğim," dedi Abby cilveyle.

Ânında saf, derin bir nefes aldım. Sesini duyunca yaşadıklarımın bıraktığı bütün yük akıp gitmişti.

"Yıldönümümüz kutlu olsun, Güvercin. Eve geliyorum."

"Öyle mi?" diye sordu sesi bir perde incelmişti. "Gelmiş geçmiş en iyi hediye."

"İşler nasıl?"

"Babandayız. Poker oynuyoruz, James az önce bir el daha kazandı. Endişelenmeye başladım."

"O senin oğlun, Güvercin. Kartlarla arasının iyi olması seni şaşırtıyor mu?"

"*Beni* yendi, Trav. Çok iyi oynuyor."

Durakladım. "Seni mi yendi?"

"Evet."

"Kendine bir kural koyduğunu sanıyordum."

"Biliyorum." İçini çekti. "Biliyorum. Artık oynamıyorum ama James kötü bir gün geçirmişti ve neler olduğunu anlatması için bu oldukça iyi bir yoldu."

"Ne olmuş?"

"Okulda bir çocuk var. Bugün benimle ilgili bir şey söylemiş."

"Seksi matematik hocasına yazan ilk oğlan değil ya bu."

"Hayır, ama özellikle kaba bir şey söylediğini düşünüyorum. Jay ona çenesini kapamasını söyledi, bir itişme yaşandı."

"Jay çocuğu patakladı mı?"

"Travis!"

Güldüm. "Sadece soruyorum!"

"Ben de olayı sınıfımdan gördüm. Jessica oraya benden önce gitti. Erkek kardeşini... küçük duruma düşürmüş olabilir. Biraz. İstemeden."

Gözlerimi kapadım. Jessica, büyük bal rengi gözleri olan, uzun koyu renk saçlı, kırk kiloluk küçük bir savaşçıydı. Benim küçük bir kopyam gibiydi. İlk kavgasına anaokulunda girmiş ve ikiz kardeşi James'i onunla dalga geçen zavallı, masum bir kıza karşı savunmuştu. O küçük kızın büyük ihtimalle kardeşinden hoşlandığını açıklamaya çalıştık ama Jessie bizi dinlemedi. James, girdiği kavgalarda kendisini savunmasına izin vermesi için ona kaç defa yalvarmıştı; erkek kardeşi ondan sekiz dakika daha büyük olmasına rağmen, Jessica ona karşı aşırı korumacı davranıyordu.

Ofladım. "Çağırsana bir konuşayım."

"Jess! Baban telefonda!"

Telefondan küçük tatlı bir ses geldi. Benim en aşırı halim kadar vahşi olabilmesine rağmen, hâlâ bir melek gibi görünüp konuşabilmesi inanılmazdı.

"Merhaba, baba."

"Bebeğim... bugün biraz belaya mı bulaştın bakayım?"

"Benim hatam değildi baba."

"Hiçbir zaman senin hatan değildir."

"Jay yaralanmıştı, onu yere yapıştırmışlardı."

Kan beynime sıçradı, ama en önemlisi çocuklarıma doğru yolu göstermekti. "Deden ne dedi?"

"Dedi ki, 'Birilerinin Steven Matese'ye haddini bildirmesinin zamanı gelmişti.'"

Tam kıvamındaki Jim Maddox taklidine güldüğümü göremediği için memnundum.

"Kardeşini savunmak istediğin için seni suçlamıyorum Jess, ama bazı durumlarda kendisinin kavga etmesine izin vermen gerekiyor."

"Vereceğim. Yerde olmadığı zaman."

Yeniden kahkahayı bastırdım. "Anneni versene. Birkaç saat içinde evde olacağım. Seni çok seviyorum bebeğim."

"Ben de seni seviyorum babacığım!"

Telefon Jessica'dan Abby'ye geçerken biraz hışırdadı, sonra karımın yumuşak sesi yeniden duyuldu.

"Hiç yardımcı olmadın, değil mi?" diye sordu yanıtı çoktan bildiği halde.

"Büyük ihtimalle hayır. Kendini iyi savundu."

"Her zamanki hali."

"Doğru. Dinle, havaalanına gelmek üzereyiz. Görüşmek üzere. Seni seviyorum."

Şoför terminalin kaldırımına yanaştığında çantamı bagajdan almak için koşturdum. Thomas'ın asistanı Sarah e-posta atarak yolculuğumun ayrıntılarını göndermişti; uçağım yarım saat içinde kalkıyordu. Geçiş işlemlerimi yaptırıp güvenlik kontrolünden hızla geçtim ve tam ilk grubu uçağa almaya başladıklarında kapıya yetiştim.

Eve dönüş uçuşu, her zaman olduğu gibi, sonsuza dek sürdü sanki. Uçuşun dörtte birini tuvalette, elimi yüzümü yıkayıp kıyafetimi değiştirmekle –ki cidden zor oluyordu– geçirsem de, kalan zaman âdeta geçmemek için direndi.

Ailemi yolumu gözlemek zorunda bırakmak zalimceydi, ama Abby'yle on birinci yıldönümümüz olması işleri daha kötü hâle getiriyordu. Sadece karımı kollarıma almak istiyordum. Yapmak istediğim tek şey buydu. On birinci yılda ona ilk yılımızda olduğum kadar âşıktım.

Her yıldönümü bir zaferdi, ilişkimizin yürümeyeceğini düşünmüş olan herkese çekilen bir hareketti. Abby beni ehlileştirmiş, evlilik durulup oturmamı sağlamış ve babalık da her şeye bakışımı değiştirmişti. Bileğime bakıp gömleğimin manşetini çektim. Abby'nin lakabı hâlâ oradaydı ve orada olduğunu bilmek hâlâ kendimi daha iyi hissetmemi sağlıyordu.

Uçak indiğinde terminali koşarak geçmemek için kendimi tutmam gerekti. Arabama bindiğimde sabrım tükenmişti. Yıllardır ilk defa kırmızı ışıkta geçtim ve trafikte zikzaklar çizdim. Aslında eğlenceli sayılırdı. Bana üniversite günlerimi anımsattı.

Arabayı evin önüne çekip farları kapattım. Ben yaklaşırken verandanın ışığı yandı.

Abby kapıyı açtı, karamel renkli saçları omuzlarına ancak dokunuyordu ve yorgun gözükmelerine rağmen büyük gri gözlerinden beni görünce ne kadar rahatladığı okunuyordu. Onu kollarımın arasına çektim ve fazla sıkmamaya çalıştım.

"Aman Tanrım." Yüzümü saçlarına gömüp içimi çektim. "Seni o kadar çok özlemişim ki."

Abby geri çekilip kaşımdaki kesiğe dokundu. "Düştün mü?"

"İşte zor bir gün geçirdim. Havaalanına gitmek için yola çıkarken arabanın kapısına çarpmış olabilirim."

Abby beni bir kez daha kendine doğru çekip parmaklarını sırtıma batırdı. "Eve döndüğün için o kadar mutluyum ki. Çocuklar yattılar ama sen onlara iyi geceler diyene dek uyumayı reddediyorlar."

Geri çekilip başımı salladım, ardından eğilerek ellerimi Abby'nin yuvarlak karnına koydum. "Senden n'aber?" diye sordum üçüncü çocuğuma. Abby'nin dışarı çıkmış göbek deliğini öptüm sonra da doğruldum.

Abby elini dairesel bir hareketle karnının üstünde gezdirdi. "Daha pişiyor."

"İyi." El çantamdan küçük bir kutu çıkarıp havaya kaldırdım. "On bir yıl önce Vegas'taydık. O gün hâlâ hayatımın en güzel günü."

Abby kutuyu aldı ve beni elimden tutup antreye çekti. Temizlik sıvısı, mum ve çocukların karışımı bir kokusu vardı. Ev gibi kokuyordu.

"Ben de sana bir şey aldım."

"Öyle mi?"

"Evet, öyle." Gülümsedi. Bir an yanımdan ayrılıp çalışma odasına girdi ve sonra elinde bir evrak zarfıyla çıkıp geldi. "Açsana."

"Bana mektup mu yazdın? Gelmiş geçmiş en iyi eşsin sen," diye takıldım.

Abby gülümsemekle yetindi.

Zarfı açtım ve içindeki ince kâğıt destesini çıkardım. Tarihler, saatler, işlemler hatta e-postalar. Benny'yle Abby'nin babası Mick arasında. Mick yılardır Benny için çalışıyordu. Ona daha fazla borçlanmıştı ve Abby borcunu ödemeyi reddedince de, öldürülmemek için borcuna karşılık çalışmak zorunda kalmıştı.

Sadece bir sorun vardı: Abby, Thomas için çalıştığımı biliyordu... ama onun bildiği kadarıyla ben reklam sektöründe çalışıyordum.

"Bu nedir?" diye sordum, ne olduğunu anlamamış numarası yaparak.

Abby'nin yüzü, ardında olup bitenleri mükemmel şekilde kapayan bir maske gibiydi. "Mick'le Benny arasındaki ilişkiyi ortaya çıkarman için gereken bağlantı. İşte tam şuradaki," dedi, ikinci kâğıdı desteden çekerken, "tabutun son çivisi."

"Tamam... peki bunlarla ne yapmamı istiyorsun?"

Abby'nin yüzünde şüpheci bir sırıtma belirdi. "Böyle

şeylerle her ne yapıyorsan sevgilim. Sadece biraz araştırma yaparsam, bu defa evde daha uzun süre kalabilirsin diye düşündüm."

Aklım hızla çalışmaya başladı, bunun içinden sıyrılmanın bir yolunu bulmalıydım. Bir şekilde ne iş yaptığımı öğrenmişti. "Ne kadar zamandır biliyorsun?"

"Fark eder mi?"

"Kızgın mısın?"

Abby omzunu silkti. "İlk başta biraz kırılmıştım. Bol miktarda iyi niyetli yalanın var."

Ona sarılıp kendime çektim, kâğıtlar ve zarf hâlâ elimdeydi. "O kadar üzgünüm ki Güvercin. O kadar üzgünüm ki." Kendimi geri çektim. "Başka birisine söylemedin, değil mi?"

Başını salladı.

"America ve Shepley'ye bile mi? Babama ve çocuklara bile mi?"

Başını bir daha salladı. "Bunu kendi başıma anlayacak kadar akıllıyım, Travis. Başkasına söylememem gerektiğini akıl edemeyeceğimi mi düşünüyorsun? Söz konusu olan senin güvenliğin."

Yüzünü ellerime aldım. "Şimdi bu ne anlama geliyor, peki?"

Gülümsedi. "Bu, gitmen gereken başka bir toplantın olduğunu söylemeyi bırakabilirsin demek. Uydurduğun bazı hikâyeler bildiğin hakaret gibi."

Onu bir kere daha öptüm, dudaklarımı nazikçe dudaklarına dokundurarak. "Şimdi ne yapalım?"

"Çocukları öp, sonra da on bir yıldır kapak-olsun-başardık-işte kutlamamızı yaparız. Ne dersin?"

Pişmiş kelle gibi sırıttım, sonra da başımı eğip kâğıtlara baktım. "Bu senin için sorun olmayacak mı? Babanın yakalanmasına yardımcı olmak?"

Abby yüzünü buruşturdu. "Kendisi bir milyon kez ne dedi? Ben onun sonuymuşum. En azından onu haklı çıkararak kendisiyle gurur duymasını sağlayabilirim. Hem böylesi çocuklar için daha güvenli."

Kâğıtları antredeki masanın üstüne koydum. "Bunu daha sonra konuşuruz."

Koridorda yürürken elinden tutup çektiğim Abby de arkamdan geliyordu. Bize en yakın olan Jessica'nın odasıydı, ben de içeri girdim ve uyandırmamaya dikkat ederek onu yanağından öptüm sonra da koridoru geçip James'in odasına girdim. Hâlâ uyanıktı, yatağında sessizce yatıyordu.

"Selam genç," diye fısıldadım.

"Merhaba baba."

"Zor bir gün geçirmişsin diye duydum. Her şey yolunda mı?" Başıyla onayladı. "Emin misin?"

"Steven Matese hıyarın teki."

Başımla onayladım. "Haklısın ama büyük ihtimalle onu tarif etmek için daha uygun bir yol bulman gerekiyor."

James dudak büktü.

"Evet, demek bugün anneni pokerde yendin ha?"

James gülümsedi. "İki kere."

"Bana işin o kısmını anlatmamıştı," dedim Abby'ye dönerek. Karanlık, kıvrımlı silueti, arkadan ışık alan eşiği güzelleştiriyordu. "Bana yarın adım adım nasıl kazandığını anlatabilirsin."

"Tabii, efendim."

"Seni seviyorum."

"Ben de seni seviyorum, baba."

Oğlumun burnunu öptüm ve annesinin peşinden koridoru geçip odamıza gittim. Duvarlar aile ve okul fotoğraflarıyla ve çerçevelenmiş tablolarla doluydu.

Abby odanın ortasında durdu; karnında üçüncü çocuğumuz vardı, baş döndürücü güzellikteydi ve beni gördüğüne mutlu olmuştu. Evliliğimizin uzun yılları boyunca ondan sakladığım gerçeği öğrenmesine rağmen hem de.

Abby'den önce hiç âşık olmamıştım ve ondan sonra da başka kimse dikkatimi çekmemişti. Hayatım önümde durmakta olan kadından ve beraber inşa ettiğimiz aileden oluşuyordu.

Abby kutuyu açtı ve yaşlarla dolan gözlerini kaldırıp bana baktı. "Her zaman ne alman gerektiğini biliyorsun. Bu mükemmel," dedi, zarif parmakları çocuklarımızın üç burç taşına dokunurken. Yüzüğü sağ işaret parmağına geçirip elini uzattı ve yeni takısına hayranlıkla baktı.

"Senin bana terfi kazandırman kadar iyi değil. Ne yaptığını anlayacaklar ve işler sarpa saracak, bunu biliyorsun değil mi?"

"Biz söz konusu olunca, hep öyle oluyor gibi görünüyor," dedi. Hiç etkilenmemişti.

Derin bir nefes alıp yatak odasının kapısını arkamdan kapattım. Her ne kadar birbirimize cehennemi yaşatmış olsak da sonunda cennet'i bulmayı başarmıştık. Bu belki de bir çift günahkârın hak ettiğinden fazlaydı ama şikâyet edecek değildim.

TEŞEKKÜRLER

Harika kocam Jeff'e teşekkür ederek başlamak istiyorum. Ara vermeksizin beni destekleyip cesaretlendirdi ve annecikleri çalışabilsin diye çocukları eğlendirip bütün ihtiyaçlarını karşıladı. Bütün samimiyetimle söylüyorum; o olmasa bunu yapamazdım. Bana o kadar ihtimam gösteriyor ki, yapmam gereken tek şey ofisime gidip yazmak oluyor. Kocamın, küçücük bir kısmı bende olsaydı dediğim ve görünüşe göre bitmek tükenmek bilmeyen bir sabrı ve sınırsız bir empati kapasitesi var. En kötü günlerde bile sevgisini göstermekten çekinmiyor ve yapamayacağım bir şey olduğuna inanmayı reddediyor. Beni yazılarımda yaşatabileceğim mükemmellikte sevdiğin ve bu sayede başka insanların da bu sevginin küçücük bir parçasını da olsa görmelerini sağladığın için teşekkür ederim. Benim olduğun için çok şanslıyım.

Annecikleri kitabını ilk belirlenen teslim tarihine yetiştirmek için gece geç saatlere kadar çalışırken, buna hiç ses çıkarmayan iki tatlı kızıma ve dünyaya gelmekte aceleci davranmayıp, ben "Son" yazana kadar bekleyen dünyanın en yakışıklı erkeği olan oğluma teşekkür ederim.

Beth Petrie'ye, değerini kelimelere sığdıramayacağım arkadaşıma, hayatta kardeşim olmaya en yakın insana teşekkürler. Üç sene önce röntgen teknisyenliği eğitimim sırasında, hem iki çocuğum hem de bir işim olmasına karşın roman yazabileceğimi söylemişti. İstediğim her şeyi yapabileceğime inanıyordu ve hâlâ da öyle. Daha önce milyon defa dile getirdim ama bir defa daha söyleyeceğim: Eğer Beth olmasaydı, *Tatlı Bela* ya da *Providence*'ın veya diğer romanlarımın tek bir kelimesini bile yazmamıştım. Bana, "Yapacaksın. Hemen bilgisayarın başına otur ve yazmaya başla," diyene dek aklıma bir kitap yazmak gelmemişti. Beni sayısız yönden hürriyetime kavuşturan bu yola girmemin tek nedeni o. Dahası, hayatımın birçok yerinde kurtarıcı rolü üstlendi. Teşekkür ederim. Teşekkür ederim, teşekkür ederim, teşekkür ederim.

Film ve edebiyat temsilcim Rebecca Watson'a sıkı çalışması ve tam desteği için, daha hiçbir kitabı yayımlanmamış bir yazarken benimle çalışmayı kabul ettiği ve E.L James'e bizi tanıştırdığı için teşekkür ederim.

Tatlı arkadaşım ve meslektaşım, daha en başından *Ayaklı Bela*'ya göz atıp erkek bakış açısını doğru yansıttığıma beni temin eden yazar, Abbi Glines. Teşekkürler.

Colleen Hoover, Tammara Webber ve Elizabeth Reinhardt; editörümün işini kolaylaştırdığınız için size minnettarım. Bana neredeyse her gün yeni bir şey öğretiyorsunuz; edebiyat, kariyer ya da hayat hakkında.

Yazar grubum FP'den kadın arkadaşlarım; bazı günler sırtımı dayadığım kaya, kurtuluşum oluyorsunuz. Arkadaşlığınızın benim için ne kadar önemli olduğunu nasıl söyleyeceğimi bilemiyorum. Önerileriniz paha biçilmez. Pek çok zorluğu sizin cesaretlendirmeniz sayesinde aştım.

Arkadaşım ve meslektaşım yazar Nicole Williams; bu kadar düşünceli ve nazik olduğun için teşekkürler. Kariyerinde attığın her adım bana ilham veriyor ve daha neler başaracağını görmek için sabırsızlıkla bekliyorum.

Tina Bridges; hemşire ve bir zamanlar çalıştığı düşkünlerevinin meleği. Hayli zor sorulara yanıt bulmam gerektiğinde, ölüm ve ölenlerle ilgili nahoş gerçeklere, derin ve karanlık yerlere ulaşmamı sağlayarak elinden geleni yaptı. Sayısız çocuğun tahammül edilemez bir kaybı atlatmasına yardım ettiğin için hayranlık uyandıran bir insansın. Cesaretin ve şefkatinden ötürü seni tebrik ediyorum.

International Literary Agency çalışanları ve yabancı edebiyat temsilcileri. Bugüne kadar başardıklarınız kendi başıma yapabileceklerimin çok ötesindeydi. Kitabımın yirmiden fazla ülkede ve aynı sayıda dilde yayımlanmasını sağladığınız için teşekkürler.

Kitap blogu yazarı, dâhi, süper model ve arkadaş Maryse Black. Travis'i, neredeyse senin kadar seven o kadar çok harika insanla buluşturdun ki. Travis'in de seni bu kadar seviyor olmasına şaşmamak lazım. Blog içeriğinin eğlenceli konularla başlayıp, sonrasında karşı konulamaz bir doğa olayına dönüşmesini izledim ve yolculuklarımıza aynı zamanda başladığımız için çok mutluyum. Nereden nereye geldiğimizi ve daha nerelere gideceğimizi düşününce her şey inanılmaz geliyor!

Editörüm Amy Tannenbaum'a, sadece bu sıra dışı aşk öyküsünü benim kadar sevip potansiyeline benim kadar inandığı için değil, aynı zamanda birlikte çalışması çok keyifli olduğu ve geleneksel yayıncılığa geçişi bu kadar kolaylaştırdığı için teşekkür etmek isterim.

Halkla ilişkiler danışmanım Ariel Friedman; medya ormanının (benim için) karanlık dehlizlerinden yolumu kaybetmeden geçmemi sağladın, her şeyimle ilgilendin, teşekkürler.

Bu roman bilgisayarımdan çıkıp okurun eline geçene kadarki sürede gerçekleşen üretim, pazarlama, satış ve diğer bütün süreçlerde büyük çabalar harcayan Julia Scribner ve diğer Atria çalışanları... Geleneksel yayıncılıktan ne beklediğimi bilmiyorum ama yolum Atria Books ile kesiştiği için çok mutluyum!